·全程图解教学· ·易懂易学易用· ·书盘完美结合·

五笔打字与Word 2007排版从新手到高手

张军利 汪静 刘季平 编著

本书5大特色

- 全新体例、轻松自学
- 精练实用、易学易用
- 双栏排版、内容完备
- 图解教学、无师自通
- 互动光盘、超长播放

中国铁道出版社
CHINA RAILWAY PUBLISHING HOUSE

内 容 简 介

本书全面、详细地介绍了五笔打字与 Word 排版的实用知识，内容包括：五笔字型输入法基础、五笔字型汉字拆分与输入、常用五笔输入法和打字练习、Word 2007 的基本操作、使用 Word 2007 编辑文档、文档格式的设置、制作图文混排的 Word 文档、表格的使用、使用样式与模板、文档审阅与安全性、Word 2007 长文档编辑、页面设置与打印输出等共 12 章。

本书版式新颖、通俗易懂、内容丰富、实用性强，从计算机初学者的角度出发，循序渐进地安排每一个知识点，并介绍了大量的学习技巧，使读者能在短时间内掌握最实用的知识，迅速成为计算机操作高手。

本书适用于五笔打字与 Word 2007 初学者，也可作为各类相关培训学校的培训教材。

图书在版编目（CIP）数据

五笔打字与 Word 2007 排版从新手到高手/张军利，汪静，刘季平编著. —北京：中国铁道出版社，2009.4
ISBN 978-7-113-09960-2

Ⅰ.五… Ⅱ.①张…②汪…③刘… Ⅲ.①汉字编码，五笔字型—输入—基本知识②文字处理系统，Wrod—基本知识 Ⅳ.TP391.14 TP391.12

中国版本图书馆 CIP 数据核字（2009）第 062215 号

书　　名：五笔打字与 Word 2007 排版从新手到高手
作　　者：张军利　汪　静　刘季平　编著

责任编辑：苏　茜
编辑助理：甄晶晶　王承慧　　**编辑部电话**：（010）63583215
封面设计：九天科技　　**封面制作**：李　路
责任印制：李　佳

出版发行：中国铁道出版社（北京市宣武区右安门西街 8 号　　邮政编码：100054）
印　　刷：北京鑫正大印刷有限公司
版　　次：2009 年 6 月第 1 版　　2009 年 6 月第 1 次印刷
开　　本：787mm×1092mm　1/16　**印张**：21.25　**字数**：497 千
印　　数：4 000 册
书　　号：ISBN 978-7-113-09960-2/TP・3242
定　　价：39.00 元（附赠光盘）

前言

PREFACE

知识综述

本书是指导初学者学习五笔打字及 Word 2007 排版技术的入门书籍。全书详细介绍了初学者必须掌握的基本知识、操作方法和使用步骤，并针对初学者在学习使用过程中可能出现的问题和技巧进行了专家级的指导。全书共分 12 章，第 1～3 章为五笔字型知识，第 4～12 章为 Word 2007 排版知识，包括 Word 2007 基本操作、文档编辑、格式设置、图文混排、高级应用等内容。全书结构严谨、图文并茂、知识丰富、语言通俗、实践性强，是初学者学习掌握五笔打字及 Word 2007 排版的最佳途径。

内容导读

- Chapter 1 → 五笔字型输入法基础
- Chapter 2 → 五笔字型汉字拆分与输入
- Chapter 3 → 常用五笔输入法和打字练习软件
- Chapter 4 → Word 2007 的基本操作
- Chapter 5 → 使用 Word 2007 编辑文档
- Chapter 6 → 文档格式的设置
- Chapter 7 → 制作图文混排的 Word 文档
- Chapter 8 → 表格的使用
- Chapter 9 → 使用样式与模板
- Chapter 10 → 文档审阅与安全性
- Chapter 11 → Word 2007 长文档编辑
- Chapter 12 → 页面设置与打印输出

本书体例

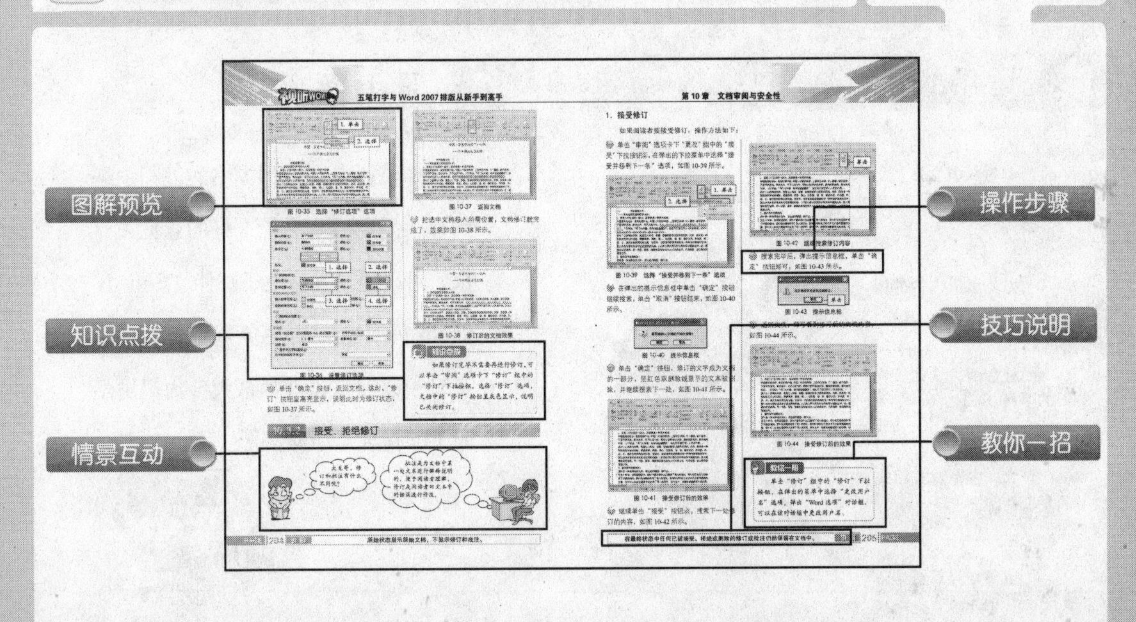

特色展示

1 精练实用、易学易用

本书摒弃了以往计算机入门书籍的理论文字描述，从实用、专业的角度出发，精心选出各个知识点。每个知识点都配合实例进行讲解，不但使读者更加容易理解，而且可以亲自上机实践，得到更直观的认知。

2 图解教学、无师自通

本书讲解以图为主，基本上是一步一图(或一步多图)，同时在图中添加标注，并辅以简洁明了的文字说明，直观性强，使读者一目了然，在最短的时间内掌握所介绍的知识点及操作技巧。

3 全新体例、轻松自学

书中灵活穿插了“教你一招”、“情景互动”、“知识点拨”等小栏目，体例形式活泼、新颖，以不同的方式向读者传达各种知识点，缓解学习过程中的枯燥之感。每页页脚处还提供“技巧”或“说明”，在拓宽读者知识面的同时，也增强了读者的实际操作能力。

4 双栏排版、内容完备

采用全程图解的双栏格式排版，重点突出图形与操作步骤，便于读者进行查找与阅读。最新流行的双栏排版更适合阅读，知识容量大，能使读者更加有效地进行学习与操作，达到物超所值的目的。

5 互动光盘、超长播放

本书配套交互式、超长播放的多媒体视听教学光盘，是与图书知识完美结合的多媒体教学光盘，对读者的学习提供了极为直观、便利的帮助。光盘中还提供了书中实例涉及的所有源文件，以方便读者上机练习或者在此基础上重新进行编辑，创作出更专业、更精彩的实例效果。

适用读者

- 希望从事文员、文秘等办公室工作的初学者
- 办公室工作的其他在职人员
- 社会相关培训机构的学员
- 大、中专院校相关专业的学生
- 其他对计算机办公感兴趣的人员

网上解疑

如果读者在使用本书的过程中遇到什么问题或者有什么好的意见或建议，可以通过发送电子邮件（E-mail：jtbook@yahoo.cn）联系我们，我们将及时予以回复，并尽最大努力提供学习上的指导与帮助。

目录

第 1 章 五笔字型输入法基础

五笔字型输入法具有键盘布局合理、字根拆分优选、单字输入重码少、字词输入兼容、输入速度快等优点，是目前应用非常广泛的一种高效输入法。

第 2 章 五笔字型汉字拆分与输入

使用五笔字型输入法输入汉字时，必须正确地拆分汉字，并要遵循以下原则："书写顺序"、"取大优先"、"兼顾直观"、"能散不连"和"能连不交"。

第 3 章 常用五笔输入法和打字练习软件

目前人们常用的五笔输入法主要有万能五笔、极品五笔、王码五笔、极点五笔、海峰五笔、搜狗五笔和念青五笔等，本章将分别进行详细介绍。

第 4 章 Word 2007 的基本操作

Word 2007 是目前最新、应用非常广泛的文字处理软件，本章先学习 Word 2007 的安装，然后熟悉 Word 2007 的工作界面，接着学习它的基本操作等知识。

第 5 章 使用 Word 2007 编辑文档

本章首先学习如何在 Word 中输入各种文档内容，然后学习如何编辑文档等基本操作知识，这是学习 Word 进行文字处理的最基本的操作。

第 6 章 文档格式的设置

在 Word 文档输入完成之后，就要对其进行格式的设置，以使文档更加美观和规范，本章将详细介绍文档格式的设置方法和相关技巧。

第 7 章 制作图文混排的 Word 文档

在实际工作中，经常需要制作图文混排的文档，这时就需要插入图片和文本框等。本章将学习如何在 Word 文档中插入各种图形或图片，使文档更加专业、精美。

第 8 章 表格的使用

Word 2007 创建表格的功能更加强大，在实际工作中经常要利用 Word 创建与编辑工作表格，本章将详细讲解这方面的操作知识。

第9章 使用样式与模板

在Word 2007中，系统提供了很多内建的样式和模板。在文字处理过程中使用样式和模板可以大大提高工作效率，也不必重复设置相同文本的格式，非常方便。

第10章 文档审阅与安全性

本章将学习如何校对文档，如何使用批注和修订以及如何对文档进行安全性设置等，这在实际应用中经常遇到，应认真学习。

第11章 Word 2007长文档编辑

本章将详细讲解如何进行长文档的一些特定编辑操作，如使用书签、创建目录和索引，插入脚注与尾注等，这样会使长文档编辑更加轻松！

第 12 章 页面设置与打印输出

本章将学习如何对文档进行页面设置，如何设置页面背景，如何添加页眉和页脚，如何设置页码，以及如何将制作好的文档进行打印输出等知识。

第1章 五笔字型输入法基础

- 五笔字型输入法简介
- 字根的键盘布局
- 字根的分布规律
- 字根的快速记忆

Yoyo，使用五笔字型输入法的效率高吗?

相比其他输入法，熟练使用五笔字型输入法的效率会高很多，甚至能达到“键指如飞”的境界。

Yoyo说得没错，五笔字型输入法是王永民先生在1983年8月发明的一种汉字输入法，具有键盘布局合理、字根拆分优选、单字输入重码少、字词输入兼容、输入速度快等优点，是目前应用非常广泛的一种高效输入法。

1.1 五笔字型输入法简介

五笔字型输入法是目前中国以及一些东南亚国家（如新加坡、马来西亚等）最常用的一种汉字输入法。

汉字的输入从大的方面讲不外乎有两种途径，一种是使用键盘输入，另一种是借助其他设备辅助输入，其中键盘输入是最常用的。使用键盘输入，最重要的是要解决键盘上的 26 个英文字母键和成千上万个汉字之间对应的问题。为此，人们开发了以拼音输入法、郑码输入法、五笔输入法等为代表的输入法。

对于任何一个汉字而言，都具有三个基本的要素：音、形和义。其中，音指的是汉字的读音，形指的是汉字的结构，义指的是汉字的意义。因此，要使用键盘输入汉字，就必须要通过这三个方面来解决，即如何让汉字的音、形、义和键盘上的字母对应起来。

拼音输入法是通过汉字的拼音来建立汉字与键盘字母的对应关系，使用拼音输入法的优点是易学。一个人只要会汉语拼音，就可以使用拼音输入法。但缺点是输入速度太慢，因为汉字中同音字较多，所以用户在使用拼音输入法时始终要面对一个选字的问题，这就降低了汉字的输入速度。

拼音输入法因为存在这个缺陷，所以只适合于输入内容不多且输入速度要求不高的场合。于是，人们自然又想到了汉字的形。每一个汉字都是由各种笔画构成的，那么能否根据汉字的形来建立汉字与键盘字母的对应关系呢？答案是肯定的。其方法是将每个英文字母键定义成多个偏旁部首，用户在输入汉字时只需按书写顺序按下各偏旁部首所对应的按键即可。五笔字型输入法即是根据这种原理开发出来的汉字输入法。

这类输入法的优点是基本上不存在选字的问题，同时还可以输入词组，但同时存在缺点，即需要记忆很多内容，学习起来不如汉语拼音那么容易。

近年来，汉字输入技术有了很大的发展，但在基本的汉字输入法中，五笔字型输入法仍然是目前使用非常广泛的一种汉字输入方法。它的特点是：键盘布局合理、字根拆分优选、单字输入重码少、字词输入兼容、输入速度快等，是广大专业人士和计算机（俗称电脑）爱好者的首选输入法。

王永民先生在 1983 年发明了一种五笔字型输入法，五笔字型是以拆分汉字字型结构为特点的一种编码方法，属于纯“形码”，其字根的拆分有一部分不同于传统的汉字偏旁部首，具有独特的个性。但在五笔字型中，字根多数是传统的汉字偏旁部首，同时还把一些少量的笔画结构作为字根，也有硬造出的一些“字根”。五笔基本字根有 130 种，加上一些基本字根的变形，共有 200 个左右，这些字根都对应在键盘上除 Z 之外的 25 个键上。这样，每个键位都对应着几个甚至是十几个字根。

2006 年 12 月，王永民先生又在原来的基础上，研究出用于手机输入的基于六个码元和“右手法则——前四末一”取码法的数字王码。

现在比较有影响的五笔字型输入法主要有极品五笔输入法、万能五笔输入法、王码五笔型输入法、极点五笔输入法、海峰五笔输入法等。各种五笔字型输入法虽然有所差异，但都是通过对汉字进行五种基本笔画的拆分进行编码输入的汉字输入法，原理是相同的，这几种常用的五笔输入法将在第 3 章中进行详细介绍，在此不再赘述。

说明 五笔字型输入法以字根为单位，迅速完成汉字的组合输入，不需进行汉字的选择。

1.2　字根的键盘布局

字根是五笔输入法的基础，将字根合理地分布到键盘上，这样更利于汉字的输入。王码五笔将键盘主键区划分为了五个字根区，分别为横、竖、撇、捺、折五区，如图 1-1 所示，下面将分别进行介绍。

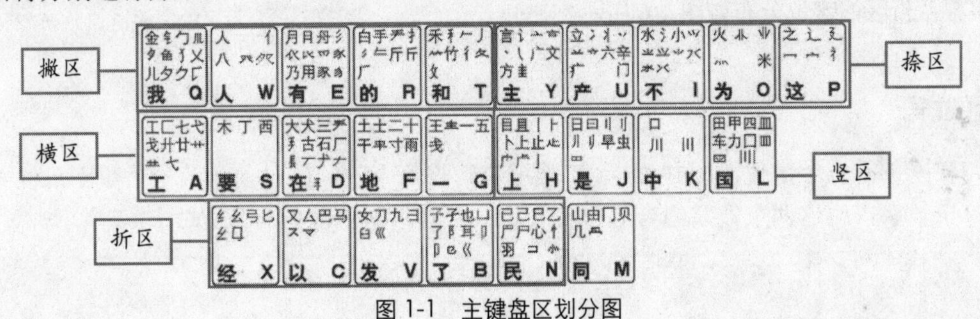

图 1-1　主键盘区划分图

1．横区

横是运笔方向从左到右和从左下到右上的笔画，在五笔字型中，“提”（㇀）包括在横内。横区在键盘分区中又称第一区，有字母 G、F、D、S、A。字根在横区的键位分布如图 1-2 所示。

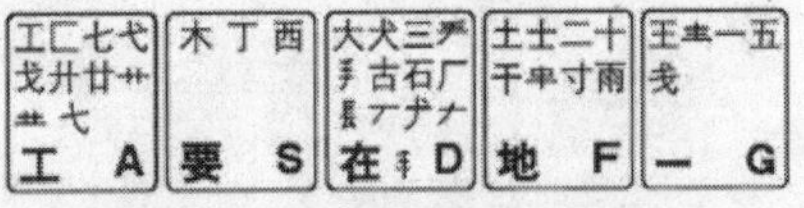

图 1-2　横区的字根键位分布

2．竖区

竖是运笔方向从上到下的笔画，在竖区内，把“竖左钩”（亅）同样视为竖。竖区在键盘分区中又称第二区，有字母 H、J、K、L、M。字根在竖区的键位分布如图 1-3 所示。

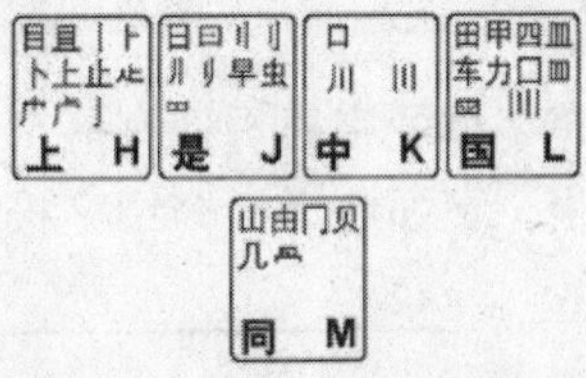

图 1-3　竖区的字根键位分布

3．撇区

撇是运笔方向从右上到左下的笔画，另外，不同角度的撇也同样视为在撇区内。撇区在键盘分区中又称第三区，有字母 T、R、E、W、Q。字根在撇区的键位分布如图 1-4 所示。

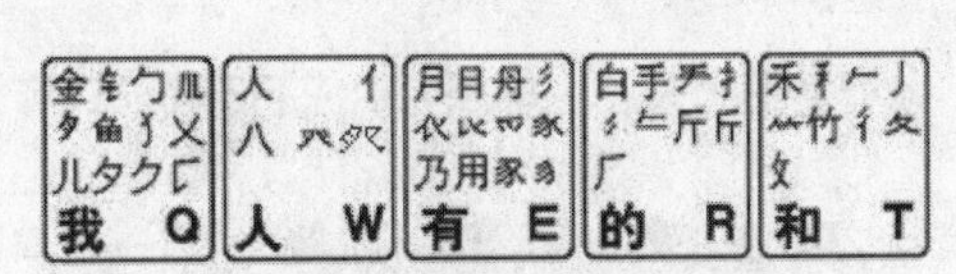

图 1-4　撇区的字根键位分布

4．捺区

捺是运笔方向从左上到右下的笔画，在捺区内把“点”（丶）也同样视为捺。捺区在键盘分区中又称第四区，有字母 Y、U、I、O、P。字根在捺区的键位分布如图 1-5 所示。

图 1-5　捺区的字根键位分布

熟练掌握五笔字根在键盘上的布局是学好五笔输入法的重要基础。　说明

5. 折区

在运笔时出现带折的笔画（除竖左钩外）都视为折，例如，乙、乚、乛、⺄等都属折区。折区在键盘的分区中又称第五区，有字母 N、B、V、C、X。字根在折区的键位分布如图 1-6 所示。

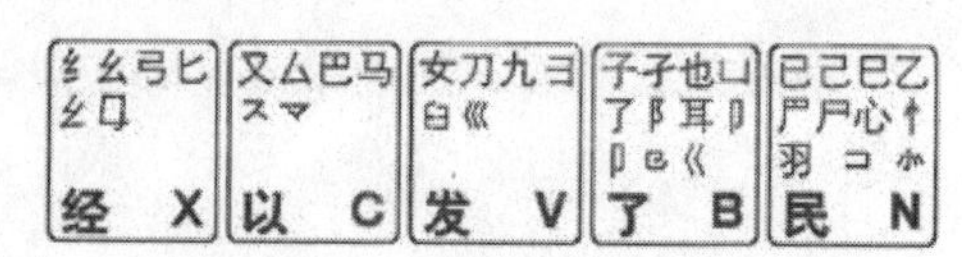

图 1-6 折区的字根键位分布

6. 区位号

每一区都有五个键位，即共 25 个字根键位，将每个键的区号作为第一个数字，位号作为第二个数字，将这两个数字组合起来就表示一个键，即“区位号”，如图 1-7 所示。

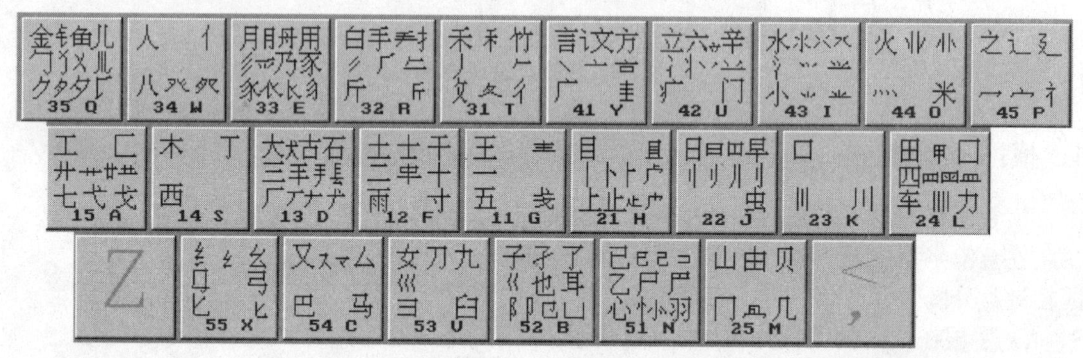

图 1-7 区位号

1.3 字根的分布规律

五笔字型的字根看似有些杂乱无章，其实是有规律可循的，掌握这些规律就可以很快地记住字根。下面将详细介绍字根的分布规律。

规律一

每个区的字根第一笔都是按照其所在区起笔的，例如，第一区全是横起笔，第五区全是折起笔，如图 1-8、1-9 所示。

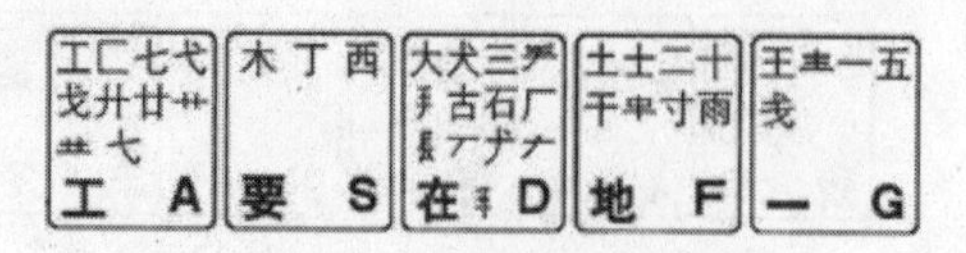

图 1-8 第一区字根

图 1-9 第五区字根

规律二

在横区内 11 键上字根中有“一”，12 键上字根中有“二”，13 键上有“三”；竖区内 21 键上有“丨”，22 键上有“刂”，23 键上有“川”，24 键上有“川川”；依此类推，折区 51 键上有“乙”，52 键上有“巜”，53 键上有“巛”等，如图 1-10 所示。

区号＼位号	1	2	3	4
1区	一	二	三	
2区	丨	刂	川	川川
3区	丿	⺈	彡	
4区	丶	冫	氵	灬
5区	乙	巜	巛	

图 1-10 各区区号与位号的规律

说明 熟记每个键位的区位号对以后学习汉字的拆分帮助是很大的。

规律三

同一个键上的字根在字的形态上相近，如图 1-11 所示。

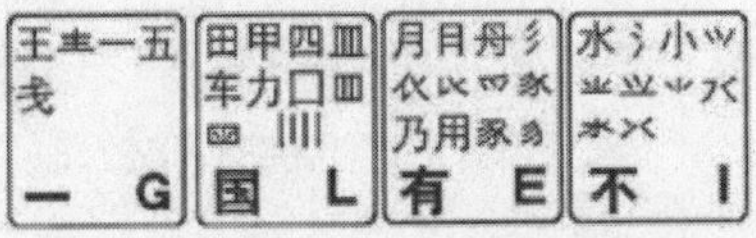

图 1-11　字根形态相近的例键

但是，也并不是所有键都遵循这一规律，如图 1-12 所示。

图 1-12　不遵循规律三的键

知识点拨

五笔字根还遵循很多的规律，如与所在字母键相像、第一笔和次笔与区位码的关系等，需要自己在学习过程中逐步领会。

1.4　字根的快速记忆

五笔字根的数量众多，且形态各异，不容易记忆，一度成为人们学习五笔的最大障碍。下面将介绍 86 版王码五笔的所有字根及其助记词，以促进快速记忆，见表 1-1。

表 1-1　五笔字根及助记词

键　位	区　位	助记词	字　根
横　区			
G	11	王旁青头戋五一	王 龶 戋 五 一
F	12	土士二干十寸雨	土 士 二 干 十 寸 雨 𠂹
D	13	大犬三羊古石厂	大 犬 三 古 石 镸 手 龵 厂 丆 ナ 𠂇
S	14	木丁西	木 丁 西
A	15	工戈草头右框七	工 艹 廿 卄 戈 弋 匚 七 廾 弋
竖　区			
H	21	目具上止卜虎皮	目 且 上 止 龰 卜 ⺊ 广 虍 丨 亅
J	22	日早两竖与虫依	日 早 刂 刂 〢 丿 曰 ⺜ 虫
K	23	口与川，字根稀	口 川 巛
L	24	田甲方框四车力	田 甲 囗 四 皿 罒 Ⅲ 车 力 罒
M	25	山由贝，下框几	山 由 贝 冂 冎 几

续上表

键 位	区 位	助记词	字 根
		撇 区	
T	31	禾竹一撇双人立 反文条头共三一	禾 𥝌 竹 ⺮ 𠂉 丿 彳 攵 夂
R	32	白手看头三二斤	白 手 扌 龵 斤 𠂆 厂 𠂉 彡
E	33	月彡（衫）乃用家衣底	月 ⺝ 彡 乃 用 丹 豕 𧰨 𧘇 𠂬 ⺕ 爫
W	34	人和八，三四里	人 亻 八 癶 𡗗
Q	35	金勺缺点无尾鱼， 犬旁留乂儿一点夕，氏无七	金 钅 勹 ⺈ 犭 乂 儿 𠘨 ク 夕 夕 𠂆
		捺 区	
Y	41	言文方广在四一， 高头一捺谁人去	言 讠 文 方 广 亠 𠅯 丶 ㇏ 圭
U	42	立辛两点六门病	立 辛 丷 䒑 冫 丬 六 门 疒 立
I	43	水旁兴头小倒立	水 氵 氺 ⺌ 𣥂 ⺍ ⺌ ⺌ 小 ⺍
O	44	火业头，四点米	火 业 ⺗ 灬 米
P	45	之宝盖，摘示衣	之 冖 宀 辶 廴 礻
		折 区	
N	51	已半巳满不出己 左框折尸心和羽	已 巳 己 𠃍 尸 𡰪 心 忄 ⺗ 羽 乙
B	52	子耳了也框向上	子 孑 耳 阝 卩 㔾 了 也 凵 巜
V	53	女刀九臼山朝西	女 刀 九 臼 彐 巛
C	54	又巴马，丢矢矣	又 ㄡ マ 巴 马 厶
X	55	慈母无心弓和匕，幼无力	纟 幺 幺 母 弓 匕

1.5 现学现用——金山打字通 2008 字根练习

下面将详细讲解如何利用金山打字通 2008 进行字根练习。

说明　熟记字根助记词，有助于快速记忆字根所在的键位。

操作步骤：

① 运行金山打字通 2008，弹出“用户信息”对话框，如图 1-13 所示。

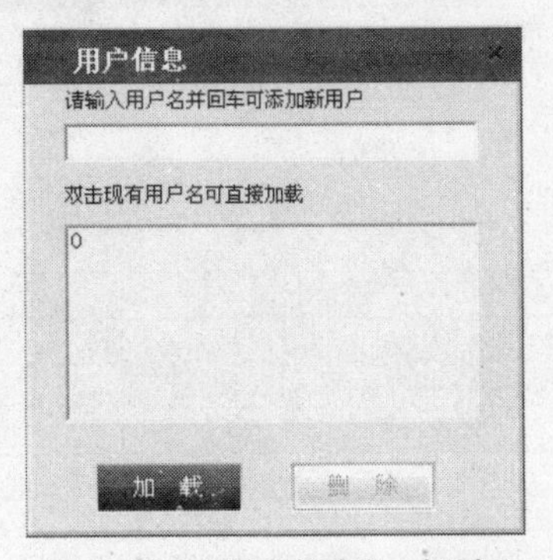

图 1-13 “用户信息”对话框

② 在“请输入用户名并回车可添加新用户”文本框中输入用户名，也可以用现有用户名进行加载，以加载现有用户名为例，如图 1-14 所示。

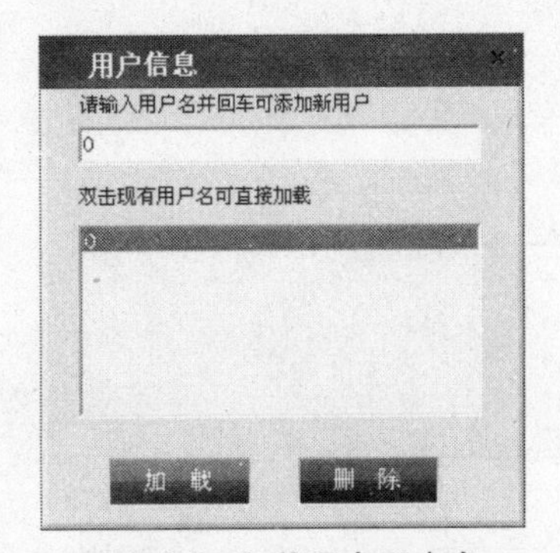

图 1-14 加载现有用户名

③ 单击“加载”按钮，进入金山打字通 2008 主界面，如图 1-15 所示。

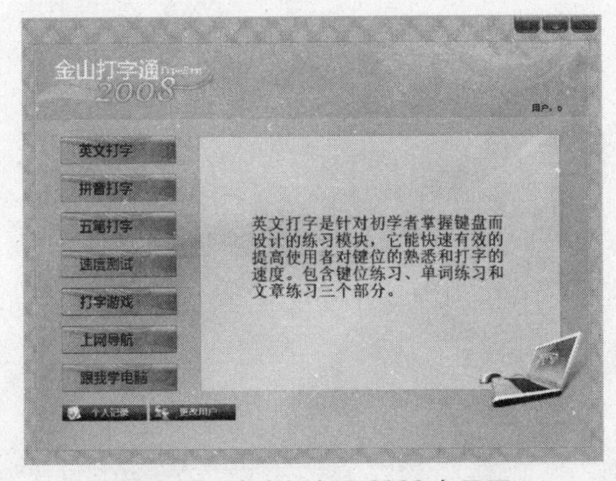

图 1-15 金山打字通 2008 主界面

④ 单击“五笔打字”按钮，进入五笔打字界面（系统默认为字根练习），如图 1-16 所示。

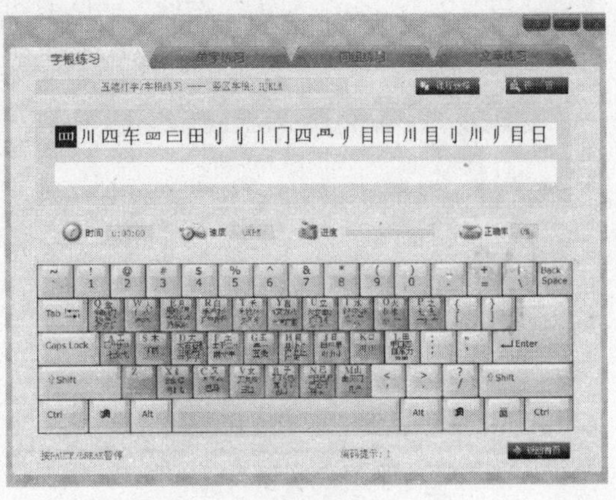

图 1-16 字根练习选项卡

⑤ 单击“课程选择”按钮，弹出“五笔练习课程选择”对话框。选择所需练习的选项（在此以选择捺区字根为例），单击“确定”按钮，如图 1-17 所示。

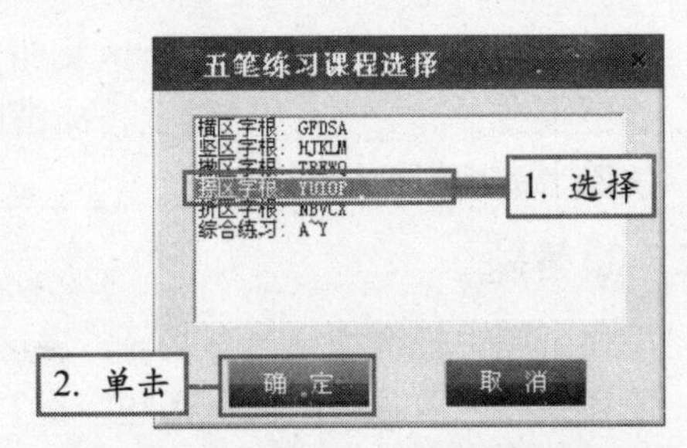

图 1-17 选择练习选项

⑥ 返回字根练习界面，单击“设置”按钮，弹出“五笔练习设置”对话框，如图 1-18 所示。

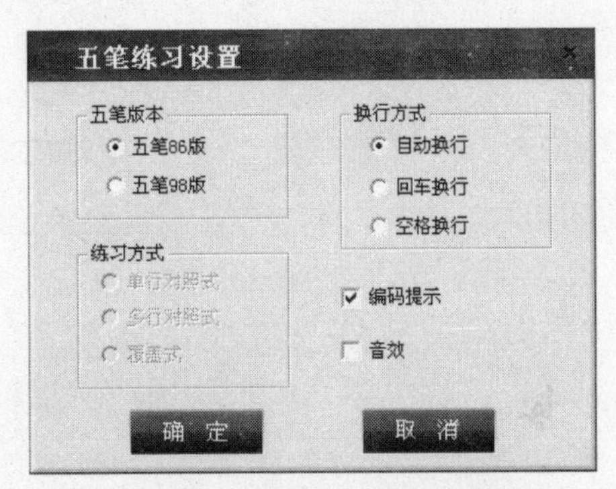

图 1-18 “五笔练习设置”对话框

如果对键盘不熟悉，可以通过“打字游戏”进行练习，在玩游戏的过程中熟悉键位。 技巧

⑦ 在“五笔版本”选项区内选中“五笔 86 版”单选按钮，在“换行方式”选项区域内选择自己习惯的换行方式（在此以选中“回车换行”单选按钮为例），根据自己的需要选中或取消选中“编码提示”复选框，如图 1-19 所示。

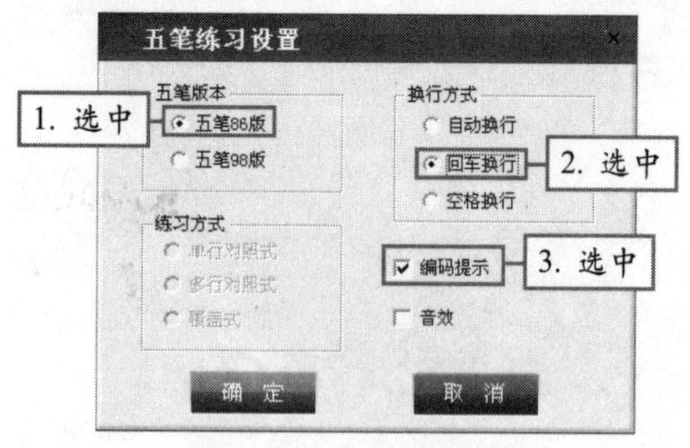

图 1-19　设置练习选项

⑧ 单击“确定”按钮，返回练习界面，即可开始练习，如图 1-20 所示。

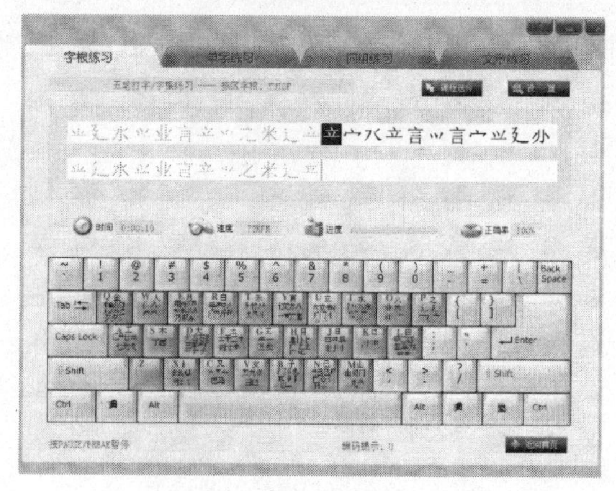

图 1-20　开始练习

巩固与练习

一、填空题

1．横区又叫____________，折区又叫____________。

2．乡字根在____________键上，N 键的区位号为____________。

3．Q 键上的字根助记词为____________。

二、简答题

1．简述五笔中把键盘分为哪些区，各区中有哪些键位？

2．简述第三区内各键上都有哪些字根？

三、上机题

以本章“现学现用”为参考，利用金山打字通 2008 进行折区字根练习，其换行方式为“自动换行”。

技巧　运用打字通进行字根练习时，若设置为“编码提示”，该字根所在键位会变为绿色。

第2章 五笔字型汉字拆分与输入

- 汉字的字型结构
- 汉字的拆分原则
- 键面字和键外字拆分与输入
- 简码的输入
- 重码与容错码
- 词组与难拆汉字的拆分
- 万能键的使用

为什么学习五笔打字前先要学习汉字拆分呢?

因为汉字拆分是五笔打字中较重要的环节，如果不会将汉字拆分成五笔所规定的字根，就没办法输入了！

对，要想准确地使用五笔字型输入法输入汉字，就必须掌握正确的拆分方法。正确拆分汉字时，应遵循以下原则：“书写顺序”、“取大优先”、“兼顾直观”、“能散不连”和“能连不交”。

2.1 汉字的字型结构

在五笔输入法中为了尽量减少重码，引入了字型的概念，汉字的字型指的是构成汉字的各字根之间的结构关系。在五笔输入法中将所有汉字的字型划分为三类：左右型、上下型和杂合型。

2.1.1 左右型

左右型汉字一般可以明显地分为左右两部分（以字根来说），但是有些汉字的右（或左）半部分还可以再次进行划分，但从整体上来看仍属于左右型。

两部分的左右型汉字

此类汉字只能分为左、右两部分，不可以再进行划分，如图 2-1 所示。

妇→女+彐

秆→禾+干

忆→忄+乙

好→女+子

图 2-1　分为两部分的左右型汉字

三部分的左右型汉字

此类汉字分为三部分，但总体上看来仍属于左右型，如图 2-2 所示。

斑→王+文+王

佟→亻+夂+⺀

仗→亻+十+乂

铅→钅+几+口

图 2-2　分为三部分的左右型汉字

多部分的左右型汉字

此类汉字以字根来分，分为四部分或者更多，但总体看来仍属于左右型，如图 2-3 所示。

缬→纟+士+口+贝

增→土+丷+罒+日

键→钅+彐+二+廴

编→纟+丶+尸+廾

图 2-3　多部分的左右型汉字

2.1.2 上下型

上下型汉字一般可以明显地分为上下两部分（以字根来说），但是有些汉字的上（或下）半部分还可以再次进行划分，但从整体上来看仍属于上下型。

两部分的上下型汉字

此类汉字分为上、下两部分，不可以再进行划分，如图 2-4 所示。

百→𠂆+日

千→丿+十

于→一+十

天→一+大

图 2-4　分为两部分的上下型汉字

三部分的上下型汉字

此类汉字分为三部分，但从总体上看仍属于上下型，如图 2-5 所示。

卷→龹+大+㔾

简→⺮+门+日

岌→山+乃+㇏

查→木+日+一

图 2-5　分为三部分的上下型汉字

有效地区分汉字的字型结构是五笔输入法的一个重要步骤。

多部分的上下型汉字

此类汉字以字根来分，分为四部分或更多，但总体看来仍属于上下型，如图 2-6 所示。

貌→艹+夕+犭+儿

繁→𠂉+𠂔+一+小

芾→艹+一+冂+丨

袈→力+口+亠+𧘇

图 2-6　多部分的上下型汉字

2.1.3　杂合型

杂合型汉字是指组成汉字的各个部分之间不能明显地分为上下或左右两部分。杂合型多为独体字、半包围结构或全包围结构。

独体字

此类汉字笔画较少，简单但没有明显的结构特征，如图 2-7 所示。

入→丿+㇏

自→丿+目

虫→虫+丨+㇕+丶

文→文+丶+一+㇏

图 2-7　独体字类杂合型汉字

半包围结构

此类杂合型汉字呈半包围结构，如图 2-8 所示。

翘→十+又+羽

适→丿+古+辶

题→日+一+龰+贝

瘠→疒+田+一+八

图 2-8　半包围结构杂合型汉字

全包围结构

此类杂合型汉字为全包围结构，如图 2-9 所示。

困→囗+木

因→囗+大

固→囗+古

围→囗+二+㇆+丨

图 2-9　全包围结构杂合型汉字

2.2　汉字的拆分原则

在拆分汉字的时候，通常一个汉字会有多种拆分方法，然而在使用五笔字型输入法输入汉字时，一个汉字只有一种编码是正确的。因此要想准确地输入汉字，就必须掌握正确的拆分方法。正确地拆分汉字可遵循以下原则："书写顺序"、"取大优先"、"兼顾直观"、"能散不连"和"能连不交"。

书写顺序

对应字根按照汉字的书写顺序拆字，如图 2-10～图 2-12 所示。

左右型从左到右：

汉→氵（I）+又（C）+空格

图 2-10　左右型从左到右拆分

上下型从上到下：

字→宀（P）+子（B）+空格

图 2-11　上下型从上到下拆分

杂合型从外到内：

翅→十（F）+又（C）+羽（N）+空格

图 2-12　杂合型从外到内拆分

取大优先

在拆分汉字时，如果拆分方法有很多种，在遵循书写顺序的前提下拆分字根最大、字根数最少的那一种，即“取大优先”，如图 2-13 所示。

购→贝（M）+勹（Q）+厶（C）✓

购→冂（M）+人（W）+勹（Q）+厶（C）×

素→龶（G）+幺（X）+小（I）✓

素→三（D）+丨（H）+幺（X）+小（I）×

图 2-13　取大优先

兼顾直观

兼顾直观顾名思义就是拆分出来的字根一般为人的直观感觉即第一感觉，如图 2-14 所示。

本→木（S）+一（G）✓

本→大（D）+十（F）×

交→六（U）+乂（Q）✓

交→亠（Y）+八（W）+乂（Q）×

图 2-14　兼顾直观

能散不连

如果汉字的字根之间有一定的距离，在拆分时就不要将该字拆成连接的形式，并保证在正确的书写顺序下拆分成尽可能大的字根，如图 2-15 所示。

百→丆（D）+日（J）✓

百→一（G）+白（R）×

矢→𠂉（T）+大（D）✓

矢→丿（T）+一（G）+大（D）×

图 2-15　能散不连

能连不交

由于字根与字根之间的位置有连和交的关系，所以当一个汉字既可以拆分为相连，又可以拆分为相交，并且在保证书写顺序正确的情况下拆分成尽可能大的字根，则应取相连的关系进行拆分，即“能连不交”，如图 2-16 所示。

于→一（G）+十（F）✓

于→二（F）+丨（H）×

天→一（G）+大（D）✓

天→二（F）+人（W）×

图 2-16　能连不交

2.3　键面字的拆分与输入

汉字拆分的过程就是寻找字根进行输入的过程。在五笔字型中，键面字分为键名字和成字字根，都比较特殊，其编码也不同于一般汉字。本节将介绍键面字的拆分与输入方法。

1. 键名字

键名字位于五笔键盘各按键左上角，以加黑加粗的形式标记，同时也是每个键位所对应的字根助记词的第一个字。另外，键名字还是一组具有代表性的字根。当用户要向计算机中输入该类汉字时，只要按四次其所在的键位即可，在五笔字型中，键名字共有 25 个，如图 2-17 所示。

说明　在拆分汉字时，若同时遇到“能连不交”和“能散不连”时，以“能散不连”优先。

横区	G（王）	F（土）	D（大）	S（木）	A（工）
竖区	H（目）	J（日）	K（口）	L（田）	M（山）
撇区	T（禾）	R（白）	E（月）	W（人）	Q（金）
捺区	Y（言）	U（立）	I（水）	O（火）	P（之）
折区	N（已）	B（子）	V（女）	C（又）	X（纟）

图 2-17　25 个键名字

当某些词中含有键名字时，输入键名字的方法为连续按四次键名字所在的键位。

2. 成字字根

在五笔键盘的各键上，除了键名字外，还有一些字根本身也是一个汉字，这些字根被称为成字字根（除键名字外）。

当一个成字字根超过两个笔画时，其编码规则用公式表示如下：

编码=键名代码+首笔代码+次笔代码+末笔代码

其中，首笔、次笔、末笔均是指五种基本笔画：横、竖、撇、捺、折，其对应的字母键为 G、H、T、Y、N，如图 2-18 所示。

如果成字字根只有两个笔画时，即编码为三个，则第四码补空格键，如图 2-19 所示。输入方法如下：

编码=键名代码+首笔代码+次笔代码+空格键

成字字根	键名代码	编码	成字字根	键名代码	编码
戋	G	GGGT	止	H	HHHG
雨	F	FGHY	曰	J	JHNG
古	D	DGHG	虫	J	JHNY
西	S	SGHG	车	L	LGNH
戈	A	AGNT	竹	T	TTGH
斤	R	RTTH	巳	N	NNGN
夕	Q	QTNY	耳	B	BGHG
文	Y	YYGY	臼	V	VTHG
辛	U	UYGH	巴	C	CNHN
羽	N	NNYG	弓	X	XNGN

图 2-18　笔画超过两笔的部分成字字根

成字字根	键名代码	编码	成字字根	键名代码	编码
二	F	FGG+空格	卜	H	HHY+空格
丁	S	SGH+空格	力	L	LTN+空格
七	A	AGN+空格	几	M	MTN+空格
乃	E	ETN+空格	九	V	VTN+空格
八	W	WTY+空格	刀	V	VNT+空格
儿	Q	QTN+空格	匕	X	XTN+空格

图 2-19　笔画只有两笔的成字字根

2.4　键外字的拆分与输入

除键名字根和成字字根外，其余都为普通字根。键面字之外的汉字叫键外字，汉字中绝大部分的单字都是键外字。因此，五笔字型的汉字输入编码主要是指键外字的编码。键外字的输入都必须按字根进行拆分，凡是拆分的字根少于四个的，为了凑足四码，在原编码的基础上要为其加上一个末笔识别码才能输入。

2.4.1 键外字的拆分

五笔字型的拆分取码规则可用以下口诀来表述：

五笔字型均直观，依照笔顺把码编；键名汉字打四下，基本字根请照搬；

一二三末取四码，顺序拆分大优先；不足四码要注意，交叉识别补后边。

下面以举例的方法来学习键外字的拆分，具体介绍如下：

- “简”字拆分成“⺮、门、日”是正确的，它是按照书写顺序从上到下、从外到内来拆分的。但是拆分成“⺮、日、门”是错误的，因为“日”字根在“门”字根内，按照从外到内原则，“门”字根应该在“日”字根之前拆分，如图 2-20 所示。

简→⺮（T）+门（U）+日（J）✓

简→⺮（T）+日（J）+门（U）×

图 2-20 “简”字的拆分

- “账”字拆分为“贝、丿、七”时有三个字根，拆分成“冂、人、丿、丶”时有四个字根。根据取大优先原则，拆分为“贝、丿、七”时是正确的，因为它保证了拆分出来的字根数量最少，如图 2-21 所示。

账→贝（M）+丿（T）+七（A）✓

账→冂（M）+人（W）+丿（T）+七（A）×

图 2-21 “账”字的拆分

- “柄”字可以拆分成“木、一、冂、人”，也可以拆分成“木、一、人、冂”。根据书写顺序从左到右、从外到内原则，所以拆分为“木、一、冂、人”是正确的，如图 2-22 所示。

柄→木（S）+一（G）+冂（M）+人（W）✓

柄→木（S）+一（G）+人（W）+冂（M）×

图 2-22 “柄”字的拆分

- “末”字可以拆分成“二、小”，也可以拆分成“一、木”。按照“兼顾直观”原则，拆分成“一、木”比拆分成“二、小”更直观些，所以拆分成“一、木”是正确的，如图 2-23 所示。

末→一（G）+木（S）✓

末→二（F）+小（I）×

图 2-23 “末”字的拆分

- “开”字拆分成“一、廾”为两个字根，它们之间是相连的；拆分成“二、刂”也是两个字根，它们之间是相交的。根据能连不交的原则，所以拆分成“一、廾”是正确的，如图 2-24 所示。

开→一（G）+廾（A）✓

开→二（F）+廾（J）×

图 2-24 “开”字的拆分

- “克”字拆分为“古、儿”为两个字根，拆分为“十、口、儿”为三个字根。根据取大优先的原则，拆分为“古、儿”是正确的，如图 2-25 所示。

克→古（D）+儿（Q）✓

克→十（F）+口（K）+儿（q）×

图 2-25 “克”字的拆分

- “规”字可以拆分为“二、人、冂、儿”四个字根，也可以拆分为“一、大、冂、儿”四个字根。该字无论怎么拆前两个字根之间都是相交的，所以能连不交原则不再是必要依据。根据兼顾直观与取大优选原则，正确的拆分方法为“二、人、冂、儿”，如图 2-26 所示。

规→二（F）+人（W）+冂（M）+儿（Q）✓

规→一（G）+大（D）+冂（M）+儿（Q）×

图 2-26 “规”字的拆分

说明 在拆分汉字时，需要注意区分书写笔画和字根的差距。

- "笔"字可拆分为"⺮、丿、二、乚"四个字根，也可以拆分为"⺮、丿、一、乚"四个字根。根据取大优先原则，拆分方法"⺮、丿、二、乚"是正确的，如图 2-27 所示。

笔→⺮（T）+丿（T）+二（F）+乚（N）✓

笔→⺮（T）+丿（T）+一（G）+乚（L）×

图 2-27 "笔"字的拆分

- "根"字可以拆分成"木、彐、𠄌"三个字根，也可以拆分成"木、日、𠄌"三个字根。根据书写顺序原则，拆分成"木、彐、𠄌"是正确的，如图 2-28 所示。

根→木（S）+彐（V）+𠄌（E）✓

根→木（S）+日（J）+𠄌（E）×

图 2-28 "根"字的拆分

- "或"字可以拆分为"戈、口、一"，也可以拆分为"口、一、戈"。根据书写顺序从外到内原则，拆分为"戈、口、一"是正确的，如图 2-29 所示。

或→戈（A）+口（K）+一（G）✓

或→口（K）+一（G）+戈（A）×

图 2-29 "或"字的拆分

- "件"字可以拆分为"亻、𠂉、丨"，也可以拆分为"亻、𠂉、十"。根据兼顾直观原则，拆分为"亻、𠂉、丨"更直观，如图 2-30 所示。

件→亻（W）+𠂉（R）+丨（H）✓

件→亻（W）+𠂉（T）+十（F）×

图 2-30 "件"字的拆分

- "样"字可以拆分为"木、丷、丰"，也可以拆分为"木、䒑、二、丨"。根据能散不连和取大优先原则，拆分成"木、丷、丰"是正确的，其字根数目最少，如图 2-31 所示。

样→木（S）+丷（U）+丰（D）✓

样→木（S）+䒑（U）+二（F）+丨（H）×

图 2-31 "样"字的拆分

- "非"字拆分为"三、刂、三"有三个字根，拆分为"三、丨、丨、三"有四个字根。根据取大优先原则，拆分为"三、刂、三"是正确的，其字根数目最少，如图 2-32 所示。

非→三（D）+刂（J）+三（D）✓

非→三（D）+丨（H）+丨（H）+三（D）×

图 2-32 "非"字的拆分

- "道"字拆分为"䒑、丿、目、辶"，也可以拆分为"丷、𠂇、目、辶"和"辶、䒑、丿、目"。拆分为"丷、𠂇、目、辶"违反兼顾直观原则，"辶、䒑、丿、目"违反书写顺序从外到内原则，所以"䒑、丿、目、辶"是正确的，如图 2-33 所示。

道→䒑（U）+丿（T）+目（H）+辶（P）✓

道→丷（U）+𠂇（D）+目（H）+辶（P）×

道→辶（P）+䒑（U）+丿（T）+目（H）×

图 2-33 "道"字的拆分

2.4.2 末笔识别码

有的汉字字根不足四笔，在输入完汉字的所有字根后出现的不是所需的汉字时，就要再加一个编码，这个编码叫做末笔识别码或识别码。

下面介绍确定汉字识别码的方法。

- 看末字根的末笔画，确定末笔画所在的区。
- 看汉字的字型结构，确定其字型结构所在的位。

识别码的区位号=末笔画的区号+字型结构的位号，如图 2-34 所示。

说明　汉字是由字根组成的，字根是由笔画构成的。

末笔＼字型	左右型 1	上下型 2	杂合型 3
横 1	G 11	F 12	D 13
竖 2	H 21	J 22	K 23
撇 3	T 31	R 32	E 33
捺 4	Y 41	U 42	I 43
折 5	N 51	B 52	V 53

图 2-34　末笔识别码表

例如："午"字，末笔笔画为竖"丨"，字型结构为上下型，对照图 2-34 的末笔识别码表可知，它的识别码为 22，从五笔键盘上可知，区位号为 22 的键为 J，所以"午"字的识别码为 J。

除简码汉字（什么是简码汉字下节将详细介绍）外，凡是拆分的字根少于四个的，为了凑足四码，在原编码的基础上要为其加上一个末笔识别码才能输入。

为了更好地理解末笔识别码，下面以举例的形式进行讲解。

千	末笔为"丨"，区号为 2，字型结构为杂合型，位号为 3，识别码为 23，K 键。
末	末笔为"丶"，区号为 4，字型结构为杂合型，位号为 3，识别码为 43，I 键。
场	末笔为"丿"，区号为 3，字型结构为左右型，位号为 1，识别码为 31，T 键。
孚	末笔为"一"，区号为 1，字型结构为上下型，位号为 2，识别码为 12，F 键。
码	末笔为"一"，区号为 1，字型结构为左右型，位号为 1，识别码为 11，G 键。

妃	末笔为"乙"，区号为 5，字型结构为左右型，位号为 1，识别码为 51，N 键。
元	末笔为"乙"，区号为 5，字型结构为上下型，位号为 2，识别码为 52，B 键。
万	末笔为"乙"，区号为 5，字型结构为杂合型，位号为 3，识别码为 53，V 键。
叉	末笔为"丶"，区号为 4，字型结构为杂合型，位号为 3，识别码为 43，I 键。
户	末笔为"丿"，区号为 3，字型结构为杂合型，位号为 3，识别码为 33，E 键。

2.5　简码的输入

在五笔输入法中，并不是所有的汉字均需要按照规定将所有的字根全部输入才能显示出所需的汉字。有些字只需要输入前两个字根，或前三个字根即可将其输入，甚至有些字只需要按一个键位加一个空格键即可将其输入，这类汉字被称为"简码"。

说明　有很大的一部分汉字都需要用到末笔识别码，所以需要熟练掌握。

2.5.1　一级简码

一级简码，顾名思义就是输入一个键码再按空格键即可将其输入的汉字。在五笔键盘中根据每一个键位的特征，在五个区的 25 个键位上分别安排了一个使用频率最高的汉字，称为一级简码，即高频字，如图 2-35 所示。

图 2-35　一级简码

牢记一级简码可以大大提高输入速度，在记忆时可按下面的方法，以达到快速记忆的目的。

从左至右，从上到下：

我	人	有	的	和	上	是	中	国	同
Q	W	E	R	T	H	J	K	L	M
主	产	不	为	这	经	以	发	了	民
Y	U	I	O	P	X	C	V	B	N
工	要	在	地	一					
A	S	D	F	G					

当某些词组中含有一级简码时，输入一级简码的方法为一级简码=首笔字根+次笔字根，例如：和→禾（T）+ 口（K）；主→丶（Y）+ 王（G）；是→日（J）+ 一（G）等。

2.5.2　二级简码

二级简码是由前两个字根的键码作为该字的编码，输入时只要取前两个字根，再按空格键即可。但是，并不是所有的汉字都能用二级简码来输入，五笔字型将一些使用频率较高的汉字作为二级简码。下面举例说明二级简码的输入方法。

全→人（W）+王（G）+空格　　**会→人（W）+二（F）+空格**

你→亻（W）+⺈（Q）+空格　　**面→丆（D）+冂（M）+空格**

无→二（F）+儿（Q）+空格　　**极→木（S）+乃（E）+空格**

法→氵（I）+土（F）+空格　　**果→日（J）+木（S）+空格**

朱→𠂉（R）+小（I）+空格　　**能→厶（C）+月（E）+空格**

表→龶（G）+𧘇（E）+空格　　**理→王（G）+日（J）+空格**

二级简码是由 25 个键位代码排列组合而成的，共 25×25=625 个，去掉一些空字，二级简码大约有 600 个。为了便于学习，下面按汉字拼音顺序排列出了所有二级简码汉字，供读者参考、查阅（见表 2-1）。

一级简码是汉字使用频率最高的一类汉字，准确记忆可以提高输入效率。　说明

表 2-1　二级简码表

KB	啊	UF	半	TT	笔	UA	并	CD	参
BS	阿	LW	办	NT	必	WR	伯	NL	惭
EP	爱	DT	帮	NK	避	IR	泊	OM	灿
PV	安	QN	包	BX	陛	HI	步	MM	册
JU	暗	WK	保	LP	边	UK	部	SJ	查
AC	芭	RB	报	YO	变	FT	才	JJ	昌
KC	吧	UX	北	GE	表	MF	财	TA	长
DJ	百	SG	本	PR	宾	AE	菜	WI	偿
UR	瓣	XX	比	UI	冰	HQ	餐	KI	吵
OI	炒	RF	持	TH	处	RS	打	NF	导
LG	车	IB	池	DW	春	DD	大	GC	到
JD	晨	XB	弛	DU	磁	KS	呆	TJ	得
NP	忱	BH	耻	HX	此	WA	代	OS	灯
BA	陈	FO	赤	WW	从	EJ	胆	CB	邓
TQ	称	OK	炽	OE	粗	IO	淡	MP	迪
FD	城	YC	充	SF	村	IV	当	RJ	提
DN	成	RM	抽	DP	达	SI	档	TX	第
BD	承	BM	出	TW	答	VN	刀	UP	帝
JN	电	YA	度	LY	罚	XY	纺	UC	冯
WL	佃	ON	断	IF	法	YT	放	MC	凤
QL	甸	BW	队	MY	凡	EC	肥	FW	夫
HS	盯	CF	对	RC	反	WV	分	EB	服
QS	钉	QQ	多	MR	贩	FY	坟	QM	负
QP	锭	DF	夺	AY	芳	OW	粉	VV	妇
PG	定	MS	朵	YY	方	DH	丰	EF	肝
YS	订	QT	儿	BY	防	MQ	风	NB	敢
AI	东	FG	二	VY	妨	OT	烽	EA	肛
XM	纲	AL	功	BR	孤	IQ	光	NV	恨
YM	高	AT	攻	VD	姑	JV	归	JA	虹
AF	革	WC	公	ME	骨	LV	轨	XA	红
ST	格	PK	宫	DB	顾	LJ	辊	RG	后
JW	蛤	AM	贡	NC	怪	JS	果	KT	呼
WH	个	AW	共	UD	关	FP	过	DE	胡
TK	各	FR	垢	PN	官	PD	害	HA	虎
XW	给	SQ	构	CM	观	IC	汉	GX	互
BO	耿	WD	估	TP	管	VB	好	GL	画

说明　熟练地掌握二级简码可以提高汉字的输入速度。

续上表

AJ	划	WF	会	SE	极	XO	继	IA	江
WX	化	VQ	婚	EY	及	XN	纪	AR	匠
NG	怀	WO	伙	XE	级	PE	家	BT	降
RQ	换	AK	或	MT	几	LK	加	EU	胶
JR	蝗	FE	圾	TB	季	ID	尖	UQ	交
OR	煌	AD	基	PH	寂	UJ	间	QE	角
JI	晃	SM	机	YF	计	CV	艰	LU	较
DO	灰	EM	肌	YN	记	IL	渐	KN	叫
VA	毁	FK	吉	BF	际	SW	检	AB	节
SO	杰	QY	久	GA	开	RK	扣	LX	累
XF	结	VT	九	SX	楷	SD	枯	EL	肋
WJ	介	HJ	旧	AS	苛	PA	宽	OD	类
NM	届	VL	舅	TU	科	JX	昆	SL	楞
JC	紧	YI	就	SK	可	LS	困	YB	离
FJ	进	ND	居	DQ	克	RY	扩	GJ	理
RP	近	HW	具	PT	客	RU	拉	SB	李
HG	睛	UN	决	HE	肯	GO	来	DL	历
JY	景	PL	军	PW	空	QI	乐	UU	立
LT	力	VO	灵	VI	录	TC	么	XR	绵
BU	联	KL	另	KK	吕	GT	玫	DM	面
EW	脸	YJ	刘	NO	屡	OA	煤	TI	秒
YV	良	UY	六	XV	绿	IM	没	JE	明
JG	量	DX	龙	LQ	罗	WU	们	QK	名
BP	辽	OV	娄	VC	妈	HO	眯	GS	末
OU	料	RO	搂	CN	马	OP	迷	CR	牟
GQ	列	HN	卢	KY	嘛	OY	米	VX	姆
SS	林	HL	卤	NJ	慢	TN	秘	HF	睦
KV	哪	RH	年	AG	七	EG	且	SC	权
VE	奶	PS	宁	MN	岂	US	亲	WG	全
FM	南	OQ	炮	QG	钱	IN	沁	QD	然
LL	男	EE	朋	UE	前	LC	轻	YH	让
CW	难	RX	批	QW	欠	XD	顷	YW	认
MW	内	HC	皮	XK	强	YD	庆	RE	扔
CE	能	GU	平	NI	悄	TO	秋	WE	仍
NX	尼	UO	普	MI	峭	AQ	区	VK	如
WQ	你	GV	妻	AV	切	BC	取	TY	入

二级简码是仅次于一级简码的常用字。　说明

续上表

UG	闰	IT	少	FI	示	EN	甩	DV	肆
XU	弱	PY	社	AN	世	YX	率	FF	寺
IS	洒	PJ	审	GK	事	FS	霜	LH	四
DG	三	TG	生	QA	氏	CC	双	YR	诉
RV	扫	RW	失	NH	收	II	水	KJ	虽
QC	色	JF	时	RT	手	HT	睡	BI	孙
DI	砂	PU	实	PF	守	KD	顺	RN	所
XI	纱	KQ	史	JL	曙	YU	说	WB	他
UM	商	AA	式	SY	术	LN	思	PX	它
CK	台	KR	听	PQ	宛	SR	析	GM	现
DY	太	OC	烃	IG	汪	KE	吸	BV	限
EI	膛	HU	瞳	TV	委	NU	习	XG	线
RJ	提	GB	屯	LE	胃	CA	戏	SH	相
KU	啼	CP	驼	BG	卫	XL	细	TM	向
GD	天	EV	妥	FQ	无	HP	瞎	PI	宵
TS	条	RD	拓	GG	五	GH	下	IH	小
QR	铁	QH	外	TR	物	VU	嫌	IE	肖
DS	厅	JQ	晚	TL	务	JO	显	FL	协
SA	械	TE	秀	VP	巡	MD	央	YE	衣
NQ	懈	VJ	旭	YK	训	SN	杨	VG	姨
NY	心	LF	轩	RL	押	IU	洋	CT	矣
WY	信	KP	喧	KA	呀	BJ	阳	WN	亿
IW	兴	HY	眩	AH	牙	ER	遥	NN	忆
TF	行	IP	学	OL	烟	AX	药	YQ	义
QB	凶	FV	雪	OO	炎	BN	也	LD	因
EQ	胸	QJ	旬	HV	眼	OG	业	BE	阴
WS	休	VF	寻	AU	燕	KF	叶	XH	引
BQ	隐	NW	愉	JP	晕	UL	曾	RA	找
JK	蝇	GN	与	VS	杂	MU	赠	RR	折
KX	哟	GY	玉	PO	灾	OH	粘	GW	珍
ET	用	JM	遇	FA	载	LR	斩	HM	贞
MH	由	DR	原	JH	早	ML	崭	QF	针
MB	邮	KM	员	IK	澡	HK	占	BL	阵
DC	友	XQ	约	OF	灶	UH	站	QV	争
DK	右	QU	匀	MJ	则	XT	张	AP	芝
GF	于	CQ	允	FU	增	IX	涨	FC	支

说明 对于二级简码中的三码或多码字需要练习掌握，二码字则不用。

续上表

TD	知	FN	志	RI	朱	IJ	浊	XP	综
PP	之	KH	中	OJ	烛	OB	籽	JB	最
BK	职	EK	肿	IY	注	BB	子	JT	昨
FH	直	LM	轴	CY	驻	PB	字	DA	左
KW	只	PM	宙	UV	妆	SP	棕	WT	作
XJ	旨	GR	珠						

2.5.3 三级简码

三级简码是以单字全码中的前三个字根作为该字的编码。只要选取该字的前三个字根，再按空格键即可。此类汉字不能明显地提高输入速度，因为在打了三个键码后还必须加按空格键，也为四码。但由于其省略了最后的字根码或末笔字型识别码，故对提高速度来说，还是有一定帮助的。

由于三级简码众多，故在此就不再一一列举。下面只列举一些常见的三级简码，以帮助读者学习。

档→木（S）+ ⺌（I）+ 彐（V）+ 空格　　模→木（S）+ 艹（A）+ 日（J）+ 空格

隔→阝（B）+ 一（G）+ 口（K）+ 空格　　解→⺈（Q）+ 用（E）+ 刀（V）+ 空格

段→亻（W）+ 三（D）+ 几（M）+ 空格　　容→宀（P）+ 八（W）+ 人（W）+ 空格

修→亻（W）+ 丨（H）+ 夂（T）+ 空格　　搜→扌（R）+ 臼（V）+ 丨（H）+ 空格

换→扌（R）+ ⺈（Q）+ 冂（M）+ 空格　　索→十（F）+ 冖（P）+ 幺（X）+ 空格

由于用简码编码的汉字已有 5 000 多个，占常用汉字的绝大多数，因而掌握简码输入法可以大大提高汉字的输入速度。

2.6 重码与容错码

五笔字型最大的优点就是重码少，但并非没有重码。另外，在五笔字型中，还包括部分用户容易弄错的容错码。下面将对重码和容错码的处理进行介绍。

2.6.1 重码

在五笔输入过程中，将不可避免地会遇到重码的输入，下面将讲解重码字的输入方法。

五笔字型对重码字按其使用频率进行了分级处理，输入重码字的编码时，重码字同时显示在提示行中，较常用的字一般排在前面。这时，五笔输入法软件就会自动报警，发出“嘟”的声音，提醒用户出现了重码字。

如果需要的字排在第一位，按空格键后则只管输入下文，这个字会自动显示到编辑位置，输入时就像没有重码一样，完全不影响输入速度；如果第一个字不是所需的，则根据它的位

在五笔输入法中，如果输入中出现重码汉字，一般输入法中会有汉字频率调整功能。　说明

置号按数字键，使它显示到编辑位置。例如：雨、寸、士等字，输入五笔编码 FGH 都可以显示，按其常用顺序排列，如果需要输入“雨”字按空格键后只管输入下文；如果需要输入“十”、“士”、“寸”等字时，按其前面相对应的序号即可，如图 2-36 所示。

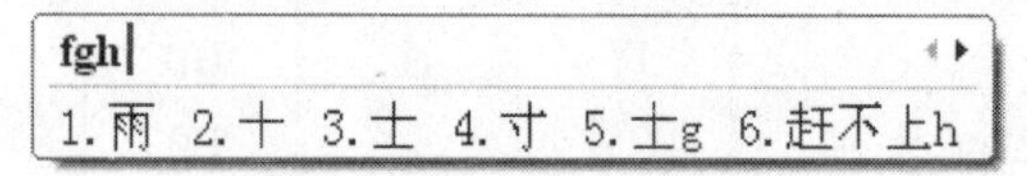

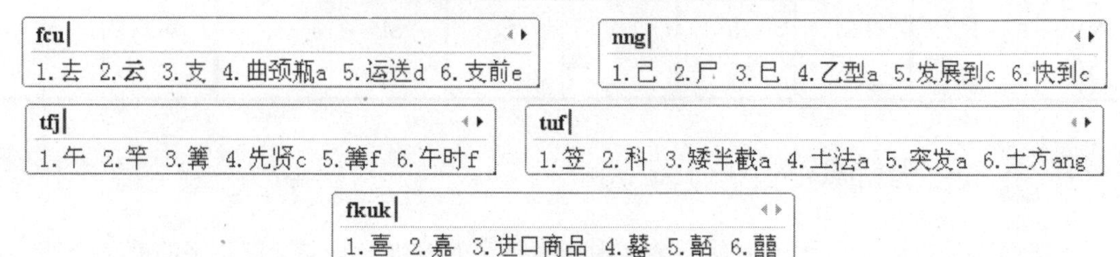

图 2-36　重码的汉字

在五笔字型的编码设计中，对显示在后面的重码汉字还规定了另一个编码，即将其最后一个编码人为地修改为 L，这样，在输入重码汉字时对前面的汉字可用原码输入，对后面的汉字可用修改后的编码输入。

2.6.2 容错码

在五笔字型输入法中，为了便于用户学习和使用，在编码中设计了容错码。但要注意的是，容错码只是纠正部分容易输错的编码。

在五笔字型输入法中，对约 5 000 个汉字设计了容错码，其主要类型包括拆分容错、字型容错和版本容错 3 种。

1. 拆分容错

有些汉字在书写顺序上，因人而异，这就是拆分容错码。

例如，五笔字型输入法规定“长”字拆分为“丿、七、丶（TAYI）”时为正确编码，但在实际书写时，按各人不同的习惯又存在下面三种编码：

长→七、丿、丶 (ATYI)　长→丿、一、乙 (TGNI)　长→一、乙、丿、丶 (GNTY)

考虑到这三种书写顺序，认为这三种编码也代表“长”，则这三种编码就是“长”字的拆分容错码。

2. 字型容错

个别汉字的字型不是很明确，在判断时往往会出现差错，因此设计了字型容错码。例如：

首→䒑、丿、目 (UTHF) 为正确码　首→䒑、丿、目 (UTHD) 为容错码

左→ 、工 (DAF) 为正确码　左→ 、工 (DAD) 为容错码

这样，不管是输入正确码还是输入容错码，都可以输入其汉字，提高了输入效率。

说明　虽然设计了容错码，最好还是使用正确的拆分方法，因为有的输入法中没有此功能。

3. 版本容错

五笔字型输入法经过二十多年的使用、修改和优化，因而最新版本与早期版本有较大的区别。为了使已掌握早期版本的用户也能很好地使用最新的优化方案，故特别设计了一些版本容错码。

例如，在目前最新的优化方案中，取消了两个字根，与此类字根有关的字均按容错码的形式保存了原方案的编码。

最后特别要提醒的是，容错码不是万能的，它只是在一个很小的范围内能给予用户帮助。因此，必须要认真学习并熟练掌握汉字的正确拆分方法和编码原则，而不能把希望寄托在容错码上。

2.7　词组的拆分与输入

在五笔输入法中，不只可以输入单个字，还可以输入词组。词组分为二字词组、三字词组、四字词组和多字词组，但不论哪一种词组其编码构成数目都为四码。

2.7.1　二字词组的拆分与输入

如果构成词组的汉字个数为两个，此类词组就称为二字词组。下面具体讲解二字词组的输入方法。

二字词组的取码规则如下：

二字词组的编码=第一个汉字的第一个字根+第一个汉字的第二个字根+第二个汉字的第一个字根+第二个汉字的第二个字根

为了便于理解，下面以举例的方式进行讲解。

例 1：词组“你好”，根据取码规则，取第一个汉字“你”的第一个字根“亻”和第二个字根“⺈”；取第二个汉字的第一个字根“女”和第二个字根“子”。所以构成该词组的四个字根为“亻、⺈、女、子”，如图 2-37 所示。

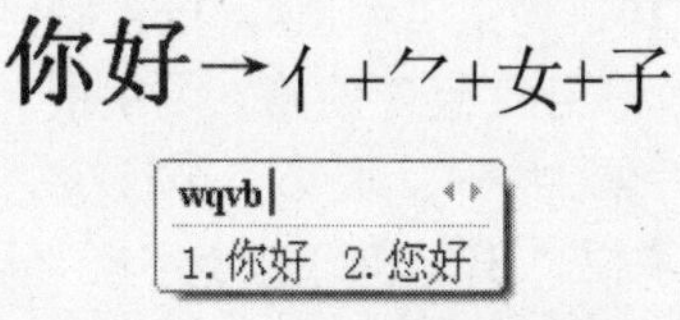

你好→亻+⺈+女+子

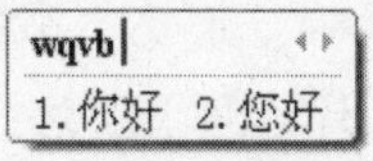
wqvb
1.你好 2.您好

图 2-37 “你好”的拆分与输入

例 2：词组“输入”，根据取码规则，取第一个汉字“输”的第一个字根“车”和第二个字根“人”；取第二个汉字“入”的第一个字根“丿”和第二个字根“、”。所以构成该词组的四个字根为“车、人、丿、、”，如图 2-38 所示。

输入→车+人+丿+、

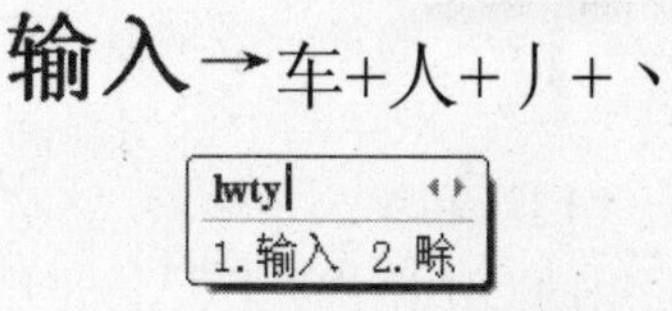

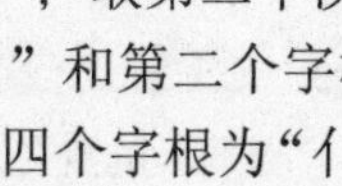
lwty
1.输入 2.�

图 2-38 “输入”的拆分与输入

例 3：词组“什么”，根据取码规则，取第一个汉字“什”的第一个字根“亻”和第二个字根“十”；取第二个汉字“么”的第一个字根“丿”和第二个字根“厶”。所以构成该词组的四个字根为“亻、十、丿、厶”，如图 2-39 所示。

什么→亻+十+丿+厶

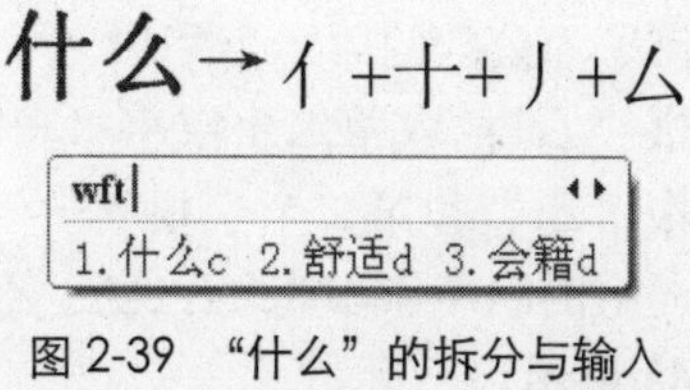

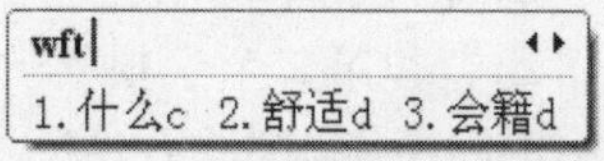
wft
1.什么c 2.舒适d 3.会籍d

图 2-39 “什么”的拆分与输入

熟练掌握词组的拆分可以大大提高汉字的输入速度。　技巧

例 4：词组“字根”，根据取码规则，取第一个汉字“字”的第一个字根“宀”和第二个字根“子”；取第二个汉字“根”的第一个字根“木”和第二个字根“彐”。所以构成该词组的四个字根为“宀、子、木、彐”，如图 2-40 所示。

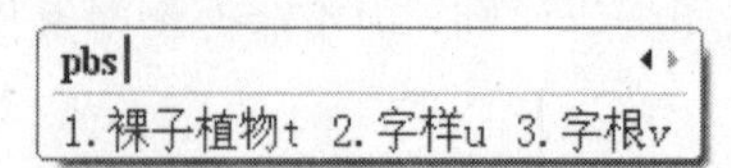

pbs
1. 裸子植物t 2. 字样u 3. 字根v

图 2-40 “字根”的拆分与输入

例 5：词组“文件”，根据取码规则，取第一个汉字“文”的第一个字根“文”和第二个字根“丶”；取第二个汉字“件”的第一个字根“亻”和第二个字根“𠂉”。所以构成该词组的四个字根为“文、丶、亻、𠂉”，如图 2-41 所示。

文件→文+丶+亻+𠂉

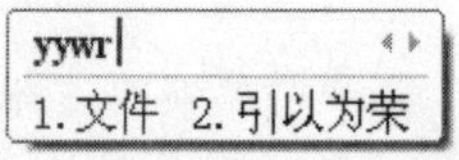

yywr
1. 文件 2. 引以为荣

图 2-41 “文件”的拆分与输入

例 6：词组“合同”，根据取码规则，取第一个汉字“合”的第一个字根“人”和第二个字根“一”；取第二个汉字“同”的第一个字根“冂”和第二个字根“一”。所以构成该词组的四个字根为“人、一、冂、一”，如图 2-42 所示。

合同→人+一+冂+一

wgm
1. 合同g 2. 倒帐h 3. 便帽h

图 2-42 “合同”的拆分与输入

例 7：词组“公司”，根据取码规则，取第一个汉字“公”的第一个字根“八”和第二个字根“厶”；取第二个汉字“司”的第一个字根“乙”和第二个字根“一”。所以构成该词组的四个字根为“八、厶、乙、一”，如图 2-43 所示。

公司→八+厶+乙+一

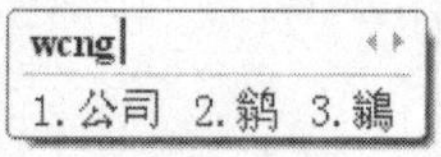

wcng
1. 公司 2. 鹟 3. 鷁

图 2-43 “公司”和拆分与输入

例 8：词组“日常”，根据取码规则，取第一个汉字“日”的第一个字根和第二个字根，因为“日”是键名字，所以连续按两次“日”所在的键位；取第二个汉字“常”的第一个字根“⺌”和第二个字根“冖”。所以构成该词组的四个字根为“日、日、⺌、冖”，如图 2-44 所示。

日常→日+日+⺌+冖

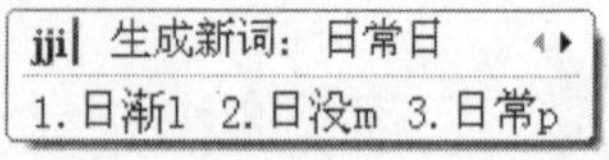

jji 生成新词：日常日
1. 日渐l 2. 日没m 3. 日常p

图 2-44 “日常”的拆分与输入

例 9：词组“交际”，根据取码规则，取第一个汉字“交”的第一个字根“六”和第二个字根“乂”；取第二个汉字“际”的第一个字根“阝”和第二个字根“二”。所以构成该词组的四个字根为“六、乂、阝、二”，如图 2-45 所示。

交际→六+乂+阝+二

uqb
1. 盗取c 2. 交际f 3. 郊h

图 2-45 “交际”的拆分与输入

例 10：词组“经理”，根据取码规则，取第一个汉字“经”的第一个字根“纟”和第二个字根“ス”；取第二个汉字“理”的第一个字根“王”和第二个字根“日”。所以构成该词组的的四个字根为“纟、ス、王、日”，如图 2-46 所示。

经理→纟+ス+王+日

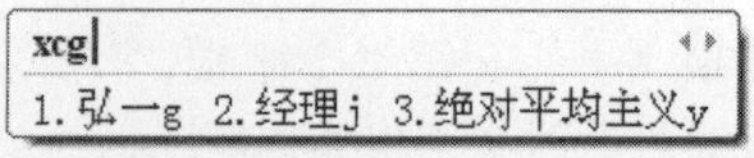

xcg
1. 弘一g 2. 经理j 3. 绝对平均主义y

图 2-46 “经理”的拆分与输入

说明 五笔字型中的二字词组也就是指汉语中的二字词语。

知识点拨

在拆分二字词组时，如果词组中包含有一级简码的独体字或键名字，只需连续按两次该汉字所在键位即可；如果一级简码非独体字，则按照键外字的拆分方法进行拆分即可；如果包含成字字根，则按照成字字根的拆分方法进行拆分。

2.7.2 三字词组的拆分与输入

如果构成词组的汉字个数为三个，此类词组就称为三字词组。下面具体讲解三字词组的输入方法。

三字词组的取码规则如下：

三字词组的编码＝第一个汉字的第一个字根＋第二个汉字的第一个字根＋
第三个汉字的第一个字根＋第三个汉字的第二个字根

为了便于理解，下面以举例的方式进行讲解。

例 1：词组“计算机”，根据三字词组取码规则，取第一个汉字“计”的第一个字根“讠”；取第二个汉字“算”的第一个字根“⺮”；取第三个汉字“机”的第一个字根“木”和第二个字根“几”。所以构成该三字词组的四个字根为“讠、⺮、木、几”，如图 2-47 所示。

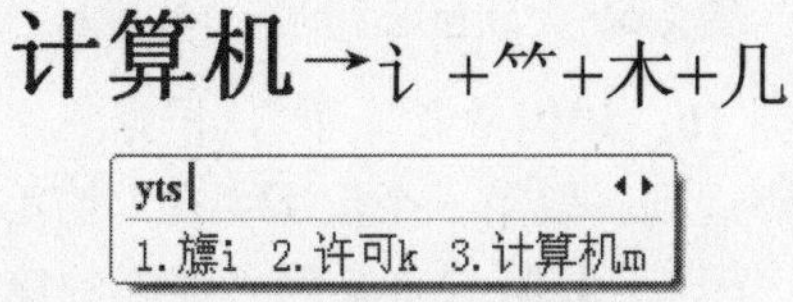
计算机→讠+⺮+木+几
yts
1.臁i 2.许可k 3.计算机m

图 2-47 “计算机”的拆分与输入

例 2：词组“工商局”，根据三字词组取码规则，第一个汉字“工”，因为该字是键名字，所以选取该字所在的键位即可；取第二个汉字“商”的第一个字根“六”；第三个汉字“局”的第一个字根“尸”和第二个字根“乙”。所以构成该三字词组的四个字根为“工、六、尸、乙”，如图 2-48 所示。

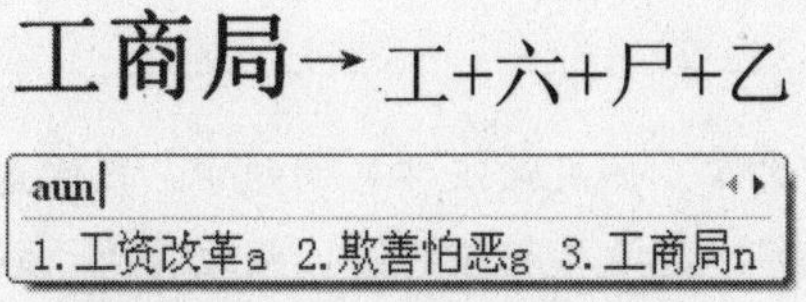
工商局→工+六+尸+乙
aun
1.工资改革a 2.欺善怕恶g 3.工商局n

图 2-48 “工商局”的拆分与输入

例 3：词组“办公室”，根据三字词组的取码规则，取第一个汉字“办”的第一个字根“力”；取第二个汉字“公”的第一个字根“八”；取第三个汉字“室”的第一个字根“宀”和第二个字根“一”。所以构成该三字词组的四个字根为“力、八、宀、一”，如图 2-49 所示。

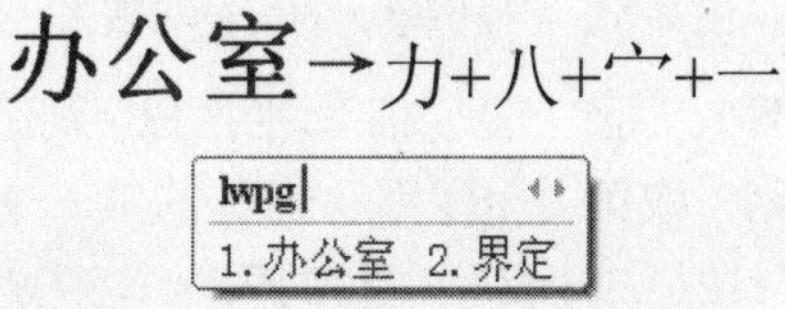
办公室→力+八+宀+一
lwpg
1.办公室 2.界定

图 2-49 “办公室”的拆分与输入

例 4：词组“电冰箱”，根据三字词组的取码规则，取第一个汉字“电”的第一个字根“日”；取第二个汉字“冰”的第一个字根“冫”；取第三个汉字“箱”的第一个字根“⺮”和第二个字根“木”。所以构成该三字词组的四个字根为“日、冫、⺮、木”，如图 2-50 所示。

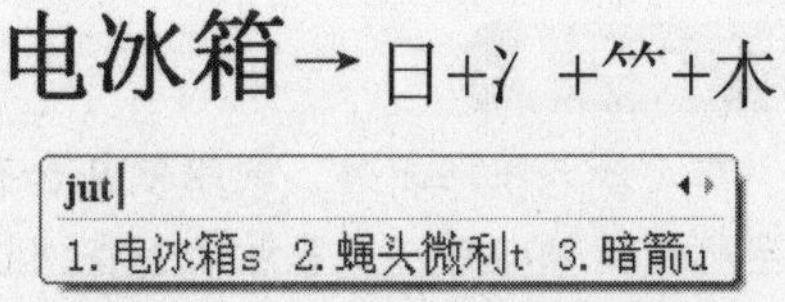
电冰箱→日+冫+⺮+木
jut
1.电冰箱s 2.蝇头微利t 3.暗箭u

图 2-50 “电冰箱”的拆分与输入

例 5：词组“授权书”，根据三字词组的取码规则，取第一个汉字“授”的第一个字根“扌”；取第二个汉字“权”的第一个字根“木”；取第三个汉字“书”的第一个字根“乙”和第二个字根“乙”。所以构成该三字词组的四个字根为“扌、木、乙、乙”，如图 2-51 所示。

授权书→扌+木+乙+乙

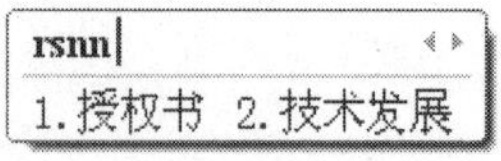

rsnn
1.授权书 2.技术发展

图 2-51 “授权书”的拆分与输入

例 6：词组“报价单”，根据三字词组的取码规则，取第一个汉字“报”的第一个字根“扌”；取第二个汉字“价”的第一个字根“亻”；取第三个汉字“单”的第一个字根“丷”和第二个字根“日”。所以构成该三字词组的四个字根为“扌、亻、丷、日”，如图 2-52 所示。

报价单→扌+亻+丷+日

rwuj
1.报价单 2.报价郑易里 3.失意

图 2-52 “报价单”的拆分与输入

例 7：词组“证明信”，根据三字词组的取码规则，取第一个汉字“证”的第一个字根“讠”；取第二个汉字“明”的第一个字根“日”；取第三个汉字“信”的第一个字根“亻”和第二个字根“言”。所以构成该三字词组的四个字根为“讠、日、亻、言”，如图 2-53 所示。

证明信→讠+日+亻+言

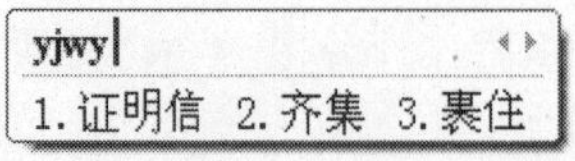

yjwy
1.证明信 2.齐集 3.裹住

图 2-53 “证明信”的拆分与输入

例 8：词组“现代化”，根据三字词组的取码规则，取第一个汉字“现”的第一个字根“王”；取第二个汉字“代”的第一个字根“亻”；取第三个汉字“化”的第一个字根“亻”和第二个字根“匕”。所以构成该三字词组的四个字根为“王、亻、亻、匕”，如图 2-54 所示。

现代化→王+亻+亻+匕

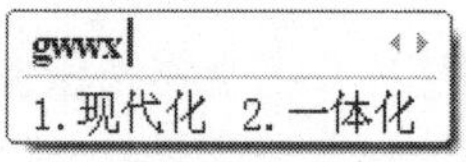

gwwx
1.现代化 2.一体化

图 2-54 “现代化”的拆分和输入

例 9：词组“联合国”，根据三字词组的取码规则，取第一个汉字“联”的第一个字根“耳”；取第二个汉字“合”的第一个字根“人”；取第三个汉字“国”的第一个字根“囗”和第二个字根“王”。所以构成该三字词组的四个字根为“耳、人、囗、王”，如图 2-55 所示。

联合国→耳+人+囗+王

bwl
1.联合国g 2.附加k 3.阿修罗q

图 2-55 “联合国”的拆分与输入

例 10：词组“孔夫子”，根据三字词组的取码规则，取第一个汉字“孔”的第一个字根“子”；取第二个汉字“夫”的第一个字根“二”；因为第三个汉字“子”为键名字。所以按其所在的键位两次作为该词的第三码和第四码，如图 2-56 所示。

孔夫子→子+二+子+子

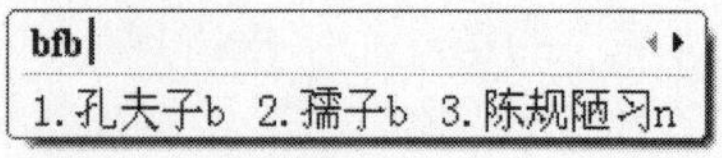

bfb
1.孔夫子b 2.孺子b 3.陈规陋习n

图 2-56 “孔夫子”的拆分与输入

知识点拨

在拆分三字词组时，词组中包含有一级简码或键名字，如果该汉字在词组中，只需选取该字所在键位即可；如果该汉字在词组末尾又是独体字，则按其所在的键位两次作为该词的第三码和第四码；若包含成字字根，则按照成字字根的拆分方法拆分即可。

技巧 若三字词组的末尾字是一级简码，但不是独体字，则按普通汉字的拆分方法进行拆分。

2.7.3　四字词组的拆分与输入

如果构成词组的汉字个数为四个，此类词组就称为四字词组。下面具体讲解四字词组的输入方法。

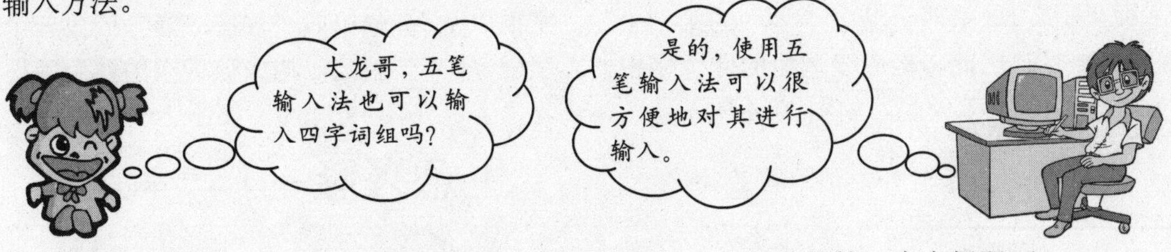

对于四字词组，也只取其四码，取码时分别取每一个汉字的第一个字根即可。

四字词组的编码＝第一个汉字的第一个字根＋第二个汉字的第一个字根＋第三个汉字的第一个字根＋第四个汉字的第一个字根

为了便于理解四字词组的取码方法，下面以举例的方式进行讲解。

例 1：词组“改革开放”，根据四字词组的取码规则，取第一个汉字“改”的第一个字根“己”；取第二个汉字“革”的第一个字根“廿”；取第三个汉字“开”的第一个字根“一”；取第四个汉字“放”的第一个字根“方”。因此，构成该词组的四个字根为“己、廿、一、方”，如图 2-57 所示。

改革开放→己+廿+一+方

nag
1. 改革开放y

图 2-57　“改革开放”的拆分与输入

例 2：词组“社会主义”，根据四字词组的取码规则，取第一个汉字“社”的第一个字根“礻”；取第二个汉字“会”的第一个字根“人”；因为第三个汉字“主”为一级简码，故取其所在键位即可；取第四个汉字“义”的第一个字根“丶”。因此，构成该词组的四个字根为“礻、人、主、丶”，如图 2-58 所示。

社会主义→礻+人+主+丶

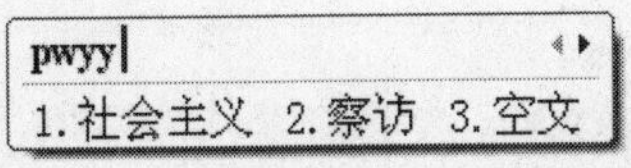

pwyy
1. 社会主义 2. 察访 3. 空文

图 2-58　“社会主义”的拆分与输入

例 3：词组“明察秋毫”，根据四字词组的取码规则，取第一个汉字“明”的第一个字根“日”；取第二个汉字“察”的第一个字根“宀”；取第三个汉字“秋”的第一个字根“禾”；取第四个汉字“毫”的第一个字根“亠”。因此，构成该词组的四个字根为“日、宀、禾、亠”，如图 2-59 所示。

明察秋毫→日+宀+禾+亠

jpt
1. 明察秋毫y

图 2-59　“明察秋毫”的拆分与输入

例 4：词组“大智若愚”，根据四字词组的取码规则，因为第一个汉字“大”为键名字，故取其所在的键位即可；取第二个汉字“智”的第一个字根“𠂉”；取第三个汉字“若”的第一个字根“艹”；取第四个汉字“愚”的第一个字根“日”。因此，构成该词组的四个字根为“大、𠂉、艹、日”，如图 2-60 所示。

大智若愚→大+𠂉+艹+日

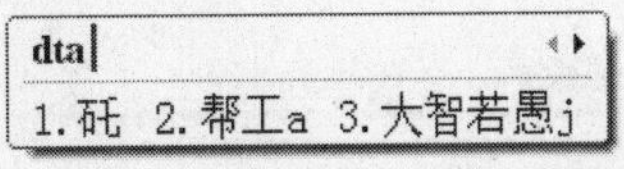

dta
1. 砙 2. 帮工a 3. 大智若愚j

图 2-60　“大智若愚”的拆分与输入

在汉语中四字词组很多，使用五笔输入法都可以快速地对其进行输入。　说明

例 5：词组“事倍功半”，根据四字词组的取码规则，取第一个汉字“事”的第一个字根“一”；取第二个汉字“倍”的第一个字根“亻”；取第三个汉字“功”的第一个字根“工”；取第四个汉字“半”的第一个字根“丷”。因此，构成该词组的四个字根为“一、亻、工、丷”，如图 2-61 所示。

事倍功半→一+亻+工+丷

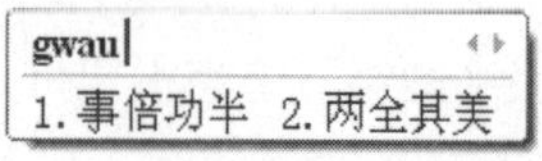

gwau
1.事倍功半 2.两全其美

图 2-61 “事倍功半”的拆分与输入

例 6：词组“熟能生巧”，根据四字词组的取码规则，取第一个汉字“熟”的第一个字根“亠”；取第二个汉字“能”的第一个字根“厶”；取第三个汉字“生”的第一个字根“丿”；取第四个汉字“巧”的第一个字根“工”。因此，构成该词组的四个字根为“亠、厶、丿、工”，如图 2-62 所示。

熟能生巧→亠+厶+丿+工

yct
1.诶 2.熟能生巧a 3.诶d

图 2-62 “熟能生巧”的拆分与输入

例 7：词组“圆满成功”，根据四字词组的取码规则，取第一个汉字“圆”的第一个字根“口”；取第二个汉字“满”的第一个字根“氵”；取第三个汉字“成”的第一个字根“厂”；取第四个汉字“功”的第一个字根“工”。因此，构成该词组的四个字根为“口、氵、厂、工”，如图 2-63 所示。

圆满成功→口+氵+厂+工

lid
1.圆满成功a 2.因小而失大d 3.输油泵i

图 2-63 “圆满成功”的拆分与输入

例 8：词组“生意兴隆”，根据四字词组的取码规则，取第一个汉字“生”的第一个字根“丿”；取第二个汉字“意”的第一个字根“立”；取第三个汉字“兴”的第一个字根“⺍”；取第四个汉字“隆”的第一个字根“阝”。因此，构成该词组的四个字根为“丿、立、⺍、阝”，如图 2-64 所示。

生意兴隆→丿+立+⺍+阝

tui
1.生意兴隆b 2.物资流通c 3.税源d

图 2-64 “生意兴隆”的拆分与输入

例 9：词组“通讯地址”，根据四字词组的取码规则，取第一个汉字“通”的第一个字根“マ”；取第二个汉字“讯”的第一个字根“讠”；因为第三个汉字“地”为一级简码，而其又包含在四字词组中，则按键外字的拆分方法取其第一个字根“土”；取第四个汉字“址”的第一个字根“土”。因此，构成该词组的四个字根为“マ、讠、土、土”，如图 2-65 所示。

通讯地址→マ+讠+土+土

cyf
1.驻地b 2.通讯地址f 3.骗走h

图 2-65 “通讯地址”的拆分与输入

例 10：词组“俗不可耐”，根据四字词组的拆分规则，取第一个汉字“俗”的第一个字根“亻”；因为第二个汉字“不”为一级简码中的非独体字，故按照键外字的拆分方法取其第一个字根“一”；取第三个汉字“可”的第一个字根“丁”；取第四汉字“耐”的第一个字根“𠂆”。因此，构成该词组的四个字根为“亻、一、丁、𠂆”，如图 2-66 所示。

俗不可耐→亻+一+丁+𠂆

wgs
1.全权c 2.债权c 3.俗不可耐d

图 2-66 “俗不可耐”的拆分与输入

 说明 一般的四字词组都是汉语中的四字成语或词组，应熟练掌握它们的输入方法。

知识点拨

在拆分四字词组时，词组中如果包含有一级简码的独体字或键名字，只需选取该字所在键位即可；如果一级简码非独体字，则按照键外字的拆分方法拆分即可；若包含成字字根，则按照成字字根的拆分方法拆分即可。

2.7.4 多字词组的拆分与输入

如果构成词组的汉字个数超过四个，则此类词组就称为多字词组。下面具体讲解多字词组的输入方法。

多字词组也取其四码，其取码规则如下：

多字词组的编码=第一个汉字的第一个字根+第二个汉字的第一个字根+第三个汉字的第一个字根+末尾汉字的第一个字根

为了便于理解，下面以举例的方式进行讲解。

例 1：词组“中华人民共和国”，根据多字词组的取码规则，因为第一个汉字“中”为一级简码独体字，故取其所在的键位即可；取第二个汉字“华”的第一个字根“亻”；第三个汉字“人”也为一级简码独体字，也取其所在键位即可；末尾汉字“国”为一级简码中的非独体字，则按照拆分键外字的方法对其拆分，取其第一个字根“口”。因此，构成此多字词组的四个字根为“中、亻、人、口”，如图 2-67 所示。

中华人民共和国→中+亻+人+口

图 2-67 多字词组的拆分与输入 1

例 2：词组“吹胡子瞪眼”，根据多字词组的取码规则，取第一个汉字“吹”的第一个字根“口”；取第二个汉字“胡”的第一个字根“古”；因为第三个汉字“子”为键名字，故取其所在的键位即可；取末尾汉字“眼”的第一个字根“目”。因此，构成该词组的四个字根为“口、古、子、目”，如图 2-68 所示。

吹胡子瞪眼→口+古+子+目

kdb
1. 呃 2. 顺耳g 3. 吹胡子瞪眼h

图 2-68 多字词组的拆分与输入 2

例 3：词组“百闻不如一见”，根据多字词组的取码规则，取第一个汉字“百”的第一个字根“丆”；取第二个汉字“闻”的第一个字根“门”；因为第三个汉字“不”为一级简码中非独体字，则按照键外字的拆分方法拆分，取其第一个字根“一”；取末尾汉字“见”的第一个字根“冂”。因此，构成该词组的四个字根为“丆、门、一、冂”，如图 2-69 所示。

百闻不如一见→丆+门+一+冂

dug
1. 磁带k 2. 百闻不如一见m 3. 顾头不顾尾n

图 2-69 多字词组的拆分与输入 3

例 4：词组“国际劳动节”，根据多字词组的取码规则，因为第一个汉字为一级简码中的非独体字，故按照键外字的拆分方法进行拆分，取其第一个字根“口”；取第二个汉字“际”的第一个字根“阝”；取其第三个汉字“劳”的第一个字根“艹”；取末尾汉字的第一个字根“艹”。因此，构成该词组的四个字根为“口、阝、艹、艹”，如图 2-70 所示。

国际劳动节→口+阝+艹+艹

lbaa
1. 国际劳动节 2. 国际劳动妇女节

图 2-70 多字词组的拆分与输入 4

说明 多字词组是平时常用的词组或短语，在文档输入过程中会经常用到。

例 5：词组“科学工作者”，根据多字词组的取码规则，取第一个汉字“科”的第一个字根“禾”；取第二个汉字“学”的第一个字根“⺍”；因为第三个汉字“工”为一级简码中的独体字，也是键名字，故取其所在键位即可；取末尾汉字“者”的第一个字根“土”。因此，构成该词组的四个字根为“禾、⺍、工、土”，如图 2-71 所示。

科学工作者→禾+⺍+工+土

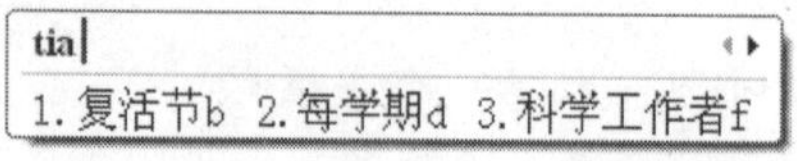

tia|
1.复活节b 2.每学期d 3.科学工作者f

图 2-71 多字词组的拆分与输入 5

例 6：词组“历史博物馆”，根据多字词组的取码规则，取第一个汉字“历”的第一个字根“厂”；取第二个汉字“史”的第一个字根“口”；取第三个汉字“博”的第一个字根“十”；取末尾汉字“馆”的第一个字根“𠂊”。因此，构成该词组的四个字根为“厂、口、十、𠂊”，如图 2-72 所示。

历史博物馆→厂+口+十+𠂊

dkf|
1.右击m 2.有口无心n 3.历史博物馆q

图 2-72 多字词组的拆分与输入 6

例 7：词组“连想都不敢想”，根据多字词组的取码规则，取第一个汉字“连”的第一个字根“车”；取第二个汉字“想”的第一个字根“木”；取第三个汉字“都”的第一个字根“土”；取末尾汉字“想”的第一个字根“木”。因此，构成该词组的四个字根为“车、木、土、木”，如图 2-73 所示。

连想都不敢想→车+木+土+木

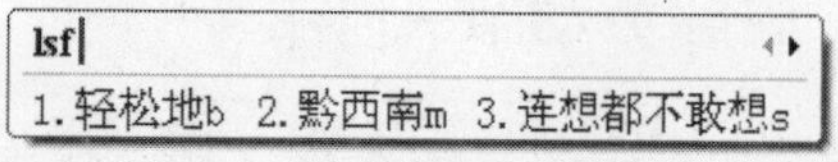

lsf|
1.轻松地b 2.黔西南m 3.连想都不敢想s

图 2-73 多字词组的拆分与输入 7

例 8：词组“惟恐天下不乱”，根据多字词组的取码规则，取第一个汉字“惟”的第一个字根“忄”；取第二个汉字“恐”的第一个字根“工”；取第三个汉字“天”的第一个字根“一”；取末尾汉字的第一个字根“丿”。因此，构成该词组的四个字根为“忄、工、一、丿”，如图 2-74 所示。

惟恐天下不乱→忄+工+一+丿

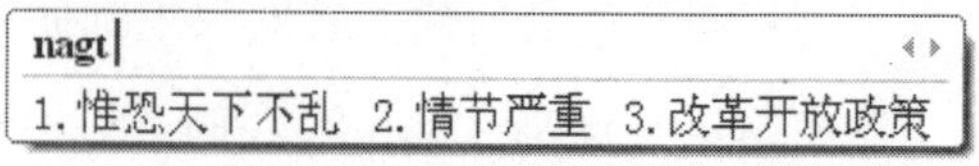

nagt|
1.惟恐天下不乱 2.情节严重 3.改革开放政策

图 2-74 多字词组的拆分与输入 8

例 9：词组“采取不正当手段”，根据多字词组的取码规则，取第一个汉字“采”的第一个字根“爫”；取第二个汉字“取”的第一个字根“耳”；因为第三个汉字“一”为一级简码中的非独体字，故取其所在的键位即可；取末尾汉字“段”的第一个字根“亻”，因此，构成该词组的四个字根为“爫、耳、一、亻”，如图 2-75 所示。

采取不正当手段→爫+耳+一+亻

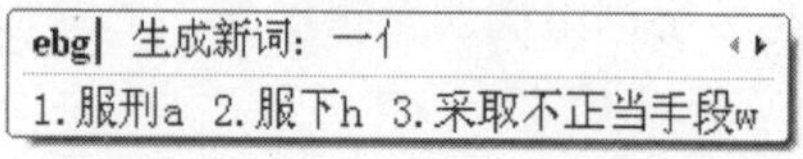

ebg| 生成新词：一亻
1.服刑a 2.服下h 3.采取不正当手段w

图 2-75 多字词组的拆分与输入 9

例 10：词组“人怕出名猪怕壮”，根据多字词组的取码规则，因为第一个汉字“人”是一级简码中的独体字，又是键名字，故取其所在键位即可；取第二个汉字“怕”第一个字根“忄”；取第三个汉字“出”的第一个字根“凵”；取末笔汉字“壮”的第一个字根“丬”。因此，构成该词组的四个字根为“人、忄、凵、丬”，如图 2-76 所示。

人怕出名猪怕壮→人+忄+凵+丬

wnb|
1.人民子弟兵r 2.领导职务t 3.人怕出名猪怕壮u

图 2-76 多字词组的拆分与输入 10

技巧 输入多字词组时会有很多的重码词组，此时选择其前面的序列号即可输入。

2.7.5 单笔画与偏旁部首的输入

单笔画即五笔输入法中的基础笔画：横、竖、撇、捺、折，在拆分中有时会遇到需要输入单笔画的情况或在拆分中经常用到部首的输入。本节将讲解输入单笔画和偏旁部首的方法。

1. 单笔画输入方法

单笔画输入规则如下：

单笔画编码=连敲两次其所在区的位号为 1 的键+连敲两次 L 键

例如，输入笔画“丿”，因为其在三区，所以区号为 3，所以连敲两次三区的位号为 1 的键，即 31 键也就是 T，所以笔画“丿”的编码为：TTLL。

为了便于记忆，单笔画的输入编码如图 2-77 所示。

笔画	笔画形式	编码
横	一	GGLL
竖	丨	HHLL
撇	丿	TTLL
捺	丶	YYLL
折	乙	NNLL

图 2-77　单笔画输入编码

2. 偏旁部首的输入方法

偏旁部首的输入规则与成字字根的输入规则一样，编码规则如下：

偏旁部首的编码=偏旁部首所在的键名代码+首笔代码+次笔代码+末笔代码（或末笔识别码）

为了方便查阅，偏旁部首的编码如表 2-2 所示。

表 2-2　偏旁部首的拆分与输入

偏　旁	拆分字根	编　码	偏　旁	拆分字根	编　码
艹	艹 一 丨丨	AGHH	亠	亠 丶 一	YYG
廾	廾 一 丿丨	AGTH	冫	冫 丶 一	UYG
廿	廿 一丨 一	AGHG	丷	丷 丶 丿 ㇀	UYTE
弋	弋 一 乙 丶	AGNY	疒	疒 丶 一一	UYGG
匚	匚 一 乙	AGN	氵	氵 丶 丶 一	IYYG
丨	参照单笔画	HHLL	灬	灬 丶 丶	OYY
亅	参照单笔画	HHL	冖	冖 丶 乙	PYN
刂	刂 丨 丨	JHH	宀	宀 丶 丶	PYY

熟记单笔画和偏旁部首输入规则有助于快速输入词组。　说明

续上表

偏　旁	拆分字根	编　码	偏　旁	拆分字根	编　码
囗	囗丨 乙 一	LHNG	辶	辶 、 乙 、	PYNY
夂	夂 丿 乙 、	TTNY	廴	廴 乙 、	PNY
彳	彳丿丿丨	TTTH	忄	忄、丨、	NYHY
扌	扌一丨一	RGHG	阝	阝乙 丨	BNH
彡	彡丿丿	ETT	卩	卩 乙 丨	BNH
亻	亻丿丨	WTH	凵	凵 乙丨	BNH
钅	钅丿一 乙	QTGN	孑	孑 乙丨一	BNHG
勹	勹 丿 乙	QTN	巛	巛 乙 乙 乙	VNNN
丶	参照单笔画	YYLL	厶	厶 乙 、	CNY

2.8 汉字中的难拆汉字

在五笔输入法中，并不是所有的汉字都容易分辨其字根，这类汉字统称为难拆汉字，下面列举部分难拆汉字，以供读者学习。

美	拆分为“丷+王+大”再加上末笔识别码，“美”字在五笔中视为上下结构，因此，该字的正确编码为 UGDU。
养	拆分为“丷+夫+丶+川”，而不是“丷+王+八+川”，因此，该字的正确编码为 UDYJ。
熬	拆分为“龶+勹+攵+灬”，而不是“龶+丿+乙+灬”，因此，该字的正确编码为 GQTO。
化	拆分为“亻+匕”，而不是“亻+七”，也不是“亻+丿+乚”，因此，该字的正确编码为 WX。

肺	拆分为“月+一+冂+丨”，而不是“月+亠+冂+丨”，因此，该字的正确编码为 EGMH。
曹	拆分为“一+冂+廿+日”，而不是“一+刂+日+日”，因此，该字的正确编码为 GMAJ。
寒	拆分为“宀+二+刂+⺀”，而不是“宀+廾+二+⺀”，因此，该字的正确编码为 PFJU。
井	拆分为“二+刂”，因其字型结构为杂合型，末笔识别码为 K，因此，该字的正确编码为 FJK。

技巧 熟练掌握偏旁部首输入编码表，可以方便快速地输入偏旁部首。

考	拆分为“土+丿+一+乙”，而不是“土+丿+乙+一”，因此，该字的正确编码为 FTGN。
世	拆分为“廿+乙”，而不是“一+刂+一+乙”，因此，该字的正确编码为 AN。
甫	拆分为“一+月+丨+丶”，而不是“十+月+丶”，因此，该字的正确编码为 GEHY。
瓦	拆分为“一+乙+丶+乙”，而不是“一+乙+乙+丶”，因此，该字的正确编码为 GNYN。
夹	拆分为“一+丷+人”，而不是“二+丷+人”，因此，该字的正确编码为 GUW。
母	拆分为“𠃊+一+丶”，而不是“𠃊+一+丶+丶”，因此，该字的正确编码为 XGU。
凹	拆分为“冂+冂+一”，而不是“丨+乙+丨+一”，因此，该字的正确编码为 MMGD。
凸	拆分为“丨+一+冂”，而不是“丨+一+丨+乙+一”，因此，该字的正确编码为 HGM。
戌	拆分为“厂+一+乙+丿”，而不是“丿+戈+一”，因此，该字的正确编码为 DGNT。
年	拆分为“𠂉+丨+十”，而不是“𠂉+匚+丨”，因此，该字的正确编码为 RHFK。
载	拆分为“土+戈+车”，而不是“十+戈+车”，因此，该字的正确编码为 FAL。

黑	拆分为“罒+土+灬”，而不是“罒+二+丨+灬”，因此，该字的正确编码为 LFO。
里	拆分为“日+土”，而不是“田+土”，因此，该字的正确编码为 JFD。
垂	拆分为“丿+一+卄+士”，而不是“丿+十+卄+二”，因此，该字的正确编码为 TGAF。
身	拆分为“丿+冂+三+丿”，而不是“丿+丨+乙+丿”，因此，该字的正确编码为 TMDT。
其	拆分为“卄+三+八”，而不是“一+刂+三+八”，因此，该字的正确编码为 ADW。
免	拆分为“⺈+口+儿”，而不是“⺈+日+儿”，因此，该字的正确编码为 QKQ。
片	拆分为“丿+丨+一+乙”，而不是“丨+一+丿+乙”，因此，该字的正确编码为 THGN。
武	拆分为“一+弋+止”，而不是“弋+止+一”，因此，该字的正确编码为 GAH。
毋	拆分为“𠃊+ナ”，而不是“𠃊+一+丿”，因此，该字的正确编码为 XDE。
撇	拆分为“扌+丷+冂+攵”，而不是“扌+⺌+冂+攵”，因此，该字的正确编码为 RUMT。
刁	拆分为“乙+一+D”，而不是“乙+丿+E”，因此，该字的正确编码为 NGD。

出	拆分为“凵+山”，而不是“山+山”，因此，该字的正确编码为BM。
县	拆分为“月+一+厶”，而不是“冂+三+厶”，因此，该字的正确编码为EGC。
发	为一级简码，但其经常出现在常用词组中，因此，讲解其拆分方法，拆分为“乙+丿+又+丶”，而不是“丿+⺆+又+丶”，因此，该字的正确编码为NTCY。
洲	拆分为“氵+丶+丿+丨”，而不是“氵+丿+丿+丨”，因此，该字的正确编码为IYTH。
乡	拆分为“乡+丿”，而不是“乙+乙+丿”，因此，该字的正确编码为XTE。
卫	拆分为“卩+一”，而不是“乙+丨+一”，因此，该字的正确编码为BG。

乐	拆分为“⺁+小”，而不是“丿+乙+小”，因此，该字的正确编码为QI。
黄	拆分为“龷+由+八”，而不是“卄+一+由+八”，因此，该字的正确编码为AMW。
藏	拆分为“卄+厂+乙+丿”，而不是“卄+丿+戈+丿”，因此，该字的正确编码为ADNT。
丢	拆分为“丿+土+厶”，而不是“丿+十+一+厶”，因此，该字的正确编码为TFC。
氏	拆分为“⺁+七”，而不是“⺁+一+乙”，因此，该字的正确编码为QA。
舞	拆分为“⺧+卌+一+丨”，而不是“𠂉+二+卌+丨”，因此，该字的正确编码为RLGH。
练	拆分为“纟+七+乙+八”，而不是“纟+七+小”，因此，该字的正确编码为XANW。

2.9 万能键——Z键的使用

在用五笔输入汉字时，有时会忘记某字根所在的键位，这时就可以用万能键——Z键解决此类问题。

为了便于理解，下面将举例说明Z键的使用方法。

说明 汉字书写时的顺序因人而异，因此造成有些字对书写顺序不正确的人来说很难输入。

例如，“呀”，输入完字根“口”之后，不记得“匚”的键位是哪个，就可以直接按入 Z 键，如图 2-78 所示。

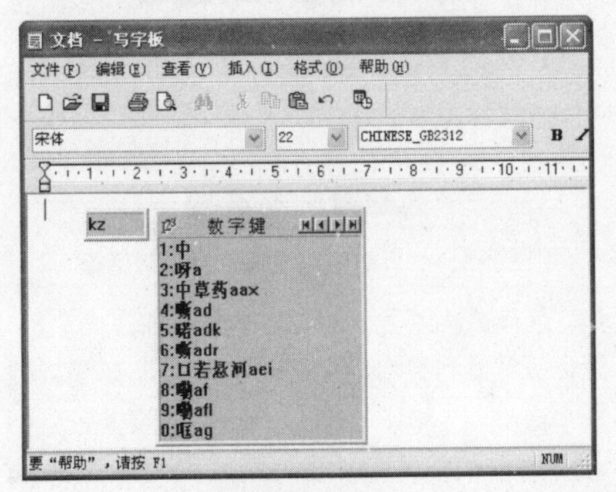

图 2-78　输入 KZ

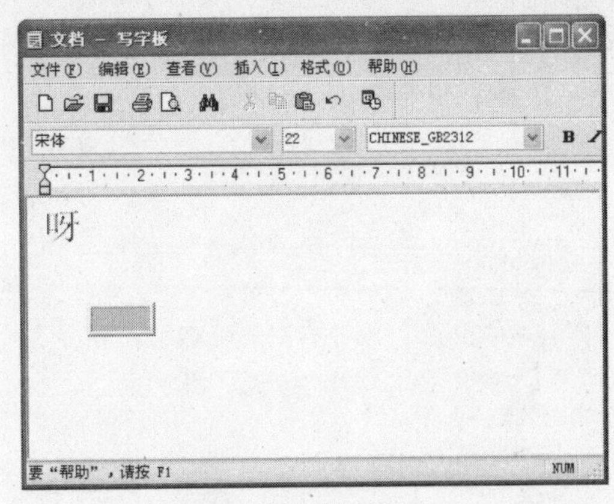

图 2-79　输入汉字

在其备选字列表中，可以看到“呀”字的字根“匚”在 A 键上，选择列表中相应的数字键，即可输入该字，如图 2-79 所示。

按照正确的编码再次进行输入，加深记忆，如图 2-80 所示。

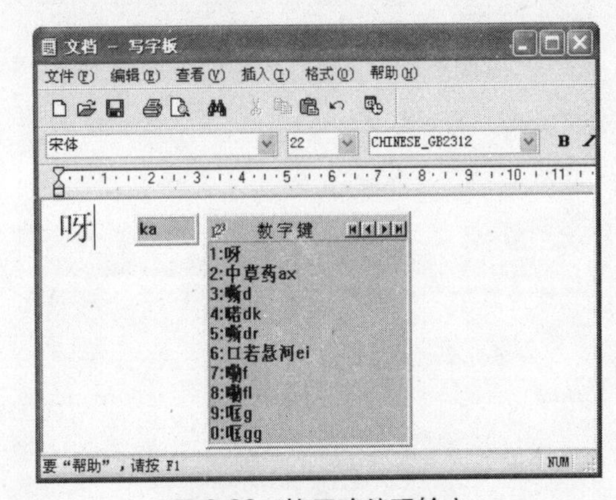

图 2-80　按正确编码输入

2.10　现学现用——利用金山打字通 2008 练习

下面利用金山打字通 2008 进行常用字、简码、难拆字和词组练习。

操作步骤：

① 运行金山打字通 2008，弹出“用户信息”对话框，如图 2-81 所示。

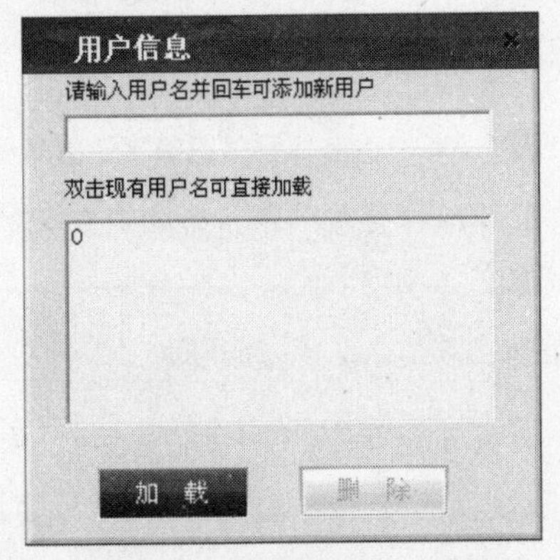

图 2-81　“用户信息”对话框

② 在“请输入用户名并回车可添加新用户”文本框中加载用户名，如图 2-82 所示。

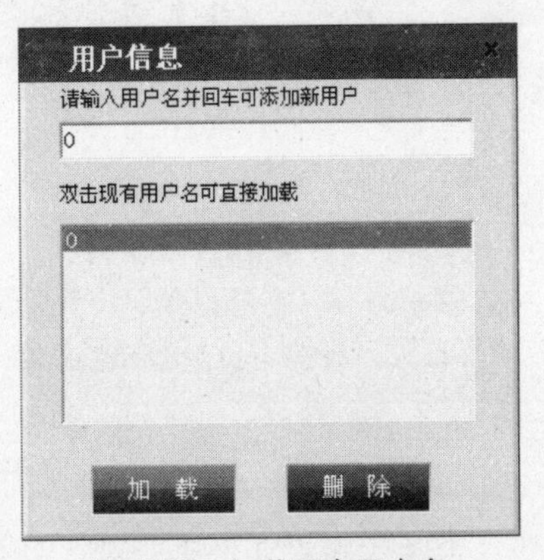

图 2-82　加载现有用户名

③ 单击“加载”按钮，进入金山打字通主界面，如图 2-83 所示。

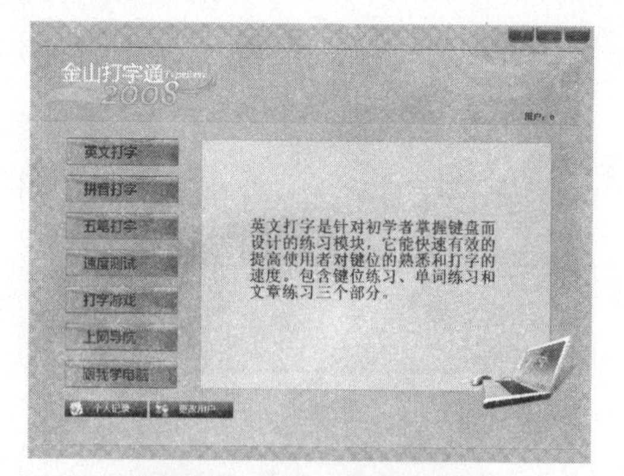

图 2-83　金山打字通主界面

④ 单击“五笔打字”按钮，进入五笔打字界面（系统默认为字根练习），如图 2-84 所示。

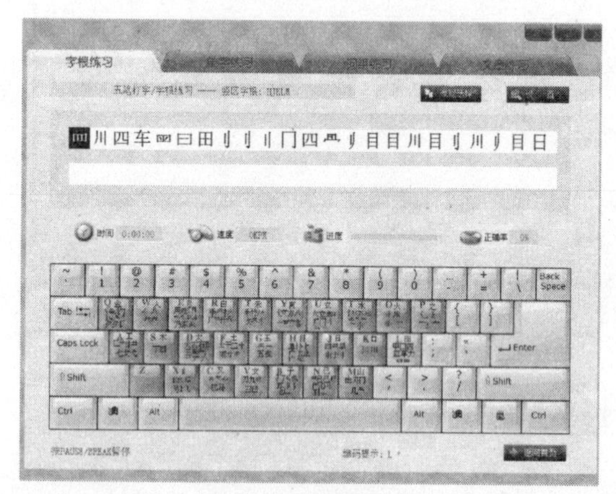

图 2-84　字根练习

⑤ 选择“单字练习”选项卡，进入“单字练习”界面，如图 2-85 所示。

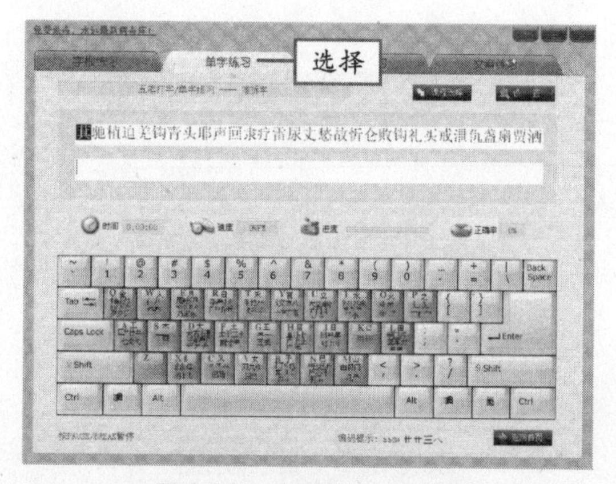

图 2-85　“单字练习”界面

⑥ 单击“课程选择”按钮，弹出“五笔练习课程选择”对话框，如图 2-86 所示。

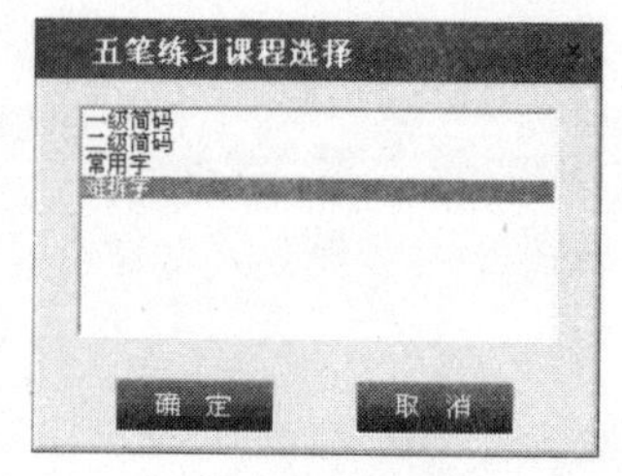

图 2-86　“五笔练习课程选择”对话框

⑦ 选择“常用字”选项，单击“确定”按钮，返回五笔练习界面，进行常用字练习，如图 2-87 所示。

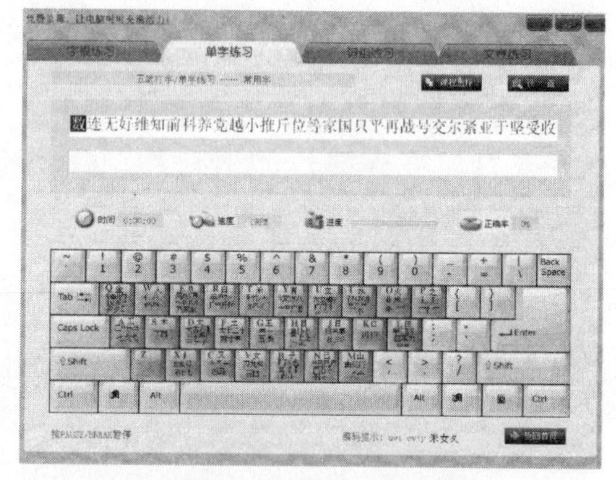

图 2-87　“常用字”练习界面

⑧ 在练习界面中，练习框下方有练习“时间”、“速度”、“进度”和“正确率”等信息，如图 2-88 和图 2-89 所示。

图 2-88　“时间”和“速度”信息

图 2-89　“进度”和“正确率”信息

⑨ 在其练习界面右下角有所练习汉字的编码提示，如图 2-90 所示。

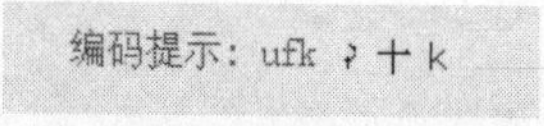

编码提示：ufk 丶 十 k

图 2-90　所练习汉字编码提示

⑩ 在练习界面的模拟键盘上有每个键位上的字根分布，如图 2-91 所示。

说明　运用金山打字通练习五笔打字，可以根据自己的学习程度进行不同的练习。

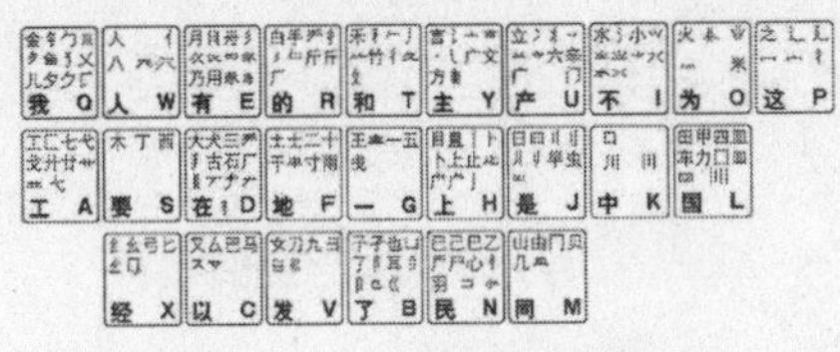

图 2-91　键位字根分布

⑪ 在练习熟练后，单击练习界面右下角的“返回首页”按钮，返回金山打字通 2008 的首页，如图 2-92 所示。

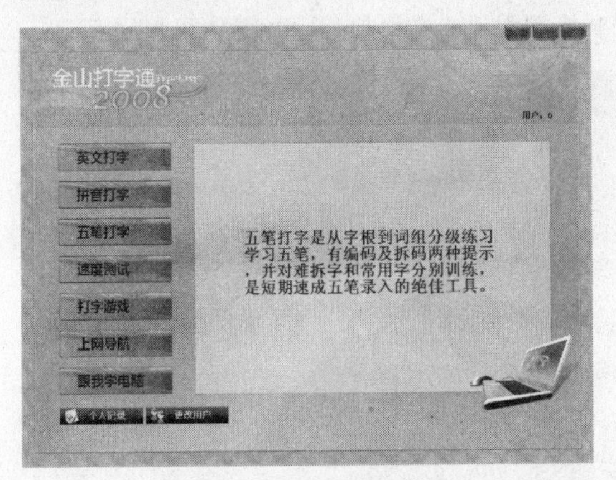

图 2-92　返回打字通首页

⑫ 单击“速度测试”按钮 速度测试 ，进入速度测试界面，如图 2-93 所示。

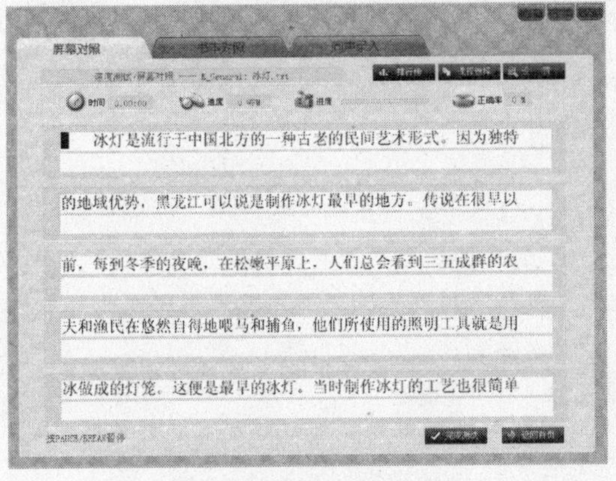

图 2-93　速度测试界面

⑬ 单击“设置”按钮，弹出“测试设置”对话框，如图 2-94 所示。

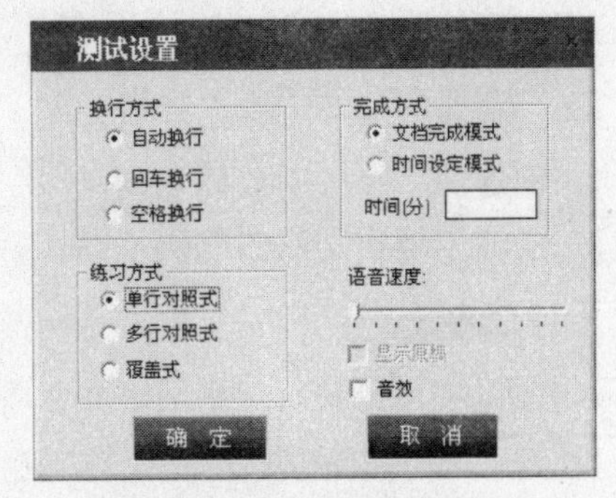

图 2-94　“测试设置”对话框

⑭ 在“测试设置”对话框中可根据需要进行设置，最后单击“确定”按钮，返回测试界面进行速度测试，如图 2-95 所示。

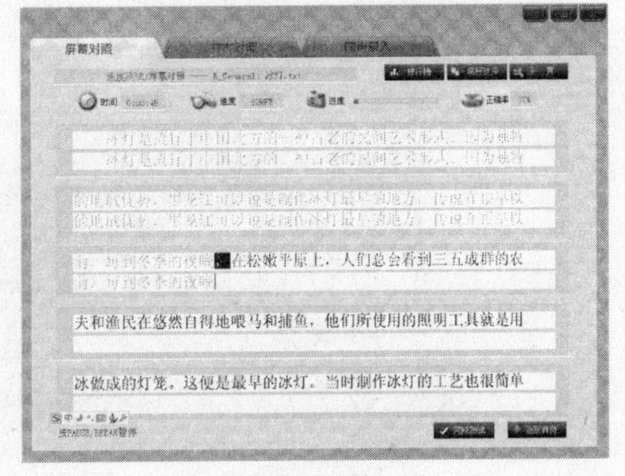

图 2-95　速度测试

词组练习与单字练习方法相同，在此就不再一一赘述，读者需多加练习，熟能生巧。

巩固与练习

一、填空题

1. 汉字的字型结构有＿＿＿＿＿＿、＿＿＿＿＿＿和＿＿＿＿＿＿。

在金山打字通中的“书本对照”界面中，可以对照资料进行打字练习。 说明

2. 汉字的拆分原则为__________、__________、__________、__________和__________。

3. 键面字分为__________和__________。

二、简答题

1. 简述成字字根的取码规则。
2. 简述末笔识别码的取码规则。

三、上机题

利用金山打字通进行三字词组练习，并设置其换行方式为空格换行，效果如图 2-96 所示。

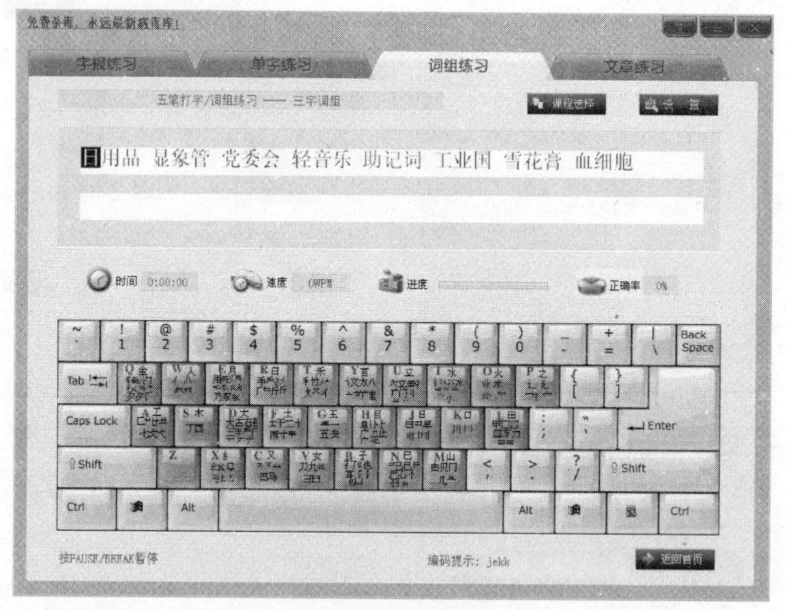

图 2-96 词组练习

说明 在五笔练习界面“文章练习”中，用户可根据自身程度选择不同长度的文章进行练习。

第3章 常用五笔输入法和打字练习软件

- 常用的五笔字型输入法
- 常用的五笔打字练习软件

Yoyo，目前最流行的五笔输入法有哪些？

目前人们常用的五笔输入法主要有万能五笔、极品五笔、王码五笔、极点五笔、海峰五笔、搜狗五笔和念青五笔等几种。

在本章中将详细介绍几种常用的五笔输入法和打字练习软件，大家可以根据自己的喜好来选择适合自己的五笔输入法，并且选择喜欢的打字练习软件进行练习，以便能够尽快地掌握各种最常用的汉字输入法。

3.1 常用的五笔字型输入法

五笔输入法的种类比较多，但人们常用的五笔输入法主要有万能五笔、极品五笔、王码五笔、极点五笔、海峰五笔、搜狗五笔和念青五笔等几种，下面将对其分别进行详细讲解。

3.1.1 万能五笔

1. 万能五笔的安装与简介

万能五笔是万能输入法的万能系列产品，软件发明人为邓世强先生。下面将详细介绍如何下载和安装万能五笔软件。

① 在地址栏中输入天空软件园的网址“www.skycn.com”，打开其首页，在其软件搜索文本框中输入“万能五笔”，然后单击“软件搜索”按钮，如图 3-1 所示。

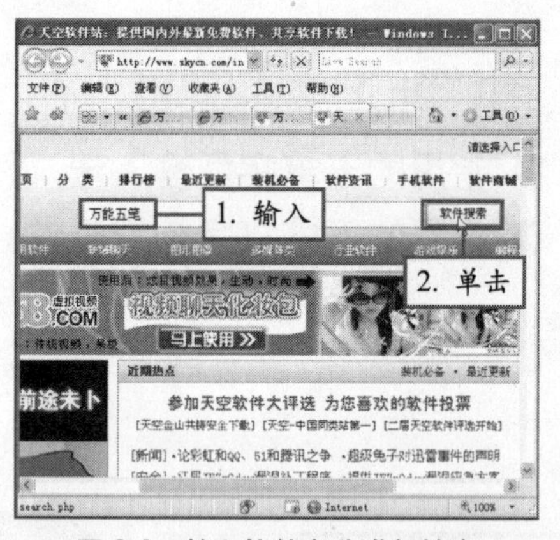

图 3-1 输入软件名称进行搜索

② 在打开的页面中单击“万能五笔输入法平台 7.51 奥运版”超链接，如图 3-2 所示。

图 3-2 单击软件名称超链接

③ 在打开的网页中单击下载地址的超链接，在此单击“迅雷用户专用下载”超链接，如图 3-3 所示。

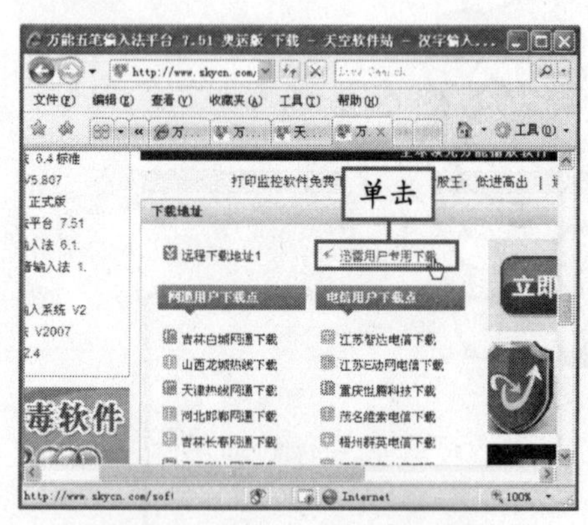

图 3-3 单击下载地址超链接

④ 弹出“建立新的下载任务”对话框，在“存储目录”下拉列表框中设置下载文件的存储目录，如图 3-4 所示。

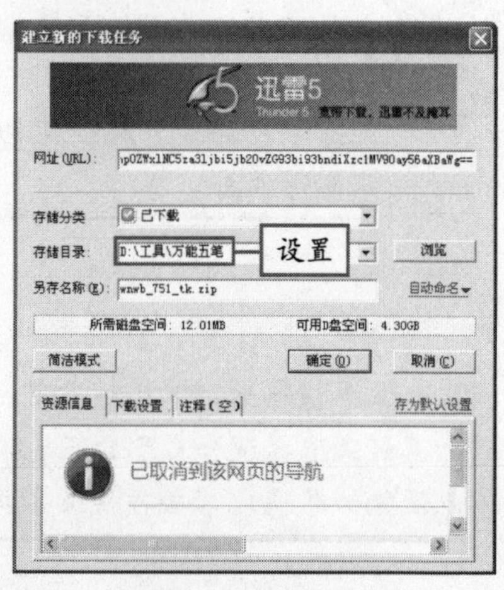

图 3-4 设置存储目录

技巧 搜索需要的软件时也可以直接打开迅雷软件，在其右上端的搜索框中进行软件搜索。

⑤ 单击“确定”按钮，通过迅雷下载软件下载文件，如图 3-5 所示。

图 3-5　下载文件

⑥ 下载完成之后，文件会以压缩包的形式出现在指定的文件夹中，如图 3-6 所示。

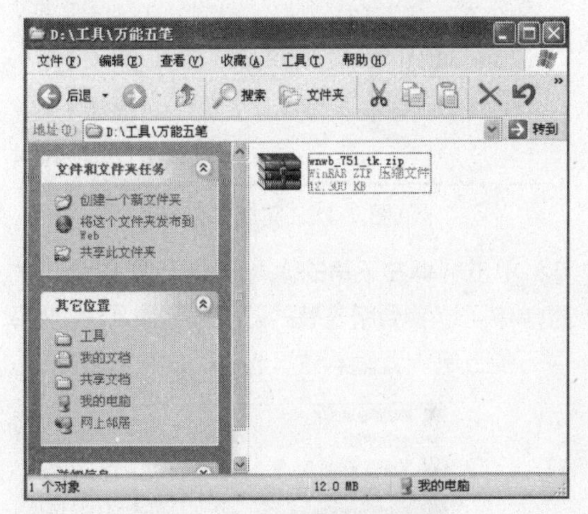

图 3-6　下载完成的压缩包

⑦ 选择压缩包并右击，在弹出的快捷菜单中选择“解压到当前文件夹”命令，如图 3-7 所示。

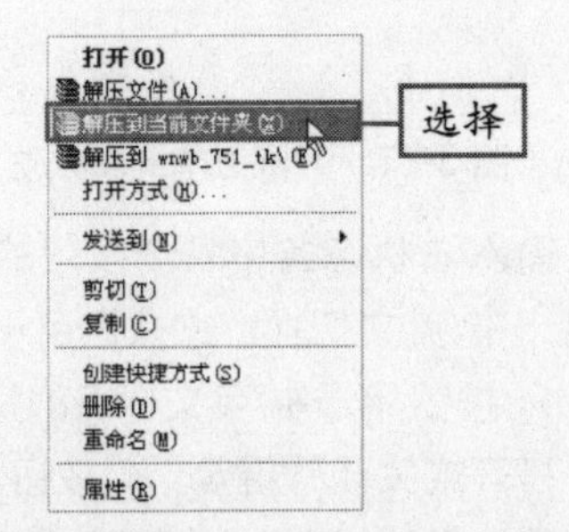

图 3-7　选择“解压到当前文件夹”命令

⑧ 双击解压后的安装文件，如图 3-8 所示。

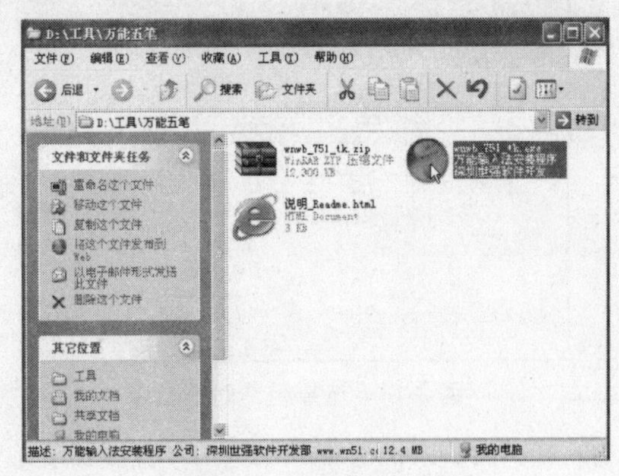

图 3-8　双击安装文件

⑨ 出现安装向导提示对话框，单击“下一步”按钮，如图 3-9 所示。

图 3-9　安装向导提示对话框

⑩ 出现许可证协议提示对话框，单击“我同意”按钮，如图 3-10 所示。

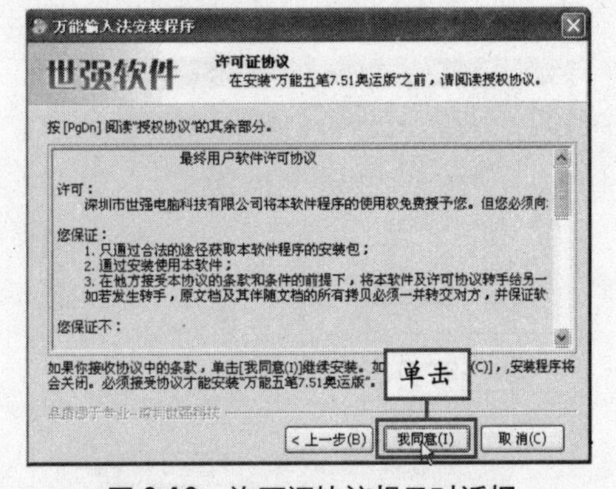

图 3-10　许可证协议提示对话框

⑪ 在选择组件对话框中选择要安装的软件，在此选中“万能五笔内置版（全新）”复选框，然后单击“下一步”按钮，如图 3-11 所示。

五笔软件的安装步骤大同小异，操作起来都比较简单。　技巧

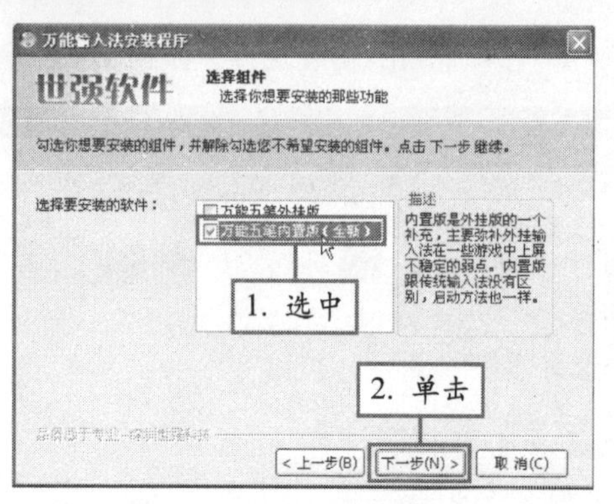

图 3-11　选择组件对话框

⑫ 在弹出的对话框中取消选中“安装百度工具栏”复选框，然后单击“下一步”按钮，如图 3-12 所示。

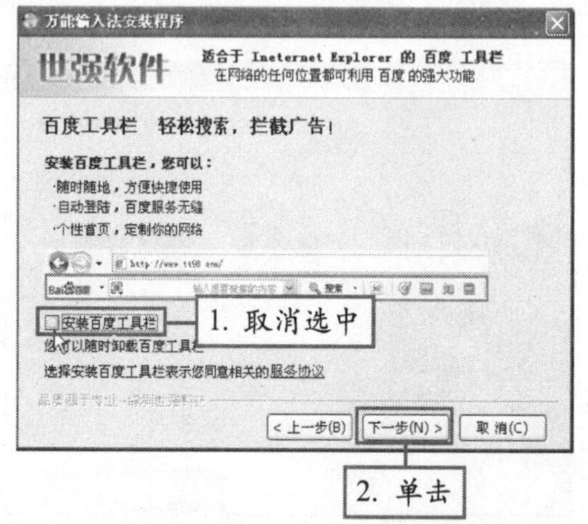

图 3-12　取消选中“安装百度工具栏”复选框

⑬ 在弹出的对话框中选择目标文件夹，取消选中“设 TT98 网址导航为首页”复选框，单击“安装”按钮，如图 3-13 所示。

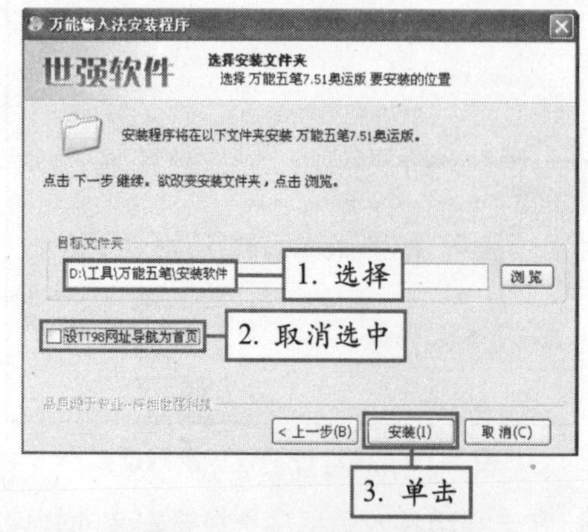

图 3-13　选择目标文件夹

⑭ 开始安装，并显示安装进度，如图 3-14 所示。

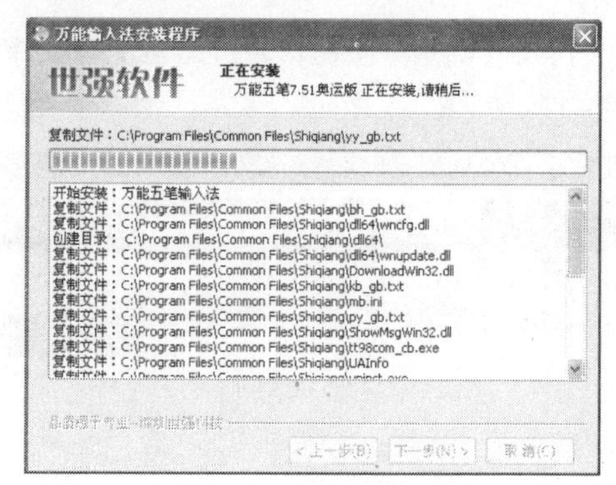

图 3-14　显示安装进度

⑮ 安装完毕，单击“完成”按钮，即可完成万能五笔软件的安装，如图 3-15 所示。

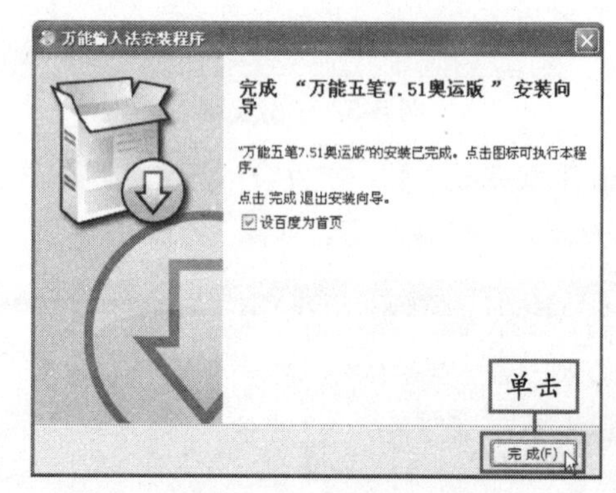

图 3-15　完成安装

⑯ 单击屏幕右下角的输入法图标，在弹出的菜单中可以看到新安装的万能五笔输入法。选择“万能五笔内置输入法”选项，如图 3-16 所示。

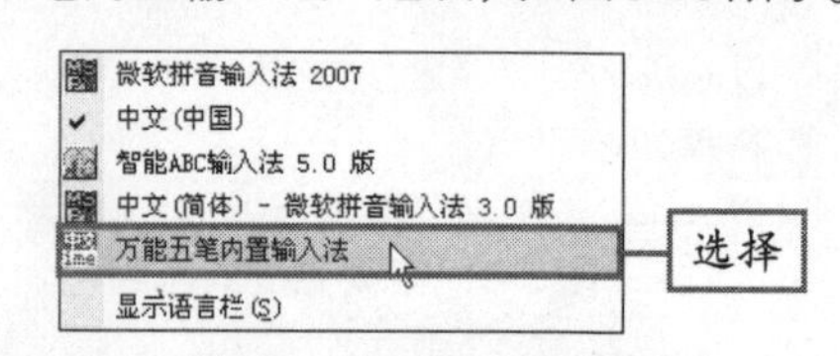

图 3-16　选择万能五笔内置输入法

⑰ 显示万能五笔的输入法状态条，如图 3-17 所示。

图 3-17　万能五笔的输入法状态条

输入法状态条中各个按钮的作用：中按钮用于中/英文切换；按钮用于全角/半角切换；按钮用于中/英文标点的切换；按钮用于打开或关闭软键盘；按钮用于打开“万能五笔输入法设置”对话框，如图 3-18 所示。

技巧　按【Ctrl+Shift】组合键可以进行不同输入法的切换。

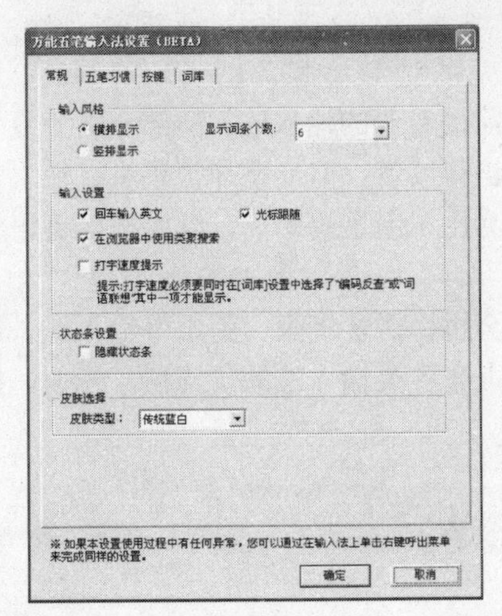

图 3-18 “万能五笔输入法设置”对话框

全角和半角

（1）全角：指一个字符占用两个标准字符位置。

汉字字符和规定了全角的英文字符，以及国标 GB 2312－19 中的图形符号和特殊字符都是全角字符。一般的系统命令是不用全角字符的，只是在进行文字处理时才使用全角字符。

（2）半角：指一个字符占用一个标准的字符位置。

通常的英文字母、数字键、符号键都是半角的，半角的显示内码都是一个字节。在系统内部，以上三种字符是作为基本代码处理的，所以用户输入命令和参数时一般都使用半角。

软键盘

所谓的软键盘并不在“键盘”上，而是在“屏幕”上。软键盘是通过软件模拟键盘通过鼠标单击输入字符，是为了防止木马记录键盘输入的密码，一般在一些银行的网站上要求输入账号和密码的地方容易看到。

⑱ 在“万能五笔输入法设置”对话框中，进行输入法的相关设置，如输入风格、皮肤类型、组合键的设置、词库的设置等，如图 3-19 所示。

⑲ 将鼠标指针移动到输入法状态条上并右击，会弹出万能五笔的设置快捷菜单，如图 3-20 所示。在此菜单中，可以进行输入法的属性、五笔习惯、窗口透明风格、输入词库、选择中英文切换键、繁简转换、状态条皮肤等功能设置。

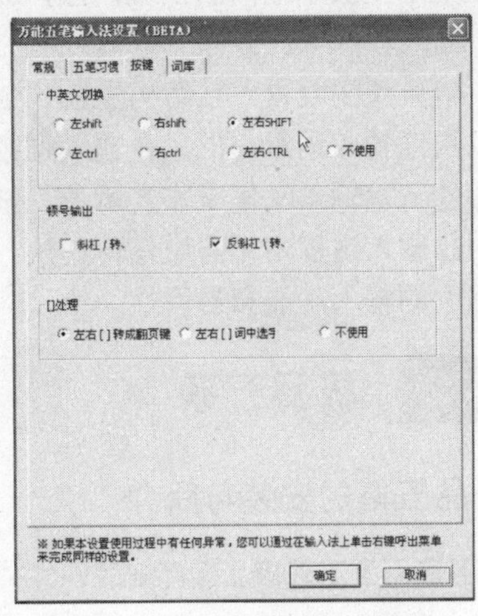

图 3-19　万能五笔输入法设置

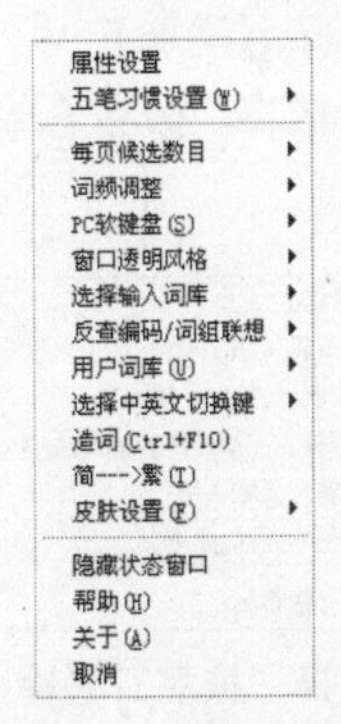

图 3-20　状态条快捷菜单

⑳ 选择其中的“简--->繁”命令，可以进行繁简字输入模式的转换。

㉑ 使用万能五笔的造词功能：选择需要编码的字词，在此以词组“复杂”为例，选择状态条快捷菜单中的“造词”命令，弹出“生成自定义词组”对话框，在下面的文本框中生成五笔编码，如图 3-21 所示。

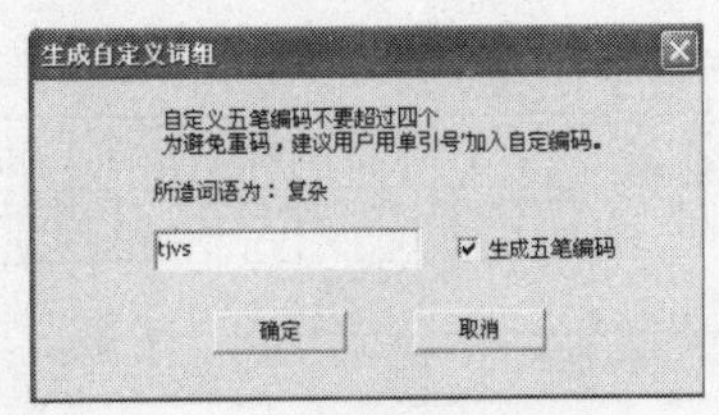

图 3-21　生成自定义词组

㉒ 在键盘上敲击字母 tjvs，即可打出“复杂”词组。

2. 万能五笔的特点

五笔字型汉字输入法以编码短，误码率低成为目前很专业的输入法。但部分拆分复杂的汉字，输入较困难；另有一些不常用的汉字人们可能记得读音，但形态却很模糊，输入也很头痛，毕竟汉字数量大且结构复杂。全拼输入法简单易用，但重码率高，编码长。英语输入法可以快速输入词组，但只是输入词组的效果较好。

万能五笔输入法集众家之所长，整合五笔字型、全拼、拼音笔画、英语等输入法。最为重要的是输入过程中无需做任何切换，也就是说它将上述各类输入法的优点融于一身，提供了更强大的输入功能和易用性。

3.1.2 极品五笔

1. 极品五笔的安装与简介

① 从互联网上下载极品五笔安装软件并且安装，方法与万能五笔相似，在此不再进行详细介绍。本节以极品五笔 6.9 版本为例，安装后在输入法菜单中选择“极品五笔输入法”选项，如图 3-22 所示。

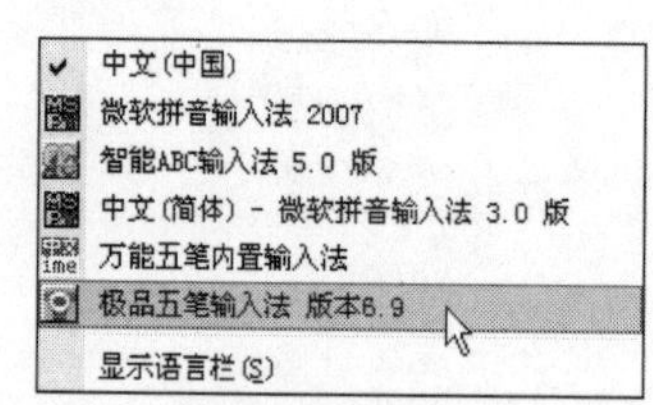

图 3-22 选择“极品五笔输入法”选项

② 显示极品五笔状态条，如图 3-23 所示。

中 极品五笔

图 3-23 极品五笔状态条

③ 单击中按钮，可以进行中/英文输入的转换；单击◐按钮，可以进行全角/半角的转换；单击··按钮，可以切换中/英文标点格式；单击▦按钮，可以打开软键盘，如图 3-24 所示。

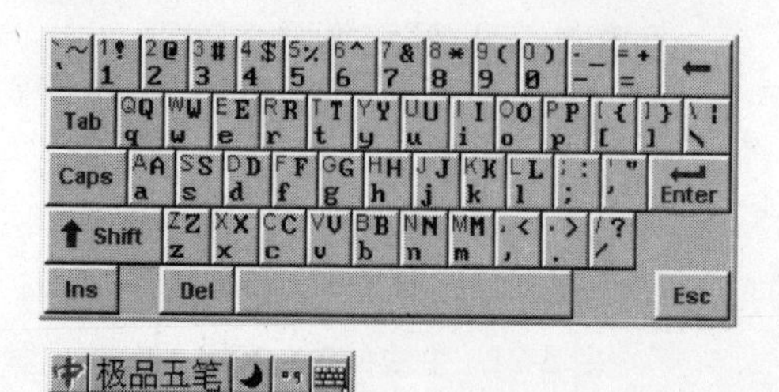

图 3-24 打开软键盘

④ 将鼠标指针移动到状态条上右击，弹出快捷菜单如图 3-25 所示。选择“帮助”|“输入法入门”命令，查看极品五笔的使用技巧。

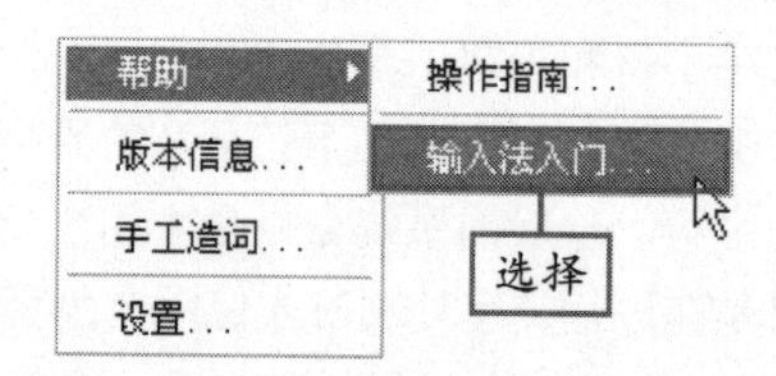

图 3-25 快捷菜单

⑤ 在状态条快捷菜单中选择“设置”命令，弹出“输入法设置”对话框，在此对话框中可以进行极品五笔输入法的相关设置，如“外码提示”、“光标跟随”等，如图 3-26 所示。

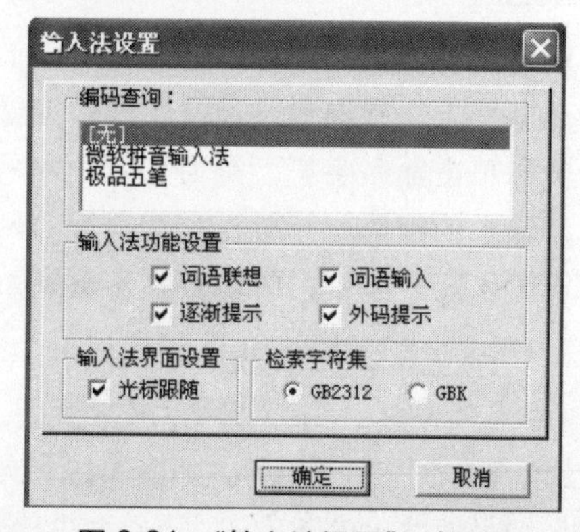

图 3-26 “输入法设置”对话框

技巧 单击输入法图标，在其快捷菜单中选择“设置”命令，可以设置输入法。

2．极品五笔的特点

极品五笔是一种用 Windows 自带的输入法生成器制作的输入法，支持 GB2312 字符集，能打出 6 763 个简体字和少数 GBK 标准汉字。它适应多种操作系统，通用性能较好，并收录词组 46 000 余条，创下了五笔词汇量的新纪录。

3.1.3 王码五笔

1．王码五笔的安装与简介

① 从互联网上下载王码五笔的安装软件进行安装，安装后在输入法菜单中的显示如图 3-27 所示。

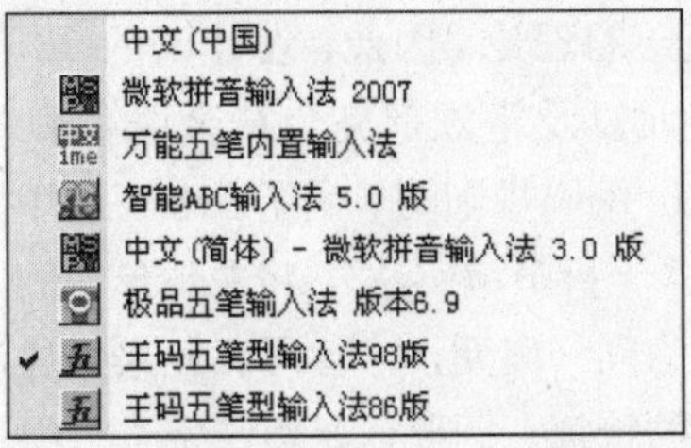

中文(中国)
微软拼音输入法 2007
万能五笔内置输入法
智能ABC输入法 5.0 版
中文(简体) - 微软拼音输入法 3.0 版
极品五笔输入法 版本6.9
✔ 王码五笔型输入法98版
王码五笔型输入法86版

图 3-27　输入法菜单

② 选择输入法菜单中的“王码五笔型输入法 98 版”，将输入法切换到王码五笔输入法。王码五笔 98 版的外观与 86 版完全一样，王码五笔输入法的状态条如图 3-28 所示。

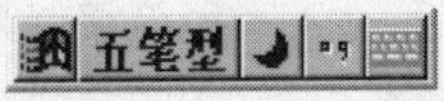

五笔型

图 3-28　王码五笔输入法状态条

③ 单击按钮，可以进行中/英文的切换，如图 3-29 所示。其他按钮的功能与极品五笔相同，单击按钮和按钮分别切换半角/全角和中/英文标点符号。

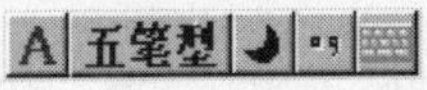

A 五笔型

图 3-29　英文输入状态

2．王码五笔 86 版与 98 版的区别

86 版五笔字型的缺点

86 版五笔字型经过多年的推广使用，已获得了相当的成功，但随着时间的推移，逐渐显现出下面几个方面的缺点和不足之处：

（1）只能处理 6 763 个国标简体汉字，不能处理繁体汉字，不能完全满足国内外用户的需要。

（2）对于部分规范字根不能做到整字取码，如夫、末等。

（3）对有些汉字的分解和笔画顺序不完全符合语言文字规范，例如，“我”字在 86 版的王码五笔中，规定最后一笔画为“撇”而不是“点”。

（4）编码时需要对汉字进行拆分，有些汉字是不能进行随意拆分的，否则与“文字规范”抵触。

98 版五笔字型的特点

由于 98 版五笔字型是在 86 版五笔字型基础上发展而来的，因此在 98 王码软件中包括了原 86 版的五笔字型输入法，以满足原 86 版的老用户的需要。另外，还具有以下几个新特点：

（1）动态取字造词或批量造词。用户可随时在编辑文章的过程中从屏幕上取字造词，并按编码规则自动合并到原词库中一起使用；也可利用 98 王码提供的词库生成器进行批量造词。

（2）允许用户编辑码表。用户可根据自己的需要对五笔字型编码和五笔画编码进行直接编辑修改。

(3) 实现内码转换。不同的中文平台所使用的内码并非都一致，利用 98 王码提供的多内码文本转换器可进行内码转换，以兼容不同的中文平台。

不同的中文系统往往采用不同的机内码标准，如 GB 码（国标码）、中国台湾地区的 BIG 5 码（大五码）等标准，不同内码标准的汉字系统其字符集往往不尽相同。98 王码为了适应多种中文系统平台，提供了多种字符集的处理功能。

(4) 多种版本。98 王码系列软件包括 98 王码国标版、98 王码简繁版和 98 王码国际版等多种版本。

(5) 运行的多平台性。98 王码在 Windows 和四通利方等中文平台上都能很好地运行。

(6) 多种输入法。98 王码除了配备新老版本的五笔字型之外，还有王码智能拼音、简易五笔画和拼音笔画等多种输入方法。

98 版五笔字型与 86 版五笔字型的区别

98 版五笔字型在 86 版五笔字型的基础上做了大量的改进，其主要区别是：

(1) 处理汉字比以前多。在 98 王码中，英文键符小写时输入简体、大写时输入繁体这一专利技术，98 王码除了处理国标简体中的 6 763 个标准汉字外，还可处理 BIG 5 码中的 1 3053 个繁体字及大字符集中的 21 003 个字符。

(2) 码元规范。由于 98 王码创立了一个将相容性(用于将编码重码率降至最低)、规律性(确保五笔字型易学易用)和协调性(键位码元分配与手指功能特点协调一致)三者相统一的理论。因此，设计出的 98 王码的编码码元以及笔顺都完全符合语言规范。

(3) 编码规则简单明了。98 王码中利用其独创的“无拆分编码法”，将总体形似的笔画结构归结为同一码元，一律用码元来描述汉字笔画结构的特征。因此，在对汉字进行编码时无需对整字进行拆分，而是直接用原码取码。

3. 王码五笔的特点

作为五笔输入法的“宗师版软件”，王码五笔在权威性方面自不用说，而且良好的兼容性保证了其在各个操作系统下均有出色的表现。不过，随着各种新型输入法的不断面世，王码五笔的优势已经越来越少。

3.1.4 极点五笔

1. 极点五笔的安装与简介

① 从互联网上下载极点五笔 6.4 版本的安装软件进行安装，安装后在输入法菜单栏中选择“极点五笔 6.4”命令，如图 3-30 所示。

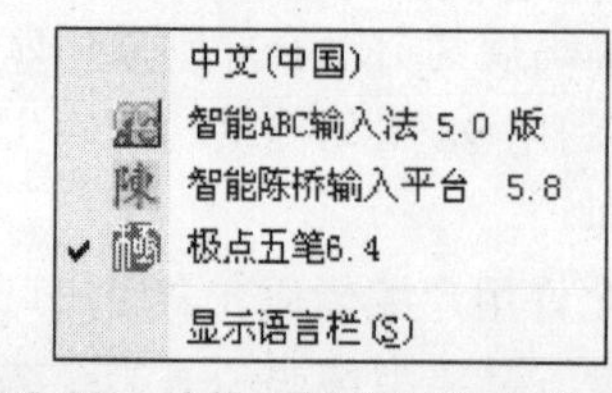

图 3-30 选择“极点五笔 6.4”命令

② 显示极点五笔输入法的状态条，如图 3-31 所示。

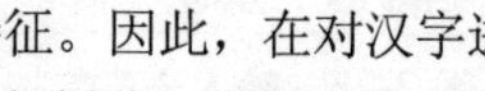

五笔拼音

图 3-31 极点五笔状态条

③ 单击按钮，可以进行中/英文的切换；单击五笔拼音按钮，可以在五笔字型、五笔拼音、拼音输入之间进行切换；单击按钮，可以在半角/全角之间进行切换；单击按钮，可以查询刚刚输入或复制内容的编码和读音，如图 3-32 所示。

说明 极点五笔可以自动识别单字或复合字符串为词组，并追加到系统词库中。

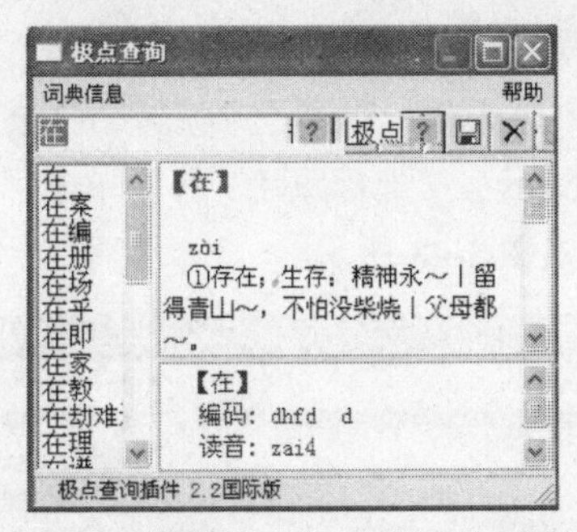

图 3-32　查询输入内容的编码和读音

知识点拨

五笔拼音就是在输入汉字时不切换输入法的情况下，能同时用拼音和五笔混合输入的一种输入法。

④ 将鼠标指针移动到状态条上并右击，弹出快捷菜单如图 3-33 所示。在此菜单中，用户可以进行输入法、管理工具、输出设置、切换皮肤、网络备份等设置。

图 3-33　快捷菜单

⑤ 如果需要手工造词，可以选择快捷菜单中的“手工造词”命令，在弹出的“手工造词”对话框中进行造词操作，如图 3-34 所示。

⑥ 如果需要输入繁体字，用户可以选择快捷菜单中的“输出设置”|“繁体字”命令，如图 3-35 所示。

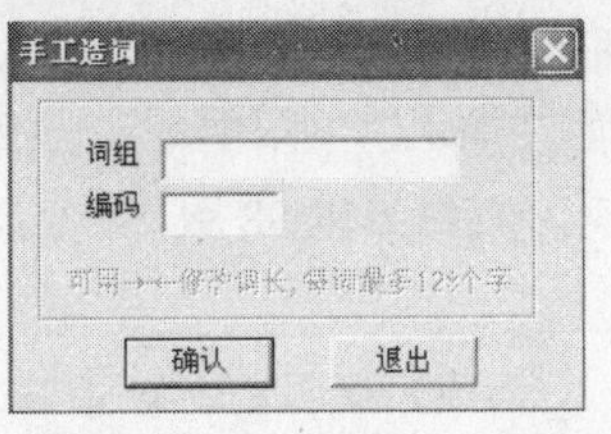

图 3-34　“手工造词”对话框

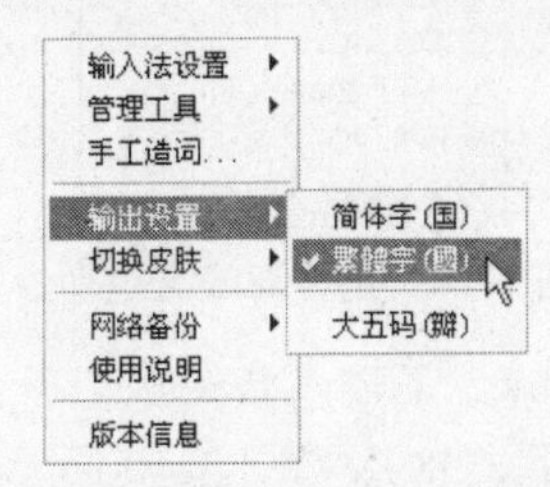

图 3-35　选择“输出设置”|“繁体字”命令

⑦ 如果需要变换输入法状态条的外观模式，可以在快捷菜单中选择“切换皮肤”命令，在其级联菜单中选择自己喜欢的外观模式，如图 3-36 所示。

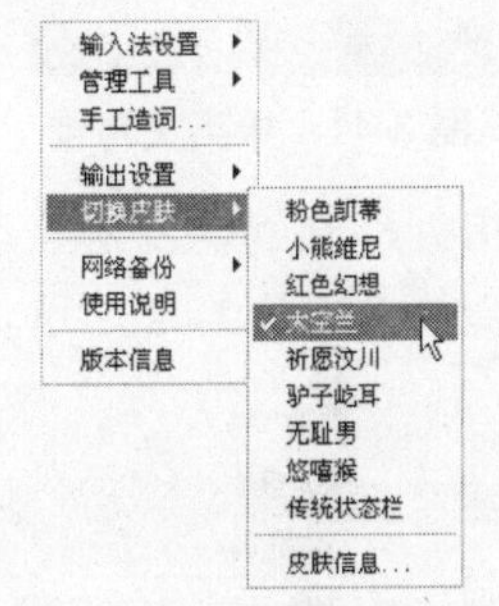

图 3-36　选择外观模式

⑧ 在此选择“太空兰”选项，选择后的效果如图 3-37 所示。

图 3-37　变换后的效果

2. 极点五笔的特点

- 词库量大
- 五笔、拼音无缝转换，编码互查
- 添加词组，自动生成五笔编码
- 简体、繁体转换

3.1.5　海峰五笔

1. 海峰五笔输入法的安装与简介

技巧　在使用极点五笔时，如果经常要输入生僻字可以切换检索模式。

① 从互联网上下载并安装海峰五笔输入法软件，安装后在输入法菜单中分别选择“海峰五笔 86 版”和“海峰五笔 98 版”命令，如图 3-38 所示。

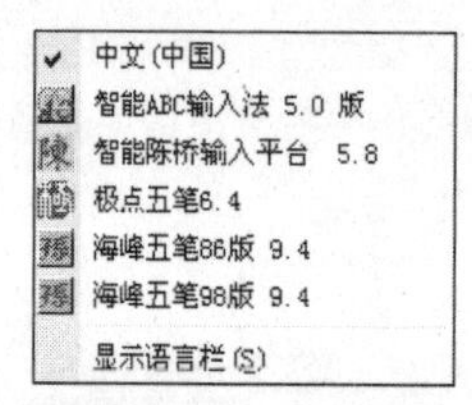

图 3-38　选择海峰五笔命令

② 显示海峰五笔输入法的状态条，86 版如图 3-39 所示，98 版如图 3-40 所示。

图 3-39　86 版状态条 　　图 3-40　98 版状态条

③ 单击按钮，可以进行中/英文的转换，如图 3-41 所示。

图 3-41　中英文转换

④ 将鼠标指针移动到输入法状态条上并右击，弹出快捷菜单如图 3-42 所示。

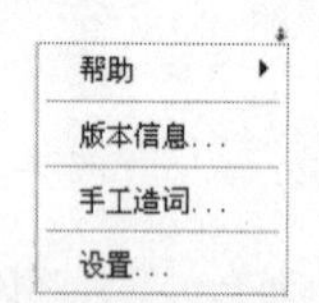

图 3-42　快捷菜单

⑤ 选择快捷菜单中的“设置”命令，在弹出的“输入法设置”对话框中设置相关选项，如“外码提示”、“光标跟随”等，单击“确定”按钮，如图 3-43 所示。

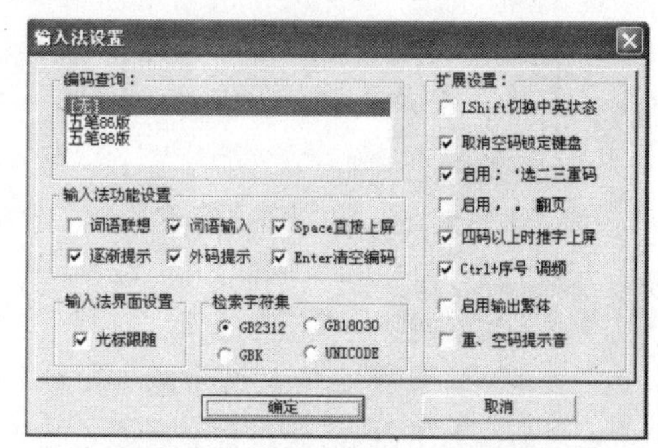

图 3-43　“输入法设置”对话框

⑥ 选择快捷菜单中的“手工造词”命令，在弹出的“手工造词”对话框中可以完成手工造词操作，如图 3-44 所示。

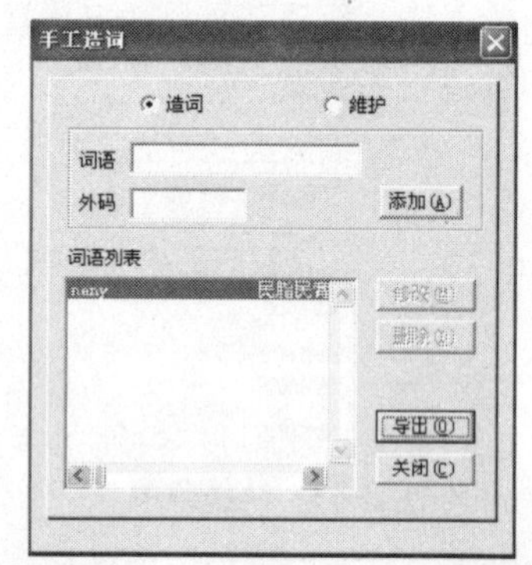

图 3-44　“手工造词”对话框

2. 海峰五笔的特点

支持 Windows Vista 系统

支持 Windows Vista 系统的 TableTextService 输入方式，避免了传统输入法在 IE 7.0 保护模式无法正常读写词库的问题。这是一个基于 Vista 系统 TTS 服务的五笔输入法，安装成功后手工添加到语言栏中即可。

可输入的汉字数量大

正式收录 UNICODE 国际超大字集 CJK+CJK 扩展 A+CJK 扩展 B+扩展 C 集的 7 5000 多个标准汉字，标准 CJK 集之外的 300 多个康熙部件与笔画、1 000 多个兼容与补充汉字，以及 3 000 多个各类常用字母与符号。配合中日韩越超大字集支持包 UniFonts5.0 版，海峰五笔目前可输入的标准汉字字符总数已达 7 5000 个。

人性化设置

全面支持 64 位 Windows 系统，可在任何 32 位/64 位程序中作为标准的内置输入法使用。这是全面支持 64 位系统的传统五笔输入软件，解决了非管理员账户拒绝写入词库的问题，使网吧用户能顺利使用调频与造词功能，完善了对繁体 Windows 2000/XP 系统的支持，优化其默认注册项与简体系统完全一致。

说明　安装海峰五笔时有两种可选的编码方案：86 版和 98 版。

3.1.6　搜狗五笔

1. 搜狗五笔的简介

搜狗五笔输入法是搜狐公司继搜狗拼音输入法之后，推出的一款针对五笔用户的输入法产品。搜狗五笔输入法在继承传统五笔输入法优势的基础上，融合了搜狗拼音输入法在高级设置、易用性设计等方面的特点，将网络账户、皮肤等功能引入至五笔输入法，使得搜狗五笔输入法在输入流畅度及产品外观上达到了完美的结合。

搜狗五笔输入法是当前互联网新一代的五笔输入法，并且承诺永久免费。搜狗五笔输入法与传统输入法不同的是，不仅支持随身词库——超前的网络同步功能，并且兼容目前强大的搜狗拼音输入法的所有皮肤。值得一提的是，五笔+拼音、纯五笔、纯拼音多种模式的可选性，使得输入法适合更多人群。

① 从互联网上下载并安装搜狗五笔输入法软件，安装完成之后在输入法菜单中会显示“搜狗五笔输入法”命令，如图 3-45 所示。

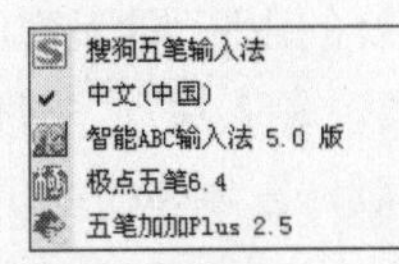

图 3-45　显示“搜狗五笔输入法”命令

② 选择“搜狗五笔输入法”命令，显示搜狗五笔输入法的状态条，如图 3-46 所示。

图 3-46　搜狗五笔输入法状态条

③ 单击按钮，弹出“搜狐通行证”对话框，如图 3-47 所示，用户可以注册新用户，然后登录。

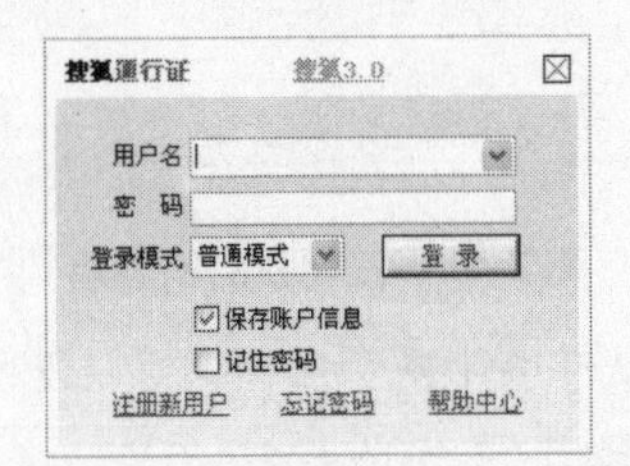

图 3-47　“搜狐通行证”对话框

④ 登录后的状态条的变化如图 3-48 所示。

图 3-48　登录后的状态条

⑤ 登录后的“搜狐通行证”对话框如图 3-49 所示。

图 3-49　登录后的通行证对话框

⑥ 单击“同步词库”按钮，在屏幕的右下端将会弹出一个提示信息框，提示本机词库与服务器词库合并完成，如图 3-50 所示。

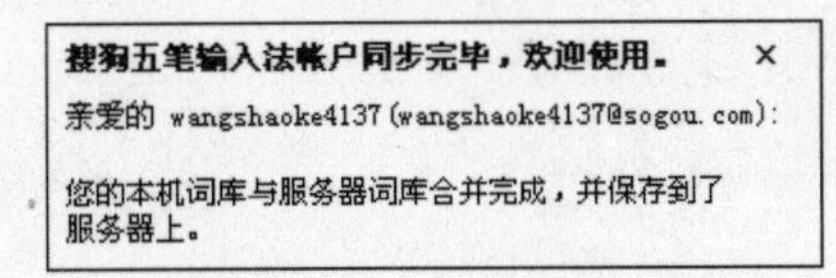

图 3-50　提示信息框

知识点拨

搜狐通行证是畅游与使用搜狐矩阵所有产品的通行证卡片，通行证 ID 的形式是“用户名@搜狐旗下域名”。

搜狐通行证是访问搜狐诸多服务的钥匙，只需要登录一次，就可以在搜狐的各种服务中随意漫游。

单击状态条的菜单按钮，在其快捷菜单中可以选择不同的输入模式。　**技巧**

2. 搜狗五笔输入法的特点

核心功能

五笔—拼音、纯五笔、纯拼音三种输入模式。

多种输入习惯的设置。

加入多种热门新词。

支持在线同步词库及配置。

支持自造词。

支持调频，需手动开启。

支持所有拼音输入法的皮肤。

多种输入模式向用户提供便捷输入途径

五笔拼音混合输入、纯五笔、纯拼音多种输入模式供用户选择，尤其在混输模式下，用户再也不用切换到拼音输入法去输入一些暂时用五笔打不出的字词，并且所有五笔字词均有编码提示，是增强五笔能力的有力助手。对于五笔高手来说，纯五笔的输入模式能让其更加得心应手，不影响输入习惯。

词库随身

包括自造词在内的便捷的同步功能，对用户配置、自造词甚至皮肤都能上传下载，有网络的地方就能用搜狗五笔输入法。

人性化设置

功能强大，兼容多种输入习惯。即便是在某一输入模式下，也可以对多种输入习惯进行配置，如四码唯一上屏，四码截止输入，固定词频与否等，对习惯有更高要求的人可以随心所欲的让输入法随人而变。

界面美观

兼容所有搜狗拼音可用的皮肤，资源丰富。搜狗五笔输入法和拼音输入法一样，兼容拼音输入法所有精心设计的皮肤，输入窗口和状态栏全面支持不规则图片。输入法官方网开通的皮肤下载频道，有上万款网友制作的皮肤供选择。

总之，搜狗五笔输入法是新一代的互联网输入法，拥有超前的网络同步、强大的习惯设置、漂亮的外观，相信将来一定会是广大五笔用户的新宠。

3.1.7 龙文输入法平台

1. 龙文输入法平台的安装与简介

① 从互联网上下载并安装龙文输入法平台软件，安装后在输入法菜单中选择“龙文输入法平台”命令，如图 3-51 所示。

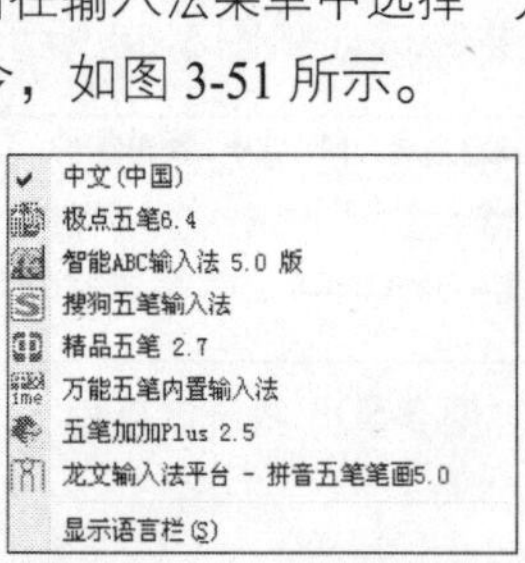

图 3-51 选择“龙文输入法平台”命令

② 显示龙文输入法平台的状态条，如图 3-52 所示。

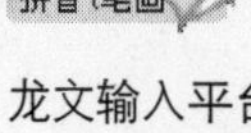

图 3-52 龙文输入平台状态条

③ 当鼠标指针移动到状态条上时，状态条会发生变化，如图 3-53 所示。

图 3-53 变化后的状态条

④ 单击状态条中各个按钮，可以进行对应的操作，如图 3-54~3-59 所示。

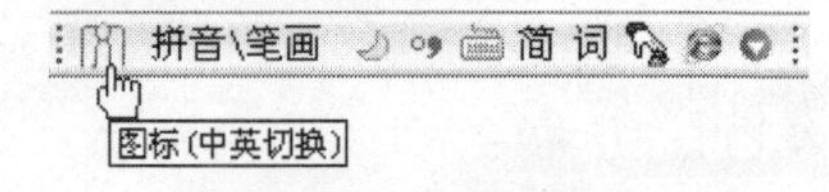

图 3-54 中英切换

图 3-55 输入方案切换

技巧 在使用龙文输入法时，选择“系统设置与管理”选项可以进行更为详细的设置。

图 3-56　全角半角切换

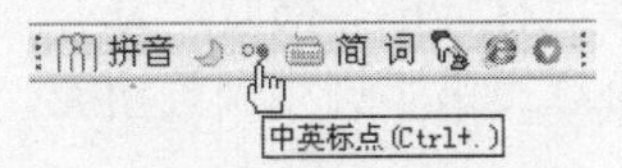

图 3-57　中英标点切换

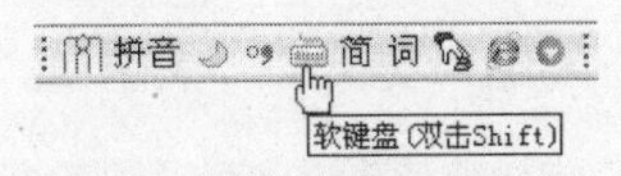

图 3-58　软键盘按钮

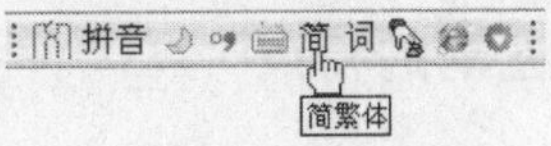

图 3-59　简繁体切换

⑤ 单击按钮，可以弹出字根键盘图，如图 3-60 所示。

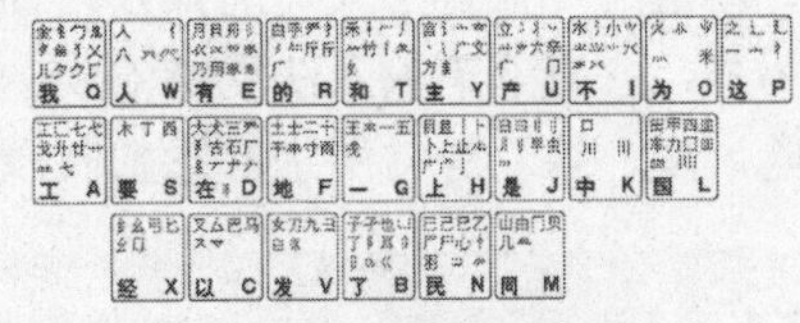

图 3-60　字根键盘图

2. 龙文输入法平台的特点

龙文输入法是一款同时支持拼音、五笔、笔画三种输入方案的五笔软件。为了降低拼音重码比率，软件除了增加实用的整句输入功能之外，还创新性地建立了一套“以音定字”功能，利用音调降低重码。在实际工作中，它具有很强的实用价值。

3.1.8　念青五笔

1. 念青五笔的安装与简介

① 从互联网上下载并安装念青五笔输入法软件，安装后在输入法菜单中选择“念青五笔输入法”命令，如图 3-61 所示。

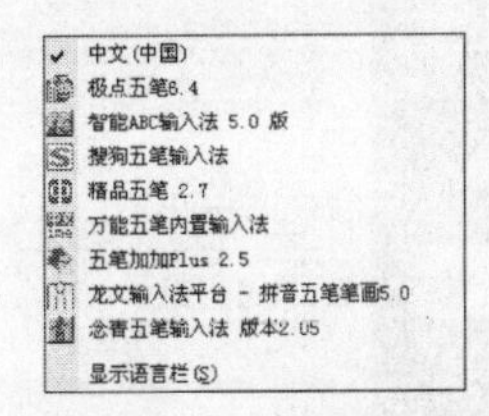

图 3-61　选择“念青五笔输入法”命令

② 显示念青五笔输入法的状态条，如图 3-62 所示。

图 3-62　念青五笔状态条

③ 单击青按钮，可以进行中/英文输入的转换，如图 3-63 所示。

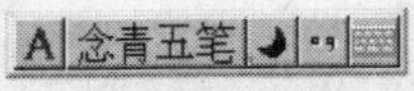

图 3-63　英文输入状态

④ 将鼠标指针移动到念青五笔输入法状态条上并右击，弹出快捷菜单，如图 3-64 所示。

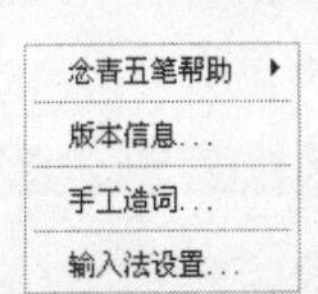

图 3-64　输入法快捷菜单

⑤ 选择快捷菜单中的“输入法设置”命令，将弹出“念青五笔输入法设置”对话框，如图 3-65 所示。

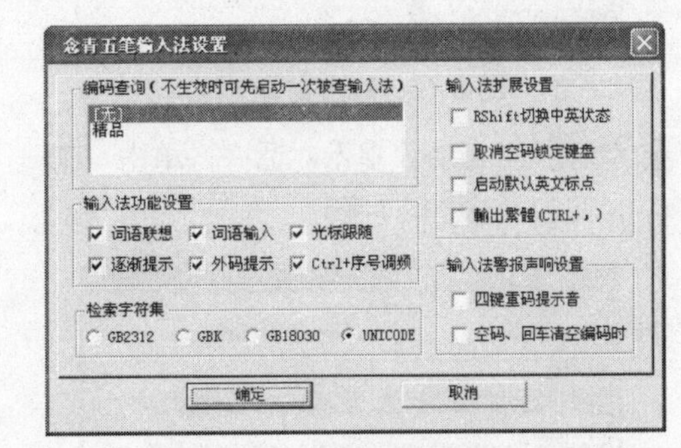

图 3-65　“念青五笔输入法设置”对话框

⑥ 在输入法设置对话框中，用户可以对输入法进行功能设置（“外码显示”、“光标跟随”等）、扩展设置、警报声响设置等操作。

通过念青五笔快捷菜单中的命令，可以查看其详细使用方法。　技巧

2．念青五笔的特点

念青五笔输入法是一款以王码五笔为基础开发出来的五笔输入法。念青五笔除了继承老五笔简洁、易用的特点之外，还特意在词库内增加了很多流行词汇。同时，为了提高汉字输入速度，软件除了对词库的常用词频优化调整以外，还特意提供了词频调整功能，使软件能够更好地适应专业打字人员的操作习惯。

另外，念青五笔输入法支持 GBK 汉字，像粤语中的“冇、咁、啫、乜、嘢、啰、啲、嘅、唸、嗬、攞”等常用字都悉数收录，可谓是填写了五笔输入史上的一大空白。

3.2 常用的五笔打字练习软件

为了能够尽快掌握五笔输入法，读者需要借助一些专业的打字练习软件进行输入法的练习操作。比较常用的练习软件有五笔打字通、快打一族、打字高手和打字先锋等，下面将分别对这几种打字练习软件进行详细介绍。

3.2.1 五笔打字通

1．五笔打字通练习软件的安装与简介

① 从互联网上下载五笔打字通软件，在此以 8.1 版本为例，双击五笔打字通 8.1 版本的安装文件，如图 3-66 所示。

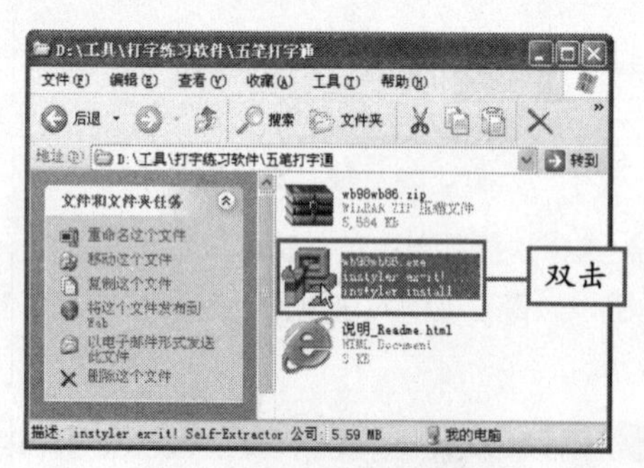

图 3-66　双击安装文件

② 弹出许可证协议提示对话框，单击“下一步”按钮，如图 3-67 所示。

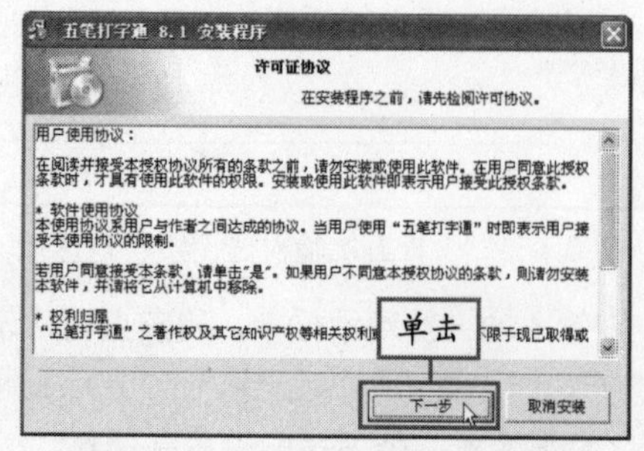

图 3-67　许可证协议提示对话框

③ 取消选中“安装百度超级搜霸”复选框，然后单击“安装五笔打字通”按钮，如图 3-68 所示。

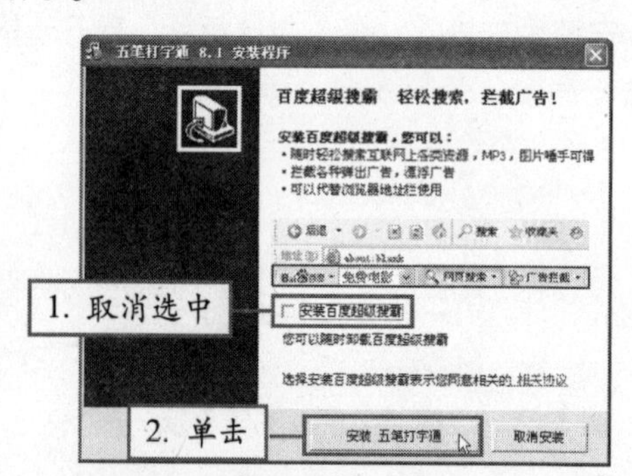

图 3-68　单击“安装五笔打字通”按钮

④ 进入五笔打字通的安装界面，如图 3-69 所示。

图 3-69　安装界面

技巧　在安装软件的过程中，可以省去安装一些不必要的插件。

⑤ 单击"向后"按钮，如图 3-70 所示。

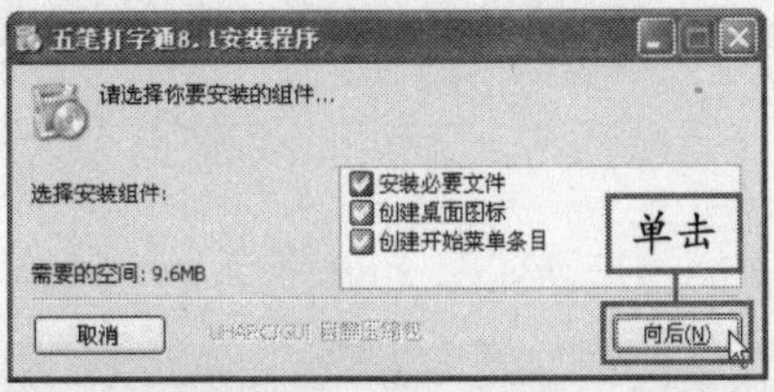

图 3-70 单击"向后"按钮

⑥ 选择目标目录，单击"解压缩"按钮，如图 3-71 所示。

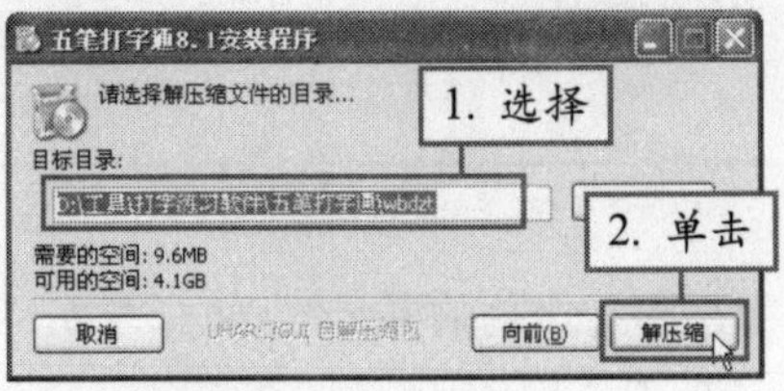

图 3-71 选择目标目录

⑦ 此时，开始解压缩文件，如图 3-72 所示。

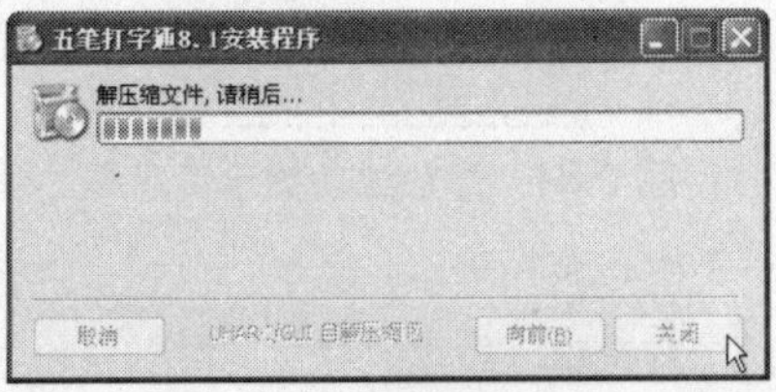

图 3-72 解压缩文件

⑧ 解压缩文件之后会有一个精品五笔输入法的附带安装，在此不再详述。安装完成后单击"关闭"按钮，如图 3-73 所示。

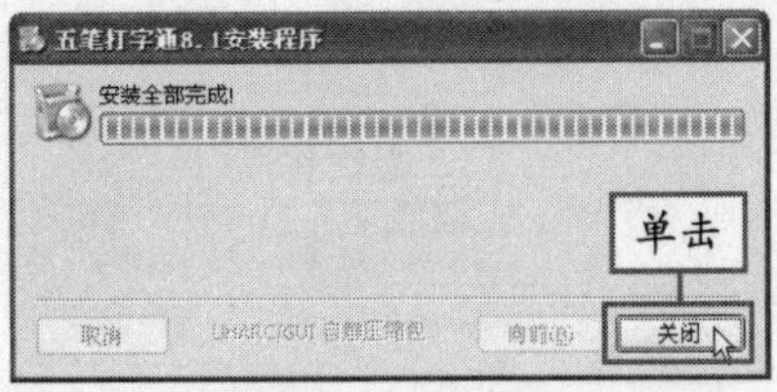

图 3-73 安装完成

⑨ 双击桌面上的五笔打字通快捷方式，打开五笔打字通软件，软件界面如图 3-74 所示。

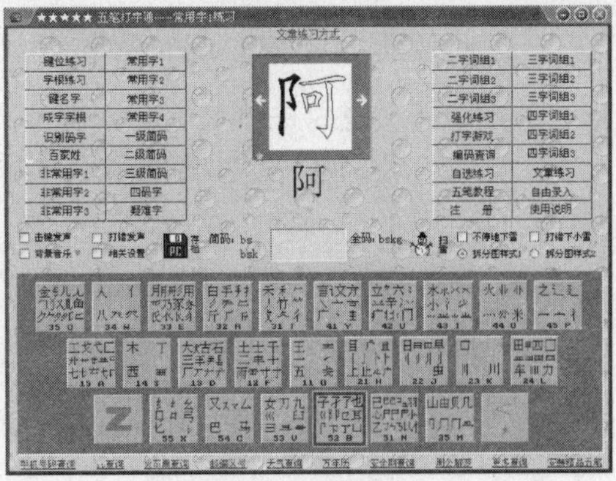

图 3-74 软件界面

⑩ 在此软件中，用户可以根据下面的键盘提示来进行汉字输入的练习。

⑪ 可以选择软件界面左上方和右上方的选项进行相应的练习，如图 3-75 和图 3-76 所示。

键位练习	常用字1
字根练习	常用字2
键名字	常用字3
成字字根	常用字4
识别码字	一级简码
百家姓	二级简码
非常用字1	三级简码
非常用字2	四码字
非常用字3	疑难字

图 3-75 左上方的选项

二字词组1	三字词组1
二字词组2	三字词组2
二字词组3	三字词组3
强化练习	四字词组1
打字游戏	四字词组2
编码查询	四字词组3
自选练习	文章练习
五笔教程	自由录入
注 册	使用说明

图 3-76 右上方的选项

2. 五笔打字通练习软件的特点

五笔打字通是一款专为学习五笔的朋友设计的练习软件，不用看说明文档就可以进行操作，它跟市面上的其他五笔学习软件最大的不同在于它提供了强大的帮助功能，使学习五笔的难度下降了一半，效率提高了一倍。有了它，用户可以不用再去翻五笔字典，特别适合五笔初学者使用。在打汉字的同时给予汉字拆分提示、键盘提示、声音提示、编码提示等，使五笔打字不再难，只需勤加练习，即可很快地掌握五笔输入法。

[技巧] 随着不断地练习，要慢慢脱离键盘提示，才能真正掌握快速打字技能。

3.2.2 快打一族

1. 快打一族练习软件的安装与简介

① 从互联网上下载快打一族打字软件，在此以 6.02 版本为例，双击软件的安装图标，如图 3-77 所示。

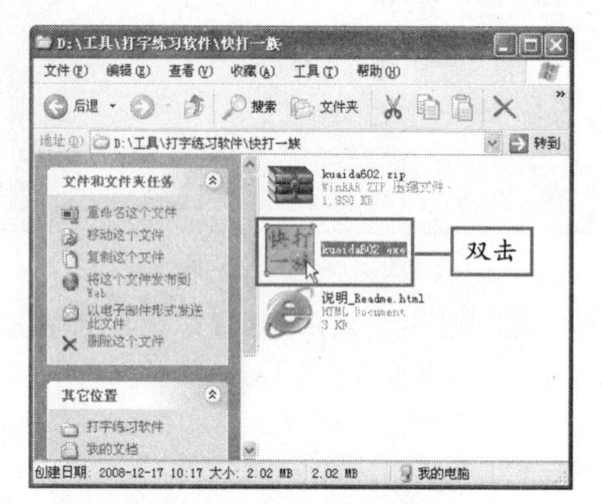

图 3-77 双击软件安装图标

② 选择安装的目标文件夹，然后单击“安装”按钮，如图 3-78 所示。

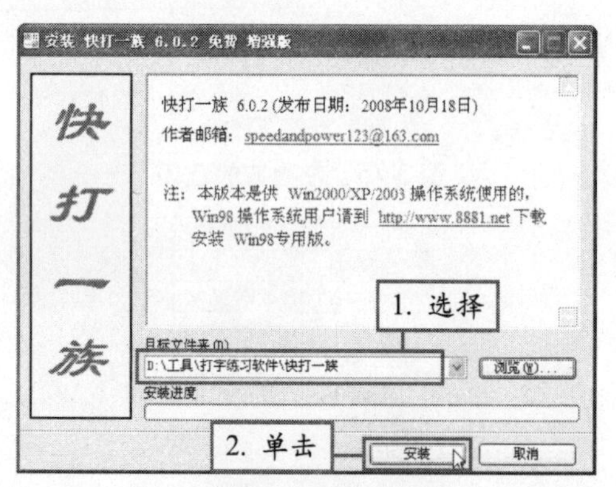

图 3-78 选择目标文件夹

③ 软件安装完成后，双击桌面上的软件快捷方式，此软件需要添加用户，在弹出的提示信息框中单击“是”按钮，如图 3-79 所示。

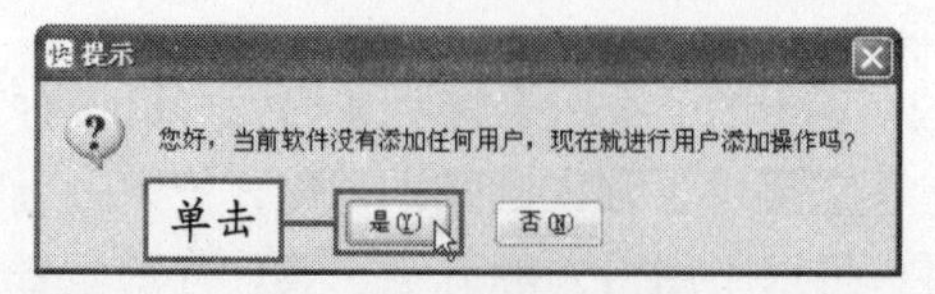

图 3-79 提示信息框

④ 添加用户，如图 3-80 所示。

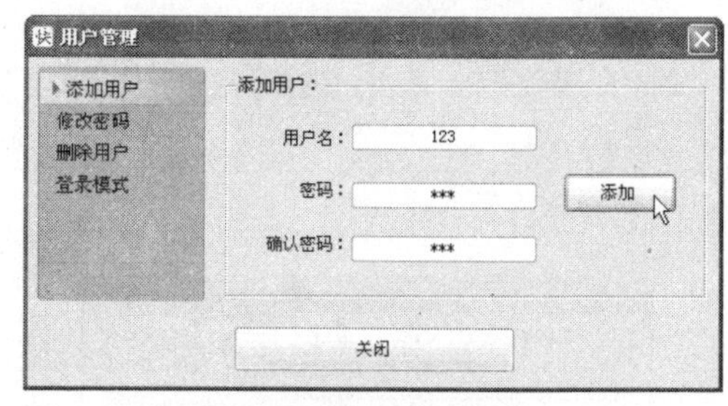

图 3-80 添加用户

⑤ 弹出添加成功的提示信息框，单击“确定”按钮，如图 3-81 所示。

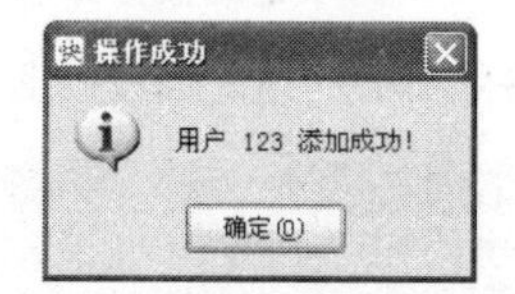

图 3-81 添加成功提示信息框

⑥ 输入用户名和密码，选中“以后自动用此用户登录”复选框，单击“登录”按钮，如图 3-82 所示。

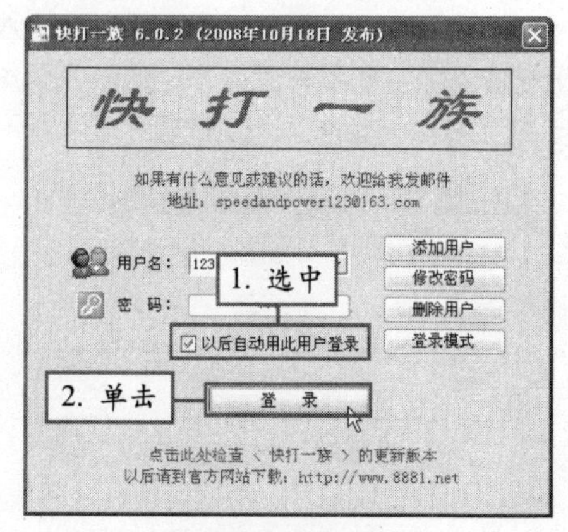

图 3-82 用户登录

⑦ 进入快打一族的软件界面，如图 3-83 所示。

⑧ 单击软件界面左上角的 练习项目(T) 按钮，在弹出的下拉菜单中选择“五笔练习专区”|“一级简码”命令，在其级联菜单中可以选择需要练习的五笔类别，如图 3-84 所示。

技巧 通过练习项目的下拉菜单，可以设置字根表或口诀的显示。

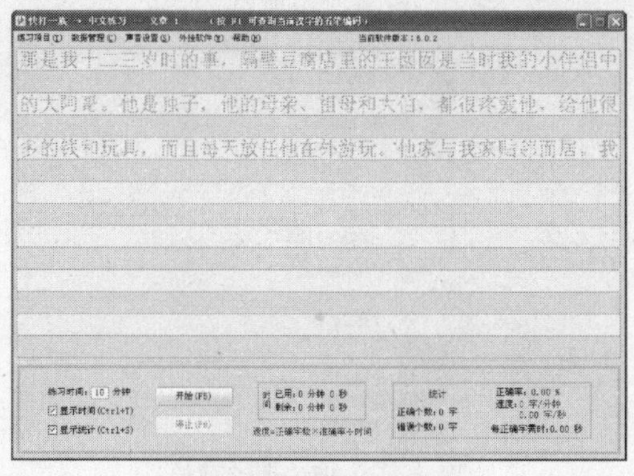

图 3-83　软件界面

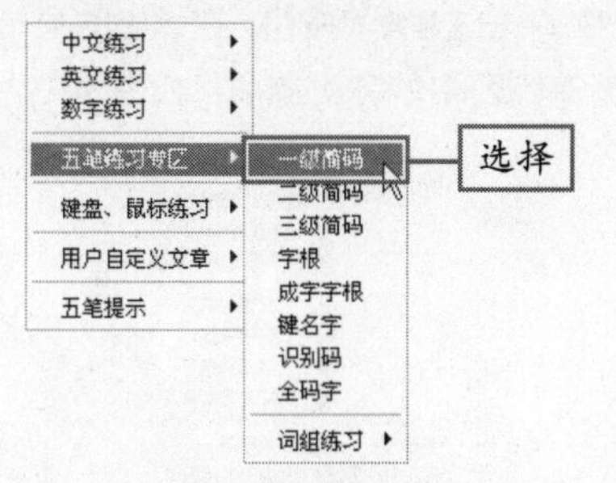

图 3-84　选择练习的五笔类别

⑨ 在练习过程中如果遇到打不出的汉字，可以单击 练习项目(T) 按钮，在其下拉菜单中选择"五笔提示"|"显示字根表"命令，以寻求帮助，如图 3-85 所示。

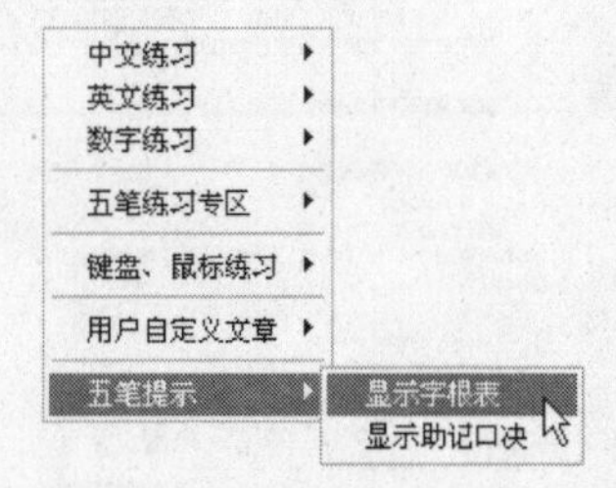

图 3-85　选择"显示字根表"命令

⑩ 在软件界面的下方可以设置练习时间和查看统计结果，如图 3-86 所示。

图 3-86　软件界面下方

2. 快打一族练习软件的特点

快打一族软件是一款很好的练习打字的软件，包括电脑基础练习、中文打字练习、英文打字练习、五笔专区、数字打字练习、自定义练习等多种练习类型，每种练习都有多篇文章，也可以自己添加文章。除了用打字的方式练打字外，还有游戏方式，而且还带有一些实用的小软件。

3.2.3 打字高手

1. 打字高手练习软件的安装与简介

① 从互联网上下载打字高手软件，在此以 8.29 版本为例，双击软件的安装图标，如图 3-87 所示。

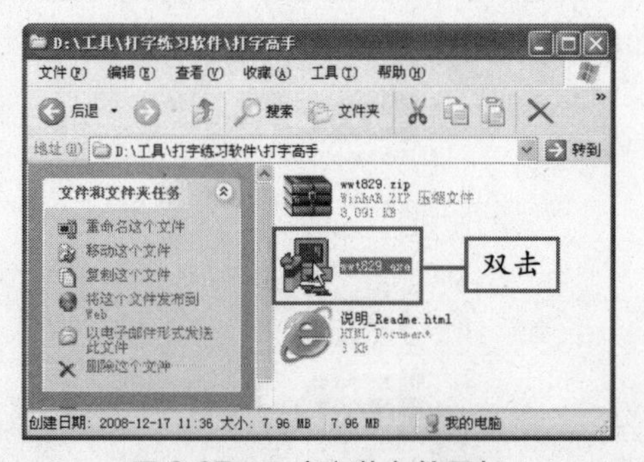

图 3-87　双击安装文件图标

② 弹出授权协议书窗口，单击"接受"按钮，如图 3-88 所示。

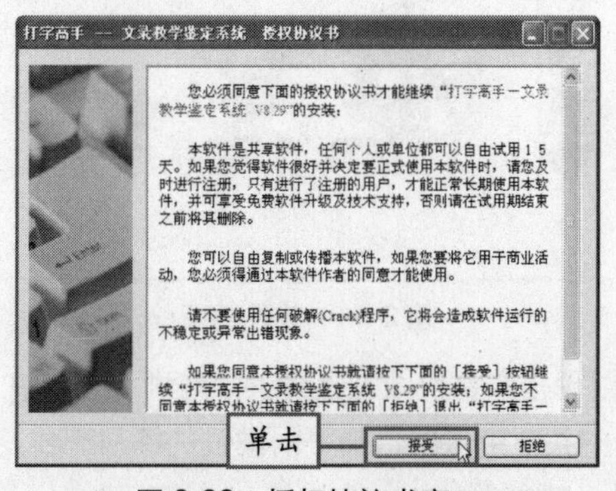

图 3-88　授权协议书窗口

③ 选择目标文件夹，然后单击“安装”按钮，如图3-89所示。

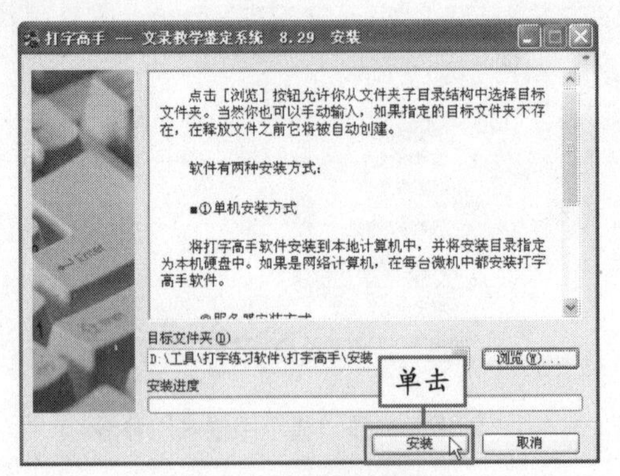

图3-89 选择目标文件夹

④ 软件安装完成后，双击桌面上的软件快捷方式，弹出“用户登录”对话框，单击“确定”按钮，如图3-90所示。

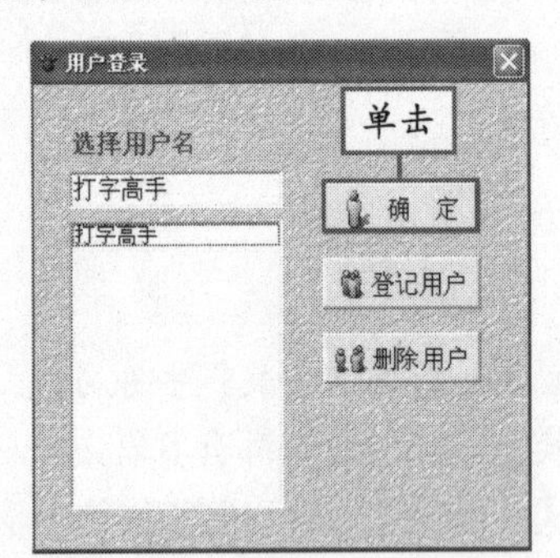

图3-90 “用户登录”对话框

⑤ 进入打字高手软件的界面，如图3-91所示。

图3-91 软件界面

⑥ 单击软件界面左上角的指法训练按钮，在弹出的菜单中可以选择不同键位的练习选项，如图3-92所示。

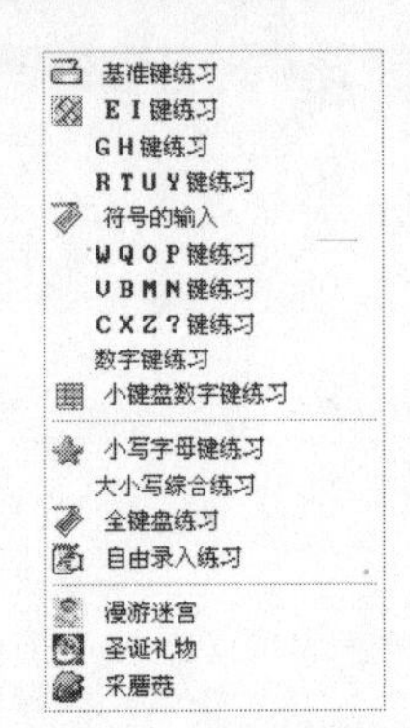

图3-92 指法训练菜单

⑦ 单击五笔教学按钮，在弹出的菜单中可以选择五笔练习中的各类选项，如图3-93所示。

图3-93 五笔教学菜单

⑧ 单击测试按钮，在弹出的菜单中可以选择中英文录入测试，如图3-94所示。

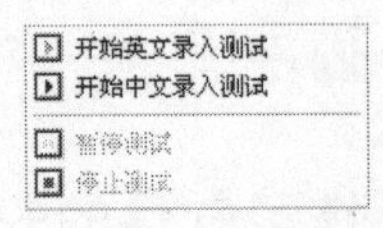

图3-94 测试菜单

⑨ 单击设置按钮，在弹出的菜单中可以进行软件的各类设置，包括正确/错误颜色设置、字号设置、练习时间设置、背景音乐设置等，如图3-95所示。

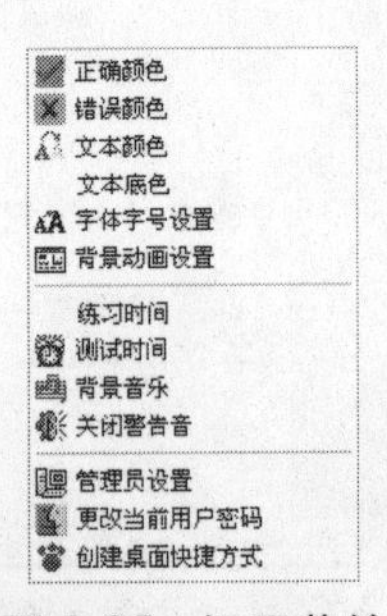

图3-95 设置菜单

技巧 可以通过卡证录入练习，可以练习更为实用具体内容的输入。

2. 打字高手练习软件的特点

打字高手练习软件是一款集教学、测试、考核及网络监控于一体的指法及五笔字型专业培训考核软件，功能强大实用，使用简捷方便，性能稳定可靠，已广泛应用于家庭、学校及培训考核机构。该软件在教学中有许多独到之处，如指法训练的手形演示，对帮助初学者尽快掌握指法及规范指法非常有用。五笔教学的字根拆解，它为每一个爱好五笔的人提供一个极好的学习环境，让五笔练习成为一种“看得见、摸得着”的实践活动，帮助人们在极短的时间内掌握五笔输入法。同时，在学习过程中要是觉得有点累的话，还可以通过其设计新颖、独具创新的打字游戏来调节一下。

3.2.4 打字先锋

1. 打字先锋练习软件的安装与简介

① 从互联网上下载打字先锋练习软件，在此以 4.6 版本为例，双击软件的安装图标，如图 3-96 所示。

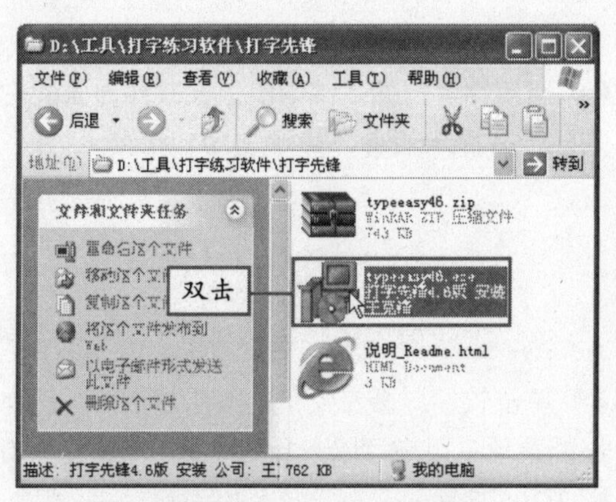

图 3-96　双击安装图标

② 弹出安装向导提示窗口。单击“下一步”按钮，如图 3-97 所示。

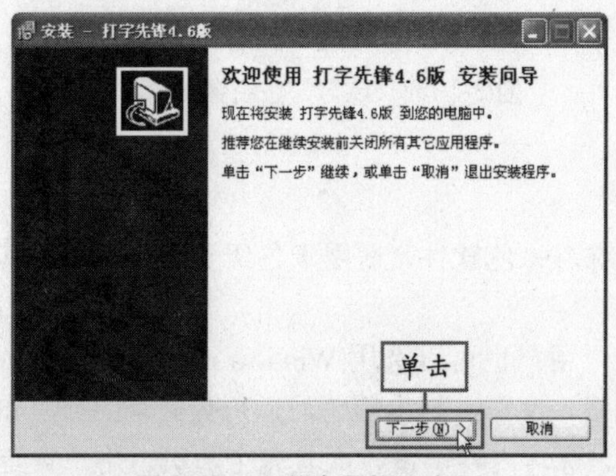

图 3-97　安装向导提示窗口

③ 选择目标位置，然后单击“下一步”按钮，如图 3-98 所示。

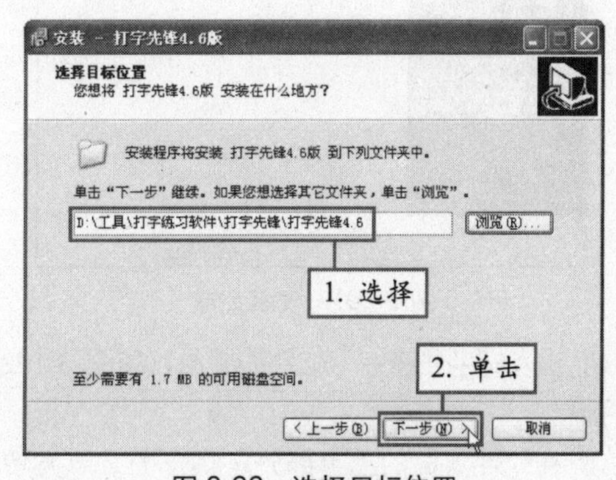

图 3-98　选择目标位置

④ 选择附加任务，单击“下一步”按钮，如图 3-99 所示。

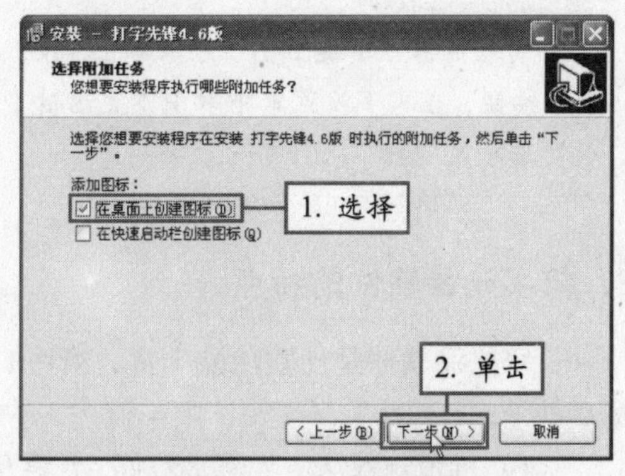

图 3-99　选择附加任务

⑤ 弹出准备安装窗口，单击“安装”按钮，如图 3-100 所示。

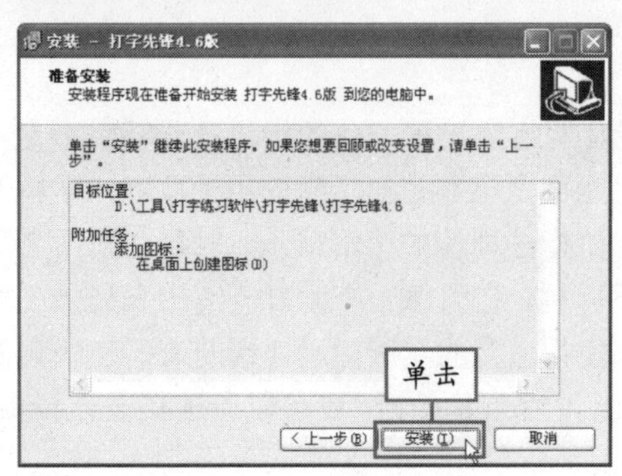

图 3-100　准备安装窗口

⑥ 安装完成后，单击“完成”按钮，如图 3-101 所示。

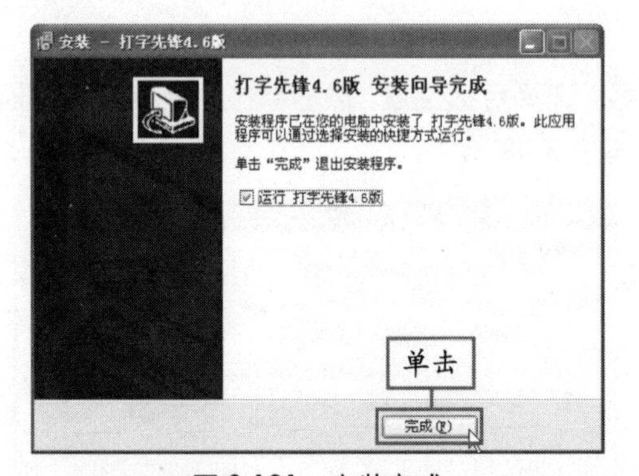

图 3-101　安装完成

⑦ 进入打字先锋练习软件的界面，如图 3-102 所示。

⑧ 在软件界面的上半部分是键位图，以方便用户查看，如图 3-103 所示。

如果不需显示键位图，可以单击“设置”按钮，在其下拉菜单中取消“显示键位”选项的选择。

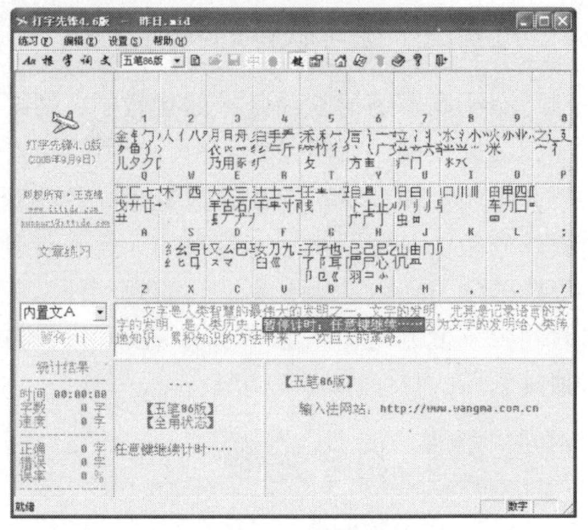

图 3-102　打字先锋软件界面

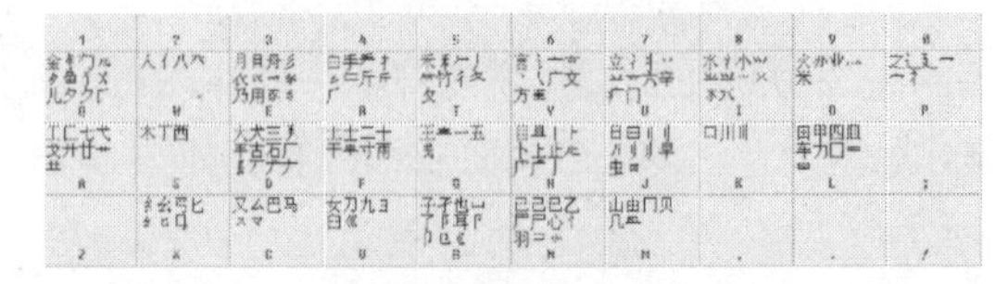
图 3-103　字根图

⑨ 当用户进行输入练习时，在软件界面的左下部会有提示信息，如图 3-104 所示。

图 3-104　提示信息

⑩ 单击软件界面左上角的练习(F)按钮，在弹出的菜单中用户可以选择需要练习的命令，如图 3-105 所示。

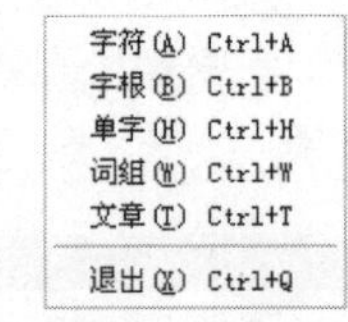

图 3-105　“练习”按钮弹出的菜单

2. 打字先锋软件的特点

打字先锋软件是一款功能丰富、精巧的五笔练习绿色软件，适用于各级五笔学习者，其特点如下：

（1）自带输入法（五笔 86 版、五笔 98 版），用户也可以选用 Windows 系统输入法。

（2）练习功能：包括字符、字根、单字、词组、文章、自由等练习，每类又有细分，如单字包括各级简码、常用字、难拆字、百家姓等。练习内容丰富，而且完全随机。用户自定义练习方式有定时、定量和自由。各练习中随时显示字数、时间、速度、正确率等统计信息。

（3）编辑功能：它实际上还内置了五笔输入法的记事本。

（4）查询功能：查询待测词组或已输入词组的五笔编码，随时按【F1】键，即可显示字根键位图。

（5）简洁美观、操作方便；绿色软件；Visual C++开发；完全免费。

3.3　现学现用——使用万能五笔输入法

练习使用万能五笔输入法输入以下文档，最终效果图如图 3-106 所示。

（文档内容节选自鲁迅先生的《弟兄》）

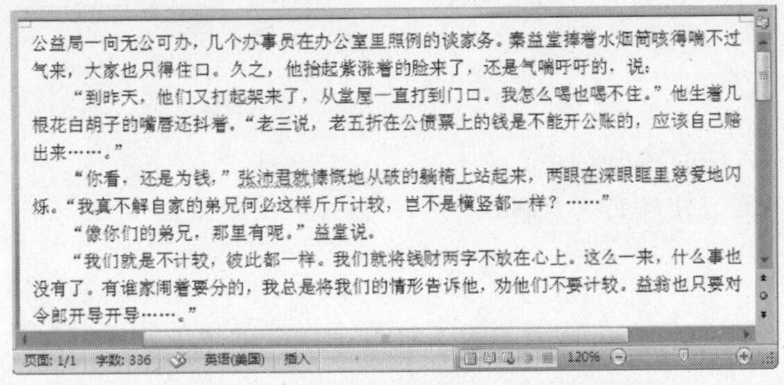

公益局一向无公可办，几个办事员在办公室里照例的谈家务。秦益堂捧着水烟筒咳得喘不过气来，大家也只得住口。久之，他抬起紫涨着的脸来了，还是气喘吁吁的，说：

"到昨天，他们又打起架来了，从堂屋一直打到门口。我怎么喝也喝不住。"他生着几根花白胡子的嘴唇还抖着。"老三说，老五折在公债票上的钱是不能开公账的，应该自己赔出来……。"

"你看，还是为钱，"张沛君就慷慨地从破的躺椅上站起来，两眼在深眼眶里慈爱地闪烁。"我真不解自家的弟兄何必这样斤斤计较，岂不是横竖都一样？……"

"像你们的弟兄，那里有呢。"益堂说。

"我们就是不计较，彼此都一样。我们就将钱财两字不放在心上。这么一来，什么事也没有了。有谁家闹着要分的，我总是将我们的情形告诉他，劝他们不要计较。益翁也只要对令郎开导开导……。"

图 3-106　用万能五笔输入法输入的文档

操作步骤：

① 新建空白文档，单击任务栏中输入法图标，在弹出的菜单中选择安装的"万能五笔内置输入法"命令，如图 3-107 所示。

图 3-107　选择所需输入法

② 屏幕左下角出现万能五笔内置输入法状态条，如图 3-108 所示。

图 3-108　弹出的输入法状态条

③ 在文档中开始输入文字，如图 3-109 所示。

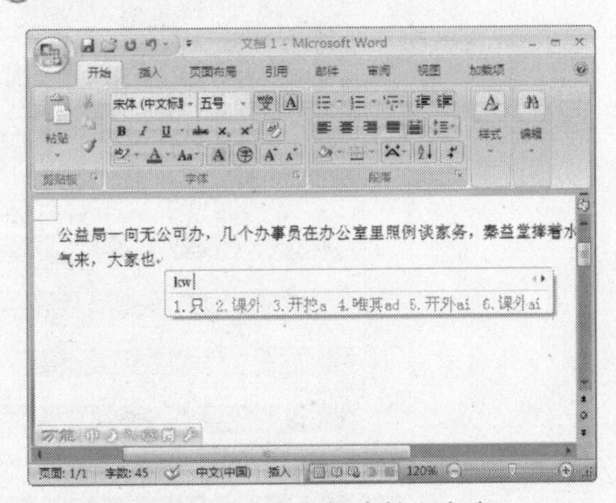

图 3-109　在文档中输入文字

④ 以同样的方法继续输入，输入完成后的效果如图 3-110 所示。

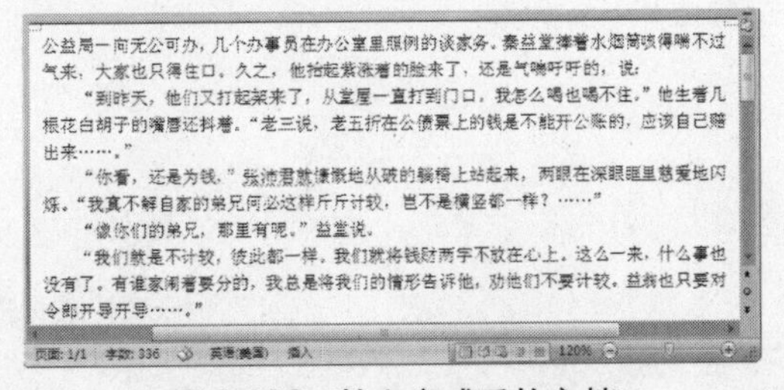

图 3-110　输入完成后的文档

巩固与练习

一、填空题

1．目前人们常用的五笔输入法主要有__________、__________、__________、__________、__________、__________和__________等几种。

2．搜狗五笔支持在线__________词库以及配置。

3．单击极点五笔状态条中的按钮，可以查询刚刚__________或__________内容的编码和读音。

二、简答题

1．万能五笔输入法有哪些特点？

2．常用的打字练习软件有哪几种？

三、上机题

安装打字高手练习软件并进行五笔输入练习，最终效果如图 3-111 所示。

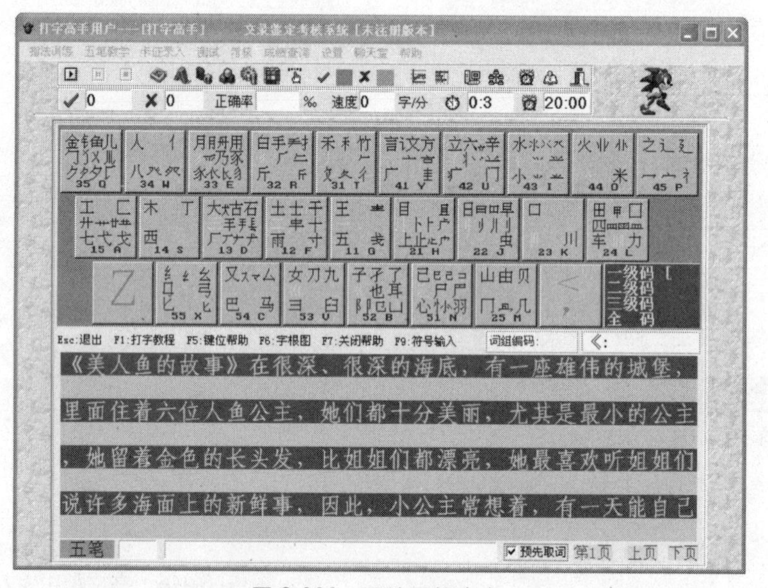

图 3-111　要练习的内容

技巧　在打字高手软件中按【F5】键可以取消键位帮助。

第4章 Word 2007的基本操作

- Word 2007 的安装、启动与退出
- Word 2007 的工作界面
- Word 2007 文档的基本操作
- Word 2007 的视图方式

Yoyo，使用 Word 进行文字处理是不是很方便呢？

当然了！Word 是目前应用非常广泛的一款文字处理软件，深受广大用户的赞誉与青睐。

没错，学好 Word 应用对我们的学习和工作会有很大的帮助。Word 2007 是微软公司推出的最新版本，它较以前的版本添加了许多新的核心功能，下面就先来学习 Word 2007 的安装，然后认识 Word 2007 的工作界面，最后学习它的基本操作等知识。

4.1 Word 2007 的安装、启动与退出

下面将讲解如何安装、启动与退出 Word 2007 应用程序。

4.1.1 Word 2007 的安装

准备 Word 2007 安装文件，进行安装，操作方法如下：

① 双击安装文件图标，出现提示安装开始的信息，系统准备必要的文件，如图 4-1 所示。

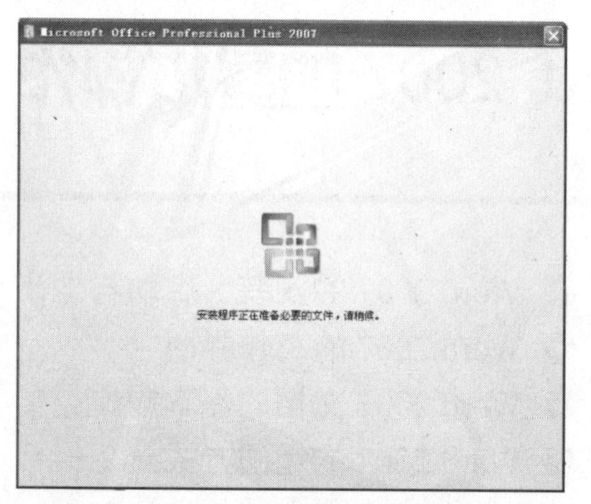

图 4-1 安装开始

② 在弹出的“输入您的产品密钥”对话框中输入产品密钥，单击“继续”按钮，如图 4-2 所示。

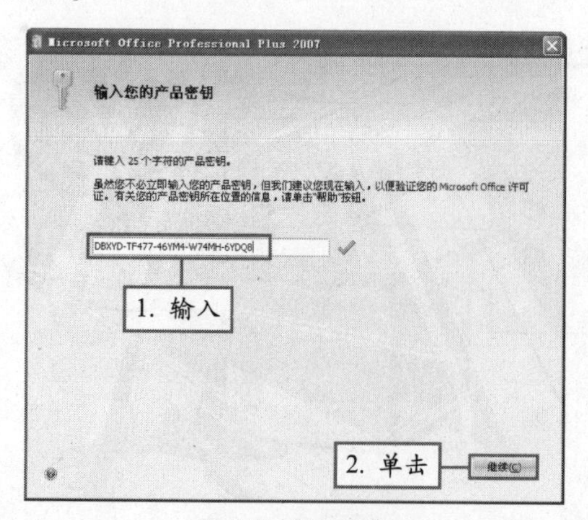

图 4-2 输入密钥

③ 此时，将弹出“阅读 Microsoft 软件许可证条款”对话框，选中“我接受此协议的条款”复选框，单击“继续”按钮，如图 4-3 所示。

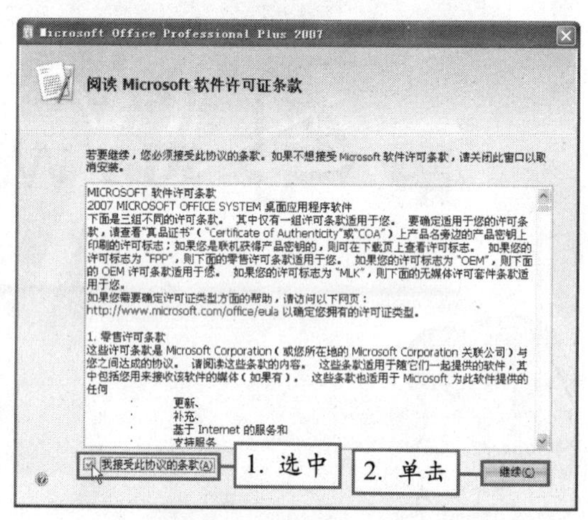

图 4-3 接受许可协议

④ 弹出“选择所需的安装”对话框，可选择“升级”和“自定义”两种安装类型。在此以选择“自定义”类型为例进行安装，如图 4-4 所示。

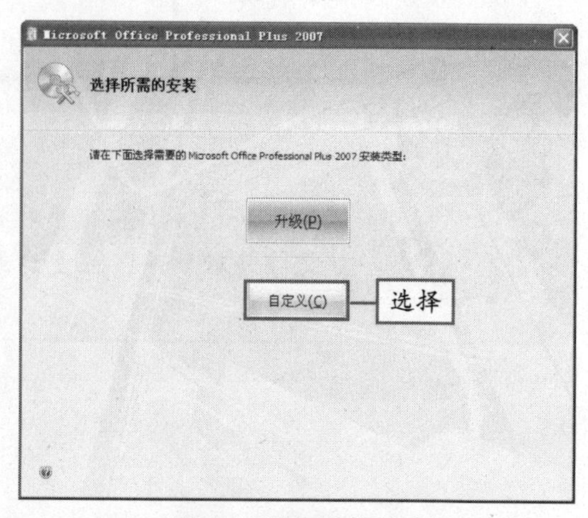

图 4-4 选择安装类型

⑤ 在弹出的对话框中单击“升级”选项卡，在其中可以选择是否保留早期版本，在此选中“保留所有早期版本”单选按钮，如图 4-5 所示。

说明 升级安装就是在原来的 Word 版本基础上进行安装。

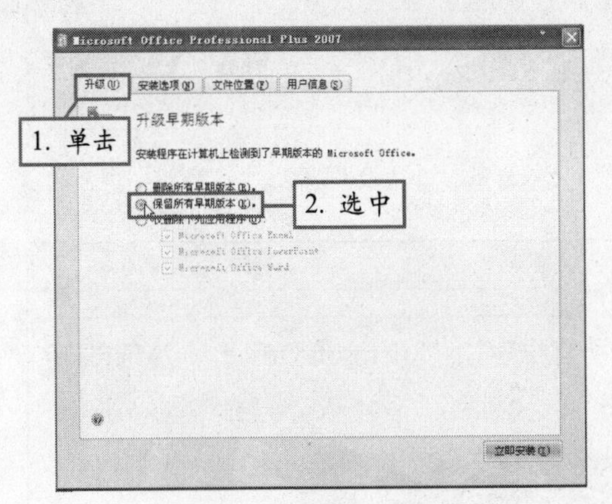

图 4-5　“升级”选项卡

⑥ 单击“安装选项”选项卡，选择需要安装的软件，如图 4-6 所示。

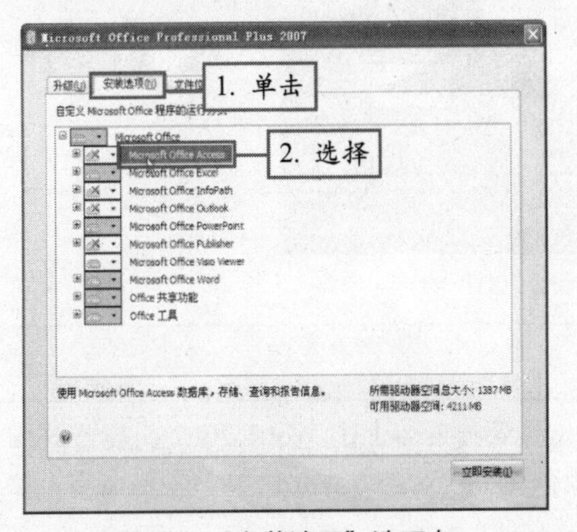

图 4-6　“安装选项”选项卡

⑦ 单击“文件位置”选项卡，选择软件安装的位置，如图 4-7 所示。

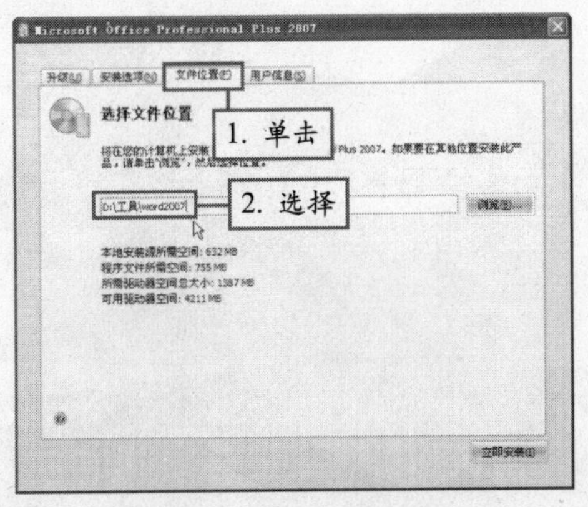

图 4-7　“文件位置”选项卡

⑧ 单击“用户信息”选项卡，输入用户个人信息，如图 4-8 所示。

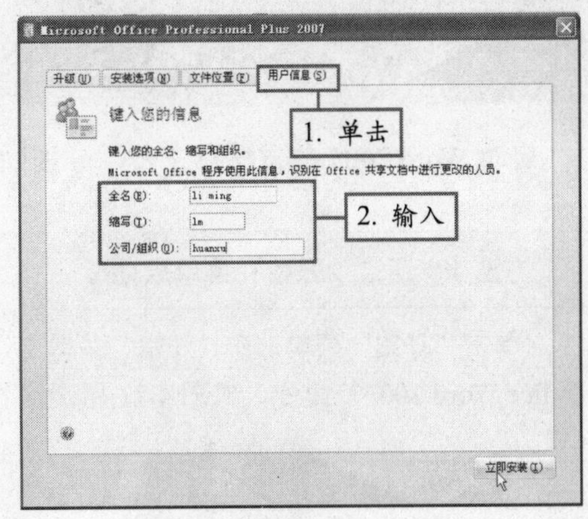

图 4-8　“用户信息”选项卡

⑨ 单击“立即安装”按钮，此时系统会自动开始安装软件，并显示安装进度，如图 4-9 所示。

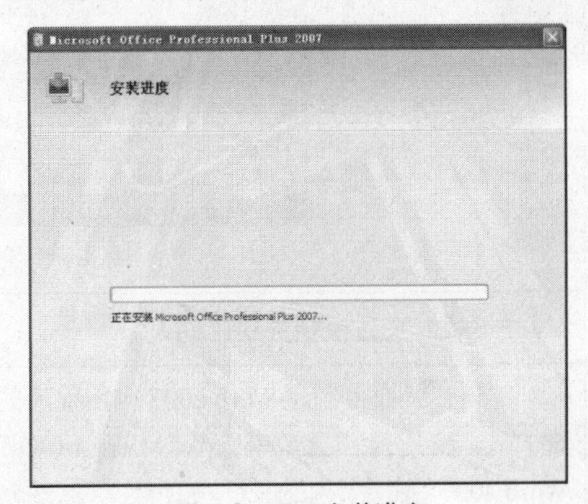

图 4-9　显示安装进度

⑩ 安装完毕后，单击“关闭”按钮，即可完成安装操作，如图 4-10 所示。

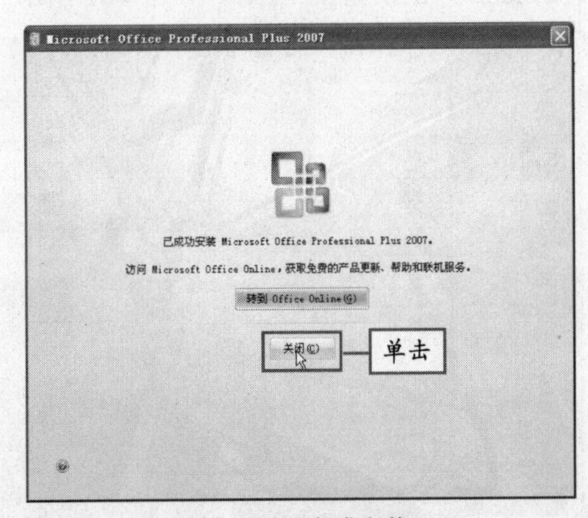

图 4-10　完成安装

在安装软件时，不需要的组件可以取消对其进行安装。　说明

4.1.2 Word 2007 的启动与退出

启动 Word 2007 的方法有三种，分别如下：

方法 1：通过"开始"菜单启动

单击"开始"菜单，在"开始"菜单中选择"所有程序"|"Microsoft Office"|"Microsoft Office Word 2007"命令，如图 4-11 所示。

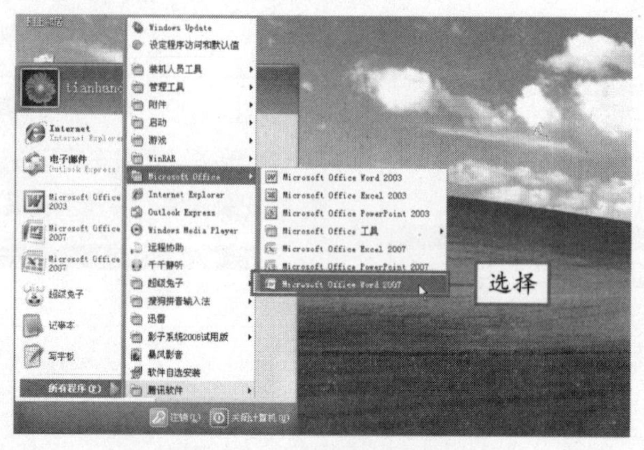

图 4-11 启动 Word 2007

方法 2：通过快捷方式启动

① 首先在桌面上创建 Word 2007 应用程序的快捷方式。在"开始"菜单中选择"Microsoft Office Word 2007"命令（如方法 1 中所述），然后右击该命令，在弹出的快捷菜单中选择"发送到"|"桌面快捷方式"命令，即可在桌面上创建一个 Word 2007 的快捷方式图标，如图 4-12 所示。

② 双击桌面上的 Word 2007 快捷方式图标，即可启动 Word 2007 应用程序，如图 4-13 所示。

图 4-12 创建 Word 2007 桌面快捷方式

图 4-13 双击快捷方式图标

技巧 如果用过一次 Word 2007 之后，就可以直接通过"开始"菜单列表中的选项将其打开。

方法 3：通过双击文档启动

直接双击 Word 2007 文档，启动 Word 2007 应用程序，如图 4-14 所示。

图 4-14　双击 Word 文档

退出 Word 2007 应用程序的方法有两种，分别如下：

方法 1：通过“关闭”按钮退出

单击 Word 2007 工作界面右上角的“关闭”按钮，即可退出应用程序，如图 4-15 所示。

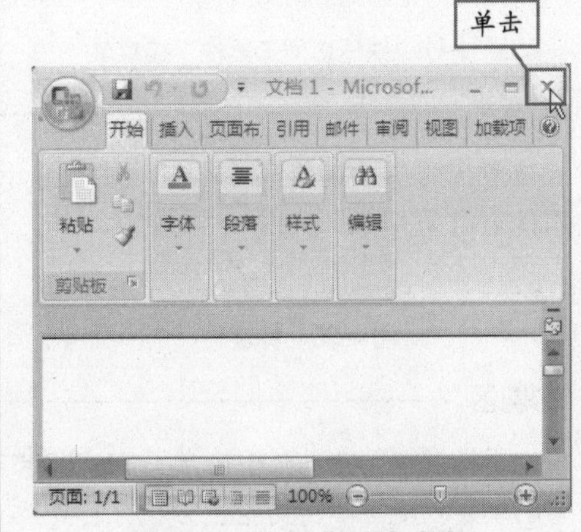

图 4-15　单击“关闭”按钮

方法 2：通过 Office 按钮退出

单击 Office 按钮，在弹出的下拉菜单中单击“退出 Word”按钮或按【X】键，即可退出应用程序，如图 4-16 所示。

图 4-16　单击“退出 Word”按钮

4.2　Word 2007 的工作界面

如图 4-17 所示即为 Word 2007 的工作界面，下面将介绍各组成部分的功能。

打开软件时，也可以右击软件名称，然后在其快捷菜单中选择“打开”选项。　技巧

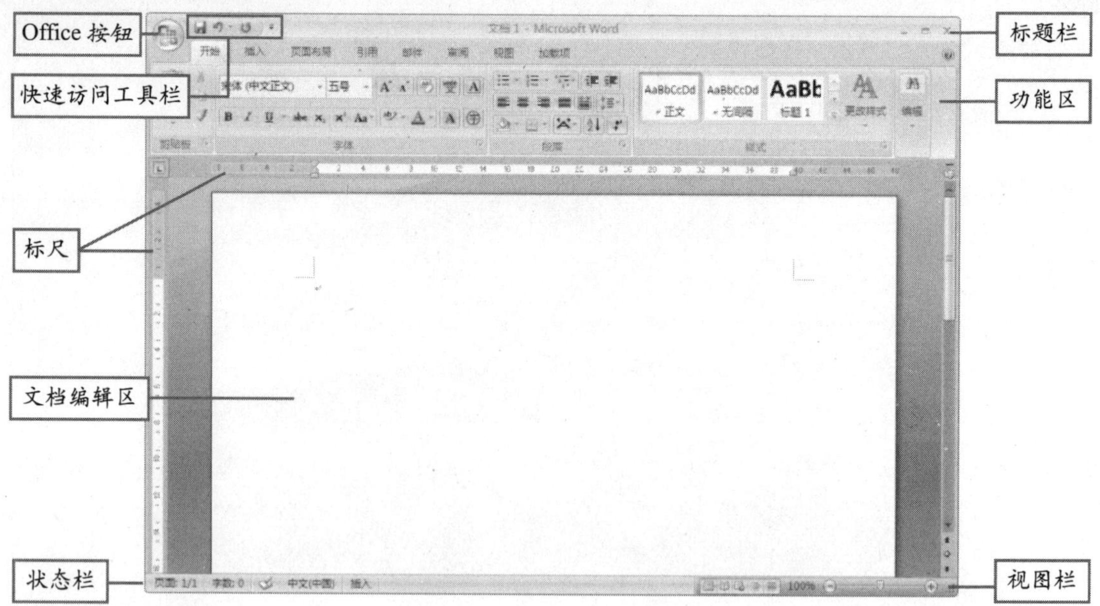

图 4-17　Word 2007 工作界面

Office 按钮

位于工作界面左上角，单击它将弹出 Office 下拉菜单，如图 4-18 所示。在此菜单中，可以执行 Office 的各种操作。

图 4-18　Office 菜单

快速访问工具栏

位于工作界面的顶部，用于快速执行某些操作。快速访问工具栏中的工具按钮可按需要进行添加或删除，单击其右侧的按钮，在弹出的下拉菜单中选择需要添加或删除的工具即可，如图 4-19 所示。

图 4-19　快速访问工具栏下拉菜单

标题栏

位于工作界面的最顶端，在此栏中显示文档的名称等信息，如图 4-20 所示。

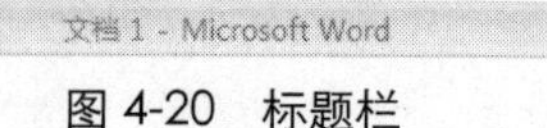

图 4-20　标题栏

功能区

位于标题栏下方，其中包含了 Word 2007 所有的编辑功能。单击功能区上方的选项卡，下方将显示对应的编辑工具，如图 4-21 所示。

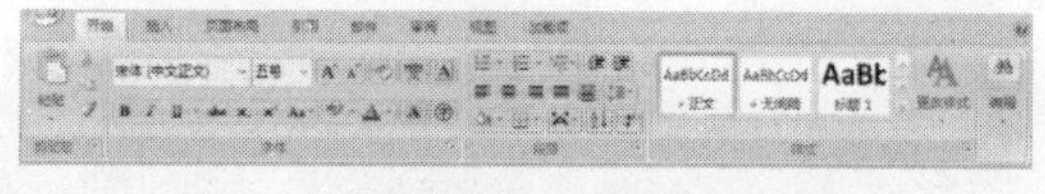
图 4-21　功能区

技巧　在快速访问工具栏的下拉菜单中选择“功能区最小化”菜单项，即可扩大文档编辑区。

状态栏

位于工作界面的左下角，用于显示文档页数、字数、校对、语言及输入状态等信息，如图 4-22 所示。

图 4-22　状态栏

视图栏

位于工作界面的右下角，用于切换视图的显示方式，以及调整视图的显示比例，如图 4-23 所示。

图 4-23　视图栏

文档编辑区和标尺

文档编辑区是 Word 的主要工作区域，而标尺则用于准确定位文档的位置。“标尺”按钮位于右边滚动条的顶端，如图 4-24 所示。

图 4-24　文档编辑区和“标尺”按钮

4.3　Word 文档的基本操作

文档的基本操作包括新文档的创建、保存，文档的打开与关闭等，下面将分别对其进行详细介绍。

4.3.1　新文档的创建

在启动 Word 2007 的同时，系统会自动新建一个空白文档。在 Word 工作界面中新建文档的方法一般有三种，下面将分别对其进行介绍。

方法 1：单击 Office 按钮

① 在 Word 工作界面中单击 Office 按钮，在弹出的下拉菜单中选择“新建”命令，如图 4-25 所示。

② 在弹出的“新建文档”对话框中，可以根据需要选择所要创建文档的类型，在此选择“空白文档”选项，如图 4-26 所示。

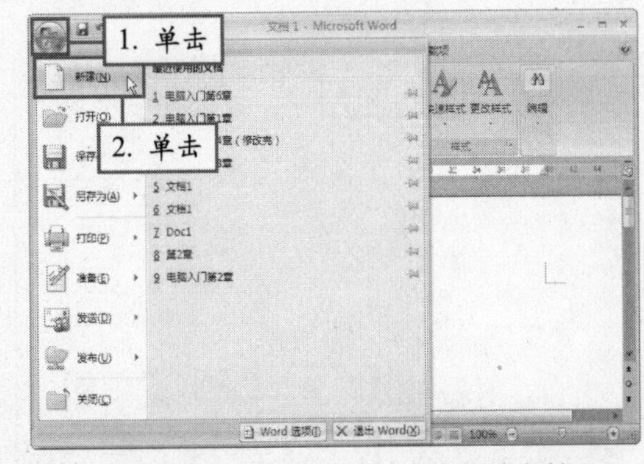

图 4-25　使用“新建”命令新建文档

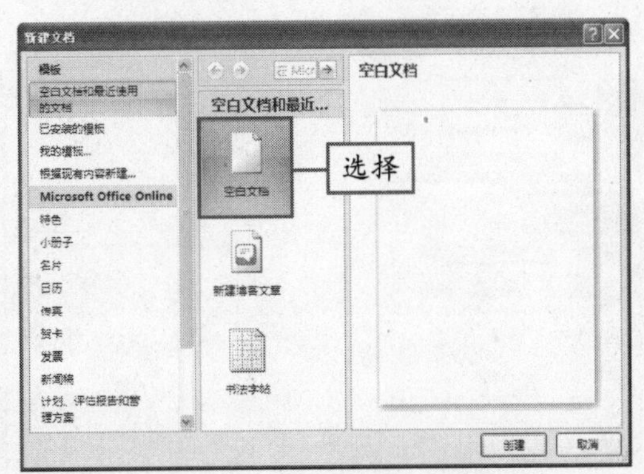

图 4-26　“新建文档”对话框

③ 单击“创建”按钮，即可创建一个空白文档。

说明　在视图栏中调节显示比例，都是以 10%递增或递减。

方法 2：利用快速访问工具栏中的“新建”按钮创建

单击快速访问工具栏中的“新建”按钮（如果在快速访问工具栏中没有“新建”按钮，可单击其右端的下拉按钮，在弹出的列表中进行添加），创建新文档，如图 4-27 所示。

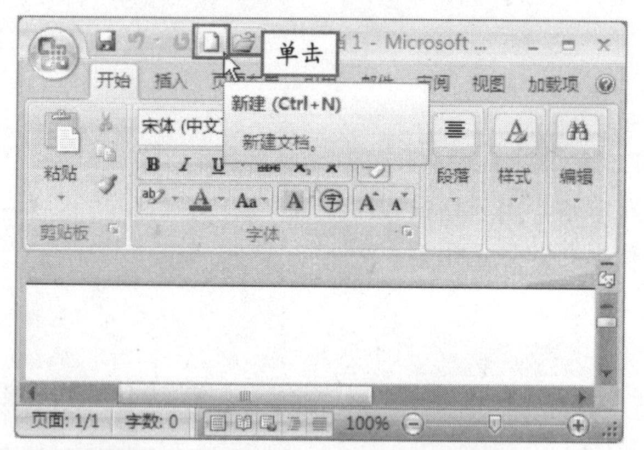

图 4-27 利用快速访问工具栏新建文档

方法 3：利用组合键新建文档

在 Word 工作界面中按【Ctrl+N】组合键，即可创建文档。

4.3.2 文档的保存

在文档编辑完成之后，需要将其保存，以备日后使用，下面将介绍几种保存文档的方法。

方法 1：通过 Office 按钮下拉菜单中的“保存”命令进行保存

① 单击 Office 按钮，在弹出的下拉菜单中选择“保存”命令，如图 4-28 所示。

② 弹出“另存为”对话框，在“保存位置”下拉列表框中选择文档保存的路径，并在“文件名”下拉列表框中输入文档名称，在“保存类型”下拉列表框设置保存类型，单击“保存”按钮，如图 4-29 所示。

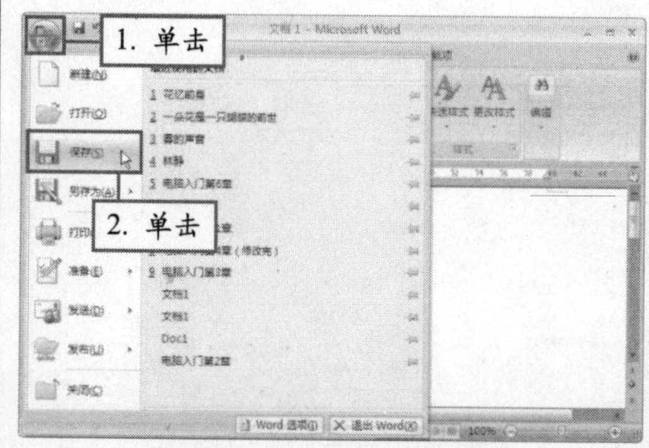

图 4-28 单击“保存”命令

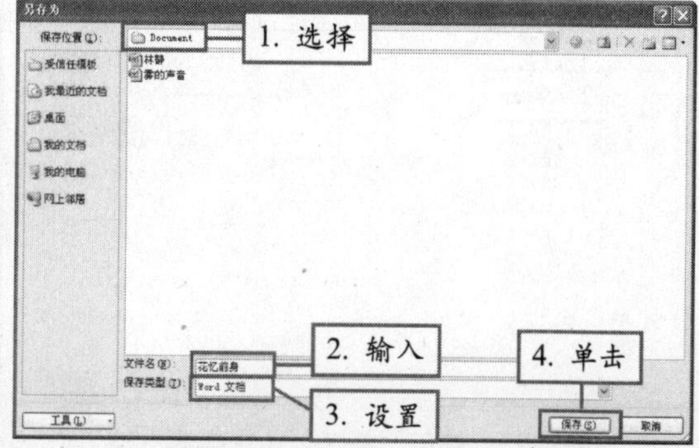

图 4-29 设置“另存为”对话框

技巧 很多情况下使用组合键可以方便地完成一些操作，所以我们要熟记常用的组合键。

方法 2：通过 Office 按钮下拉菜单中的“另存为”命令进行保存

单击 Office 按钮，在弹出的下拉菜单中选择“另存为”命令，在其右侧弹出的菜单中选择不同的保存类型来保存文档，如图 4-30 所示，其他操作与方法 1 相同。

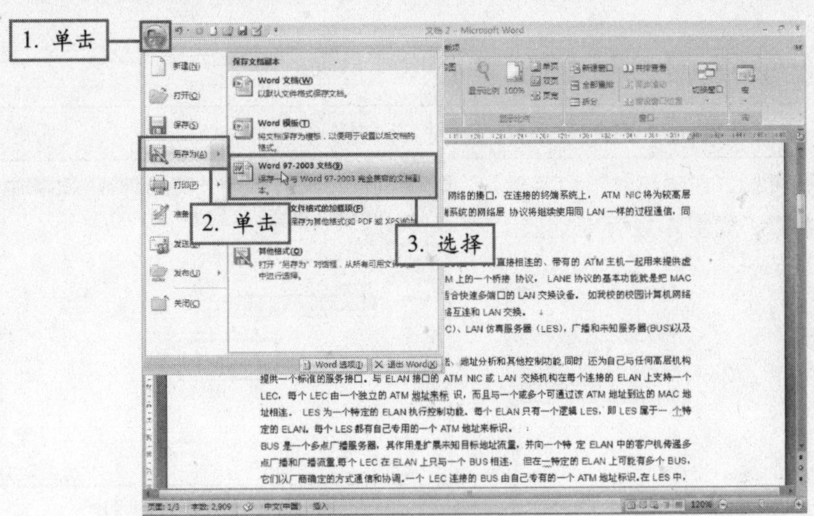

图 4-30 单击“另存为”命令

方法 3：使用组合键

在每一次操作后，按【Ctrl+S】组合键即可保存文档。如果是保存新文档，则会弹出“另存为”对话框，其他操作与前面两种方法相同。

方法 4：通过快速访问工具栏中的“保存”按钮进行保存

单击快速访问工具栏中的“保存”按钮（如果在快速访问工具栏中没有“保存”按钮，可单击其右端的下拉按钮，在弹出的列表中进行添加），如图 4-31 所示，弹出“另存为”对话框，其他操作与前面几种方法相同。

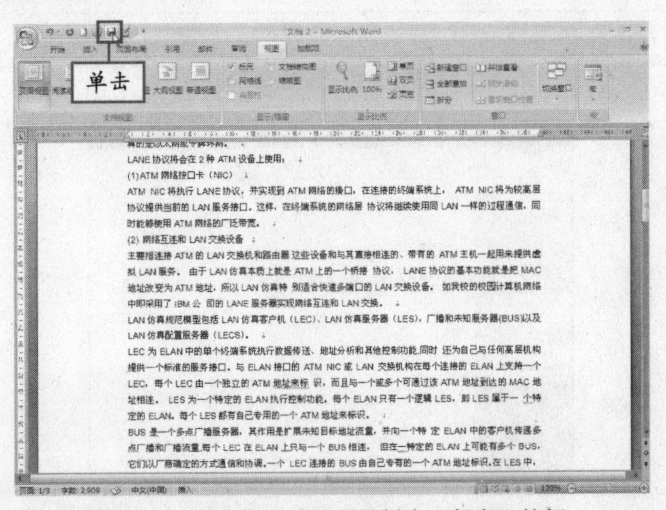

图 4-31 单击快速访问工具栏中“保存”按钮

说明 保存文件时要考虑文件在不同版本软件之间的使用问题，注意保存的格式。

4.3.3 文档的打开与关闭

当用户需要查看或编辑文档时需要将其打开，打开文档主要有四种方式，下面将分别进行介绍。

素材文件 光盘:\素材\第 4 章\局域网最常见十大错误及解决.docx

方法 1：通过 Office 按钮下的“打开”命令打开文档

① 单击 Office 按钮，在弹出的下拉菜单中选择“打开”命令，如图 4-32 所示。

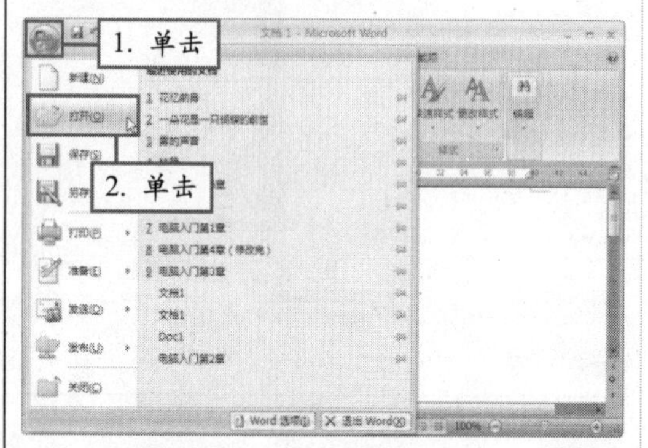

图 4-32 单击“打开”命令

② 弹出“打开”对话框，在“查找范围”下拉列表框中查找文档所在的位置，然后在其下方的文件列表中选择要打开的文档，如图 4-33 所示。

③ 单击“打开”按钮，即可打开所选择的文档，如图 4-34 所示。

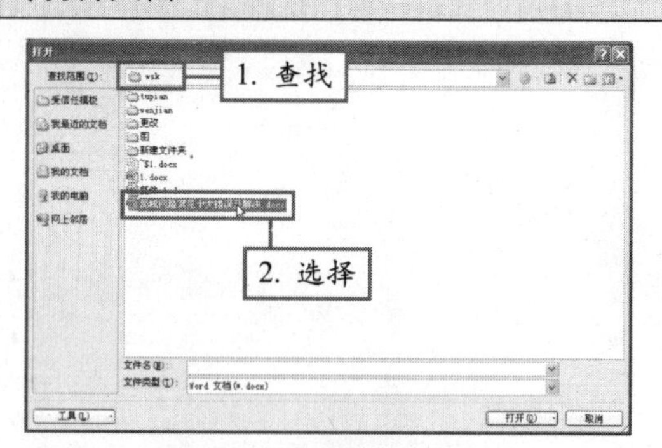

图 4-33 “打开”对话框

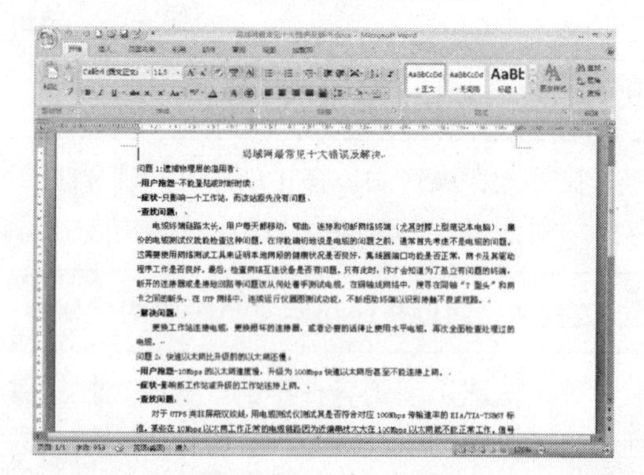

图 4-34 打开文档

方法 2：通过双击打开

双击所要打开文档的图标，即可打开文档，如图 4-35 所示。

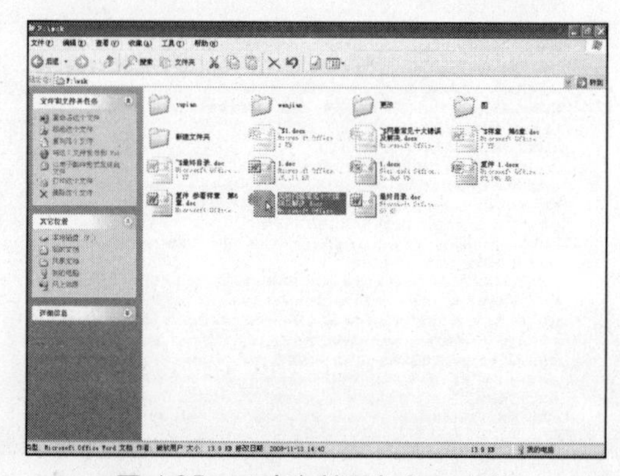

图 4-35 双击文档图标打开文档

 说明 几乎所有文件的打开都不止一种方法，读者要用心体会。

方法 3：通过快速访问工具栏中的“打开”按钮打开文档

单击快速访问工具栏中的“打开”按钮，弹出“打开”对话框，其他操作与方法 1 相同，如图 4-36 所示。

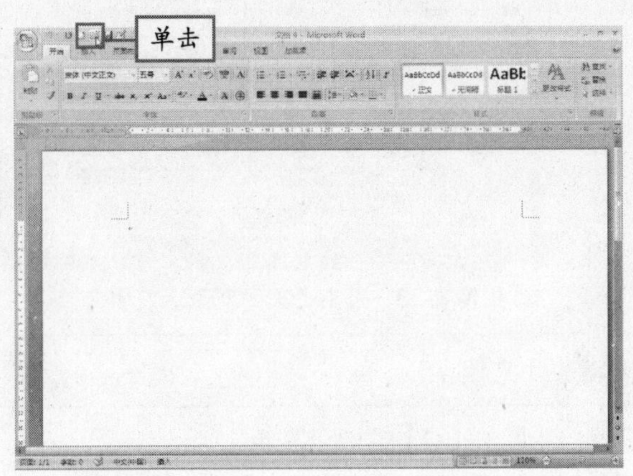

图 4-36　单击快速工具栏中“打开”按钮

方法 4：通过组合键方式打开文档

在 Word 2007 工作界面中按【Ctrl+O】组合键，弹出“打开”对话框，其他操作与前几种方法相同，即可打开文档。

如果想要关闭文档，通常采用以下三种方式：

方法 1：单击“关闭”按钮关闭文档

单击 Word 工作界面右上角的“关闭”按钮，即可关闭文档，如图 4-37 所示。

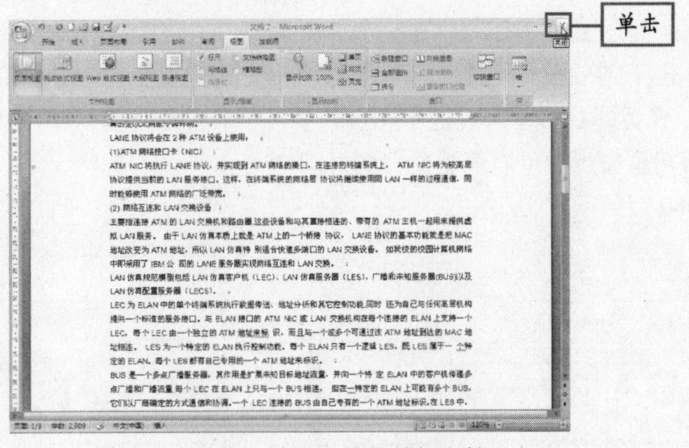

图 4-37　单击“关闭”按钮关闭文档

方法 2：通过 Office 按钮下拉菜单中的“关闭”命令关闭文档

单击 Office 按钮，在弹出的下拉菜单中选择“关闭”命令，即可关闭文档，如图 4-38 所示。

如果不退出 Word 2007 只关闭文档，可单击 Office 按钮下拉菜单中的“关闭”命令。技巧

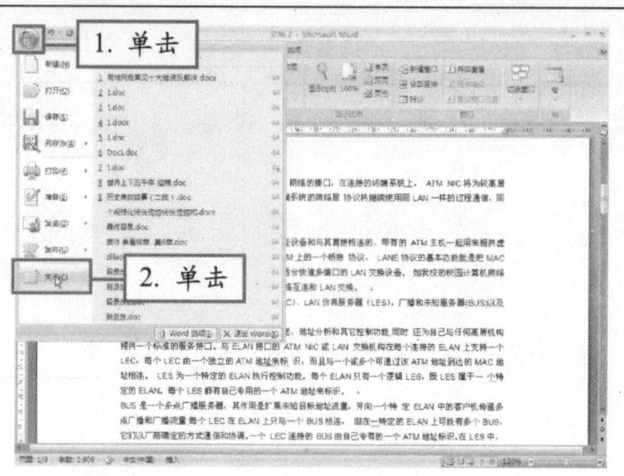

图 4-38　单击“关闭”命令关闭文档

方法 3：通过组合键关闭文档

单击 Office 按钮，然后按【C】键即可关闭文档。

4.4　Word 2007 的视图方式

Word 2007 提供了显示文档的多种方式，它是通过视图来实现的。Word 2007 的视图方式包括页面视图、阅读版式视图、Web 版式视图、大纲视图和普通视图。用户还可以根据需要调整文档的显示比例，从而更加清晰地浏览文档内容。

4.4.1　视图方式

Word 2007 中各种不同的视图方式应用于不同的场合，下面将对各种不同的视图方式进行详细地介绍。

① 页面视图：用于显示文档内容在整个页面的分布状况，是在 Word 文档中使用最多的一种视图方式，在页面视图下可以进行 Word 的一切操作。使用页面视图可以查看文档的打印外观，如图 4-39 所示。

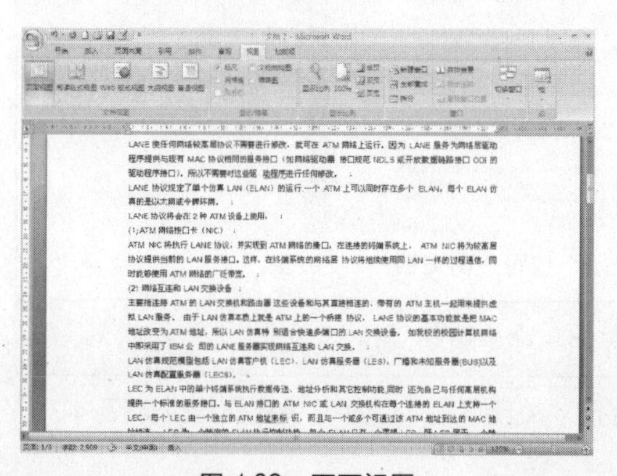

图 4-39　页面视图

② 阅读版式视图：阅读版式视图是进行了优化的视图，在此视图下用户可以利用最大空间来阅读文档，如图 4-40 所示。

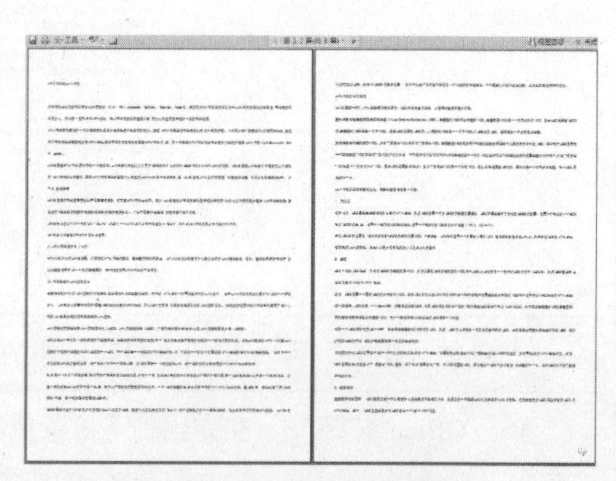

图 4-40　阅读版式视图

技巧　使用大纲视图，可以查看文档的结构。

③ Web 版式视图：用户在 Web 版式下可以查看网页形式的文档外观，在此视图方式下不管文档的显示比例为多少，系统都会自动换行以适应窗口，如图 4-41 所示。

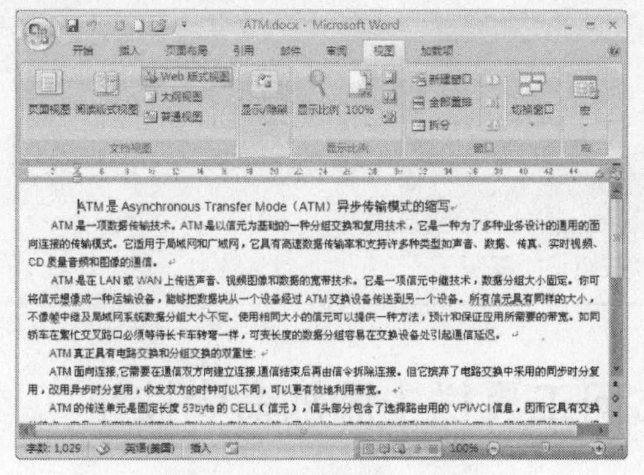

图 4-41　Web 版式视图

④ 大纲视图：用于审阅和处理文档的结构，为处理文档的目录提供了一个方便的途径，如图 4-42 所示。

⑤ 普通视图：在此视图方式下，可以便捷地输入、编辑和设置文本格式，几乎所有的排版信息都会显示出来（但不会显示页眉、页脚信息），如图 4-43 所示。

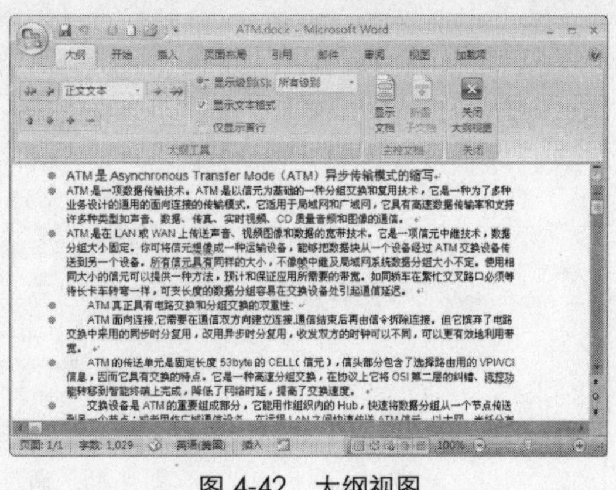

图 4-42　大纲视图

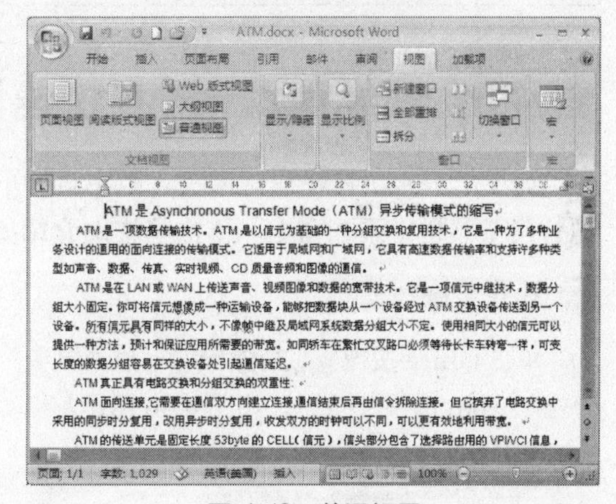

图 4-43　普通视图

4.4.2　视图方式的切换

素材文件　光盘:\素材\第 4 章\ATM.docx

切换视图方式通常采用以下两种方法：

方法 1：单击“视图”选项卡，在“文档视图”组中单击需要的视图方式按钮进行切换即可，如图 4-44 所示。

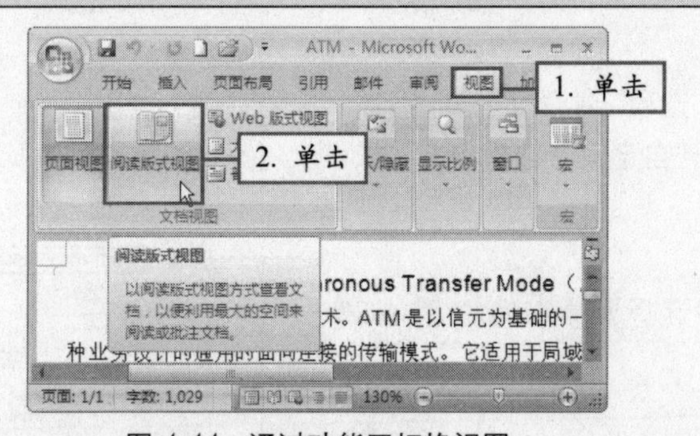

图 4-44　通过功能区切换视图

通常情况下，使用工作界面下端的按钮来快速切换视图方式比较快捷。　技巧方法 2：单击 Word 工作界面下端视图栏中的视图方式按钮进行视图切换，如图 4-45 所示。

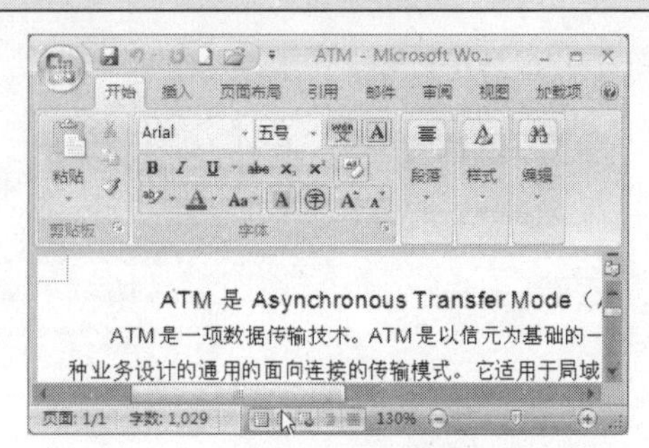

图 4-45 通过切换按钮切换视图

4.5 现学现用——在快速访问工具栏中添加命令按钮

如果用户希望在快速访问工具栏中直接单击某个命令按钮来完成某项操作，就需要在快速访问工具栏中添加命令。下面将详细介绍如何在快速访问工具栏中添加命令按钮。

操作步骤：

① 单击 Office 按钮，在弹出的下拉菜单中单击“Word 选项”按钮，如图 4-46 所示。

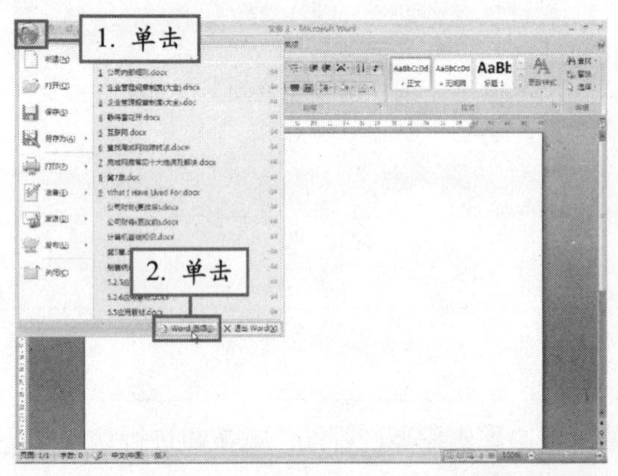

图 4-46 单击“Word 选项”按钮

② 在弹出的“Word 选项”对话框中单击“自定义”标签，切换到“自定义”选项卡下，如图 4-47 所示。

图 4-47 切换到“自定义”选项卡

③ 在命令列表框中选择要添加的命令，如图 4-48 所示。

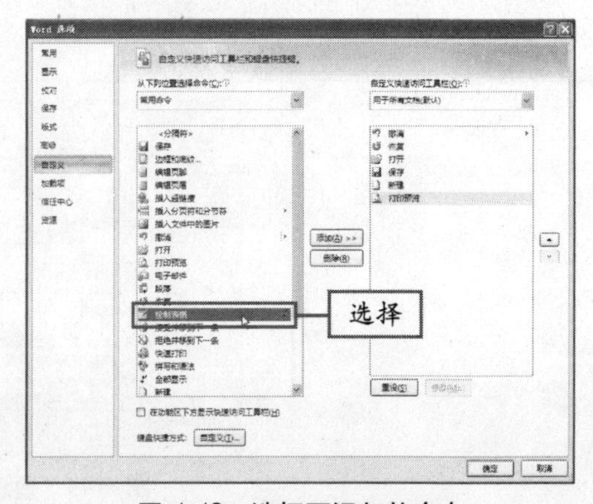

图 4-48 选择要添加的命令

说明 在“Word 选项”对话框中，可以根据自己的需要和喜好来设置个性化的 Word 工作状态。

④ 单击“添加”按钮，即可将选择的选项添加到“自定义快速访问工具栏”下拉列表框下方的列表中，如图 4-49 所示。

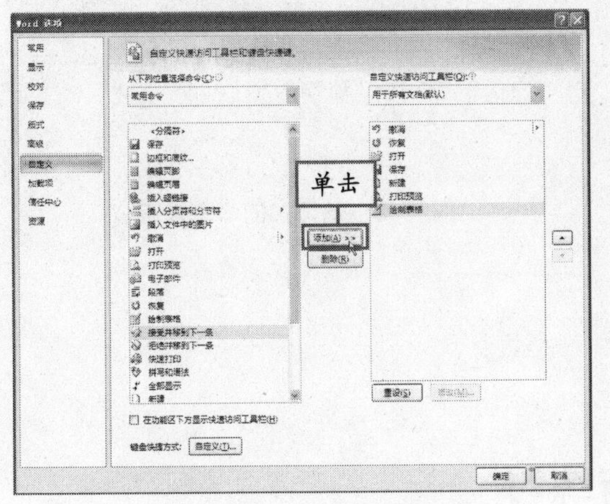

图 4-49　单击“添加”按钮

⑤ 单击“确定”按钮，在工作界面左上角的快速访问工具栏中即可看到新添加的命令按钮，如图 4-50 所示，其他命令按钮的添加方法与此相同。

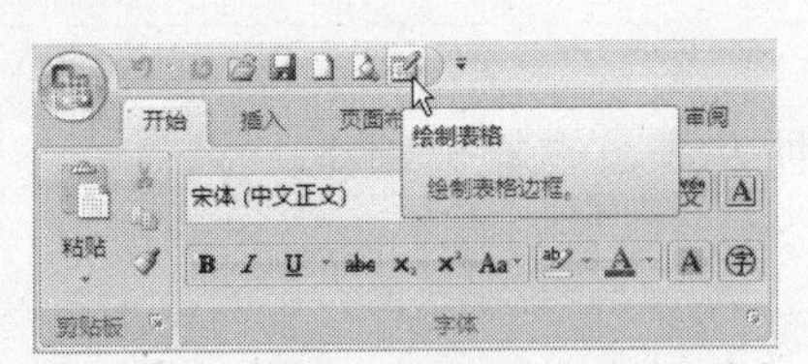

图 4-50　添加的“绘制图表”按钮

⑥ 再次弹出“Word 选项”对话框，单击“自定义”标签，切换到“自定义”选项卡下，单击“从下列位置选择命令”下拉列表框，在其弹出的下拉列表中选择“图片工具|格式选项卡”选项，如图 4-51 所示。

⑦ 单击“自定义快速访问工具栏”下拉列表框，在其弹出的下拉列表中选择“用于‘文档 2’”选项，如图 4-52 所示。

⑧ 在“从下列位置选择命令”下拉列表框下方的列表框中选择“衬于文字下方”选项，如图 4-53 所示。

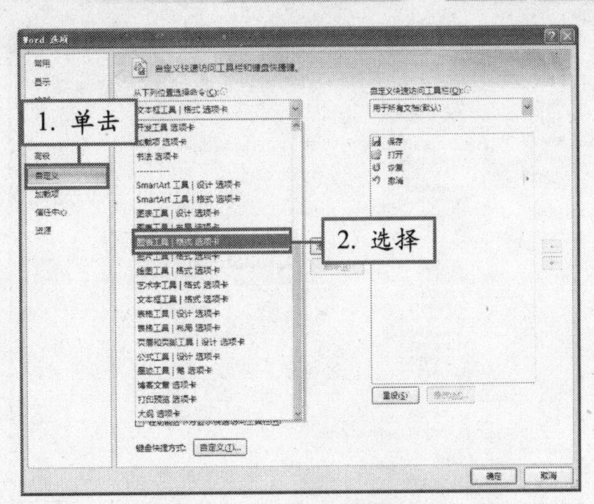

图 4-51　选择所需选项

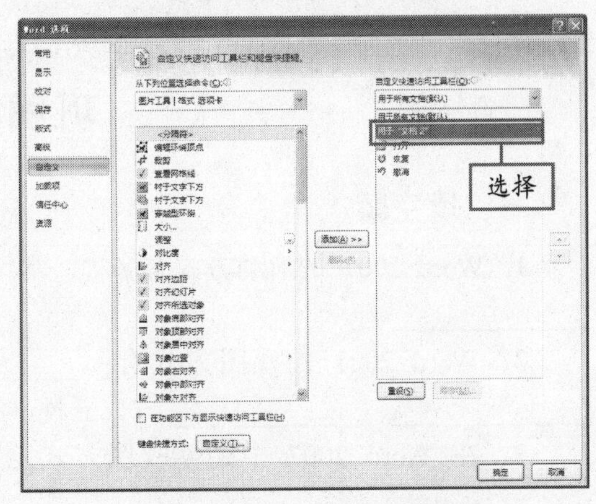

图 4-52　选择所需应用的选项

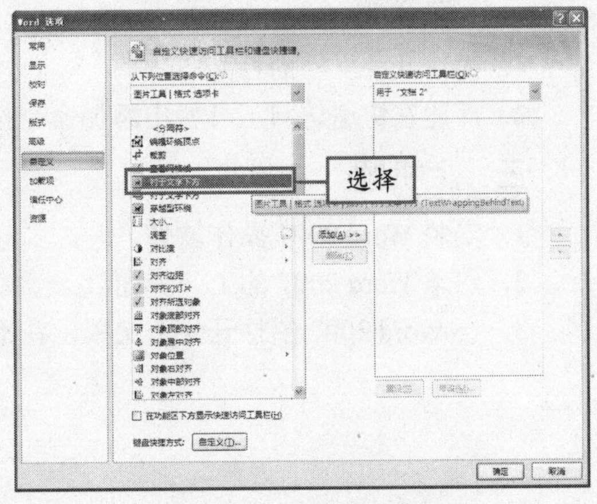

图 4-53　选择所需选项

⑨ 单击“添加”按钮，即可将所选选项添加到“自定义快速访问工具栏”下拉列表框下方的列表中，如图 4-54 所示。

在快速访问工具栏中保留几个常用的命令按钮，能极大地方便文档操作。　说明

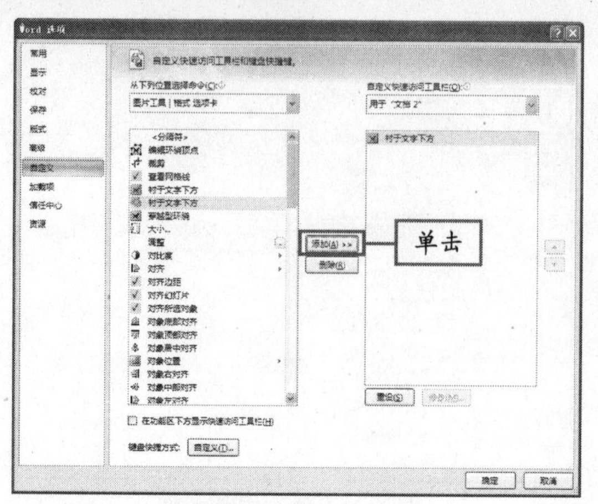

图 4-54　添加所需选项

⑩ 单击“确定”按钮，返回文档，即可看到添加的命令按钮，如图 4-55 所示。

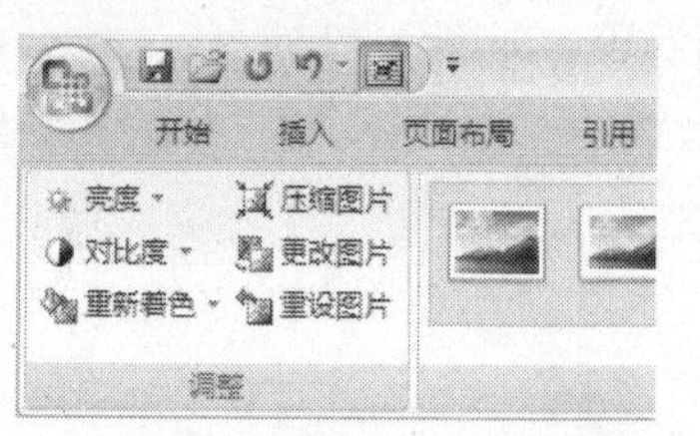

图 4-55　新添加的命令按钮

巩固与练习

一、填空题

1．Word 2007 的启动方式有多种，常用的方法有：____________、____________和____________。

2．Word 2007 的视图方式有：____________、____________、____________、____________、____________方式五种。

3．在 Word 2007 中切换视图方式主要有两种方式，它们分别是____________和____________。

二、简答题

1．简述几种文档的打开方式。

2．简述在快速访问工具栏中添加命令按钮的操作方法。

三、上机题

1．安装 Word 2007 操作软件。

2．熟悉 Word 2007 的工作界面。

3．在 Word 2007 中打开一个文档，在不同的视图方式下进行查看。

技巧　如果使用过一次 Word 2007 软件，在下一次打开的时候，直接在“开始”菜单中单击即可。

第5章 使用Word 2007编辑文档

- 输入文档内容
- 编辑文档

Yoyo，我现在想制作一份简历，怎么办？

呵呵，这个问题太简单了，无论用Word制作什么文档，首先应该进行文档内容的输入。

是的，本章我们首先学习如何在Word中输入各种文档内容，然后学习编辑文档的一些操作知识，这是学习Word进行文字处理的基础，大家一定要用心去学，并多加练习哟！

5.1　输入文档内容

运行 Word 2007 后，就可以开始制作文档了。制作文档最初的步骤就是输入文档的内容，它包括汉字与其他文字的输入、标点符号的输入、符号与特殊符号的输入、日期和时间的输入、公式的输入等。

5.1.1　汉字与其他文字的输入

汉字与英文字符是构成文档的基础元素之一，只有在输入了文字后，才能对文档进行各种编辑操作。

① 运行 Word 2007，转换到自己常用的输入法（如智能 ABC 输入法），在文档中输入文字“通知”，按【Enter】键，将光标定位到下一行，如图 5-1 所示。

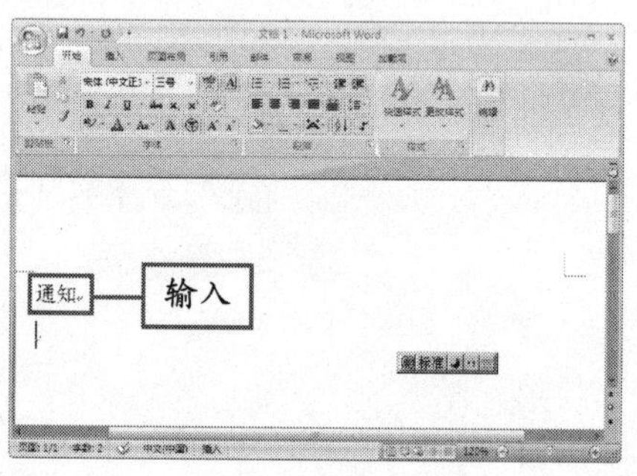

图 5-1　输入文字

② 在光标所在位置输入其他文字，在此输入通知内容，如图 5-2 所示。

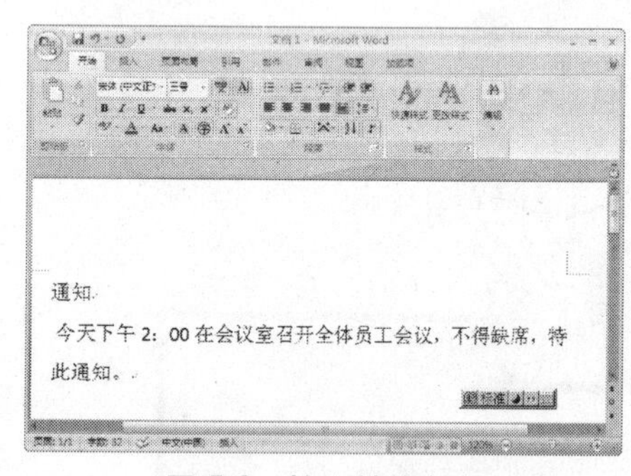

图 5-2　输入其他文字

5.1.2　插入特殊符号

在输入文档时，经常会遇到普通文本以外的特殊符号，如Ω、£等，这些符号可通过 Word 2007 提供的特殊符号功能进行插入，操作方法如下：

① 在文档中，单击“插入”选项卡下“符号”组中的“符号”下拉按钮，在弹出的下拉面板中选择“其他符号”选项，如图 5-3 所示。

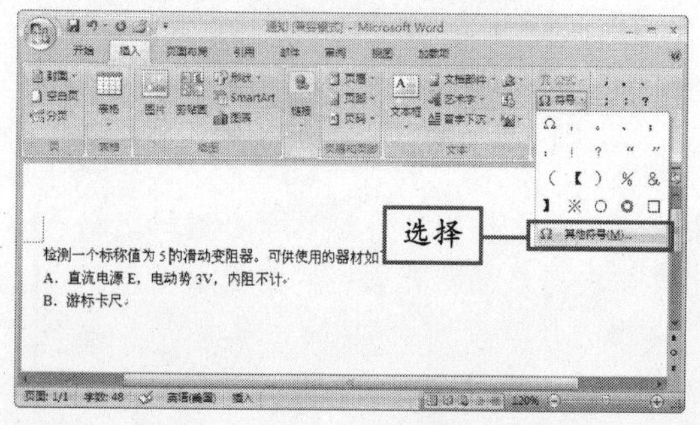

图 5-3　选择“其他符号”选项

② 弹出“符号”对话框，在“子集”下拉列表框中选择“希腊语和科普特语”选项，如图 5-4 所示。

图 5-4　选择“子集”下拉列表

技巧　按左、右【Shift】键，可以快速对中、英文进行切换。

③ 在“希腊语和科普特语”列表框中选择所需的选项“Ω”，单击“插入”按钮，如图 5-5 所示，插入特殊符号后的文档如图 5-6 所示。

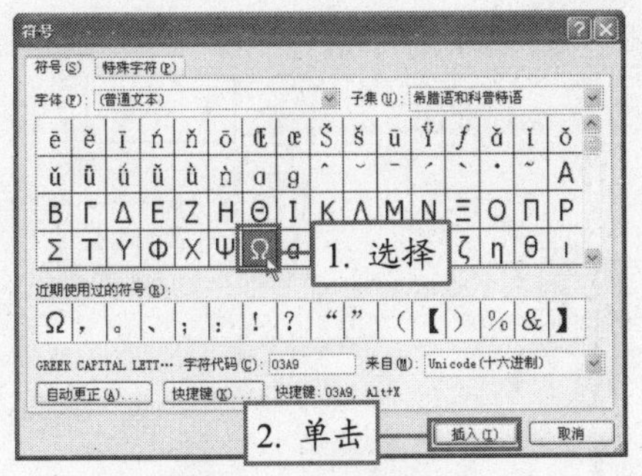

图 5-5　选择所需选项

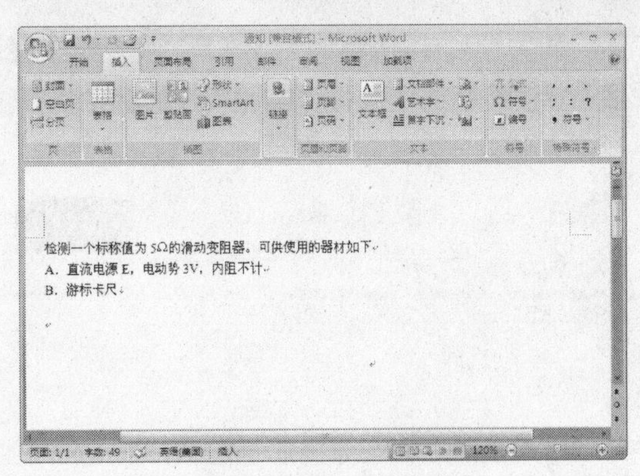

图 5-6　插入后的文档

5.1.3　插入日期

下面将讲解如何在通知中自动输入日期，操作方法如下：

① 将光标定位在通知文档中“人事部”的下方，单击“插入”选项卡下“文本”组中的“日期和时间”按钮，如图 5-7 所示。

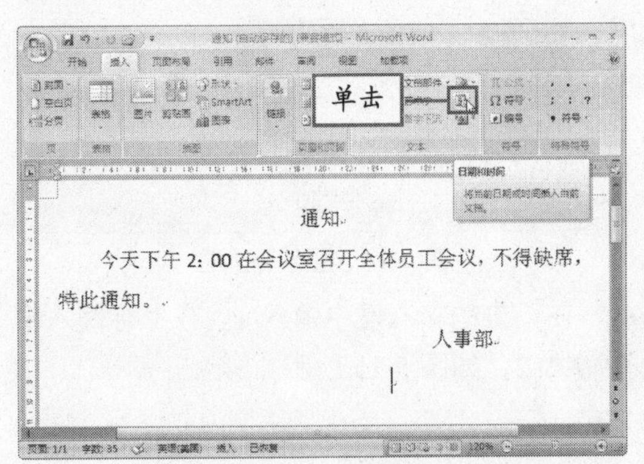

图 5-7　单击“日期和时间”按钮

② 弹出“日期和时间”对话框，在“语言（国家/地区）”下拉列表框中选择“中文（中国）”选项，并在左侧的“可用格式”列表框中选择“2008 年 11 月 11 日”选项，如图 5-8 所示。

③ 单击“确定”按钮，此时日期即被自动添加到通知文档中，如图 5-9 所示。

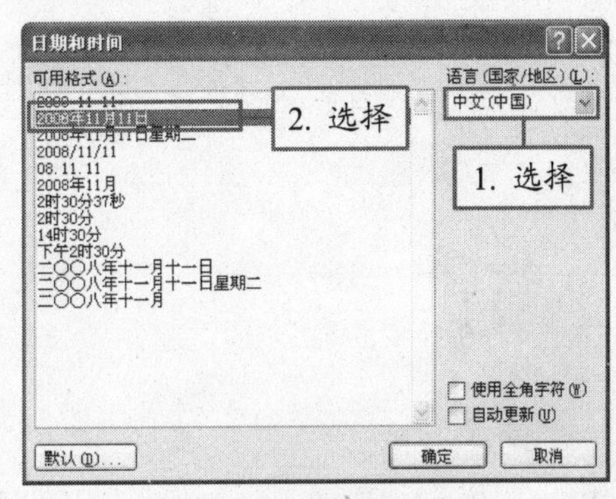

图 5-8　选择日期和语言

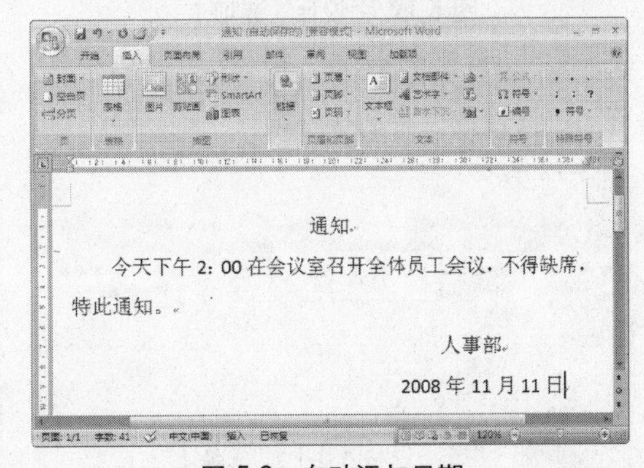

图 5-9　自动添加日期

5.1.4　输入公式

下面以输入圆柱体积公式为例，讲解如何在 Word 文档中快速插入公式，操作方法如下：

① 单击“插入”选项卡下“符号”组中的“公式”下拉按钮，在弹出的下拉面板中选择“插入新公式”选项，如图 5-10 所示。

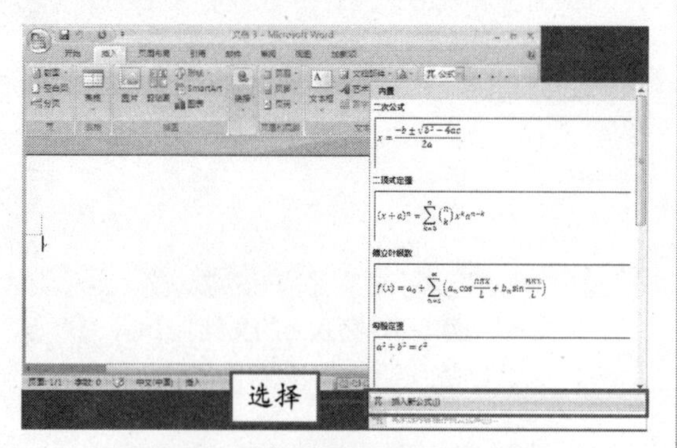

图 5-10　选择“插入新公式”选项

② 此时，在文档编辑区内会弹出“在此处键入公式”下拉列表框，并在功能区中自动添加“设计”选项卡，如图 5-11 所示。

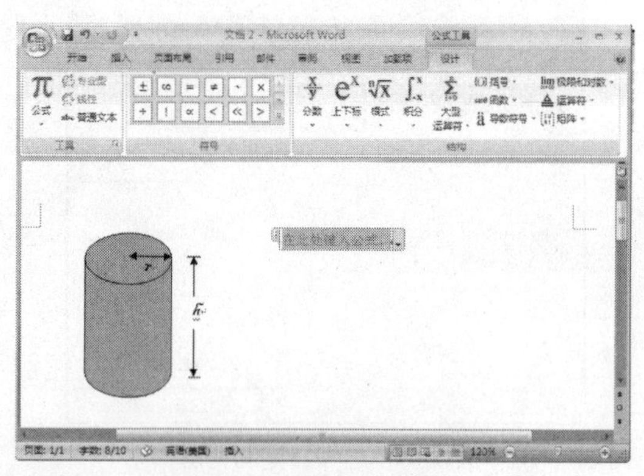

图 5-11　“设计”选项卡

③ 在“设计”选项卡下“符号”组中单击按钮，在弹出的下拉面板中选择“π”选项，如图 5-12 所示。

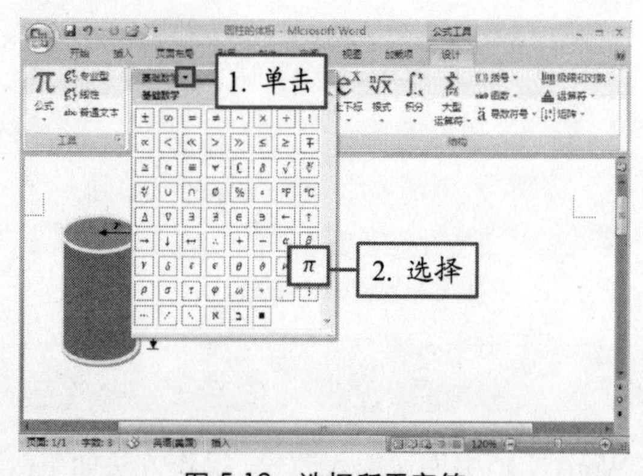

图 5-12　选择所需字符

④ 单击“设计”选项卡下“上下标”下拉按钮，在展开的“下标和上标”下拉面板中选择“上标”选项，如图 5-13 所示。

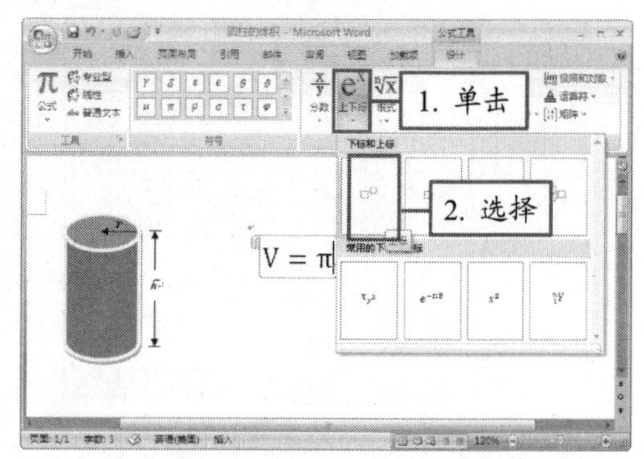

图 5-13　选择“上标”选项

⑤ 返回文档编辑区，在“在此键入公式”下拉列表框中会显示两个输入框，如图 5-14 所示。

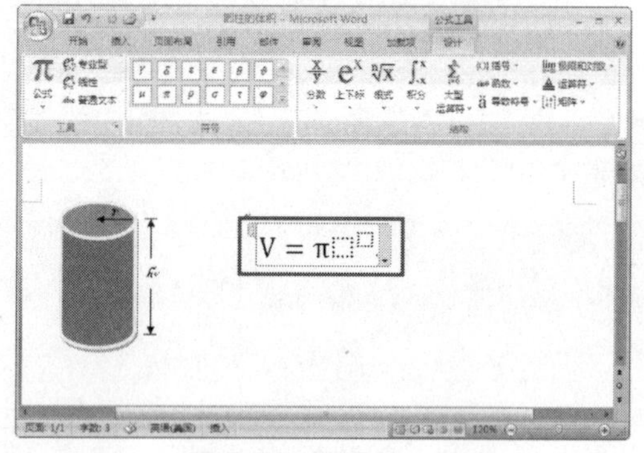

图 5-14　显示输入框

⑥ 在下方的输入框中输入 r，在上标输入框中输入 2，如图 5-15 所示。

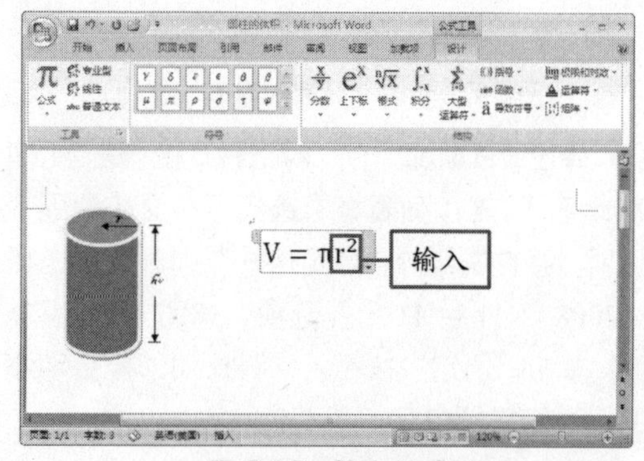

图 5-15　输入公式

⑦ 重复步骤 3，在下拉面板中选择符号“·”，再输入字母 h，得到圆柱的体积公式 $V=\pi r^2 \cdot h$，如图 5-16、图 5-17 所示。

技巧　使用“工具”组中“公式”下拉按钮，可以快速插入 Word 2007 内置的公式。

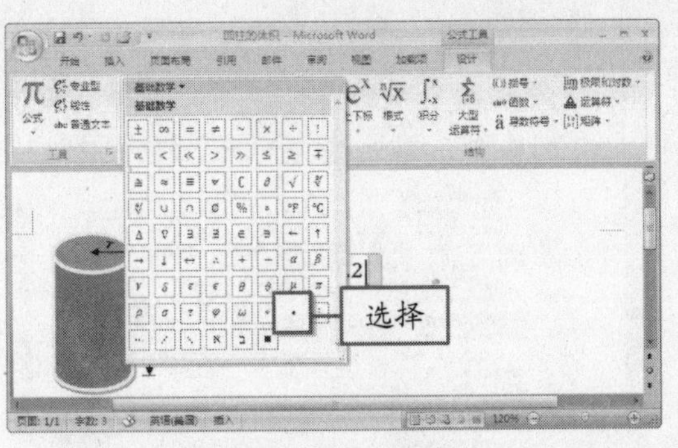

图 5-16 插入所需字符

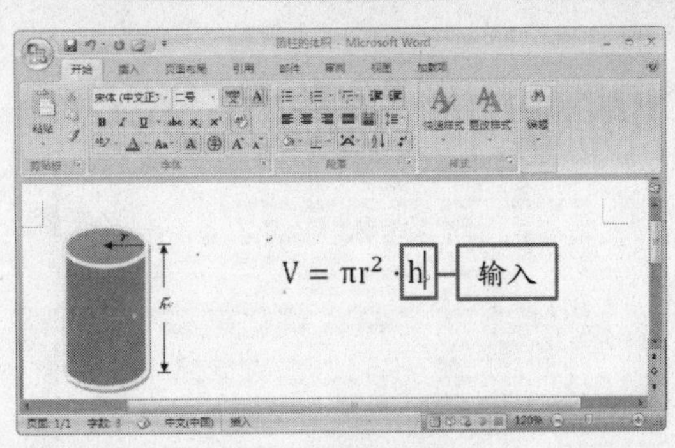

图 5-17 完成公式输入

5.2 编辑文档

在文档内容输入完毕后需要对其进行编辑，下面将详细讲解编辑文档的操作方法。

5.2.1 选定、删除文档

在编辑文档的过程中，选定、删除文档是最基础的操作，选定、删除文档通常采用鼠标和组合键操作的方式，下面将分别进行讲解。

1. 选定文档

素材文件 光盘:\素材\第 5 章\文字样例.docx

选择单行文档

打开“文字样例.docx”，将鼠标指针定位到要选择行的最左侧，当其变为↗形状时单击，即可选择该行文档，如图 5-18 所示。

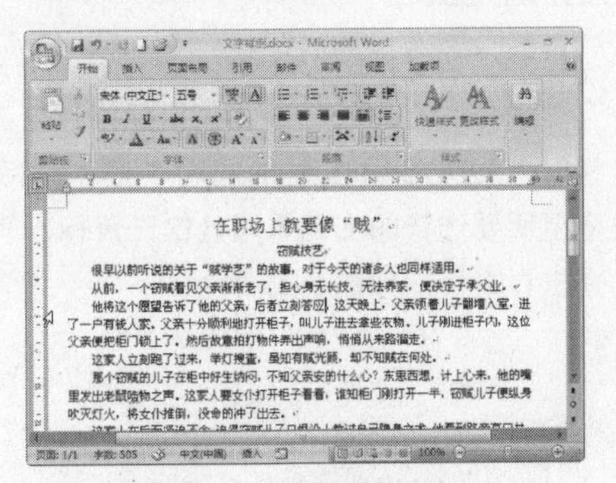

图 5-18 选择单行文档

选择多行文档

将鼠标指针定位到要选择行的最左侧，当其变为↗形状时按住鼠标左键并向下拖动，到达想要选择的位置松开鼠标，即可选择多行文档，如图 5-19 所示。

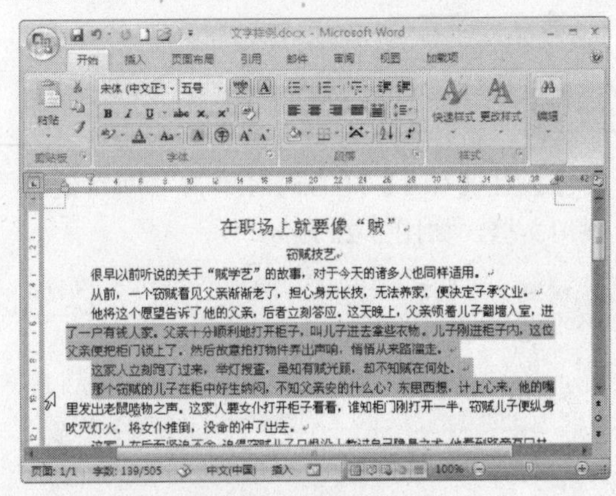

图 5-19 选择多行文档

选择段落文档

将鼠标指针定位在所要选择段落的最左侧，当其变为↗形状时双击，即可选择该段文档，如图 5-20 所示。

选择整篇文档

将鼠标指针定位到文档最左侧的空白处，连续单击三次或按【Ctrl+A】组合键，即可选定整篇文档，如图 5-21 所示。

将光标定位到文本左侧，按【Shift+→】组合键可以逐字选中文本。 技巧

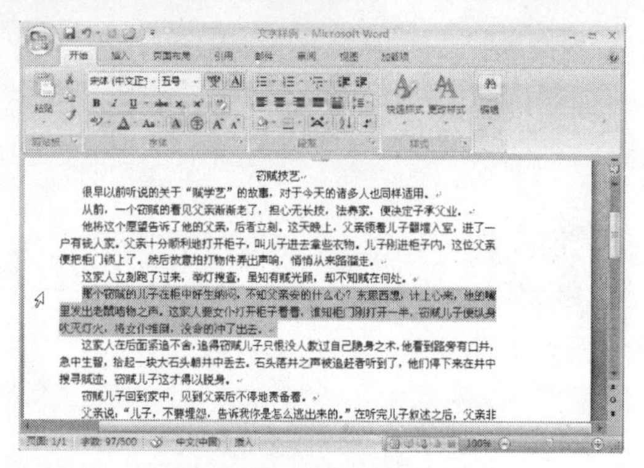

图 5-20　选择段落文档

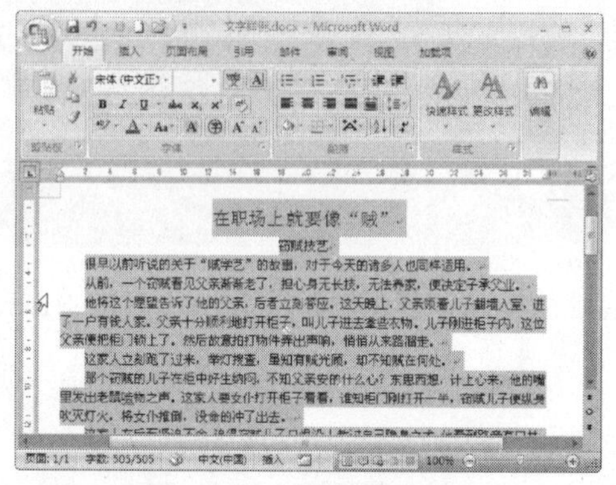

图 5-21　选择整篇文档

选择一句文档

将鼠标指针定位到句首处，当其变为I形状时，按住鼠标左键并拖至句末处松开，或在按住【Ctrl】键的同时单击，即可选择该句文档，如图 5-22 所示。

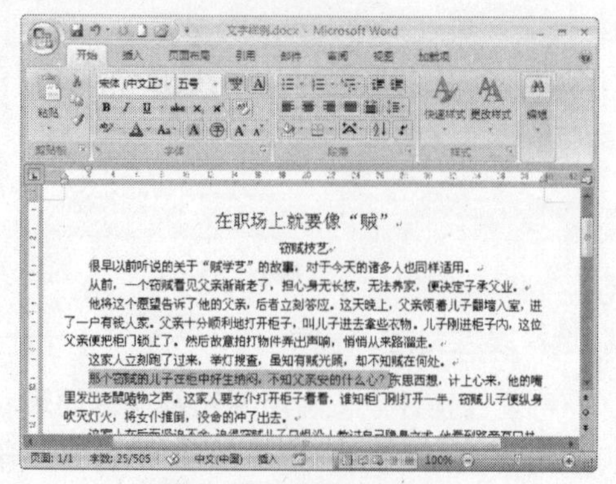

图 5-22　选择单句文档

选择不连续文档

首先选择一个文本区域，然后在按住【Ctrl】键的同时选择其他的文本区域，即可选择不连续的文字，如图 5-23 所示。

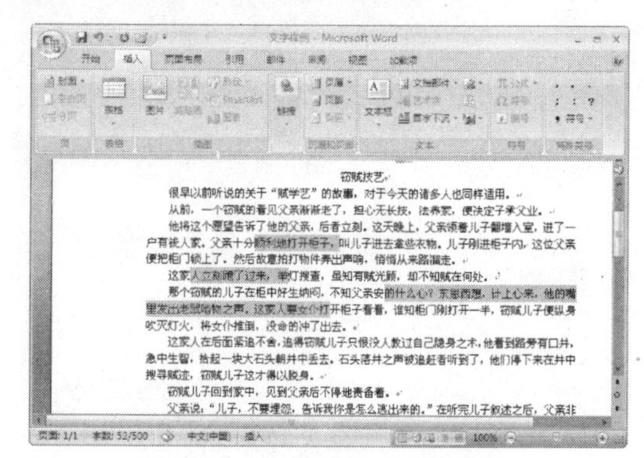

图 5-23　选择不连续文档区域

选择连续文档

将鼠标指针定位到所要选择文档的起始处，单击所要选择的文档末尾的同时按住【Shift】键，即可选择连续文档，如图 5-24 所示。

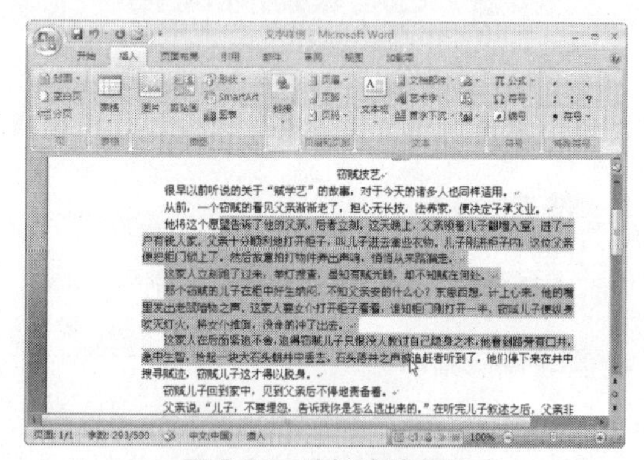

图 5-24　选择连续文档

选择垂直文档

打开“文字样例 3.docx”，将鼠标指针定位到要选择的文档起始处，当鼠标指针变为I形状时，按住【Alt】键的同时，按住鼠标左键拖至所要选择的文档末尾处松开鼠标，即可选择垂直文档，如图 5-25 所示。

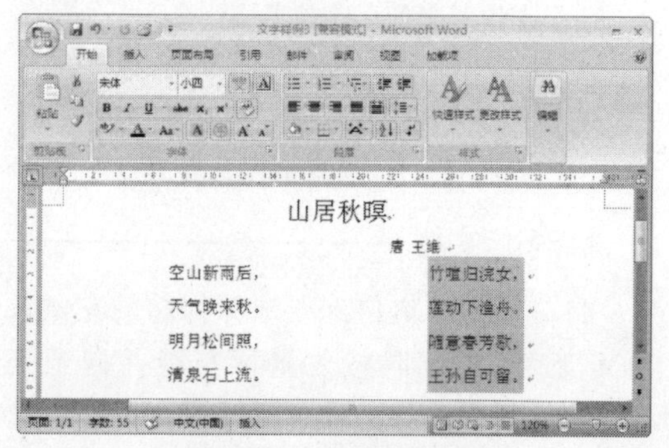

图 5-25　选择垂直文档

 技巧　将光标定位到文本右侧，按【Shift+←】组合键可逐字取消文本。

知识点拨

在选择不连续的文档中，如果想要删除已选择的文本区域，可在按住【Ctrl】键的同时再次单击选择的文本区域，即可将其删除。

2. 删除文档

输入文档时难免会输入多余的文档，这时就要将其删除，下面将讲解删除文档的操作方法。

① 将光标定位在多余文字后，例如，本例中标题中的多余文字“右震中”后，如图 5-26 所示。

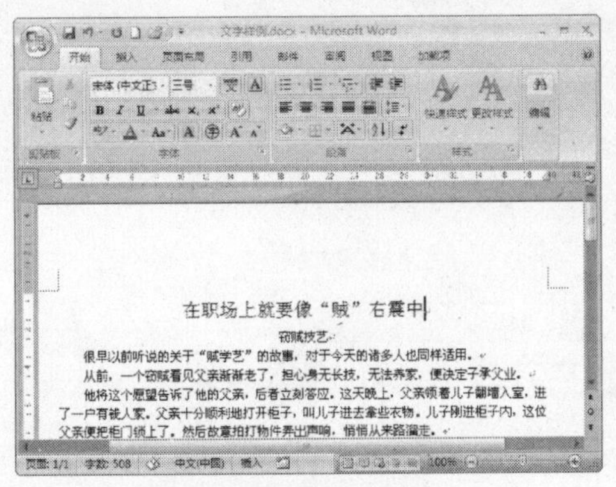

图 5-26　定位光标

② 连续按三次【BackSpace】键，即可将“右震中”删除，如图 5-27 所示。

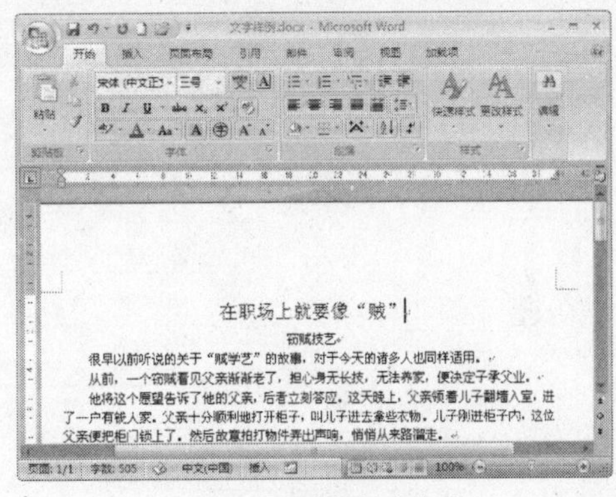

图 5-27　删除多余文字

教你一招

也可以把光标定位在多余文字前，按三次【Delete】键来删除；或者选中文字“右震中”，直接按【BackSpace】键或【Delete】键来删除多余文字。

5.2.2　移动、复制及粘贴文档

在文档的输入过程中，经常会遇到需要调整文档内容的先后顺序，以及输入一些相同文字的情况，此时不必再重复输入，通过移动、复制及粘贴的方法即可实现。

1. 移动文档

移动文档是文档编辑的过程中经常使用的方法之一，下面以“公务员工作总结”为例，讲解如何移动文档，具体操作方法如下：

素材文件　光盘:\素材\第 5 章\公务员工作总结.docx

方法 1：利用快捷菜单移动文档

① 打开“公务员工作总结.docx”，选中要移动的文档并右击，在弹出的快捷菜单中选择“剪切”命令，即可对文档进行剪切，如图 5-28 所示。

② 将光标定位到需要插入文档的位置并右击，在弹出的快捷菜单中选择“粘贴”命令，即可将所选择的文档移至指定位置，如图 5-29 所示。

删除文档时，也可以按【Shift+Delete】组合键来直接删除选中文本。　技巧

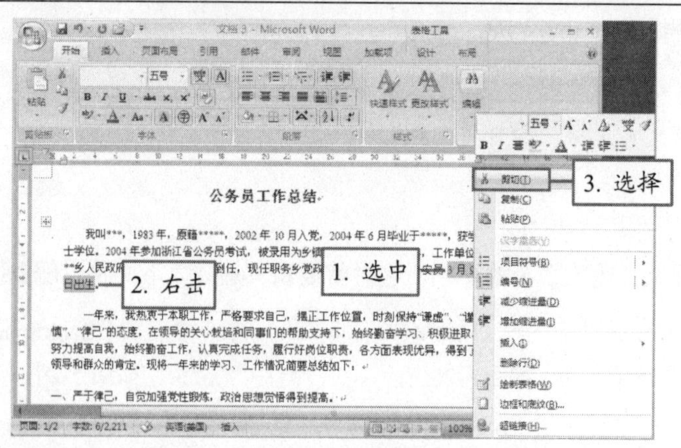

图 5-28　选择“剪切”命令

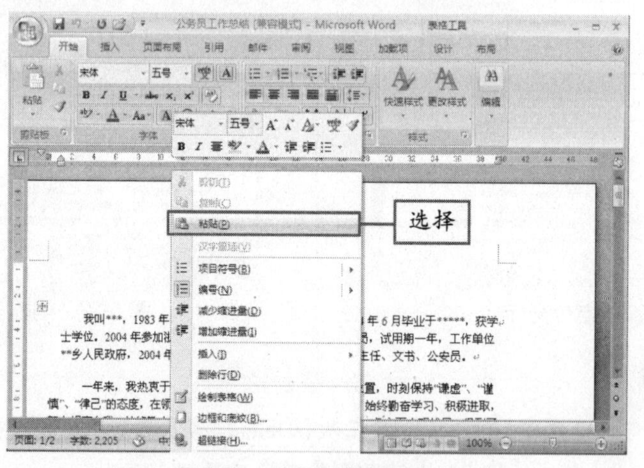

图 5-29　选择“粘贴”命令

方法 2：利用功能区移动文档

① 选中所要移动的文档，单击“开始”选项卡下“剪贴板”组中的“剪切”按钮，即可对文档进行剪切操作，如图 5-30 所示。

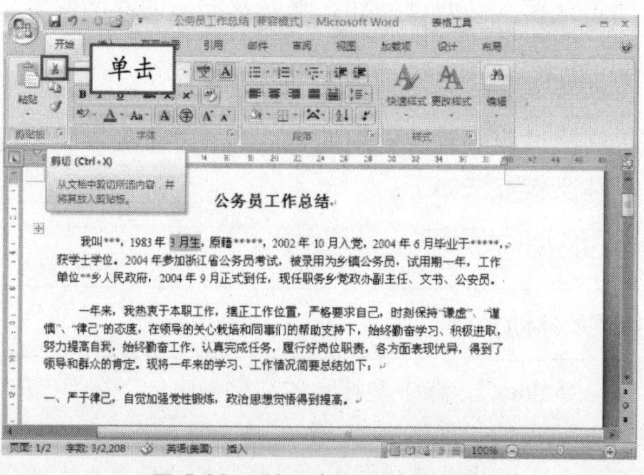

图 5-30　利用功能区剪切文档

技巧　在“粘贴”下拉按钮“选择性粘贴”选项中，可以选择粘贴的格式。

② 将光标定位到所要移动的位置，单击“开始”选项卡下“剪贴板”组中的“粘贴”按钮，如图5-31所示，即可将要所要移动的文档移至指定位置。

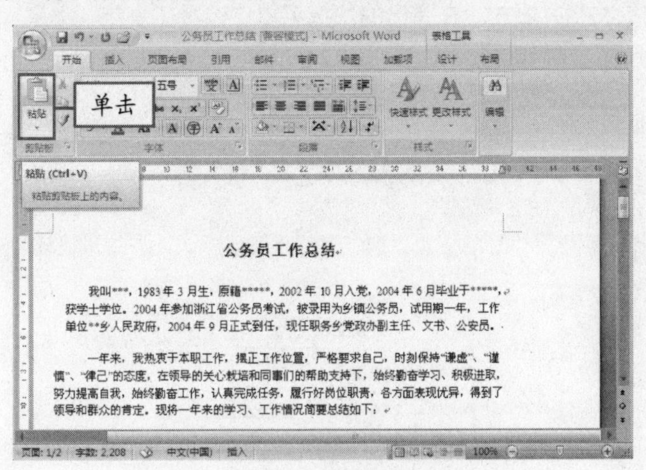

图5-31 利用功能区粘贴文档

方法3：利用鼠标拖动来移动文档

选中所要移动的文档，当鼠标指针变为形状时，按住鼠标左键将其拖至目标位置，当鼠标指针变为形状时松开鼠标，即可移动文档的位置，如图5-32所示。

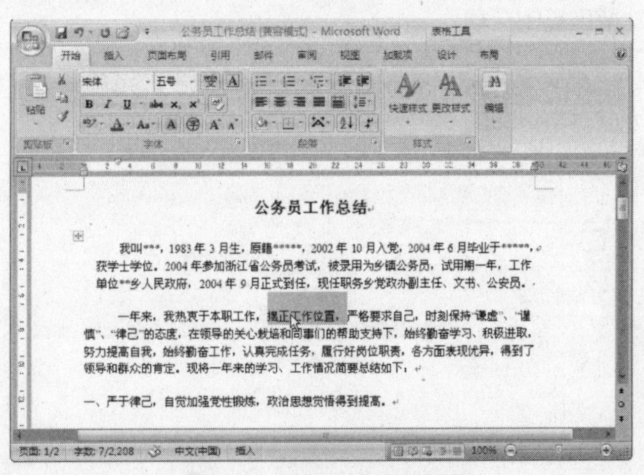

图5-32 拖动鼠标移动文档

方法4：利用组合键移动文档

选中所要移动的文档，按【Ctrl+X】组合键剪切文档，将光标定位到所要移动的位置，按【Ctrl+V】组合键粘贴文档，即可移动文档的位置。

2. 复制文档

在文档编辑的过程中经常会遇到输入相同文字的情况，为了提高工作效率，运用复制文档操作就可以不必再重新输入这些文字。下面以“公务员工作总结”为例，讲解如何复制文档，操作方法如下：

单击“粘贴”按钮下方的下拉按钮，利用弹出的下拉菜单可进行选择性粘贴。 技巧

方法 1：利用快捷菜单复制文档

① 选中所要复制的文档并右击，在弹出的快捷菜单中选择“复制”命令，即可复制选中的文档，如图 5-33 所示。

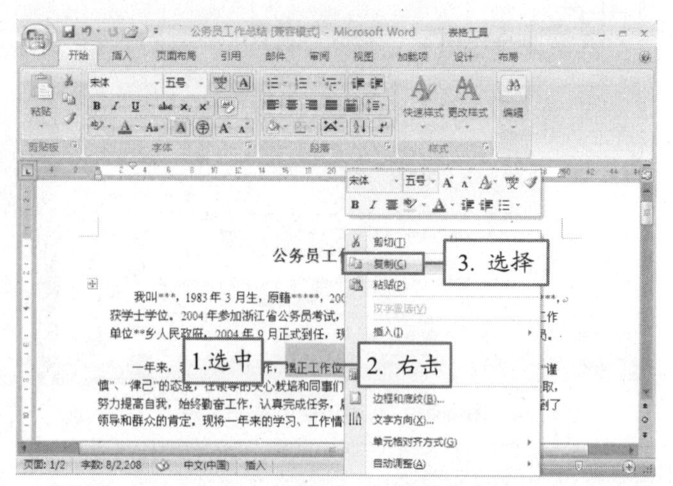

图 5-33　利用快捷菜单复制文档

② 粘贴文档的方法与移动文档中粘贴文档的方法相同，在此就不再赘述。

方法 2：利用功能区复制文档

① 选中所要复制的文档，单击“开始”选项卡下“剪贴板”组中的“复制”按钮，即可对文档进行复制，如图 5-34 所示。

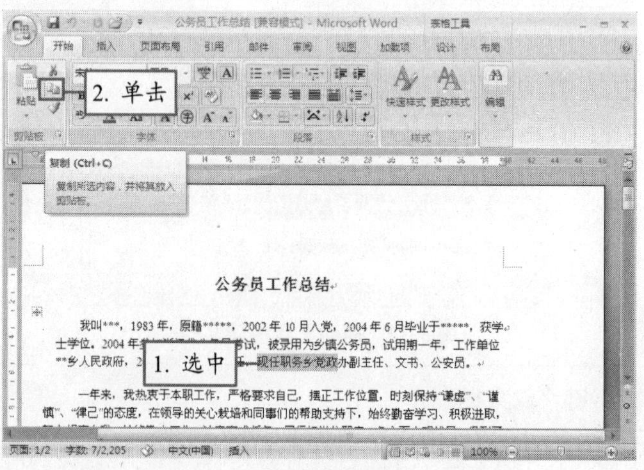

图 5-34　利用功能区复制文档

② 粘贴文档的方法与上文相同，在此不再赘述。

方法 3：利用组合键复制文档

选中所要复制的文档，按【Ctrl+C】组合键可以对文档进行复制，将鼠标光标定位到所要插入的位置，按【Ctrl+V】组合键粘贴文档即可。

技巧　在 Word 2007 中选择文本后，被选中的文本将以蓝底黑字显示。

5.2.3　查找、替换文档

在一篇文档中，如果需要查找文档中的某个内容或更改在文档中多次出现的某个字或词，仅靠手动逐个查找或替换既费时、费力，又有可能会出现遗漏。使用 Word 2007 提供的查找与替换功能能够节省操作时间，从而提高工作效率。

素材文件　光盘:\素材\第 5 章\公务员工作总结 2.docx

1. 查找文档

如果想要在一篇文档中查找所需要的内容，就需要使用 Word 的查找功能，操作方法如下：

① 打开“公务员工作总结 2.docx”文档，将光标定位在文档的任意位置，在“开始”选项卡下“编辑”下拉菜单中选择“查找”命令，如图 5-35 所示。

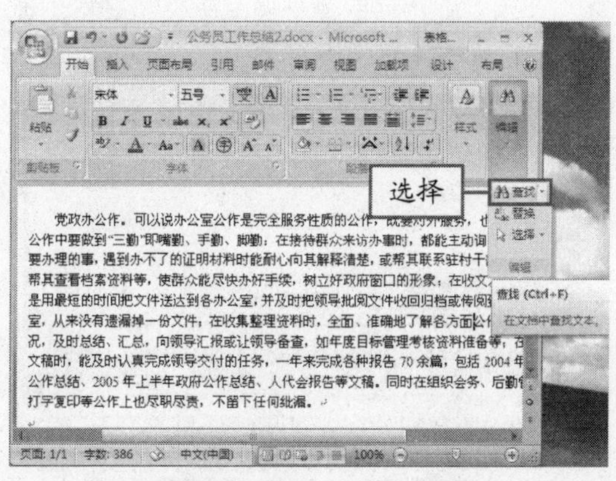

图 5-35　选择“查找”命令

② 弹出“查找和替换”对话框，选择“查找”选项卡，在“查找内容”下拉列表框中输入要查找的内容“公作”，单击“查找下一处”按钮，如图 5-36 所示。

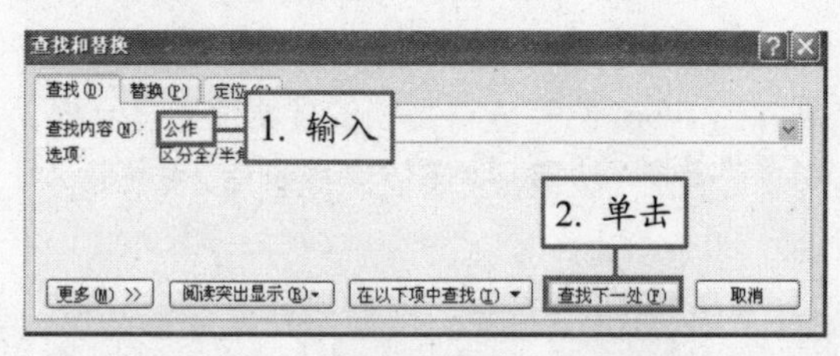

图 5-36　“查找和替换”对话框

③ 此时，即可显示文档中所要查找内容的第一处位置，如图 5-37 所示。

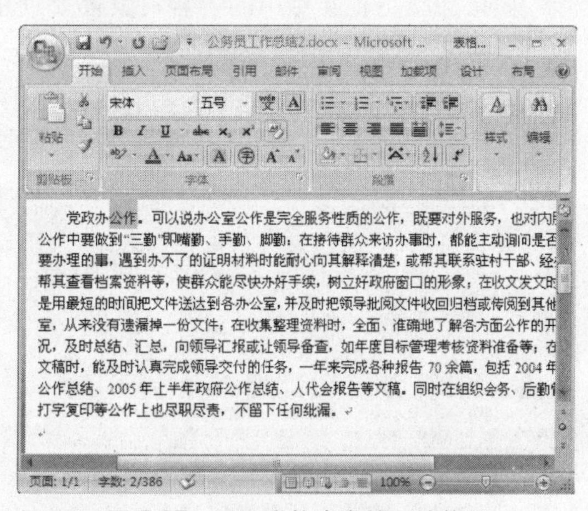

图 5-37　显示查找内容第一处位置

④ 单击“取消”按钮，退出查找操作。如果想要继续查找，可继续单击“查找下一处”按钮，直到弹出 Word 已完成对文档搜索的提示信息框，单击“确定”按钮，关闭提示信息框，如图 5-38 所示。

图 5-38　提示信息框

在提示信息框中单击“关闭”按钮，可关闭提示信息框。

⑤ 在“查找与替换”对话框中，单击“阅读突出显示”下拉按钮，在弹出的下拉菜单中选择“全部突出显示”命令，即可显示所有与要查找相同内容的位置，如图 5-39 所示。

知识点拨

单击“查找与替换”对话框中的“在以下项中查找”下拉按钮，可以选择查找的位置。

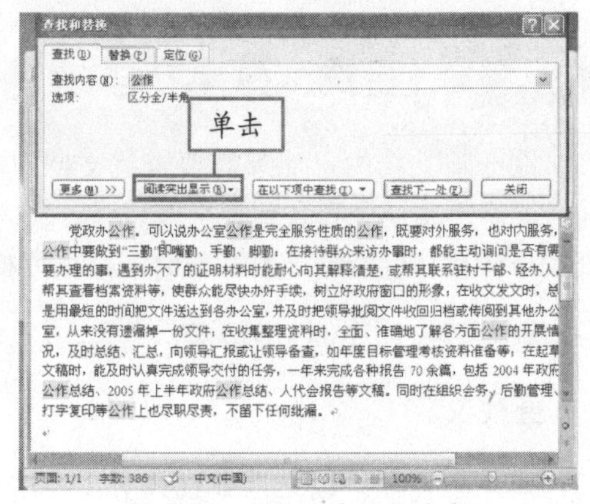

图 5-39　显示所有查找内容

2. 替换文档

如果想要更正文档中的内容，就需要使用 Word 文档的替换功能，操作方法如下：

① 将光标定位在文档的任意位置，单击“开始”选项卡下“编辑”下拉按钮，选择“替换”命令，如图 5-40 所示。

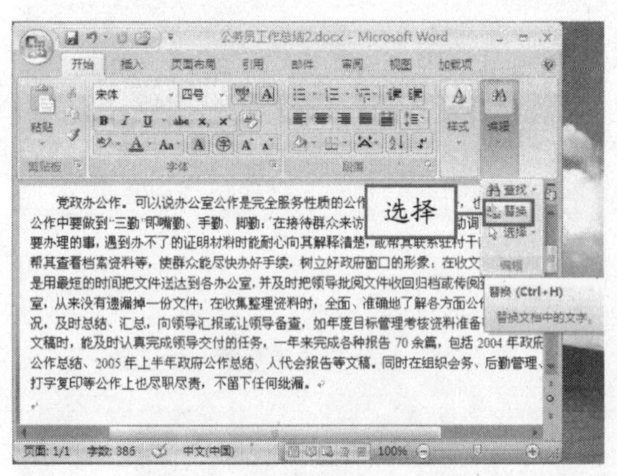

图 5-40　选择“替换”命令

② 弹出“查找和替换”对话框，选择“替换”选项卡，在“查找内容”下拉列表框中输入要查找的内容“公作”，在“替换为”下拉列表框中输入要替换的内容“工作”，单击“查找下一处”按钮，如图 5-41 所示。

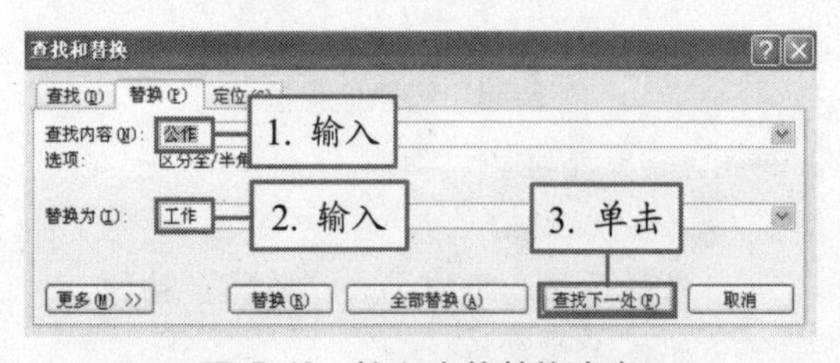

图 5-41　输入查找替换内容

③ 在所需替换内容呈高亮显示时，单击“替换”按钮，则替换所需替换的内容，并自动查找下一处所需替换内容的位置，如图 5-42 所示。

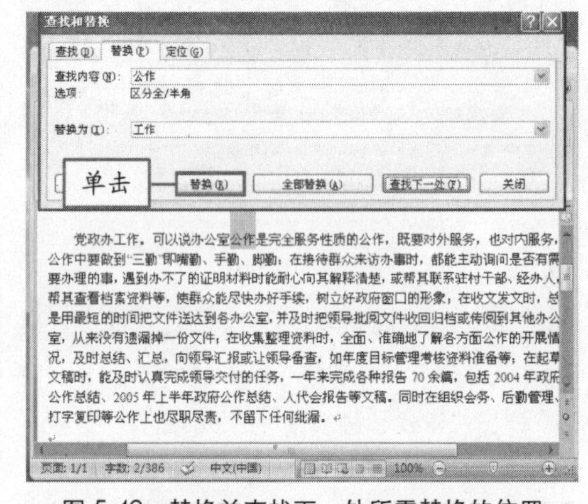

图 5-42　替换并查找下一处所需替换的位置

④ 单击“关闭”按钮，退出替换操作。如果想要继续替换，可继续单击“替换”按钮，直到弹出 Word 已完成对文档的搜索信息提示框，单击“确定”按钮，关闭信息提示框，如图 5-43 所示。

⑤ 如果想要快速的替换全部所需替换内容，单击“全部替换”按钮可以实现，并弹出“Word 已完成对文档的搜索并完成 9 处替换信息”提示框，单击“确定”按钮，完成替换操作，如图 5-44 所示。

技巧　在“定位”选项卡中，可以设置目标位置所需查找或替换的内容。

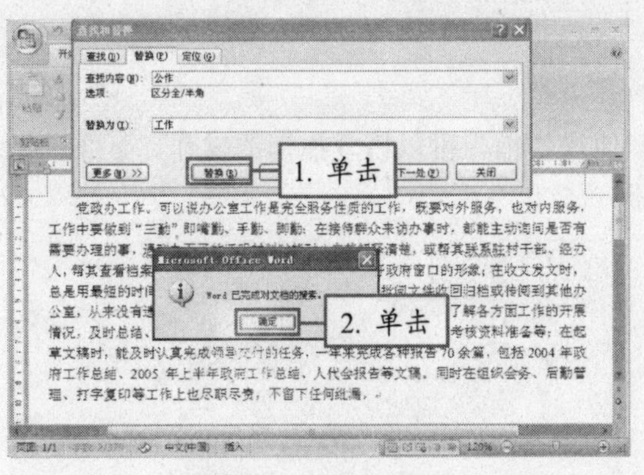

图 5-43　提示信息框

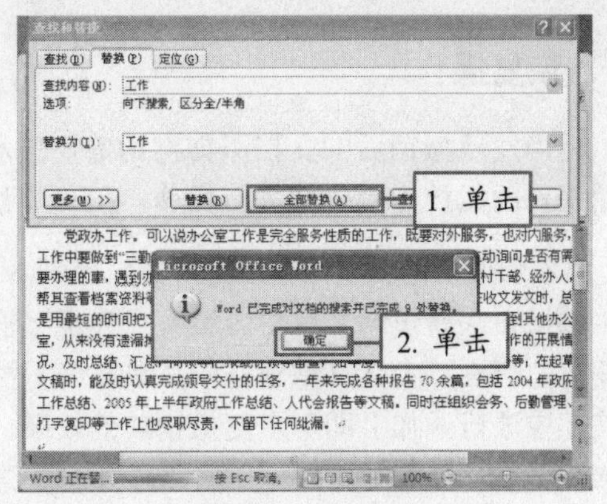

图 5-44　全部替换

5.2.4　撤销与恢复操作

在编辑文档的过程中，并不能保证每一步操作都是正确的，当出现错误操作时，就需要对其使用“撤销”操作，如果撤销的操作也是错误的，就可以对其使用“恢复”操作回到“撤销”前的状态。

1．撤销操作

在输入或编辑文档时出现了错误操作，可以使用“撤销”命令来撤销。操作方法如下：

① 在编辑的文档中，误删了文字“公务员”，如图 5-45 所示。

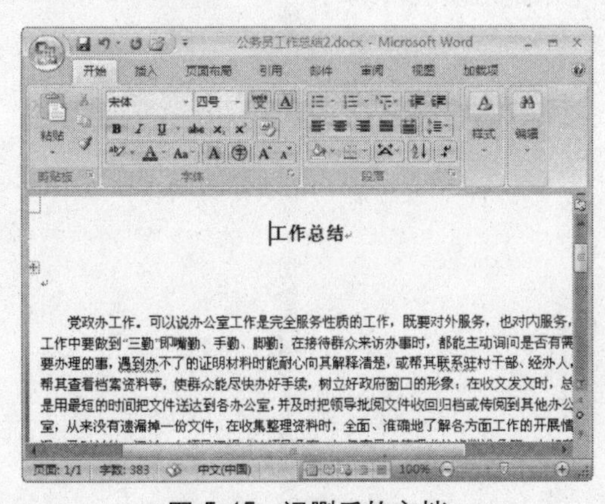

图 5-45　误删后的文档

② 在快速访问工具栏中，单击“撤销”按钮，（如果快速访问工具栏内没有“撤销”按钮，可在“自定义快速访问工具栏”下拉按钮中进行添加，如图 5-46 所示）即可撤销删除操作，如图 5-47 所示，也可按【Ctrl+Z】组合键，进行撤销操作。

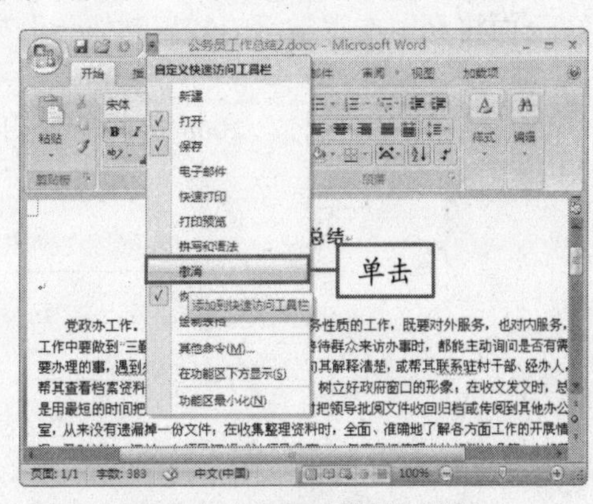

图 5-46　添加“撤销”按钮

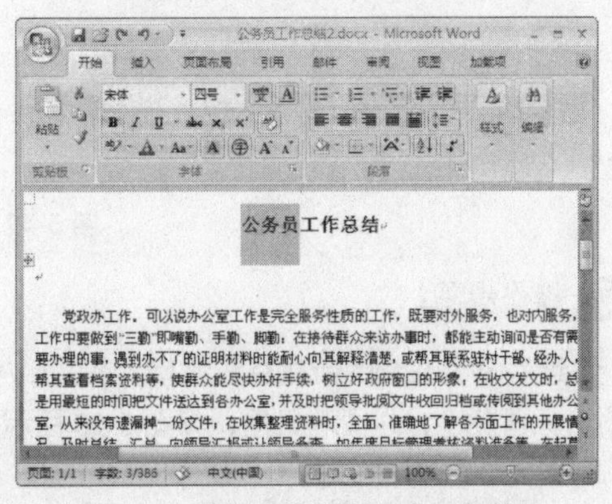

图 5-47　执行“撤销”命令后的效果

多次按【Ctrl+Z】组合键，可以快速撤销多步操作。　技巧

2. 恢复操作

当发现撤销后的文档不如撤销前，在未做其他操作前，可以恢复撤销的操作。下面以撤销操作的文档为例讲解恢复操作，操作方法如下：

在快速访问工具栏中单击“恢复”按钮，（如果在快速访问工具栏内没有“恢复”按钮，可在“自定义快速访问工具栏”下拉按钮中进行添加）即可恢复撤销前的效果，如图 5-48 所示，也可按【Ctrl+Y】组合键进行恢复操作。

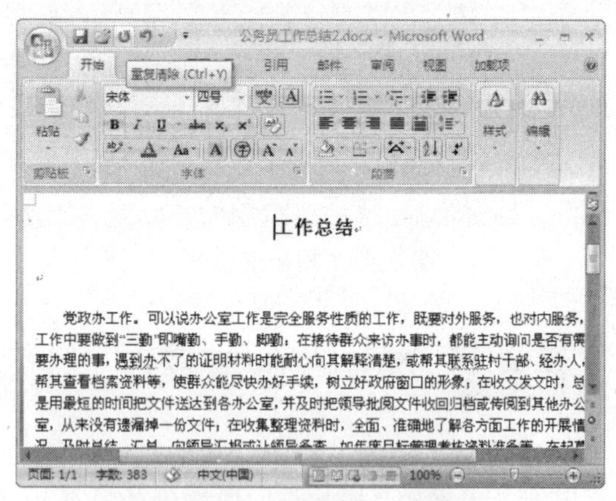

图 5-48　恢复撤销前的效果

5.3　现学现用——制作数学习题试卷

下面将利用本章学习的知识制作一份数学习题试卷，最终效果图如图 5-49 所示。

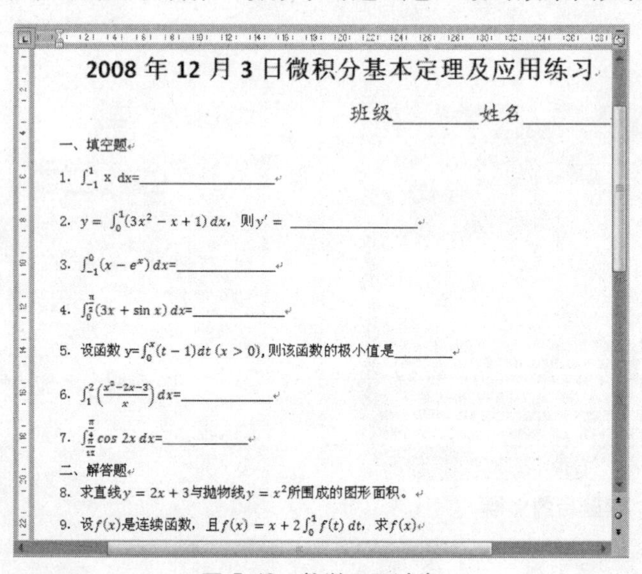

2008 年 12 月 3 日微积分基本定理及应用练习

班级________姓名________

一、填空题

1. $\int_{-1}^{1} x\,dx$=________
2. $y=\int_0^1(3x^2-x+1)\,dx$，则$y'=$________
3. $\int_{-1}^{0}(x-e^x)\,dx$=________
4. $\int_0^{\frac{\pi}{2}}(3x+\sin x)\,dx$=________
5. 设函数 y=$\int_0^x(t-1)\,dt\ (x>0)$，则该函数的极小值是________
6. $\int_1^2\left(\frac{x^2-2x-3}{x}\right)dx$=________
7. $\int_{\frac{\pi}{12}}^{\frac{\pi}{4}}\cos 2x\,dx$=________

二、解答题

8. 求直线$y=2x+3$与抛物线$y=x^2$所围成的图形面积。
9. 设$f(x)$是连续函数，且$f(x)=x+2\int_0^1 f(t)\,dt$，求$f(x)$

图 5-49　数学习题试卷

操作步骤：

① 运行 Word 2007 新建空白文档，在文档中输入标题汉字，并插入日期，如图 5-50 所示。

② 继续输入文字，单击“插入”选项卡下“符号”组中的“公式”下拉按钮，在其弹出的下拉面板中选择“插入新公式”选项，如图 5-51 所示。

技巧　执行恢复操作的前提是：在执行错误操作后没有执行其他任何操作。

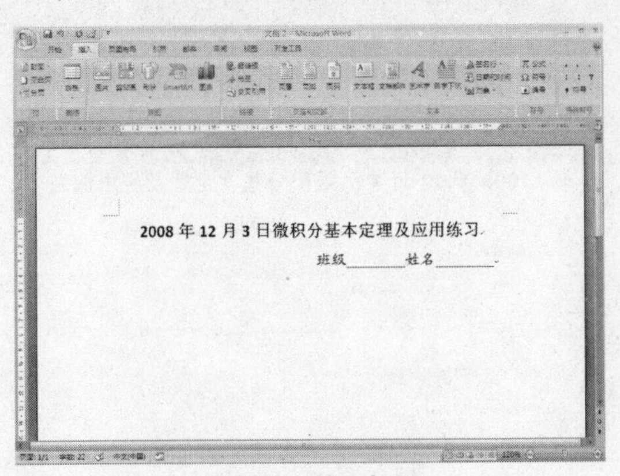

图 5-50 输入标题

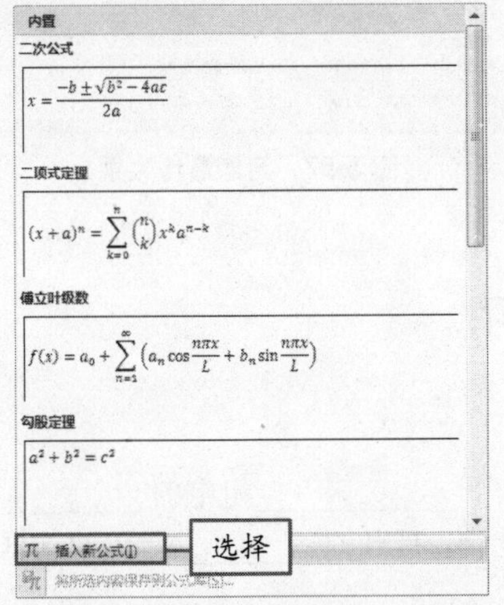

图 5-51 选择“插入新公式”选项

③ 返回文档编辑区，弹出“在此处键入公式”下拉列表框，并在功能区添加“设计”选项卡，如图 5-52 所示。

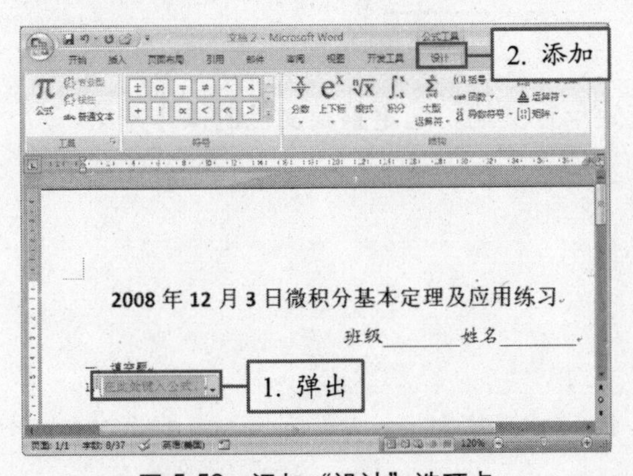

图 5-52 添加“设计”选项卡

④ 单击“设计”选项卡下“结构”组中的“积分”下拉按钮，在弹出的下拉面板中选择“积分”选项区域中的“积分”选项，如图 5-53 所示。

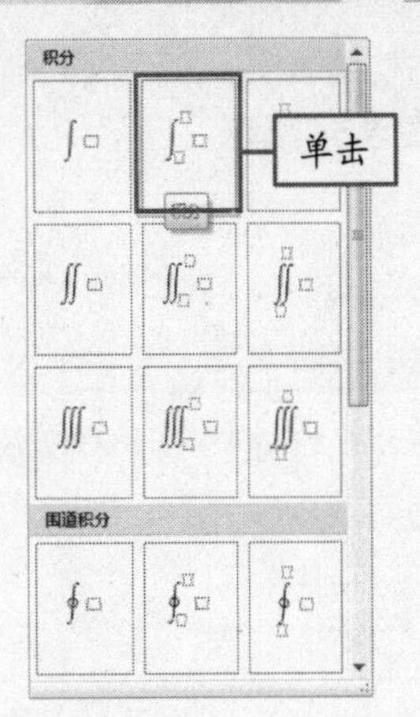

图 5-53 选择“积分”选项

⑤ 在积分上限的输入框输入“1”，下限的输入框内输入“-1”，在积分函数输入框内输入“x”，如图 5-54 所示。

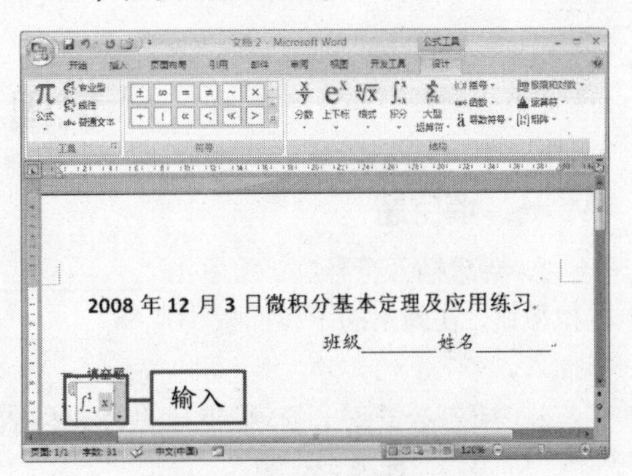

图 5-54 在输入框输入内容

⑥ 单击“设计”选项卡下“结构”组中的“积分”下拉按钮，在弹出的下拉面板中选择“微分”选项区“X 的微分”选项，如图 5-55 所示。

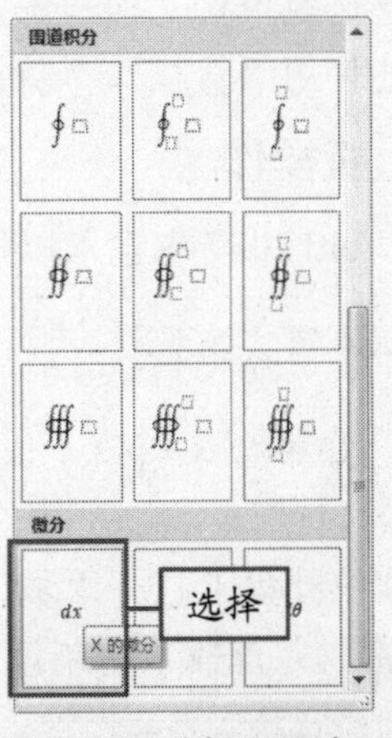

图 5-55 选择所需选项

⑦ 返回文档编辑区，即可看到插入公式后的效果，如图 5-56 所示。

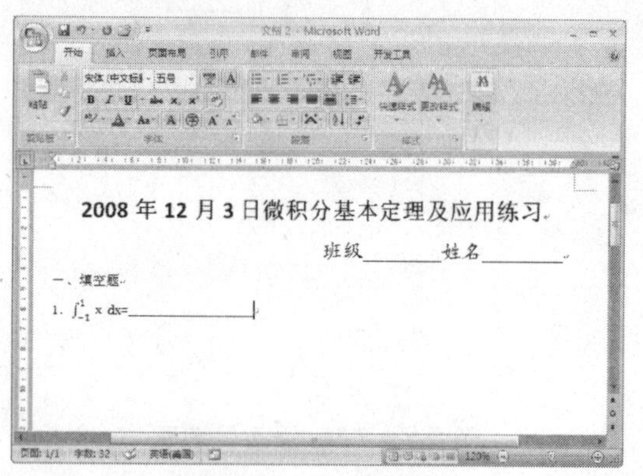

图 5-56 插入后的效果

⑧ 重复上述步骤继续插入公式，最终效果如图 5-57 所示。

2008 年 12 月 3 日微积分基本定理及应用练习

班级______ 姓名______

一、填空题

1. $\int_{-1}^{1} x\,dx$=______

2. $y=\int_0^1 (3x^2-x+1)\,dx$，则 $y'=$ ______

3. $\int_{-1}^{0} (x-e^x)\,dx$=______

4. $\int_0^{\frac{\pi}{2}} (3x+\sin x)\,dx$=______

5. 设函数 $y=\int_0^x (t-1)\,dt\ (x>0)$，则该函数的极小值是______

6. $\int_1^2 \left(\frac{x^2-2x-3}{x}\right)dx$=______

7. $\int_{\frac{\pi}{12}}^{\frac{\pi}{6}} \cos 2x\,dx$=______

二、解答题

8. 求直线 $y=2x+3$ 与抛物线 $y=x^2$ 所围成的图形面积。

9. 设 $f(x)$ 是连续函数，且 $f(x)=x+2\int_0^1 f(t)\,dt$，求 $f(x)$。

图 5-57 习题最终效果

巩固与练习

一、填空题

1. 要想插入符号◎，需单击________选项卡下________组中的________下拉按钮，在弹出的下拉面板中选择________选项，打开的________对话框中选择插入。

2. 插入公式时，如果展开的公式列表“内置”选项区内没有所需公式，则可选择________选项进行输入。

3. 选定文档时，如果选择的是不连续的文档需按住________键，选择的是连续的文档应按住________键，选择整篇文档则按________组合键。

二、简答题

1. 简述选定单句文档、选定段落文档、选定单行文档、选定整篇文档的操作方法。

2. 简述使用“查找”、“替换”命令的操作方法。

三、上机操作

1. 在 Word 2007 中输入以下文档：

（1）解不等式组 $\begin{cases} 2x-4>0 \\ 3-x>0 \end{cases}$

（2）已知集合 $A=\{-3,x^2,x+1\}$, $B=\{x-3,2x-1,x^2+1\}$，其中 $x\in R$，如果 $A\cap B=\{-3\}$，求 $A\cup B$。

2. 从本书光盘上打开“员工奖惩制度范本.docx”文档，选定其中的第 5 条，将其与第 4 条交换位置，并查找“物制订”，将其替换为“特制订”。

素材文件 光盘:\素材\第 5 章\员工奖惩制度范本.docx

第6章 文档格式的设置

- 字体格式的设置
- 段落格式的设置
- 项目符号、编号和多级列表
- 特殊排版方式
- 格式刷的使用

Yoyo，如何使输入的文档更加规范、漂亮呢？

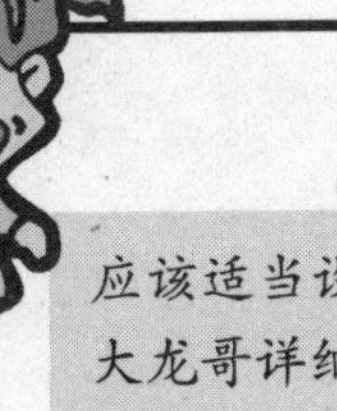

应该适当设置一些文档格式，还是让大龙哥详细介绍一下吧！

在Word文档输入完成之后，就要对其进行格式的设置，以使文档更加美观和规范。Word文档格式设置主要包括字体、段落、样式的设置，添加项目符号和编号等，本章将详细介绍文档格式的设置方法和技巧。

6.1 字体格式的设置

在 Word 2007 中，要设置字体格式主要有三种途径：一是通过 Word 2007 提供的浮动工具栏设置；二是在“开始”选项卡下的“字体”组中进行设置；三是通过“字体”对话框进行设置。下面将分别对其进行详细介绍。

6.1.1 使用浮动工具栏设置

浮动工具栏是Word应用程序新添加的一项功能，使用它可以快速地设置文档的字体格式。

素材文件 光盘:\素材\第 6 章\局域网最常见十大错误及解决.docx

① 打开“局域网最常见十大错误及解决.docx”文档，选择需要设置字体格式的文档之后，将鼠标指针略微上移，就会出现一个浮动工具栏，如图 6-1 所示。

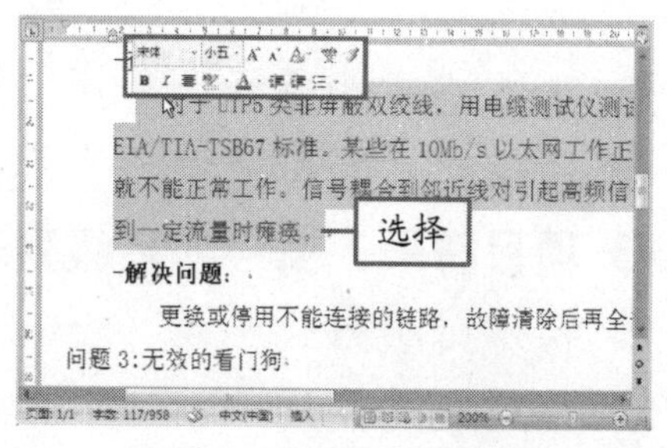

图 6-1 出现浮动工具栏

② 在浮动工具栏中将所选文档的字体格式设置为宋体，四号，加粗，如图 6-2 所示。

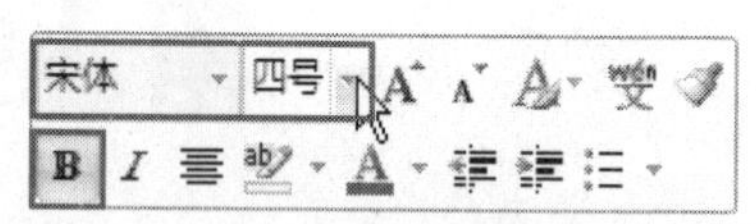

图 6-2 设置字体格式

③ 当字体格式设置完成之后，文档编辑区中的所选文档即可以新的字体格式显示，如图 6-3 所示。

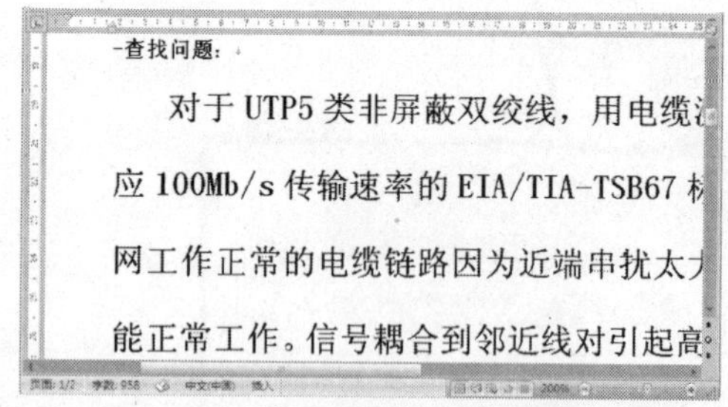

图 6-3 设置完成后的效果

6.1.2 使用功能区选项设置

① 选择需要设置字体格式的文档，切换到功能区中的“开始”选项卡下，如图 6-4 所示。

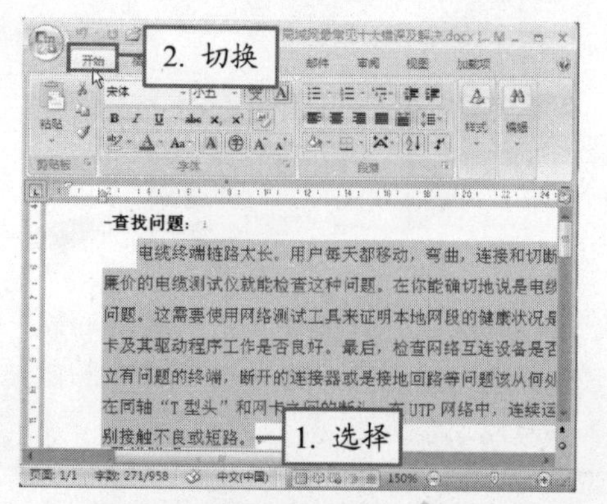

图 6-4 切换到“开始”选项卡

② 在“字体”组中对所选文档进行字体格式设置，在此将字体格式设置为华文仿宋，四号，如图 6-5 所示。

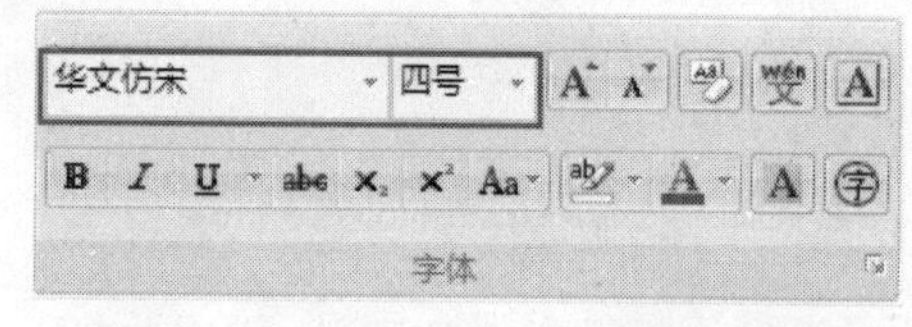

图 6-5 在“字体”组中设置字体格式

③ 字体格式设置完成之后，文档编辑区中的所选文档即可以新的字体格式显示，如图 6-6 所示。

说明 大部分字体都不是系统自带的，需要用户另行进行安装。

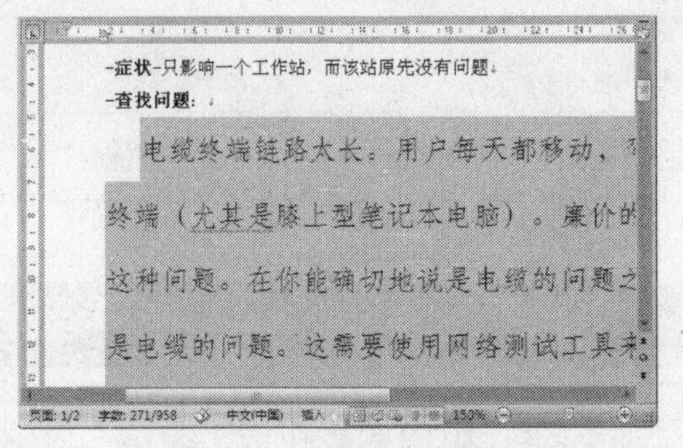

图 6-6　设置后的效果

6.1.3 使用“字体”对话框设置

如果在浮动工具栏或“开始”选项卡下的“字体”组中没有需要的设置选项，则可以在“字体”对话框中进行设置，其中包含了所有的字体格式设置项目。打开“字体”对话框的方法有三种，下面将分别进行介绍。

方法 1：通过功能区打开

① 选择需要设置字体格式的文档，将功能区的选项卡切换到“开始”选项卡，如图 6-7 所示。

② 单击“字体”组右下角的功能扩展按钮，即可弹出“字体”对话框，如图 6-8 所示。

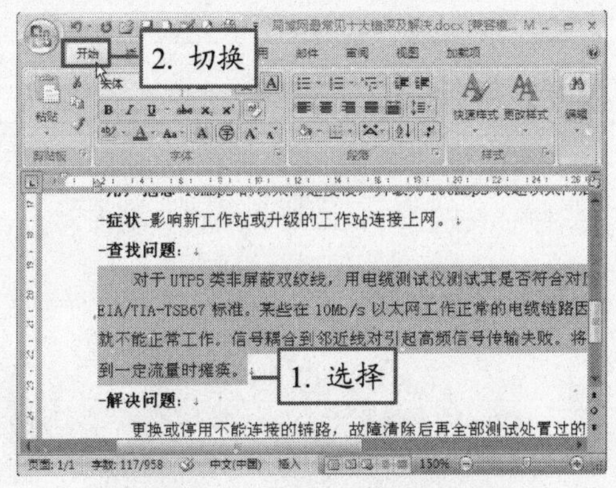

图 6-7　切换到“开始”选项卡

图 6-8　“字体”对话框

方法 2：通过快捷菜单打开

选择需要设置字体格式的文档并右击，在弹出的快捷菜单中选择“字体”命令，即可弹出“字体”对话框，如图 6-9 所示。

教你一招

单击“字体”组中的“清除格式”按钮，可以清除所选内容的所有格式，只留下纯文本。

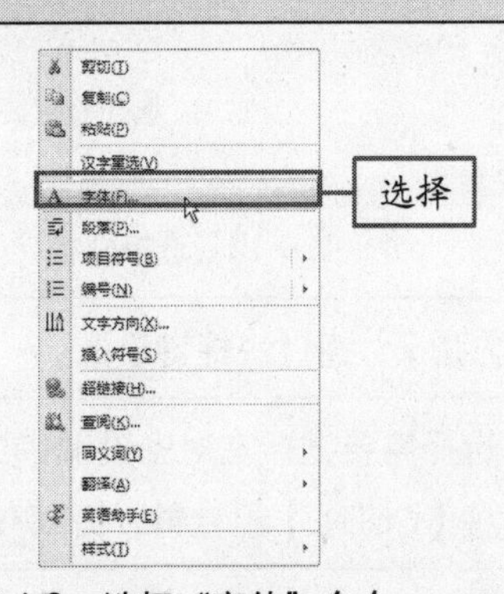

图 6-9　选择“字体”命令

方法 3：通过组合键快速打开
选择需要设置格式的文档，直接按【Ctrl+D】组合键，即可弹出“字体”对话框。

6.2 段落格式的设置

文档段落格式的设置主要通过“开始”选项卡下“段落”组中的按钮或“段落”对话框来完成。通过设置段落格式可使文档的版式更具有层次感，其操作一般包括设置段落的对齐方式、缩进方式以及段前段后间距等，下面将分别对其进行详细介绍。

6.2.1 设置段落对齐方式

段落的对齐方式主要有三种：左对齐、右对齐和居中对齐，下面将分别对这三种对齐方式进行介绍。

1. 左对齐

左对齐就是使整个段落在页面中靠左对齐，下面将介绍左对齐的设置方法。

素材文件 光盘:\素材\第 6 章\静待雪花开.docx

方法 1：通过“段落”组中的按钮设置

① 选择需要进行左对齐设置的文档，如图 6-10 所示。

② 单击“开始”选项卡下“段落”组中的“左对齐”按钮，即可将所选文档左对齐，如图 6-11 所示。

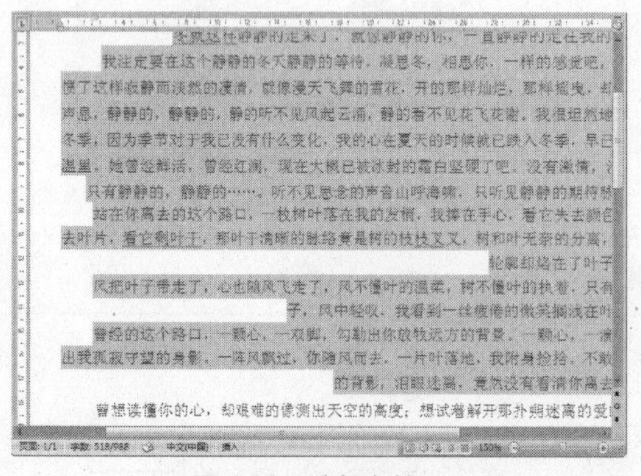

图 6-10 选择文档

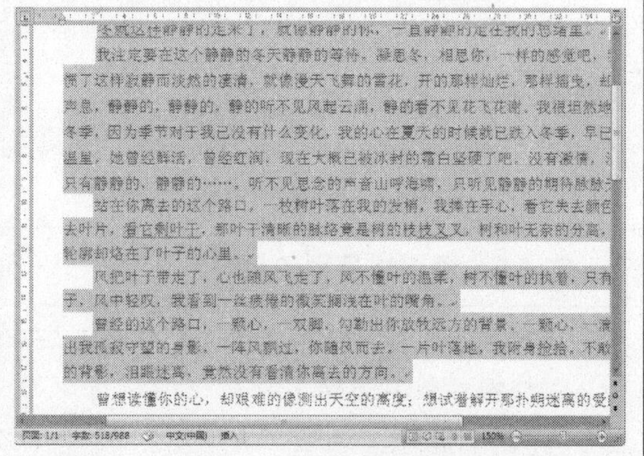

图 6-11 单击“左对齐”按钮后的效果

方法 2：通过快捷键设置

① 选择需要进行左对齐设置的文档，如图 6-12 所示。

② 按【Ctrl+L】组合键，即可使所选文档左对齐，如图 6-13 所示。

技巧 进行对齐方式的设置时，使用功能区按钮更为方便。

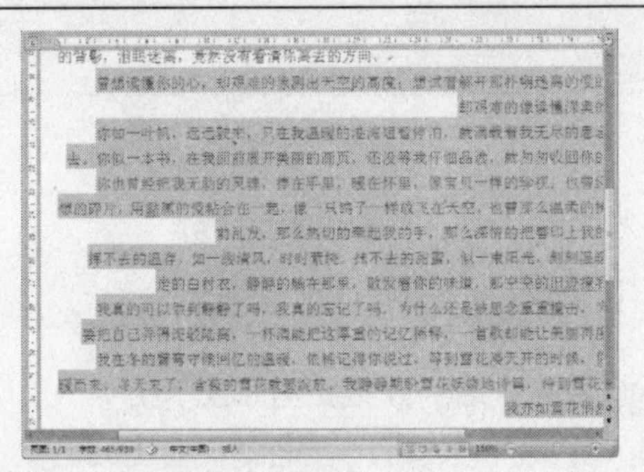

图 6-12　选择文档

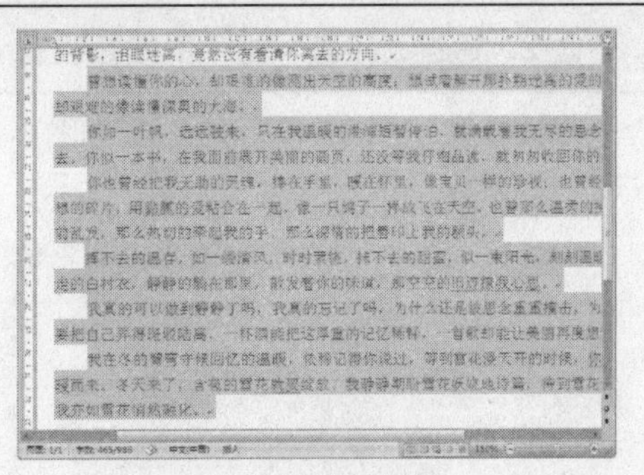

图 6-13　对齐效果

方法 3：通过“段落”对话框设置

① 选择需要左对齐的文档，单击“开始”选项卡下“段落”组右下角的功能扩展按钮，如图 6-14 所示。

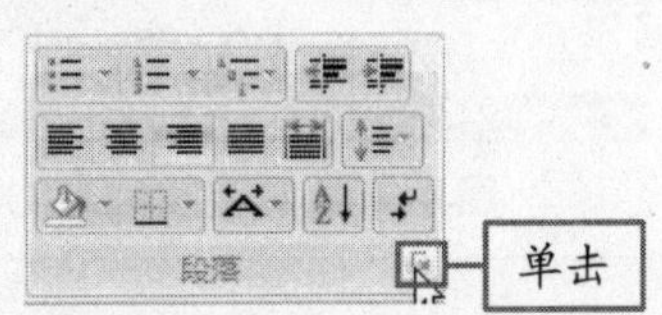

图 6-14　单击功能扩展按钮

② 在打开的“段落”对话框中的“缩进和间距”选项卡下的“常规”选项区域中，将“对齐方式”设置为“左对齐”，如图 6-15 所示。

③ 单击“确定”按钮，所选文档即左对齐。

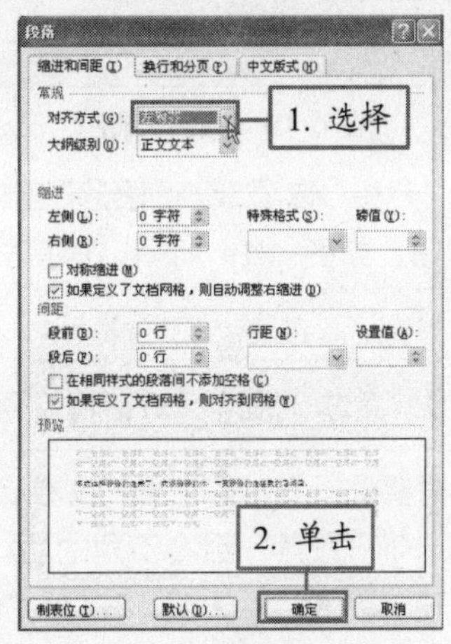

图 6-15　设置对齐方式

2. 右对齐

右对齐就是使整个段落在页面中靠右对齐，设置右对齐的方式分为以下几种：

方法 1：通过快捷键设置

① 选择需要进行右对齐设置的文档，如图 6-16 所示。

② 按【Ctrl+R】组合键，即可完成所选文档的右对齐设置，效果如图 6-17 所示。

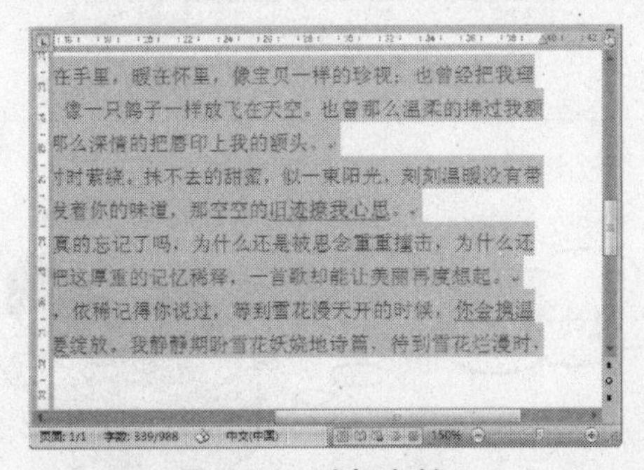

图 6-16　选择文档

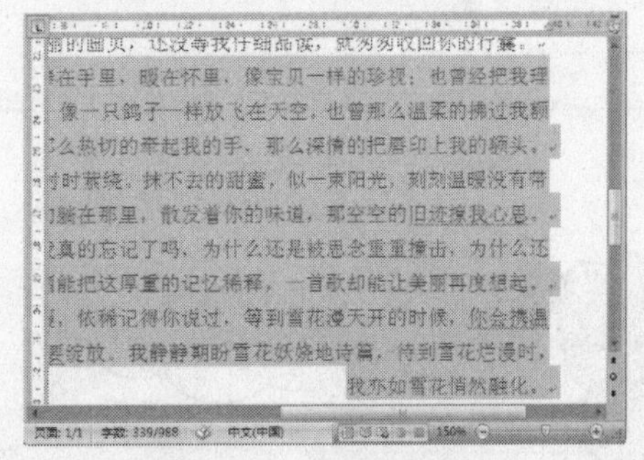

图 6-17　右对齐效果

单击功能扩展按钮，弹出对话框，要比通过右键快捷菜单打开节省时间。 说明

方法 2：通过“段落”组中的按钮设置

① 选择需要进行右对齐设置的文档，如图 6-18 所示。

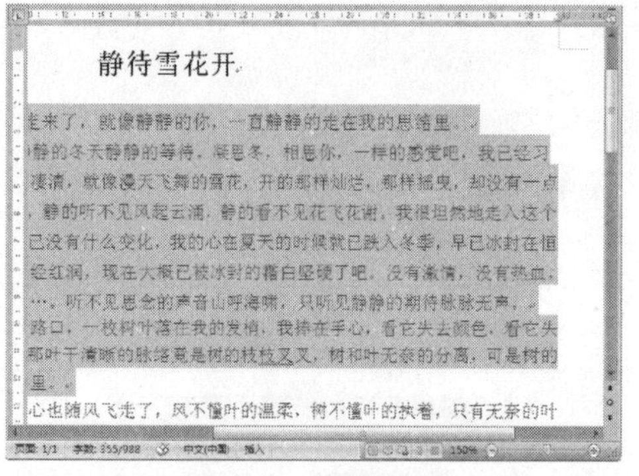

图 6-18　选择文档

② 单击“开始”选项卡下“段落”组中的“右对齐”按钮，如图 6-19 所示，即可将所选文档右对齐。

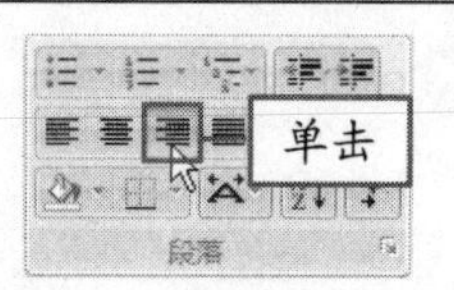

图 6-19　单击“右对齐”按钮

③ 右对齐后的效果如图 6-20 所示。

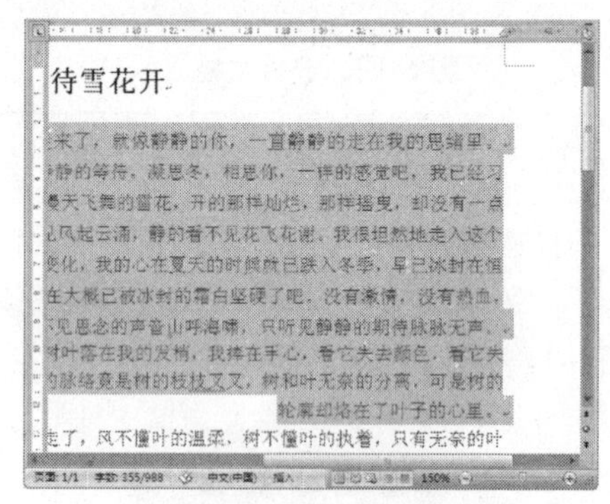

图 6-20　右对齐后的效果

方法 3：通过“段落”对话框设置

① 选择需要进行右对齐设置的文档，单击“开始”选项卡下“段落”组右下角的功能扩展按钮，打开“段落”对话框，在“对齐方式”下拉列表框中选择“右对齐”选项，如图 6-21 所示。

② 单击“确定”按钮，即可完成所选文档的右对齐设置。

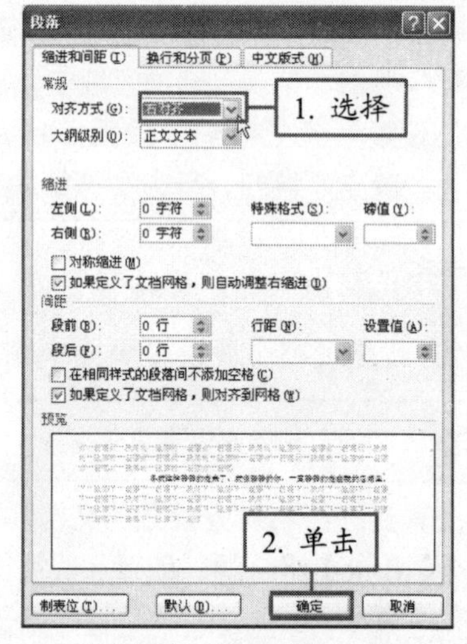

图 6-21　设置对齐方式

在“段落”对话框中可以通过设置段落的大纲级别来完成同一级别段落的对齐方式的设置。

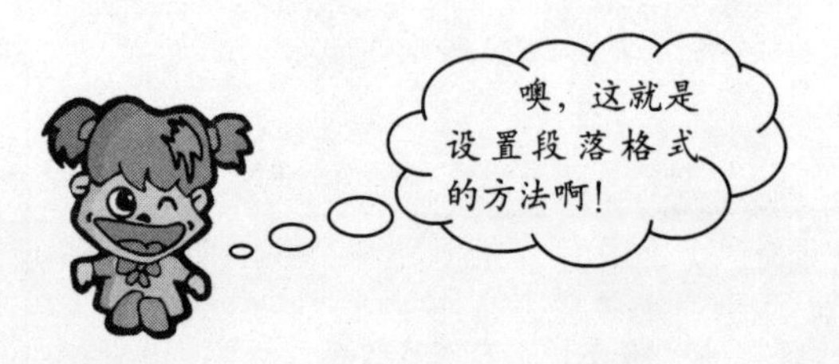

技巧　在“段落”对话框中单击“中文版式”选项卡，还可以设置段落版式。

3. 居中对齐

居中对齐能使文档段落在页面上居中对齐排列，下面将介绍居中对齐设置的几种方法。

方法 1：通过浮动工具栏设置

① 选择需要进行居中设置的文档，在所选文档的旁边会出现浮动工具栏，如图 6-22 所示。

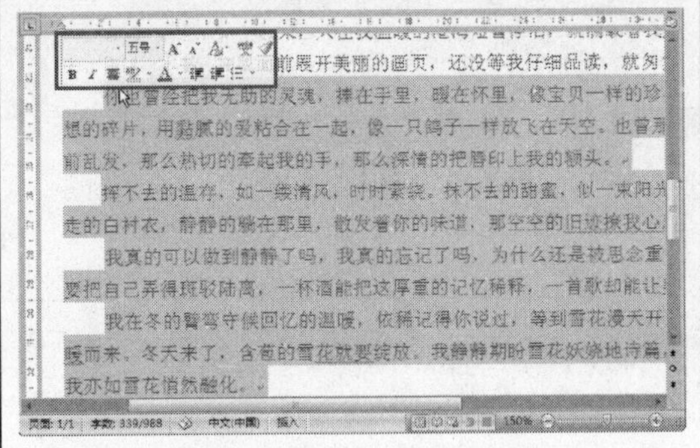

图 6-22　出现浮动工具栏

② 在浮动工具栏中单击“居中”按钮，如图 6-23 所示。

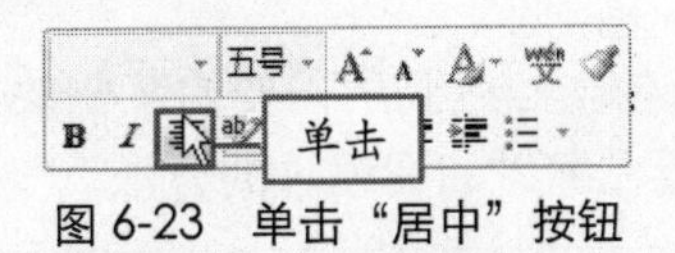

图 6-23　单击“居中”按钮

③ 设置居中对齐后的效果如图 6-24 所示。

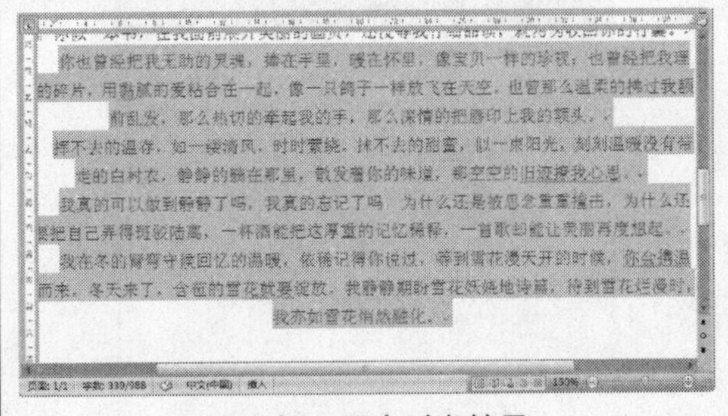

图 6-24　居中对齐效果

方法 2：通过“段落”组中“居中”按钮设置

① 选择需要进行居中对齐设置的文档，如图 6-25 所示。

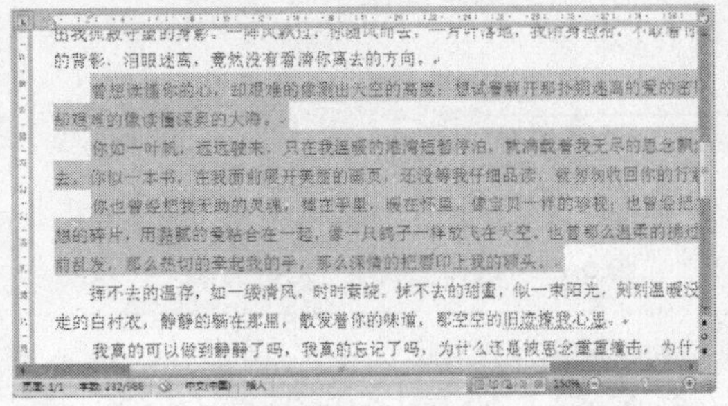

图 6-25　选择文档

② 单击“开始”选项卡下“段落”组中的“居中”按钮，如图 6-26 所示。

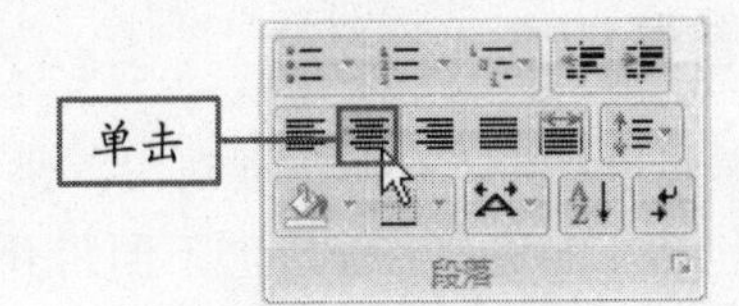

图 6-26　单击“居中”按钮

③ 设置后的效果如图 6-27 所示。

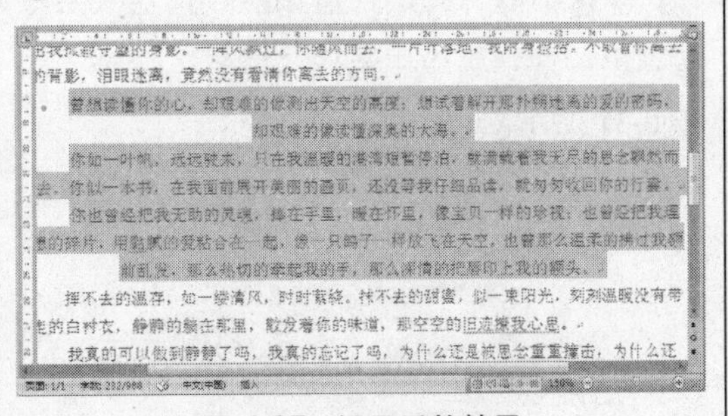

图 6-27　设置后的效果

方法 3：通过“段落”对话框设置

① 选择需要进行居中对齐设置的文档，单击“开始”选项卡下“段落”组右下角的功能扩展按钮，如图 6-28 所示。

② 在“段落”对话框中“缩进和间距”选项卡下的“对齐方式”下拉列表框中选择“居中”对齐方式，如图 6-29 所示。

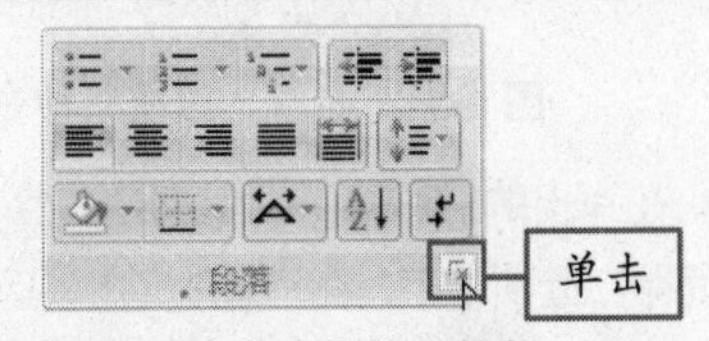

图 6-28　单击功能扩展按钮

说明　为诗歌类文档排版时，经常要用到“居中”对齐方式。

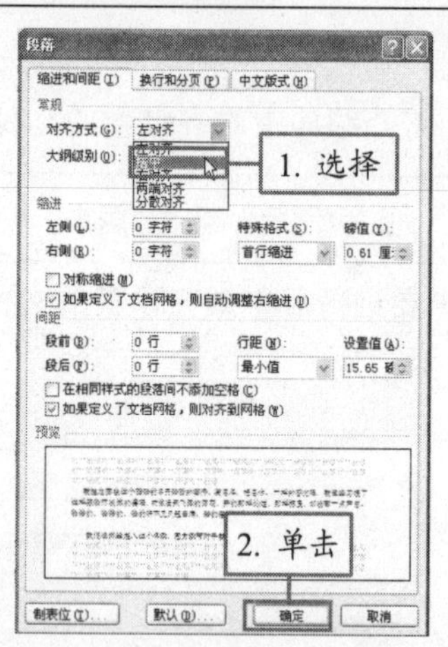

图 6-29　选择“居中”对齐方式

③ 单击“确定”按钮，即可完成所选文档居中对齐的设置，效果如图 6-30 所示。

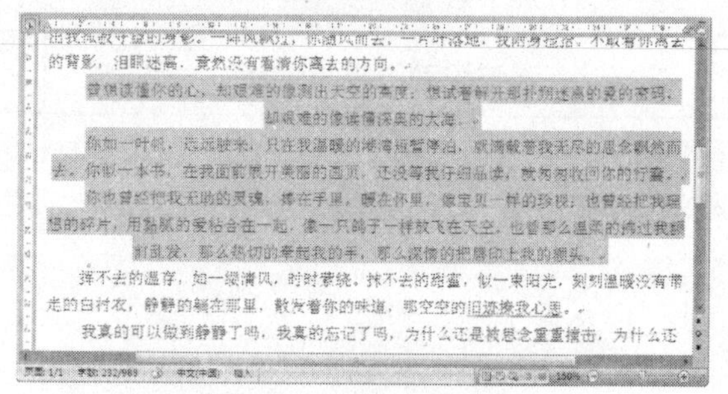
图 6-30　居中对齐效果

6.2.2 设置段落缩进方式

在设置段落缩进的过程中，有各式各样的缩进方式，通过设置不同类型的缩进可以使文档更加整齐、美观。

1. 段落的普通缩进

在段落编辑过程中，有时需要对段落进行缩进，以使文档达到所需要的某些效果，段落的普通缩进包括左缩进和右缩进，下面将介绍几种设置左缩进和右缩进的方法。

方法 1：通过“段落”对话框设置

① 选择需要进行缩进操作的文档并右击，在弹出的快捷菜单中选择“段落”命令，如图 6-31 所示。

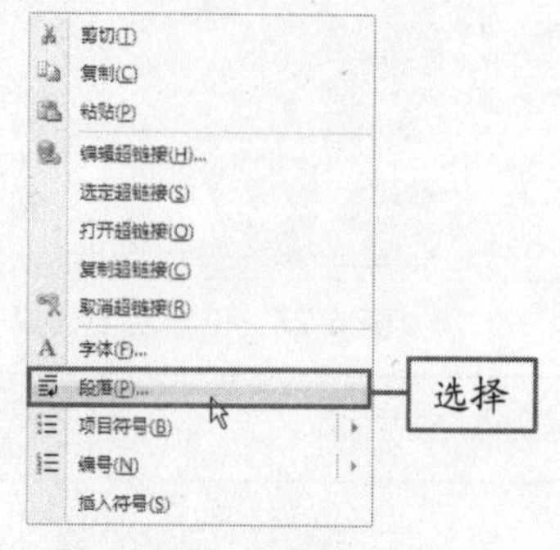

图 6-31　选择“段落”命令

② 在弹出的“段落”对话框中先切换到“缩进和间距”选项卡下，在“缩进”选项区域中将“左侧”数值框中的数值设置为“3 字符”，“右侧”数值框中的数值设置为“1 字符”，如图 6-32 所示。

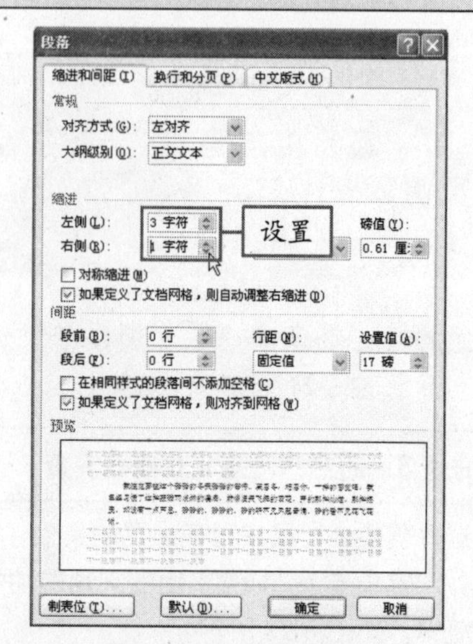

图 6-32　设置缩进数值

③ 单击“确定”按钮后，即可完成段落缩进的操作。

技巧　单击“中文版式”选项卡下的“选项”按钮，也可以打开“Word 选项”对话框。

方法 2：通过缩进按钮设置

① 将光标定位在需要设置段落缩进的文档之前，如图 6-33 所示。

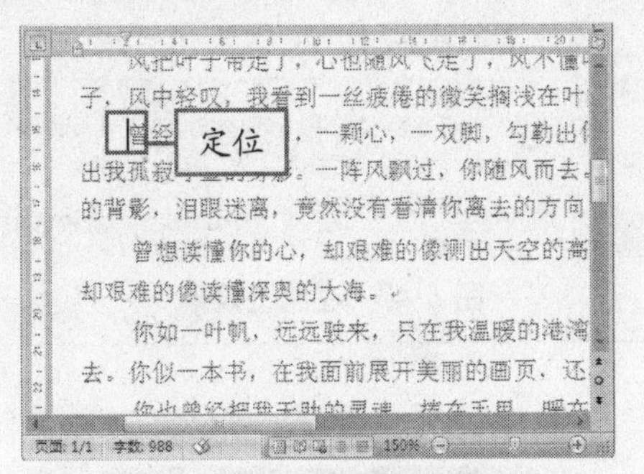

图 6-33　设置光标位置

② 单击“开始”选项卡下“段落”组中的“增加缩进量”按钮，如图 6-34 所示，单击一次该按钮，可使段落向右缩进一个字符。

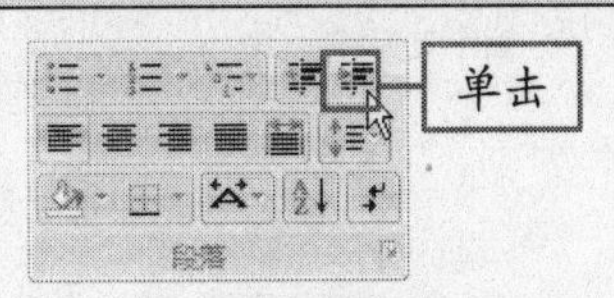

图 6-34　单击“增加缩进量”按钮

③ 单击两次“增加缩进量”按钮后的效果如图 6-35 所示。

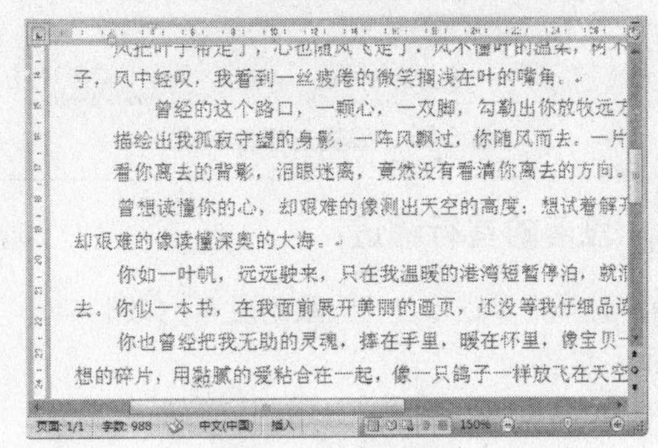

图 6-35　缩进效果

如果要设置段落向左缩进，同样只需单击“段落”组中的“减少缩进量”按钮即可。

方法 3：通过功能区进行设置

① 将光标定位在需要设置缩进的段落之前，然后切换到“页面布局”选项卡，如图 6-36 所示。

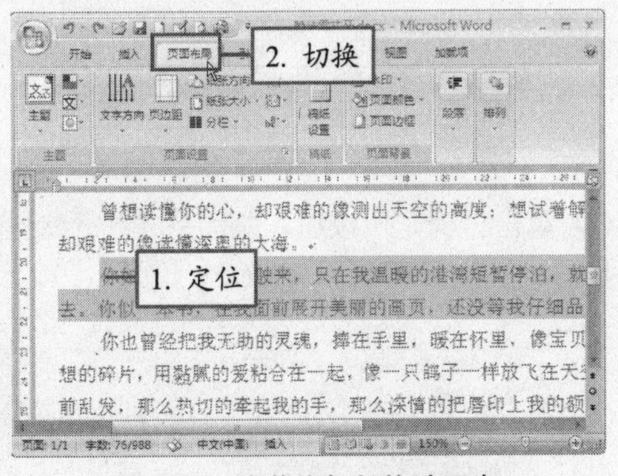

图 6-36　定位光标切换选项卡

② 在“段落”组中将“左缩进”数值框中的数值设置为“4 字符”，如图 6-37 所示。

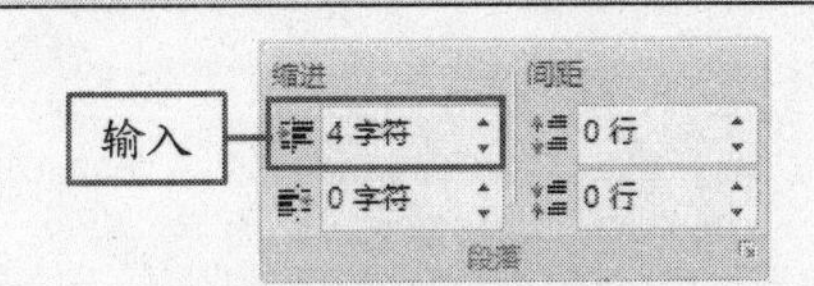

图 6-37　设置缩进值

③ 设置后的效果如图 6-38 所示。

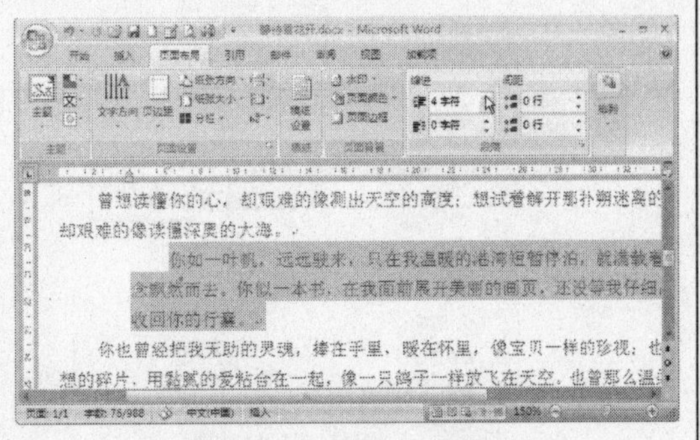

图 6-38　设置后的效果

方法 4：通过快捷键设置

① 将光标插入点的位置设置在需要设置段落缩进的文档之前，如图 6-39 所示。

② 按【Tab】键，即可对文档进行左缩进操作。每按一次【Tab】键可缩进两个字符，如图 6-40 所示。按【Shift+Tab】组合键，可对文档进行两个字符的右缩进设置。

有时直接敲击空格键进行段落的缩进效率是最高的。　技巧

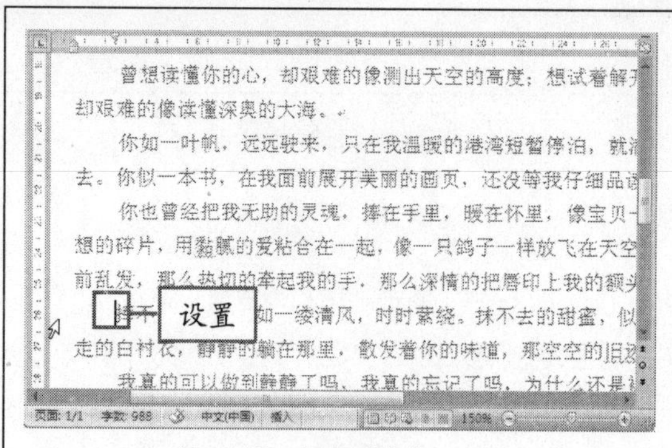

图 6-39　设置光标插入点

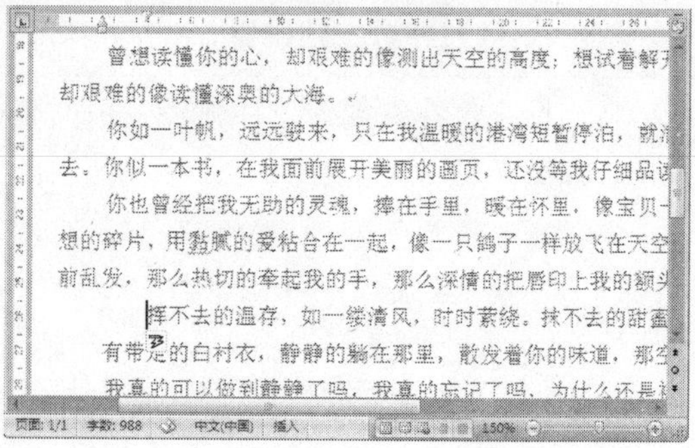

图 6-40　左缩进效果

2. 段落的首行缩进

① 选择需要进行首行设置的段落，如图 6-41 所示。

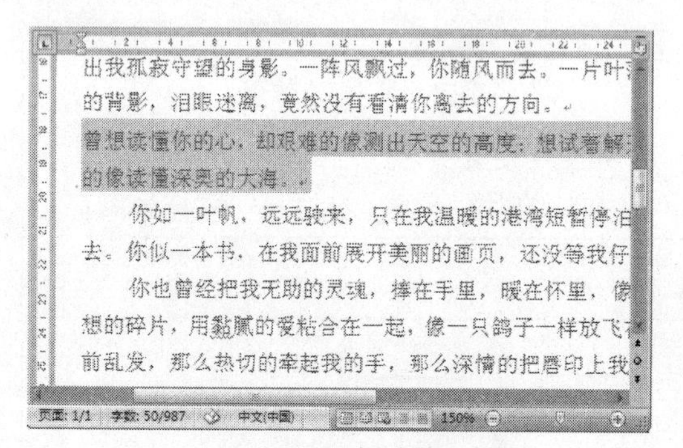

图 6-41　选择段落

② 右击选中内容，在弹出的快捷菜单中选择“段落”命令，如图 6-42 所示。

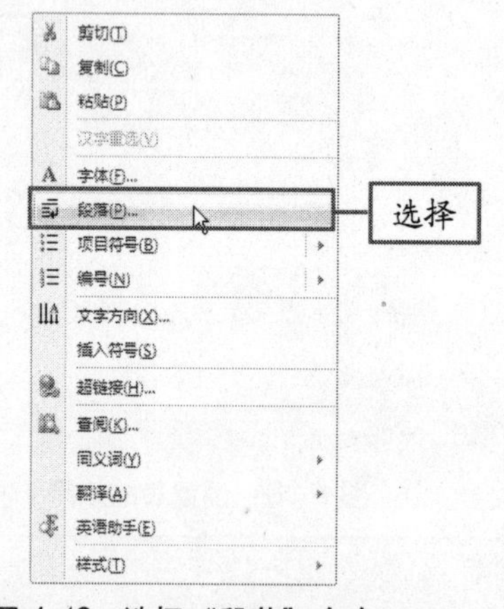

图 6-42　选择“段落”命令

③ 在“缩进和间距”选项卡的“缩进”选项区域中的“特殊格式”下拉列表框中选择“首行缩进”选项，如图 6-43 所示。

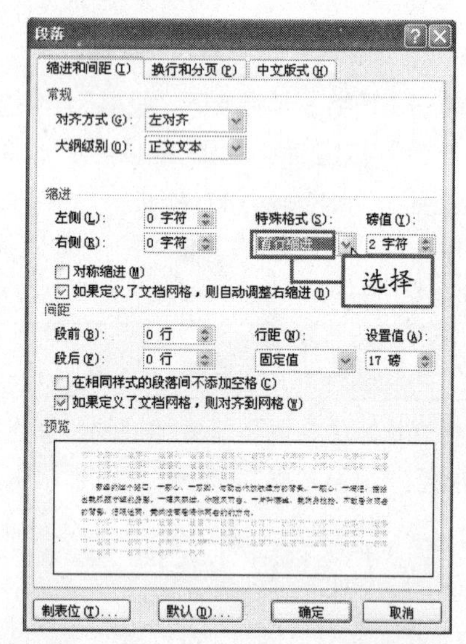

图 6-43　选择“首行缩进”选项

④ 单击“确定”按钮，即可完成首行缩进的操作，效果如图 6-44 所示。

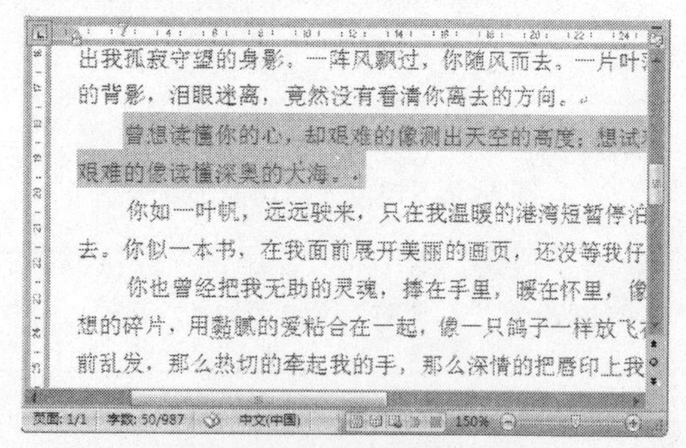

图 6-44　首行缩进效果

 技巧　可以将需要进行首行缩进的段落一起选中，统一进行缩进操作。

3. 段落的悬挂缩进

段落悬挂缩进的操作方法与段落首行缩进的操作类似，操作方法如下：

① 选择需要进行悬挂缩进设置文档，如图 6-45 所示。

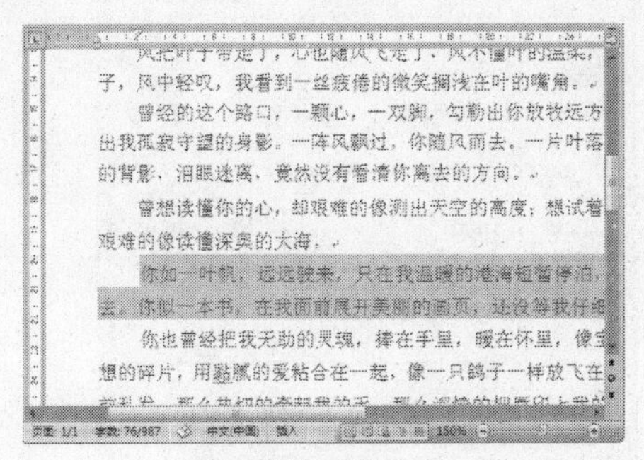

图 6-45　选择文档

② 右击选中文档，在弹出的快捷菜单中选择“段落”命令，打开“段落”对话框，在“特殊格式”下拉列表框中选择“悬挂缩进”选项，在“磅值”数值框中设置缩进值，如图 6-46 所示。

③ 单击“确定”按钮，即可完成悬挂缩进的操作，效果如图 6-47 所示。

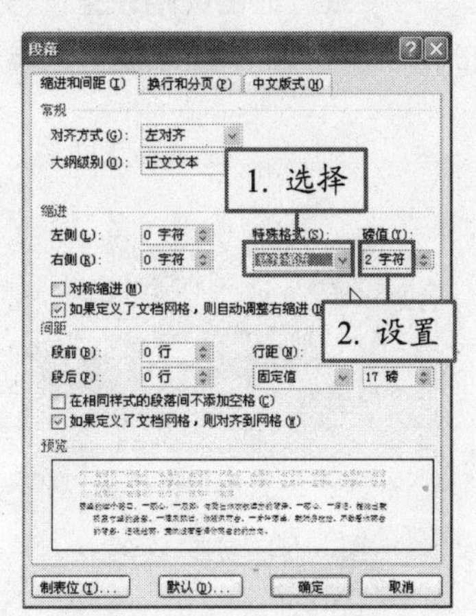

图 6-46　设置悬挂缩进

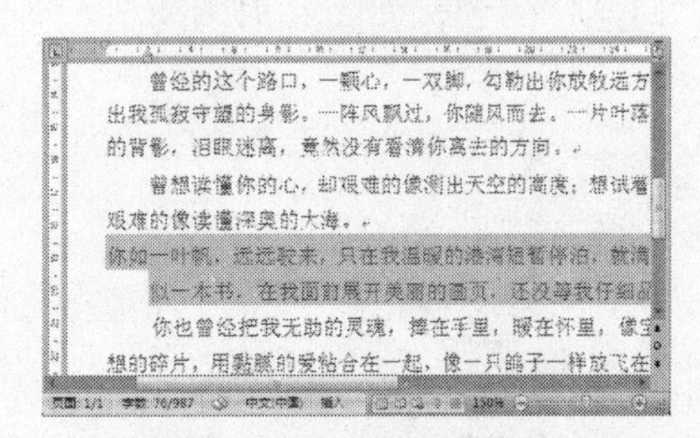

图 6-47　悬挂缩进效果

6.2.3 设置段落间距和行距

在编辑文档段落过程中，可以根据文档的内容和用户的需要为文档段落设置适当的段落间距和行距，下面将详细介绍设置段落间距和行距的方法。

1. 设置段落间距

方法 1：通过“页面布局”选项卡下的“段落”组进行设置

① 选择需要进行段前段后间距设置的段落，在“页面布局”选项卡下“段落”组中设置“段前”间距为“1 行”，“段后”间距为“1.5 行”，如图 6-48 所示。

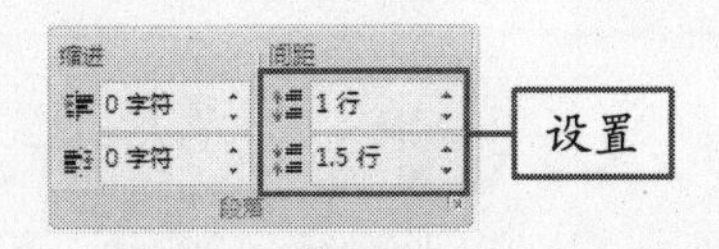

图 6-48　设置间距

② 设置后的效果如图 6-49 所示。

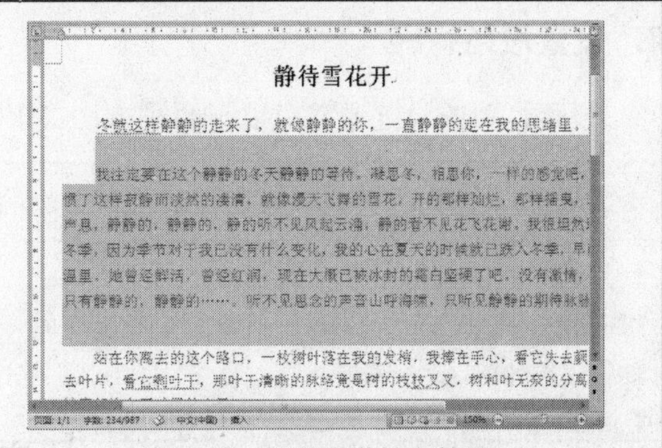

图 6-49　设置段落间距效果

说明　设置段落的悬挂缩进是为了突出显示某一段落。

方法 2：通过快捷菜单设置

① 选择所要进行段落间距设置的段落，如图 6-50 所示。

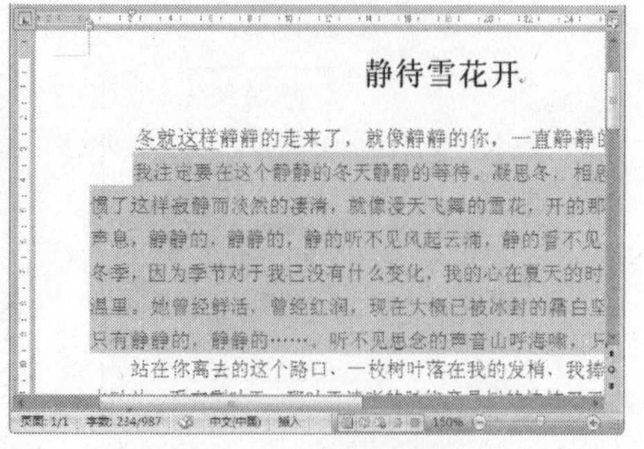

图 6-50 选择段落

② 右击选中文档，在弹出的快捷菜单中选择“段落”命令，如图 6-51 所示。

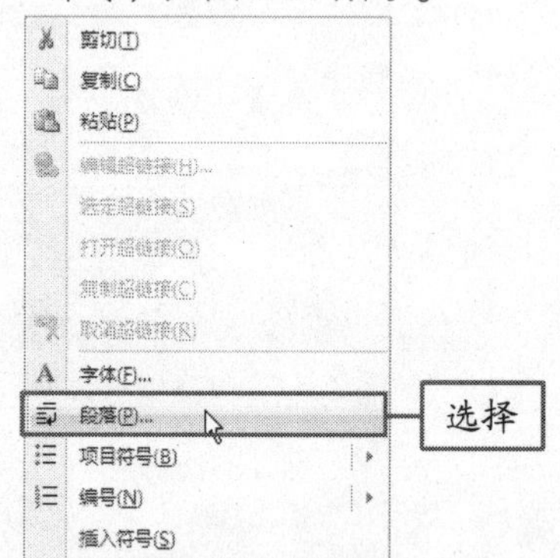

图 6-51 选择“段落”命令

③ 打开“段落”对话框，在“间距”选项区域的“段前”和“段后”数值框中设置间距数值，在此设置“段前”间距为“1 行”，“段后”间距为“2 行“，如图 6-52 所示。

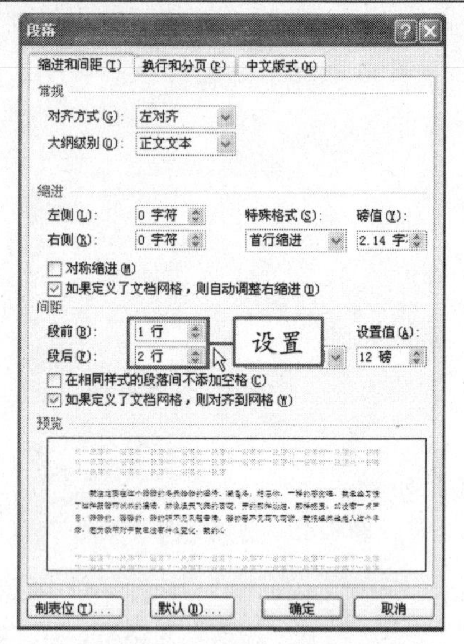

图 6-52 设置段前段后间距

③ 单击“确定”按钮，即可完成段前段后间距的设置，效果如图 6-53 所示。

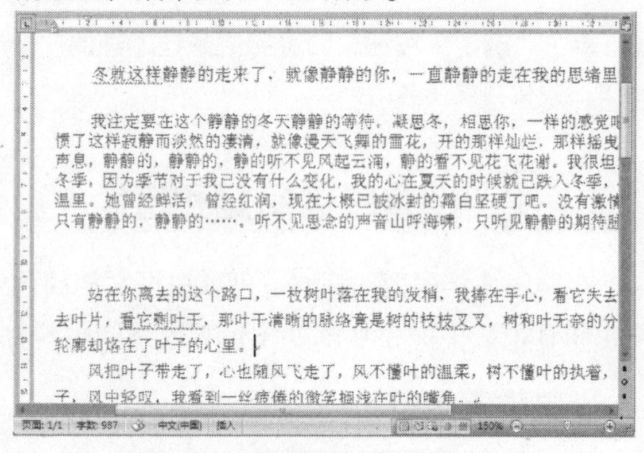

图 6-53 设置段前段后间距效果

2. 设置段落行距

段落行距的设置通常有以下两种方法，下面将分别对其进行介绍。

方法 1：通过“行距”按钮设置

① 选择需要进行段落行距设置的段落，单击“开始”选项卡下“段落”组中的“行距”按钮，如图 6-54 所示。

② 在弹出的下拉菜单中选择“2.0”倍行距选项，如图 6-55 所示。

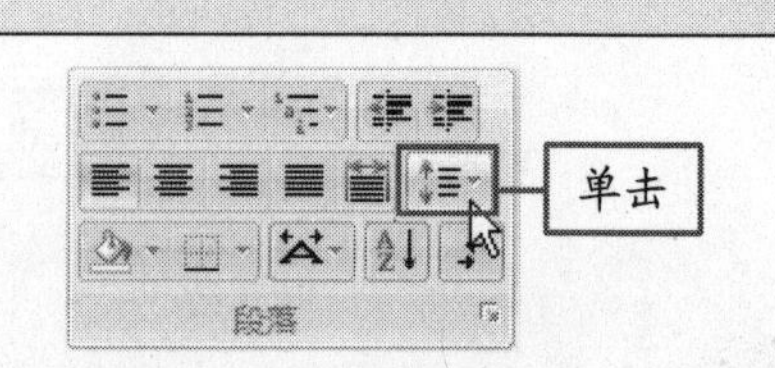

图 6-54 单击“行距”按钮

 技巧 根据需要设置文档的段落间距和段落行距，可以使文档整体显得更加美观。

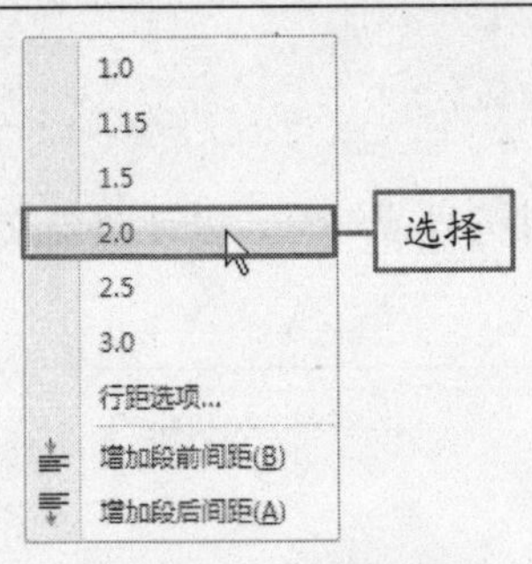

图 6-55　选择“2.0”倍行距选项

③ 设置后的效果如图 6-56 所示。

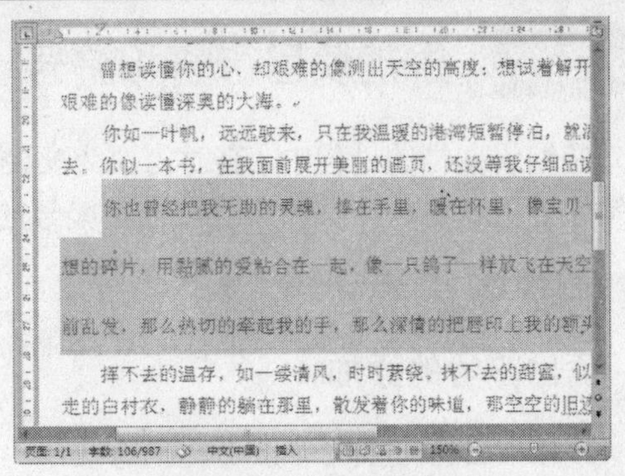

图 6-56　设置行距效果

方法 2：通过“段落”对话框设置

① 选择需要设置段落行距的段落，如图 6-57 所示。

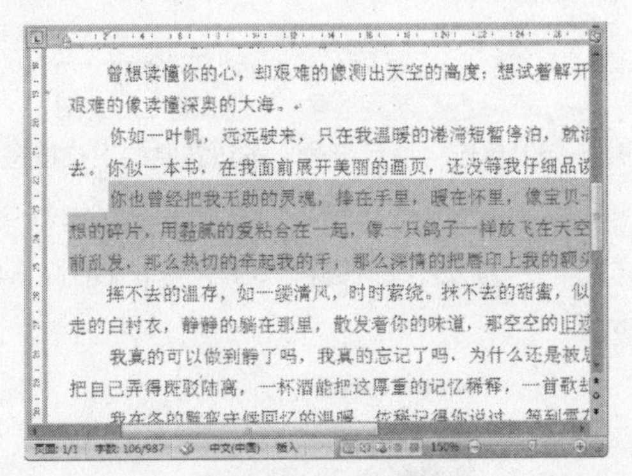

图 6-57　选择段落

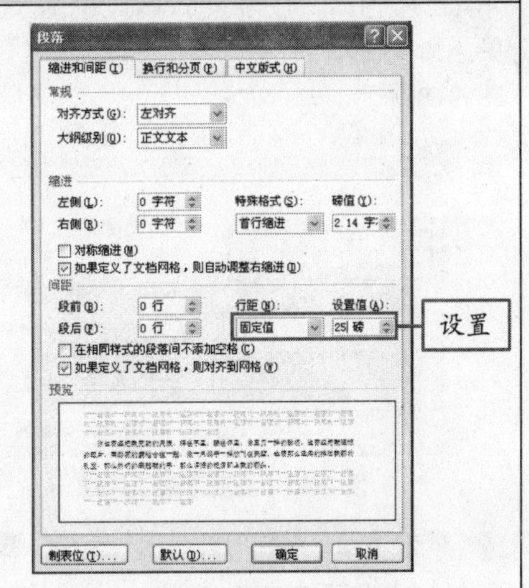

图 6-58　设置段落行距

② 右击选中段落，在弹出的快捷菜单中选择“段落”命令，打开“段落”对话框。在“缩进与间距”选项卡中，将“间距”选项区域中的“行距”设置为“固定值”，在“设置值”数值框中设置行距为“25 磅”，如图 6-58 所示。

③ 单击“确定”按钮，即可完成段落行距的设置，效果如图 6-59 所示。

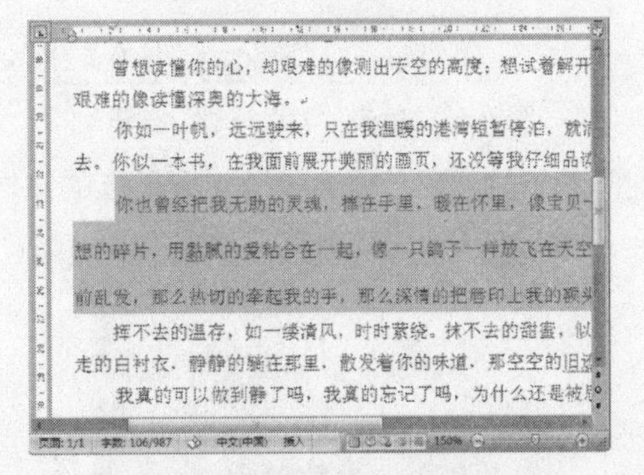

图 6-59　设置段落行距后的效果

6.3　项目符号、编号和多级列表

在 Word 2007 中，可以快速地将项目符号或编号添加到文档中，也可以方便地创建项目符号和编号列表。

有时行距的设置会影响到文档中图片的显示，所以一定要注意设置合适的行距。　说明

6.3.1 添加项目符号和编号

在编辑文档的过程中，有时需要为文档添加项目符号或编号，以使整篇文章更具美感和逻辑性，下面将介绍添加项目符号和编号的方法。

素材文件　光盘:\素材\第 6 章\员工行为准则.docx

1. 项目符号的添加

添加项目符号主要有以下几种方法：

方法 1：通过浮动工具栏进行项目符号的添加

① 打开“员工行为准则.docx”文档，选择需要添加项目符号的部分，出现浮动工具栏，如图 6-60 所示。

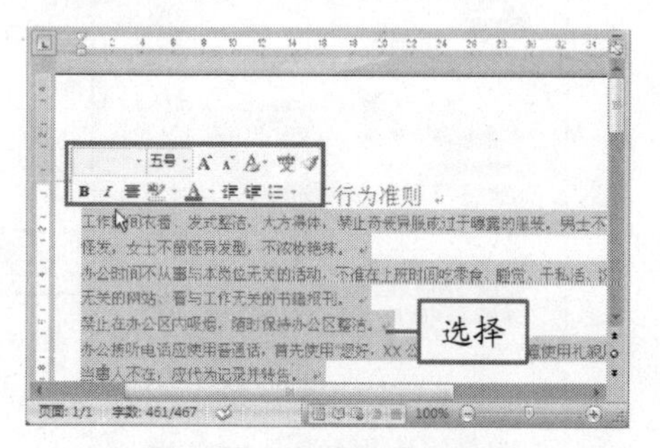

图 6-60　出现浮动工具栏

② 单击浮动工具栏中的“项目符号”按钮，如图 6-61 所示。

图 6-61　单击“项目符号”按钮

③ 默认的项目符号会被添加到所选的文档中，添加后的效果如图 6-62 所示。

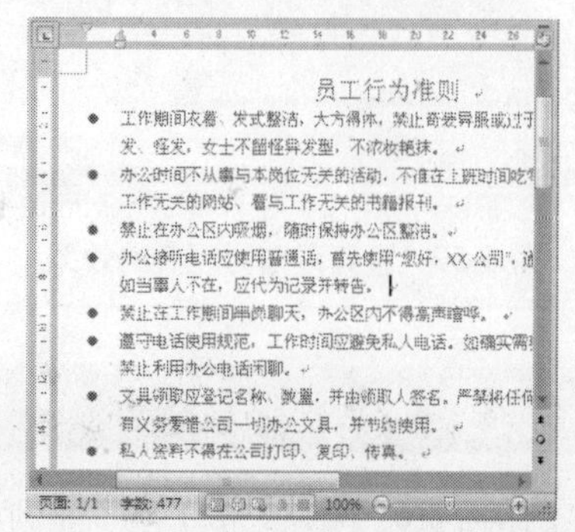

图 6-62　添加默认项目符号后的效果

④ 如果要添加其他类型的项目符号，则单击“项目符号”按钮右侧的下拉按钮，如图 6-63 所示。

图 6-63　单击“项目符号”按钮右侧的下拉按钮

⑤ 在弹出的下拉面板中选择需要的项目符号样式，在此以选择项目符号✧为例，如图 6-64 所示。

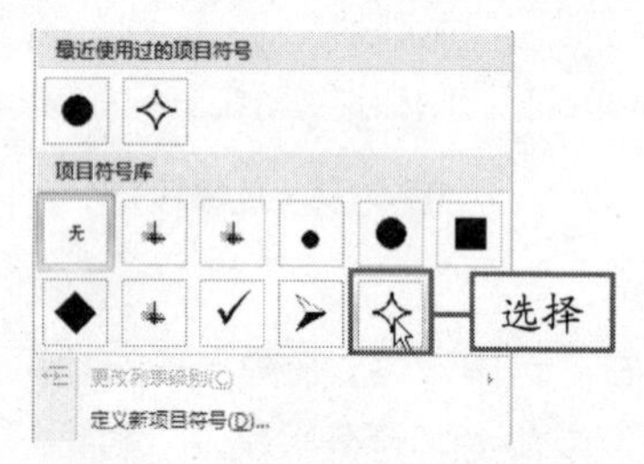

图 6-64　选择符号样式

⑥ 单击所选择的符号样式，即可完成对文档项目符号的添加，添加后的效果如图 6-65 所示。

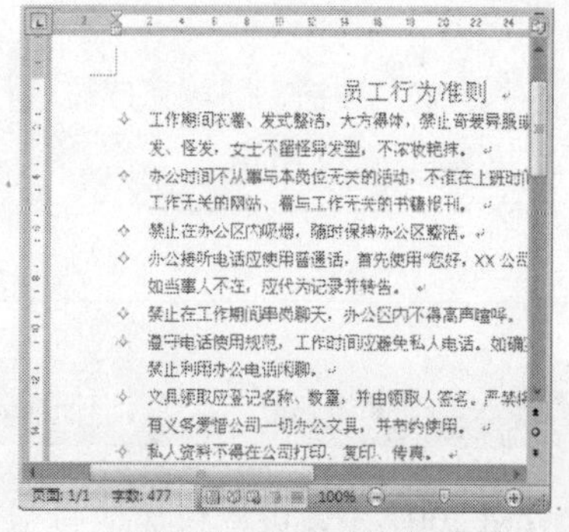

图 6-65　添加后的效果

说明　项目符号可以是符号类型，也可以是图片类型。

方法 2：通过功能区按钮进行添加

① 选择需要添加项目符号的文档，单击“开始”选项卡下“段落”组中的“项目符号”按钮，即可添加默认的项目符号，如图 6-66 所示。

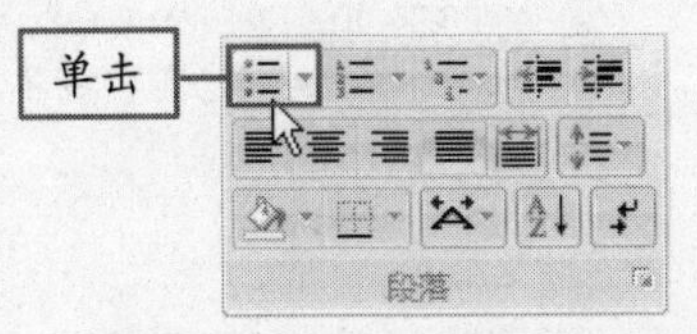

图 6-66　单击“项目符号”按钮

② 单击“段落”组中“项目符号”按钮右侧的下拉按钮，如图 6-67 所示，在项目符号下拉面板中选择需要的项目符号进行添加，具体操作与“方法 1”相同。

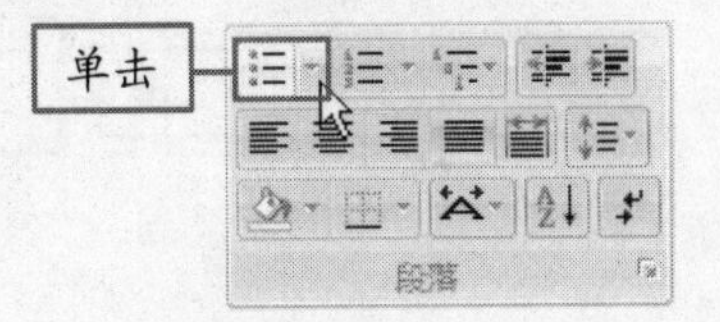

图 6-67　单击“项目符号”按钮右侧的下拉按钮

方法 3：通过快捷菜单添加

① 选择需要添加项目符号的文档并右击，在弹出的快捷菜单中选择“项目符号”命令，在弹出的扩展面板中选择需要的符号样式，如图 6-68 所示。

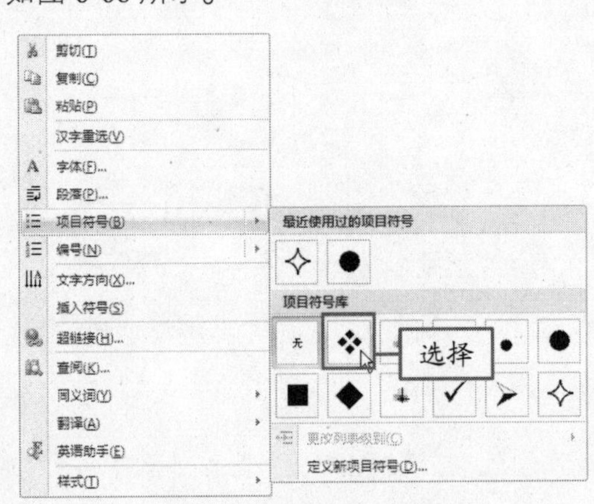

图 6-68　添加项目符号

② 添加后的效果如图 6-69 所示。

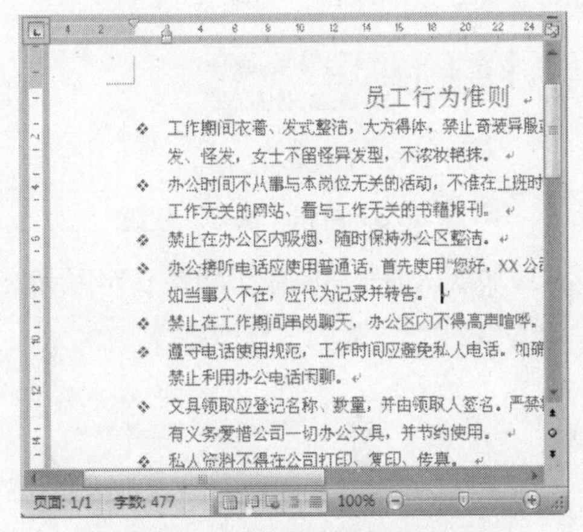

图 6-69　添加项目符号后的效果

2. 编号的添加

添加编号主要有两种方法，下面将进行详细介绍。

方法 1：通过快捷菜单添加

① 选择需要添加编号的文档并右击，在弹出的快捷菜单中选择“编号”命令，如图 6-70 所示，即可添加默认样式的编号。

② 如果需要添加其他样式的编号，可以在“编号”选项的扩展面板中选择需要的编号样式，如图 6-71 所示。

③ 添加后的效果如图 6-72 所示。

凡是使用过的项目符号的样式都会出现在项目符号的下拉面板中，下次可直接使用。　说明

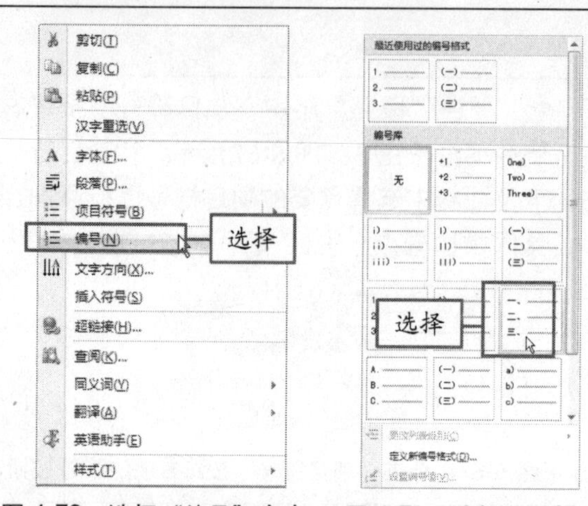

图 6-70 选择“编号”命令　图 6-71 选择编号样式

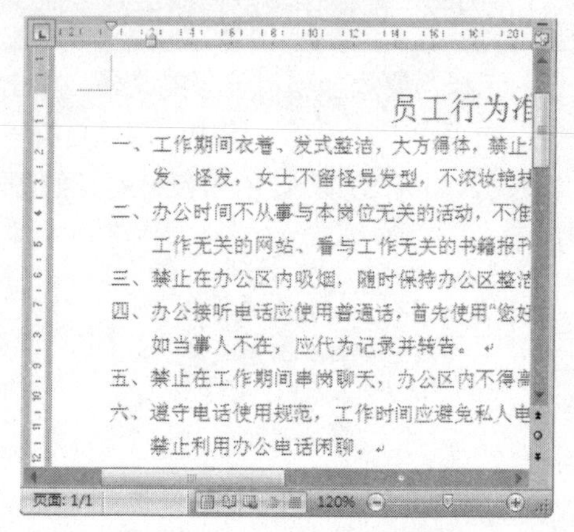

图 6-72 添加编号后的效果

方法 2：通过功能区按钮进行添加

① 选择需要添加编号的文档，单击“开始”选项卡下“段落”组中的“编号”按钮，即可添加默认的编号，如图 6-73 所示。

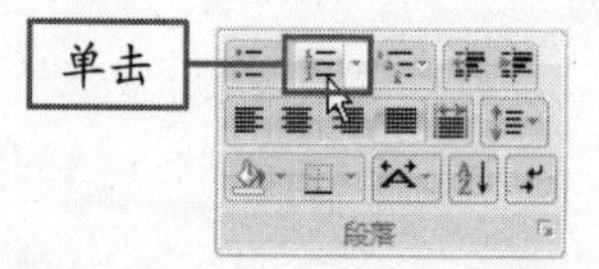

图 6-73 单击“编号”按钮

② 添加默认编号后的效果如图 6-74 所示。

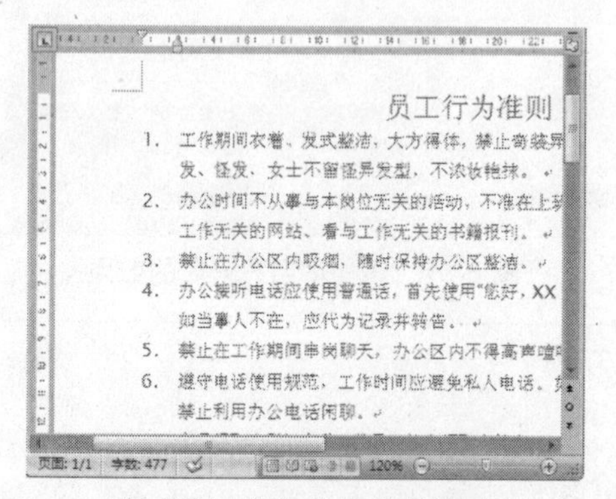

图 6-74 添加默认编号效果

③ 如果需要添加其他样式的编号，则单击“段落”组中“编号”按钮右侧的下拉按钮，如图 6-75 所示。

图 6-75 单击“编号”按钮右侧的下拉按钮

④ 在弹出的下拉面板中选择需要的编号样式，如图 6-76 所示。

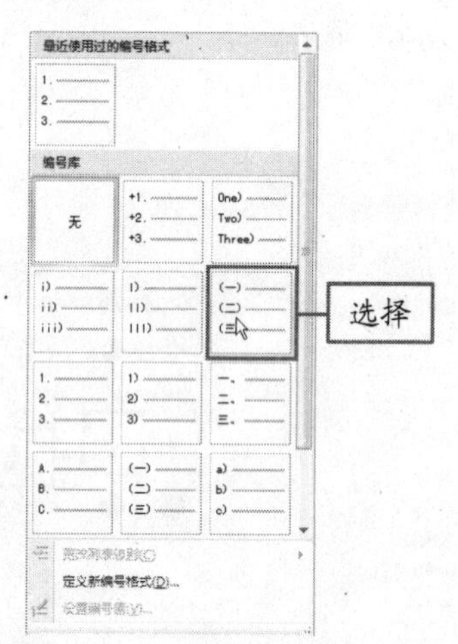

图 6-76 选择编号格式

⑤ 添加编号后的效果如图 6-77 所示。

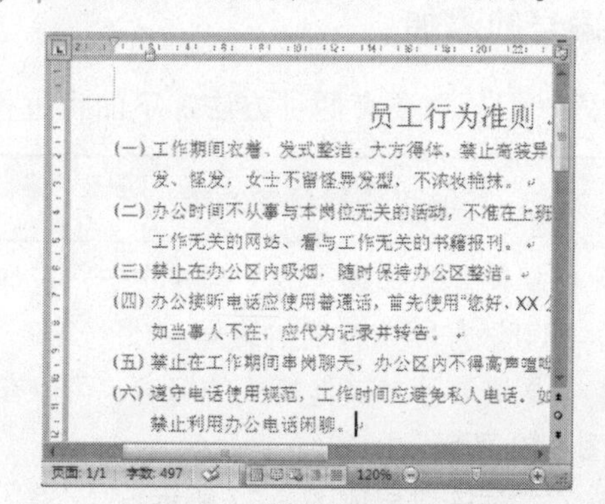

图 6-77 添加编号后的效果

技巧　可以通过“定义新编号格式”对话框中的“字体”按钮来改变编号的样式。

6.3.2　自定义项目符号和编号

在为文档添加项目符号和编号的过程中，样式库中只有几种，如果想要添加其他样式的符号和编号，就需要用户自定义添加。

1. 自定义项目符号

① 单击“开始”选项卡下“段落”组中“项目符号”按钮右侧的下拉按钮，在其下拉面板中选择“定义新项目符号”选项，如图 6-78 所示。

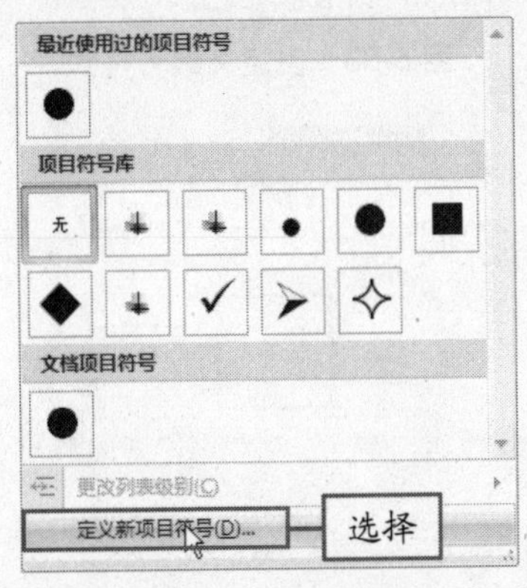

图 6-78　选择“定义新项目符号”选项

② 在弹出的“定义新项目符号”对话框中单击“符号”按钮或“图片”按钮，如图 6-79 所示。

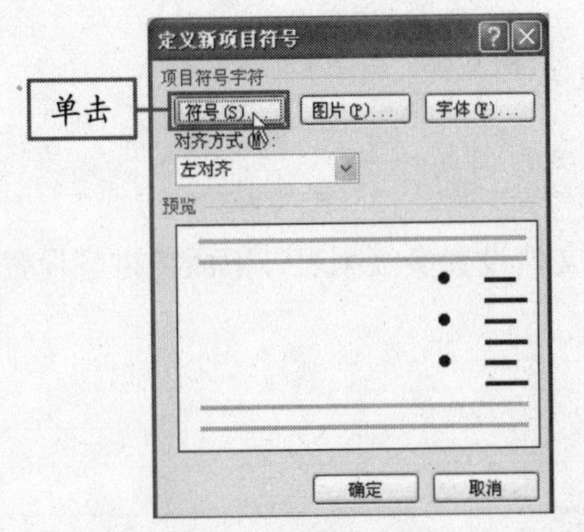

图 6-79　“定义新项目符号”对话框

③ 在弹出的“符号”对话框中选择需要的符号类型（如果上一步单击的是“图片”按钮，在弹出的“图片项目符号”对话框中选择需要的图片项目符号类型），单击“确定”按钮，如图 6-80 所示。

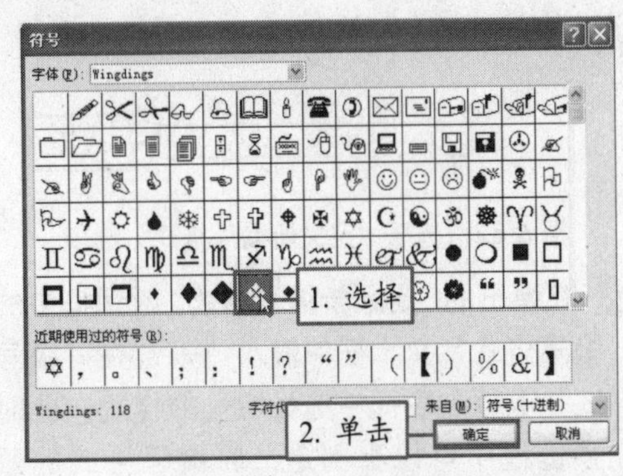

图 6-80　选择符号类型

④ 单击“定义新项目符号”对话框中的“确定”按钮，即可完成新项目符号的自定义。单击“段落”组中“项目符号”按钮右侧的下拉按钮，在其下拉面板中即可看到自定义的项目符号类型，如图 6-81 所示。

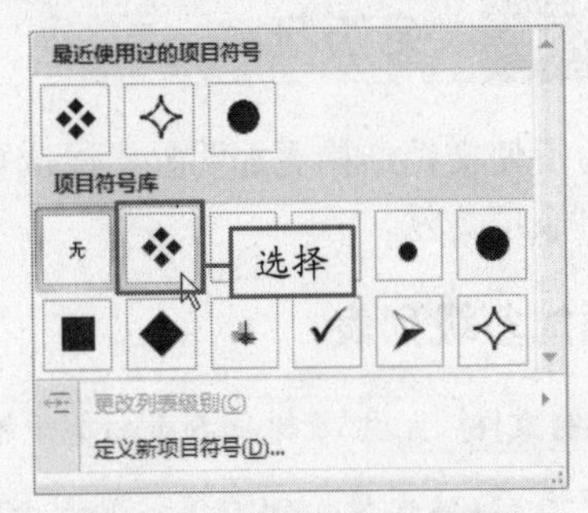

图 6-81　自定义的项目类型

知识点拨

在添加图片项目符号时，还可以单击“导入”按钮，在弹出的“将剪辑添加到管理器”对话框中添加需要的图片，使其成为可以应用的项目符号。

在自定义新的项目符号和编号时，还可以设置它们的对齐方式。　说明

2. 自定义编号

① 单击“开始”选项卡下“段落”组中“编号”按钮右侧的下拉按钮，在其下拉面板中选择“定义新编号格式”选项，如图 6-82 所示。

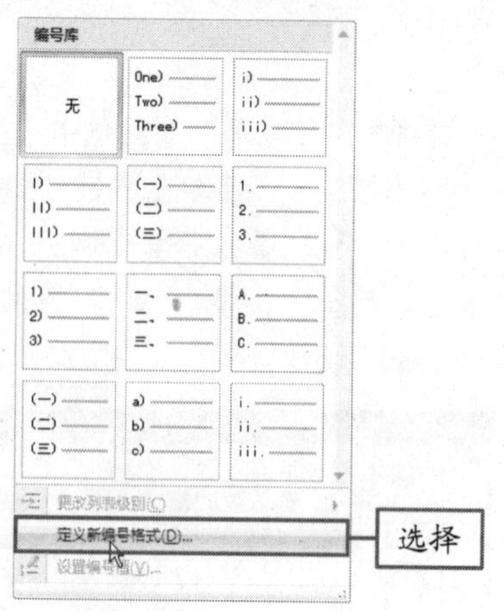

图 6-82 选择“定义新编号格式”选项

② 在弹出的“定义新编号格式”对话框中的“编号格式”文本框中输入“+”，在“编号样式”下拉列表框中选择编号的样式，此时在预览框中可以看到定义新编号格式的效果，单击“确定”按钮，完成编号的自定义设置，如图 6-83 所示。

③ 单击“段落”组中“编号”按钮右侧的下拉按钮，在其下拉菜单中即可看到自定义的编号类型，如图 6-84 所示。

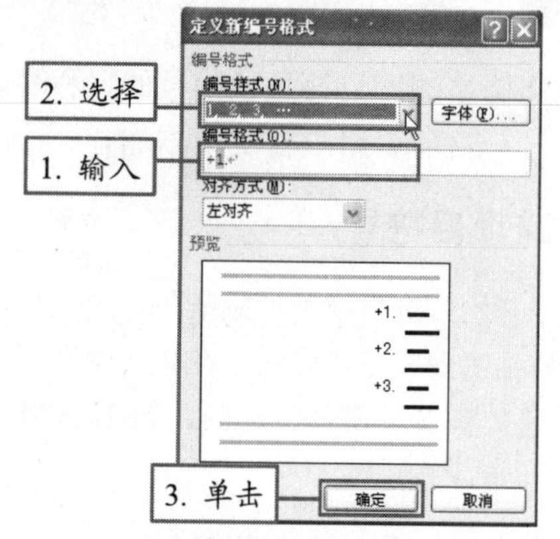

图 6-83 自定义编号格式

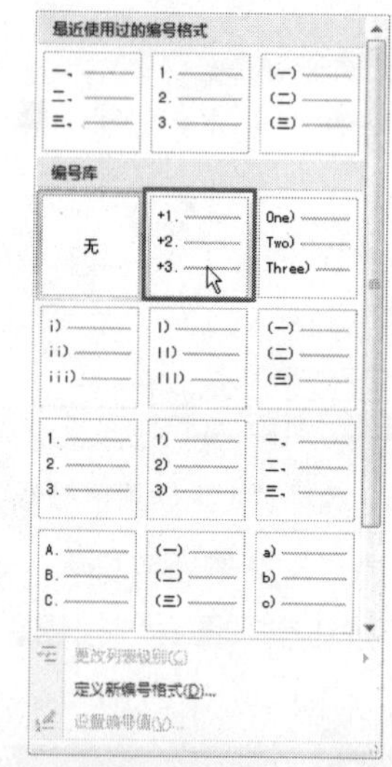

图 6-84 自定义编号类型

6.3.3 多级列表

为了使文档结构更加明显，层次更加清楚，可以给文档设置多级列表，下面将讲解设置多级列表的方法。

1. 添加多级列表

素材文件 光盘:\素材\第 6 章\计算机基础知识.docx

① 打开“计算机基础知识.docx”文档，选择需要添加多级列表的文档，单击“开始”选项卡下“段落”组中的“多级列表”按钮，如图 6-85 所示。

② 在弹出的下拉面板中选择需要的多级列表样式，如图 6-86 所示。

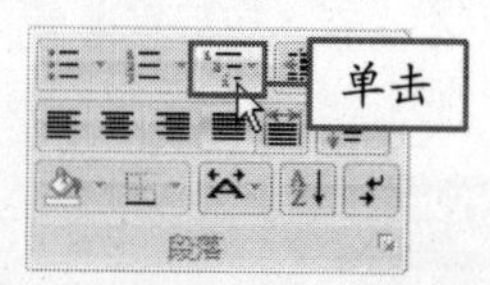

图 6-85 单击“多级列表”按钮

③ 添加多级列表后的效果如图 6-87 所示。

技巧 在“定义新多级列表”对话框中单击“更多”按钮，可以设置起始编号。

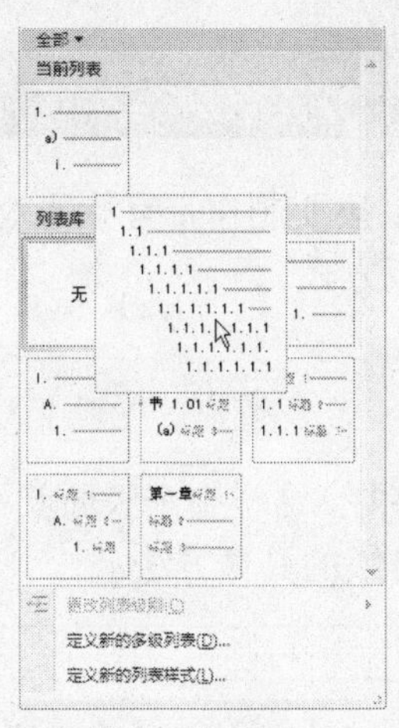

图 6-86　选择列表样式

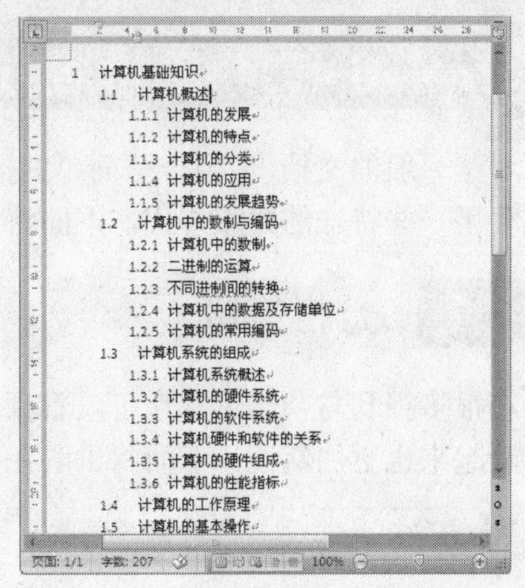

图 6-87　添加多级列表后的效果

2. 自定义多级列表

如果在多级列表的列表库中没有找到所需要的列表样式，可以自定义设置需要的列表样式，下面将介绍自定义多级列表的方法。

① 单击“开始”选项卡下“段落”组中的“多级列表”按钮，在其下拉面板中选择“定义新的多级列表”选项，如图 6-88 所示，即可打开“定义新多级列表”对话框。

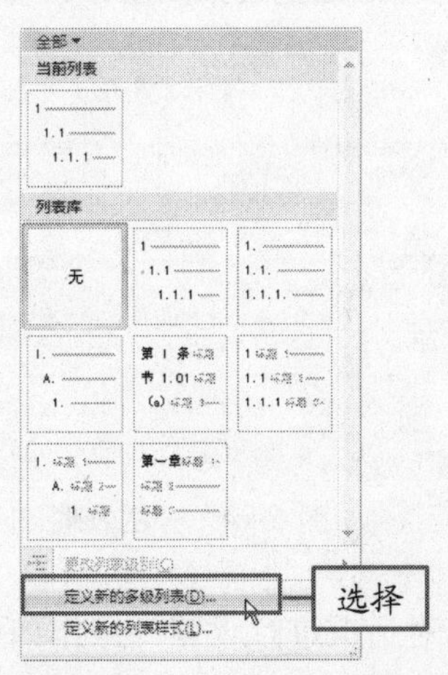

图 6-88　选择“定义新的多级列表”选项

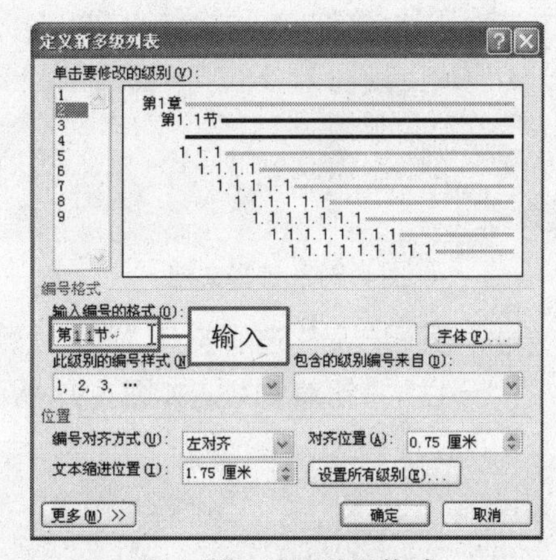

图 6-89　设置编号格式

② 在“单击要修改的级别”下左侧的列表框中选择要修改的级别，在“输入编号的格式”文本框中输入新的列表格式（此对话框右上角的列表可显示出新定义的列表样式），如图 6-89 所示。

③ 单击“确定”按钮，设置后的效果如图 6-90 所示。

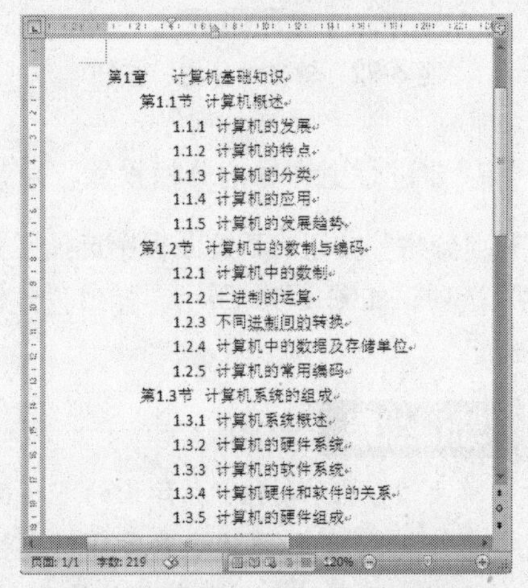

图 6-90　设置多级列表后的效果

在“定义新多级列表”对话框中，还可以设置项目符号/编号/文字的位置。　说明

6.4 特殊排版方式

对于一般的文档，应用一些简单的排版方式就足够了，如果要制作带有特殊效果的文档，就需要用一些特殊的排版方式，下面将介绍几种特殊的排版方式。

6.4.1 分栏排版

在很多报刊与杂志上常常可以看到一页版面被划分为多栏，这样整个版面就不会显得臃肿，看起来也更加活泼，下面将讲解在 Word 2007 中分栏排版的具体方法。

素材文件 光盘:\素材\第 6 章\静待雪花开.docx

① 选择需要进行分栏排版的“静待雪花开.docx”文档，如图 6-91 所示。

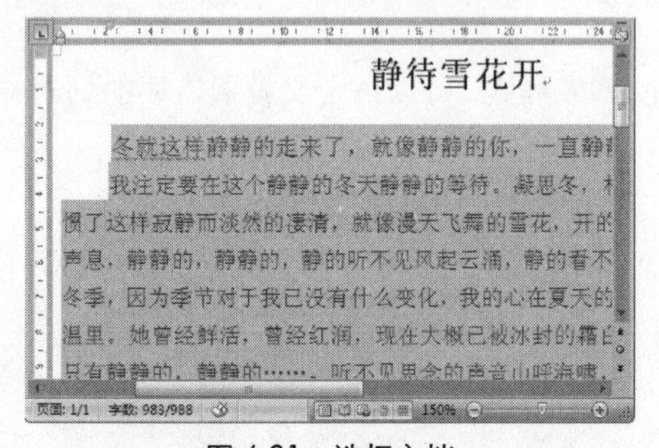

图 6-91 选择文档

② 单击“页面布局”选项卡下“页面设置”组中的“分栏”按钮 分栏，如图 6-92 所示。

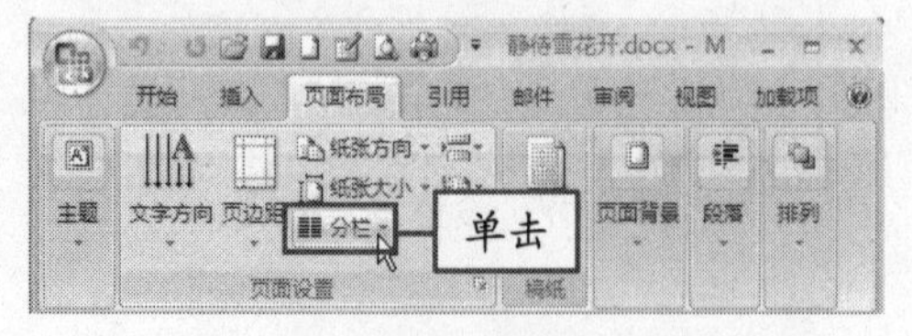

图 6-92 单击“分栏”按钮

③ 在弹出的下拉面板中选择“两栏”选项，如图 6-93 所示。

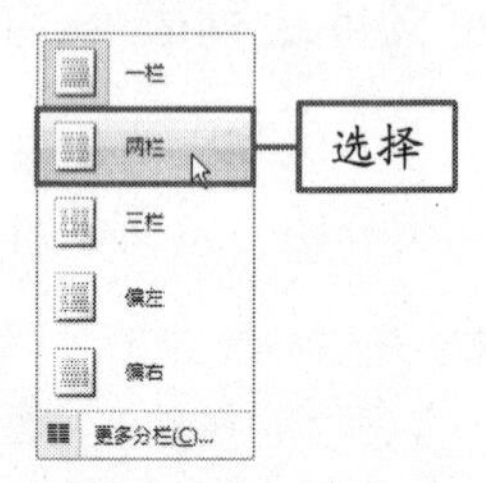

图 6-93 选择“两栏”选项

④ 分栏排版后的效果如图 6-94 所示。

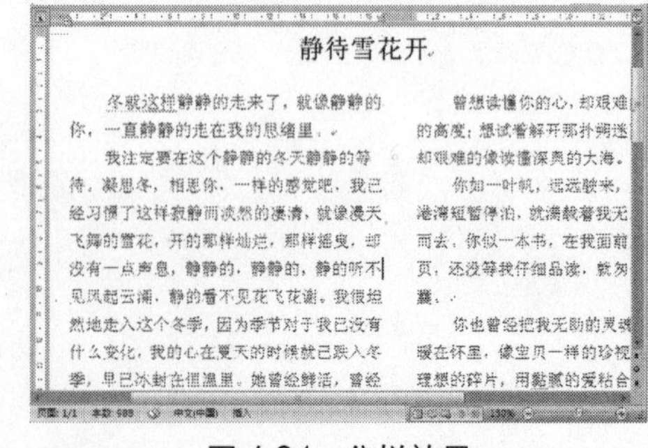

图 6-94 分栏效果

如果要进行更详尽的分栏设置，可以通过“分栏”对话框进行设置，操作如下：

① 在“分栏”按钮的下拉面板中选择“更多分栏”选项，如图 6-95 所示，弹出“分栏”对话框。

知识点拨

单击“分栏”按钮，在弹出的下拉面板中选择相应选项，采用这种方法对文档进行分栏，得到的各栏栏宽是相等的。

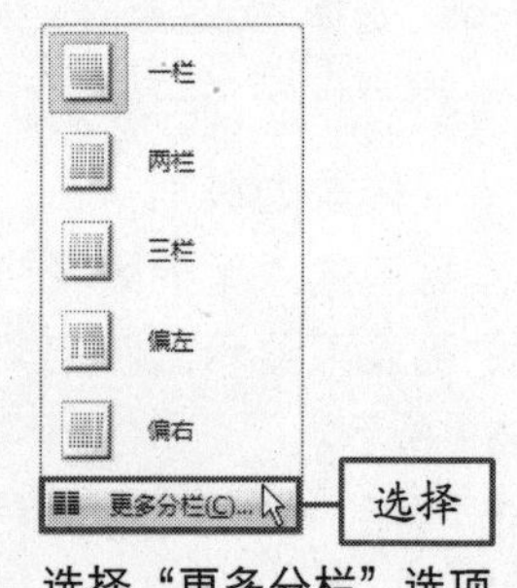

图 6-95 选择“更多分栏”选项

说明 分栏后的文字将按从左到右、从上到下的顺序排列。

② 在“分栏”对话框中可以设置分栏的列数、栏的宽度、间距，以及分隔线的添加等，如图 6-96 所示。

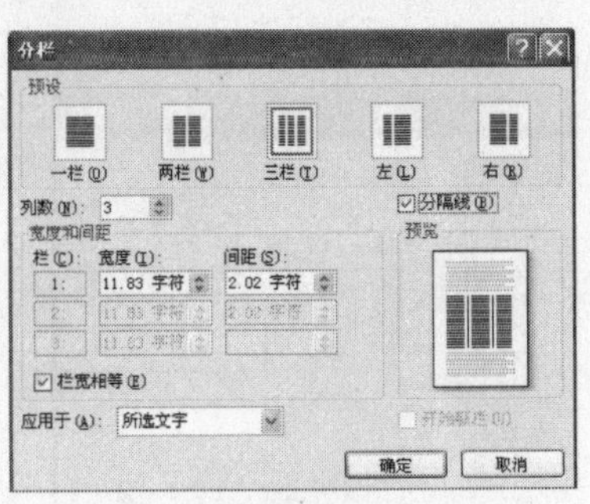

图 6-96　设置分栏格式

③ 单击“确定”按钮，即可将文档进行分栏显示，效果如图 6-97 所示。

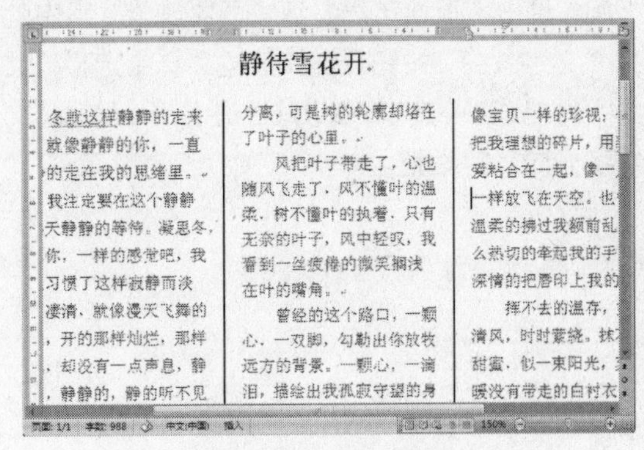

图 6-97　分栏效果

6.4.2　设置文字方向

通常情况下文档的排版方式为水平排版，但有时也需要对文档进行竖直排版，下面将讲解如何将文档进行竖直排版。

1．整篇文档的竖直排版

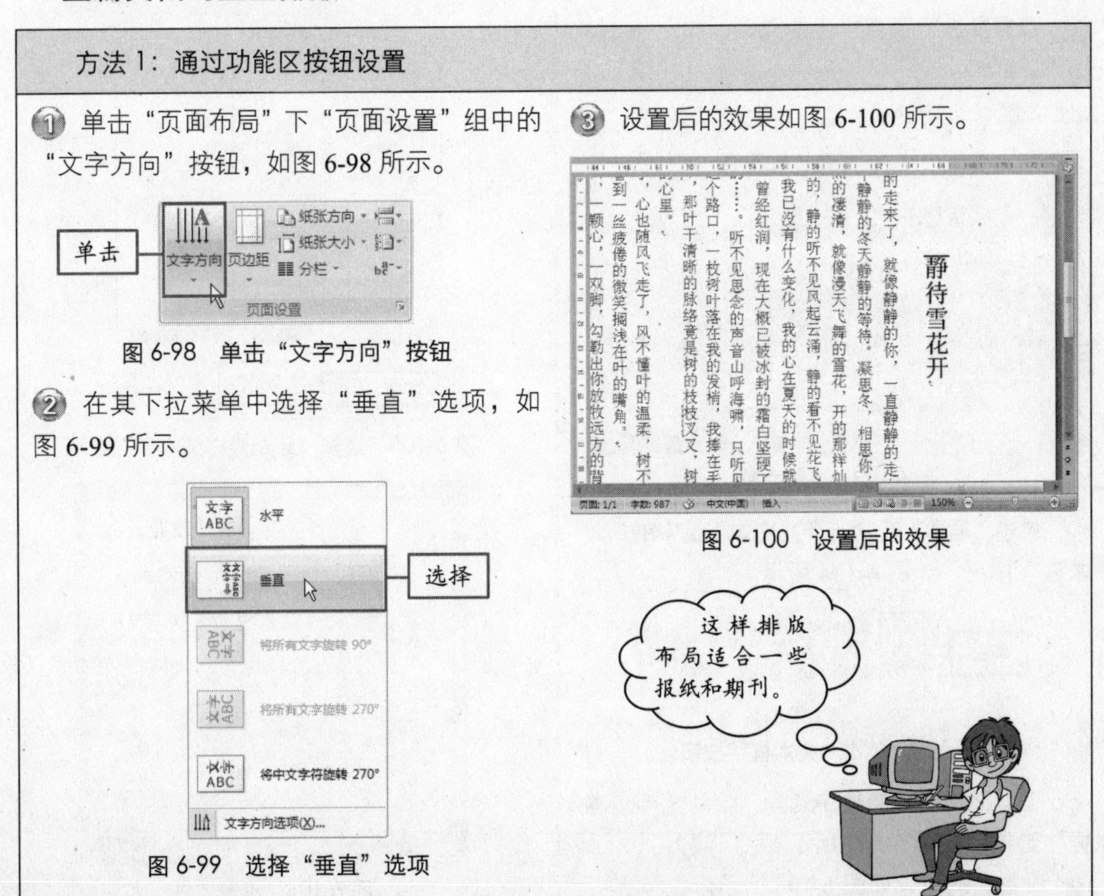

方法 1：通过功能区按钮设置

① 单击“页面布局”下“页面设置”组中的“文字方向”按钮，如图 6-98 所示。

图 6-98　单击“文字方向”按钮

② 在其下拉菜单中选择“垂直”选项，如图 6-99 所示。

图 6-99　选择“垂直”选项

③ 设置后的效果如图 6-100 所示。

图 6-100　设置后的效果

方法 2：通过“文字方向”对话框设置

① 单击“页面布局”下“页面设置”组中的“文字方向”按钮，在其下拉菜单中选择“文字方向选项”选项，如图 6-101 所示，弹出“文字方向”对话框。

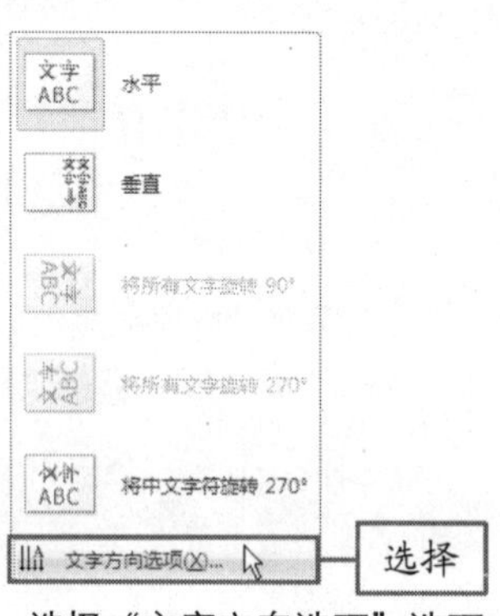

图 6-101　选择“文字方向选项”选项

② 选择文字的方向，如图 6-102 所示。

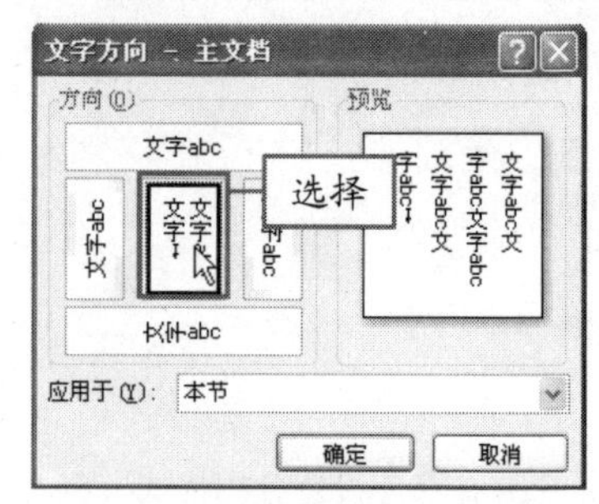

图 6-102　“文字方向”对话框

③ 单击“确定”按钮，即可完成设置，设置后的效果与“方法 1”中的完全相同。

2．部分文档的竖直排版

① 选择要进行竖直排版的文档，如图 6-103 所示。

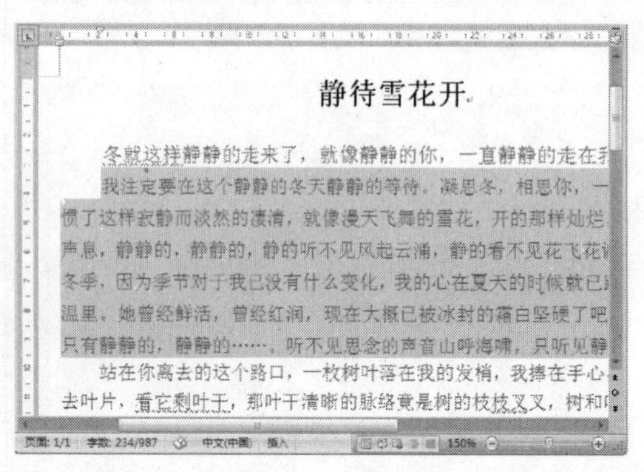

图 6-103　选择文档

② 单击“插入”选项卡下“文本”组中的“文本框”按钮，如图 6-104 所示。

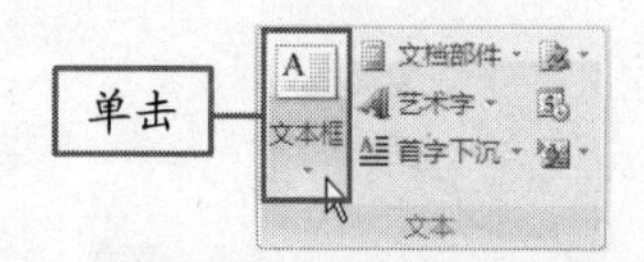

图 6-104　单击“文本框”按钮

③ 在弹出的下拉面板中选择“绘制竖排文本框”选项，如图 6-105 所示。

④ 设置后的效果如图 6-106 所示。

图 6-105　选择“绘制竖排文本框”选项

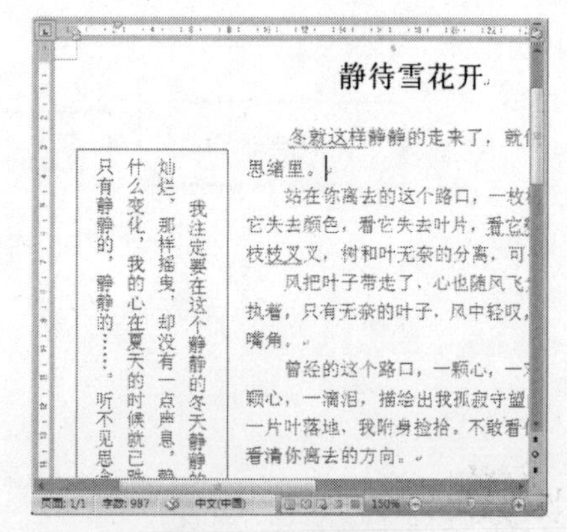

图 6-106　设置效果

技巧　在“设置文本框格式”对话框中，将线条颜色设置为“无颜色”即可去除边框。

6.4.3 设置首字下沉

首字下沉可以使文档更加醒目，下面将介绍首字下沉的设置方法。

素材文件 光盘:\素材\第 6 章\查找局域网故障技法.docx

① 将光标定位在需要进行首字下沉的段落，单击“插入”选项卡下“文本”组中的“首字下沉”按钮，如图 6-107 所示。

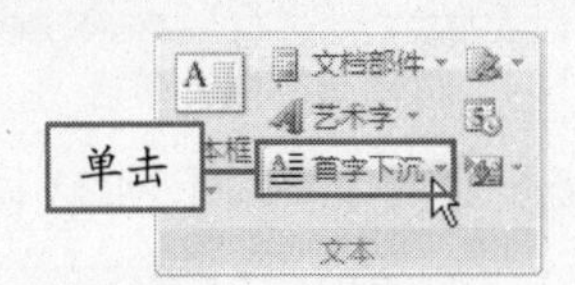

图 6-107 单击“首字下沉”按钮

② 在弹出的下拉菜单中选择“下沉”选项，如图 6-108 所示。

③ 完成所选段落的首字下沉操作，效果如图 6-109 所示。

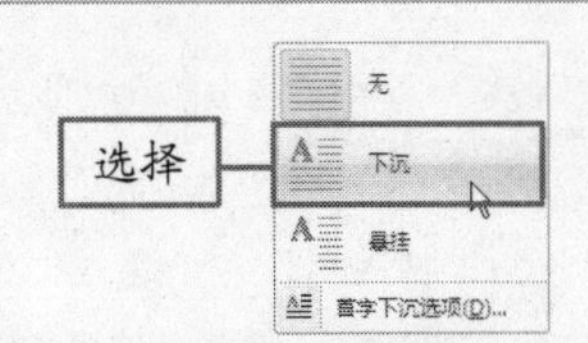

图 6-108 选择“下沉”选项

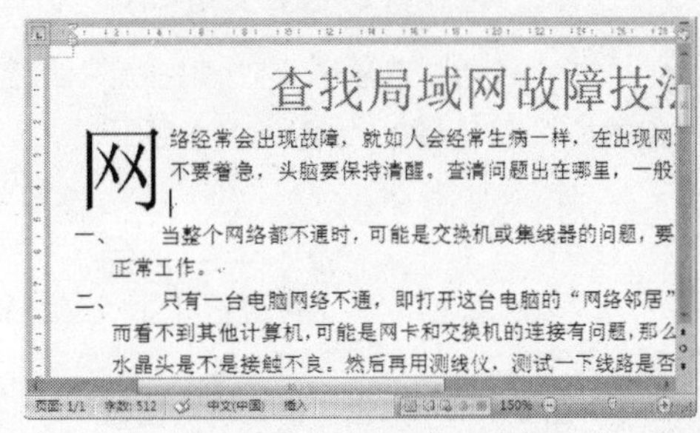

图 6-109 首字下沉效果

6.5 格式刷的使用

在编辑文档时，经常会需要将文档中某些文本或段落设置为相同的文档格式，使用格式刷工具可以方便地完成相同格式的复制，下面将介绍格式刷的使用方法。

1．将格式刷复制的格式只应用一次

方法 1：通过功能区按钮设置

① 打开文档“静待雪花开.docx”文档，选择需要应用其格式的文档，单击“格式刷”按钮，将鼠标指针移动到要应用格式的文档前，当鼠标指针变为形状时，单击即可应用格式，如图 6-110 所示。

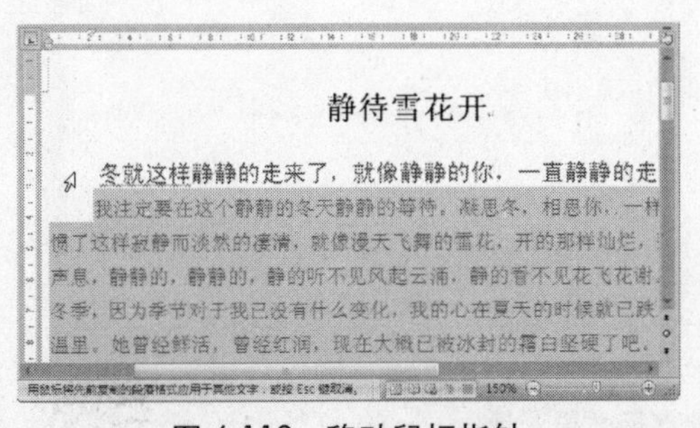

图 6-110 移动鼠标指针

② 应用格式后的效果如图 6-111 所示。

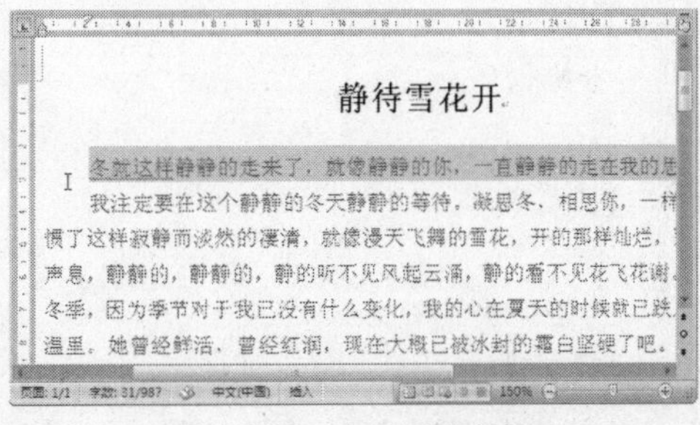

图 6-111 应用后的效果

方法 2：通过格式刷工具设置

① 选择要复制格式的文档，如图 6-112 所示。

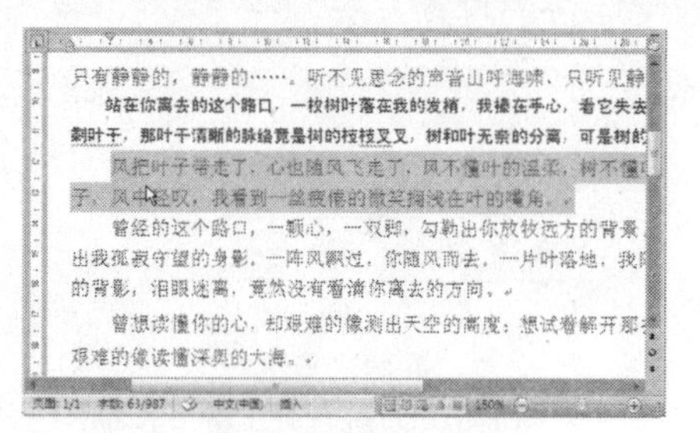

图 6-112 选择文档

② 单击“开始”选项卡下“剪贴版”组中的“格式刷”按钮，如图 6-113 所示。

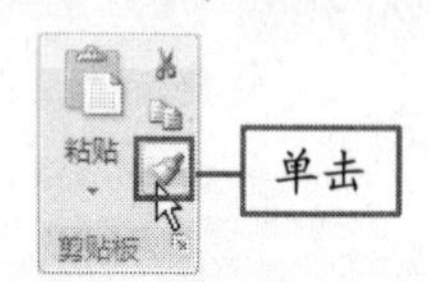

图 6-113 单击“格式刷”按钮

③ 当鼠标指针变为形状时，将其在需要应用格式的文档位置移动覆盖，如图 6-114 所示。

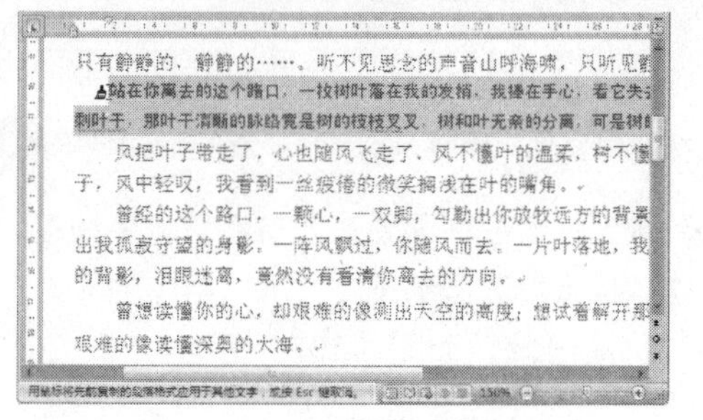

图 6-114 移动鼠标指针覆盖

④ 完成格式复制后的效果如图 6-115 所示。

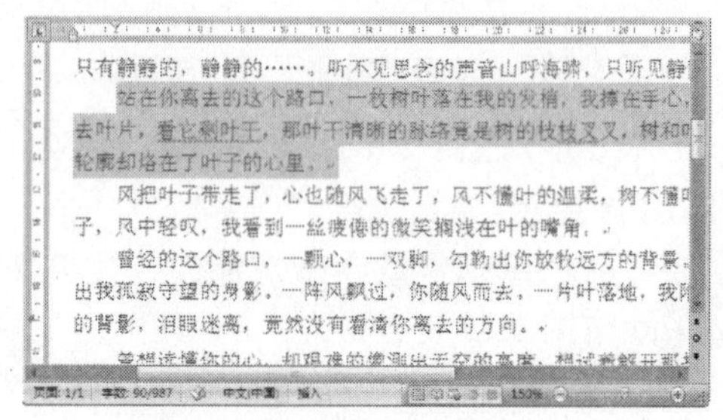

图 6-115 格式复制后的效果

2. 将格式刷复制的格式应用多次

如果需要将复制的格式应用多次，只需在使用格式刷工具时双击“格式刷”按钮，其他操作不变，即可重复使用。

6.6 现学现用——设置劳动合同格式

下面将利用本章所学的知识为一份劳动合同设置格式，前后效果对比如图 6-116 所示。

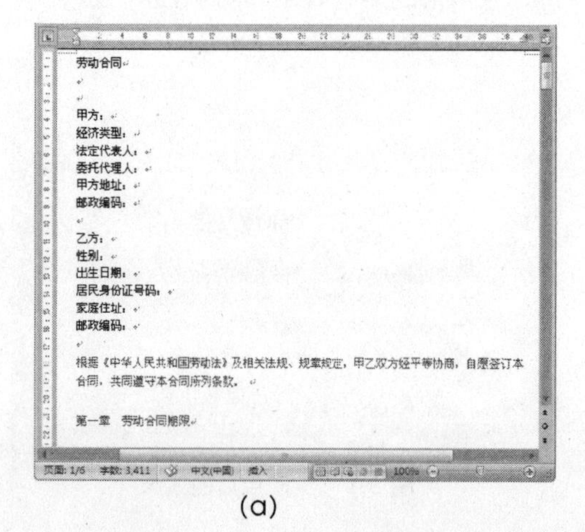

(a)

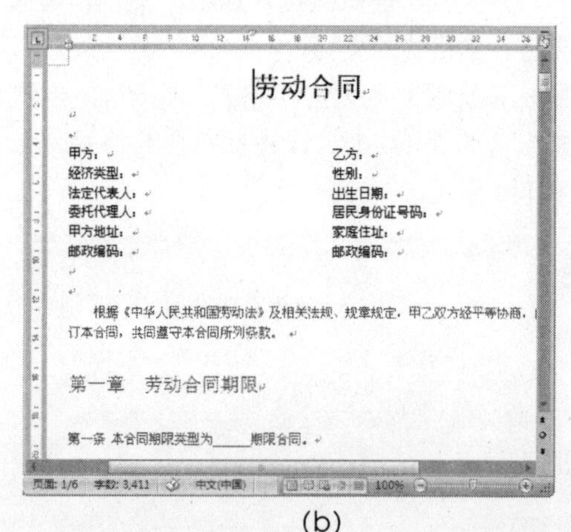

(b)

图 6-116 格式设置前后效果对比

技巧 连续很多次使用格式刷工具，会大大加快处理内容多的文档的速度。

操作步骤：

素材文件　光盘:\素材\第 6 章\劳动合同.docx

① 打开“劳动合同.docx”文档，如图 6-117 所示。

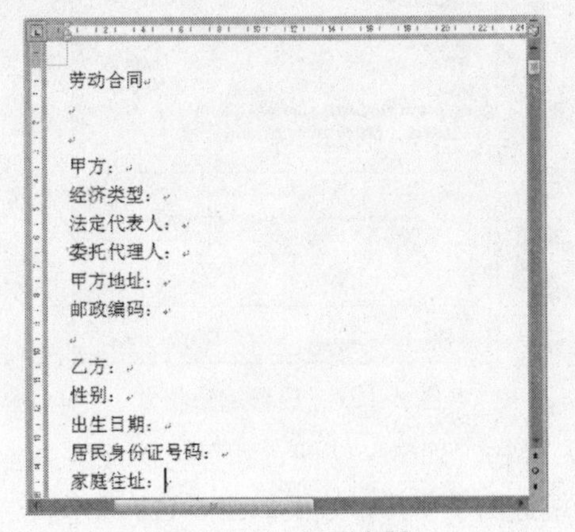

图 6-117　打开文档

② 选择标题，在“开始”选项卡下的“字体”组中设置标题“劳动合同”的格式为宋体，二号，如图 6-118 所示。

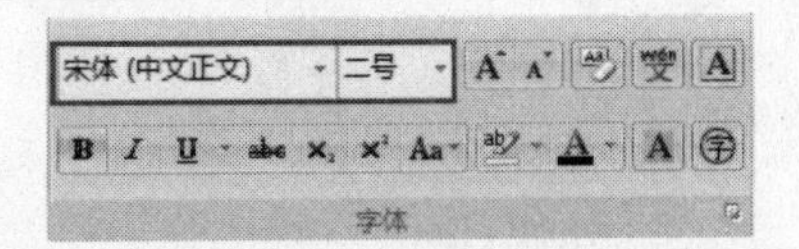

图 6-118　设置标题格式

③ 单击“开始”选项卡下“段落”组中的“居中”按钮，如图 6-119 所示。

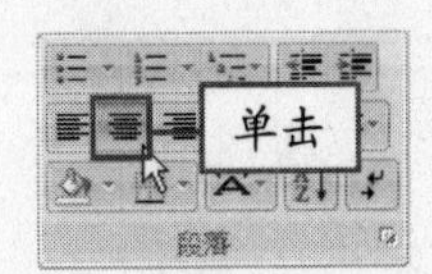

图 6-119　单击“居中”按钮

④ 标题设置后的效果如图 6-120 所示。

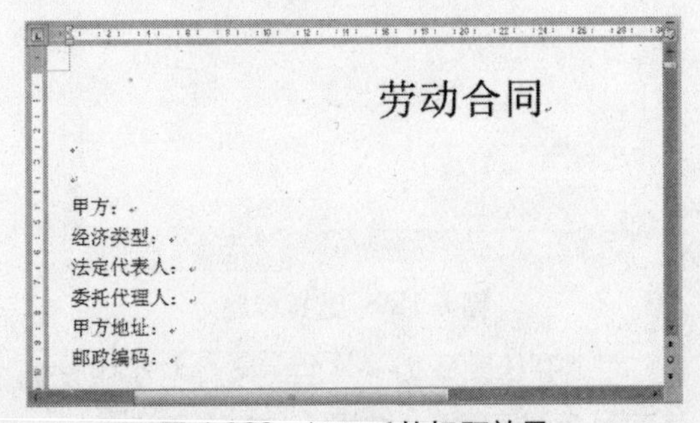

图 6-120　设置后的标题效果

⑤ 选择甲方与乙方的两段文档，如图 6-121 所示。

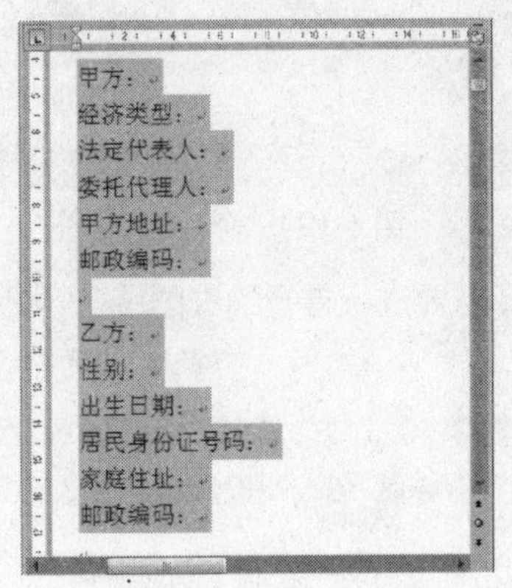

图 6-121　选择文档

⑥ 单击“页面布局”选项卡下“页面设置”组中的“分栏”按钮 分栏，如图 6-122 所示。

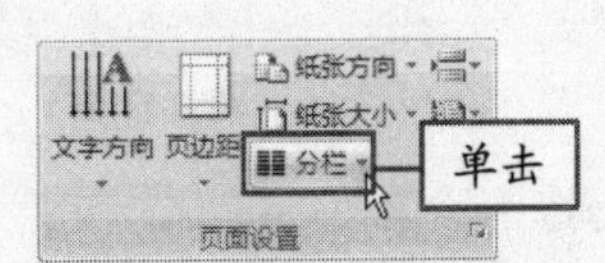

图 6-122　单击“分栏”按钮

⑦ 在弹出的下拉面板中选择“两栏”选项，如图 6-123 所示。

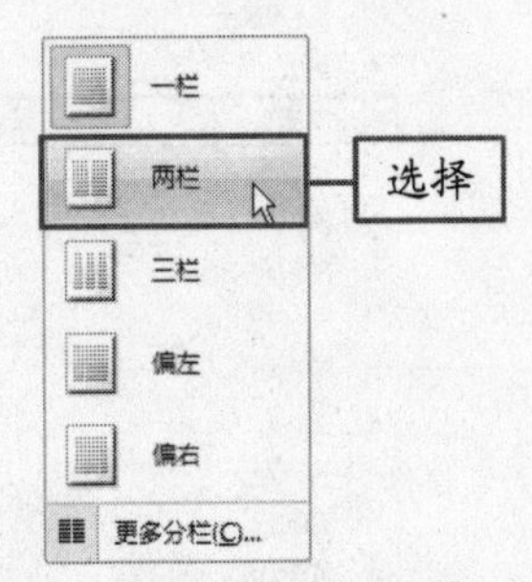

图 6-123　选择“两栏”选项

知识点拨

在处理一些正规的文档时，要严格按照规范的格式来处理。

⑧ 单击选择的选项，即可在文档中看到设置的效果，如图 6-124 所示。

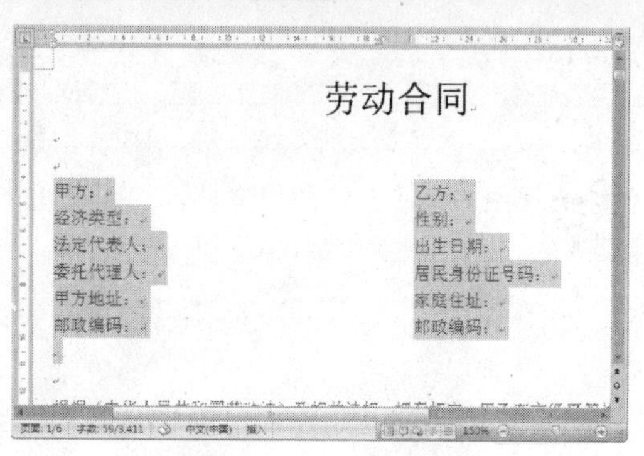

图 6-124　分栏效果

⑨ 选择需要进行首行缩进的段落，如图 6-125 所示。

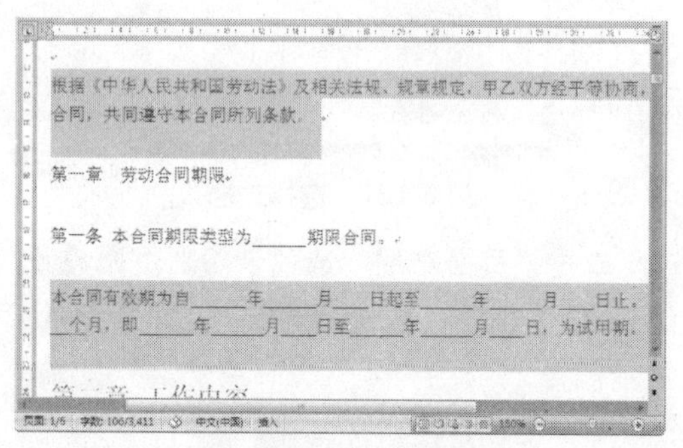

图 6-125　选择段落

⑩ 右击选中段落，在弹出的快捷菜单中选择“段落”命令，如图 6-126 所示。

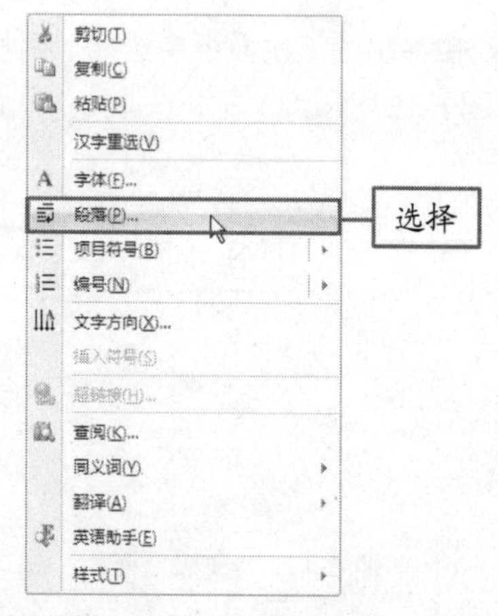

图 6-126　选择“段落”命令

⑪ 打开“段落”对话框，在“缩进与间距”选项卡的“缩进”选项区域中的“特殊格式”下拉列表中选择“首行缩进”选项，在“磅值”数值框中设置缩进的字符数，在此设置为“2 字符”，如图 6-127 所示。

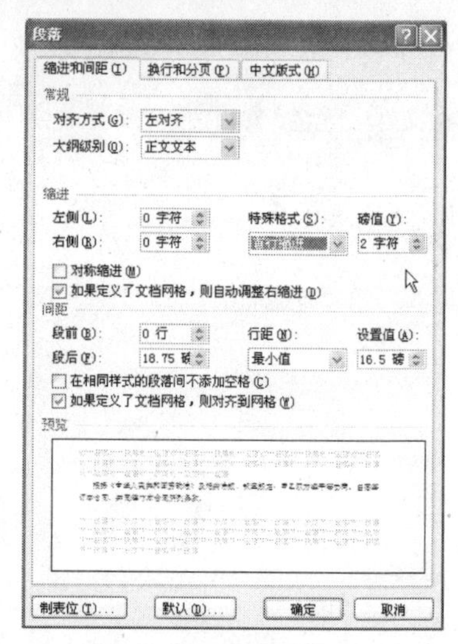

图 6-127　设置缩进格式

⑫ 单击“确定”按钮，即可将选择的文档首行缩进两个字符，效果如图 6-128 所示。

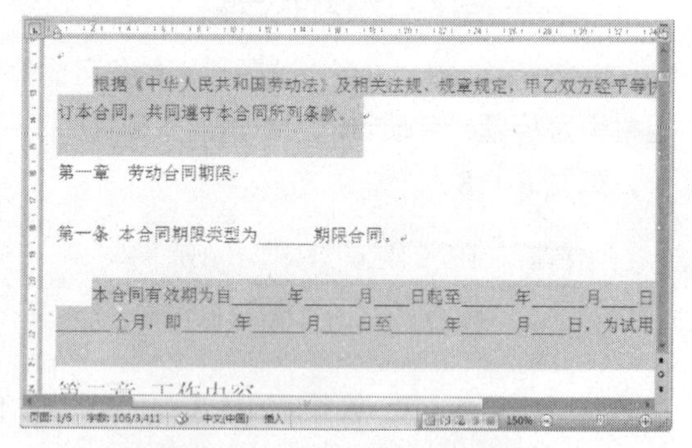

图 6-128　首行缩进后的效果

⑬ 选择各章标题文档，如图 6-129 所示。

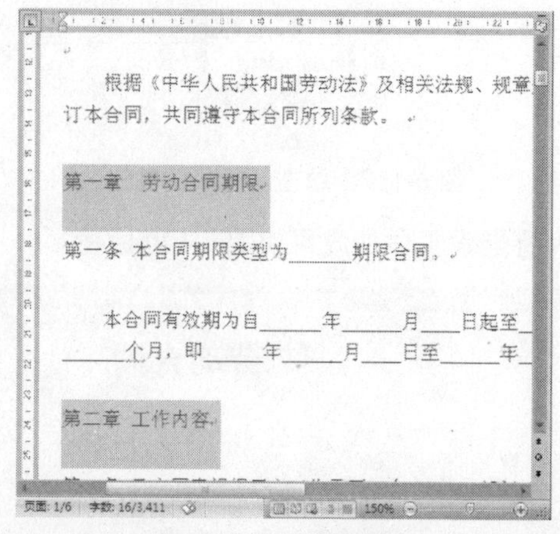

图 6-129　选择标题

⑭ 在“开始”选项卡下的“字体”组中设置其字号为“三号”，如图 6-130 所示。

技巧　如果选择多个不连续的段落，需按住【Ctrl】键。

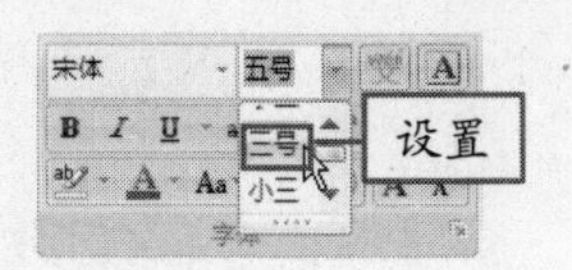

图 6-130　设置“三号”字体

⑮ 设置后的效果如图 6-131 所示。

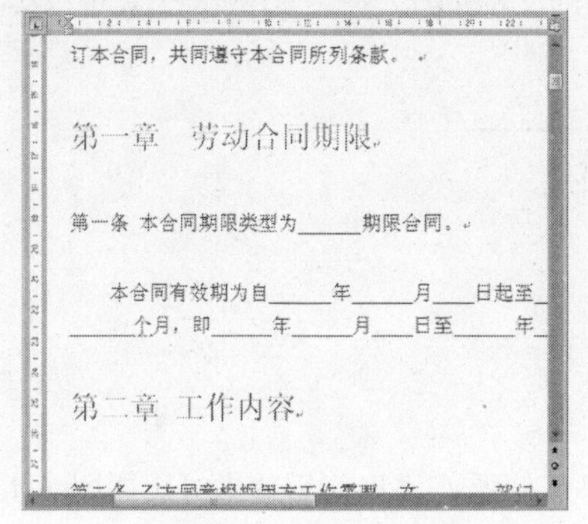

图 6-131　设置后的效果

⑯ 定位光标到需要缩进字符的行首，按空格键对需要进行缩进的行执行缩进操作，如图 6-132 所示。

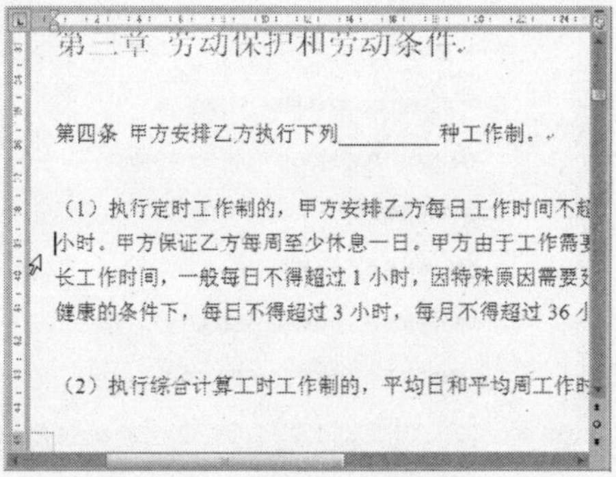

图 6-132　定位光标

⑰ 缩进后的效果如图 6-133 所示。

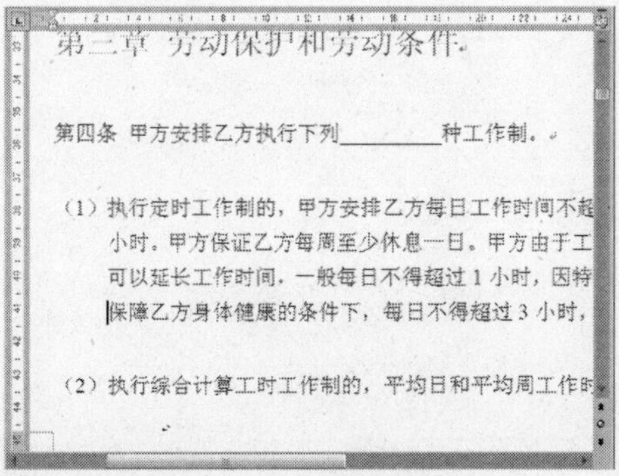

图 6-133　缩进后的效果

⑱ 设置合同末尾格式，选择需要分栏的文档部分，如图 6-134 所示。

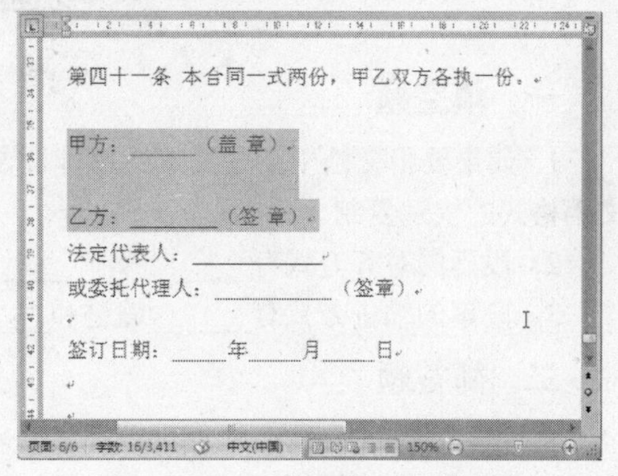

图 6-134　选择需要分栏的文档

⑲ 单击“页面布局”选项卡下“页面设置”组中的“分栏”按钮 分栏 ，在弹出的下拉面板中选择“两栏”选项，如图 6-135 所示。

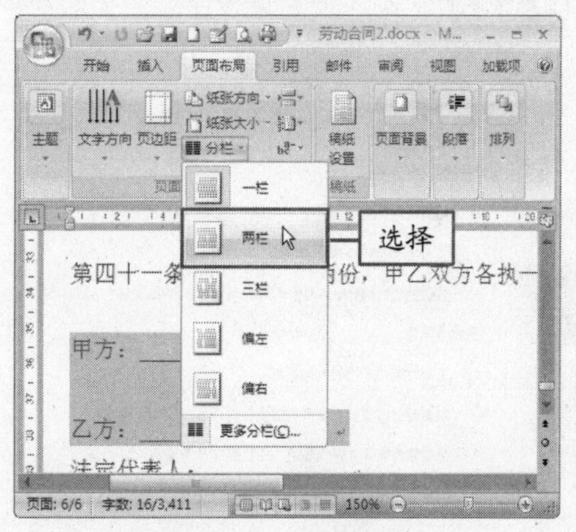

图 6-135　设置分栏

⑳ 设置后的合同末尾效果如图 6-136 所示。

图 6-136　合同末尾

至此，劳动合同格式设置完成。

在设置相同的标题格式时，也可连续使用格式刷工具。　技巧

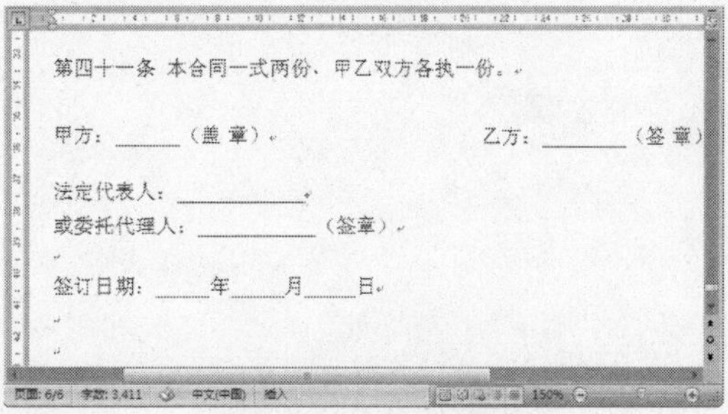

巩固与练习

一、填空题

1．如果要将文档中某些文本或段落设置成相同的文档格式，使用________工具可以实现文档格式的快速复制。

2．段落的对齐方式有________、_________和_________。

3．段落的缩进方式有______缩进和______缩进。

二、简答题

1．简述如何对文档添加项目符号和编号。

2．简述如何将整篇文档进行分栏排版。

三、上机题

练习为文档“办公电脑管理制度.docx”添加多级标题，添加前后效果对比如图 6-137 所示。

素材文件　光盘:\素材\第 6 章\办公电脑管理制度.docx

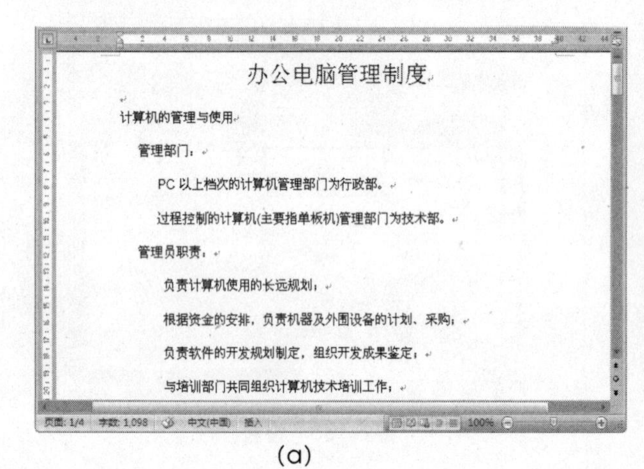

(a)

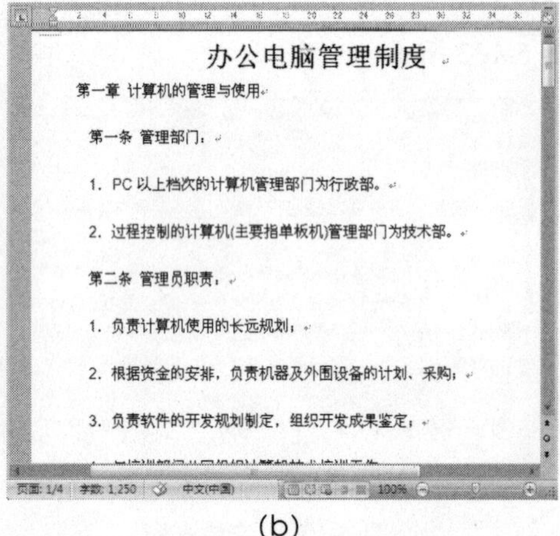

(b)

图 6-137　最终效果对比

技巧　给文档添加多级标题时，要注意标题的缩进数值，同一级标题一定要保持一致。

第7章 制作图文混排的Word文档

- 插入艺术字
- 插入图片
- 插入文本框
- 使用图形
- 使用 SmartArt 图形

Yoyo，怎样才能把我的照片放到 Word 简历中呢?

很简单！只要将你的照片文件插入到简历文档中就行了。

在实际工作中，为了增强观赏性和艺术性，经常需要制作图文混排的文档，这时就需要插入图片和文本框等。本章我们将学习如何在 Word 文档中插入各种图形或图片，使文档更加专业、精美。

7.1 插入艺术字

在编辑文档时，为了增强观赏性和艺术性，通常在文档中插入艺术字，下面将讲解如何在文档中插入艺术字。

7.1.1 插入艺术字

下面将介绍在文档中插入艺术字的方法，操作方法如下：

素材文件 光盘:\素材\第 7 章\文档 2.docx

① 打开“文档 2.docx”，选中需要将其设置为艺术字的文字，单击“插入”选项卡下“文本”组中的“艺术字”右侧的下拉按钮，在弹出的面板中选择“艺术字样式 4”选项，如图 7-1 所示。

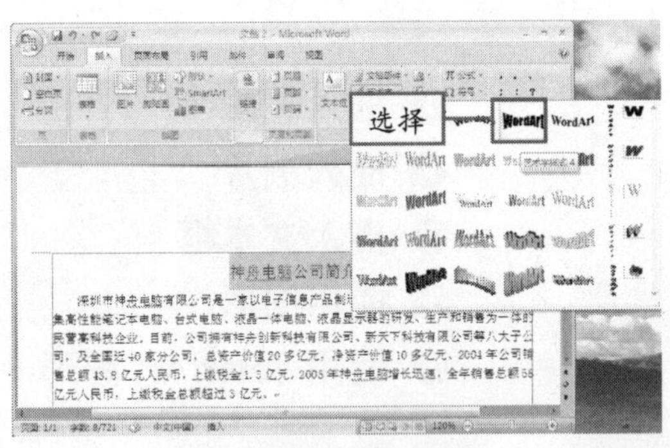

图 7-1 选择艺术字样式

② 在弹出的“编辑艺术字文字”对话框中设置艺术字，在“字体”下拉列表框中选择“黑体”选项，“字号”下拉列表框为默认值，单击“确定”按钮，如图 7-2 所示。

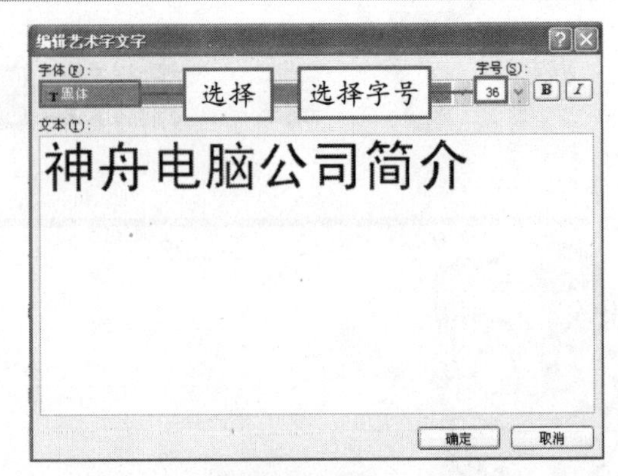

图 7-2 “编辑艺术字文字”对话框

③ 返回文档，显示设置完艺术字后文档的版面效果，如图 7-3 所示。

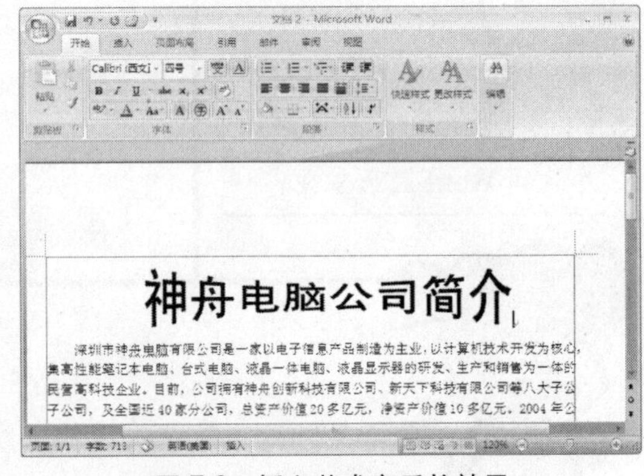

图 7-3 插入艺术字后的效果

7.1.2 设置艺术字格式

设置艺术字格式分为更改艺术字样式、为艺术字填充颜色、更改艺术字形状、为艺术字添加三维效果等，操作方法如下：

1. 更改艺术字样式

下面将讲解如何在插入好的艺术字中更改艺术字样式，操作方法如下：

技巧 选中插入后的艺术字并右击，可以对艺术字文字进行编辑。

① 单击“格式”选项卡下“艺术字样式”组中的“其他”下拉按钮，在弹出的面板中选择“艺术字样式 5”选项，如图 7-4 所示。

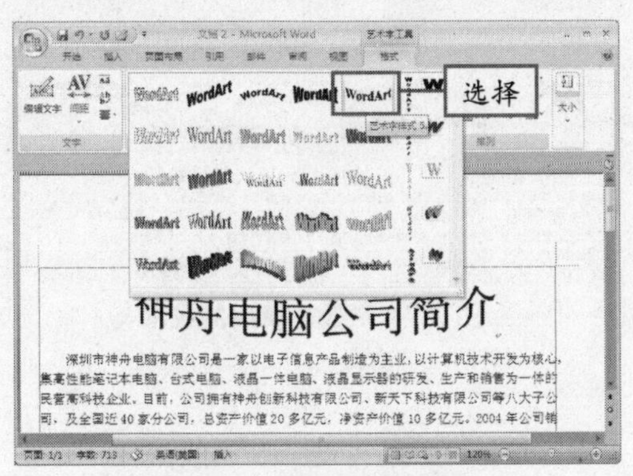

图 7-4 选择艺术字样式

② 返回文档，即可显示更改样式后的艺术字，如图 7-5 所示。

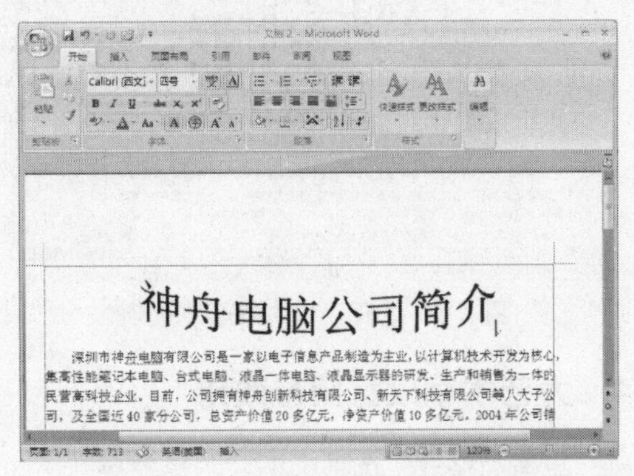

图 7-5 更改艺术字样式后的效果

2. 为艺术字填充颜色

如果艺术字的颜色不满足需求，可以为其重新填充颜色，操作方法如下：

① 单击“格式”选项卡下“艺术字样式”组中的“形状填充”按钮右侧的下拉按钮，在弹出的菜单中选择“标准色”选项区域中的“橙色”选项，如图 7-6 所示。

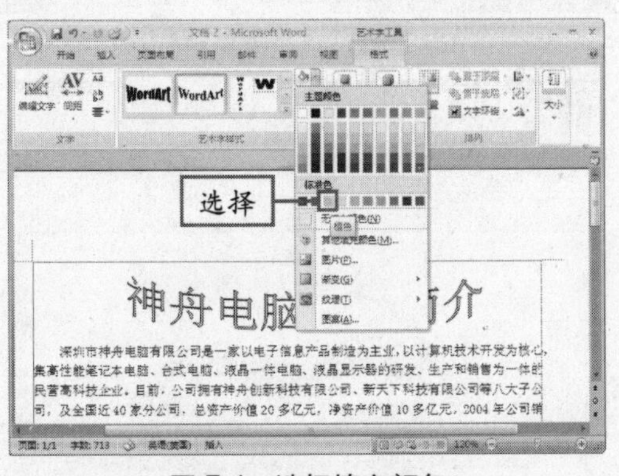

图 7-6 选择填充颜色

② 返回文档，即可看到填充完“橙色”后的效果，如图 7-7 所示。

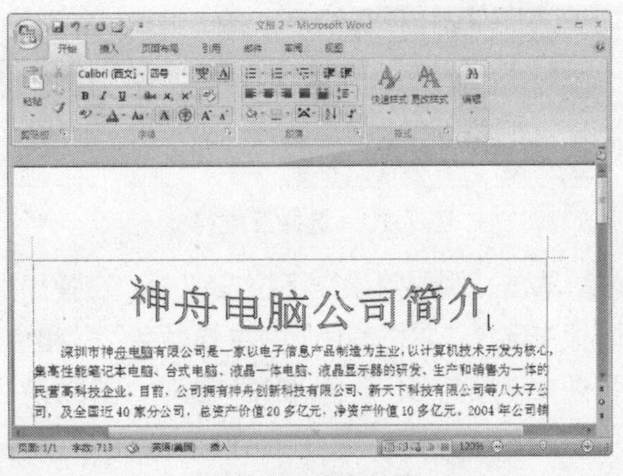

图 7-7 填充效果

知识点拨

在“格式”选项卡下“文字”组中可以设置艺术字的间距、艺术字的等高等。

3. 更改艺术字形状

① 单击“格式”选项卡下“艺术字样式”组中的“更改艺术字形状”下拉按钮，在弹出的面板中选择“弯曲”选项区域中的“右牛角形”选项，如图 7-8 所示。

② 返回文档，即可显示更改艺术字形状后的效果，如图 7-9 所示。

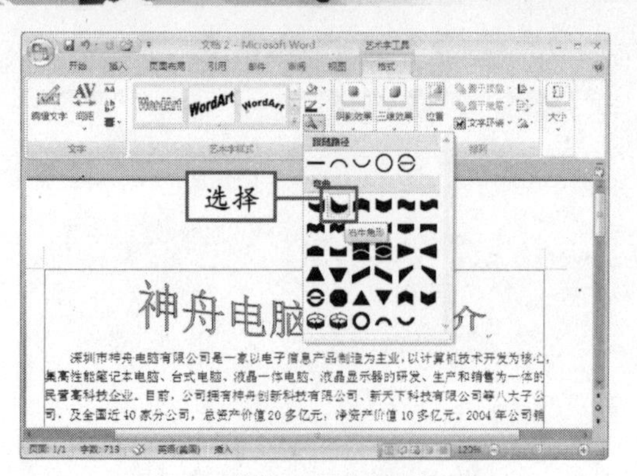

图 7-8　选择“右牛角形”选项

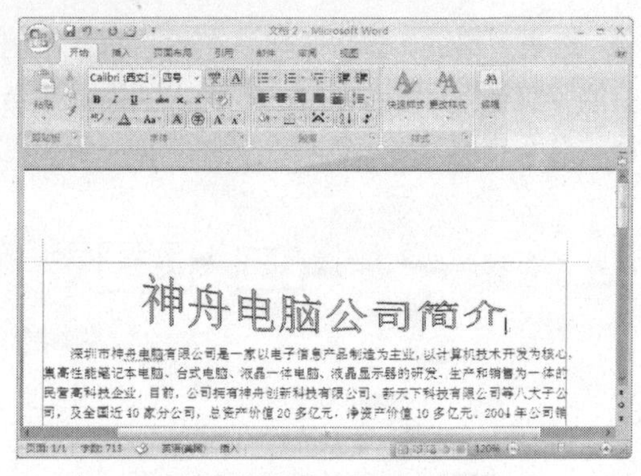
图 7-9　更改形状后的效果

4. 为艺术字设置阴影效果

① 单击“格式”选项卡下“阴影效果”下拉按钮，在弹出的面板中选择“投影”选项区域中的“阴影样式 4”，如图 7-10 所示。

图 7-10　选择三维样式

② 单击“阴影效果”下拉按钮，在弹出的面板中选择“阴影颜色”|“主题颜色”|“橙色，强调文字颜色 6，淡色 40%”选项，如图 7-11 所示。

③ 返回文档，添加阴影效果后的文档如图 7-12 所示。

图 7-11　更改阴影颜色

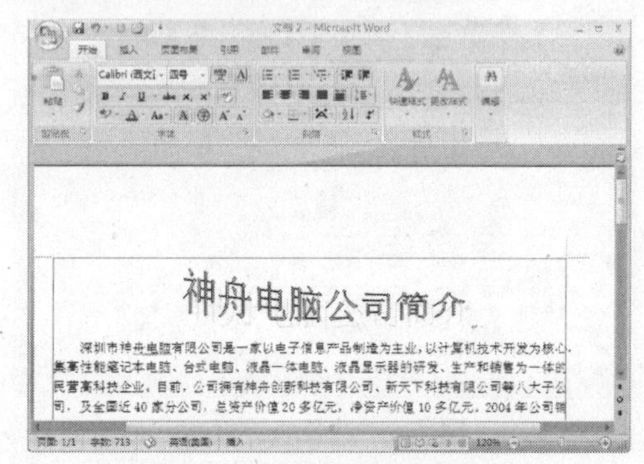
图 7-12　设置完成的效果

7.2　插入图片

在编辑的文档中，如果插入一些图片，不仅可以更好地说明文档内容，做到图文并茂，而且可以美化文档版面，下面将讲解如何在文档中插入图片。

7.2.1　插入剪贴画和图片

在编辑文档时，在文档中添加一些图片，可以使文档更加生动形象。插入到 Word 中的

技巧　单击“管理剪辑”超链接，可以查看剪贴画目录。

图片通常选自剪贴画库或来自其他文件的图片，也可以直接从扫描仪或数码相机中获得，或在 Internet 上获取。

1. 插入剪贴画

在 Word 2007 中附带了内容丰富涉及各个领域的剪贴画，以方便用户使用。在文档中插入剪贴画的操作方法如下：

素材文件　光盘:\素材\第 7 章\帆船的由来.docx

① 打开“帆船的由来.docx”文档，将光标定位到要插入剪贴画的位置，单击“插入”选项卡下“插图”组中的“剪贴画”按钮，在文档编辑区的右侧打开“剪贴画”窗格，如图 7-13 所示。

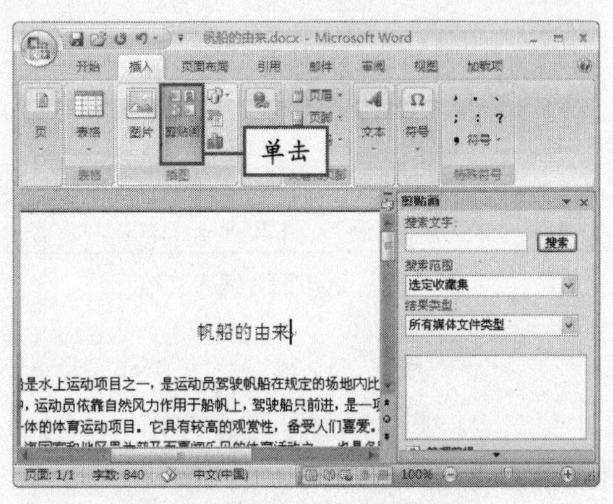

图 7-13　单击“剪贴画”按钮

② 在“剪贴画”窗格的“搜索文字”文本框中输入要搜索剪贴画类型的关键字，单击“搜索”按钮开始搜索，在此以搜索“船”为例，操作如图 7-14 所示。

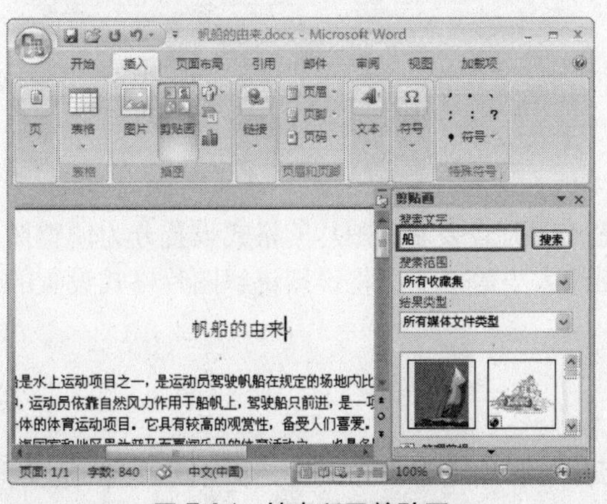

图 7-14　搜索所需剪贴画

③ 单击搜索到的剪贴画，即可将其插入到光标所在的位置，如图 7-15 所示。

图 7-15　插入剪贴画

④ 拖动剪贴画四个角点上的控制柄，调整剪贴画至合适的大小，效果如图 7-16 所示。

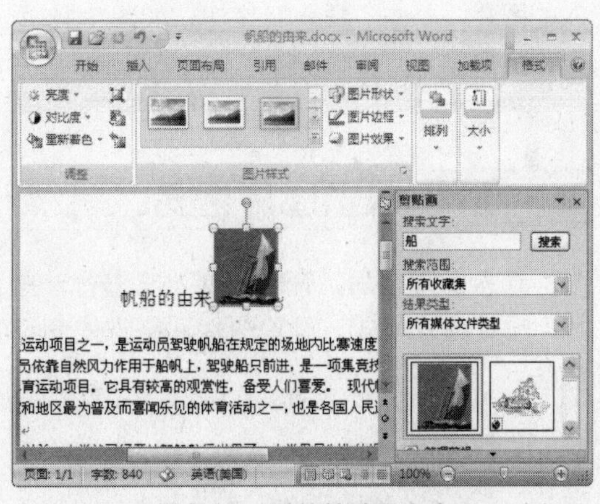

图 7-16　调整剪贴画大小

选中剪贴画并右击，选择“设置图片格式”选项，可以设置剪贴画格式。

知识点拨

通过剪贴画上面呈绿色显示的控制柄，可以旋转剪贴画的角度；通过每个角点中间部位的控制柄，可以调整剪贴画的高度和宽度。

2. 插入图片

下面以“联想家悦 H3610 参数”文档为例，讲解如何在 Word 2007 中插入其他文件的图片，操作方法如下：

素材文件 光盘:\素材\第 7 章\联想家悦 H3610 参数.docx

① 打开“联想家悦 H3610 参数.docx”文档，将光标定位到所要插入图片的位置，单击“插入”选项卡下“插图”组中的“图片”按钮，弹出“插入图片”对话框，如图 7-17 所示。

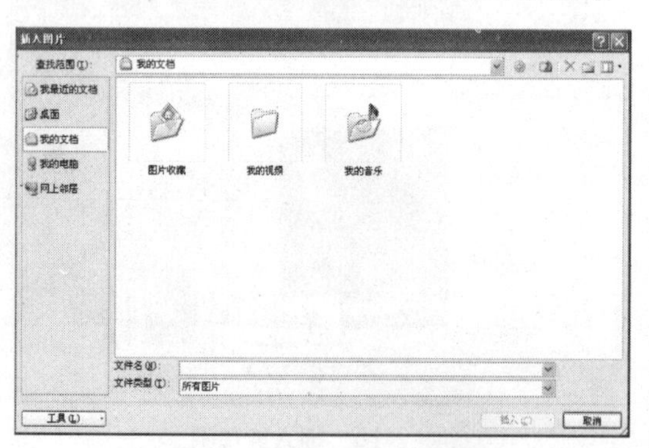

图 7-17 “插入图片”对话框

② 在“查找范围”下拉列表框中查找所需图片的位置，并在其下方的列表中选中所要插入的图片，单击“插入”按钮，如图 7-18 所示，插入图片后的效果如图 7-19 所示。

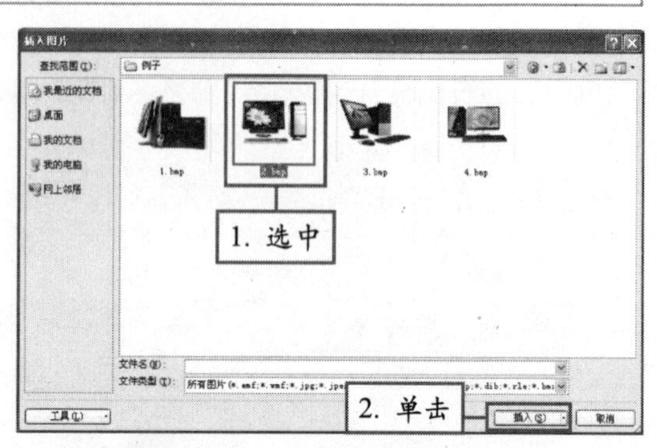

图 7-18 选中图片插入文档

图 7-19 插入后的效果

7.2.2 设置图片格式

插入图片之后，有时需要对其进行一些设置才能符合要求。图片的格式设置分为调整图片、设置图片样式、设置图片环绕方式和设置图片大小等，下面将详细讲解图片格式设置的方法。

1. 调整图片

为了使图片呈现出某些特殊的效果，有时需要对图片进行一些调整。下面以调整“亮度”为例，讲解如何在 Word 2007 中调整图片，其操作方法如下：

技巧 单击“调整”组中的“对比度”下拉按钮，可以调整图片的对比度。

① 选中插入的图片，Word 2007 的功能区中会自动添加一个“格式”选项卡，单击“格式”选项卡下“调整”组中的“亮度”下拉按钮，如图 7-20 所示。

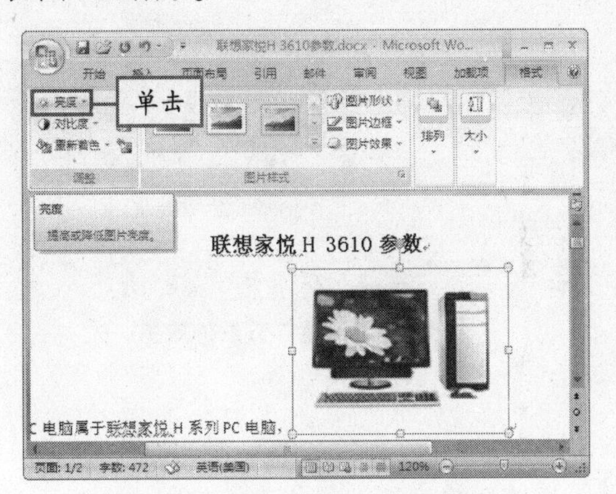

图 7-20　单击“亮度”下拉按钮

② 在弹出的菜单中选择任意选项，在此以选择“-10%”选项为例，效果如图 7-21 所示。

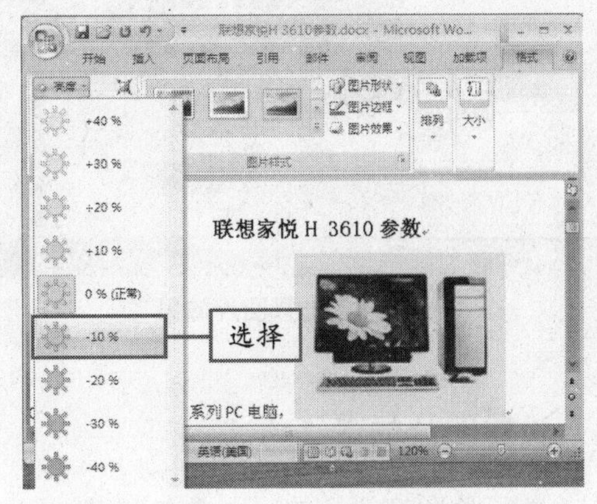

图 7-21 选择“-10%”选项所呈现的效果

2. 设置图片样式

为了使图片更加美观，在 Word 2007 中还可以快速地对图片进行样式设置。下面以“旋转，白色”为例，其操作方法如下：

① 单击“格式”选项卡下“图片样式”组中的“其他”下拉按钮，在弹出在菜单中选择“旋转，白色”选项，如图 7-22 所示。

图 7-22　选择“旋转，白色”选项

教你一招

单击“大小”组中的“裁剪”按钮，当鼠标指针变为形状时，可以对图片的多余部分进行裁剪。

② 单击“图片样式”组中的“图片形状”下拉按钮，在弹出的菜单中选择“基本形状”选项区域中的“折角形”，如图 7-23 所示。

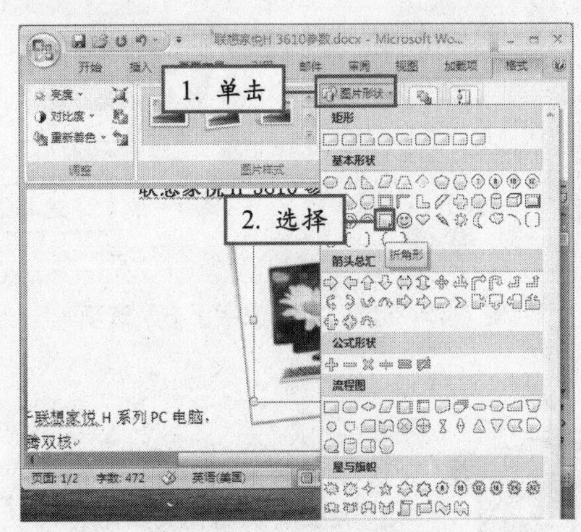

图 7-23　选择“折角形”

③ 单击“图片样式”组中的“图片边框”下拉按钮，在弹出的菜单中选择“紫色，强调文字颜色 4，淡色 40%”选项，如图 7-24 所示。

④ 返回 Word 文档，即可看到设置图片样式后的效果，如图 7-25 所示。

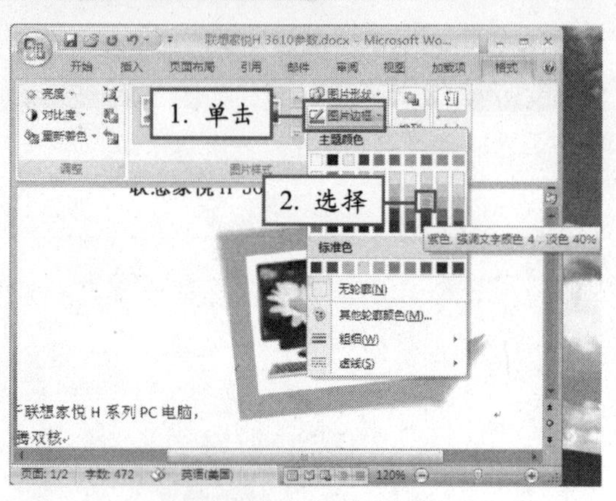

图 7-24　选择图片效果

图 7-25　设置样式后的效果

3．设置图片的环绕方式

为了使图文混排的版面更加和谐，可以设置图片的环绕方式，操作方法如下：

① 单击“格式”选项卡下“排列”组中的“文字环绕”下拉按钮，在弹出的菜单中选择“浮于文字上方”选项，如图 7-26 所示。

② 返回文档，“浮于文字上方”效果如图 7-27 所示。

图 7-26　选择“浮于文字上方”选项

图 7-27　“浮于文字上方”效果

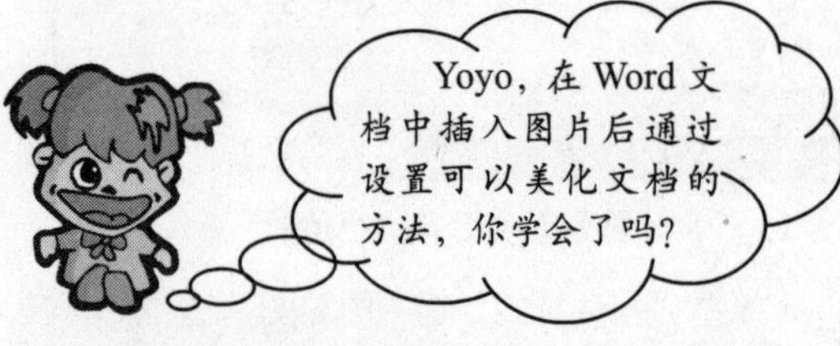

嗯，学会了。以后在编辑文档时，可以把文档设置得更加漂亮了。

4．设置图片大小

在文档中插入图片时，有时图片的尺寸不合乎要求，或者一幅图片不需要完全显示，这时就要对插入的图片进行设置，操作方法如下：

技巧　选择“压缩图片”选项，可以等比例压缩图片大小。

方法 1：利用“格式”选项卡进行设置

单击“格式”选项卡下“大小”下拉按钮，在弹出菜单中的“高度”和“宽度”数值框中输入数值，也可以用微调按钮进行调整。下面以设置为“3.5 厘米”为例（在 Word 2007 中设置“高度”或“宽度”的同时，按比例调整另外一项），如图 7-28 所示。

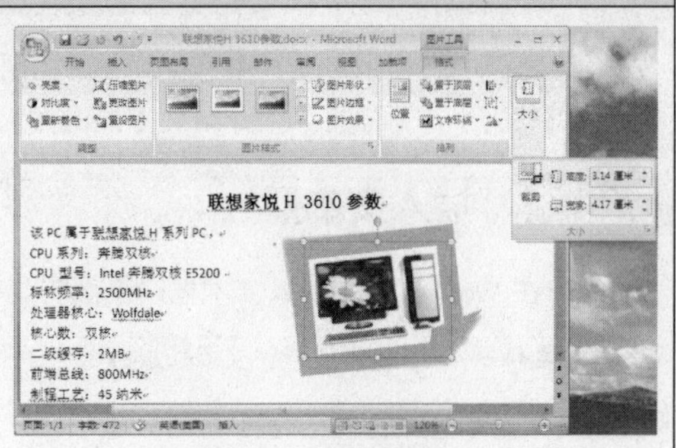

图 7-28 调整图片大小

方法 2：利用“设置图片格式”对话框设置

① 选中插入的图片并右击，在弹出的快捷菜单中选择“设置图片格式”选项，将弹出“设置图片格式”对话框，如图 7-29 所示。

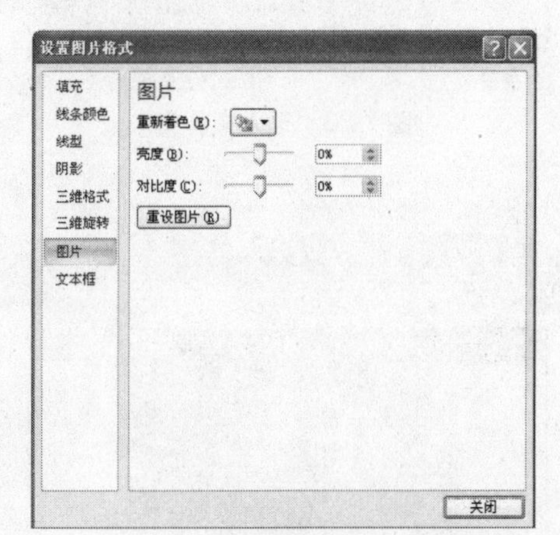

图 7-29 “设置图片格式”对话框

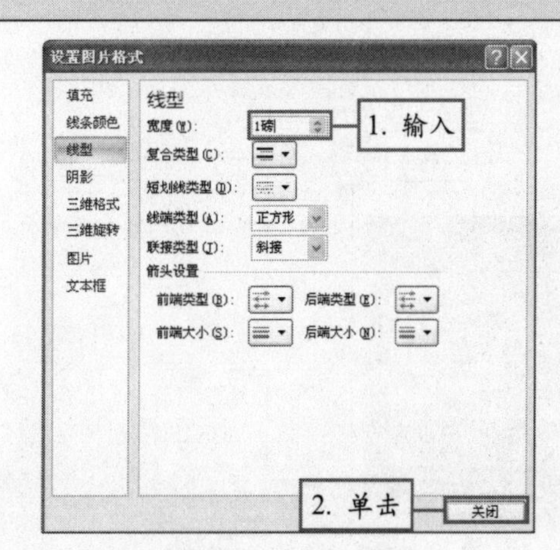

图 7-30 输入“宽度”

② 单击“线型”选项卡中“宽度”数值输入框，输入“1 磅“，然后单击“关闭”按钮，如图 7-30 所示。

③ 返回文档，即可看到图片设置后的效果，如图 7-31 所示。

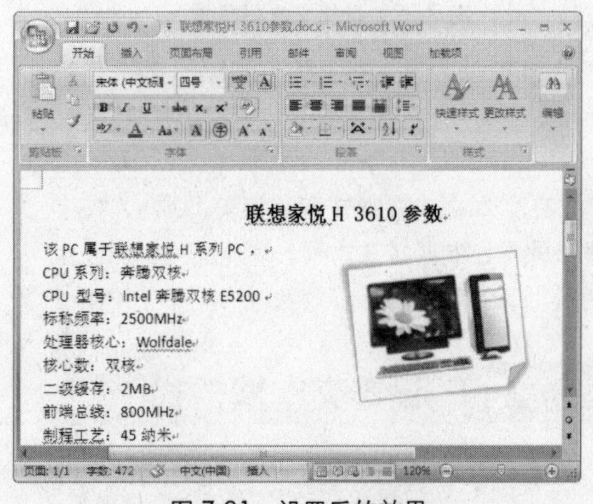

图 7-31 设置后的效果

此外，还可以在“设置图片格式”对话框中设置“填充”、“线条颜色”、“阴影”、“三维格式”、“三维旋转”、“图片”等，用户可以根据需要进行设置，在此就不再一一介绍。

在“设置图片格式”对话框中单击“重设图片”按钮，可以使图片还原为设置前的状态。 技巧

7.3 插入文本框

文本框是一种图形对象，作为存放文本或图形的容器，它可放置在页面的任意位置，并可随意调整大小，下面将详细介绍文本框的插入和编辑方法。

7.3.1 插入文本框

如何在 Word 文档中插入文本框，下面将具体介绍其操作方法。

素材文件 光盘:\素材\第 7 章\文本框.docx

① 打开“文本框.docx”，单击“插入”选项卡下“文本”组中的“文本框”下拉按钮，在弹出的菜单中选择“绘制竖排文本框”选项，如图 7-32 所示。

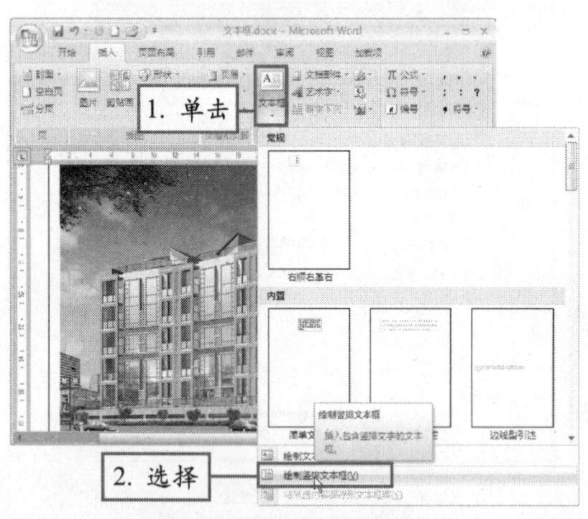

图 7-32 选择文本框样式

② 此时，就会插入一个竖排文本框，如图 7-33 所示。

图 7-33 插入文本框

③ 在文本框中输入文字“完美品质”，按上述步骤再绘制竖排文本框，输入文字“优质生活”，如图 7-34 所示。

图 7-34 在文本框中输入文字

7.3.2 设置文本框格式

插入文本框后，可以对其进行格式设置，操作方法如下：

1. 设置文本框内字体格式

在文本框中插入文本后，如果字体格式不符合要求，可以对其进行设置，操作方法如下：

技巧 如果绘制竖排文本框，想把文本变为横排时，选中文本框直接单击“文字方向”即可。

① 单击“开始”选项卡下“字体”组中的“字体”下拉按钮，在弹出的列表框中选择“华文行楷”，在“字号”下拉列表框里选择“36”，字体效果如图 7-35 所示。

图 7-35　设置字体与字号

② 单击“字体”组中的“字体颜色”下拉按钮，在弹出的颜色列表中选择需要的颜色，效果如图 7-36 所示。

图 7-36　设置字体颜色

2. 设置文本框的填充颜色与线条颜色

要想使插入的文本框与文档更加和谐，可以对其填充颜色，与线条颜色和文档保持一致，操作方法如下：

① 单击“格式”选项卡下的“文本框样式”组中的按钮，将弹出“设置文本框格式”对话框，如图 7-37 所示。

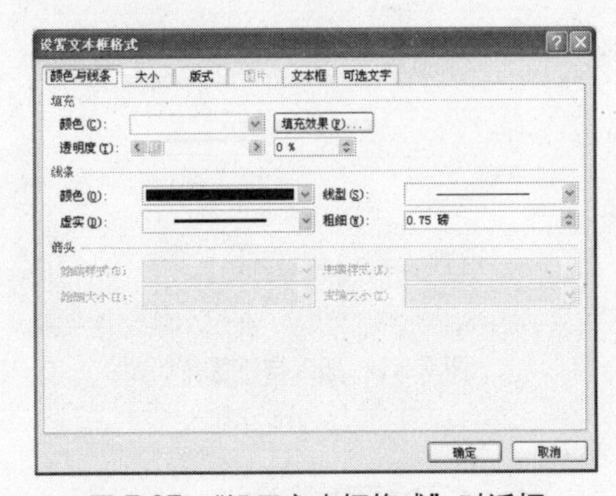

图 7-37　“设置文本框格式”对话框

② 单击“颜色与线条”选项卡下“填充”选项区的“颜色”下拉按钮，在弹出的颜色列表中选择“无颜色”选项；并在“线条”选项区的“颜色”下拉列表框中选择“无颜色”选项，如图 7-38 所示。

③ 选择完成后单击“确定”按钮，返回文档，效果如图 7-39 所示。

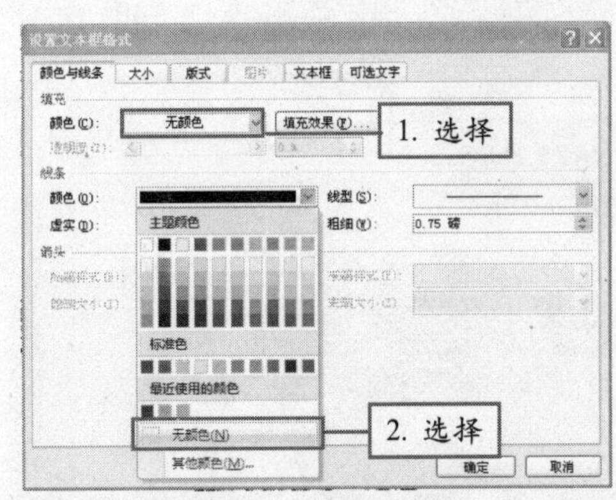

图 7-38　选择填充颜色

图 7-39　设置完成的文本框

在“设置文本框格式”对话框中，单击“填充效果”按钮，可以为文本框添加填充效果。 技巧

7.4 使用图形绘制工具

在 Word 2007 中，除了可以插入剪贴画和图片外，还可以使用自选图形绘制工具。使用这些工具可以绘制自选图形库的图形，还可以绘制自选图形库所没有的各式各样的图形。

7.4.1 插入自选图形和绘制新图形

在 Word 文档中的内容形式比较单一，要使文档变得较为生动，可以在文档中插入自选图形和绘制新图形。其操作方法如下：

1. 插入自选图形

自选图形是 Word 文档中自带的图形库中的图形，下面将讲解如何插入这些自选图形的操作方法，具体操作如下：

素材文件 光盘:\素材\第 7 章\文档 3.docx

① 打开“文档 3.docx”，创建一个空白文档，单击“插入”选项卡下“插图”组中的“形状”下拉按钮，在弹出的菜单中选择“基本形状”选项区域的“空心弧”选项，如图 7-40 所示。

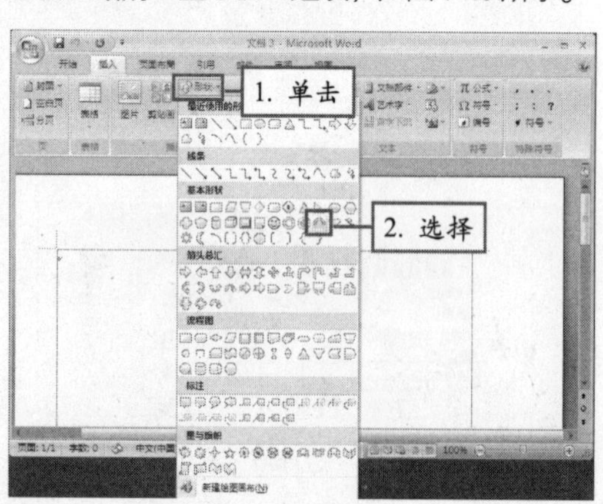

图 7-40 选择形状

② 当鼠标指针变为十形状时，在文档编辑区内单击，文档自动添加“格式”选项卡，如图 7-41 所示。

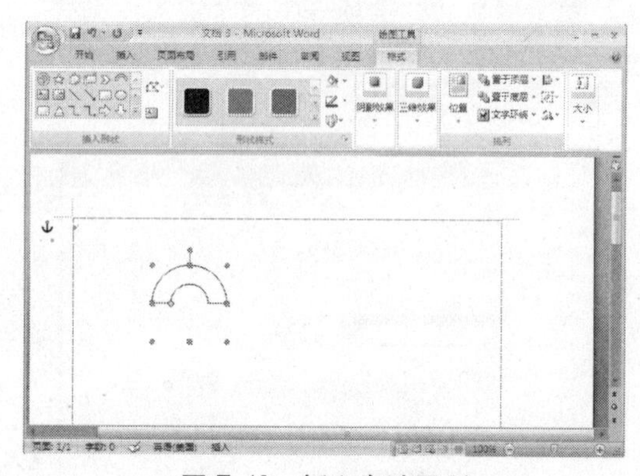

图 7-41 插入自选图形

掌握了绘制自选图形工具可以很方便的绘制所需要的图形吗?

是的，就算有些系统中没有，通过改变形状也不能满足要求的，还可以手动绘制。

2. 绘制新图形

有时插入自选图形并不能满足要求，那么就要绘制新的图形，操作方法如下：

技巧 在“形状”下拉面板中选择“自由曲线”选项，可在文档中手绘形状。

① 新建文档，单击“插入”选项卡下“插图”组中的“形状”下拉按钮，在弹出的菜单中选择“新建绘图画布”选项，如图 7-42 所示。

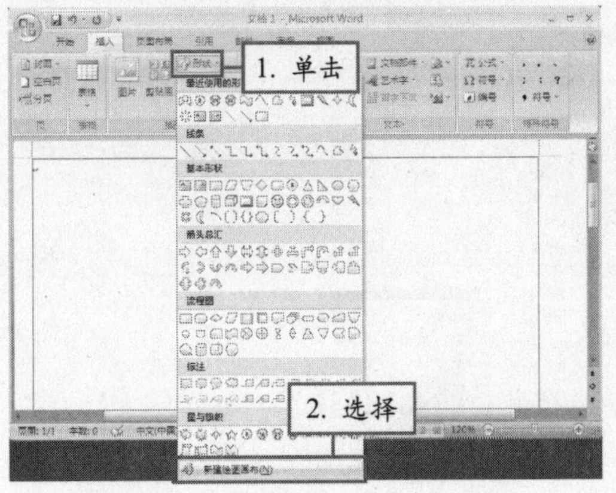

图 7-42　选择“新建绘图画布”选项

② 在编辑区内新建一个绘图画布，调整其大小，并单击“形状”下拉按钮，在下拉菜单中选择所需工具，在此选择“自由曲线”工具绘制图形，如图 7-43 所示。

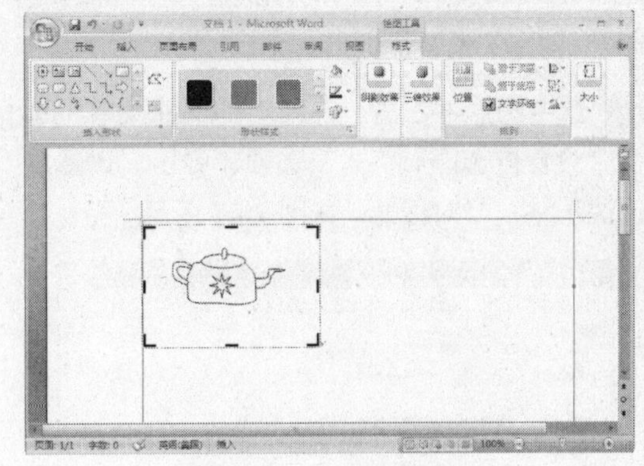

图 7-43　绘制新图形

7.4.2　调整图形的形状

在绘制完图形后，如果其形状与需要的还是有差距，这时就需要对其形状进行调整，操作方法如下：

素材文件　光盘:\素材\第 7 章\调整形状.docx

① 打开“调整形状.docx”，选中所要调整形状的图形，此时图形中就会出现一个黄色的控制柄◇，如图 7-44 所示。

图 7-44　选中图形

② 将鼠标指针移至黄色控制柄，当其变为▷形状时，单击并拖动，这时在图形中就会出现一个以虚线显示的图形，如图 7-45 所示。

③ 当虚线所呈现的为所需图形时，松开鼠标，此时图形的形状即变为该虚线形状，用相同的方法逐一进行调整，如图 7-46 所示。

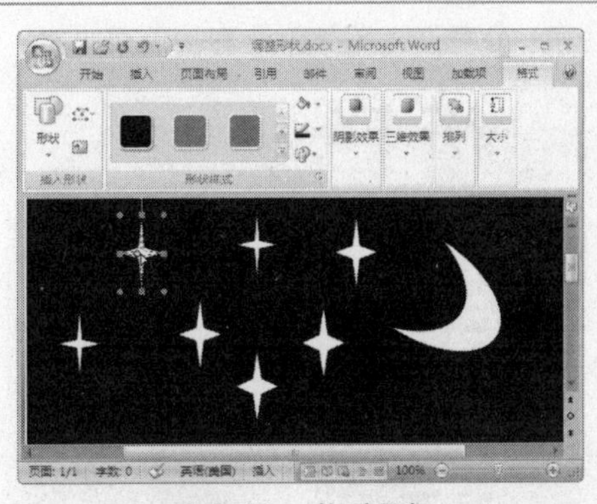

图 7-45　拖动鼠标

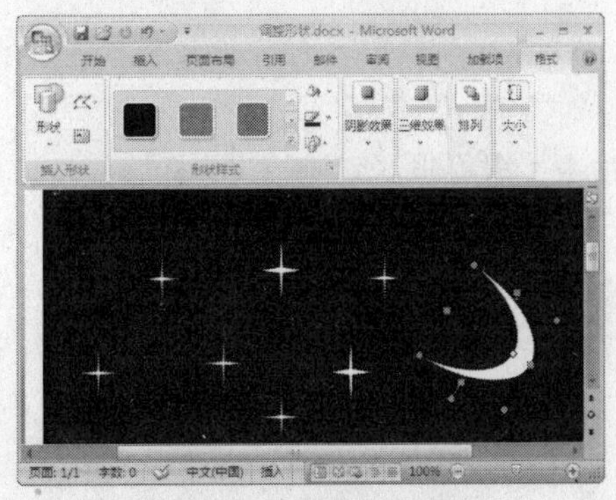

图 7-46　调整完成的图形

在调色板中如果没有满意的颜色，可选择“其他轮廓颜色”选项，自定义轮廓颜色。　技巧

7.4.3 设置图形格式

插入或绘制图形完成后，需要对其填充颜色、调整大小、排列版式等，这时就需要对其进行格式设置。下面以填充颜色为“深红”，线条颜色为“无颜色”，大小不变，版式不变为例，操作方法如下：

① 选中图形并右击，在弹出的快捷菜单中选择“设置自选图形格式”选项，弹出“设置自选图形格式”对话框，如图 7-47 所示。

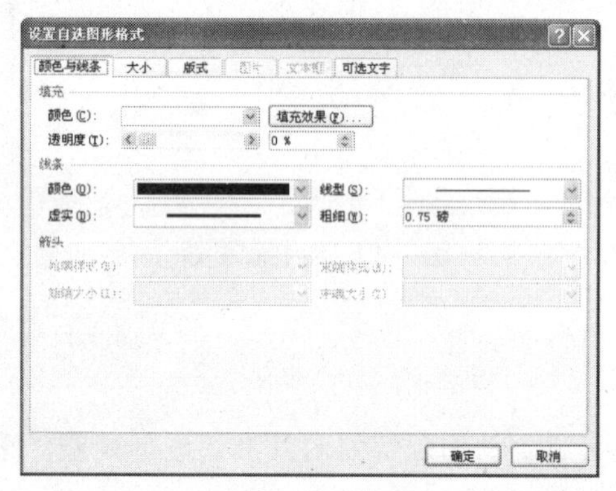

图 7-47 “设置自选图形格式”对话框

② 单击“颜色与线条”选项卡下“填充”选项区中“颜色”下拉列表框的下拉按钮，在颜色列表中“标准色”选项区域中选择“深红”选项，如图 7-48 所示。

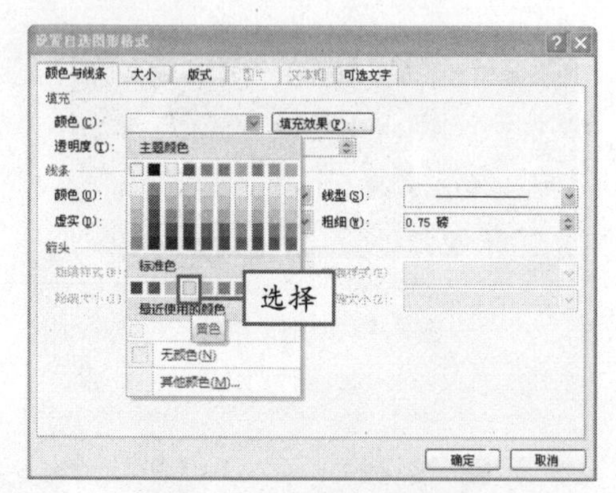

图 7-48 选择颜色“深红”

③ 单击“颜色与线条”选项卡下“线条”选项区域中“颜色”下拉列表框的下拉按钮，在颜色列表中选择“无颜色”选项，如图 7-49 所示。

④ 这时，“线条”选项区域中的“虚实”、“线型”、“粗细”等下拉列表框自动呈灰色显示，表明不可用，如图 7-50 所示。

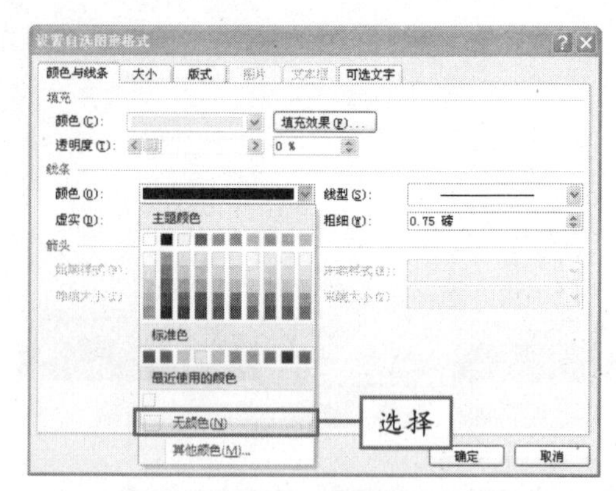

图 7-49 选择“无颜色”选项

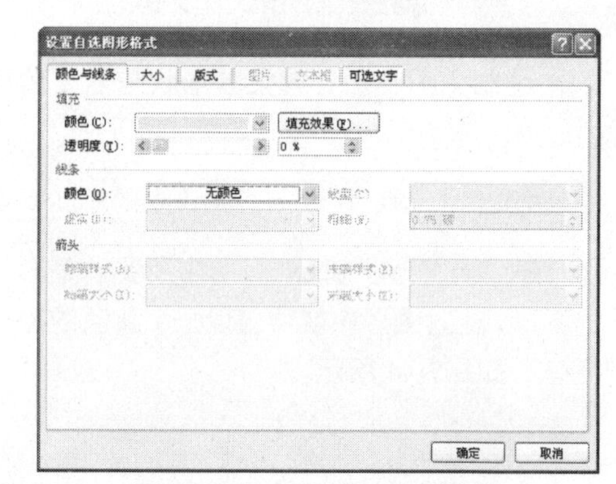

图 7-50 不可用的下拉列表框

⑤ 单击上图中的“确定”按钮，用同样的方法逐一为形状填充颜色，图形格式设置后的效果如图 7-51 所示。

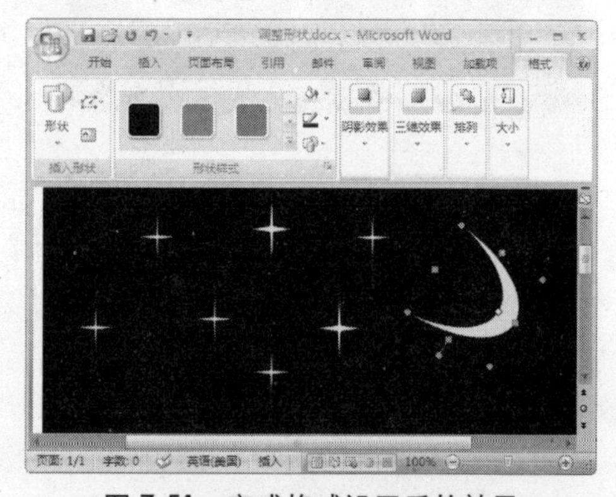

图 7-51 完成格式设置后的效果

技巧 在“设置自选图形格式”对话框中，可以设置图形线条的线型和粗细。

知识点拨

此外，还可以在功能区中“格式”选项卡下对图形的格式进行各种设置。

7.4.4　对齐、组合图形

插入或绘制自选图形后需要对其进行对齐设置使其更加美观，进行组合设置可以使图形成为一个整体。

1．设置图形的对齐方式

通过不同的对齐方式设置可以使图形呈现出不同的效果，其操作方法如下：

素材文件　光盘:\素材\第 7 章\形状.docx

① 打开“形状.docx”，按住【Ctrl】键逐一单击各个图形，选中所有图形，如图 7-52 所示。

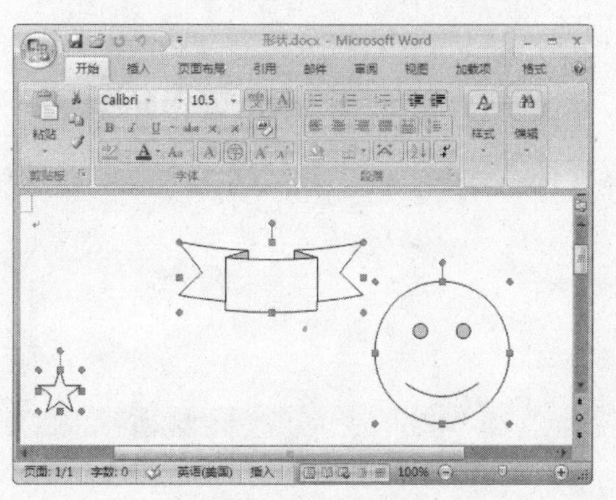

图 7-52　选中所有图形

② 单击“格式”选项卡下“排列”组中的“对齐”按钮，在弹出的菜单中选择“顶端对齐”选项，如图 7-53 所示。

③ 返回文档，即可看到选中的图形全部在文档顶端排列，如图 7-54 所示。

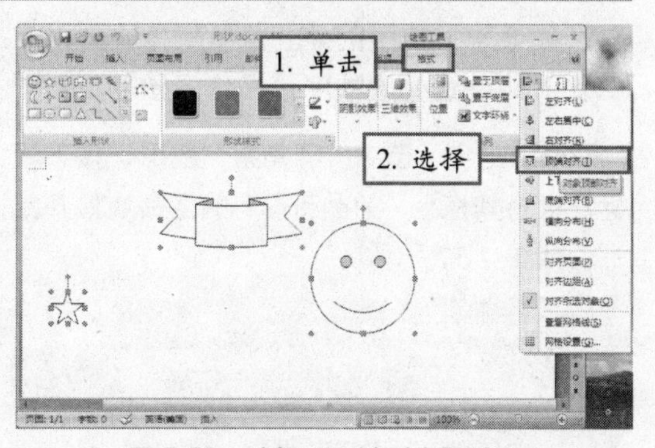

图 7-53　选择“顶端对齐”选项

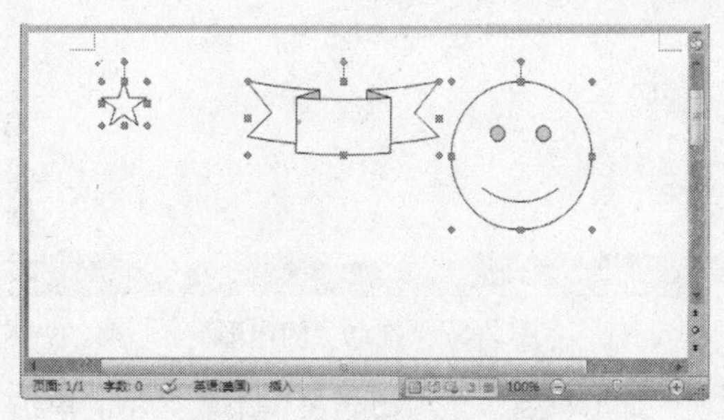

图 7-54　“顶端对齐”效果

2．设置组合图形格式

在绘制了多个自选图形后，如果某些图形需要设置相同格式，可以将其组合到一起再进行设置。下面将讲解如何组合图形，操作方法如下：

① 按住【Ctrl】键选中需要组合的图形，单击“格式”选项卡下“排列”组中的“组合”下拉按钮，在弹出的菜单中选择“组合”选项，如图 7-55 所示。

② 返回文档，组合后的效果如图 7-56 所示。

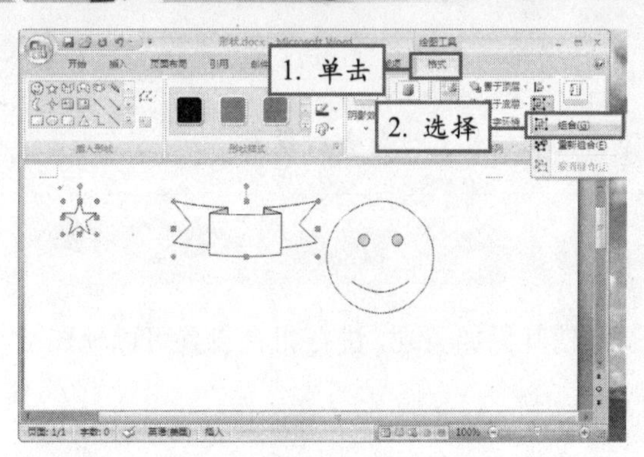

图 7-55　选择“组合”选项

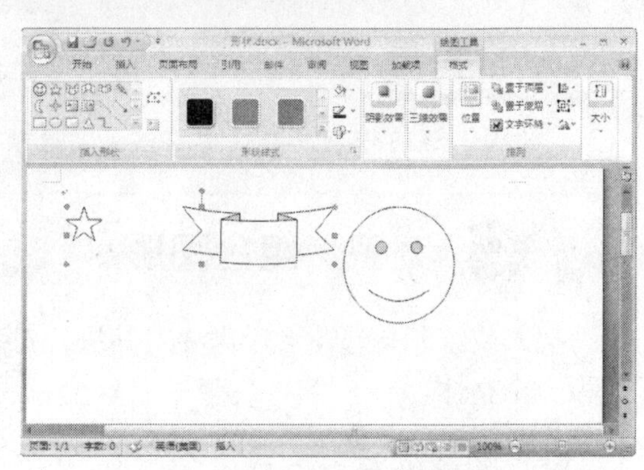
图 7-56　组合后的效果

3. 设置图形的叠放顺序

如果想将上图的“五角星”叠放到“前凸带形”的空白处进而形成一个新的图形，那么就要对其设置叠放顺序，操作方法如下：

① 取消组合，选中“五角星”图形，按下鼠标左键将其拖至“前凸带形”的空白处松开鼠标，如图 7-57 所示。

图 7-57　拖动“闪电形”

② 此时就会发现“五角星”不能显示。单击“格式”选项卡下“排列”组中的“置于顶层”下拉按钮，在弹出的菜单中选择“置于顶层”选项，如图 7-58 所示。

③ 按上面所讲解的组合图形的方法重新进行组合，最终效果如图 7-59 所示。

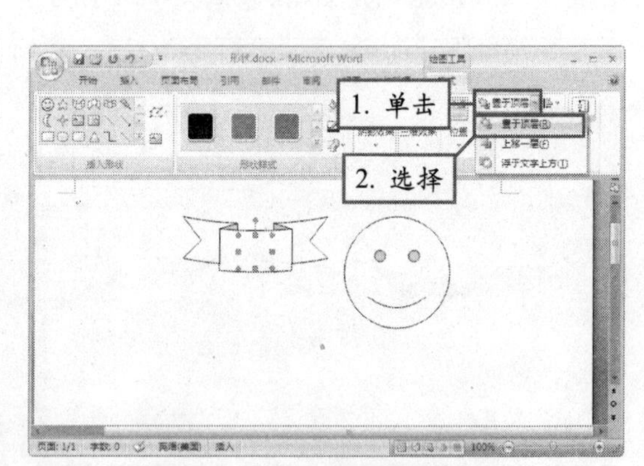

图 7-58　选择“置于顶层”选项

图 7-59　形成的新图形

7.4.5 设置图形的阴影、三维效果

在制作完成图形后，为了使图形更具立体感，可以对其设置阴影和三维效果。

技巧　在“形状样式”组中的“形状填充”菜单中，可以为图形设置渐变。

1．设置图形的阴影

下面将讲解如何在图形中设置阴影效果，操作方法如下：

① 选中“笑脸”图形，单击“格式”选项卡下的“阴影效果”下拉按钮，在弹出的“阴影效果”下拉面板中选择“透视阴影”选项区域中的“阴影样式 6”选项，如图 7-60 所示。

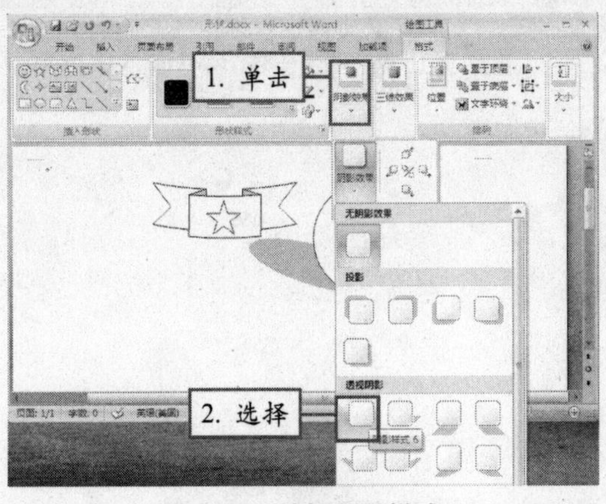

图 7-60　选择阴影样式

② 返回文档，设置后图形的阴影效果如图 7-61 所示。

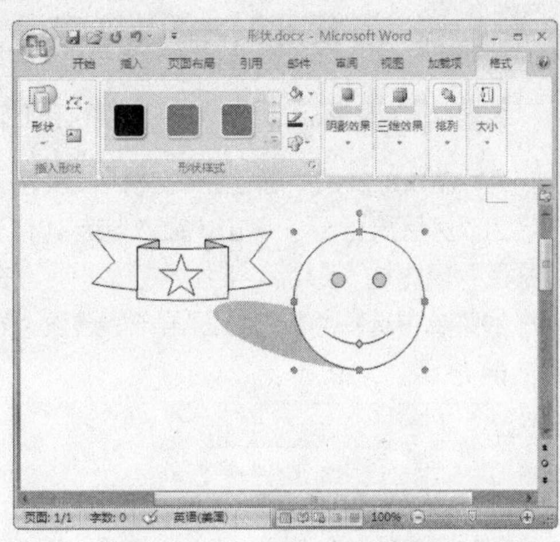

图 7-61　显示阴影效果

2．设置图形的三维效果

下面将讲解如何在组合设置图形的三维效果，操作方法如下：

① 选中组合好的图形，单击“格式”选项卡下的“三维效果”下拉按钮，在弹出的“三维效果”下拉面板中选择“平行”选项区域中的“三维样式 1”选项，如图 7-62 所示。

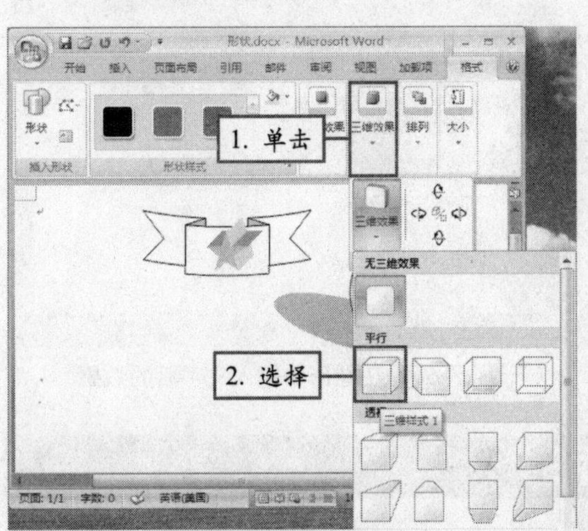

图 7-62　选择三维样式

② 返回文档，查看图形的阴影效果，如图 7-63 所示。

图 7-63　图形三维效果

在“形状样式”组中的“形状填充”菜单中，可以在图形中插入图片。

知识点拨

“三维效果”下拉按钮所展开的“三维效果”组中的、、、按钮，可以分别用于调整三维效果向左倾斜、向右倾斜、向后倾斜和向前倾斜；按钮则用于设置/取消三维效果。

7.4.6 在图形中输入文字

在插入完图形后，有时需要在图形上输入文字，下面将讲解如何在图形中输入文字。

① 运行 Word 2007，新建空白文档，保存文件名为“房屋出租 1”。单击“插入”选项卡下“插图”组中的“形状”下拉按钮，在弹出的菜单中选择“新建绘图画布”选项，如图 7-64 所示。

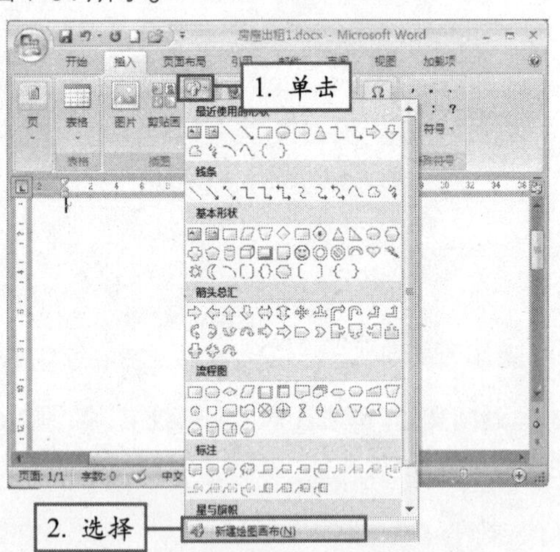

图 7-64 选择“新建绘图画布”选项

② 在新建的画布中绘制图形，然后单击“插入”选项卡下“插图”组中的“形状”下拉按钮，在弹出的菜单中选择“标注”选项区域中的“圆角矩形标注”选项，如图 7-65 所示。

③ 在文档编辑区绘制标注，并调整图形形状，在标注框内输入文字并设置字体格式，最终效果如图 7-66 所示。

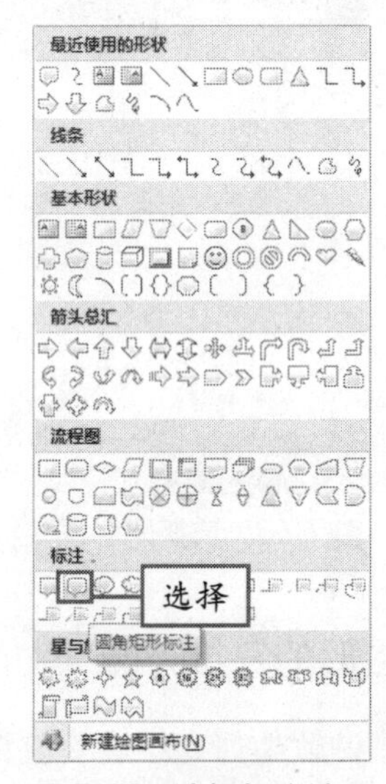

图 7-65 选择标注选项

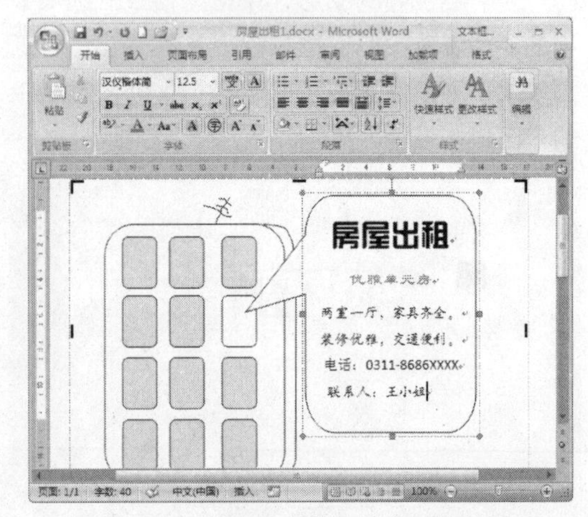

图 7-66 在图形中输入文字后的效果

7.5 使用 SmartArt 图形

SmartArt 图形是信息和观点的视觉表现形式，可以轻松、快速、有效地传达信息，在实际办公工作中经常用到，下面将讲解其使用方法。

 技巧 在“形状样式”组中的“形状填充”菜单中，可以为图形设置图案。

7.5.1　插入及设置 SmartArt 图形

下面将讲解如何插入 SmartArt 图形，具体操作方法如下：

1. 插入 SmartArt 图形

① 在 Word 2007 中新建一个空白文档，单击“插入”选项卡下“插图”组中的 SmartArt 按钮，如图 7-67 所示。

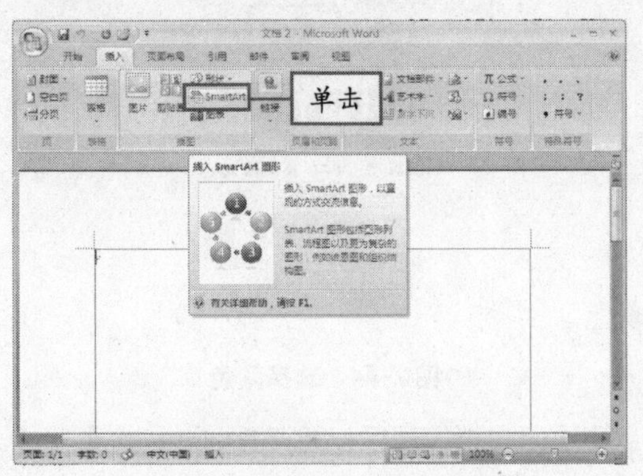

图 7-67　单击 SmartArt 按钮

② 在弹出的“选择 SmartArt 图形”对话框的左侧列表中选择“层次结构”选项，在中间显示的列表中选择“层次结构”选项，单击“确定”按钮，如图 7-68 所示。

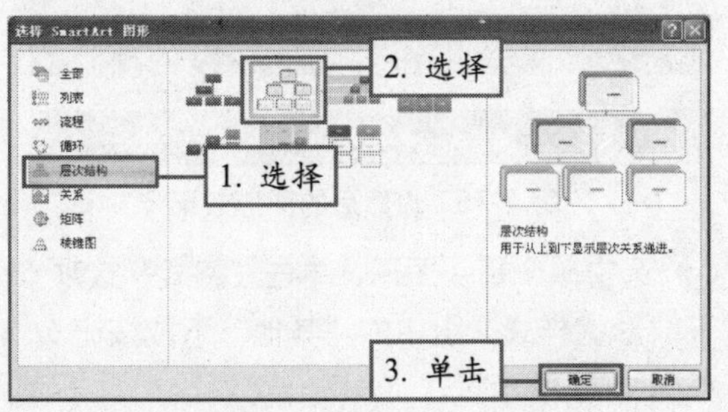

图 7-68　选择 SmartArt 图形

③ 返回文档，即可看到插入的 SmartArt 图形自动添加的“设计”选项卡，如图 7-69 所示。

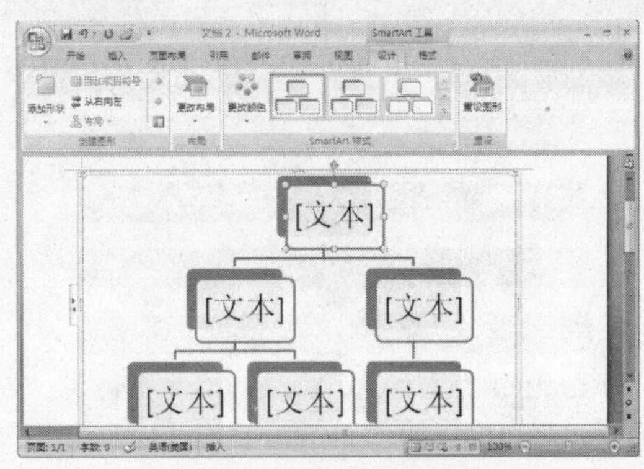

图 7-69　插入的 SmartArt 图形

④ 对文本进行输入，可以直接单击图形中单个形状进行输入，也可以单击“设计”选项卡下“创建图形”组中的“文本窗格”按钮进行输入，如图 7-70 所示。

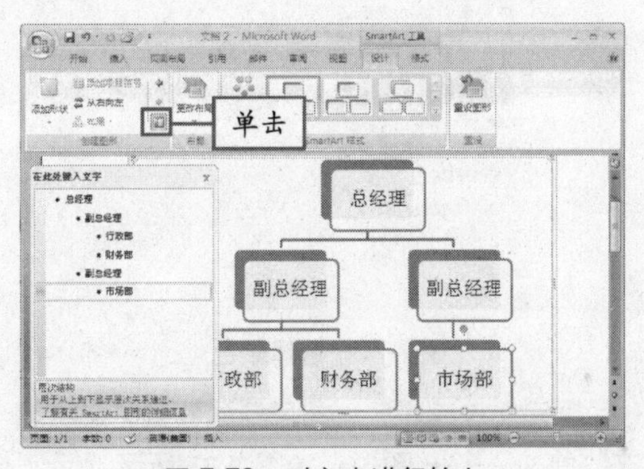

图 7-70　对文本进行输入

当然可以了，SmartArt 还可以制作流程图、棱锥图等。

2. 设置 SmartArt 图形样式

素材文件　光盘:\素材\第 7 章\SmartArt 图形格式.docx

① 打开"SmartArt 图形格式.docx"，选中插入的 SmartArt 图形，单击"格式"选项卡下"图形样式"组中的"形状填充"下拉按钮，如图 7-71 所示。

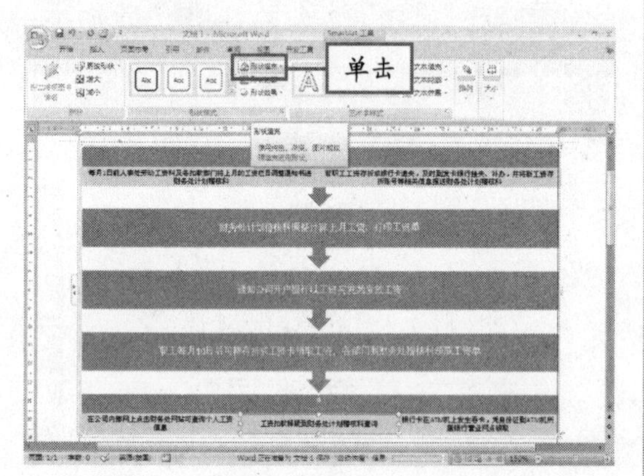

图 7-71　单击"形状填充"下拉按钮

② 在弹出的颜色列表中选择"主题颜色"选项区中的"橙色，强调文字颜色 6，淡色 60%"选项，如图 7-72 所示。

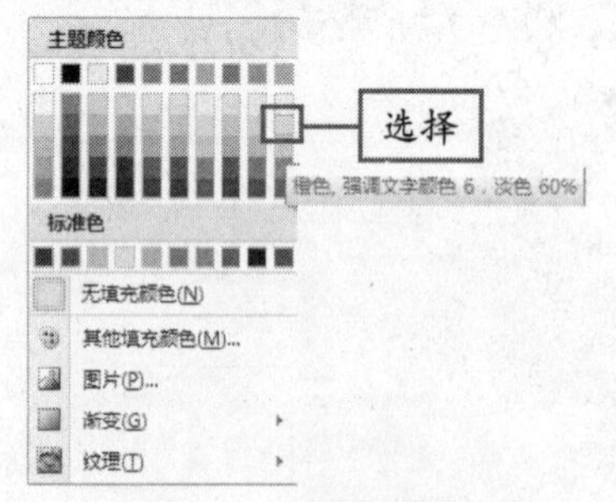

图 7-72　选择颜色

③ 返回文档编辑区，即可看到设置"形状填充"的 SmartArt 图形，如图 7-73 所示。

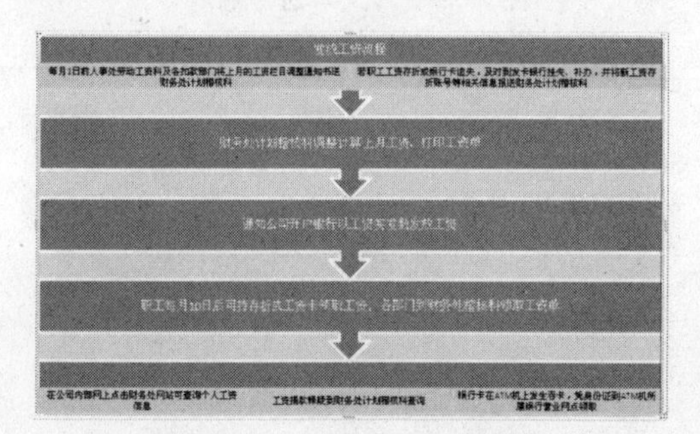

图 7-73　设置后的图形效果

④ 选中 SmartArt 图形，单击"格式"选项卡下"图形样式"组中的"形状轮廓"下拉按钮，在弹出的颜色列表中选择"主题颜色"选项区域中的"黑色，文字 1"选项，如图 7-74 所示。

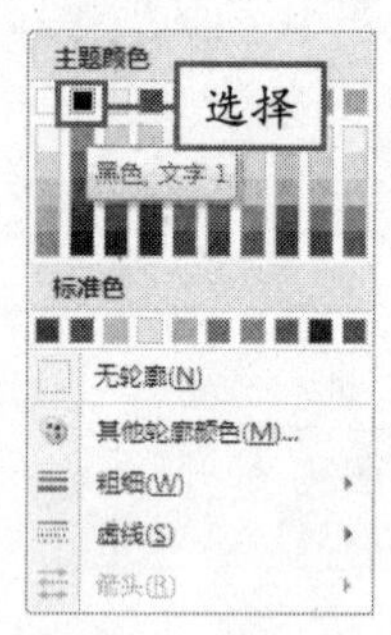

图 7-74　选择颜色

⑤ 返回文档编辑区，即可看到形状轮廓变成黑色，如图 7-75 所示。

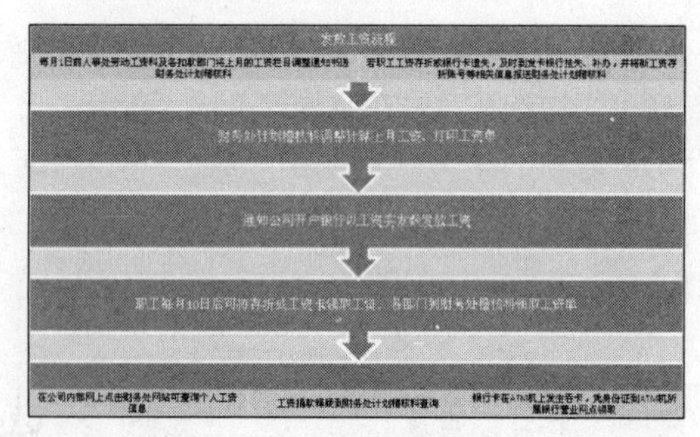

图 7-75　设置后的图形效果

⑥ 选中单个箭头图形，单击"格式"选项卡下"形状样式"组中的"其他"下拉按钮，如图 7-76 所示。

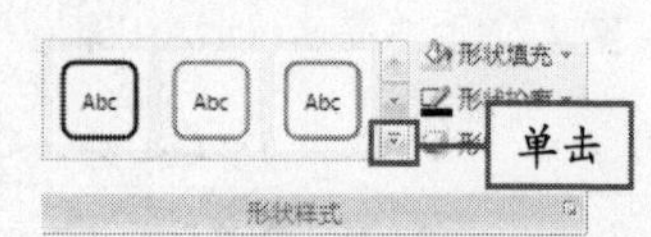

图 7-76　单击"其他"下拉按钮

⑦ 在弹出的面板中选择"细微效果-强调颜色 2"选项，如图 7-77 所示。

⑧ 参照步骤 6 和步骤 7 逐个设置箭头图形，返回文档，即可看到设置后的效果，如图 7-78 所示。

技巧　使用"形状"组中的"增大"和"减小"按钮，可以调整选中结构的大小。

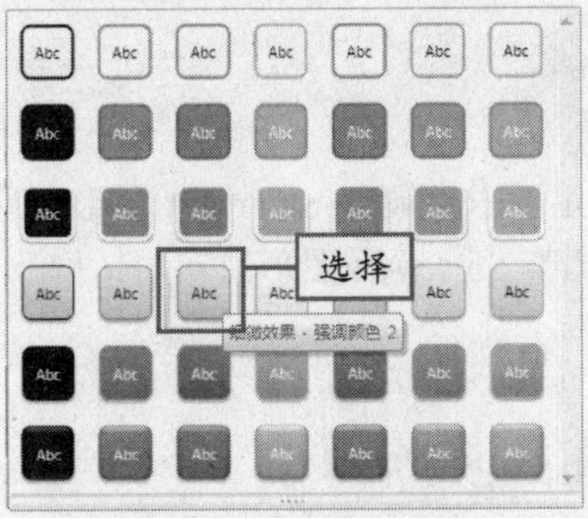

图 7-77　选择颜色选项

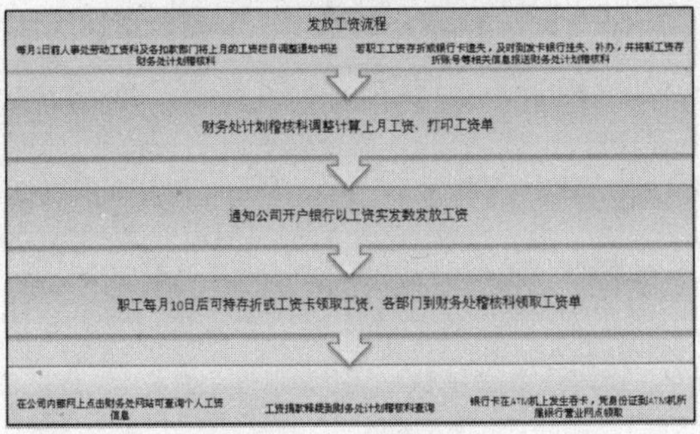

图 7-78　设置后的效果

⑨ 选中箭头图形内的小文本框，单击“格式”选项卡下“形状样式”组中的“其他”下拉按钮，如图 7-79 所示。

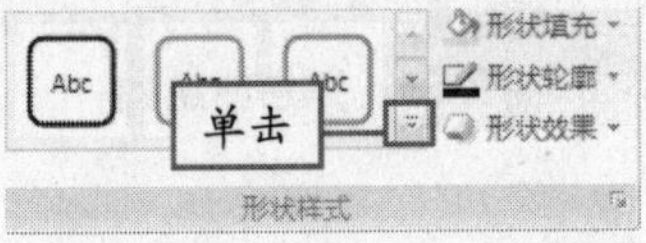

图 7-79　单击“其他”下拉按钮

⑩ 在弹出的面板中选择“细微效果-强调颜色 6”选项，如图 7-80 所示。

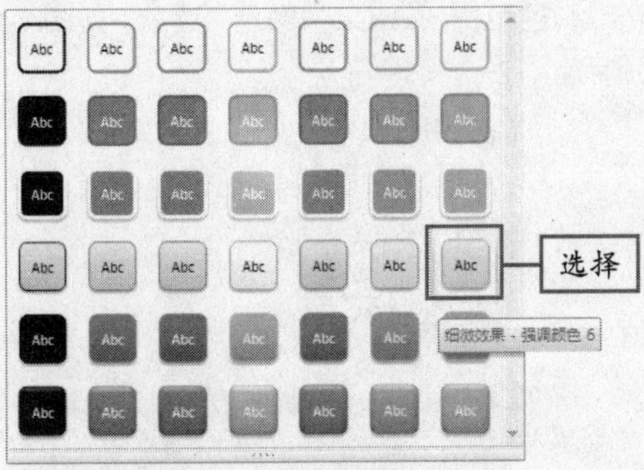

图 7-80　选择颜色

⑪ 重复步骤 9 和步骤 10，逐个设置小文本框，最终效果如图 7-81 所示。

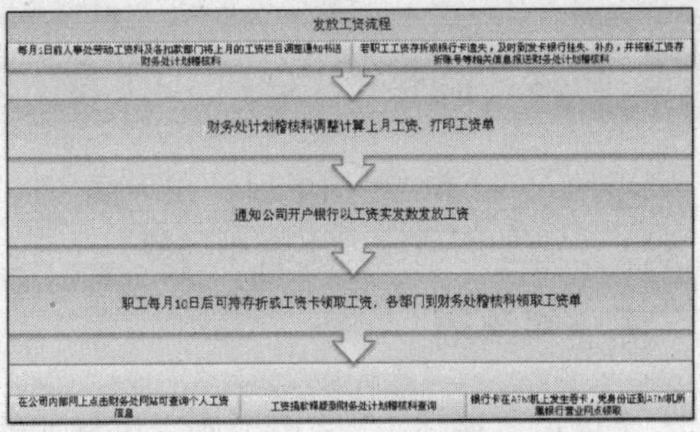

图 7-81　设置完成后的效果图

⑫ 选中箭头图形，单击“格式”选项卡下“艺术字样式”组中的“其他”下拉按钮，如图 7-82 所示。

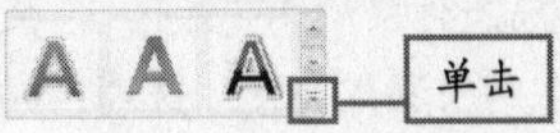

图 7-82　单击“其他”下拉按钮

⑬ 在弹出的面板中选择“应用于所选文字”选项区域中的“渐变填充-强调文字颜色 4，映像”选项，如图 7-83 所示。

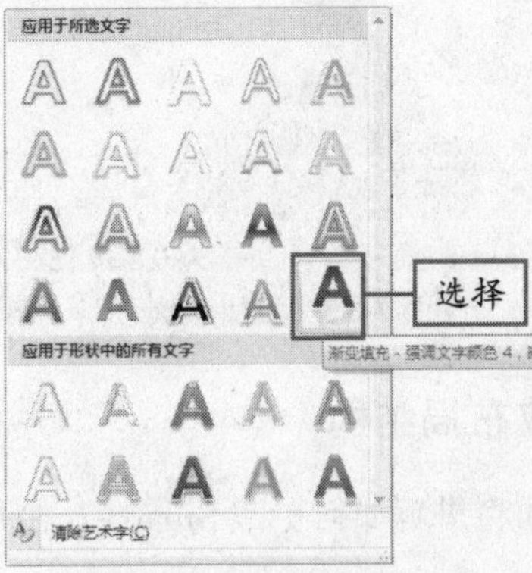

图 7-83　选择渐变选项

⑭ 逐一选中箭头图形，重复步骤 12 和步骤 13，对箭头图形内的文字进行设置，最终效果如图 7-84 所示。

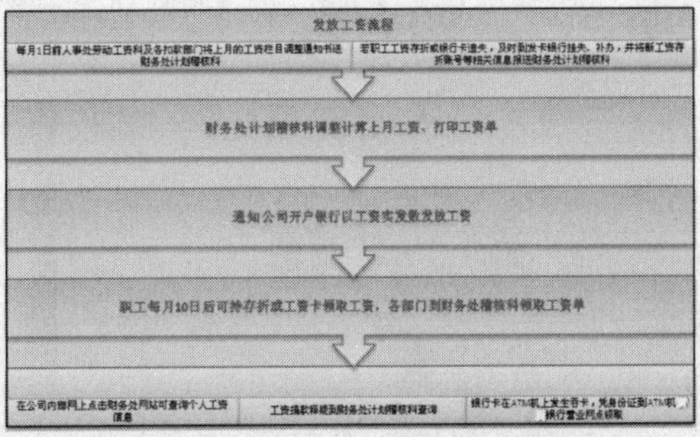

图 7-84　设置完成后的效果

使用“形状”组中的“更改形状”按钮，可以更改结构的形状。

7.5.2 调整 SmartArt 图形的布局结构

当插入 SmartArt 图形后，发现插入的图形不能满足要求，调整 SmartArt 图形布局结构一般分为添加新结构、更改布局等，下面将讲解如何调整 SmartArt 图形的布局结构。

1. 添加新结构

下面以“循环 2”文档为例，讲解如何添加新结构，操作方法如下：

素材文件 光盘:\素材\第 7 章\循环 2.docx

① 打开“循环 2.docx”文档，选中“课外实训”结构，单击“设计”选项卡下“创建图形”组中的“添加形状”下拉按钮，在弹出的菜单中选择“在后面添加形状”选项，如图 7-85 所示。

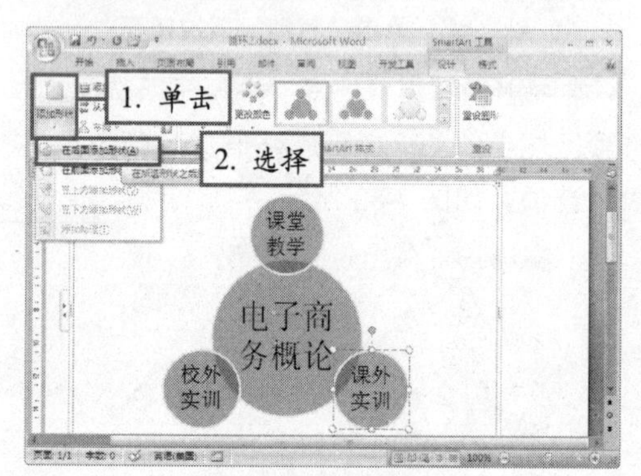

图 7-85 添加形状

② 在“在此处键入文字”文本窗格中输入所添加结构的名称“模拟实训”，如图 7-86 所示。

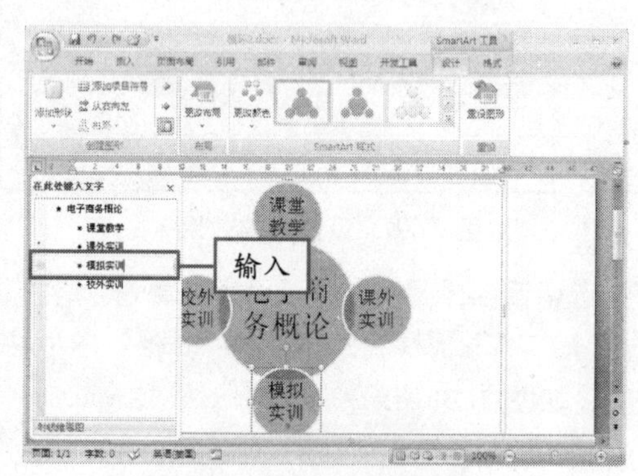

图 7-86 添加新结构

2. 更改布局结构

下面将讲解如何更改 SmartArt 图形的布局，操作方法如下：

① 选中图形，单面“设计”选项卡下“SmartArt 样式”组中的“更改颜色”下拉按钮，如图 7-87 所示。

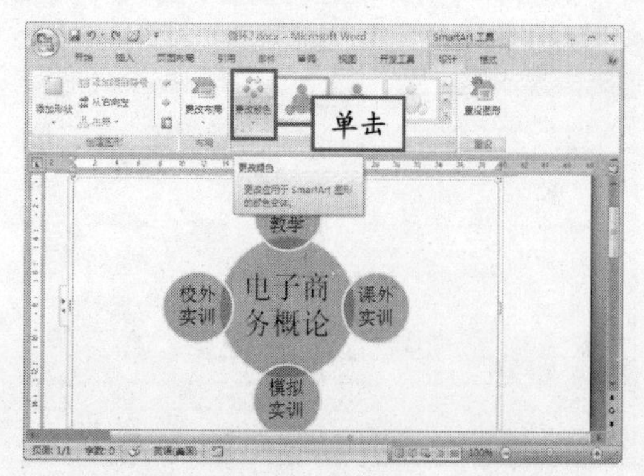

图 7-87 单击“更改颜色”下拉按钮

② 在弹出的面板中选择“彩色”选项区域中的“彩色范围-强调文字颜色”选项，如图 7-88 所示。

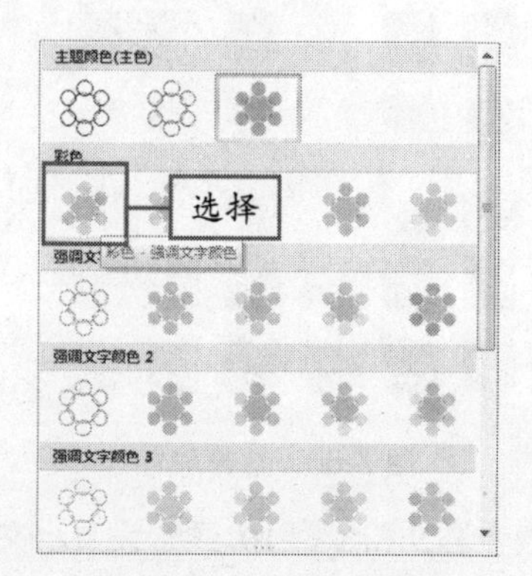

图 7-88 选择彩色选项

技巧 选中结构中使用的艺术字样式，选择“清除艺术字”选项，可以清除该样式。

③ 返回文档编辑区，即可看到设置完更改颜色后的效果，如图 7-89 所示。

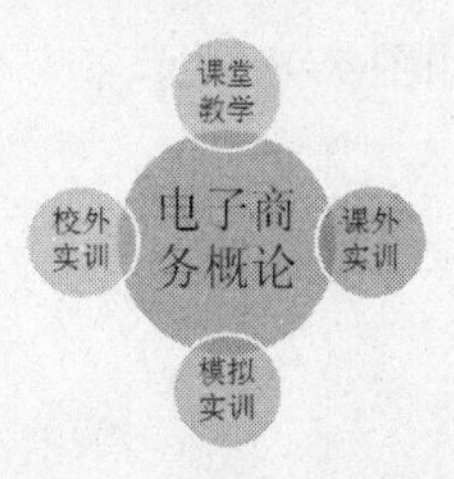

图 7-89　更改颜色后的效果

④ 单击“设计”选项卡下“布局”组中的“其他”下拉按钮，如图 7-90 所示。

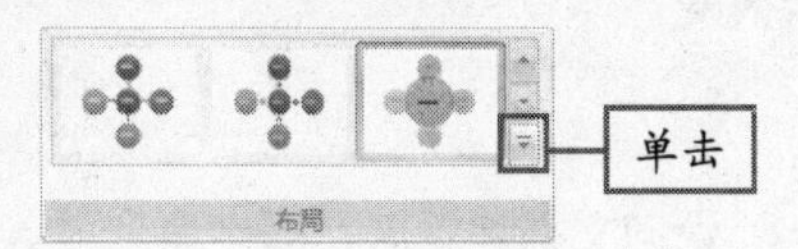

图 7-90　单击“其他”下拉按钮

⑤ 在弹出的面板中选择“射线循环”选项，如图 7-91 所示。

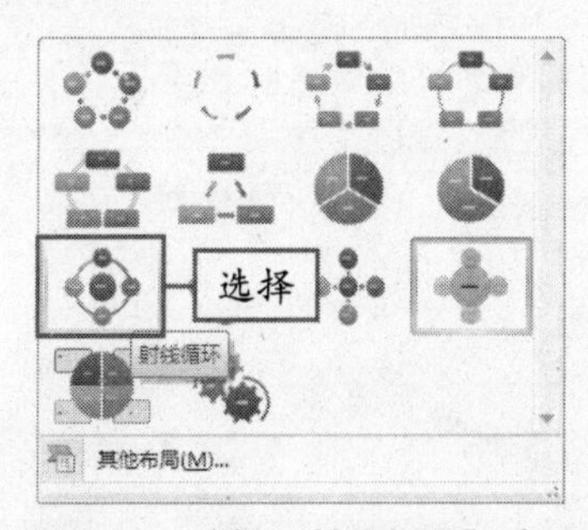

图 7-91　选择“射线循环”选项

⑥ 返回文档，即可看到更改布局后的 SmartArt 图形，如图 7-92 所示。

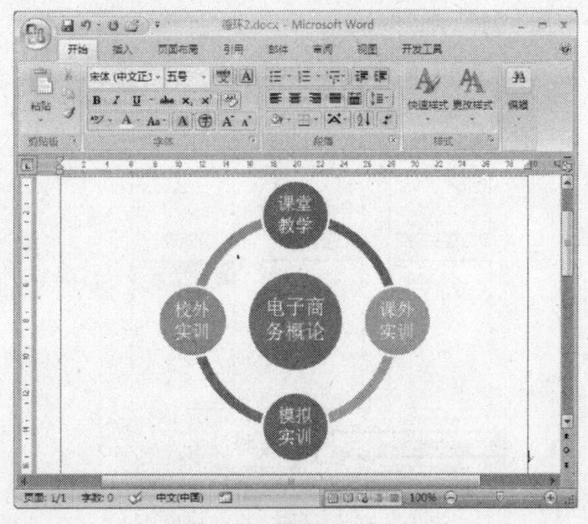

图 7-92　更改后的布局

⑦ 选中图形，单击“设计”选项卡下“SmartArt 样式”组中的“其他”下拉按钮，如图 7-93 所示。

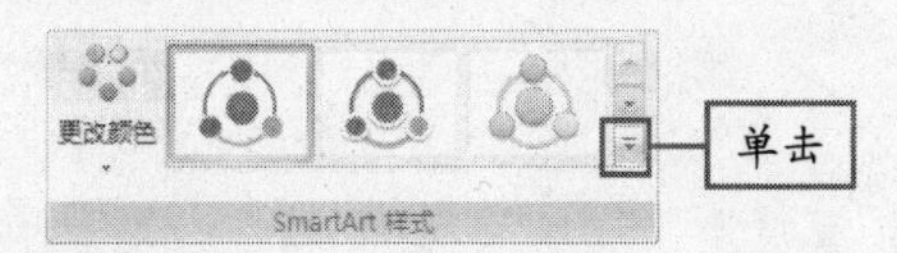

图 7-93　单击“其他”下拉按钮

⑧ 在弹出的面板中选择“三维”选项区中的“卡通”选项，如图 7-94 所示。

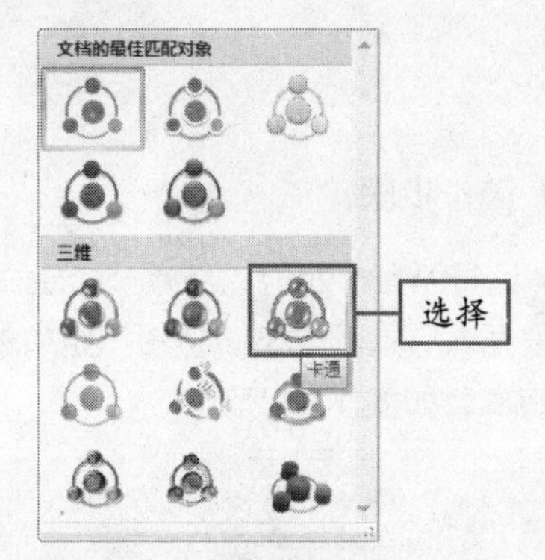

图 7-94　选择所需选项

⑨ 返回文档，即可看到设置后的图形样式，如图 7-95 所示。

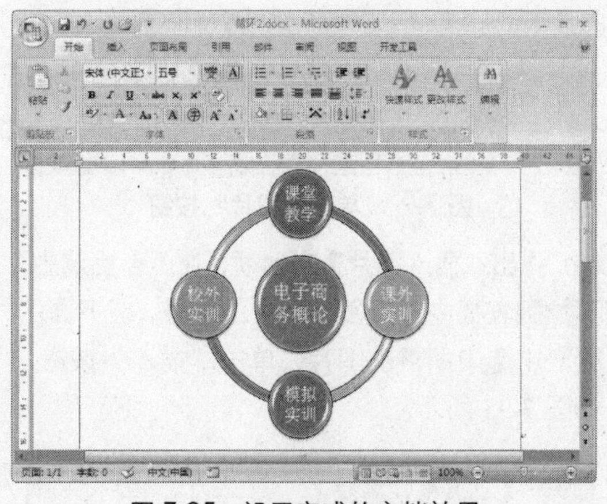

图 7-95　设置完成的文档效果

知识点拨

在“格式”选项卡下“排列”组中，可以为 SmartArt 图形设置“位置”、“文字环绕”和“对齐”等。

7.6 现学现用——制作名片

下面利用本章所学的知识设计制作一张名片，最终效果如图 7-96 所示。

图 7-96 名片效果

操作步骤：

① 运行 Word 2007，新建一个空白文档，单击“插入”选项卡下“插图”组中的“图片”按钮，如图 7-97 所示。

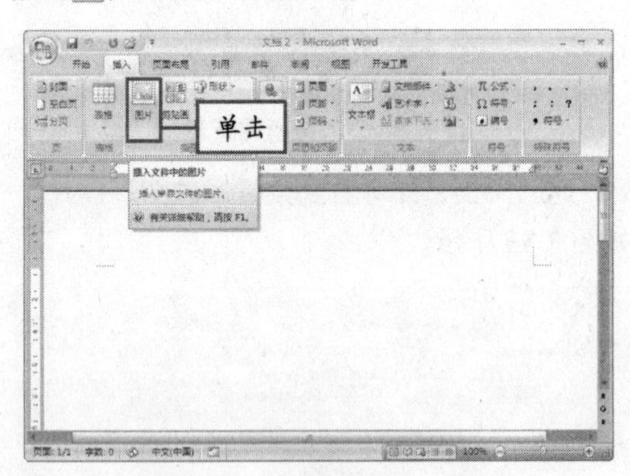

图 7-97 单击“图片”按钮

② 弹出“插入图片”对话框，在“查找范围”下拉列表框中选择图片所在的位置，在下面的列表中选中所需的图片，单击“插入”按钮，如图 7-98 所示。

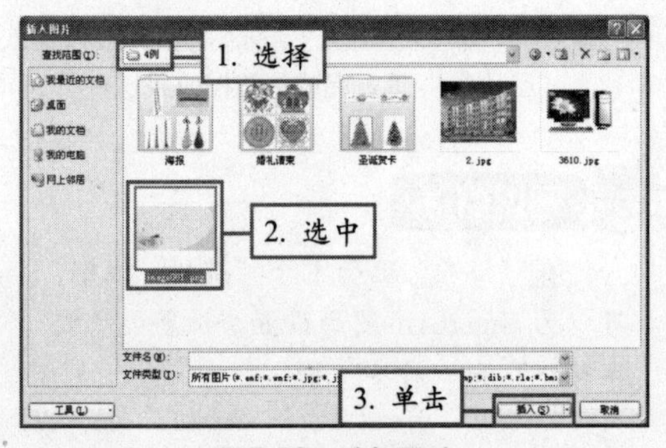

图 7-98 选择图片

③ 返回文档编辑区，即可看到插入的图片。单击“插入”选项卡下“文本”组中的“文本框”下拉按钮，如图 7-99 所示。

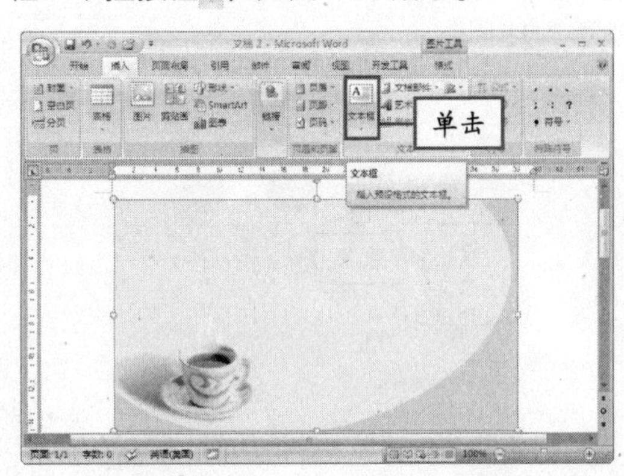

图 7-99 单击“文本框”下拉按钮

④ 在弹出的面板中选择“绘制文本框”选项，如图 7-100 所示。

图 7-100 选择“绘制文本框”选项

技巧 插入图片时，除“查找范围”下拉列表框外还可以在其下方的选项卡中查找。

⑤ 在文档中，绘制如图 7-101 所示的文本框。

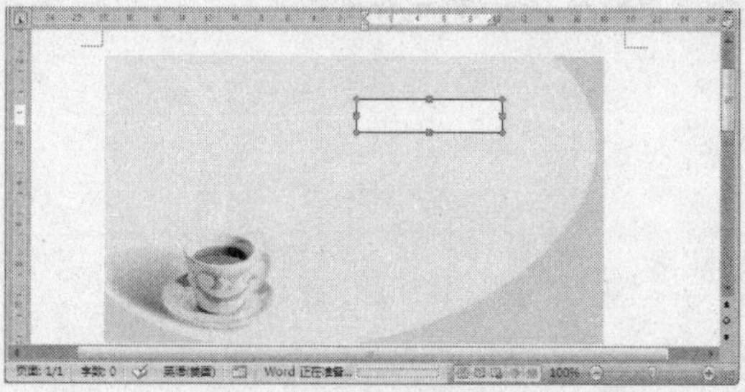

图 7-101　绘制文本框

⑥ 单击“插入”选项卡下“插图”组中的“图片”按钮，在弹出的对话框中选中所需的图片，单击“插入”按钮，如图 7-102 所示。

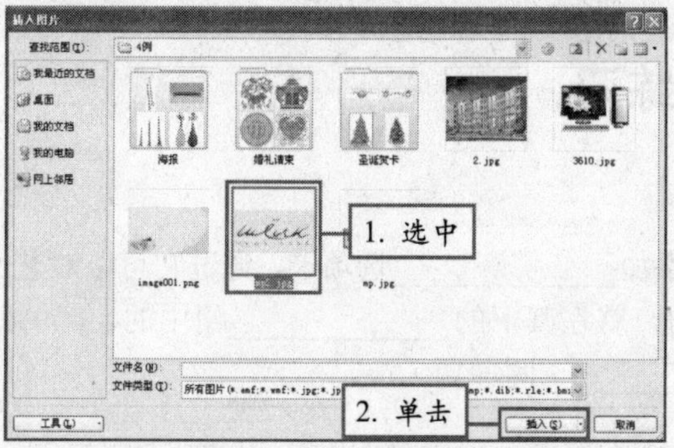

图 7-102　选择图片

⑦ 返回文档编辑区，将图片设置为所需的大小。右击该图片，在弹出的快捷菜单中选择“设置文本框格式”选项，如图 7-103 所示。

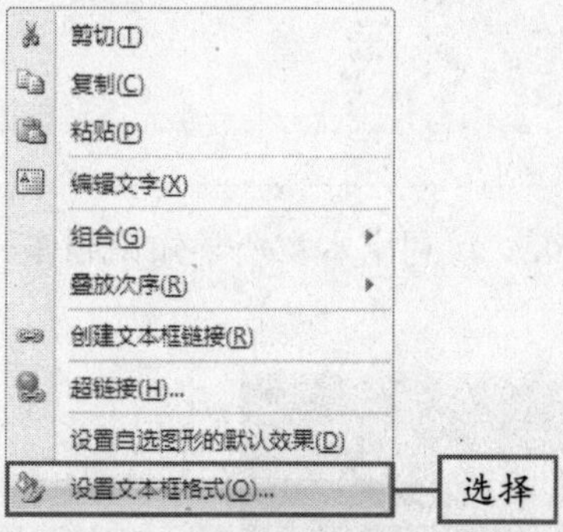

图 7-103　选择“设置文本框格式”选项

⑧ 弹出“设置文本框格式”对话框，在“颜色与线条”选项卡下“填充”选项区域的“颜色”下拉列表框中选择“无颜色”选项，在“线条”选项区的“颜色”下拉列表框中选择“无颜色”选项，如图 7-104 所示。

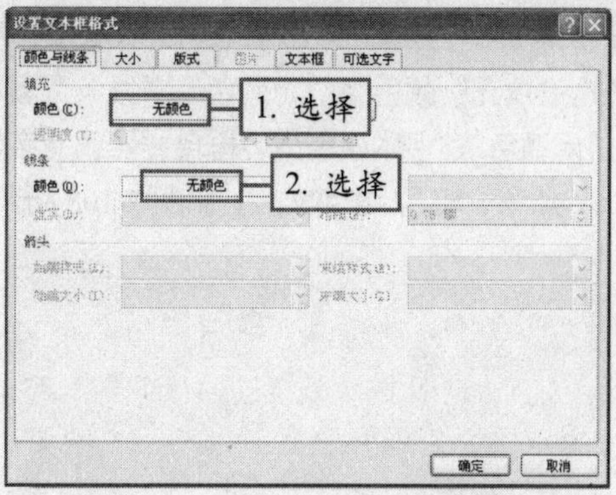

图 7-104　设置填充与线条颜色

⑨ 单击“确定”按钮，返回文档编辑区，即可看到设置格式后的效果，如图 7-105 所示。

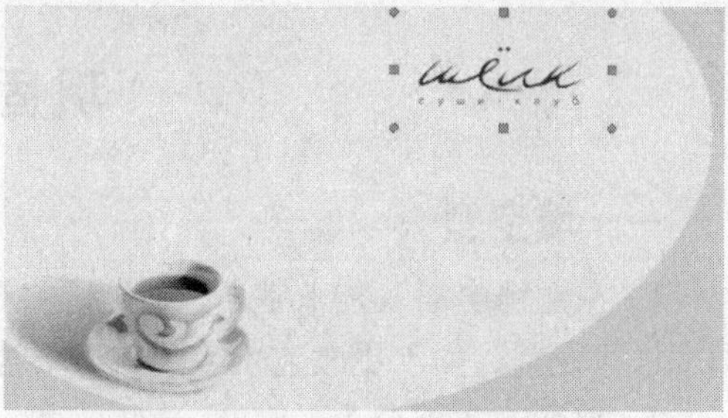

图 7-105　设置格式后的效果

⑩ 依照上述步骤绘制文本框，并在文本框中输入其姓名、职称，如图 7-106 所示。

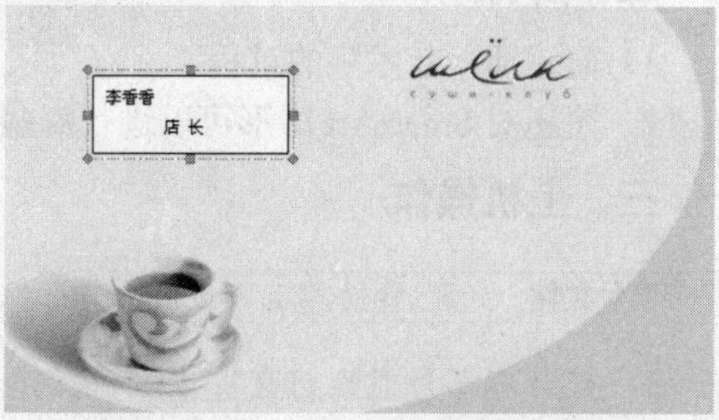

图 7-106　在文本框中输入内容

⑪ 选中“李香香”，在“开始”选项卡下“字体”组中的“字体”下拉列表框中选择“隶书”选项，并在“字号”下拉列表框中选择“一号”选项，如图 7-107 所示。

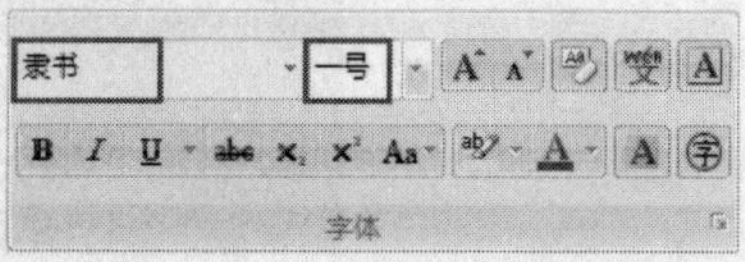

图 7-107　设置字体和字号

找到所要插入的图形，双击该图片的图标也可以将图片插入。　技巧

⑫ 用同样的方法设置“店长”，并设置文本框格式，“填充”颜色为“无颜色”，“线条”颜色为“无颜色”，字体颜色为“橙色，强调文字颜色 6，加深 50%”，返回文档，如图 7-108 所示。

图 7-108 设置完成后的效果

⑬ 依照上述步骤继续绘制文本框，并输入内容，最终效果如图 7-109 所示。

图 7-109 名片最终效果图

巩固与练习

一、填空题

1. 在文档中插入艺术字后，功能区将自动添加______选项卡，通过它可以对艺术字进行设置，如“更改艺术字形状”下拉按钮，就在其下的______组中的。

2. 普通文本框分为______和______两种。

3. SmartArt 图形分为______、______、______、______、______、______和______等七部分。

二、简答题

1. 简述插入艺术字的过程。

2. 简述对 SmartArt 图形可以进行哪些设置。

三、上机操作

素材文件 光盘:\素材\第 7 章\上机操作名片 2.files

1. 打开本书光盘素材文件“上机操作名片 2.files”，利用本章所学知识制作一个名片，最终效果如图 7-110 所示。

图 7-110 需制作的名片

说明 若将 SmartArt 图形保存为低版本的文档格式，SmartArt 图形将以图片的形式保存。

提示：（1）在文本框中插入图片。
（2）调整插入图片的大小和文本框的大小。
（3）利用翻译功能翻译公司名称。

2. 利用本章所学 SmartArt 图形知识制作“领用支票流程图”，最终效果如图 7-111 所示。

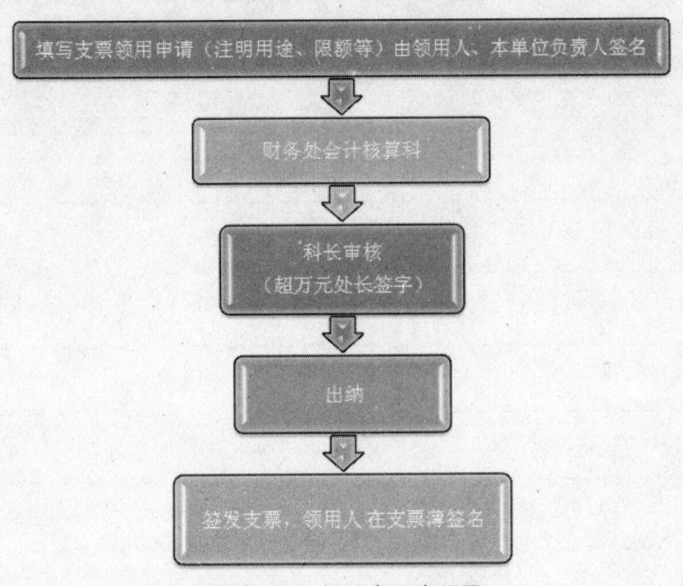

图 7-111　领用支票流程图

提示：（1）为 SmartArt 图形添加结构。
（2）更改 SmartArt 图形样式。

读书笔记

技巧　插入 SmartArt 图形的操作方法与插入图片和剪贴画的操作方法类似。

第8章 表格的使用

- 创建表格
- 表格的基本操作
- 表格中的计算与排序
- 绘制斜线表头
- 样式表的应用

Yoyo，在Word文档中能插入表格吗?

当然能了！在Word文档中能够制作出各种各样的专业表格，十分方便!

Word 2007创建表格的功能更加强大，在实际工作中经常要利用Word创建与编辑工作表格，本章将详细讲解这方面的知识，大家一定要边学边练，举一反三哟!

8.1 创建表格

表格是由多个单元格按行、列的方式组合而成，应用表格来记录信息可以使信息更加清晰明了，下面将介绍几种创建表格的方法。

方法 1：通过对话框创建表格

① 将光标定位到要创建表格的位置，单击"插入"选项卡下"表格"中的"表格"下拉按钮，如图 8-1 所示。

图 8-1 单击"表格"下拉按钮

② 在弹出的下拉面板中选择"插入表格"选项，如图 8-2 所示。

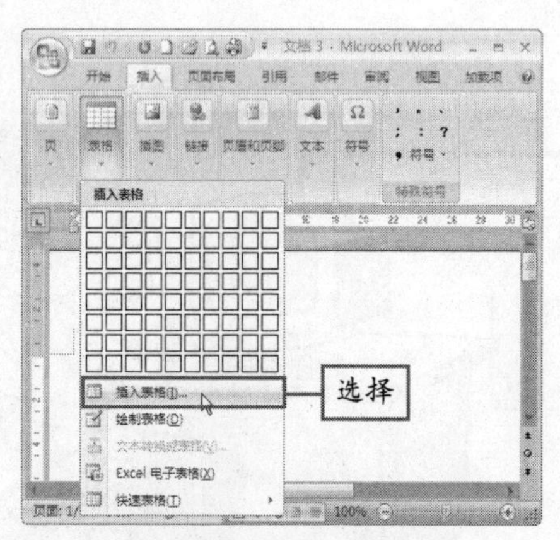

图 8-2 选择"插入表格"选项

③ 在弹出的"插入表格"对话框中设置表格的列数和行数，如图 8-3 所示。

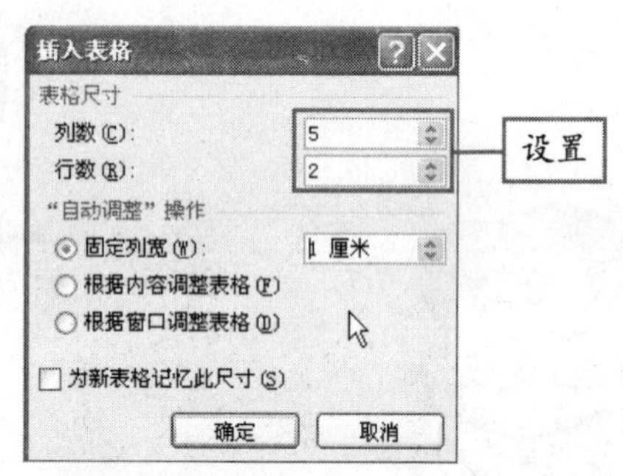

图 8-3 设置表格样式

④ 单击"确定"按钮，即可完成表格创建，如图 8-4 所示。

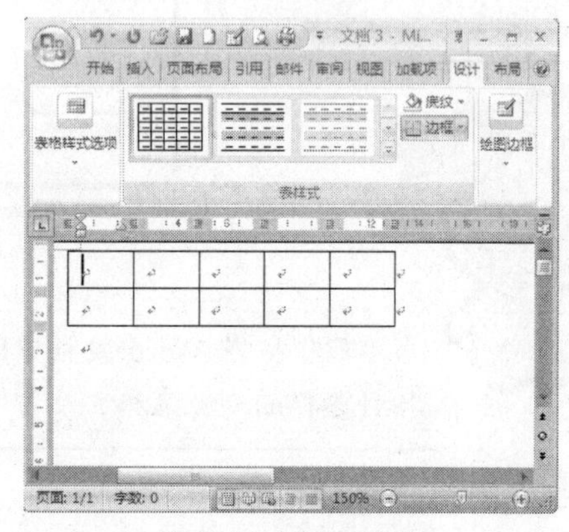

图 8-4 创建的表格

方法 2：通过手动来创建图表

① 将光标定位到要创建表格的位置，单击"插入"选项卡下"表格"组中的"表格"下拉按钮，在弹出的下拉面板中选择"绘制表格"选项，如图 8-5 所示。

② 当鼠标指针变为形状时，只需按住鼠标左键，拖动到目的位置后释放鼠标键即可，如图 8-6 所示。

技巧 通过"快速表格"选项，可以使用一些模板快速创建相应类型的表格。

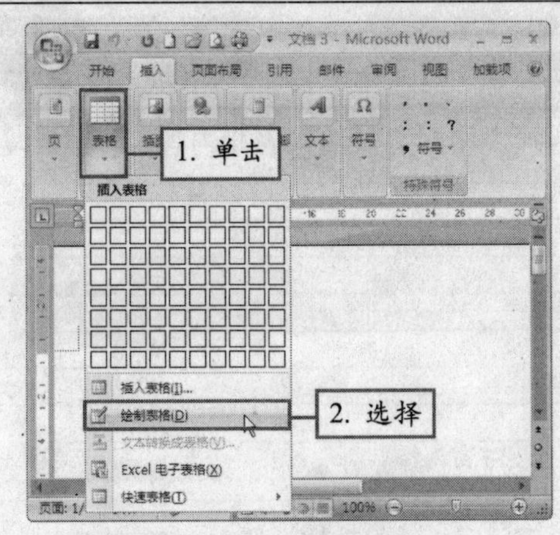

图 8-5　选择"绘制表格"选项

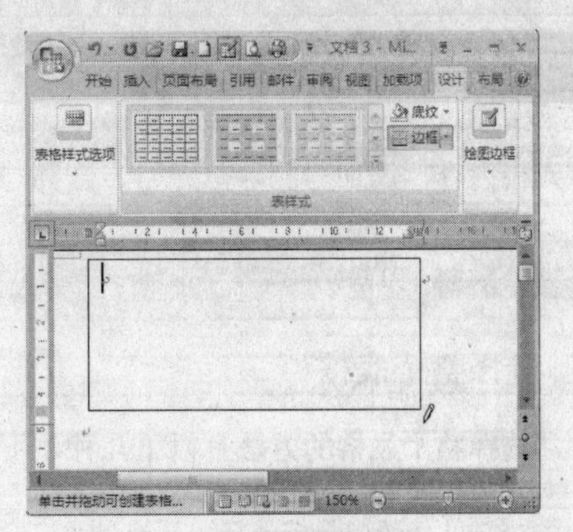

图 8-6　手动绘制图表

③ 按住鼠标左键，拖动铅笔图标从表格的左边框到右边框绘制横线，从上边框到下边框绘制竖线，如图 8-7 所示。

④ 如果要绘制斜线，只需将铅笔图标从单元格的一角拖动到斜对的另外一角即可，如图 8-8 所示。

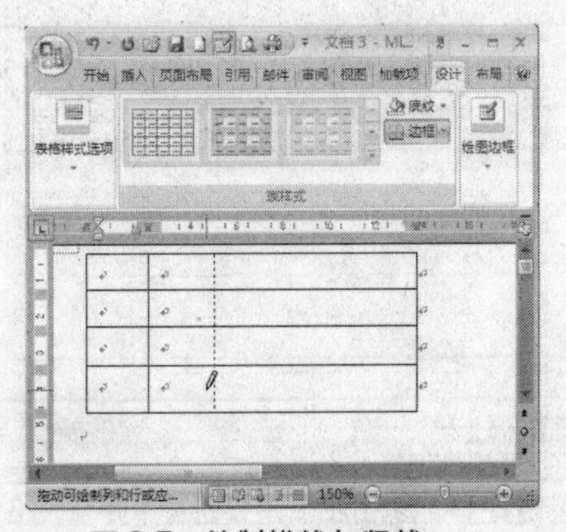

图 8-7　绘制横线与竖线

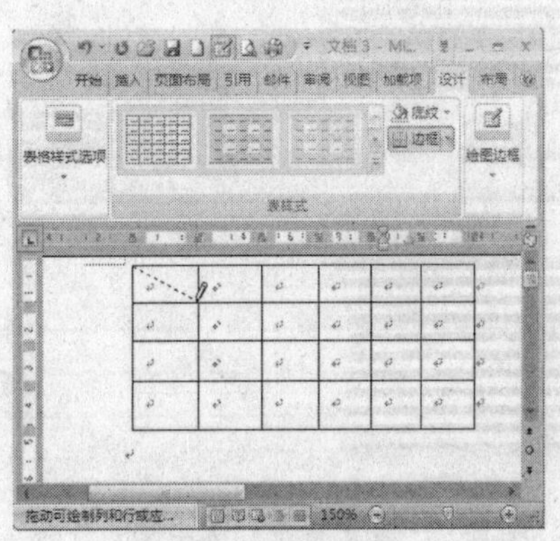

图 8-8　绘制斜线

方法 3：通过面板创建表格

将光标定位到要创建表格的位置，单击"插入"选项卡下"表格"组中的"表格"下拉按钮，在弹出的下拉面板中用鼠标指针选择方框来创建表格的大体格式，如图 8-9 所示，单击即可完成创建。

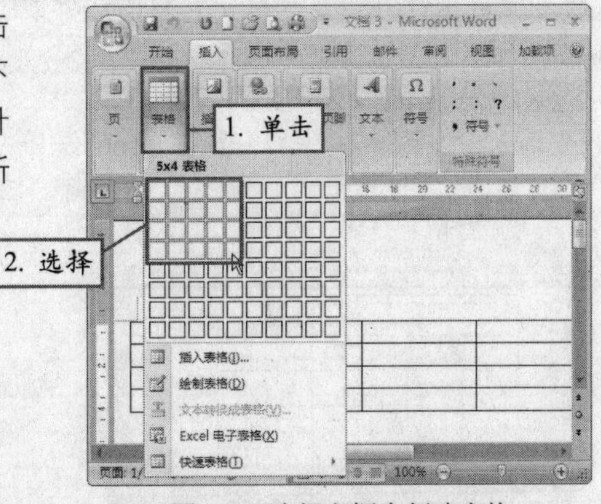

图 8-9　选择方框来创建表格

知识点拨

如果要创建精确的表格，需要通过插入表格的对话框来进行详细设置。

8.2 表格的基本操作

下面将详细介绍表格的基本操作，其中包括选择表格对象、输入表格内容、移动或复制单元格内容，添加与删除单元格、合并与拆分单元格、表格的拆分以及设置行高和列宽等。

8.2.1 在表格中选择对象

1. 选择整个表格

选择整个表格的方法有以下几种，下面将分别进行介绍。

方法 1：通过鼠标选择	方法 2：通过按钮选择
按住鼠标左键拖动鼠标选中整个表格，如图 8-10 所示。 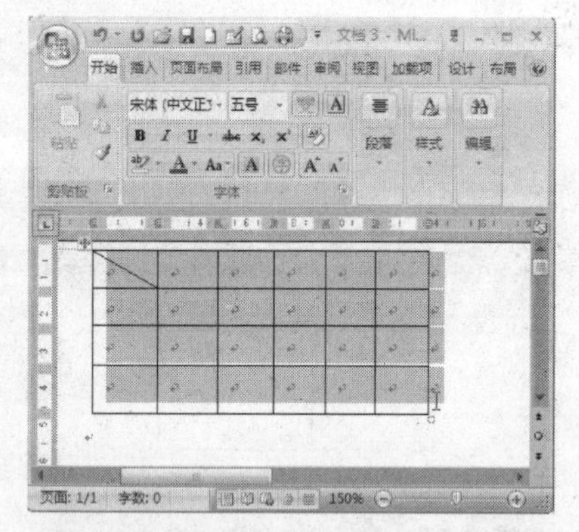 图 8-10　用鼠标拖动选中整个表格	将鼠标光标定位在表格内，在表格的左上角会出现⊞，右下角会出现□，单击两个中的任意一个即可选中整个表格，如图 8-11 所示。 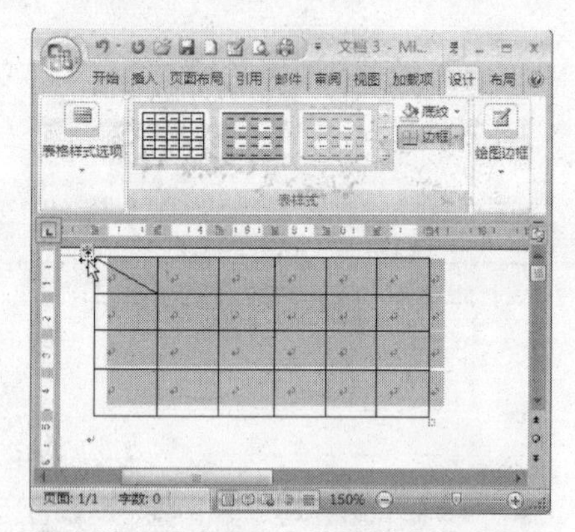 图 8-11　单击左上角按钮选中整个表格

2. 选择单元格

移动鼠标指针到所要选择单元格的边界线上，待鼠标指针变为➚形状时，单击即可，如图 8-12 所示。

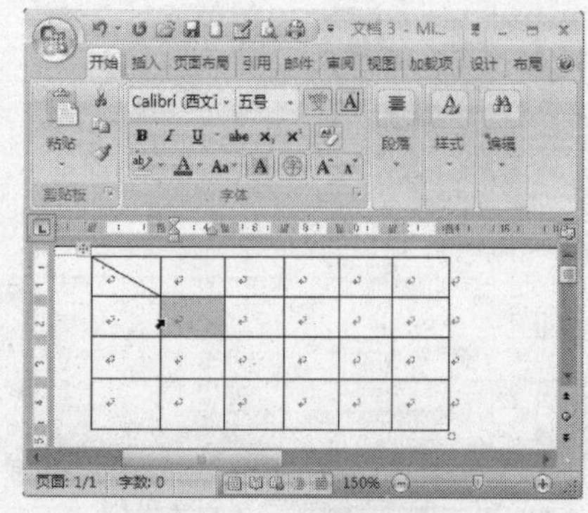

图 8-12　选择单元格

技巧　将光标定位到第一个单元格，按住【Shift】键，单击最后一个单元格，即可选择整个表格。

3. 选择整行

选择表格整行的方法有以下几种，下面将一一进行介绍。

方法 1：单击选择

将鼠标指针移动到所要选择行的左侧空白处，当鼠标指针变为形状时，单击即可选中整行，如图 8-13 所示。

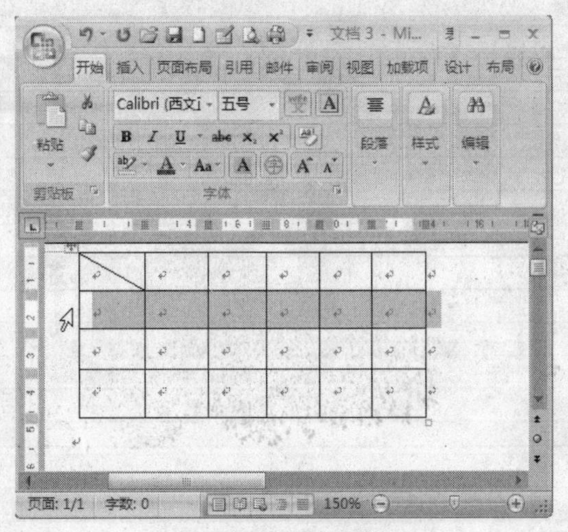

图 8-13　单击选中整行

方法 2：双击选择

将鼠标指针移动到所要选择行的边界线上，当鼠标指针变成形状时，双击即可选中整行，如图 8-14 所示。

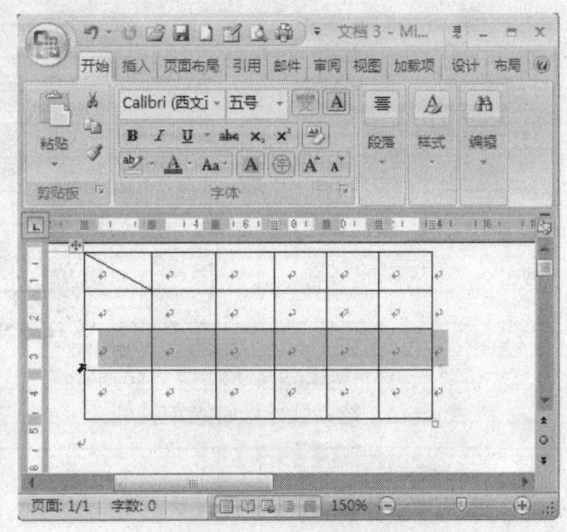

图 8-14　双击选中整行

方法 3：拖动鼠标选择

拖动鼠标指针直接选择要选中的整行，如图 8-15 所示。

图 8-15　用鼠标指针拖动选中整行

对于列数比较多的表格，选择整行时，单击选择比较方便。 技巧

4. 选择整列

方法 1：拖动鼠标选择	方法 2：单击选择
拖动鼠标指针直接选择要选中的整列，如图 8-16 所示。 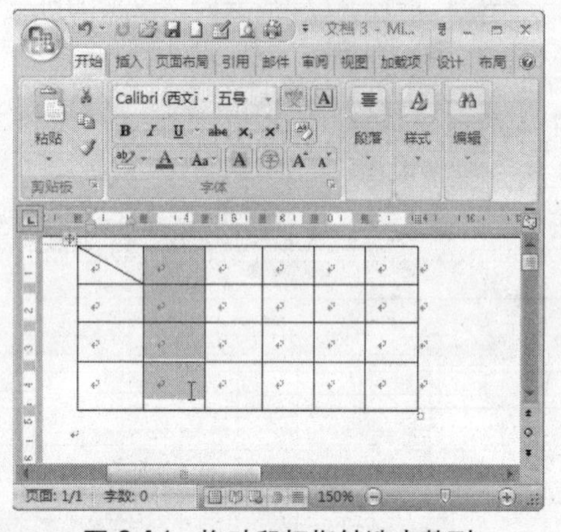 图 8-16　拖动鼠标指针选中整列	将鼠标指针移动到所要选择的列的上方，当鼠标指针变为⬇形状时，单击即可选中该列，如图 8-17 所示。 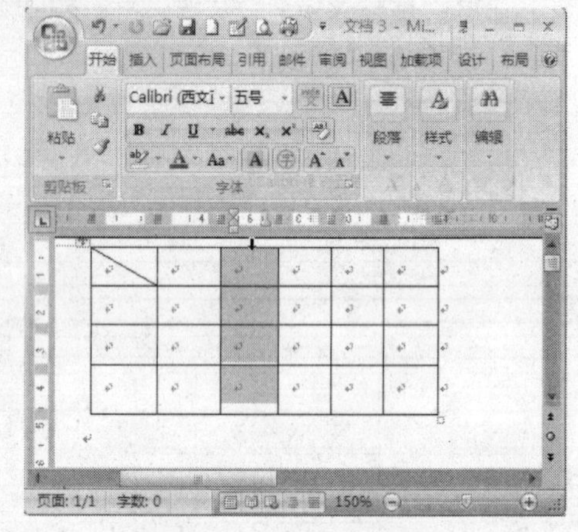 图 8-17　单击选中整列

5. 选择单元格区域

选择多个连续的单元格

方法 1：拖动鼠标选择	方法 2：单击选择
将光标定位在所要选择区域的第一个单元格中，按住鼠标左键，拖动到最后一个单元格的位置松开鼠标，即可选中，如图 8-18 所示。 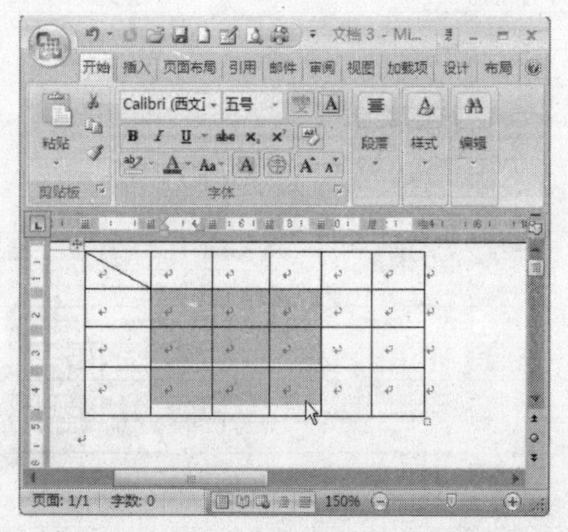 图 8-18　拖动鼠标指针选中单元格区域	将光标定位在所要选择区域的第一个单元格中，按住【Shift】键不放，用鼠标单击所选区域的最后一个单元格即可。 

选择整列时，单击选择比较方便、快捷。

选择多个不连续的单元格

用鼠标选择所要选择区域的部分单元格，然后按住【Ctrl】键不放，单击其他所要选择的单元格即可，如图 8-19 所示。

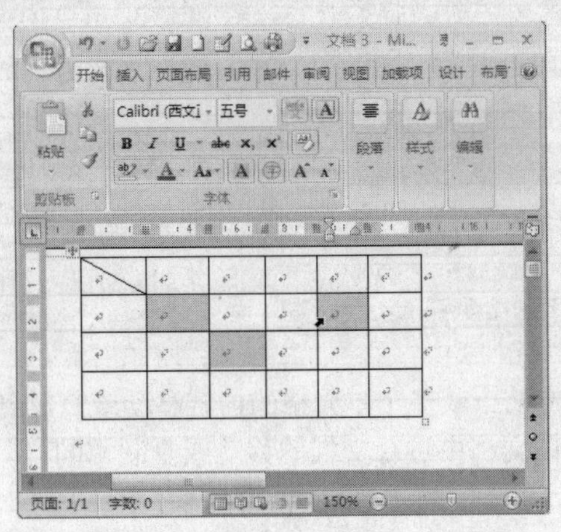

图 8-19　选择多个不连续的单元格

8.2.2　输入表格内容

在表格中输入内容的操作与直接在文档中输入内容的操作类似，只需先将光标定位在所要输入内容的单元格中，然后输入内容即可。

素材文件　光盘:\素材\第 8 章\“销售统计表 1”.docx

1．输入文字

① 打开“销售统计表 1.docx”文档，将光标定位到需要输入文字的单元格中，如图 8-20 所示。

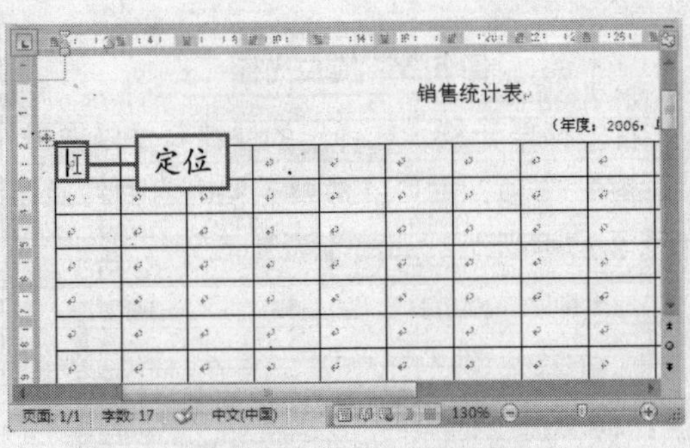

图 8-20　定位光标位置

② 在单元格中输入所需的文字，如图 8-21 所示（绘制斜线表头的方法将在 8.4 中详细介绍）。

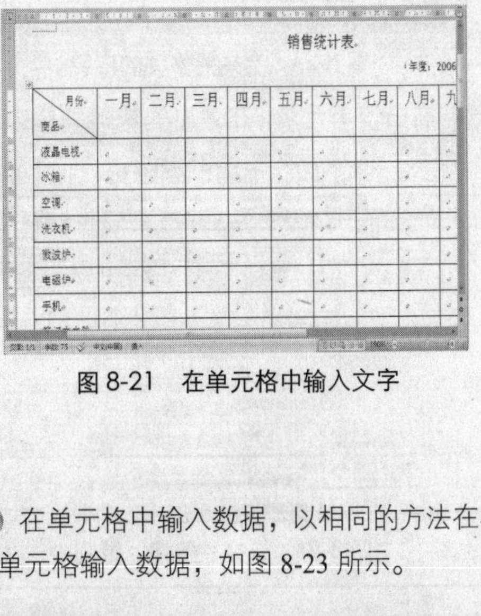

图 8-21　在单元格中输入文字

2．输入数据

① 将光标定位到需要输入数据的单元格中，如图 8-22 所示。

② 在单元格中输入数据，以相同的方法在其他单元格输入数据，如图 8-23 所示。

技巧　在一个单元格内输入完成之后，可以通过方位键迅速将光标移动到下一个单元格。

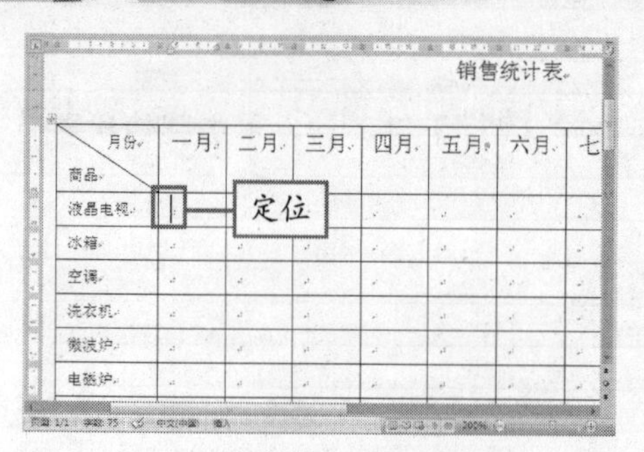

图 8-22　定位光标

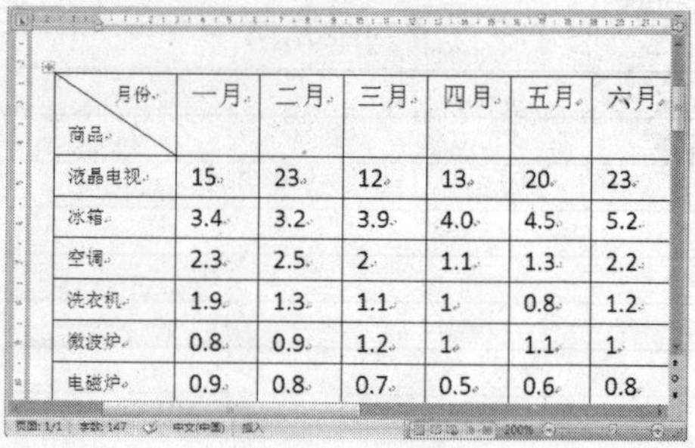

月份/商品	一月	二月	三月	四月	五月	六月
液晶电视	15	23	12	13	20	23
冰箱	3.4	3.2	3.9	4.0	4.5	5.2
空调	2.3	2.5	2	1.1	1.3	2.2
洗衣机	1.9	1.3	1.1	1	0.8	1.2
微波炉	0.8	0.9	1.2	1	1.1	1
电磁炉	0.9	0.8	0.7	0.5	0.6	0.8

图 8-23　输入数据

8.2.3　移动或复制单元格内容

在表格中可以方便地将某个或多个单元格的内容移动或复制到其他单元格中，在表格中进行移动或复制的操作与在文档中进行文档的移动或复制相同。

素材文件　光盘:\素材\第 8 章\销售统计表 2.docx

1．移动单元格内容

方法 1：使用快捷菜单中的选项移动

① 打开“销售统计表 2.docx”文档，选择需要移动的单元格内容，如图 8-24 所示。

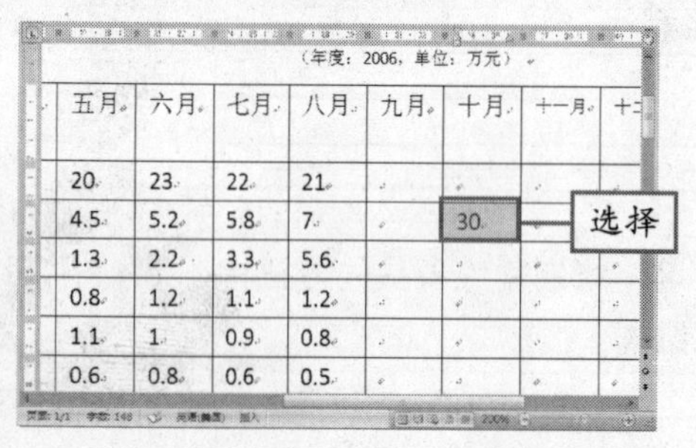

图 8-24　选择要移动的内容

② 右击该单元格，在弹出的快捷菜单中选择“剪切”选项，如图 8-25 所示。

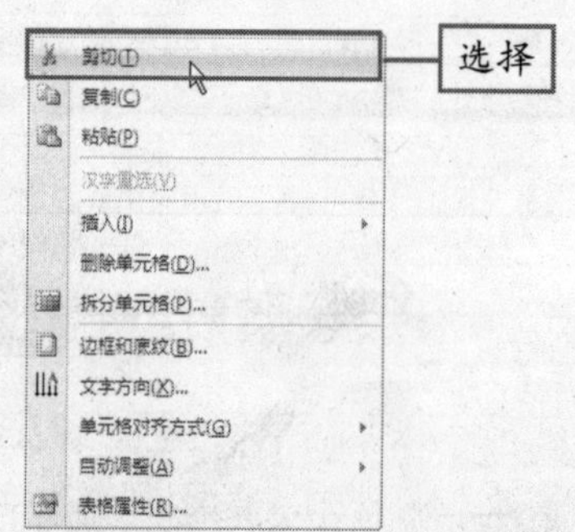

图 8-25　选择“剪切”选项

③ 将光标定位到要粘贴的位置，如图 8-26 所示。

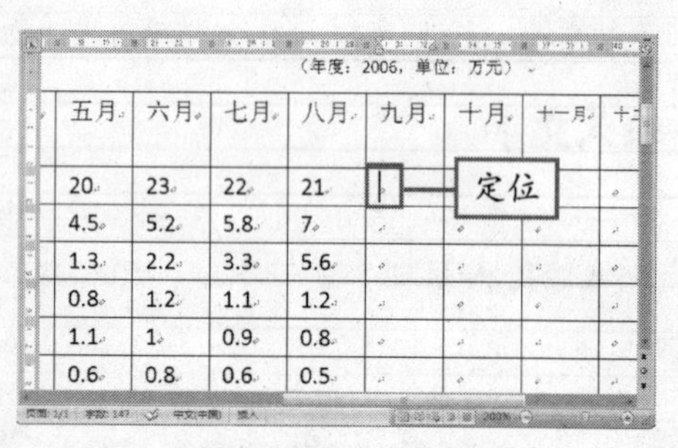

图 8-26　定位光标

④ 右击该单元格，在弹出的快捷菜单中选择“粘贴”选项，即可完成单元格内容的移动，如图 8-27 所示。

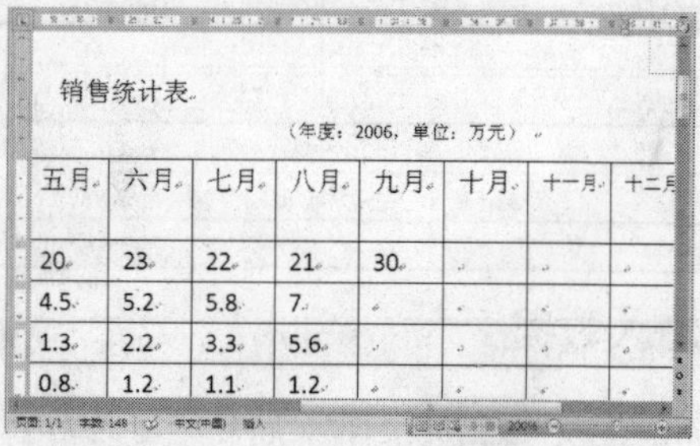

销售统计表

（年度：2006，单位：万元）

五月	六月	七月	八月	九月	十月	十一月	十二月
20	23	22	21	30			
4.5	5.2	5.8	7				
1.3	2.2	3.3	5.6				
0.8	1.2	1.1	1.2				

图 8-27　完成移动

技巧　数据的复制（粘贴）操作和文档的复制（粘贴）操作是完全一样的。

方法 2：使用快捷键移动

① 选择要移动的单元格内容，如图 8-28 所示。

5.2	5.8	7		
2.2	3.3	5.6		
1.2	1.1	1.2		
1	0.9	0.8		
0.8	0.6	0.5		
3.0	3.6	3.5		
30	32	40		
39	38	50		

图 8-28　选择要移动的内容

② 按【Ctrl+X】组合键，剪切要移动的内容，如图 8-29 所示。

5.2	5.8	7		
2.2	3.3	5.6		
1.2	1.1	1.2		
1	0.9	0.8		
0.8	0.6	0.5		
3.0	3.6	3.5		
30	32	40		
39	38			

图 8-29　剪切内容

③ 将光标定位到需要粘贴的位置，按【Ctrl+V】组合键粘贴，即可完成单元格内容的移动，如图 8-30 所示。

23	22	21		
5.2	5.8	7		
2.2	3.3	5.6		
1.2	1.1	1.2		
1	0.9	0.8		
0.8	0.6	0.5		
3.0	3.6	3.5		
30	32	40	50	
39	38			

图 8-30　完成移动

知识点拨

在进行一些复制、剪切、粘贴等操作时，通过快捷键可以快速地完成这一类操作，所以要熟记一些常用的快捷键。

2．复制单元格内容

方法 1：使用快捷键复制

① 选择需要复制的单元格内容，如图 8-31 所示。

② 按【Ctrl+C】组合键，复制单元格内容，然后将光标定位到需要粘贴的位置，按【Ctrl+V】组合键粘贴，即可完成单元格内容的复制操作，如图 8-32 所示。

月份 / 商品	一月	二月	三月	四月	五月	六月	七月	八月	九月
液晶电视	15	23	12	13	20	23	22	21	
冰箱	3.4	3.2	3.9	4.0	4.5	5.2	5.8	7	
空调	2.3	2.5	2	1.1	1.3	2.2	3.3	5.6	
洗衣机	1.9	1.3	1.1	1	0.8	1.2	1.1	1.2	
微波炉	0.8	0.9	1.2	1	1.1	1	0.9	0.8	
电磁炉	0.9	0.8	0.7	0.5	0.6	0.8	0.6	0.5	
手机	2.3	2.6	3.2	2.8	2.9	3.0	3.6	3.5	
笔记本电脑	20	26	30	28	26	30	32	40	
台式电脑	40	43	45	40	39	39	38	50	

图 8-31　选择内容

月份 / 商品	一月	二月	三月	四月	五月	六月	七月	八月	九月
液晶电视	15	23	12	13	20	23	22	21	
冰箱	3.4	3.2	3.9	4.0	4.5	5.2	5.8	7	
空调	2.3	2.5	2	1.1	1.3	2.2	3.3	5.6	
洗衣机	1.9	1.3	1.1	1	0.8	1.2	1.1	1.2	
微波炉	0.8	0.9	1.2	1	1.1	1	0.9	0.8	
电磁炉	0.9	0.8	0.7	0.5	0.6	0.8	0.6	0.5	
手机	2.3	2.6	3.2	2.8	2.9	3.0	3.6	3.5	
笔记本电脑	20	26	30	28	26	30	32	40	50
台式电脑	40	43	45	40	39	39	38	50	

图 8-32　完成复制操作

右击选择内容，在弹出快捷菜单之后直接按【C】键，即可复制选择的内容。

方法 2：使用快捷菜单中的选项复制

① 选择需要复制的单元格内容，如图 8-33 所示。

图 8-33　选择要复制的内容

② 右击该单元格，在弹出的快捷菜单中选择“复制”选项，如图 8-34 所示。

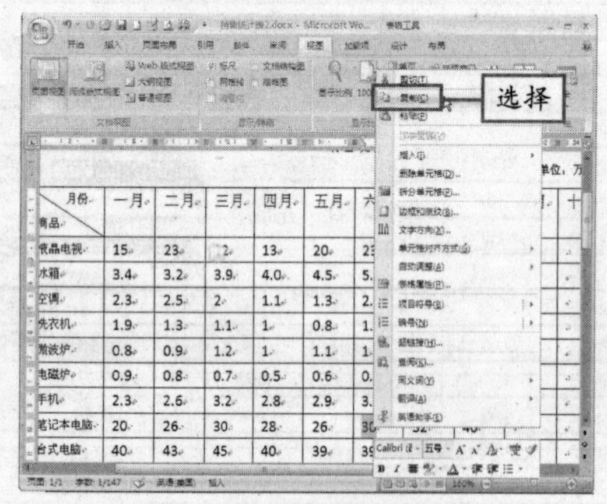

图 8-34　选择“复制”选项

③ 将光标定位到要粘贴的位置，如图 8-35 所示。

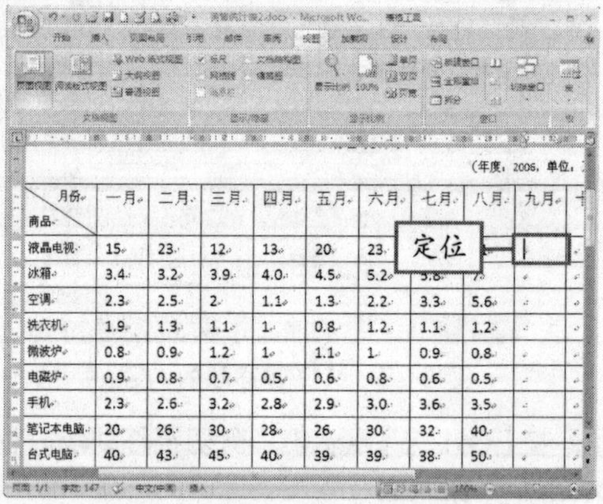

图 8-35　定位光标

④ 右击该单元格，在弹出的快捷菜单中选择“粘贴”选项，即可完成单元格内容的复制操作，如图 8-36 所示。

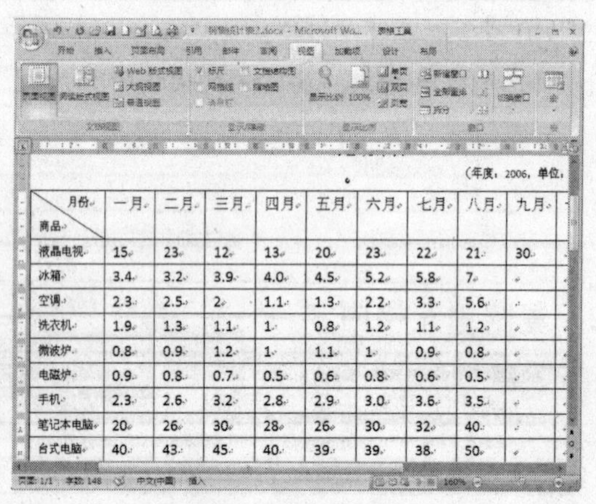

图 8-36　完成复制操作

8.2.4 添加与删除单元格

在 Word 2007 中，可以根据需要添加或删除单元格，下面将分别对行和列的添加与删除进行讲解。

1. 行的添加与删除

① 将光标定位到在其下方需要添加行的单元格中，如图 8-37 所示。

② 单击“布局”选项卡下“行和列”组中的“在下方插入”按钮 在下方插入，如图 8-38 所示。

技巧　行的添加也可在“布局”选项卡下“行和列”组中单击相关按钮进行添加。

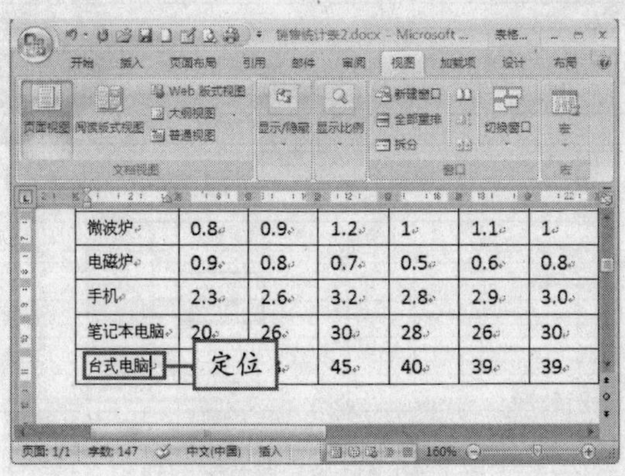

图 8-37 定位光标

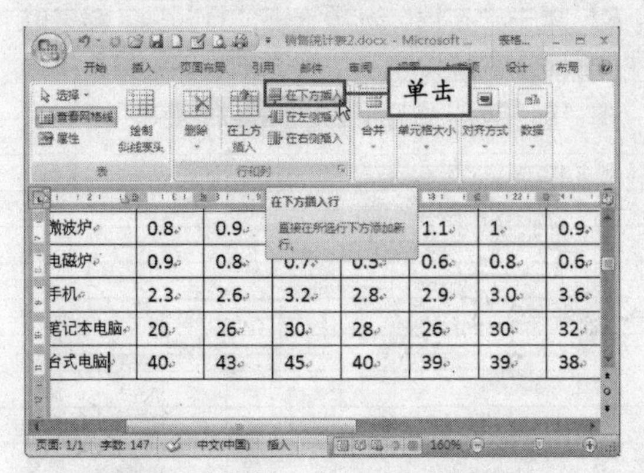

图 8-38 单击"在下方插入"按钮

③ 返回文档，即可看到添加的行，如图 8-39 所示。

图 8-39 完成行的添加

④ 如果需要删除表格中的行，首先选择所要删除的行，如图 8-40 所示。

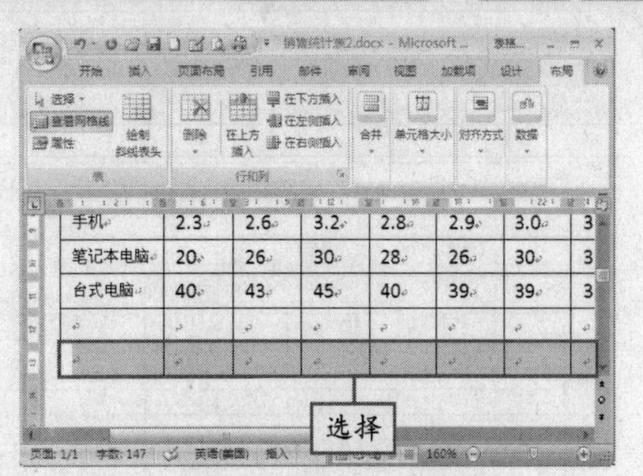

图 8-40 选择删除的行

⑤ 单击"布局"选项卡下"行和列"组中的"删除"下拉按钮，在弹出的下拉菜单中选择"删除行"选项，如图 8-41 所示。

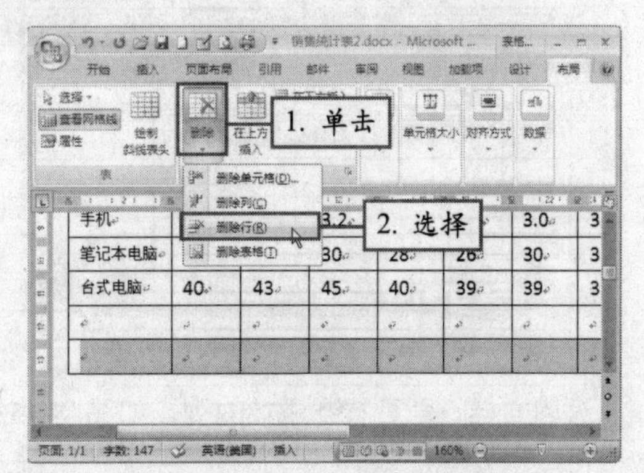

图 8-41 选择"删除行"选项

⑥ 至此，完成行的删除操作，删除后的效果如图 8-42 所示。

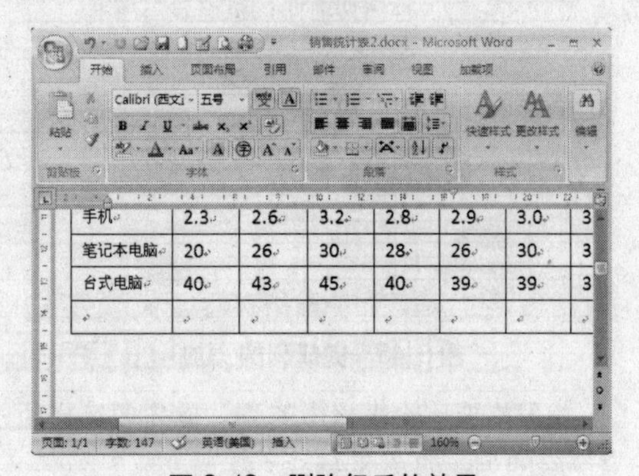

图 8-42 删除行后的效果

2. 列的添加与删除

① 将光标定位到在其右侧需要添加列的单元格中，如图 8-43 所示。

② 单击"布局"选项卡下"行和列"组中的"在右侧插入"按钮 在右侧插入，如图 8-44 所示。

删除行与列时，只需右击该行或列，在弹出的快捷菜单中直接按【D】键即可。 技巧

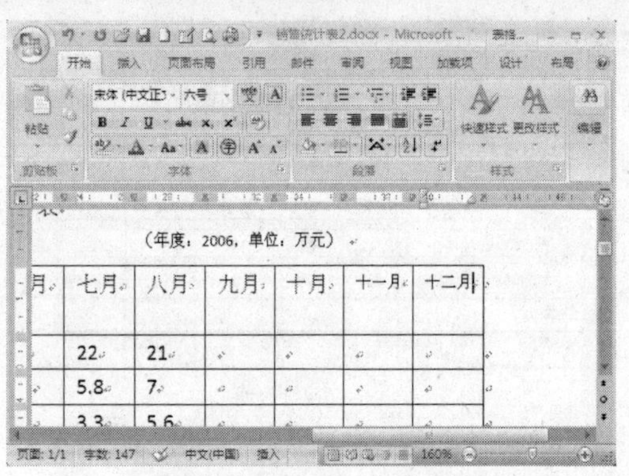

图 8-43　定位光标

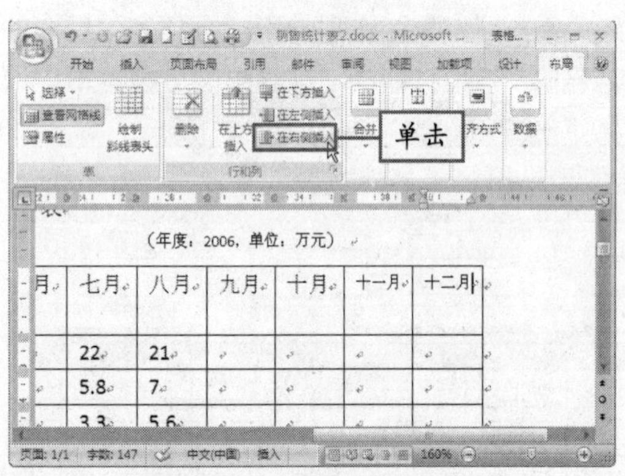

图 8-44　单击“在右侧插入”按钮

③ 返回文档，即可看到添加的列，如图 8-45 所示。

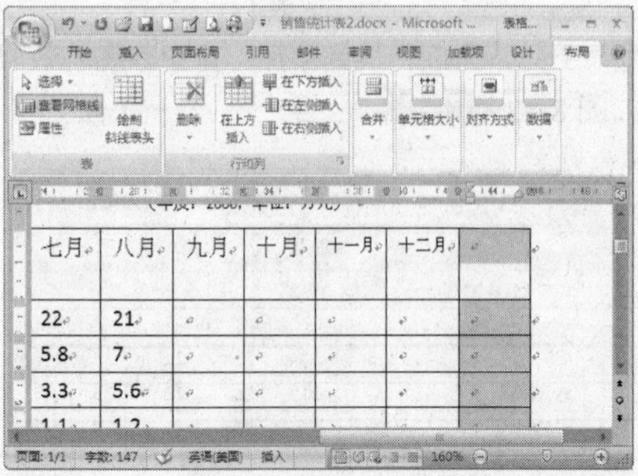

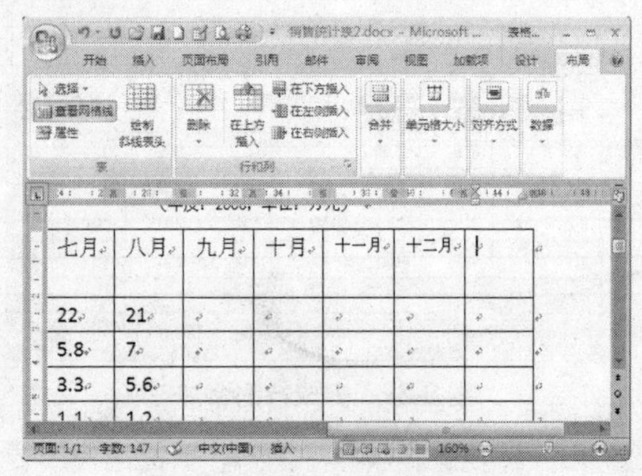

图 8-45　完成列的添加

④ 如果需要删除表格中的列，首先要选择所需删除的列，如图 8-46 所示。

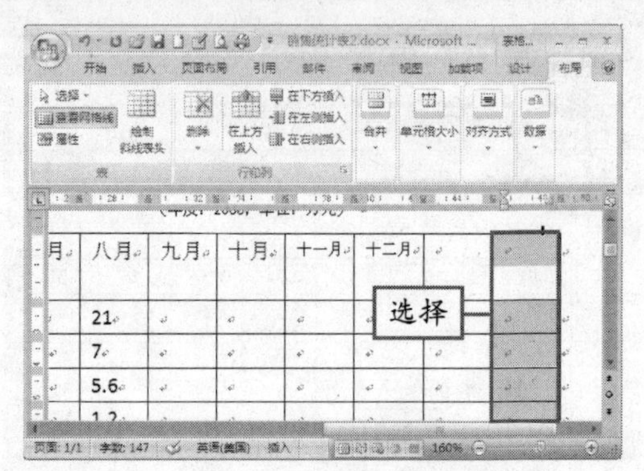

图 8-46　选择需要删除的列

⑤ 单击“布局”选项卡下“行和列”组中的“删除”下拉按钮，在弹出的下拉菜单中选择“删除列”选项，如图 8-47 所示。

图 8-47　选择“删除列”选项

⑥ 至此，完成列的删除操作，删除后的效果如图 8-48 所示。

图 8-48　删除列后的效果

8.2.5　合并与拆分单元格

在编辑表格时，常常需要对单元格进行合并与拆分，通过合并与拆分可以将简单的表格修改成结构复杂的表格，以符合各种各样的需求。

技巧　若想将两个单元格拆分为多个，可先将其合并，然后再进行拆分。

1. 单元格的合并

合并单元格的方法有两种，下面将分别进行介绍。

方法 1：通过功能区按钮设置

① 选中需要合并的单元格，如图 8-49 所示。

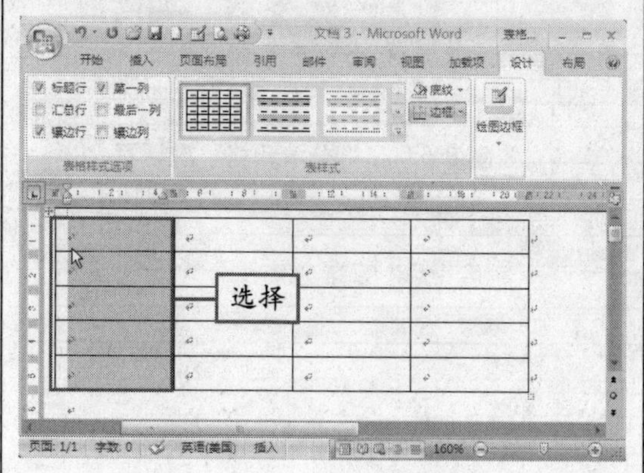

图 8-49　选择单元格

② 单击“布局”选项卡下“合并”组中的“合并单元格”按钮合并单元格，如图 8-50 所示。

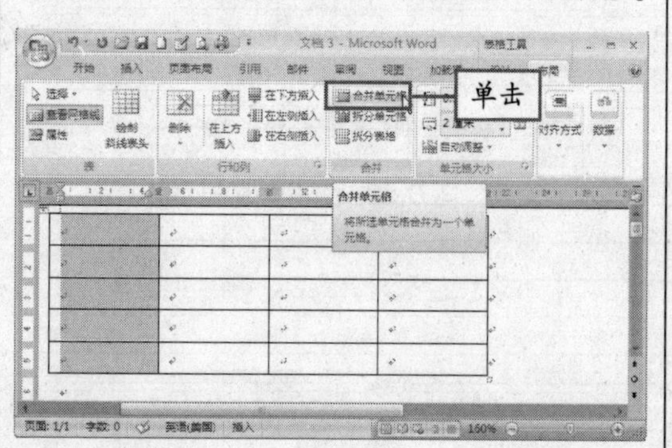

图 8-50　单击“合并单元格”按钮

③ 合并单元格后的效果如图 8-51 所示。

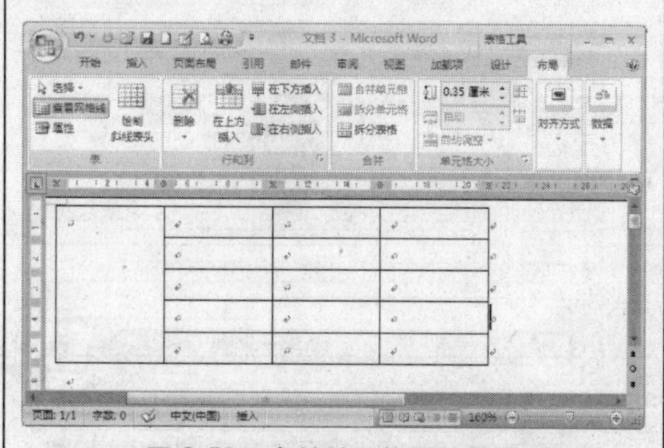

图 8-51　合并单元格后的效果

方法 2：通过快捷菜单设置

① 选中需要合并的单元格，如图 8-52 所示。

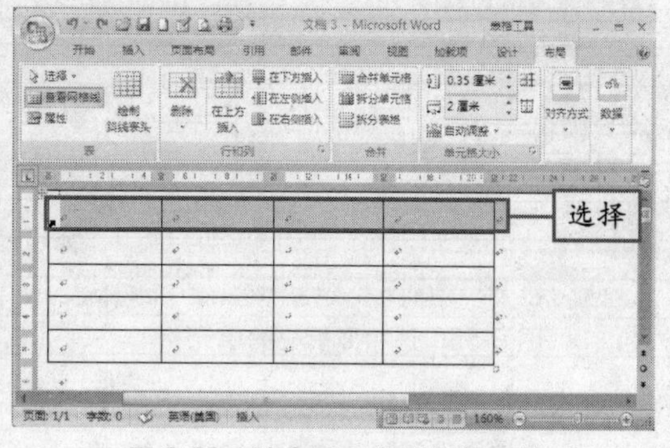

图 8-52　选中需要合并的单元格

② 右击该单元格，在弹出的快捷菜单中选择“合并单元格”选项，如图 8-53 所示。

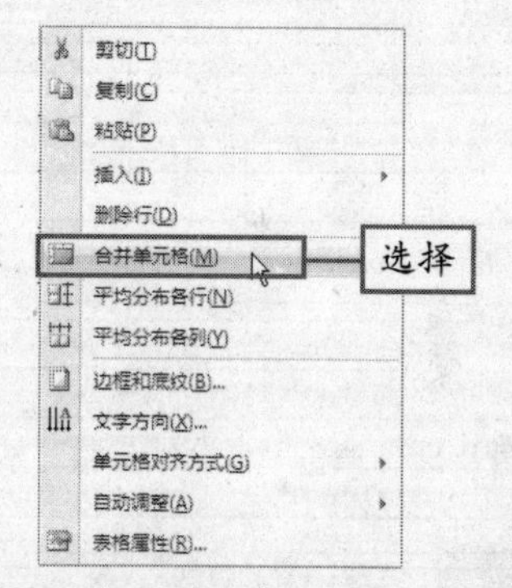

图 8-53　选择“合并单元格”选项

③ 合并单元格后的效果如图 8-54 所示。

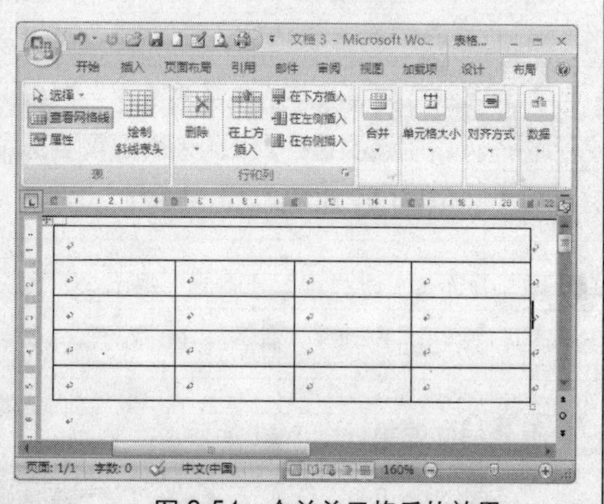

图 8-54　合并单元格后的效果

为了达到合并后的效果，也可以直接使用橡皮擦工具将多余的线擦除。　技巧

2. 单元格的拆分

① 选中要拆分的单元格，如图 8-55 所示。

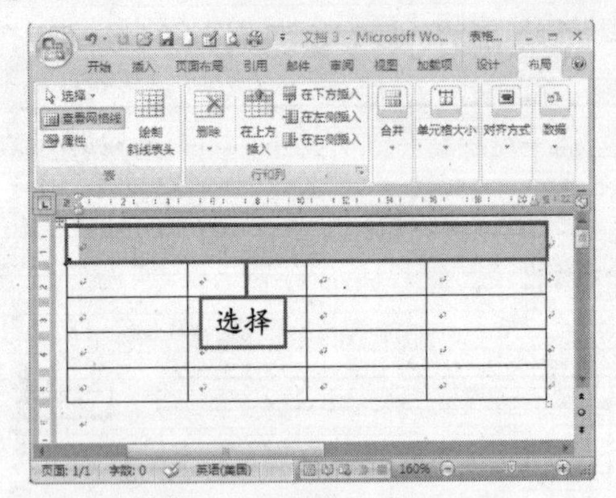

图 8-55 选中要拆分的单元格

② 单击“布局”选项卡下“合并”组中的“拆分单元格”按钮 拆分单元格，如图 8-56 所示。

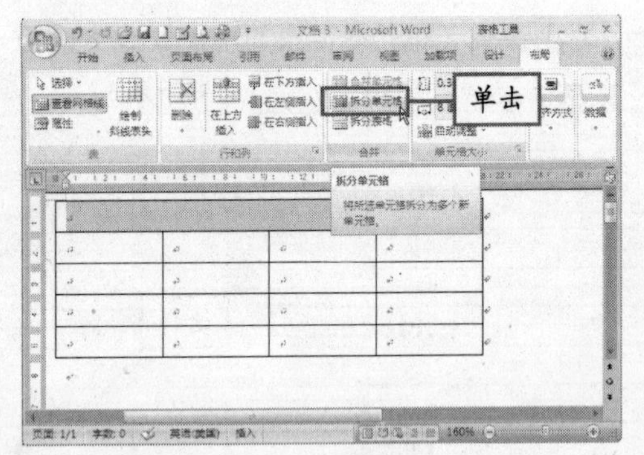

图 8-56 单击“拆分单元格”按钮

③ 在弹出的“拆分单元格”对话框中设置拆分的列数与行数，如图 8-57 所示。

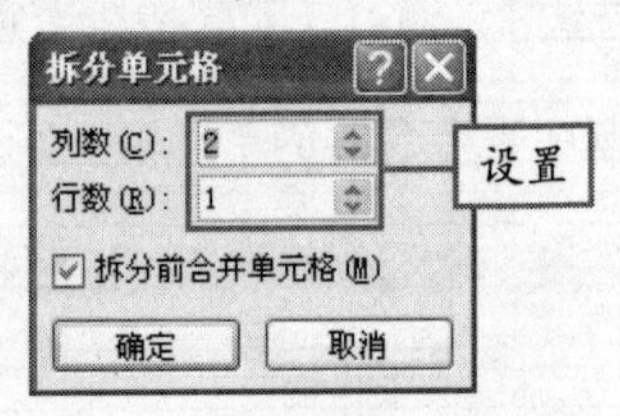

图 8-57 “拆分单元格”对话框

④ 单击“确定”按钮，即可完成对单元格的拆分，如图 8-58 所示。

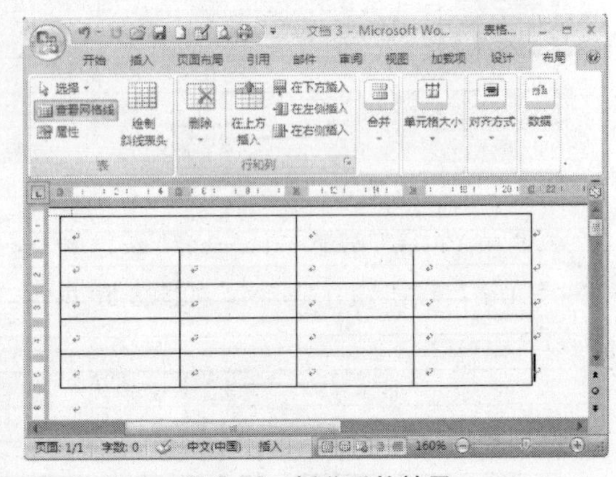

图 8-58 拆分后的效果

8.2.6 表格的拆分

在编辑表格的过程中有时需要将一个表格分为两个表格，这样就需要进行拆分表格操作，下面将介绍拆分表格的方法。

① 在需要拆分的表格中选择一行（这一行拆分后将作为新表格的首行，以此来确定需要选择的行），如图 8-59 所示。

② 单击“布局”选项卡下“合并”组中的“拆分表格”按钮 拆分表格，如图 8-60 所示。

③ 拆分后的效果如图 8-61 所示。

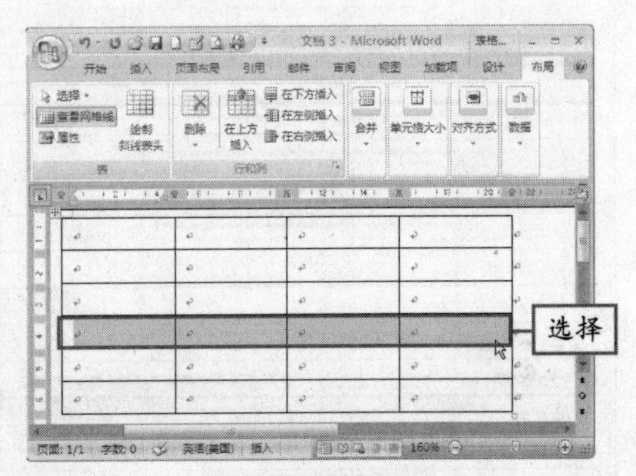

图 8-59 选择行

说明 拆分后的单元格会在原单元格的基础上平均分布。

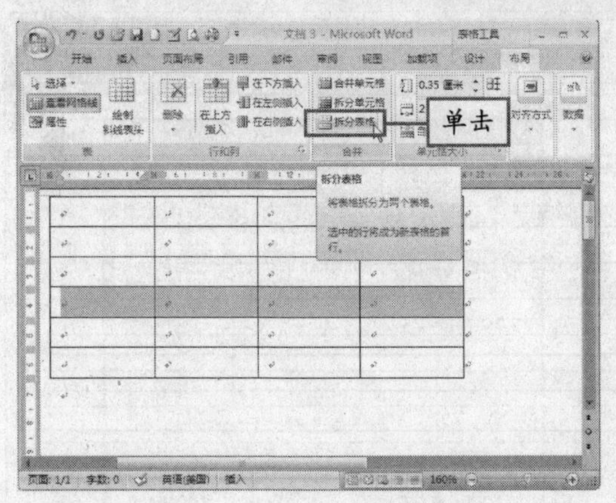

图 8-60 单击“拆分表格”按钮

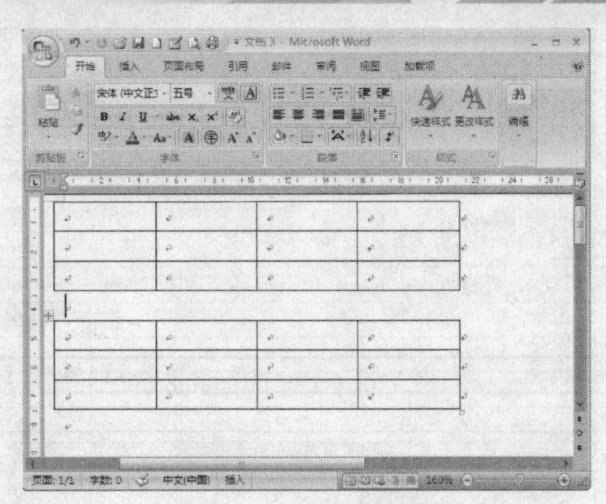

图 8-61 拆分后的效果

8.2.7 设置行高和列宽

在创建表格时，表格的行高与列宽都采用应用程序的默认值，当用户应用表格时，在单元格中输入内容的多少通常不等，这就需要对表格的行高和列宽进行适当的调整。

教你一招

将光标定位到需要选择的行与列中的任意单元格中，然后通过“表”组中的“选择”按钮可以选择需要的单元格。

1. 设置行高

设置行高的方法通常有三种，下面将分别进行详细介绍。

方法 1：通过功能区数值框设置

① 选中需要进行行高设置的行，如图 8-62 所示。

② 在“布局”选项卡下“单元格大小”组中的“表格行高度”数值框中设置所选行的高度，即可完成行高的设置，如图 8-63 所示。

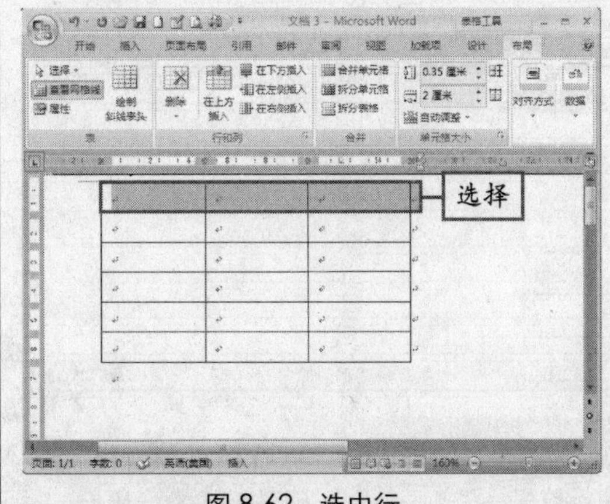

图 8-62 选中行

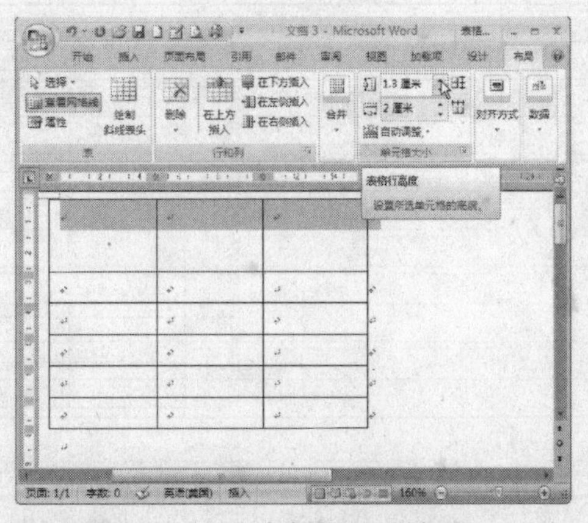

图 8-63 通过功能区设置行高

通过功能区中的“自动调整”按钮，也可以自动调整单元格的宽度。

方法 2：通过对话框设置

① 选中需要进行行高设置的行之后，右击该行，在弹出的快捷菜单中选择“表格属性”选项，如图 8-64 所示。

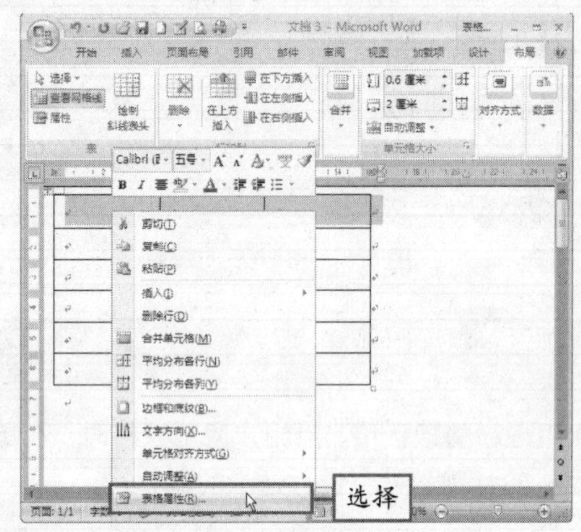

图 8-64　选择“表格属性”选项

② 在“表格属性”对话框中切换到“行”选项卡，在“尺寸”选项区域内设置行高，如图 8-65 所示。

③ 单击“确定”按钮，即可完成设置，效果如图 8-66 所示。

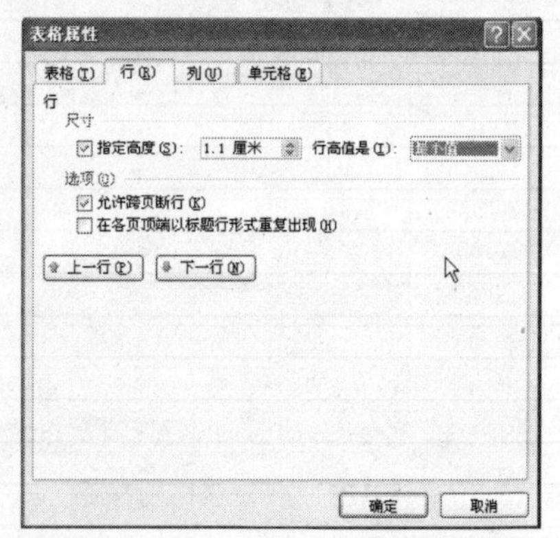

图 8-65　在“尺寸”选项区设置行高

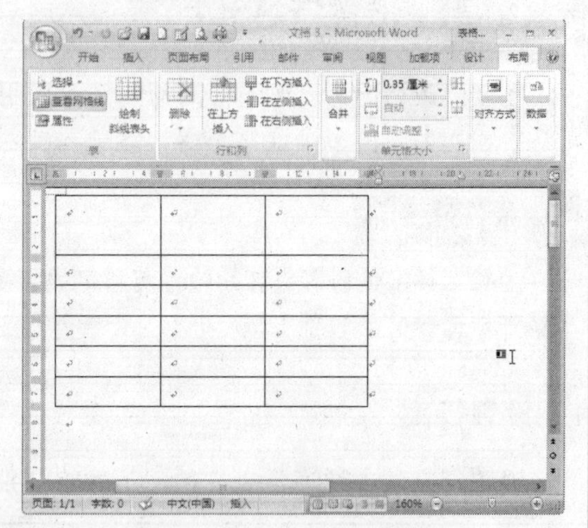

图 8-66　设置行高后的效果

方法 3：通过鼠标拖动设置

将鼠标指针移动到需要更改行高的行的下边界线上，当鼠标指针变为÷形状时，向上或向下拖动即可改变行高，如图 8-67 所示。

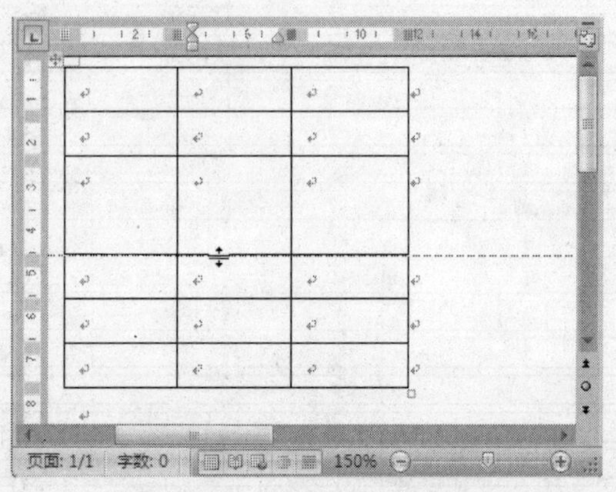

图 8-67　拖动鼠标改变行距

说明　如果对行高或列宽的要求不是很精确，那么手动调节是非常方便的。

2．设置列宽

设置表格列宽与设置行高类似，相应地也有以下三种方法：

方法 1：通过功能区数值框设置

① 选中需要更改宽度的列，如图 8-68 所示。

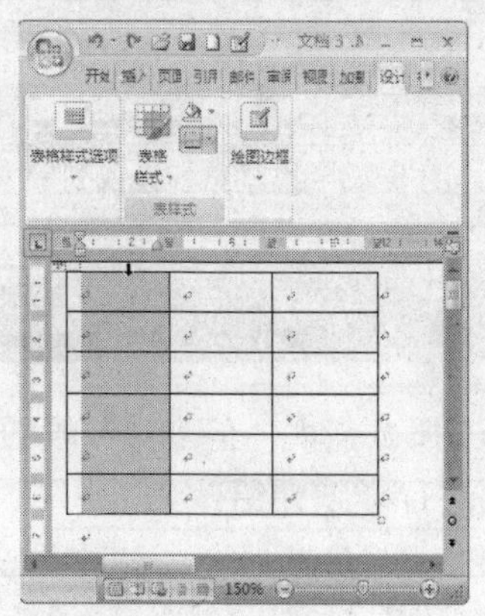

图 8-68　选中列

② 在“布局”选项卡下“单元格大小”组中的“表格列宽度”数值框中设置所选列的宽度，即可完成列宽的设置，如图 8-69 所示。

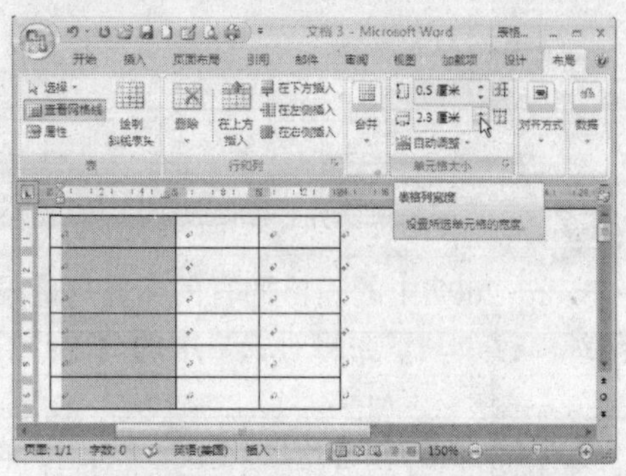

图 8-69　通过功能区设置列宽

方法 2：通过对话框设置

① 选中需要更改宽度的列之后，右击该列，在弹出的快捷菜单中选择“表格属性”选项，如图 8-70 所示。

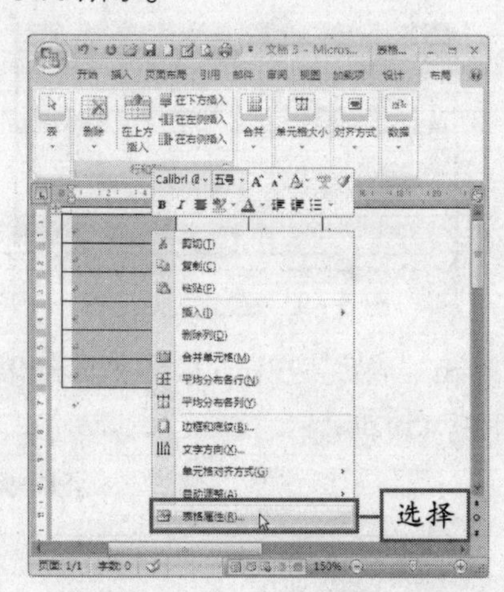

图 8-70　选择“表格属性”选项

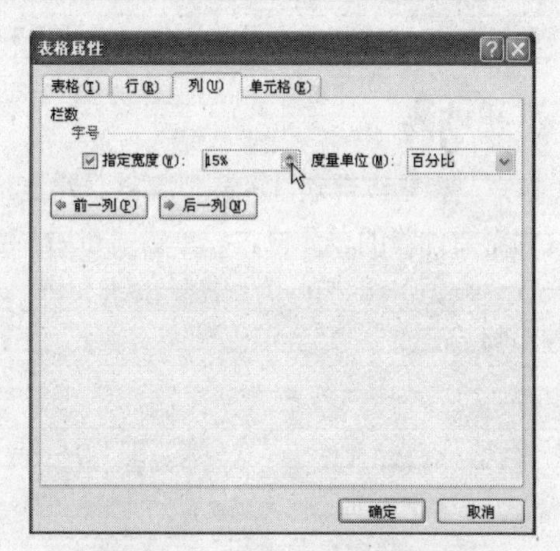

图 8-71　“字号”区设置列宽

② 在“表格属性”对话框中选择“列”选项卡，在“字号”选项区域中设置列宽，如图 8-71 所示。

③ 单击“确定”按钮，即可完成设置，效果如图 8-72 所示。

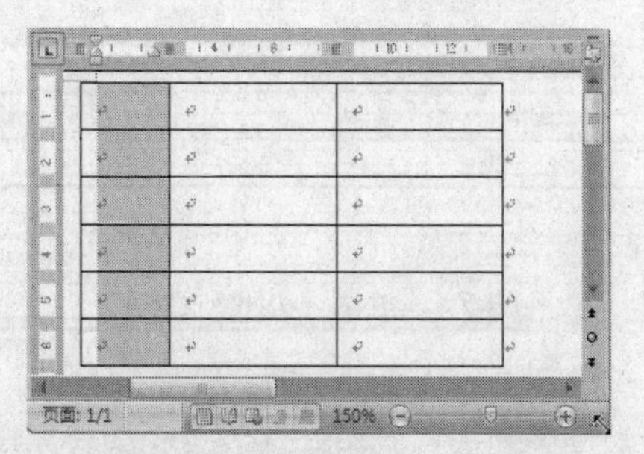

图 8-72　设置列宽后的效果

方法 3：通过鼠标拖动设置

将鼠标指针移动到需要改变宽度的列的左边界线上，当鼠标指针变为◂||▸形状时，向左或向右拖动即可设置列宽，如图 8-73 所示。

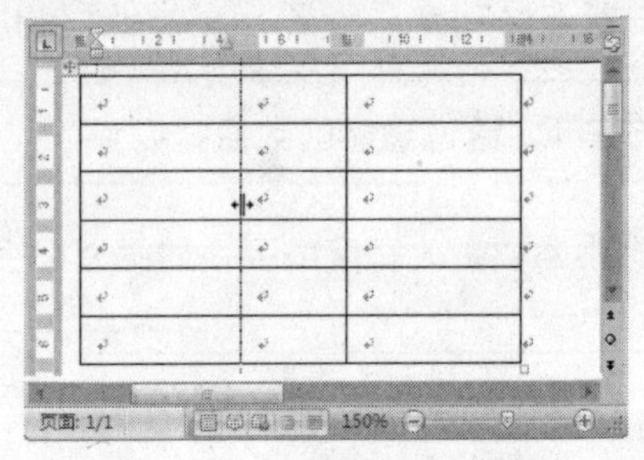

图 8-73　拖动鼠标设置列宽

8.3　表格中的计算与排序

Word 2007 中的表格拥有的计算功能虽然没有 Excel 那么强大，但应对一般的数据计算已经绰绰有余，下面将对表格中的简单计算和排序分别进行详细介绍。

8.3.1　表格中的计算

表格中的计算通过在“公式”对话框中设置相应的计算函数来完成，下面以求和计算和平均值计算为例进行介绍，其他计算与这两种计算类似。

素材文件　光盘:\素材\第 8 章\销售统计表 3.docx

1. 求和计算

① 打开“销售统计表 3.docx”文档，将光标定位到需要计算的单元格内，单击“布局”选项卡下“数据”组中的“公式”按钮 fx 公式，如图 8-74 所示。

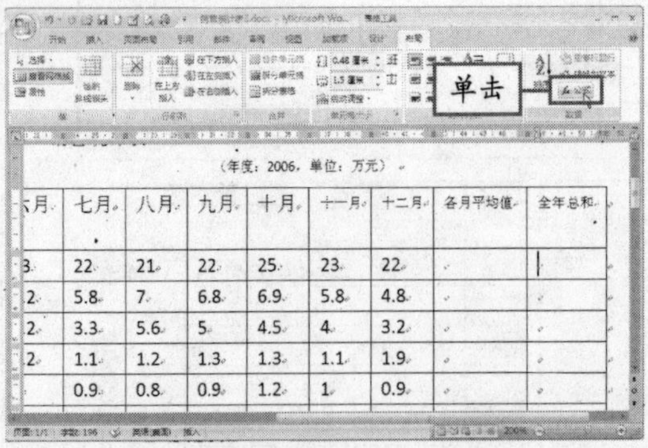

图 8-74　单击“公式”按钮

② 在“公式”对话框中输入需要的公式，在此做的是求和运算，用默认的求和函数即可，如图 8-75 所示。

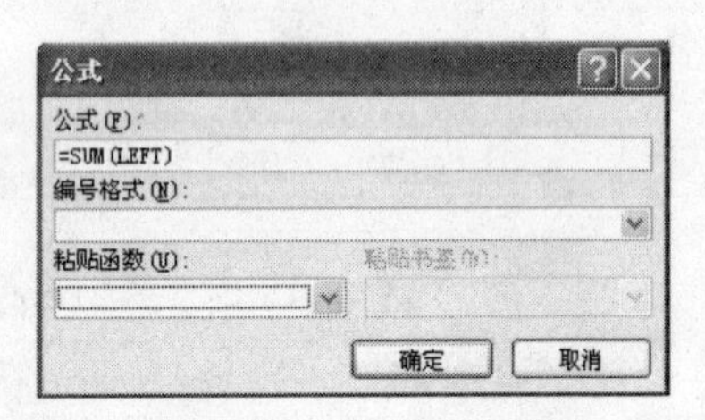

图 8-75　“公式”对话框

③ 单击“确定”按钮，即可完成求和计算，如图 8-76 所示。

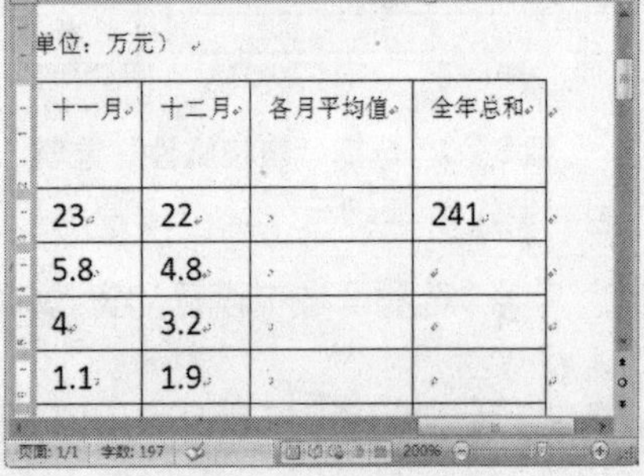

图 8-76　完成计算

说明　单元格按横向 A、B、C…，纵向 1、2、3…进行定位。

2. 平均值计算

① 将光标定位到需要计算的单元格内，单击“布局”选项卡下“数据”组中的“公式”按钮 fx 公式，如图 8-77 所示。

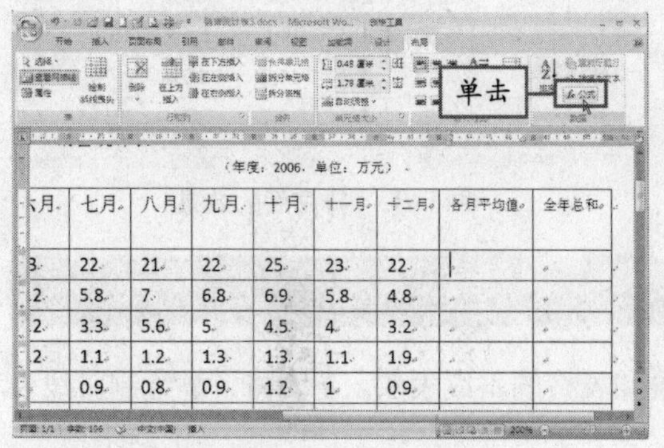

图 8-77　单击“公式”按钮

② 在“公式”对话框中，输入求平均值的函数“AVERAGE(LEFT)”，括号中的“LEFT”是指将单元格左侧数据进行计算，如图 8-78 所示。

③ 单击“确定”按钮，即可完成平均值计算，如图 8-79 所示。

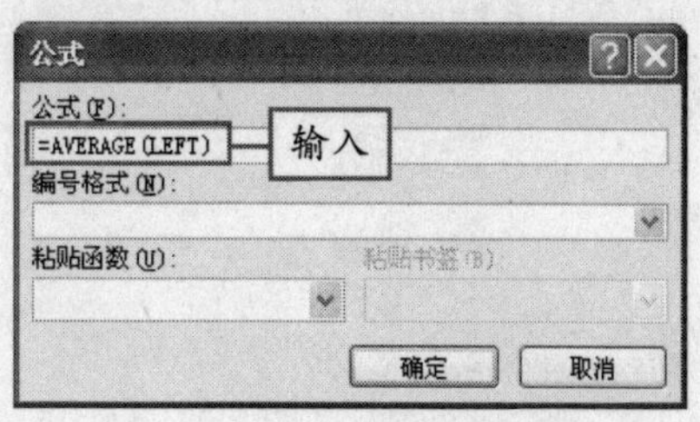

图 8-78　在“公式”文本框输入公式

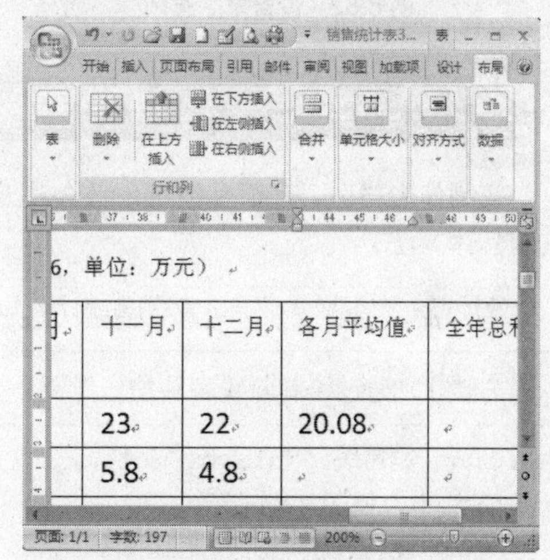

图 8-79　完成计算

8.3.2　表格中的排序

用户有时需要在表格中对某些数据进行排序，分为“升序”和“降序”两种，下面将介绍对表格中的数据进行排序的方法。

素材文件　光盘:\素材\第 8 章\销售统计表 4.docx

① 打开“销售统计表 4.docx”文档，选中需要进行排序的区域，如图 8-80 所示。

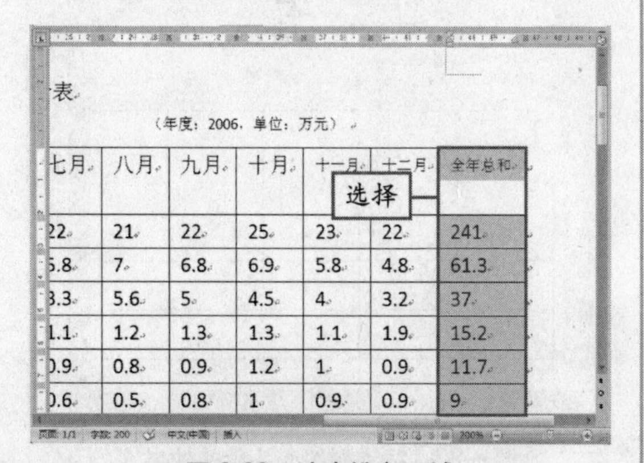

图 8-80　选中排序区域

② 单击“布局”选项卡下“数据”中的“排序”按钮，如图 8-81 所示。

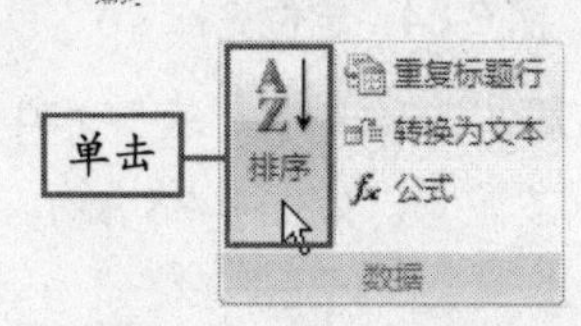

图 8-81　单击“排序”按钮

③ 在弹出的“排序”对话框中，选择主要关键字和类型等，选中“降序”单选按钮，如图 8-82 所示。

④ 单击“确定”按钮，即可完成数据的排序操作，如图 8-83 所示。

若用户不知道公式怎样拼写，可在“粘贴函数”下拉列表框中进行选择。　技巧

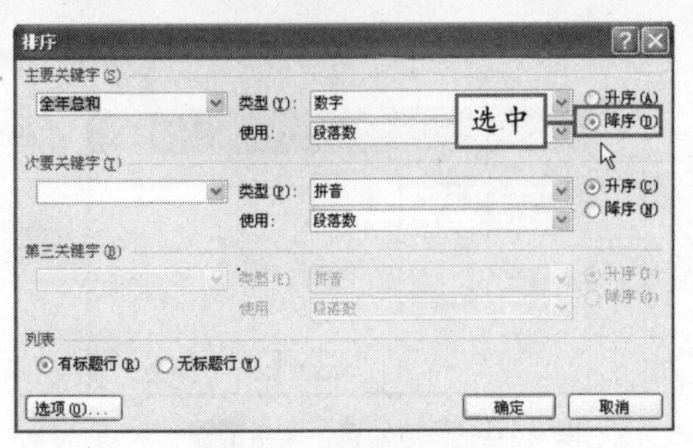

图 8-82　设置排序选项

月	九月	十月	十一月	十二月	全年总和
0	52	56	49	50	541
0	45	50	43	42	412
1	22	25	23	22	241
	6.8	6.9	5.8	4.8	61.3
5	3.7	4.1	4.5	4.2	40.4
6	5	4.5	4	3.2	37

图 8-83　排序后的效果

8.4　绘制斜线表头

在制作表格时，有很多情况下需要用户来绘制表格的斜线表头，下面将讲解绘制斜线表头的具体方法。

素材文件　光盘:\素材\第 8 章\销售统计表 1.docx

方法 1：通过绘制斜线表头按钮绘制

① 打开“销售统计表 1.docx”文档，将光标定位到表头中，如图 8-84 所示。

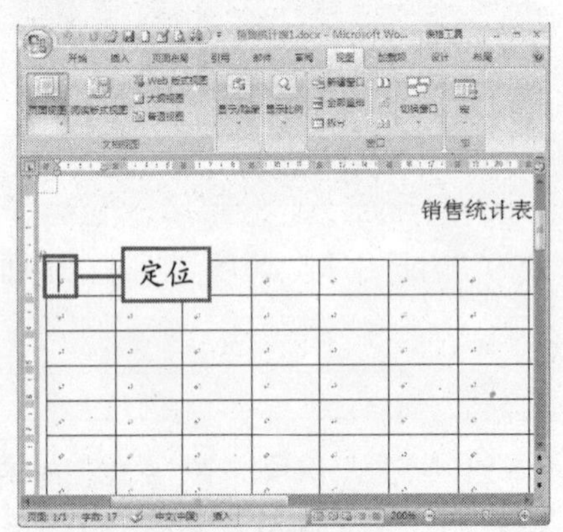

图 8-84　定位光标

② 单击“布局”选项卡下“表”组中的“绘制斜线表头”按钮，如图 8-85 所示。

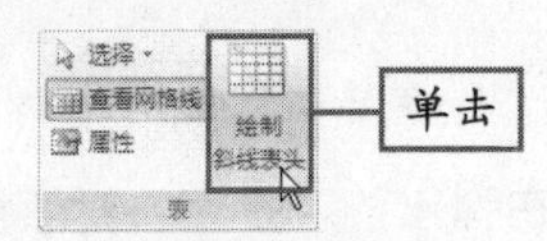

图 8-85　单击“绘制斜线表头”按钮

③ 在弹出的“插入斜线表头”对话框中设置表头样式、字体大小、行标题和列标题，单击“确定”按钮，如图 8-86 所示。

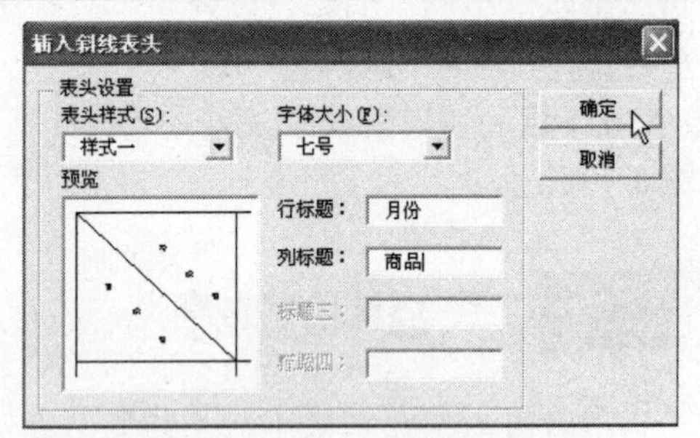

图 8-86　“插入斜线表头”对话框

④ 插入斜线表头后的效果如图 8-87 所示。

图 8-87　插入斜线表头后的效果

技巧　斜线表头的样式可以根据需要在“表头样式”下拉列表中进行选择。

方法 2：通过绘制表格工具绘制

① 打开“销售统计表 1.docx”文档，单击“插入”选项卡下“表格”组中的“表格”按钮，在其下拉面板中选择“绘制表格”选项，如图 8-88 所示。

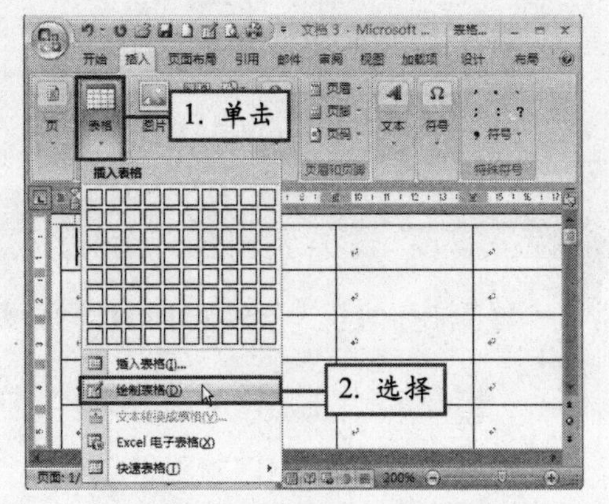

图 8-88　选择“绘制表格”选项

② 当鼠标指针变为形状时，拖动鼠标绘制表头斜线，如图 8-89 所示。

③ 在表格中输入文字，最终效果如图 8-90 所示。

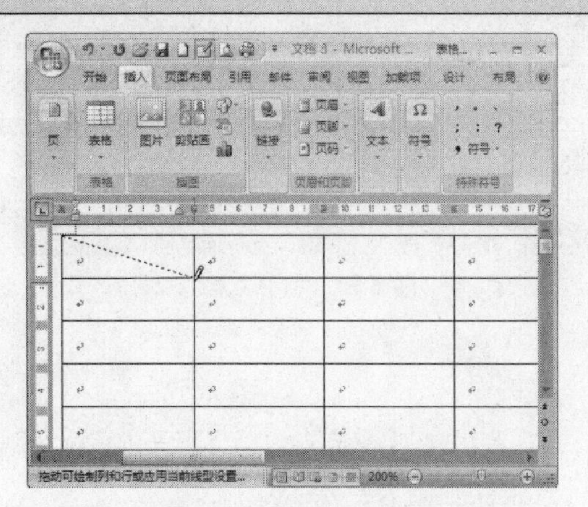

图 8-89　绘制表头斜线

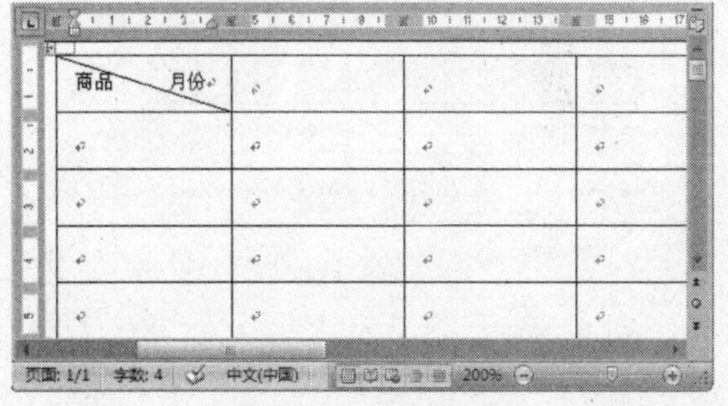

图 8-90　输入文字

8.5　样式表的应用

在 Word 2007 中编辑表格时，可以通过套用表格样式达到快速排版的目的，并制作出专业的表格。下面先讲解应用预定义的表格样式，然后讲解如何自定义表格样式。

1．预定义的表格样式

Word 2007 中提供了很多预定义的表格样式，用户可以方便地选择需要的样式进行应用，下面将介绍应用预定义表格样式的方法。

素材文件　光盘:\素材\第 8 章\销售统计表 4.docx

① 打开“销售统计表 4.docx”文档，如图 8-91 所示。

② 单击“设计”选项卡下“表样式”组中的“其他”下拉按钮，在弹出的下拉面板中选择需要的表格样式，如图 8-92 所示。

技巧　在“表格样式选项”组中，可以对原有的表格样式进行微调。

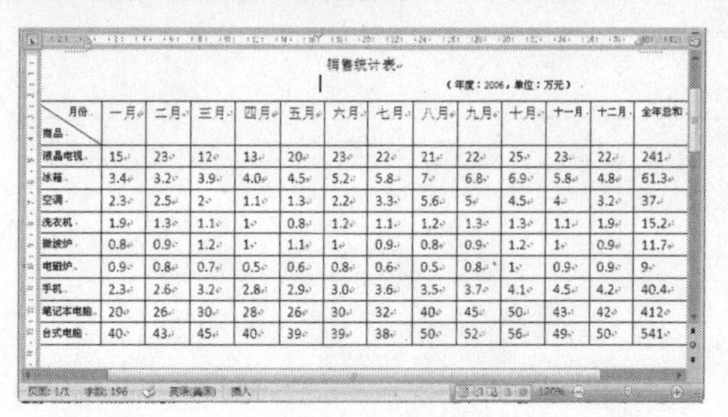

销售统计表

（年度：2006，单位：万元）

月份 / 商品	一月	二月	三月	四月	五月	六月	七月	八月	九月	十月	十一月	十二月	全年总和
液晶电视	15	23	12	13	20	23	22	21	22	25	23	22	241
冰箱	3.4	3.2	3.9	4.0	4.5	5.2	5.8	7	6.8	6.9	5.8	4.8	61.3
空调	2.3	2.5	2	1.1	1.3	2.2	3.3	5.6	5	4.5	4	3.2	37
洗衣机	1.9	1.3	1.1	1	0.8	1.2	1.1	1.2	1.3	1.3	1.1	1.9	15.2
微波炉	0.8	0.9	1.2	1	1.1	1	0.9	0.8	0.9	1.2	1	0.9	11.7
电磁炉	0.9	0.8	0.7	0.5	0.6	0.8	0.6	0.5	0.8	1	0.9	0.9	9
手机	2.3	2.6	3.2	2.8	2.9	3.0	3.6	3.5	3.7	4.1	4.5	4.2	40.4
笔记本电脑	20	26	30	28	26	30	32	40	45	50	43	42	412
台式电脑	40	43	45	40	39	39	38	50	52	56	49	50	541

图 8-91　打开文档

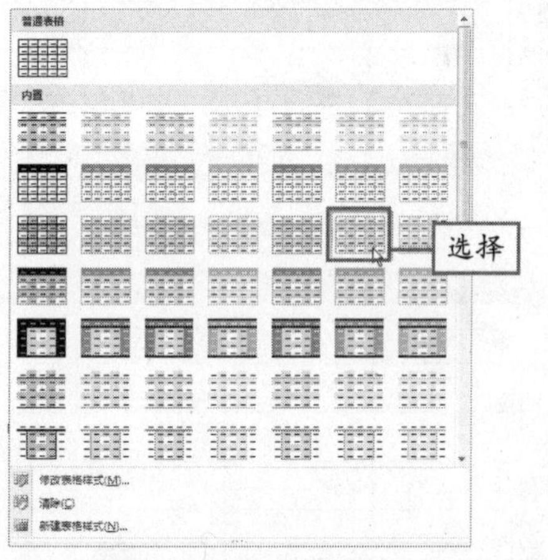

图 8-92　选择表格样式

③ 取消选择“设计”选项卡下“表格样式选项”组中的“汇总行”复选框，如图 8-93 所示。

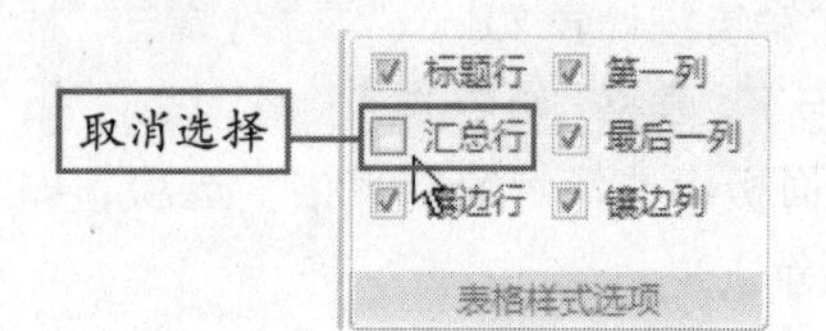

图 8-93　取消选择“汇总行”复选框

④ 应用样式后的效果如图 8-94 所示。

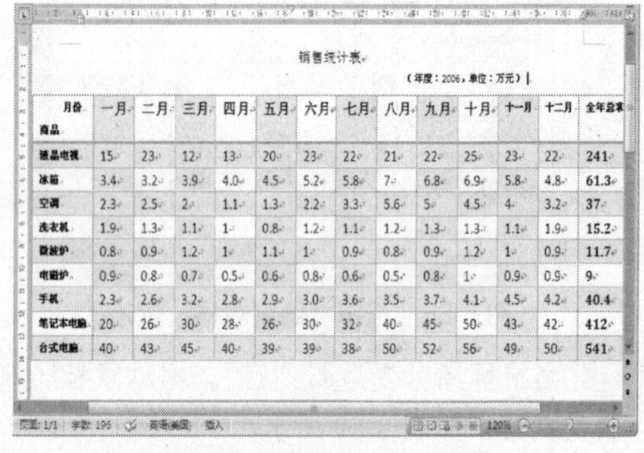

销售统计表

（年度：2006，单位：万元）

月份 / 商品	一月	二月	三月	四月	五月	六月	七月	八月	九月	十月	十一月	十二月	全年总和
液晶电视	15	23	12	13	20	23	22	21	22	25	23	22	241
冰箱	3.4	3.2	3.9	4.0	4.5	5.2	5.8	7	6.8	6.9	5.8	4.8	61.3
空调	2.3	2.5	2	1.1	1.3	2.2	3.3	5.6	5	4.5	4	3.2	37
洗衣机	1.9	1.3	1.1	1	0.8	1.2	1.1	1.2	1.3	1.3	1.1	1.9	15.2
微波炉	0.8	0.9	1.2	1	1.1	1	0.9	0.8	0.9	1.2	1	0.9	11.7
电磁炉	0.9	0.8	0.7	0.5	0.6	0.8	0.6	0.5	0.8	1	0.9	0.9	9
手机	2.3	2.6	3.2	2.8	2.9	3.0	3.6	3.5	3.7	4.1	4.5	4.2	40.4
笔记本电脑	20	26	30	28	26	30	32	40	45	50	43	42	412
台式电脑	40	43	45	40	39	39	38	50	52	56	49	50	541

图 8-94　应用样式后的效果

2. 新建表格样式

如果在预定义的表格样式中没有需要的表格样式，用户可以新建表格样式，下面将介绍新建表格样式的方法。

① 单击“设计”选项卡下“表样式”组中的“其他”下拉按钮，在弹出的下拉面板中选择“新建表格样式”选项，如图 8-95 所示。

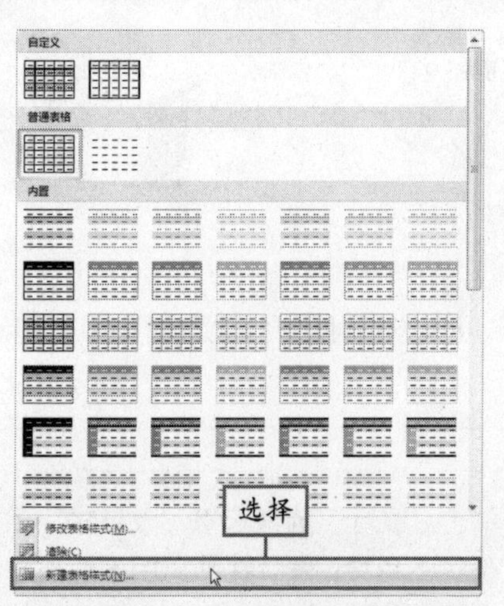

图 8-95　选择“新建表格样式”选项

② 在“根据格式设置创建新样式”对话框中设置新创建的表格样式，如图 8-96 所示。

根据格式设置创建新样式

属性

名称(N)：样式6

样式类型(T)：表格

样式基准(B)：列表型 2

格式

将格式应用于(P)：整个表格

宋体（中文正文　五号　B　I　U　自动　中文

0.25 磅　自动

	一月	二月	三月	总计
东部	7	7	5	19
西部	6	4	7	17
南部	8	7	9	24
总计	21	18	21	60

图案：清除（自定义颜色(RGB(253, 243, 255))），优先级：100，基于：列表型 2

仅限此文档　基于该模板的新文档

格式(O)　确定　取消

图 8-96　“根据格式设置创建新样式”对话框

技巧　在表格样式的下拉面板中单击“清除”命令，可以清除表格中所有样式。

③ 单击“确定”按钮，即可完成新样式的创建。创建后的新样式会出现在“设计”选项卡下“表样式”组中的样式表中，如图 8-97 所示。

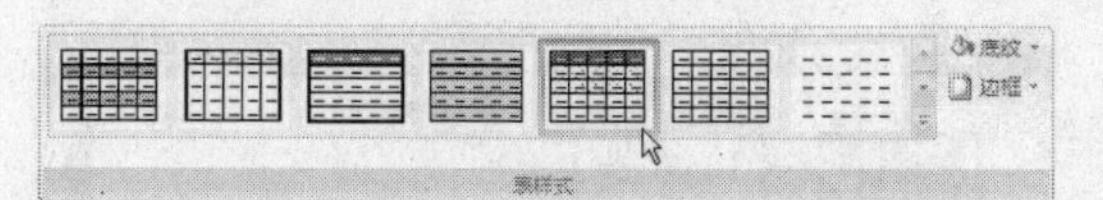

图 8-97　创建的新样式出现在样式表中

④ 选择新建样式即可应用，效果如图 8-98 所示。

销售统计表

（年度：2006，单位：万元）

月份 商品	一月	二月	三月	四月	五月	六月	七月	八月	九月	十月	十一月	十二月	全年总
液晶电视	15	23	12	13	20	23	22	21	22	25	23	22	241
冰箱	3.4	3.2	3.9	4.0	4.5	5.2	5.8	7	6.8	6.9	5.8	4.8	61.3
空调	2.3	2.5	2	1.1	1.3	2.2	3.3	5.6	5	4.5	4	3.2	37
洗衣机	1.9	1.3	1.1	1	0.8	1.2	1.1	1.2	1.3	1.3	1.1	1.9	15.2
微波炉	0.8	0.9	1.2	1	1.1	1	0.9	0.8	0.9	1.2	1	0.9	11.7
电磁炉	0.9	0.8	0.7	0.5	0.6	0.8	0.6	0.5	0.8	1	0.9	0.9	9
手机	2.3	2.6	3.2	2.8	2.9	3.0	3.6	3.5	3.7	4.1	4.5	4.2	40.4
笔记本电脑	20	26	30	28	26	30	32	40	45	50	43	42	412
台式电脑	40	43	45	40	39	39	38	50	52	56	49	50	541

图 8-98　应用新创建的表格样式

8.6　现学现用——制作汽车销售情况表

下面将综合利用本章所讲解的知识，制作《2008 年 3 月中国主要汽车集团乘用车销售情况》表格，最终效果如图 8-99 所示。

素材文件　光盘:\素材\第 8 章\2008 年 3 月中国主要汽车集团乘用车销售情况.docx

2008 年 3 月中国主要汽车集团乘用车销售情况

2008 年 3 月中国主要汽车集团乘用车销售情况　　单位：辆

	2008 年 3 月	2007 年 3 月	同比%	2008 年 1-3 月	2007 年 1-3 月	累计同比%
上海通用	45504	40071	14%	131649	113225	16%
上海大众	48144	38627	25%	127122	79409	60%
一汽大众	48610	40401	20%	130991	97350	35%
一汽丰田	37137	21557	72%	94830	54465	74%
广州丰田	16532	15540	6%	41369	39599	4%
广州本田	36491	21700	68%	71391	63052	13%
东风本田	16380	9030	81%	41139	24046	71%
奇瑞	46181	44060	5%	108883	102561	6%
东风日产	27441	19177	43%	74325	55049	35%
长安福特	21910	16437	33%	60218	28737	110%
东风标志雪铁龙	23371	18697	25%	54105	43828	23%
北京现代	25491	20008	27%	74137	64063	16%

图 8-99　最终效果

操作步骤：

① 在空白文档中输入表格名称“2008 年 3 月中国主要汽车集团乘用车销售情况”，选中并单击“开始”选项卡下“段落”组中的“居中”按钮，表格标题将居中设置。然后单击“开始”选项卡下“字体”组中的“字号”下拉按钮小三，在其下拉列表中选择“三号”选项，如图 8-100 所示，表格标题将被设置为三号字体。

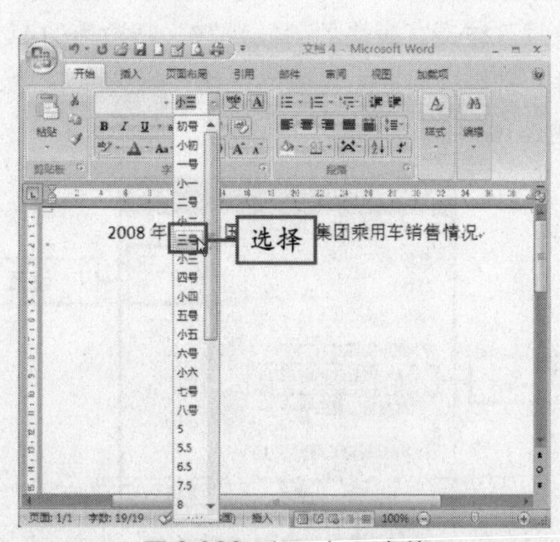

图 8-100　设置标题字体

② 将光标定位到下一行的开始位置，单击“插入”选项卡下“表格”组中的“表格”下拉按钮，如图 8-101 所示。

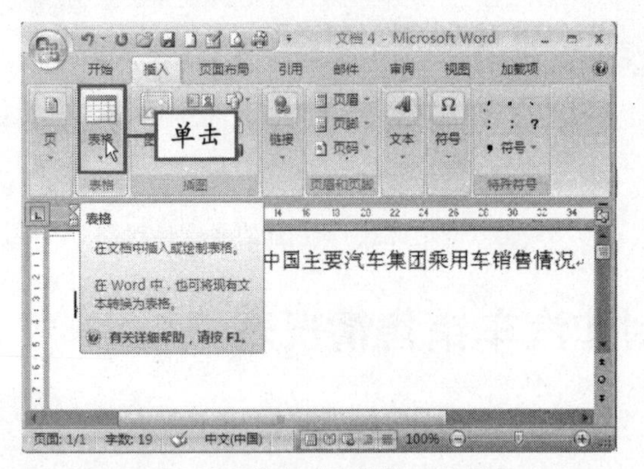

图 8-101 单击“表格”下拉按钮

③ 在弹出的下拉面板中选择“插入表格”选项，如图 8-102 所示。

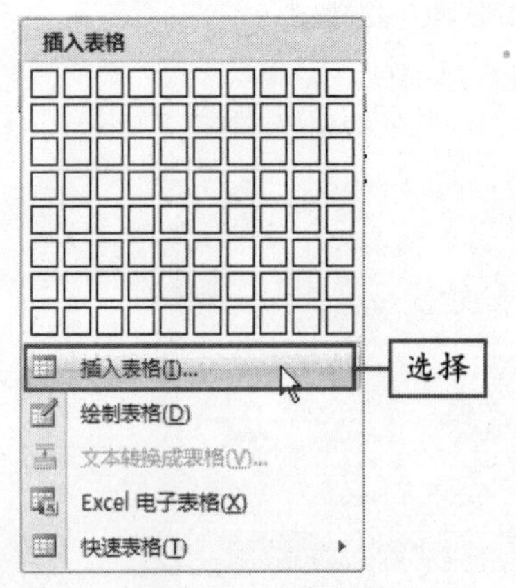

图 8-102 选择“插入表格”选项

④ 在“插入表格”对话框中的“表格尺寸”选项区域设置表格的列数为“7”，行数为“14”，并且选中“根据内容调整表格”单选按钮，如图 8-103 所示。

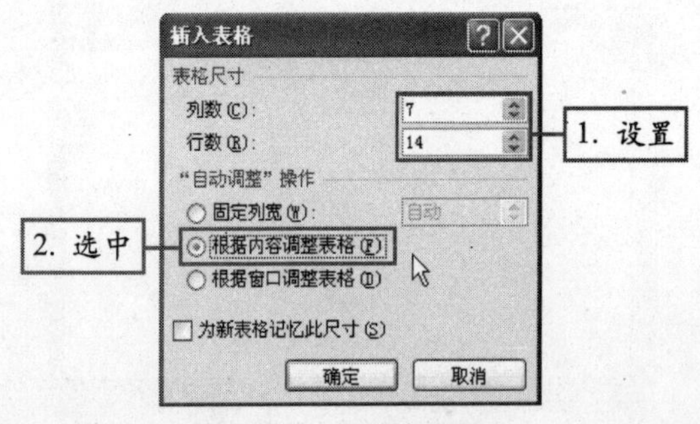

图 8-103 设置表格格式

⑤ 单击“确定”按钮，表格即被插入。选择第一行，右击该行，在弹出的快捷菜单中选择“合并单元格”选项，如图 8-104 所示。

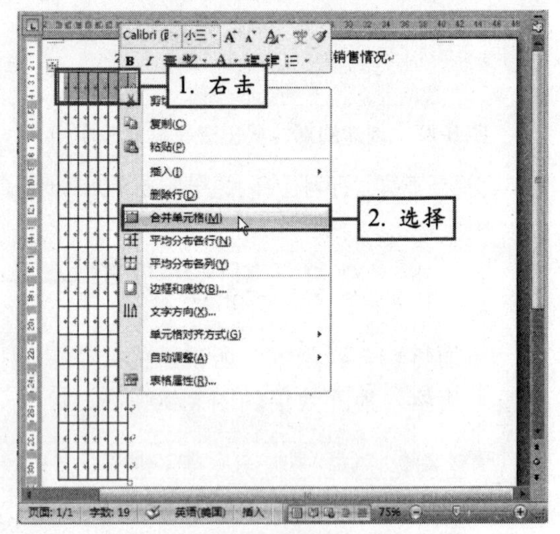

图 8-104 合并第一行

⑥ 合并单元格后的效果如图 8-105 所示。

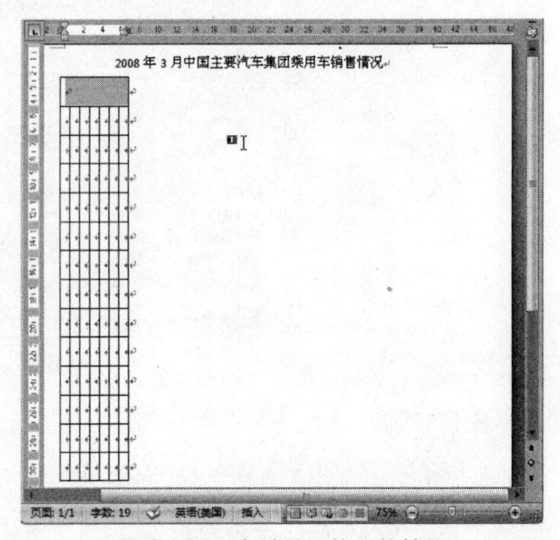

图 8-105 合并单元格后的效果

⑦ 在表格的第一行中输入相关文档，如图 8-106 所示。

选择需要合并的单元格，右击该单元格，在弹出的快捷菜单中直接按【M】键即可。

说明 设置为“根据内容调整表格”是为了更好地节省空间。

图 8-106　在第一行输入文档

⑧ 在“开始”选项卡下“字体”组中设置第一行中文档的字体格式，在此设置其字号为“小四”，如图 8-107 所示。

图 8-107　设置字体格式

⑨ 在其他单元格中输入相关的文档和数据，如图 8-108 所示。

	2008 年 3 月	2007 年 3 月	同比
上海通用	45504	40071	
上海大众	48144	38627	
一汽大众	48610	40401	
一汽丰田	37137	21557	
广州丰田	16532	15540	

图 8-108　输入文档和数据

⑩ 输入其余单元格中的内容，在“开始”选项卡下的“字体”组中设置其字号为“小五”，如图 8-109 所示。

图 8-109　设置字体

⑪ 选中整个表格并右击，在弹出的快捷菜单中选择“复制”选项，如图 8-110 所示。

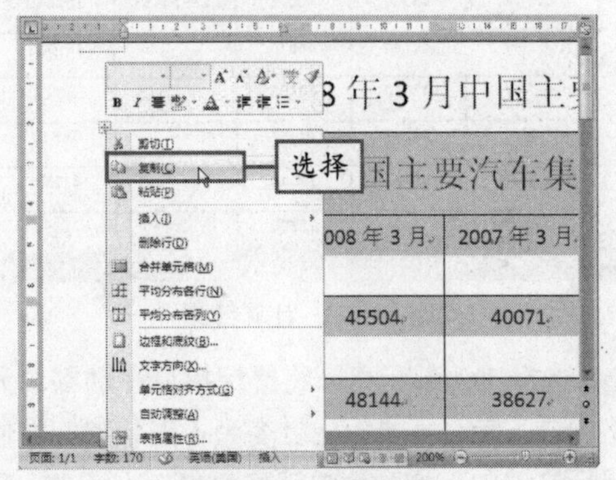

图 8-110　复制表格

⑫ 打开 Excel 2007 并右击，在弹出快捷菜单中选择“粘贴”选项，将表格粘贴到 Excel 2007 中，如图 8-111 所示。

	A	B	C	D	E
1	2008年3月中国主要汽车集团乘用车销售情				
2		2008年3月	2007年3月	同比%	2008年1-3月
3	上海通用	45504	40071		131649
4	上海大众	48144	38627		127122
5	一汽大众	48610	40401		130991
6	一汽丰田	37137	21557		94830
7	广州丰田	16532	15540		41369
8	广州本田	36491	21700		71391

图 8-111　将图表粘贴到 Excel 2007 中

单击“布局”选项卡下“表”组中的“选择”按钮，可以迅速选择需要的单元格。　技巧

⑬ 选择 D3 单元格，在编辑栏中输入计算公式“=（B3-C3）/C3”，如图 8-112 所示。

SUM =（B3-C3）/C3

	A	B	C	D	E
1	2008年3月中国主要汽车集团乘用车销售情				
2		2008年3月	2007年3月	同比%	2008年1-3月
3	上海通用	45504	40071	33-C3）/C3	131649
4	上海大众	48144	38627		127122
5	一汽大众	48610	40401		130991
6	一汽丰田	37137	21557		94830
7	广州丰田	16532	15540		41369
8	广州本田	36491	21700		71391

图 8-112 输入计算公式

⑭ 按【Enter】键，即可看到计算结果，如图 8-113 所示。

	A	B	C	D	E
1	2008年3月中国主要汽车集团乘用车销售情				
2		2008年3月	2007年3月	同比%	2008年1-3月
3	上海通用	45504	40071	0.135584338	131649
4	上海大众	48144	38627		127122
5	一汽大众	48610	40401		130991
6	一汽丰田	37137	21557		94830
7	广州丰田	16532	15540		41369
8	广州本田	36491	21700		71391

图 8-113 计算结果

⑮ 选择 D3 单元格，将鼠标指针移动到单元格的右下角，当鼠标指针变为✚形状时，按住鼠标左键向下拖动到单元格 D14，计算这一列需要执行相同计算的结果，如图 8-114 所示。

D3 =（B3-C3）/C3

	A	B	C	D	E
9	东风本田	16380	9030		41139
10	奇瑞	46181	44060		108883
11	东风日产	27441	19177		74325
12	长安福特	21910	16437		60218
13	东风标志雪铁龙	23371	18697		54105
14	北京现代	25491	20008		74137
15					
16					

图 8-114 计算这一列所有的结果

⑯ 松开鼠标，即可看到整列的计算结果，如图 8-115 所示。

D3 =（B3-C3）/C3

	A	B	C	D	E
9	东风本田	16380	9030	0.813953488	41139
10	奇瑞	46181	44060	0.048138901	108883
11	东风日产	27441	19177	0.430932888	74325
12	长安福特	21910	16437	0.332968303	60218
13	东风标志雪铁龙	23371	18697	0.249986629	54105
14	北京现代	25491	20008	0.274040384	74137
15					
16					

图 8-115 整列的计算结果

⑰ 将鼠标指针移动到 D 列列标，当鼠标指针变为⬇形状时，单击选择整个 D 列，如图 8-116 所示。

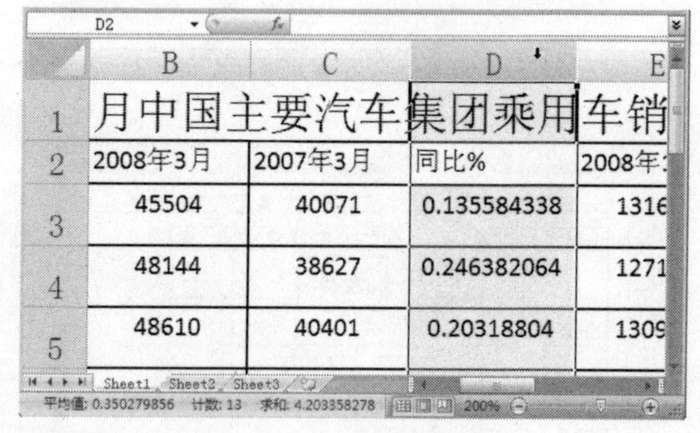

	B	C	D	E
1	月中国主要汽车	集团乘用	车销	
2	2008年3月	2007年3月	同比%	2008年
3	45504	40071	0.135584338	1316
4	48144	38627	0.246382064	1271
5	48610	40401	0.20318804	1309

平均值: 0.350279856 计数: 13 求和: 4.203358278

图 8-116 选择整个 D 列

⑱ 单击 Excel 中“开始”选项卡下“格式”组中的“单元格样式”按钮，如图 8-117 所示。

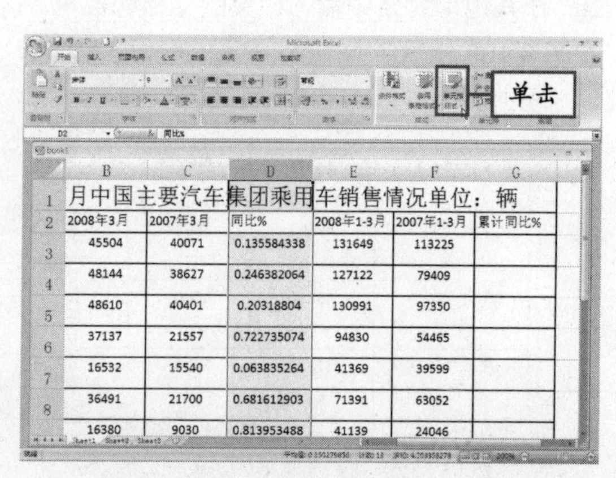

	B	C	D	E	F	G
1	月中国主要汽车	集团乘用	车销售情况单位：辆			
2	2008年3月	2007年3月	同比%	2008年1-3月	2007年1-3月	累计同比%
3	45504	40071	0.135584338	131649	113225	
4	48144	38627	0.246382064	127122	79409	
5	48610	40401	0.20318804	130991	97350	
6	37137	21557	0.722735074	94830	54465	
7	16532	15540	0.063835264	41369	39599	
8	36491	21700	0.681612903	71391	63052	
	16380	9030	0.813953488	41139	24046	

图 8-117 单击“单元格样式”按钮

说明 要注意计算数据的格式，例如百分比或有小数位数的要求。

⑲ 在弹出的下拉面板“数字格式”选项区域中选择“百分比”选项，如图 8-118 所示。

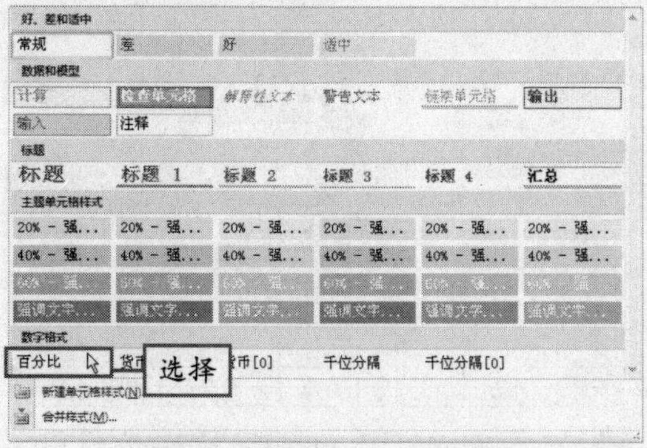

图 8-118　选择“百分比”选项

⑳ 设置数字格式后的效果如图 8-119 所示。

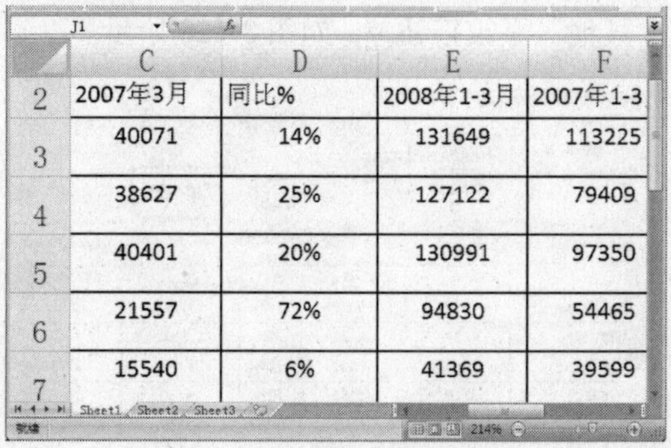

图 8-119　设置数字格式后的效果

㉑ 用相同的方法计算 G 列的结果，计算后的效果如图 8-120 所示。

图 8-120　计算后的结果

㉒ 选择 D 列的计算结果，右击该列，在弹出的快捷菜单中选择“复制”选项，如图 8-121 所示。

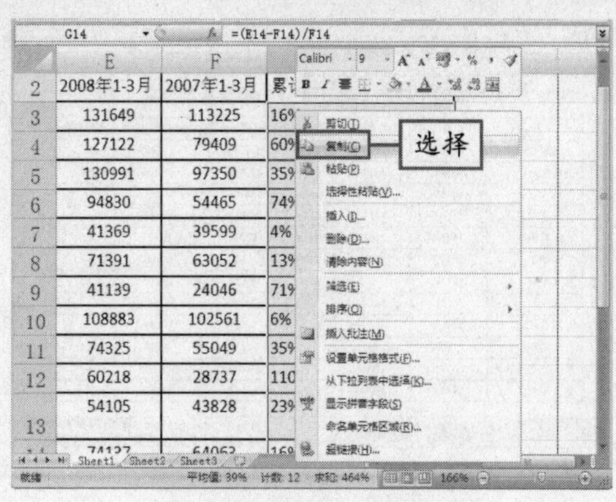

图 8-121　复制计算结果

㉓ 返回到 Word 2007 中，选择需要添加结果的单元格，通过快捷菜单进行数据的粘贴，如图 8-122 所示。

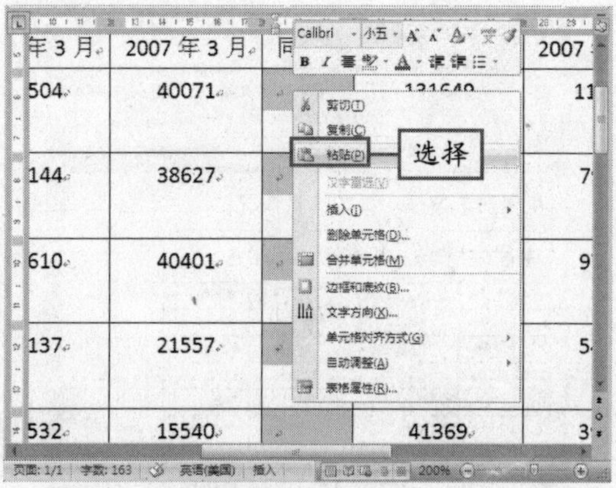

图 8-122　粘贴数据

㉔ 粘贴后的效果如图 8-123 所示。

图 8-123　粘贴后的效果

㉕ 以相同的方法复制粘贴 G 列结果，粘贴完成后的效果如图 8-124 所示。

选择整列时，将鼠标指针移动到列标处单击选择比较方便，尤其是行数比较多的情况下。 说明

2008 年 3 月中国主要汽车集团乘用车销售情况

2008 年 3 月中国主要汽车集团乘用车销售情况单位：辆						
	2008 年 3 月	2007 年 3 月	同比%	2008 年 1-3 月	2007 年 1-3 月	累计同比%
上海通用	45504	40071	14%	131649	113225	16%
上海大众	48144	38627	25%	127122	79409	60%
一汽大众	48610	40401	20%	130991	97350	35%
一汽丰田	37137	21557	72%	94830	54465	74%
广州丰田	16532	15540	6%	41369	39599	4%
广州本田	36491	21700	68%	71391	63052	13%
东风本田	16380	9030	81%	41139	24046	71%
奇瑞	46181	44060	5%	108883	102561	6%
东风日产	27441	19177	43%	74325	55049	35%
长安福特	21910	16437	33%	60218	28737	110%
东风标志雪铁龙	23371	18697	25%	54105	43828	23%
北京现代	25491	20008	27%	74137	64063	16%

图 8-124　完成计算结果的添加

㉖ 将光标定位到第一行中，通过空格键调整文档的位置，然后选择文本“单位：辆”，将其字体大小通过功能区设置为“六号”，如图 8-125 所示。

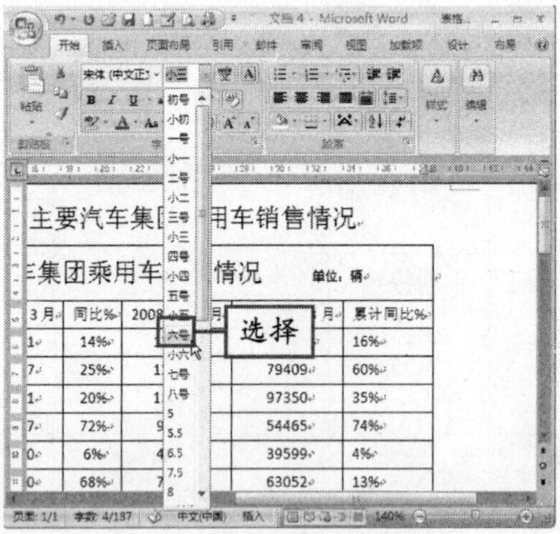

图 8-125　设置字体大小

㉗ 选择最后一列的数据，单击“开始”选项卡下“段落”组中的“居中”按钮，数据居中设置完成后的效果如图 8-126 所示。

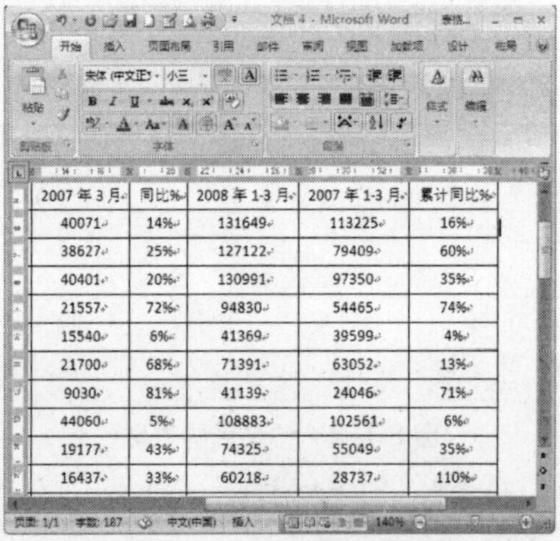

图 8-126　数据居中设置

㉘ 选择表格的第一行和第一列，如图 8-127 所示。

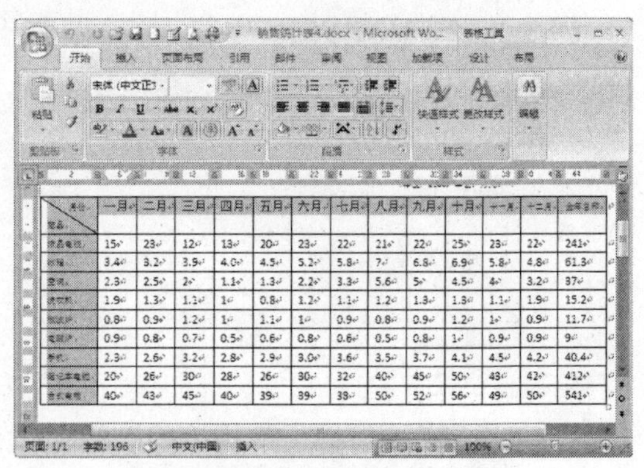

图 8-127　选择单元格

㉙ 单击“设计”选项卡下“表样式”组中的“其他”下拉按钮，如图 8-128 所示。

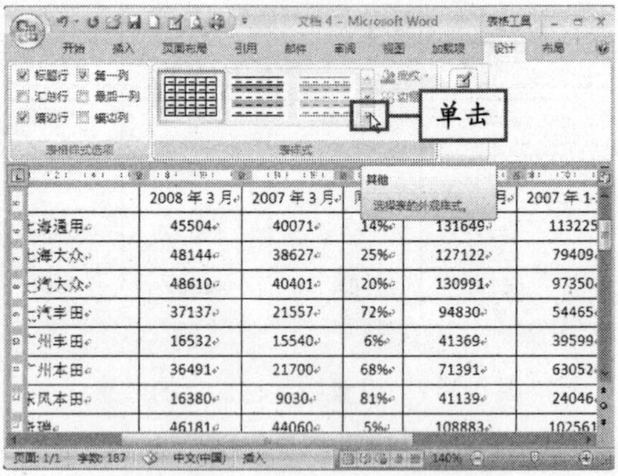

图 8-128　单击样式库下拉按钮

㉚ 在打开的下拉面板中选择需要的样式类型，如图 8-129 所示。

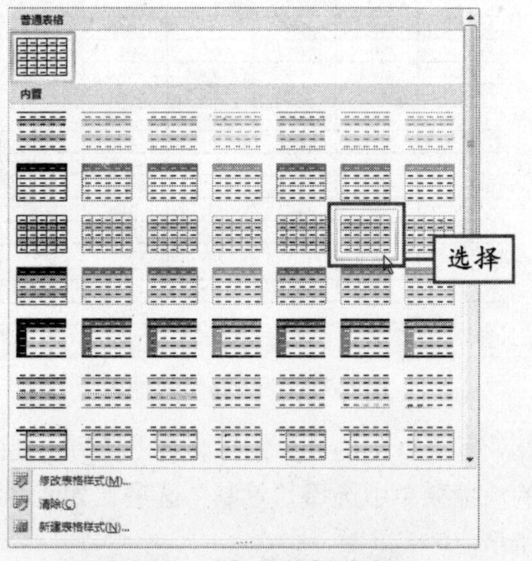

图 8-129　选择表格样式类型

技巧　选择需要居中设置的单元格，然后直接按【Ctrl+E】组合键即可完成内容的居中设置。

㉛ 返回文档，即可看到应用样式后的效果，如图 8-130 所示。

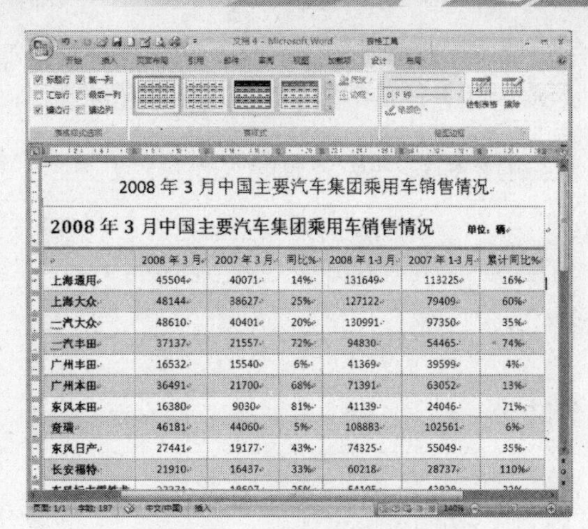

2008 年 3 月中国主要汽车集团乘用车销售情况

2008 年 3 月中国主要汽车集团乘用车销售情况　单位：辆

	2008 年 3 月	2007 年 3 月	同比%	2008 年 1-3 月	2007 年 1-3 月	累计同比%
上海通用	45504	40071	14%	131649	113225	16%
上海大众	48144	38627	25%	127122	79409	60%
一汽大众	48610	40401	20%	130991	97350	35%
一汽丰田	37137	21557	72%	94830	54465	74%
广州丰田	16532	15540	6%	41369	39599	4%
广州本田	36491	21700	68%	71391	63052	13%
东风本田	16380	9030	81%	41139	24046	71%
奇瑞	46181	44060	5%	108883	102561	6%
东风日产	27441	19177	43%	74325	55049	35%
长安福特	21910	16437	33%	60218	28737	110%

图 8-130　应用样式后的效果

知识点拨

通过表格样式模板的应用，可以快速完成美观表格的制作，并且用户可以根据自己的需要在“表格样式选项”组中进行模板的调整。

巩固与练习

一、填空题

1．进行表格中数据的计算，需要通过_________对话框进行计算函数的设置。

2．表格中的排序分为____序和____序两种。

3．用户可以通过使用__________按钮来绘制表格的斜线表头。

二、简答题

1．简述创建表格的几种方法。

2．简述如何对表格中的数据进行求和计算。

三、上机题

1．制作“员工考勤记录表”，最终效果如图 8-131 所示。

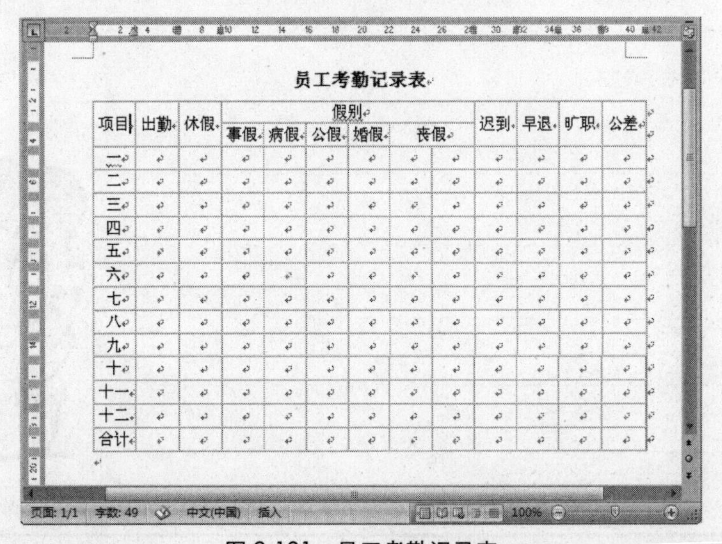

员工考勤记录表

项目	出勤	休假	假别						迟到	早退	旷职	公差
			事假	病假	公假	婚假	丧假					
一												
二												
三												
四												
五												
六												
七												
八												
九												
十												
十一												
十二												
合计												

图 8-131　员工考勤记录表

2. 打开本书光盘中的“各车间 3 月份产量统计表”文件，如图 8-132 所示，据其制作对应的图表，最终效果如图 8-133 所示。

素材文件 光盘:\素材\第 8 章\各车间 3 月份产量统计表.docx

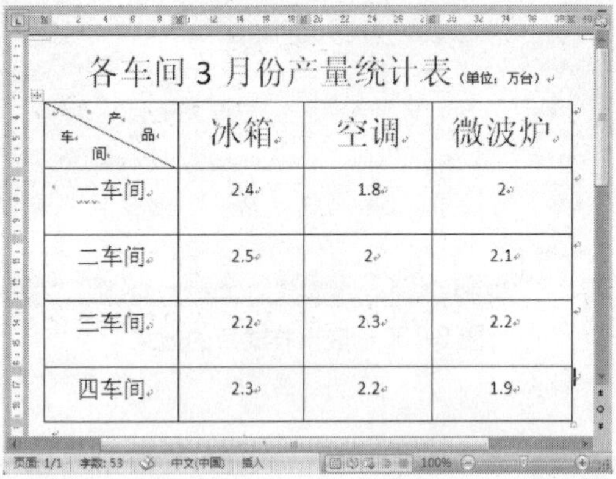

各车间 3 月份产量统计表(单位：万台)

产品 / 车间	冰箱	空调	微波炉
一车间	2.4	1.8	2
二车间	2.5	2	2.1
三车间	2.2	2.3	2.2
四车间	2.3	2.2	1.9

图 8-132 原始文件图

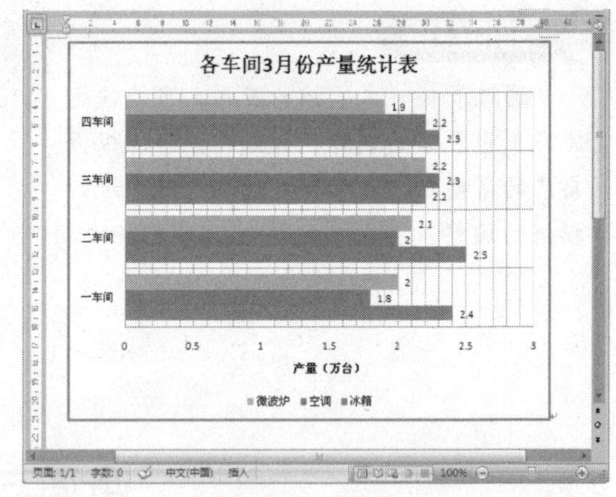

图 8-133 最终效果图

读书笔记

说明 根据“插入斜线表头”对话框制作的表头是最为规范的。

第9章 使用样式与模板

- 样式的应用
- 创建与使用模板

唉，自己制作的文档咋弄都不太好看。

欢欢，我也遇到了这个问题，让大龙哥帮我们出个好主意吧！

在 Word 2007 中，系统提供了很多内建的样式和模板，在文字处理过程中使用样式和模板可以大大提高工作效率，也不必重复设置相同文本的格式，而且最关键的是制作出来的文档专业、大方，不妨大家都尝试一下吧！

9.1 样式的应用

样式即字体格式与段落格式的组合。在 Word 2007 中，系统提供了很多内建样式，在排版过程中使用样式可以提高工作效率，不必再重复设置相同文本的格式，下面将讲解样式的应用方法。

9.1.1 自动套用样式

在 Word 2007 的自带样式库中可以设置样式，也可以在文档排版时将样式库中的样式直接应用于选中的文档中，下面将进行详细介绍。

1. 自动套用样式

自动套用样式的操作方法如下：

素材文件 光盘:\素材\第 9 章\秘书个人总结.docx

① 打开“秘书个人总结.docx”文档，选中要套用格式的文本，单击“开始”选项卡下“样式”组中的“快速样式”下拉按钮，如图 9-1 所示。

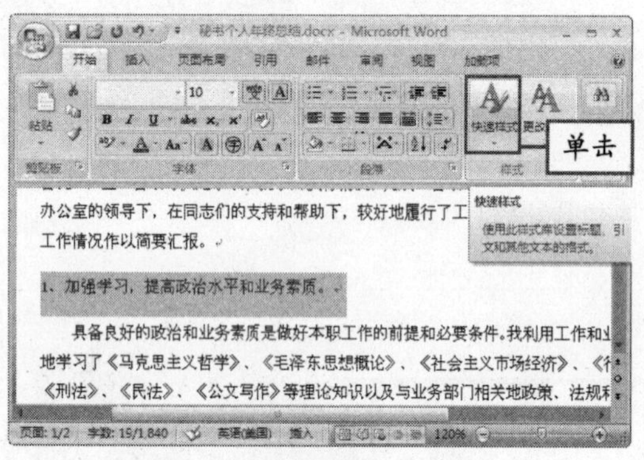

图 9-1 单击“快速样式”下拉按钮

② 在弹出的面板中选择“明显参考”选项，如图 9-2 所示。

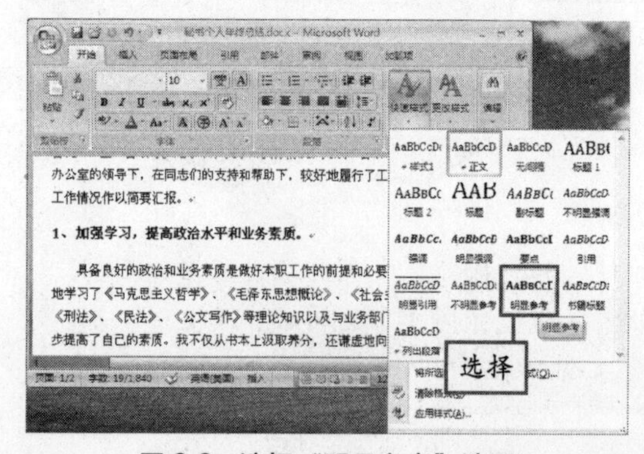

图 9-2 选择“明显参考”选项

③ 返回文档，选择“明显参考”样式后，即可看到选中的文本被套用了选择的样式，如图 9-3 所示。

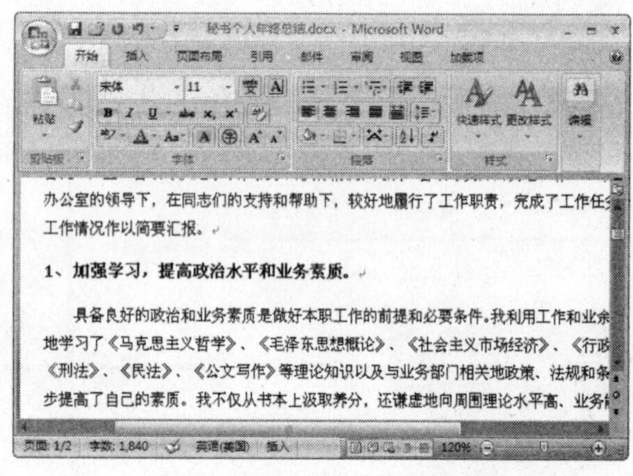

图 9-3 套用样式后的文档

说明 Word 2007 中提供的快速样式基本上都是平时制作文档时最常用的格式。

2. 更改样式

如果自动套用样式后觉得不满意，可以对样式进行更改，操作方法如下：

① 单击“开始”选项卡下“样式”组中的“更改样式”下拉按钮，在弹出的菜单中选择“样式集”|“简单”选项，如图 9-4 所示。

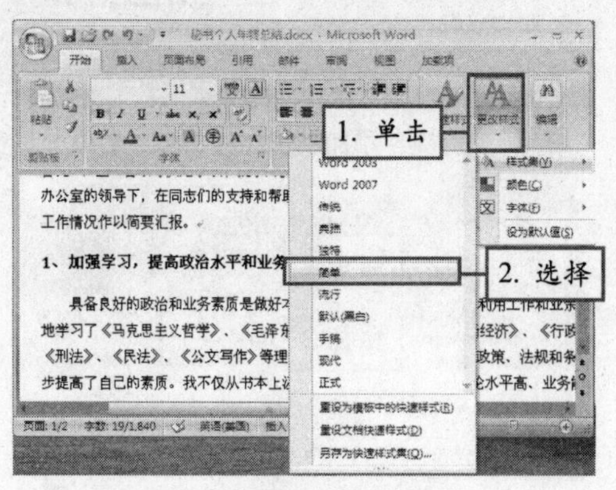

图 9-4　选择更改样式选项

② 返回文档，即可看到文本被改为了另外一种样式，效果如图 9-5 所示。

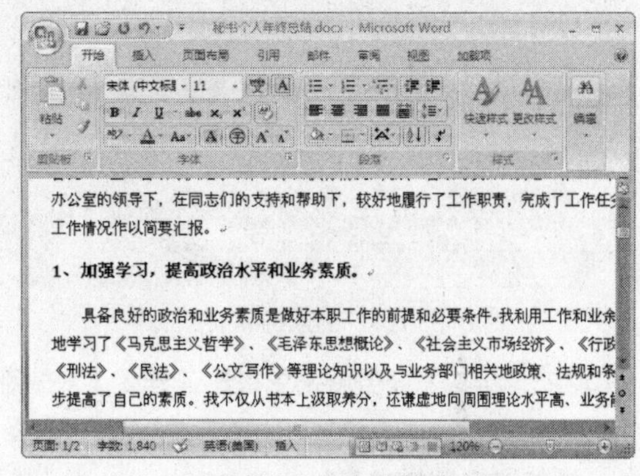

图 9-5　更改的样式

9.1.2 新建及应用样式

在编辑文本过程中，套用样式可以提高工作效率，但是默认的套用样式很少，因此可以新建样式，下面将介绍几种新建样式的方法。

方法 1：通过“样式”任务窗格新建样式

① 选中需要新建样式的文本，单击“开始”选项卡下“样式”组中的功能扩展按钮，打开“样式”任务窗格，单击“新建样式”按钮，如图 9-6 所示。

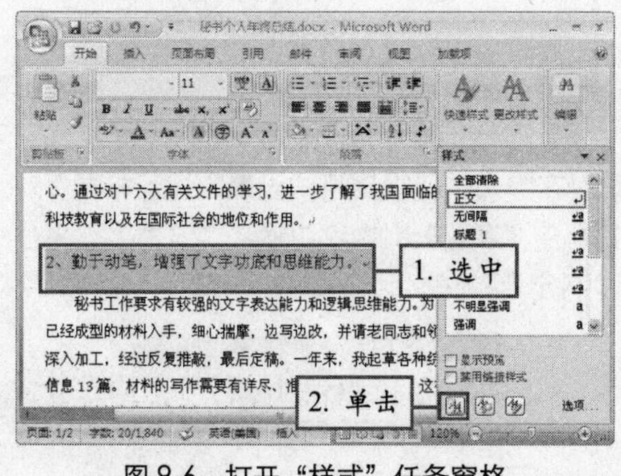

图 9-6　打开“样式”任务窗格

② 在弹出的“根据格式设置创建新样式”对话框中的“格式”选项区域中设置其字体为“华文行楷”，字号为“14”，特殊样式为“倾斜”，字体颜色为“蓝色”，如图 9-7 所示。

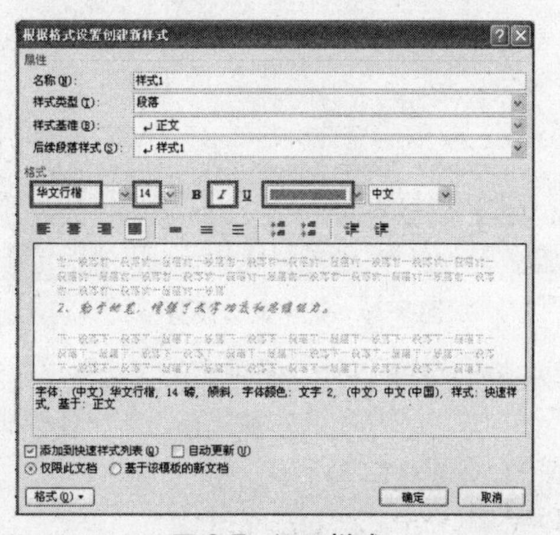

图 9-7　设置样式

若在“样式”任务窗格中选中“显示预览”复选框，则样式列表中将显示样式效果。　技巧

③ 单击“确定”按钮返回文档，可发现创建的新样式添加到了“样式”任务窗格中，如图 9-8 所示。

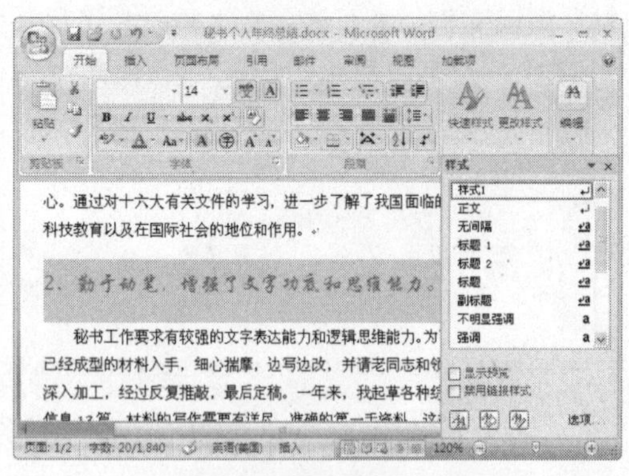

图 9-8　创建的新样式

④ 在“样式”任务窗格中单击“样式 1”右侧的下三角按钮，在弹出的下拉菜单中选择“添加到快速样式库”选项，如图 9-9 所示。

⑤ 单击“开始”选项卡下“样式”组中的“快速样式”下拉按钮，在弹出的下拉面板中可以看到新增的“样式 1”，如图 9-10 所示。

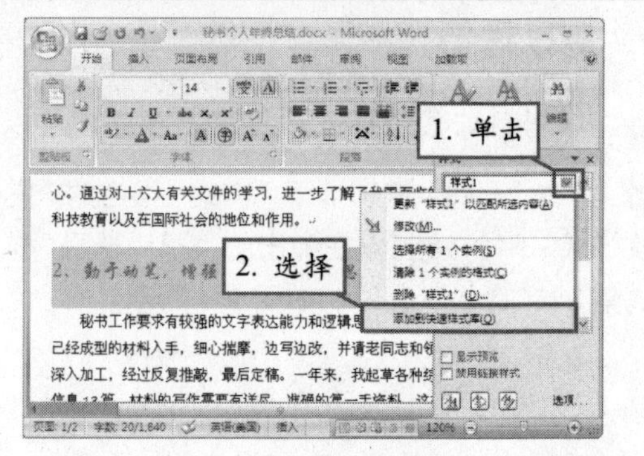

图 9-9　选择“添加到快速样式库”选项

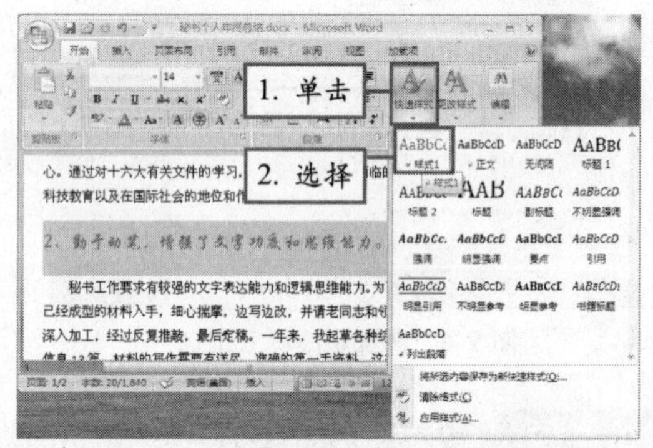

图 9-10　将新建样式添加到快速样式库

方法 2：通过快捷菜单新建样式

① 选中需要新建样式的文本，将其字体格式设置为“黑体”，字号设置为“10”，字体颜色设置为“蓝色”，如图 9-11 所示。

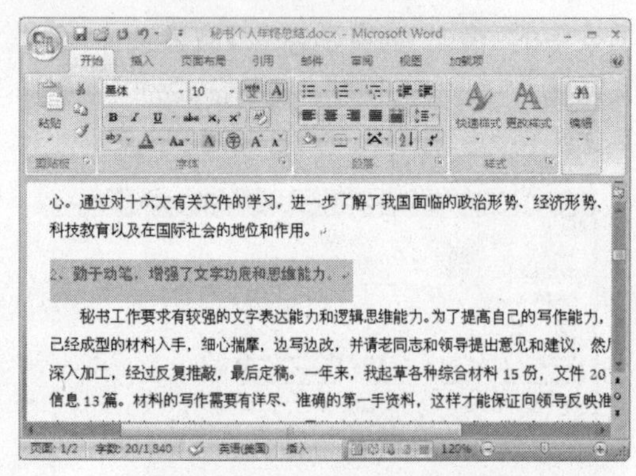

图 9-11　选中文本设置格式

② 右击选中的文本，在弹出的快捷菜单中选择“样式”|“将所选内容保存为新快速样式”选项，如图 9-12 所示。

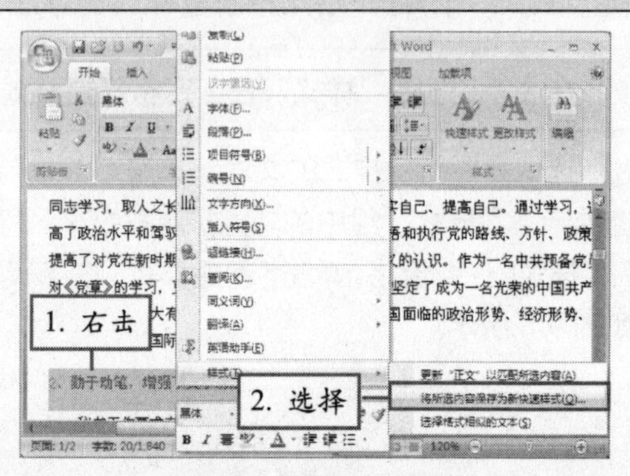

图 9-12　选择样式选项

③ 在弹出的“根据格式设置创建新样式”对话框中“名称”文本框中输入“样式 2”，单击“确定”按钮，如图 9-13 所示。

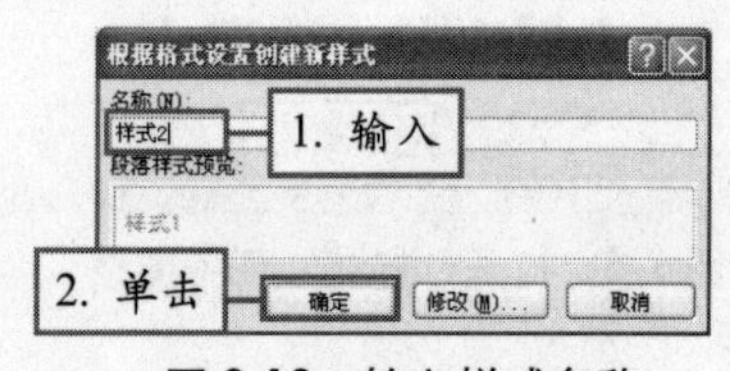

图 9-13　输入样式名称

 技巧　将光标插入到文档中，“样式”任务窗格中会自动选中该段对应样式。

④ 单击“开始”选项卡下“样式”组中的“快速样式”下拉按钮，在弹出的下拉面板中可以看到新增的“样式 2”，如图 9-14 所示。

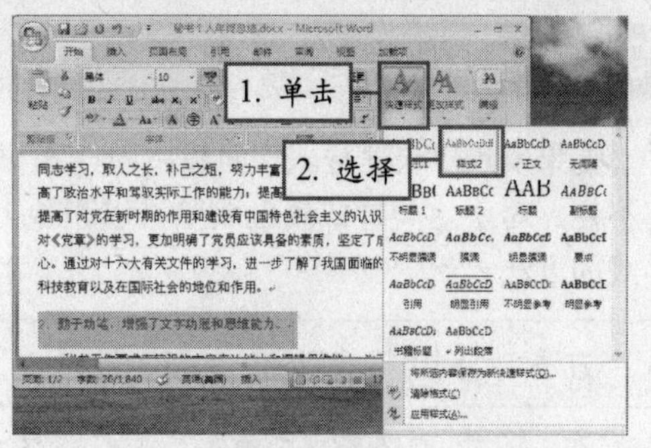

图 9-14　新建样式已保存到快速样式库

知识点拨

如果想要更改其格式，可以单击“修改”按钮，弹出“根据格式设置创建新样式”对话框重新对其进行格式设置。

9.1.3 修改样式

在文档的编辑过程中，如果对文本样式不满意就需要对其进行修改，下面将介绍修改样式的方法。

① 单击“开始”选项卡下“样式”组中的“快速样式”下拉按钮，在弹出的面板中选择所要修改的样式，右击该样式，在弹出的快捷菜单中选择“修改”选项，如图 9-15 所示。

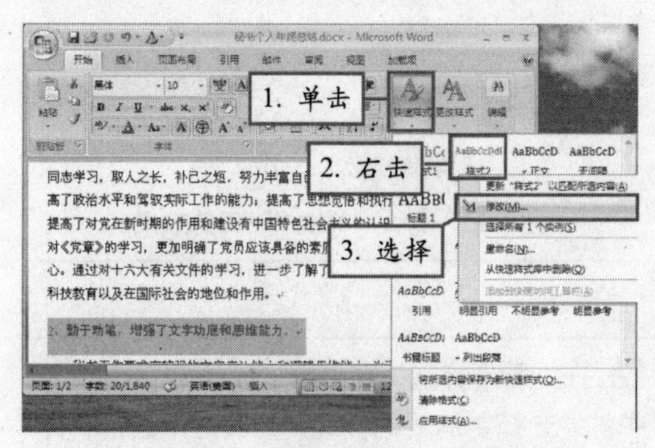

图 9-15　选择“修改”选项

② 在“修改样式”对话框的“格式”选项区域中设置字体为“宋体”，字号为“12”，字体颜色为“黑色”，如图 9-16 所示。

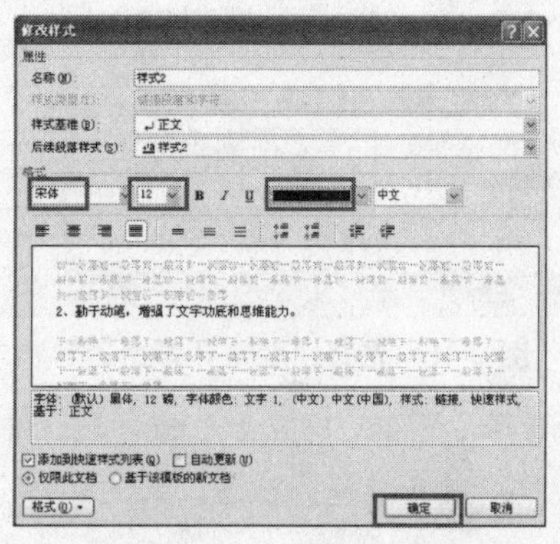
图 9-16　设置格式

③单击“确定”按钮返回文档，可以看到“样式 2”的格式已经改变了，如图 9-17 所示。

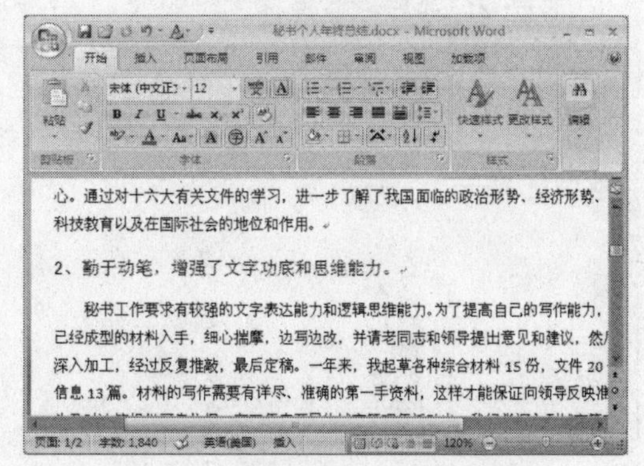
图 9-17　修改后的“样式 2”格式

知识点拨

在“修改样式”对话框中，还可以修改样式的名称、段落的间距、缩进量等。此外，单击“修改样式”对话框中的“格式”按钮，在弹出的菜单中还可以设置样式组合键、边框和图文框等。

9.1.4 删除样式

如果发现“快速样式”面板中的样式很难用到甚至不用，为了避免样式过多而带来的操作不便，对于这类样式就应删除。以删除上节中创建的“样式 2”为例，下面介绍两种删除样式的方法。

方法 1：利用样式所弹出的菜单删除

① 在“样式”任务窗格中单击“样式 2”右侧的下三角按钮，在弹出的菜单中选择“删除‘样式 2’”选项，如图 9-18 所示。

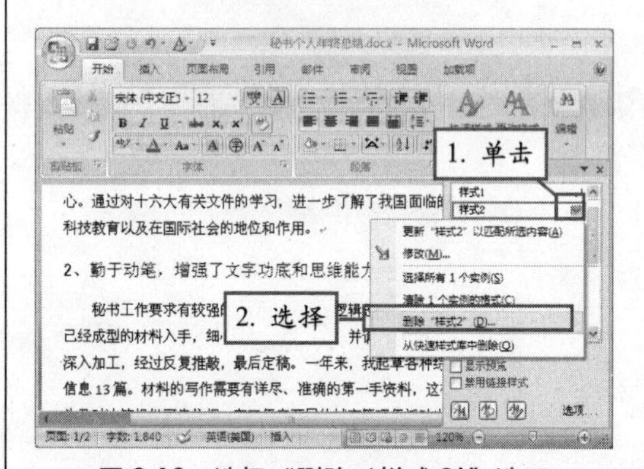

图 9-18 选择“删除‘样式 2’”选项

② 选择“删除‘样式 2’”选项后，弹出提示信息框，单击“是”按钮，如图 9-19 所示。

图 9-19 提示信息框

③ 返回文档，在“样式”任务窗格中可以看到“样式 2”已被删除，如图 9-20 所示。

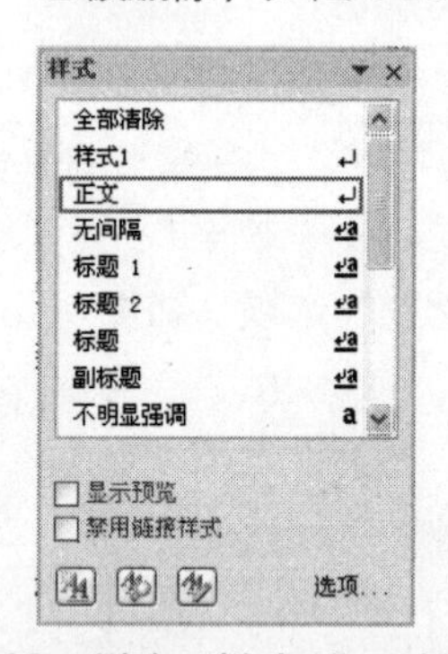

图 9-20 删除“样式 2”后的效果

方法 2：通过“管理样式”删除

① 单击“样式”任务窗格中的“管理样式”按钮，即可弹出“管理样式”对话框，如图 9-21 所示。

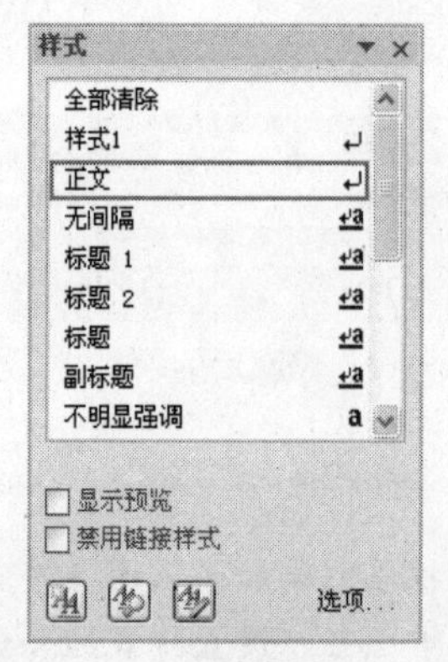

图 9-21 单击“管理样式”按钮

② 在“管理样式”对话框的“编辑”选项卡中的“选择要编辑的样式”列表框中选择“样式 2”，单击“删除”按钮，如图 9-22 所示。

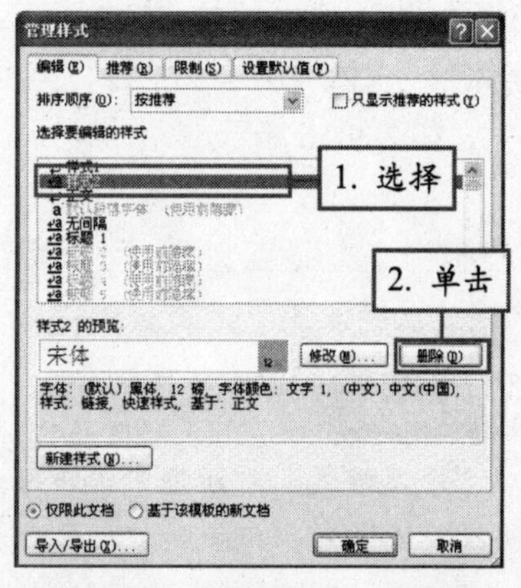

图 9-22 “管理样式”对话框

技巧 删除样式时，只能删除自定义的样式，但不能删除 Word 2007 的内置样式。

③ 单击“确定”按钮，在弹出的对话框中单击“是”按钮，如图 9-23 所示。

图 9-23　提示信息框

④ 在“管理样式”对话框的“编辑”选项卡中的“选择要编辑的样式”列表框中可以看到“样式 2”已经被删除，如图 9-24 所示，单击“确定”按钮，返回“样式”任务窗格，可以看到“样式 2”已被删除，如图 9-25 所示。

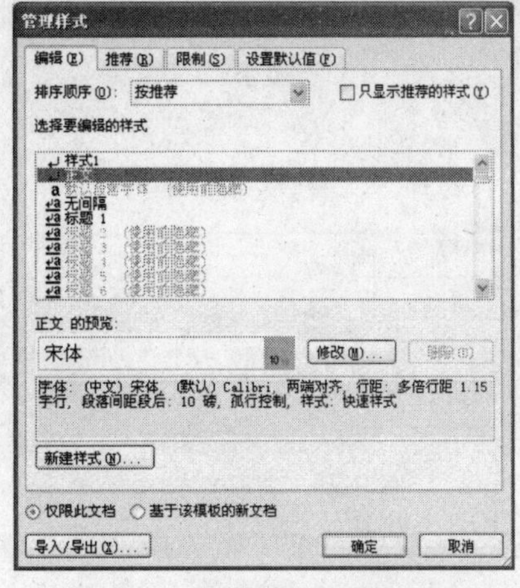

图 9-24　对话框中的删除效果

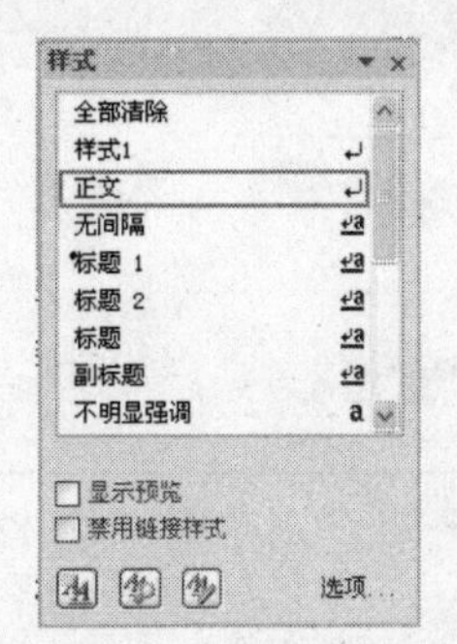

图 9-25　任务窗格中的删除效果

9.2　创建与使用模板

模板是一种特殊的文档，在 Word 2007 中提供了很多模板文档，通过这些模板可以快速创建特殊文档。如果系统自带的模板不能满足需求，也可以将自己创建的文档保存为模板，用其来创建新文档。

9.2.1　创建与套用模板

当 Word 自带的模板不能满足需要时，可以自己建立模板，打开一篇包含可以重复使用信息的文档，并将该文档另存为文档模板，操作方法如下：

1. 创建模板

以“房屋租赁合同”为例，讲解如何将自己输入的文档保存为模板，操作方法如下：

素材文件　光盘:\素材\第 9 章\房屋租赁合同.docx

① 打开“房屋租赁合同.docx”文档，如图 9-26 所示。

② 单击 Office 按钮，在弹出的菜单中选择“另存为”命令，弹出“另存为”对话框，如图 9-27 所示。

说明　在 Word 2007 中，模板的文档的扩展名为.dotx，而普通文档的扩展名为.docx。

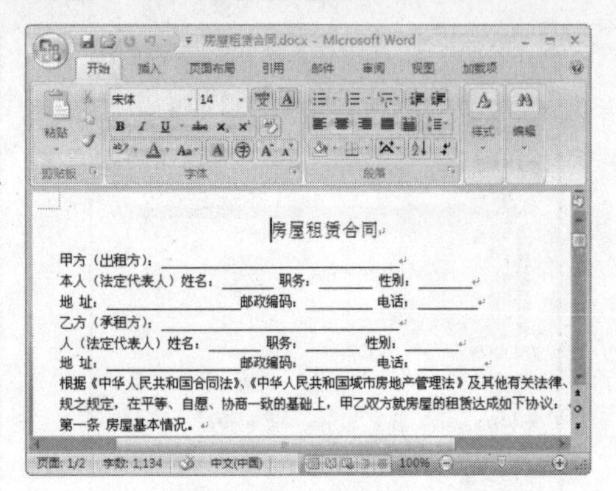

图 9-26　打开文档

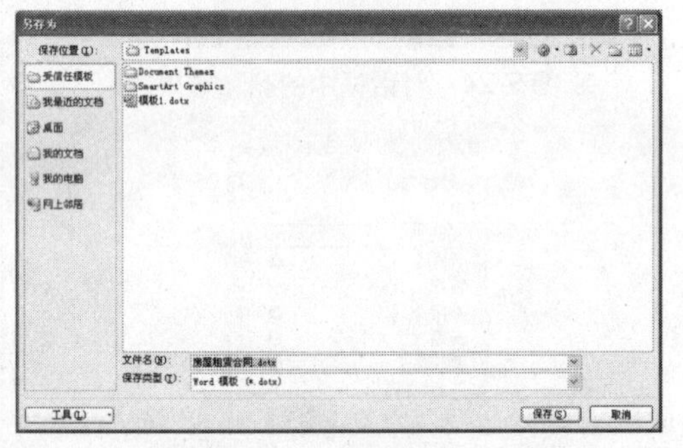

图 9-27　“另存为”对话框

③ 在“保存位置”下拉列表框中选择要保存的位置，在“文件名”下拉列表框中输入文件名，在“保存类型”下拉列表框中选择“Word 模板”选项，单击“保存”按钮，如图 9-28 所示。

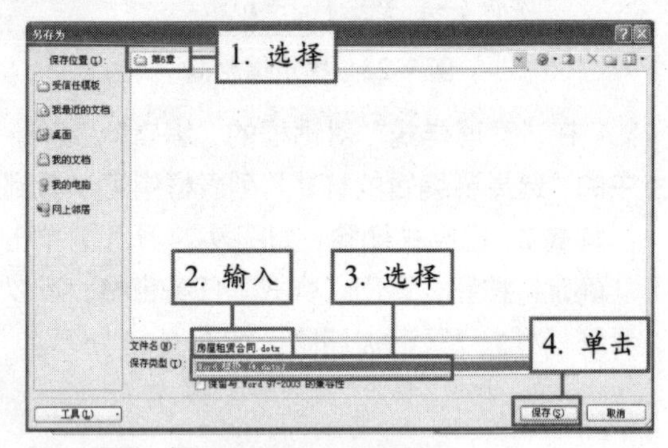

图 9-28　保存模板

2. 套用模板

套用已安装的模板

在 Word 2007 中提供很多专业模板，以创建“平衡传真”模板为例，讲解如何使用已安装的模板创建模板文档，操作方法如下：

① 单击 Office 按钮，在弹出的菜单中选择“新建”命令，选择“已安装的模板”选项，在打开的“已安装的模板”列表框中选择“平衡传真”选项，在“新建”选项区域中选中“模板”单选按钮，如图 9-29 所示。

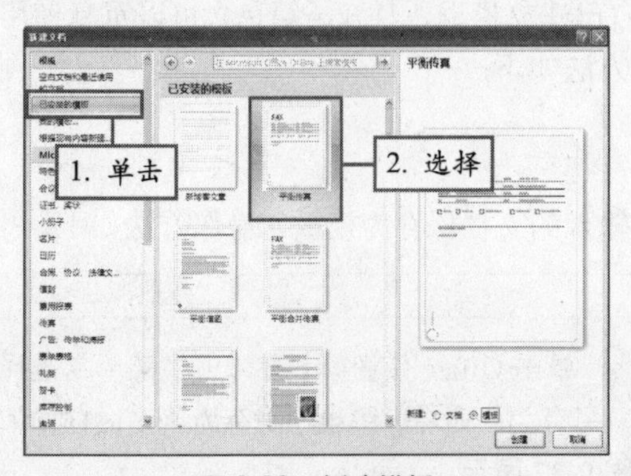

图 9-29　新建模板

② 单击“创建”按钮，创建一个“平衡传真”的模板文档，如图 9-30 所示。

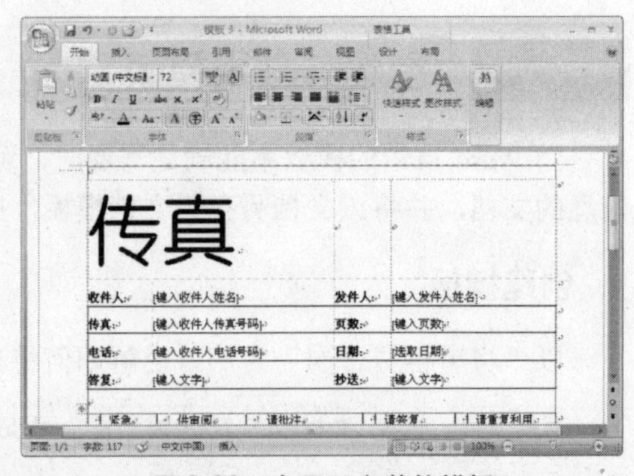

图 9-30　套用已安装的模板

 说明　保存在 Word 程序目录下 Templates 文件夹下的文档都可以起到模板的作用。

套用自己创建的模板

下面以“房屋租赁合同”为例，讲解如何套用自己创建的模板，操作方法如下：

① 在任意文档窗口中单击 Office 按钮，在弹出的菜单中选择“新建”命令，弹出“新建文档”对话框，在模板列表框中选择“根据现有内容新建”选项，如图 9-31 所示。

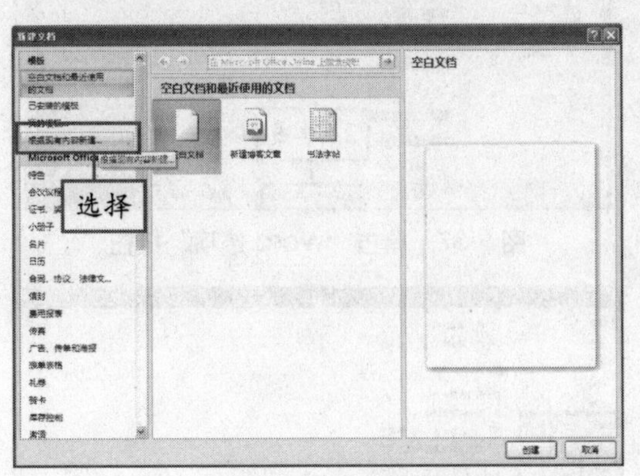

图 9-31　选择“根据现有内容新建”选项

② 在弹出的“根据现有文档新建”对话框的“查找范围”列表框中选择模板存放的位置，在其下面的列表框中选择所需的模板，单击“新建”按钮，如图 9-32 所示。

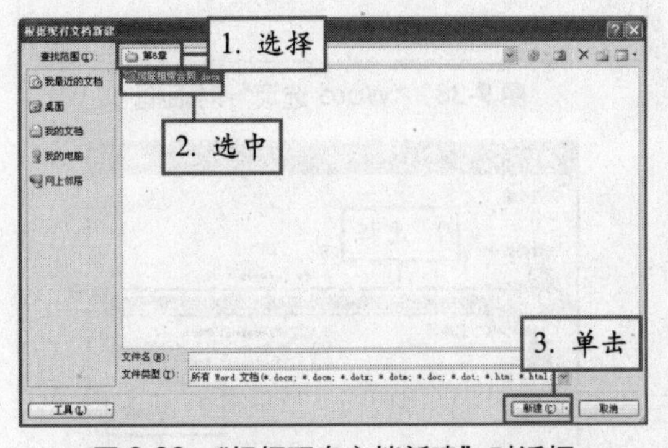

图 9-32　“根据现有文档新建”对话框

③ 返回文档，即可看到通过模板新建的文档，如图 9-33 所示。

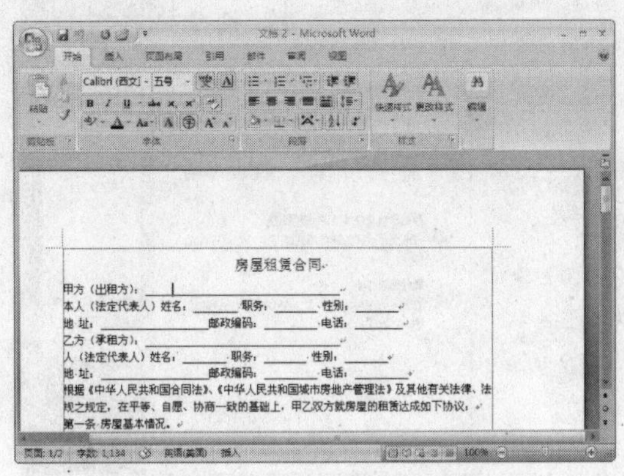

图 9-33　通过模板新建的文档

④ 在新建的文档中将自动应用其模板格式，只需输入文本即可，如图 9-34 所示。

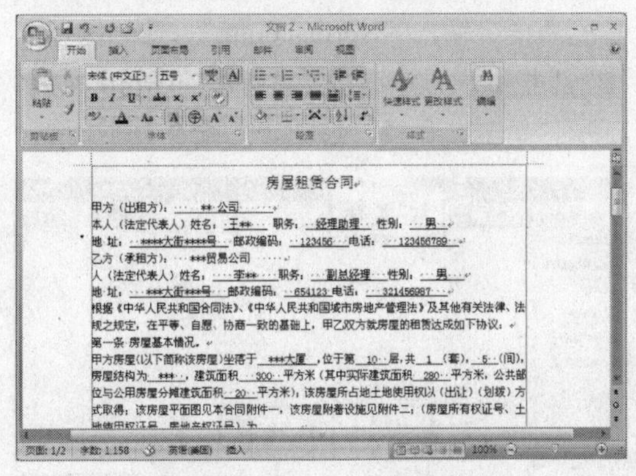

图 9-34　输入文本后的效果

知识点拨

在保存模板时，最好将模板保存为与其内容相关的名称，以便记忆，在下次使用时可以迅速地查找其所在的位置。

9.2.2　设置 Word 初始文档

下面将讲解使 Word 程序运行时系统自动打开经常使用的模板文档，以“房屋租赁合同”为例，其操作方法如下：

修改模板文件的操作方法很简单，和修改普通文档的方法是一样的。　技巧

① 打开“房屋租赁合同.docx”文档，单击 Office 按钮，在弹出的菜单中选择“另存为”|“Word 模板”命令，如图 9-35 所示。

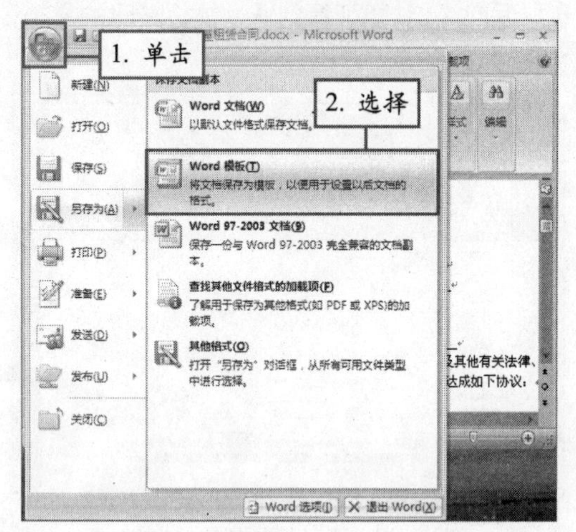

图 9-35 选择“另存为”|“Word 模板”命令

② 弹出“另存为”对话框，在其“保存位置”下拉列表框中选择保存路径，在“文件名”下拉列表框中输入“Normal.dotm”，在“保存类型”下拉列表框中选择“启用宏的 Word 模板”选项，单击“保存”按钮，如图 9-36 所示。

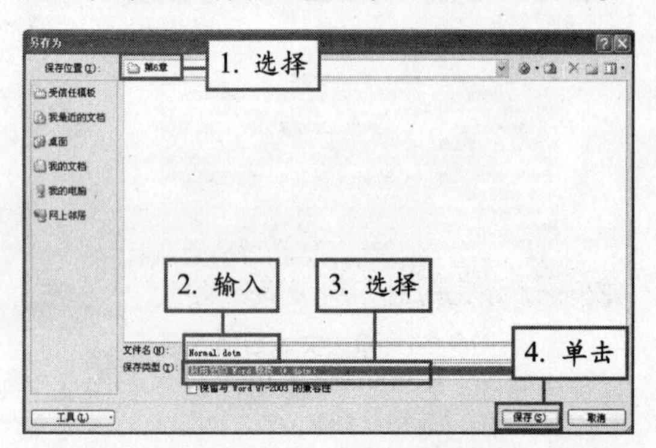

图 9-36 “另存为”对话框

③ 单击 Office 按钮，在弹出的下拉菜单中单击“Word 选项”按钮，如图 9-37 所示。

④ 弹出“Word 选项”对话框，选择“高级”选项，在其下的“常规”选项区域中单击“文件位置”按钮，如图 9-38 所示。

⑤ 弹出“文件位置”对话框，在“文件位置”选项卡的“文件类型”列表中选择“用户模板”选项，单击“修改”按钮，如图 9-39 所示。

图 9-37 单击“Word 选项”按钮

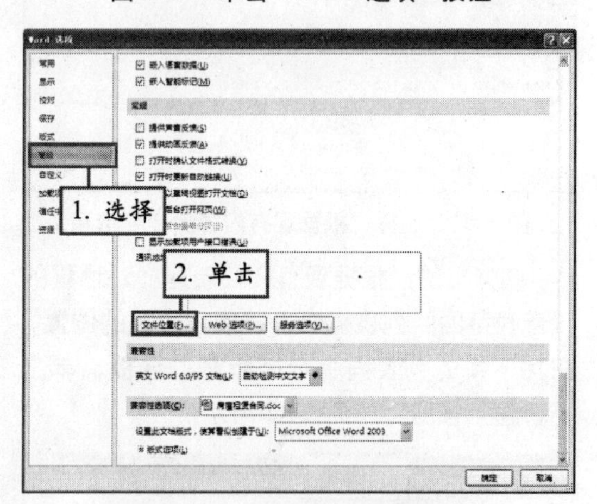

图 9-38 “Word 选项”对话框

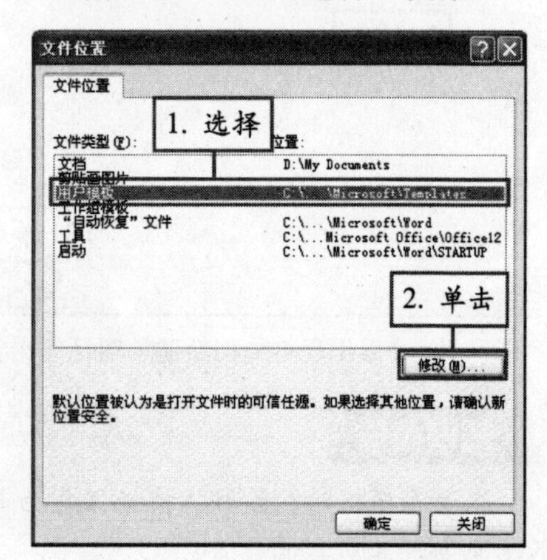

图 9-39 “文件位置”对话框

⑥ 弹出“修改位置”对话框，在“查找范围”下拉列表框中选择模板所存放的位置，在列表框中选择“第 6 章”文件夹，单击“确定”按钮，如图 9-40 所示。

技巧 启用宏的模板文档扩展名为.dotm，Word 2007 的模板文档为.dotx。

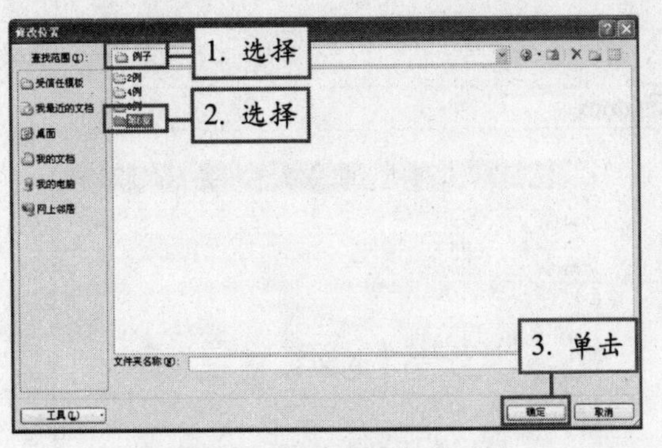

图 9-40　“修改位置”对话框

⑦ 返回“文件位置”对话框，即可看到更改“用户模板”后的位置，单击“确定”按钮，如图 9-41 所示。

图 9-41　修改后“用户模板”的位置

⑧ 返回“Word 选项”对话框，单击“确定”按钮，如图 9-42 所示。

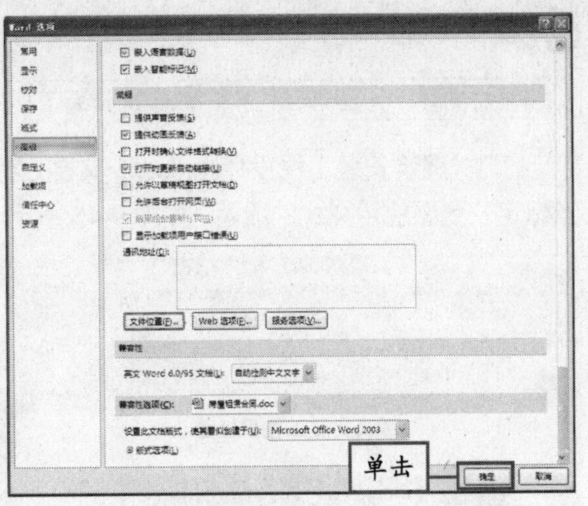

图 9-42　返回“Word 选项”对话框

⑨ 返回文档，关闭 Word 文档，使修改设置生效。当再次运行 Word 2007 时，即可看到自动打开的是模板文档，如图 9-43 所示。

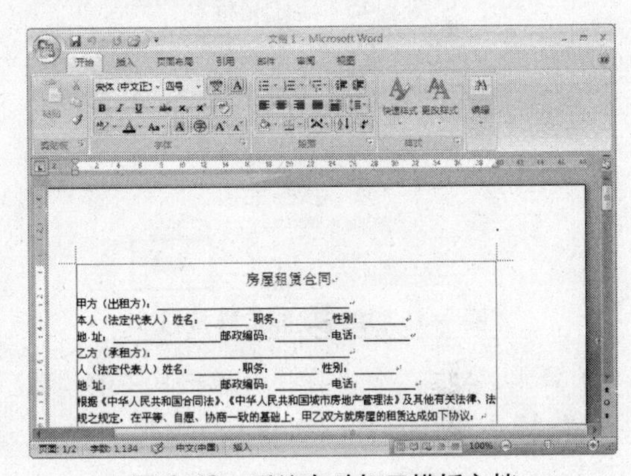

图 9-43　系统自动打开模板文档

9.3　现学现用——制作建筑安装工程投标函

下面将综合利用本章所学的知识，制作一份《建筑安装工程投标函》，最终效果如图 9-44 所示。

建筑安装工程投标函

××××××××公司：

在研究了××建筑安装工程的招标条件和勘察、设计、施工图纸，以及参观了建筑安装工地后，经我们认真研究核算，愿意承担上述全部工程的施工任务。我们的投标函如下：

标函内容	工程名称			建筑地点		
	建筑面积			建筑层数		
	结构形式			设计单位		
	工程内容					
	包干形式					
标价	总造价			每m²造价		
	其中	直接费		其中	直接费	
		间接费			间接费	
		材料差价			材料差价	
		其他			其他	
工期	开工日期		竣工日期		合计天数	
	形象等级					
质量	达到等级			保证质量主要措施		
施工方法及选用施工机械						

图 9-44　建筑安装工程投标函

操作步骤：

素材文件 光盘:\素材\第 9 章\建筑安装工程投标函.docx

① 打开“建筑安装工程投标函.docx”文档，将光标定位到要应用样式的段落，如图 9-45 所示。

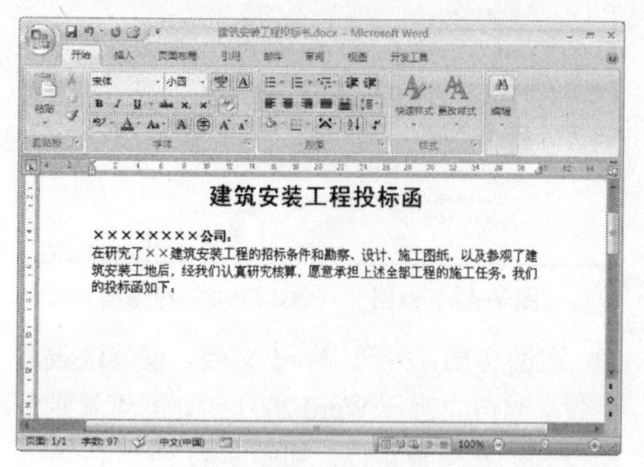

图 9-45 定位光标

② 单击“开始”选项卡下“样式”组中的功能扩展按钮，如图 9-46 所示。

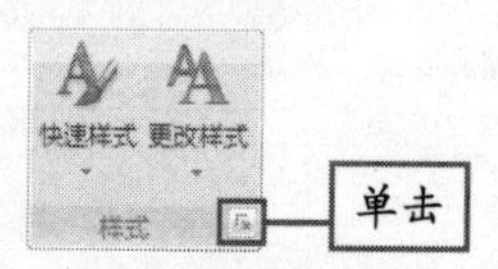

图 9-46 单击功能扩展按钮

③ 弹出“样式”任务窗格，单击其中的“新建样式”按钮，如图 9-47 所示。

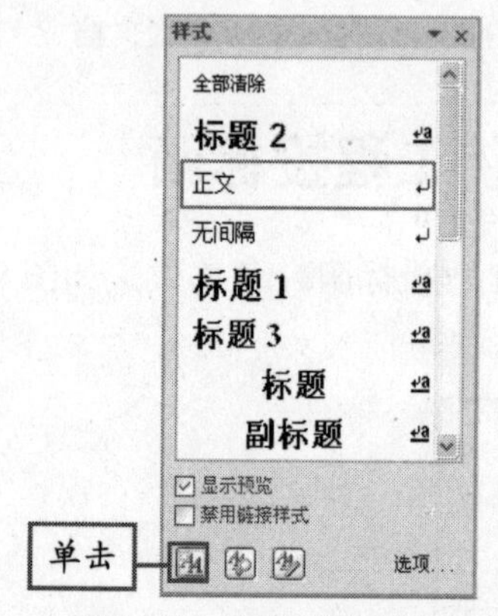

图 9-47 单击“新建样式”按钮

④ 弹出“根据格式设置创建新样式”对话框，在“格式”选项区域中设置“字号”为“小四”，如图 9-48 所示。

⑤ 单击“格式”按钮，在弹出的菜单中选择“段落”选项，如图 9-49 所示。

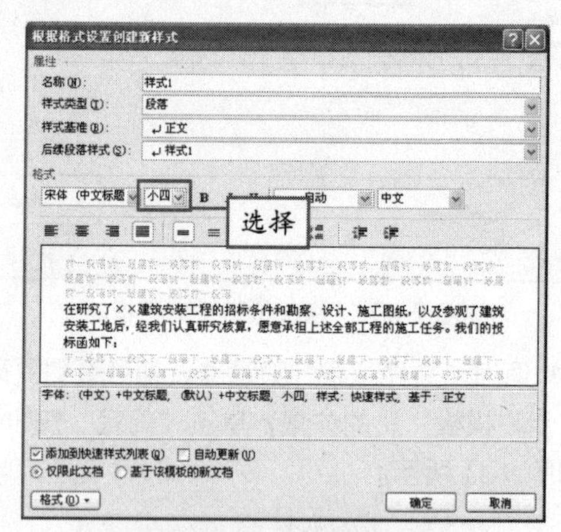

图 9-48 设置样式

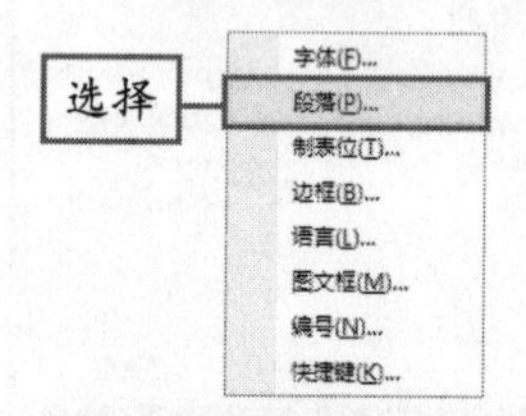

图 9-49 选择“段落”选项

⑥ 弹出“段落”对话框，在“缩进”选项区域的“磅值”数值框中输入“2 字符”；在“间距”选项区域的“段前”和“段后”数值框中设置段前和段后间距，在“行距”下拉列表框中选择“固定值”选项，在“设置值”数值框中设置行距，如图 9-50 所示。

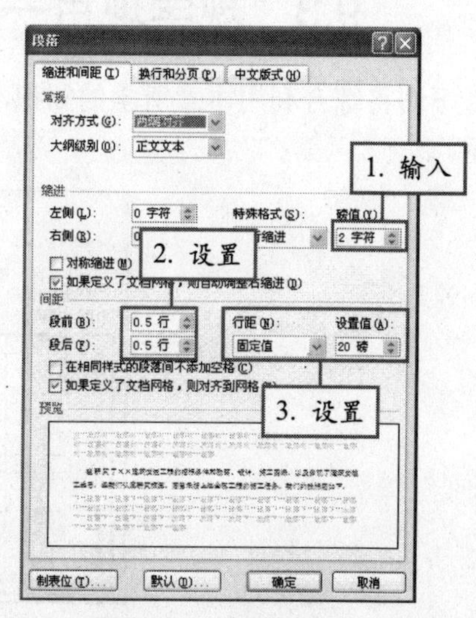

图 9-50 设置段间距

技巧 使用“样式检查器”，可以对文档中的样式格式进行显示。

⑦ 单击“确定”按钮，返回“根据格式设置创建新样式”对话框。单击“确定”按钮，返回“样式”任务窗格，单击“关闭”按钮，即可看到应用样式后的效果，如图 9-51 所示。

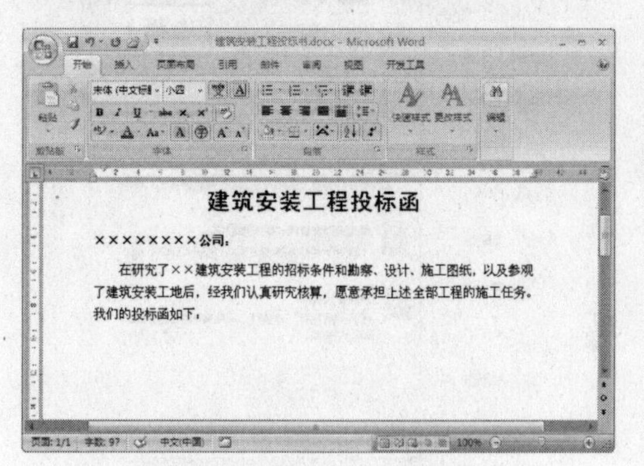

图 9-51　应用样式后的效果

⑧ 将光标定位到所要插入表格的位置，单击“插入”选项卡下“表格”组中的“表格”下拉按钮，在其展开的面板中选择“插入表格”选项，如图 9-52 所示。

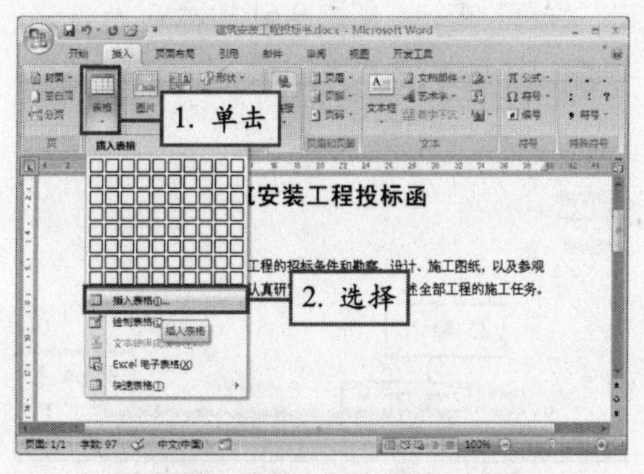

图 9-52　选择“插入表格”选项

⑨ 弹出“插入表格”对话框，在“表格尺寸”选项区的“列数”和“行数”数值框中输入所要插入的表格列数和行数，单击“确定”按钮，如图 9-53 所示。

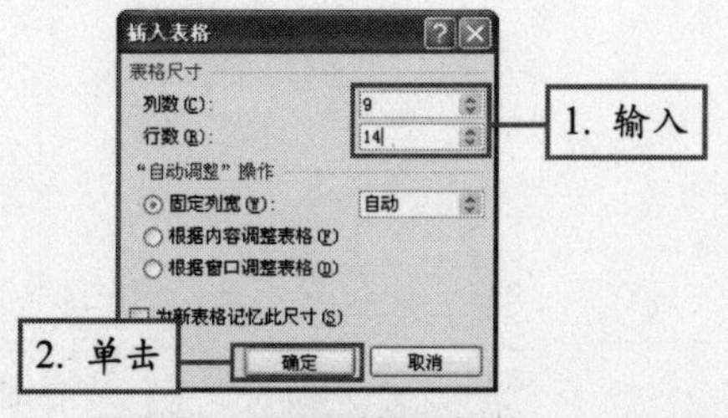

图 9-53　设置列数和行数

⑩ 在相应的单元格中输入内容，如图 9-54 所示。

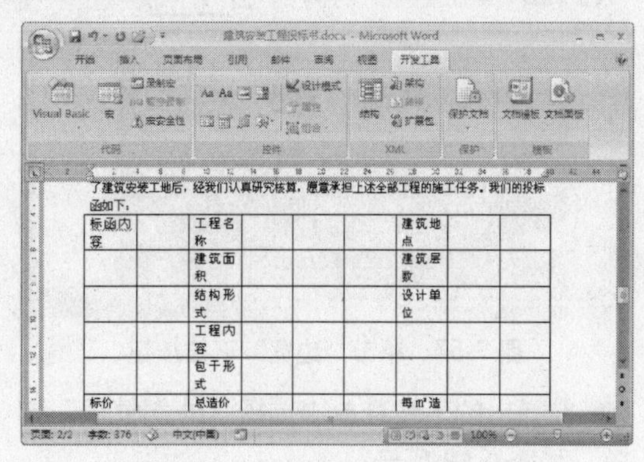

图 9-54　在表格中输入相应内容

⑪ 设置单元格格式，设置完成后的效果如图 9-55 所示。

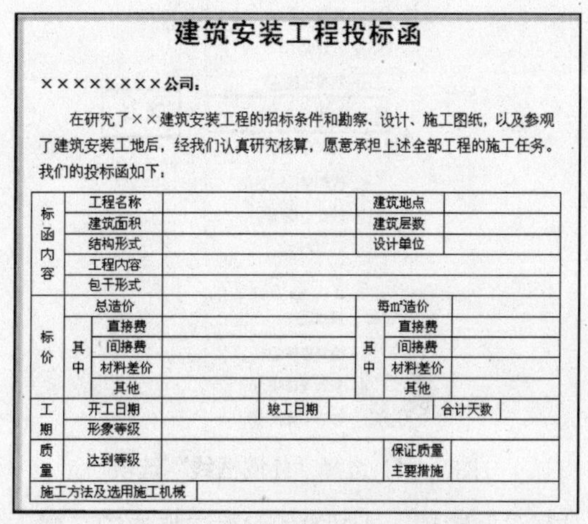

建筑安装工程投标函

××××××××公司：

在研究了××建筑安装工程的招标条件和勘察、设计、施工图纸，以及参观了建筑安装工地后，经我们认真研究核算，愿意承担上述全部工程的施工任务。我们的投标函如下：

标函内容	工程名称			建筑地点		
	建筑面积			建筑层数		
	结构形式			设计单位		
	工程内容					
	包干形式					
标价	总造价			每㎡造价		
	其中	直接费		其中	直接费	
		间接费			间接费	
		材料差价			材料差价	
		其他			其他	
工期	开工日期		竣工日期		合计天数	
	形象等级					
质量	达到等级			保证质量主要措施		
施工方法及选用施工机械						

图 9-55　设置完格式后的效果

⑫ 选中表格，单击“设计”选项卡下“绘图边框”组中的“笔样式”下拉列表框，在弹出的下拉菜单中选择所需选项，在“笔划粗细”下拉列表框中选择“1.5 磅”选项，如图 9-56 所示。

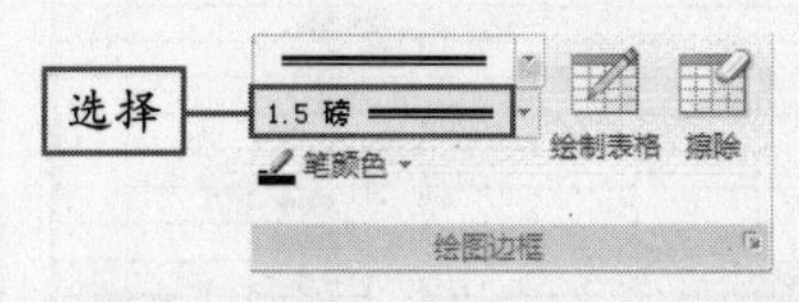

图 9-56　选择“笔样式”和“笔划粗细”

⑬ 单击“设计”选项卡下“表样式”组中的“边框”下拉按钮，如图 9-57 所示。

在弹出的“表格”面板中，按【I】键，也可以弹出“插入表格”对话框。　技巧

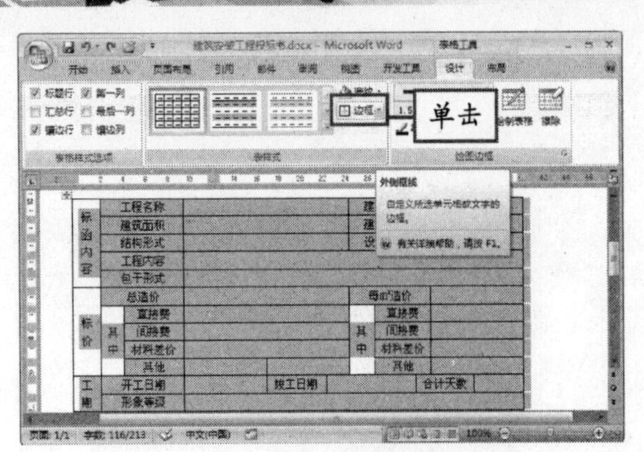

图 9-57 单击“边框”下拉按钮

⑭ 在弹出的下拉菜单中选择“外侧框线”选项，如图 9-58 所示。

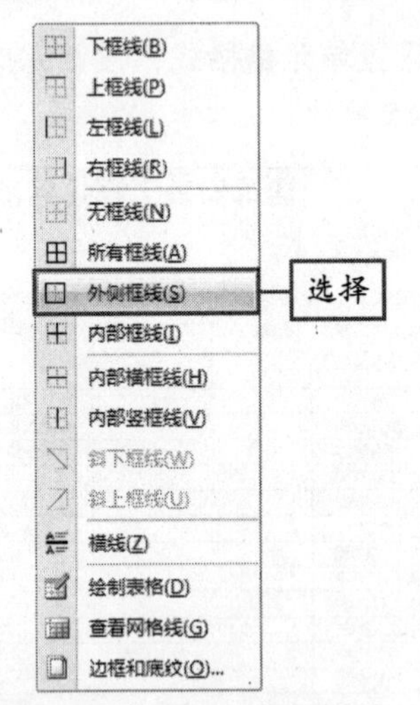

图 9-58 选择“外侧框线”选项

⑮ 返回文档，即可看到设置边框后的文档，如图 9-59 所示。

建筑安装工程投标函

××××××××公司：

在研究了××建筑安装工程的招标条件和勘察、设计、施工图纸，以及参观了建筑安装工地后，经我们认真研究核算，愿意承担上述全部工程的施工任务。我们的投标函如下：

标函内容	工程名称			建筑地点	
	建筑面积			建筑层数	
	结构形式			设计单位	
	工程内容				
	包干形式				
标价	总造价			每㎡造价	
	其中 直接费		其中	直接费	
	间接费			间接费	
	材料差价			材料差价	
	其他			其他	
工期	开工日期		竣工日期		合计天数
	形象等级				
质量	达到等级			保证质量主要措施	
施工方法及选用施工机械					

图 9-59 设置完成后的效果

⑯ 单击 Office 按钮，在弹出的菜单中选择“另存为”|“Word 模板”命令，如图 9-60 所示。

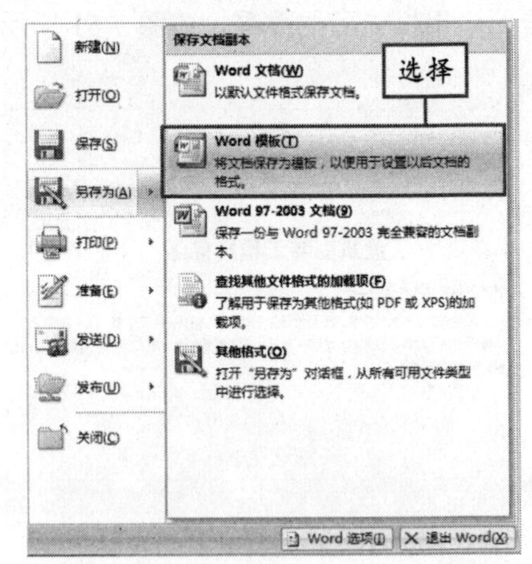

图 9-60 选择“Word 模板”选项

⑰ 弹出“另存为”对话框，在“保存位置”下拉列表框中选择模板所要存放的位置，在“文件名”下拉列表框中输入模板的名称，单击“保存”按钮，如图 9-61 所示。

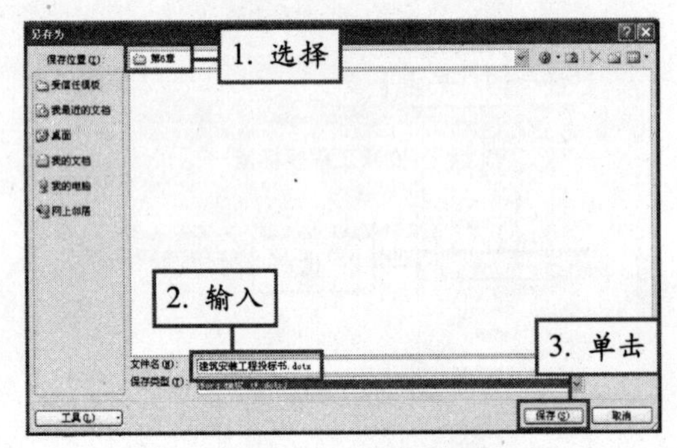

图 9-61 保存为模板

 技巧 在“边框”下拉菜单中，按【O】键，可以打开“边框和底纹”对话框。

巩固与练习

一、填空题

1．修改样式时，在“格式”选项区域中可以修改样式的____________、____________和____________等。

2．在 Word 2007 中，套用模板可以套用____________模板，也可以套用____________模板。

3．将模板设置为 Word 初始文档时，重新启动 Word 打开的将是______________文档。

二、简答题

1．简述创建模板的步骤。

2．简述运行宏的步骤。

三、上机题

1．利用本章所学知识，制作“人事资料表”模板，最终效果如图 9-62 所示。

人事资料表

姓　名		性别		出生日期		贴照片处
部　门				职　务		
户籍地址				联系电话		
通讯地址				身份证号		
学习经历	毕业学校		专　业		起止时间	
工作经历	公司名称		职　务		起止时间	
特长						
备注						

图 9-62　模板效果图

读书笔记

第10章 文档审阅与安全性

- 校对
- 批注的应用
- 修订的应用
- 文档的安全性设置

Yoyo，能为 Word 文档添加密码设置吗？

当然能了！设置密码之后只能在输入密码之后才能打开文档，文档就变得安全了。

是的，为了使文档免除未被授权人的访问，甚至对其修改，可以为自己的文档进行授权，只能授权人可以访问该文档，也可以为文档设置密码来保护文档。本章我们就来学习文档审阅与安全性设置方面的知识！

10.1 校对

在文档的编辑中，通常要对文档的字符进行校对，以确定文档中的字符是否有误。

10.1.1 拼写和语法

在文档中输入内容时，Word 会自动审阅拼写或语法错误，当字符下方出现红色波浪线时为拼写错误，出现绿色波浪线时为语法错误。下面通过实例讲解检查拼写和语法的方法，操作方法如下：

素材文件 光盘:\素材\第 10 章\行政管理制度.docx

① 打开“行政管理制度.docx”文档，单击“审阅”选项卡下“校对”组中的“拼写和语法”按钮，如图 10-1 所示。

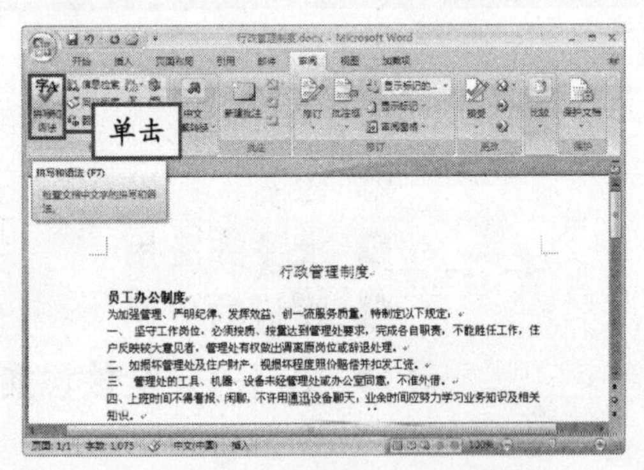

图 10-1 单击“拼写和语法”按钮

② 检查出错误时，弹出“拼写和语法”对话框，此时错误的文本被选中，如图 10-2 所示。

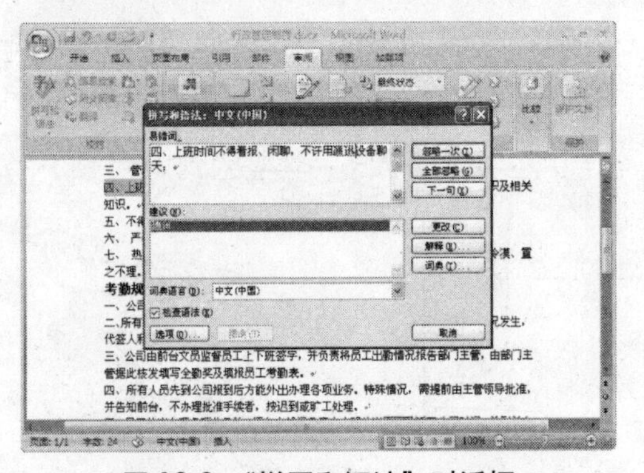

图 10-2 “拼写和语法”对话框

③ 在“拼写和语法”对话框的“易错词”列表框中出现红颜色字体即拼写错误，选择“建议”列表框中的正确文本，单击“更改”按钮，如图 10-3 所示。

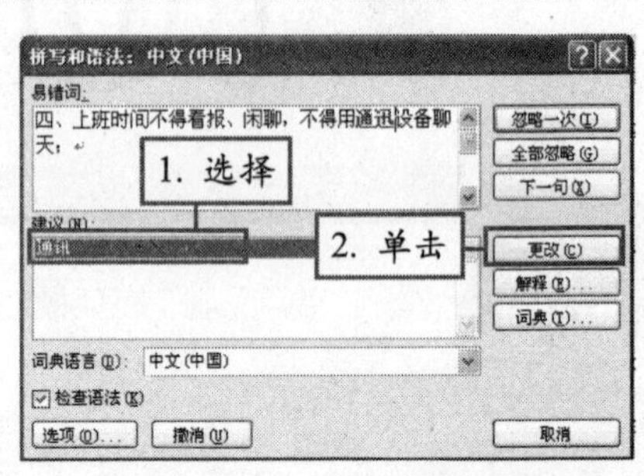

图 10-3 更改易错词

④ 当本句修改完毕后，将弹出提示信息框，提示是否继续检查其余文本，单击“是”按钮，如图 10-4 所示。

图 10-4 提示信息框

⑤ 单击“是”按钮后，出现绿颜色字体即语法错误，如图 10-5 所示。

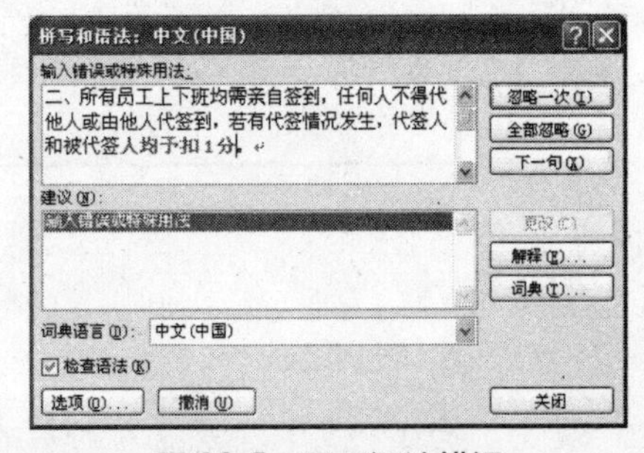

图 10-5 显示语法错误

⑥ 在“输入错误或特殊用法”列表框中删除错误语法，再输入正确语法，然后单击“更改”按钮，如图 10-6 所示。

技巧 单击“拼写和语法”对话框中的“解释”按钮，弹出 Word 帮助对话框解释错误原因。

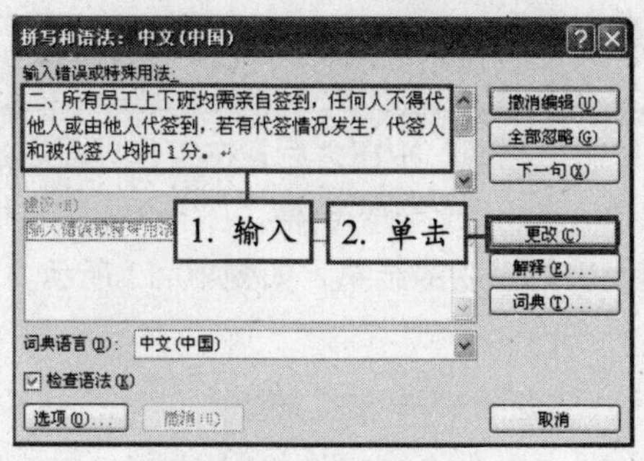

图 10-6　更改错误语法

⑦ 再次弹出提示信息框，参见图 10-4，单击“是”按钮，继续检查文本，在“拼写和语法”对话框中的“输入错误或特殊用法”列表框中又出现一处语法错误，如图 10-7 所示。

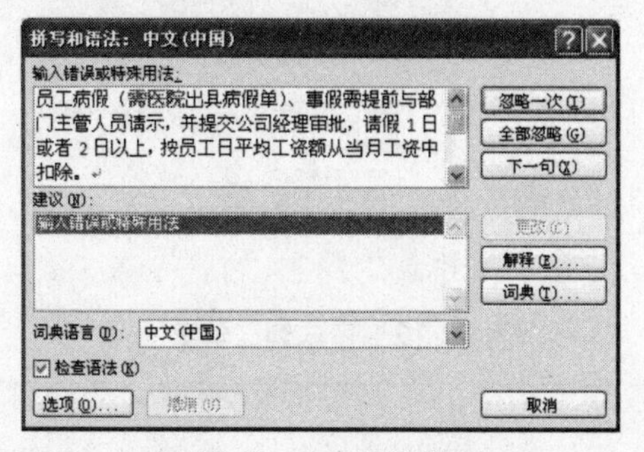

图 10-7　显示语法错误

⑧ 在“输入错误或特殊用法”列表框中删除错误语法，再输入正确语法，如图 10-8 所示。

⑨ 单击“下一句”按钮，直到系统弹出提示信息框，提示已检查完毕，如图 10-9 所示。

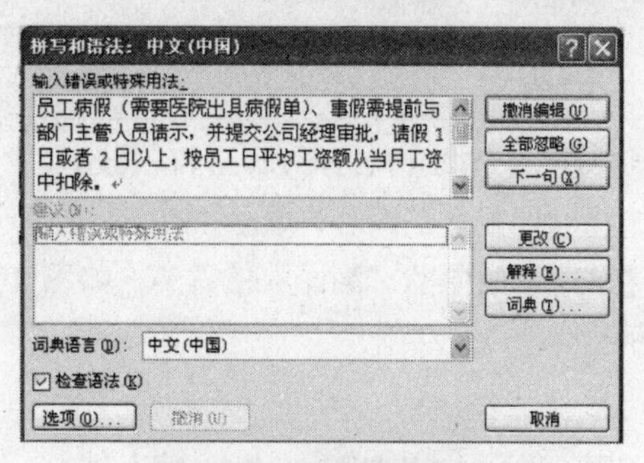

图 10-8　更改错误语法

图 10-9　提示信息框

⑩ 单击“确定”按钮，返回文档，如图 10-10 所示。

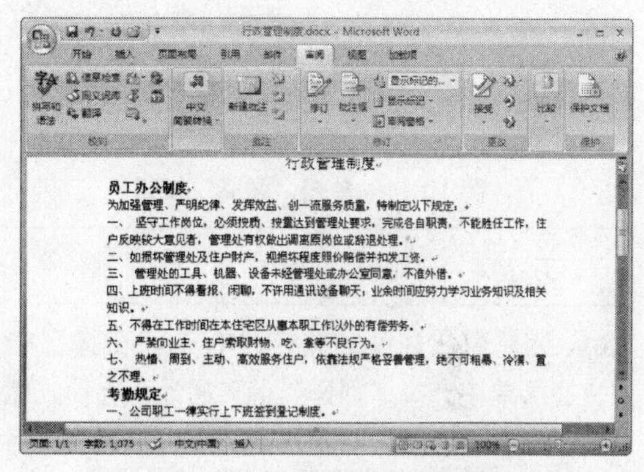

图 10-10　修改完拼写和语法错误的文档

10.1.2　翻译

Word 2007 中提供基本的双语词典和翻译功能，利用它可以将一种语言翻译成另外一种语言，下面将介绍如何使用 Word 2007 的翻译功能。

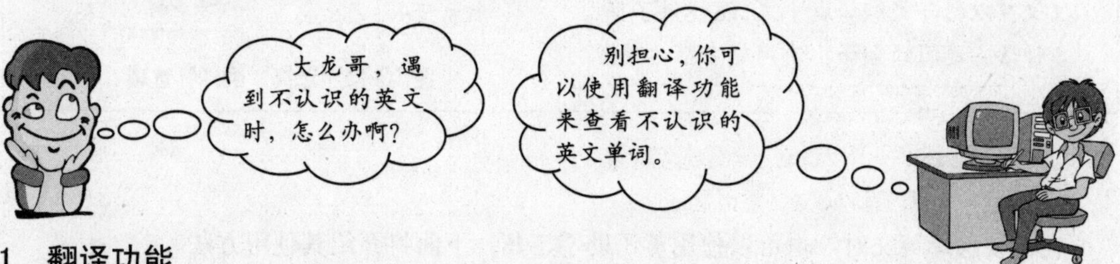

1．翻译功能

素材文件　光盘:\素材\第 10 章\What I Have Lived For.docx

使用翻译功能有以下两种方法：

单击“词典”按钮，可以对输入法进行自造词设置。

方法 1：通过功能区按钮

① 打开“What I Have Lived For.docx”文档，选择需要翻译的内容，单击“审阅”选项卡下“校对”组中的“翻译”按钮，如图 10-11 所示。

② 单击“翻译”按钮之后，在工作界面右端弹出“信息检索”任务窗格，在下面的列表框中显示出翻译后的结果，如图 10-12 所示。

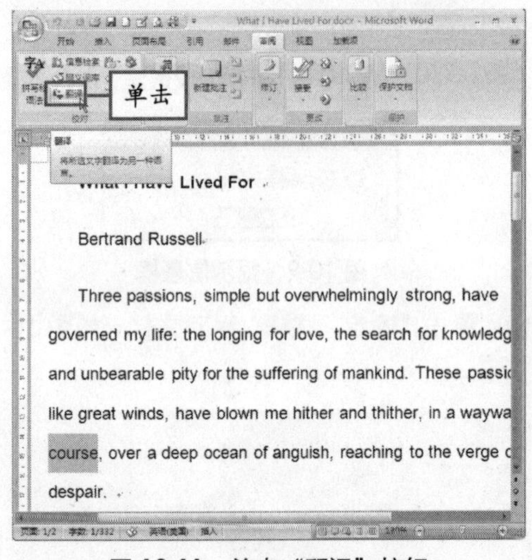

图 10-11 单击“翻译”按钮

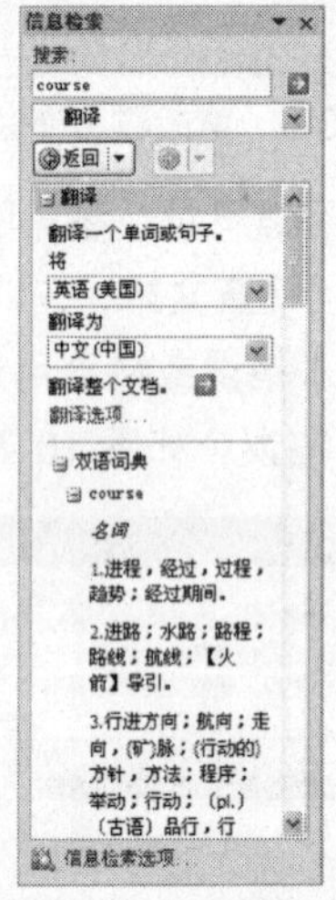

图 10-12 显示翻译结果

方法 2：通过快捷菜单

① 选择需要翻译的文档并右击，在弹出的快捷菜单中选择“翻译”|“翻译”选项，如图 10-13 所示。

② 在工作界面右端会打开“信息检索”任务窗格，在列表框中显示出翻译后的结果，与“方法 1”相同。

知识点拨

在 Word 2007 中进行翻译操作时，不仅仅可以把英文翻译成中文，还提供了很多种语言之间的翻译，使用起来很方便。

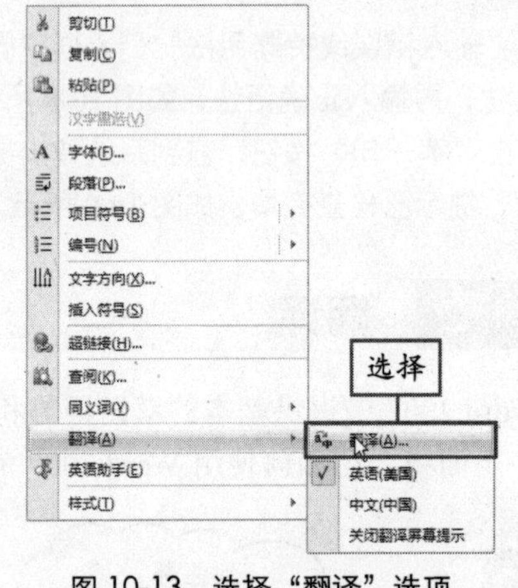

图 10-13 选择“翻译”选项

2．英语助手

在需要翻译英文时，也可以使用英语助手工具，下面将介绍其使用方法。

① 选择需要翻译的文档，单击“审阅”选项卡下“校对”组中的“英语助手”按钮，如图 10-14 所示。

② 在工作界面右端弹出“信息检索”任务窗格，在下面的列表框中显示出翻译后的结果，如图 10-15 所示。

 技巧 按【Alt+Shift+F7】组合键，也可以快速打开翻译的信息检索任务窗格。

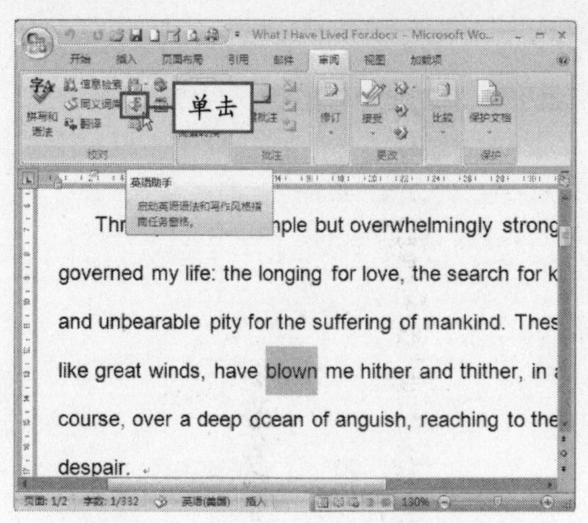

图 10-14　单击“英语助手”按钮

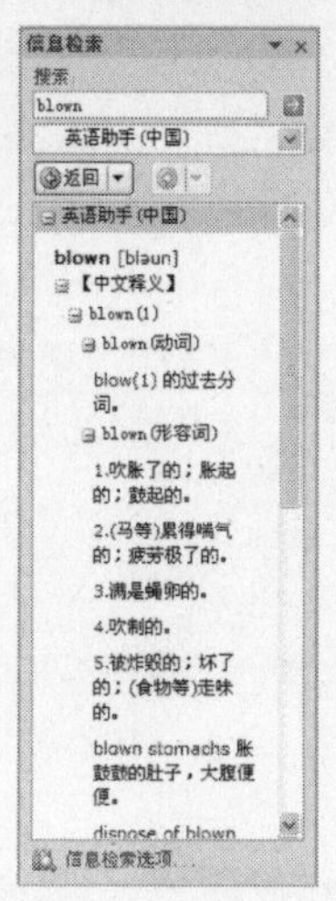

图 10-15　显示翻译结果

3．翻译屏幕功能

在 Word 2007 中，用户可以使用翻译屏幕功能便捷地翻译需要翻译的文档，下面将详细介绍使用翻译屏幕功能的操作方法。

① 单击“审阅”选项卡下“校对”组中的“翻译屏幕提示”按钮，如图 10-16 所示。

图 10-16　单击“翻译屏幕提示”按钮

② 在弹出的下拉菜单中选择“中文”选项，如图 10-17 所示。

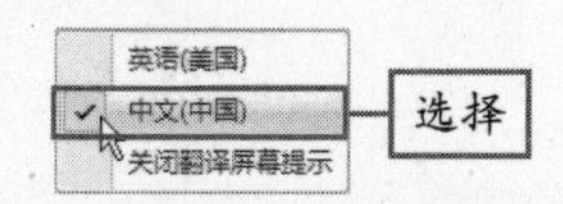

图 10-17　选择“中文”选项

③ 将鼠标指针移动到任何一处文档上，即可在弹出的文本框中看到对该单词的所有解释，如图 10-18 所示。

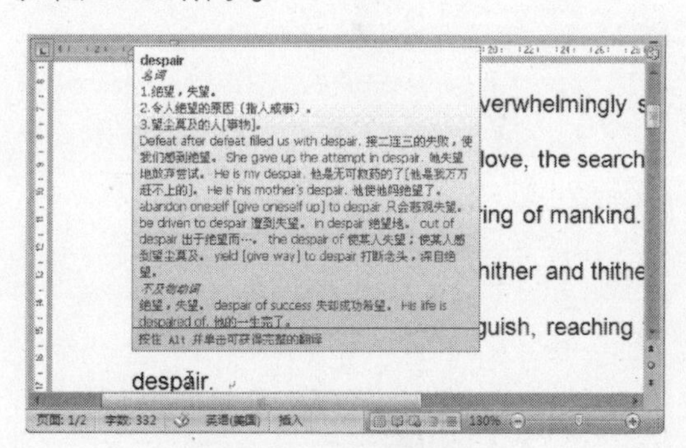

图 10-18　显示翻译结果

10.1.3　字数统计

有些文档有字数要求，如果是长文档要进行统计就很麻烦，但利用 Word 2007 的统计功能就可以很方便地进行字数统计，操作方法如下：

素材文件　光盘:\素材\第 10 章\我国电子商务环境研究.docx

① 打开“我国电子商务环境研究.docx”文档，单击“审阅”选项卡下“校对”组中的“字数统计”按钮，如图 10-19 所示。

② 弹出“字数统计”对话框，即可显示统计的字数，单击“关闭”按钮即可关闭该对话框，如图 10-20 所示。

按住【Alt】键，单击需要翻译的字词，即可进行翻译。　技巧

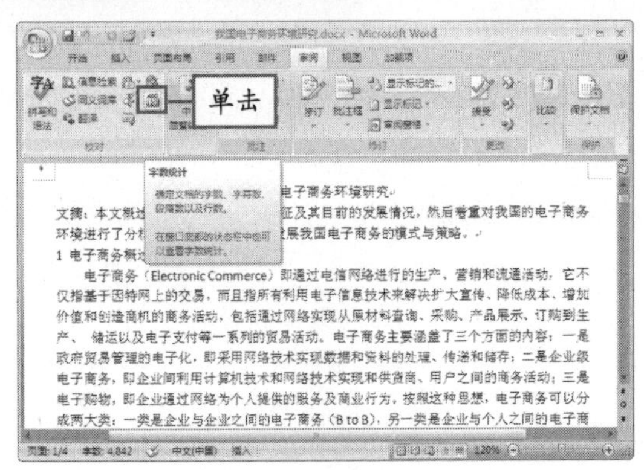

图 10-19 单击“字数统计”按钮

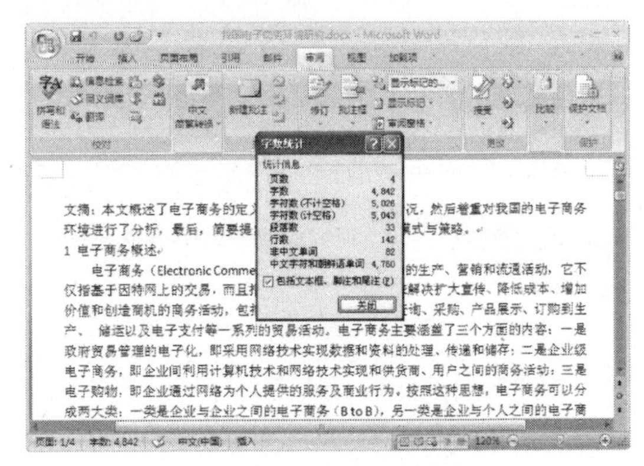

图 10-20 显示统计字数

10.2 批注的应用

在审阅电子文档并对其进行标记时，就需要插入批注。批注是隐藏的文字，并不影响文档的内容。下面将讲解插入批注的方法。

10.2.1 插入批注

以“家乐万家超市销售表.docx”文档为例，讲解如何在其中插入批注，操作方法如下：

素材文件 光盘:\素材\第 10 章\家乐万家超市销售表.docx

①打开“家乐万家超市销售表.docx”文档，选中需要插入批注的文本，单击“审阅”选项卡下“批注”组中的“新建批注”按钮，如图 10-21 所示。

图 10-21 单击“新建批注”按钮

② 此时，可看到所需加批注的文本已变为红色，并在窗口右侧出现一个同样红色的批注框，如图 10-22 所示。

③ 在批注框内输入所要添加的批注内容，效果如图 10-23 所示。

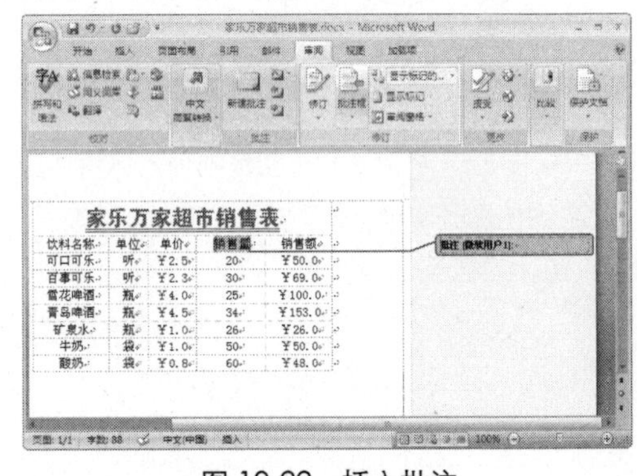

图 10-22 插入批注

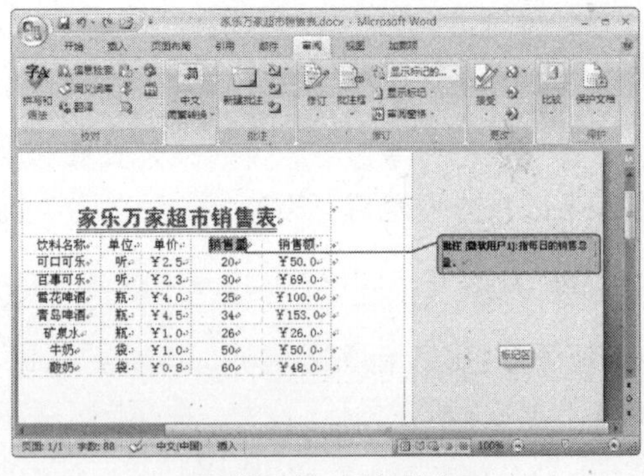

图 10-23 添加批注

技巧 选中文本后单击“字数统计”按钮，可以统计选中文本的字数。

10.2.2 删除批注

插入批注后，有时需要对已经没用的批注进行删除，下面将讲解删除批注的方法。

素材文件 光盘:\素材\第 10 章\家乐万家超市销售表.docx

方法 1：利用“删除”按钮删除

打开“家乐万家超市销售表.docx”文档，选中所要删除的批注，单击“审阅”选项卡下“批注”组中的“删除”按钮，如图 10-24 所示。

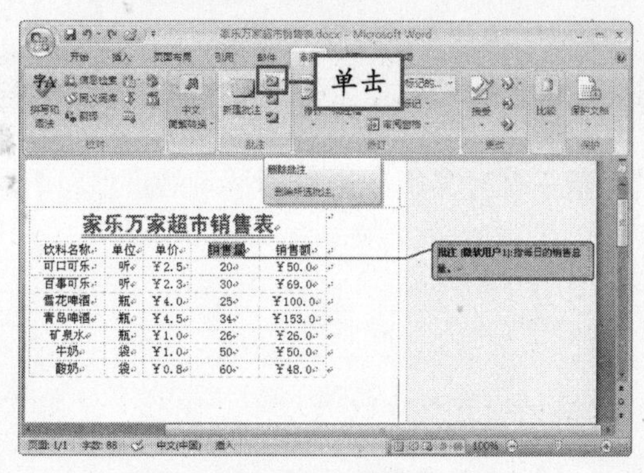

图 10-24 单击“删除”按钮

方法 2：利用快捷菜单删除

打开“家乐万家超市销售表.docx”文档，选中所要删除的批注并右击，在弹出的快捷菜单中选择“删除批注”选项，如图 10-25 所示。

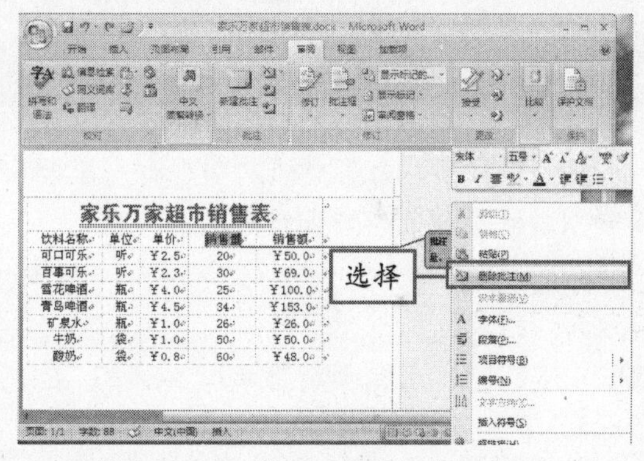

图 10-25 选择“删除批注”选项

删除后的效果如图 10-26 所示。

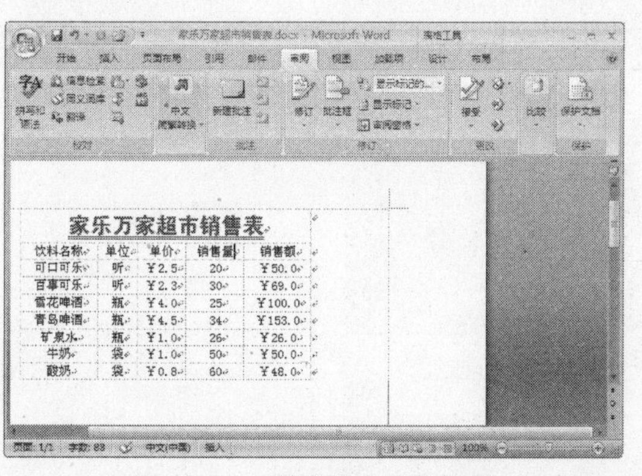

图 10-26 删除批注后的效果

10.2.3 编辑批注

插入批注后，如果发现批注不太完整或输入错误，就需要对其进行编辑，操作方法如下：

① 单击所要修改的批注右侧的批注输入框，将光标定位在其中，删除原有内容，如图 10-27 所示。

② 在批注输入框内输入新的批注内容，如图 10-28 所示。

利用“删除批注”按钮，在其弹出的菜单中可以一次删除所有批注。

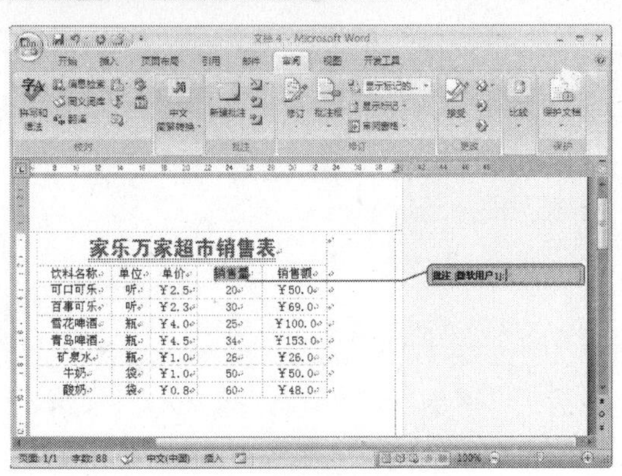

图 10-27　删除批注原有内容

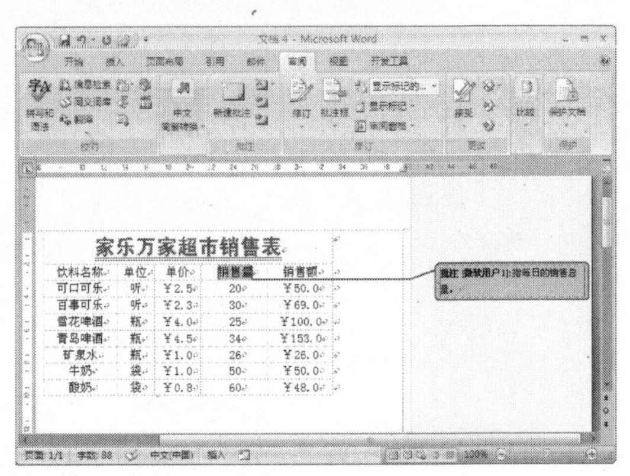

图 10-28　输入新的批注内容

10.2.4　查看批注

插入批注后，为了文档的美观有时需要将其隐藏，有时又需要查看所插入的批注，下面将分别讲解隐藏批注与查看批注的方法。

1. 隐藏批注

① 单击“审阅”选项卡下“修订”组中的“显示标记”下拉按钮 显示标记，如图 10-29 所示。

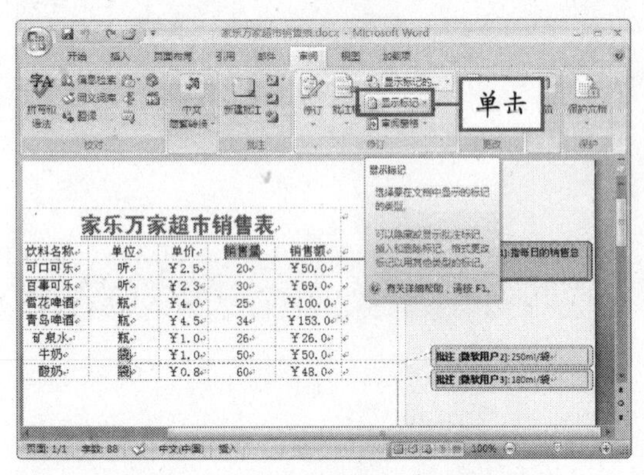

图 10-29　单击“显示标记”下拉按钮

② 在弹出的下拉菜单中取消选中“批注”复选框，如图 10-30 所示。

③ 选择完成后，可以看到文档中的批注已经被隐藏了，效果如图 10-31 所示。

删除批注时，光标一定要处于标注框中，即该批注处于选中或修改状态。

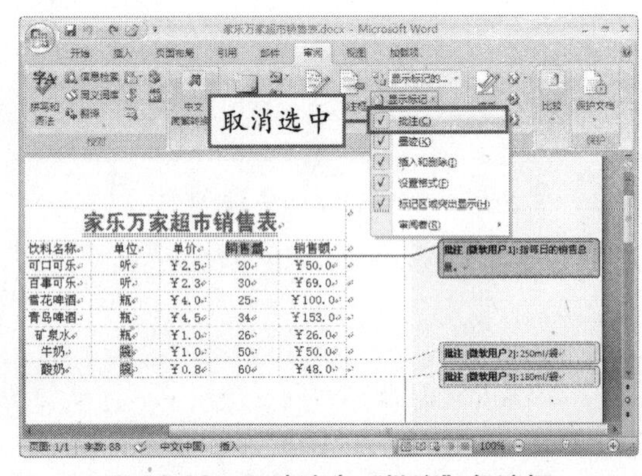

图 10-30　取消选中“批注”复选框

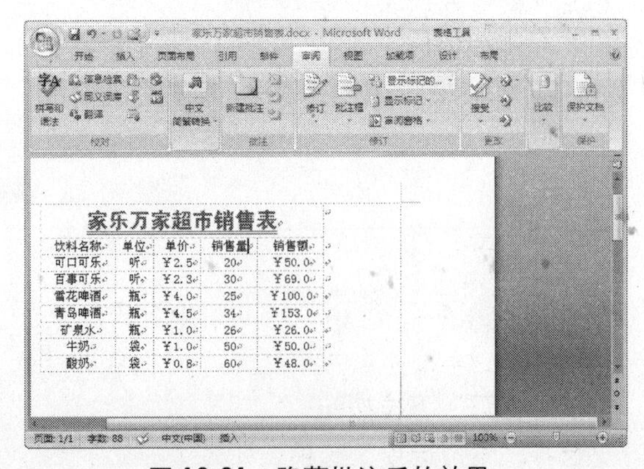

图 10-31　隐藏批注后的效果

说明　添加到文档中的批注将以红色突出显示，以提醒文档的阅读者。

2. 查看批注

① 单击“审阅”选项卡下“修订”组中的“显示标记”下拉按钮，如图 10-32 所示。

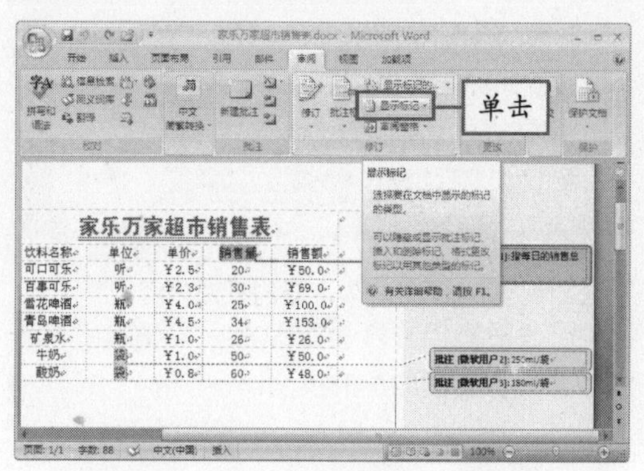

图 10-32　单击“显示标记”下拉按钮

② 在弹出的下拉菜单中选中“批注”复选框，如图 10-33 所示。

③ 选择完成后，可以看到批注已经全部显示，如图 10-34 所示。

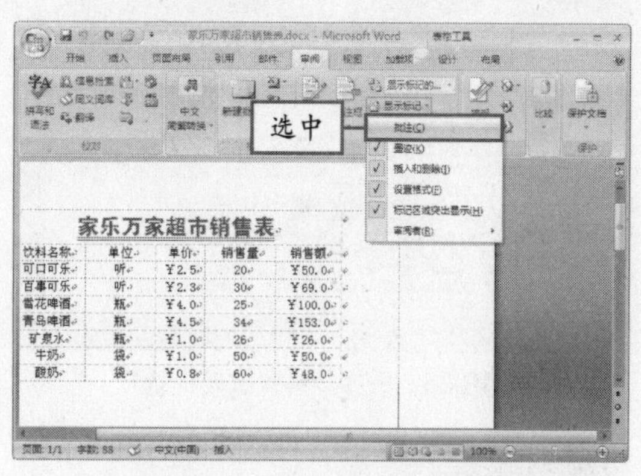

图 10-33　选中“批注”复选框

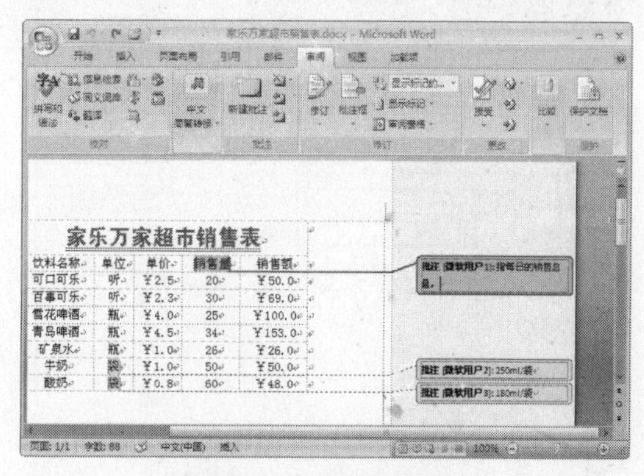

图 10-34　显示所有批注

知识点拨

单击“审阅”选项卡下“批注”组中的“上一条批注”按钮或“下一条批注”按钮，可以逐条显示批注内容。

10.3　修订的应用

修订就是用户对文档的直接修改，与一般的修改不同的是：修订可以显示出在何处做了修改，并选择要不要接受这些修改。在多人合作的企划里，应用修订功能可以提高工作效率。

10.3.1　插入修订

下面以“修订，茶.docx”文档为例，讲解在文档中如何插入修订，操作方法如下：

素材文件　光盘:\素材\第 10 章\修订，茶.docx

① 打开“修订，茶.docx”文档，选中所要修订的文本，单击“审阅”选项卡下“修订”组中的“修订”下拉按钮，在弹出的下拉菜单下选择“修订选项”选项，如图 10-35 所示。

② 弹出“修订选项”对话框，在“移动”选项区域中的“源位置”下拉列表框中选择“双删除线”选项，在“颜色”下拉列表框中选择“红色”选项，在“目标位置”下拉列表框中选择“双下划线”选项，在“颜色”下拉列表框中选择“绿色”，如图 10-36 所示。

显示标记的原始状态是带有修订和批注的原始文本。 **说明**

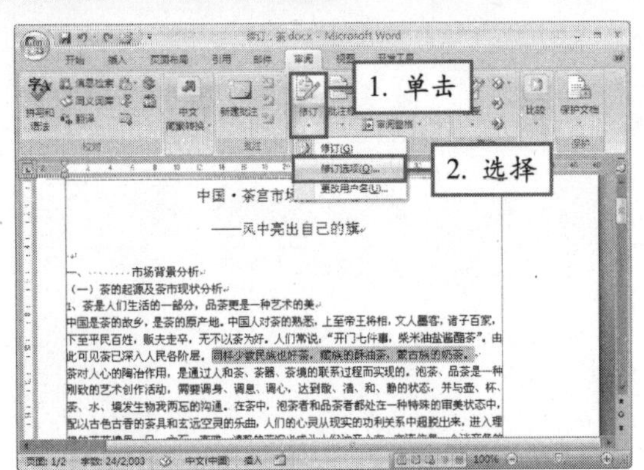

图 10-35　选择“修订选项”选项

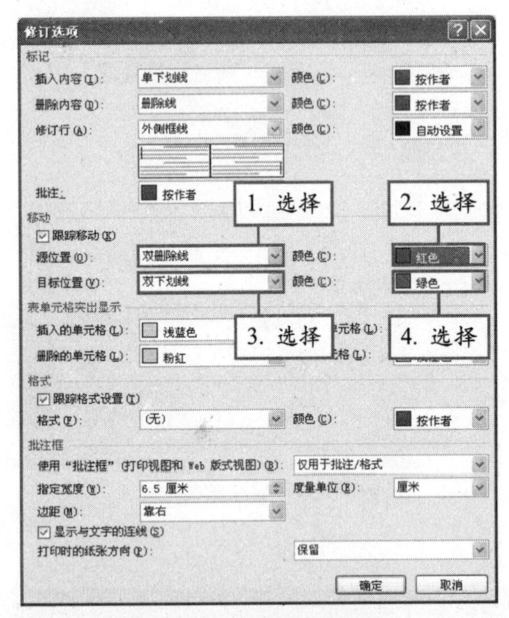

图 10-36　设置修订选项

③ 单击“确定”按钮，返回文档。这时，“修订”按钮呈高亮显示，说明此时为修订状态，如图 10-37 所示。

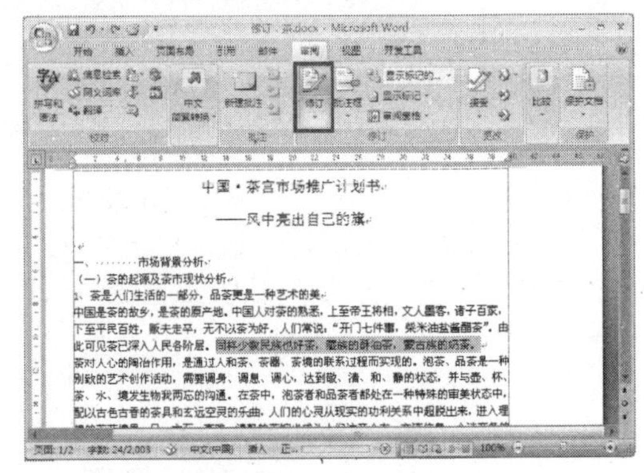

图 10-37　返回文档

④ 把选中文档移入所需位置，文档修订就完成了，效果如图 10-38 所示。

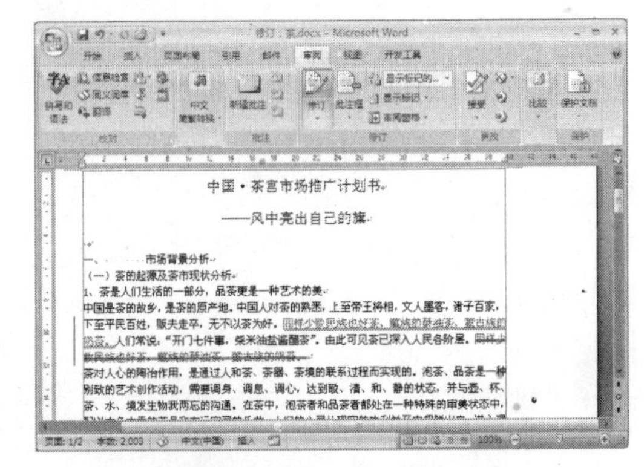

图 10-38　修订后的文档效果

知识点拨

如果修订完毕不需要再进行修订，可以单击“审阅”选项卡下“修订”组中的“修订”下拉按钮，选择“修订”选项，文档中的“修订”按钮呈灰色显示，说明已关闭修订。

10.3.2　接受、拒绝修订

大龙哥，修订和批注有什么不同呢？

批注是为文档中某一处文本进行解释说明的，便于阅读者理解，修订是阅读者对文本中的错误进行修改。

说明　原始状态显示原始文档，不显示修订和批注。

1．接受修订

如果阅读者要接受修订，操作方法如下：

① 单击“审阅”选项卡下“更改”组中的“接受”下拉按钮，在弹出的下拉菜单中选择“接受并移到下一条”选项，如图 10-39 所示。

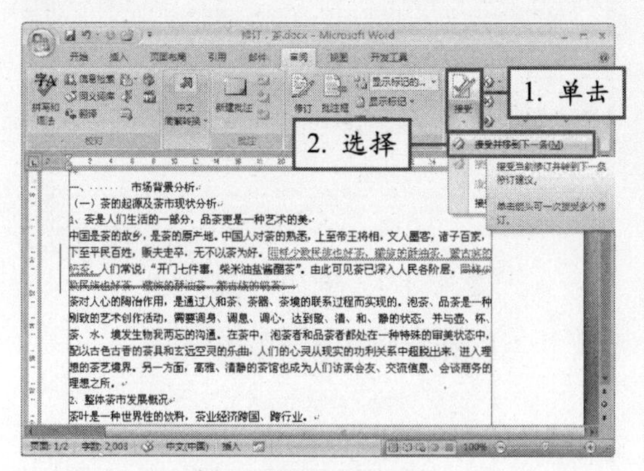

图 10-39　选择“接受并移到下一条”选项

② 在弹出的提示信息框中单击“确定”按钮继续搜索，单击“取消”按钮结束，如图 10-40 所示。

图 10-40　提示信息框

③ 单击“确定”按钮，修订的文字成为文档的一部分，呈红色双删除线显示的文本被删除，并继续搜索下一处，如图 10-41 所示。

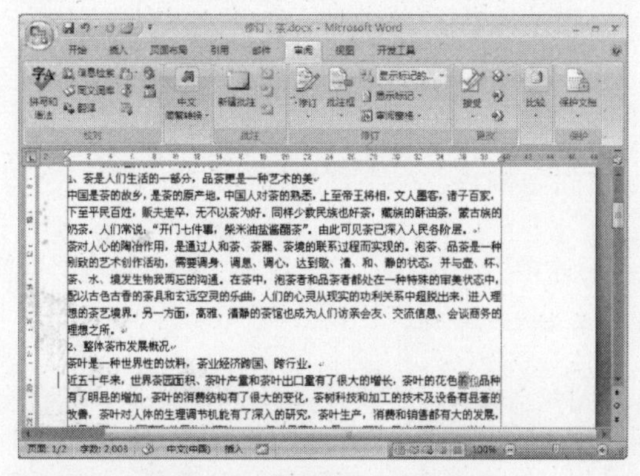

图 10-41　接受修订后的效果

④ 继续单击“接受”按钮，搜索下一处修订的内容，如图 10-42 所示。

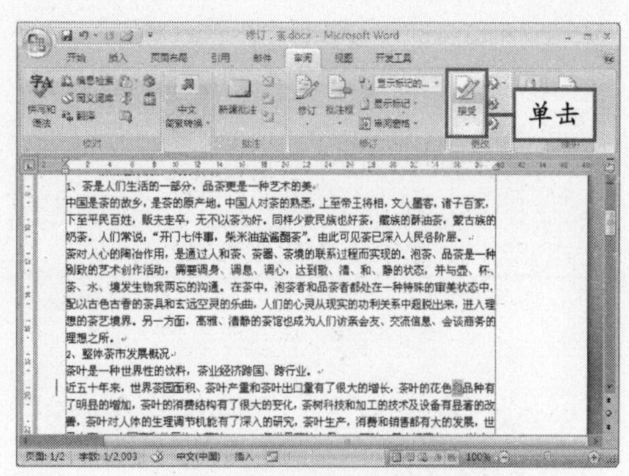

图 10-42　继续搜索修订内容

⑤ 搜索完毕后，弹出提示信息框，单击“确定”按钮即可，如图 10-43 所示。

图 10-43　提示信息框

⑥ 返回文档，即可看到修订后的文档内容，如图 10-44 所示。

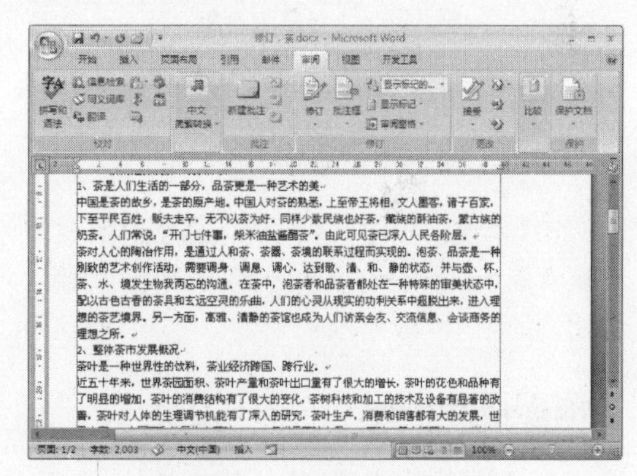

图 10-44　接受修订后的效果

单击“修订”组中的“修订”下拉按钮，在弹出的菜单中选择“更改用户名”选项，弹出“Word 选项”对话框，可以在该对话框中更改用户名。

2. 拒绝修订

① 单击“审阅”选项卡下“更改”组中的“拒绝”下拉按钮，在弹出的下拉菜单中选择“拒绝并移到下一条”选项，如图 10-45 所示。

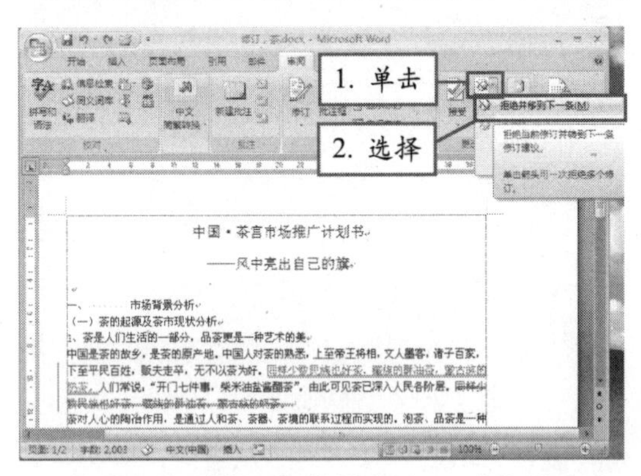

图 10-45 选择“拒绝并移到下一条”选项

② 弹出提示信息框，单击“确定”按钮继续搜索，单击“取消”按钮取消，如图 10-46 所示。

图 10-46 提示信息框

③ 单击“确定”按钮，修订的内容恢复到修订前的状态，如图 10-47 所示。

④ 继续单击“拒绝”按钮，直到弹出提示信息框提示已经没有搜索内容，则单击“确定”按钮，如图 10-48 所示。

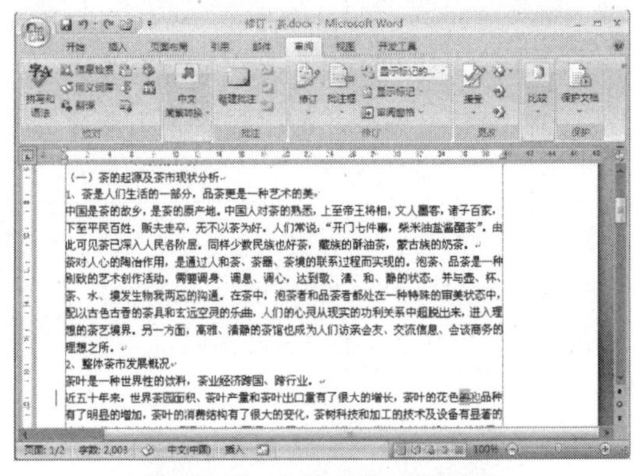

图 10-47 拒绝修订后的效果

图 10-48 提示信息框

⑤ 返回文档，即可看到拒绝修订后没有修订前的文档，如图 10-49 所示。

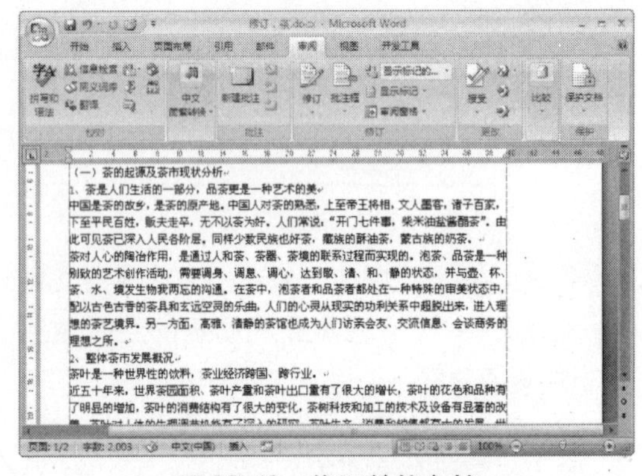

图 10-49 修订前的文档

知识点拨

单击“审阅”选项卡下“更改”组中的“上一条修订”按钮或“下一条修订”按钮，可以逐条显示批注内容。

10.3.3 显示修订标记

对文档进行修订后，为了文档的美观有时需要将其隐藏；有时又要查看或编辑所做的修订就需要将其显示。以上节文档为例，下面将分别讲解隐藏修订标记与显示修订标记的方法。

技巧 选择“拒绝”下拉按钮下的“拒绝对文档的所有修订”选项，将拒绝所有修订。

1．隐藏修订

① 单击“审阅”选项卡下”修订“组中的”显示标记”下拉按钮，在弹出的下拉菜单中取消选中“插入和删除”复选框，如图 10-50 所示。

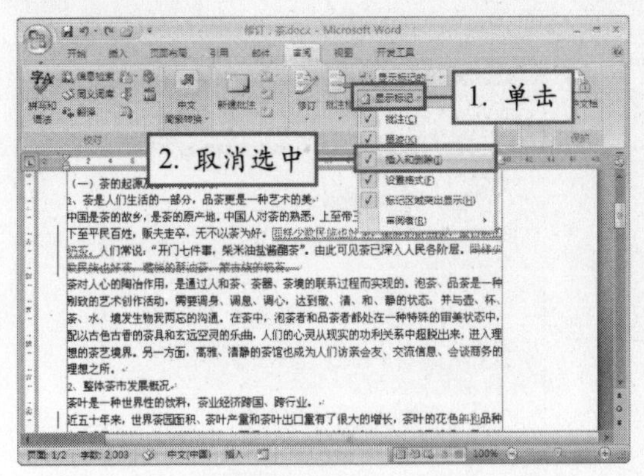

图 10-50　取消选中“插入和删除”复选框

② 返回文档，即可看到文档中的修订标记被隐藏了，如图 10-51 所示。

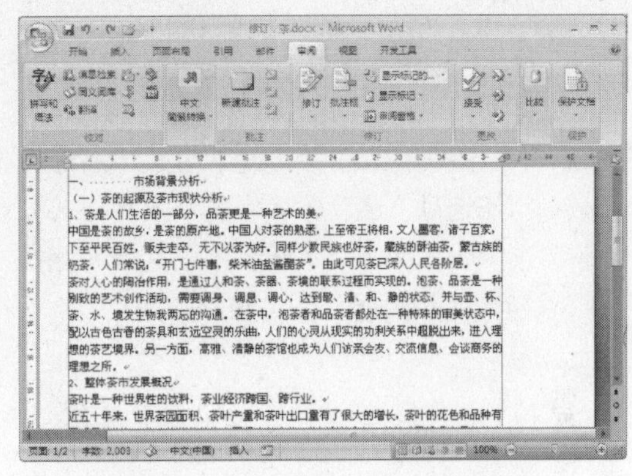

图 10-51　隐藏修订标记后的效果

2．显示修订标记

① 单击“审阅”选项卡下“修订”组中的“显示标记”下拉按钮，在弹出的下拉菜单中选中“插入和删除”复选框，如图 10-52 所示。

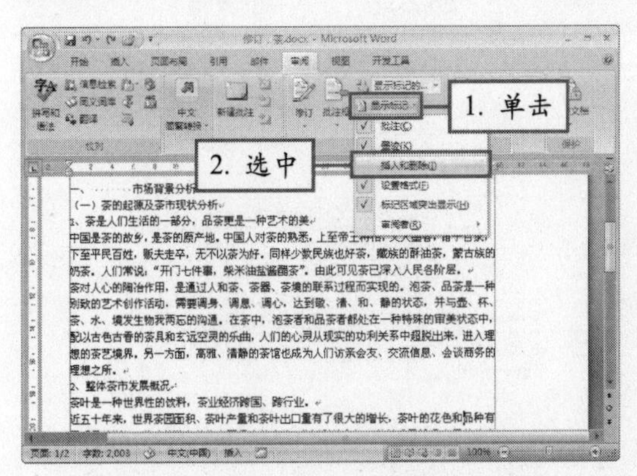

图 10-52　选中“插入和删除”复选框

② 返回文档，即可显示文档中的全部修订标记，如图 10-53 所示。

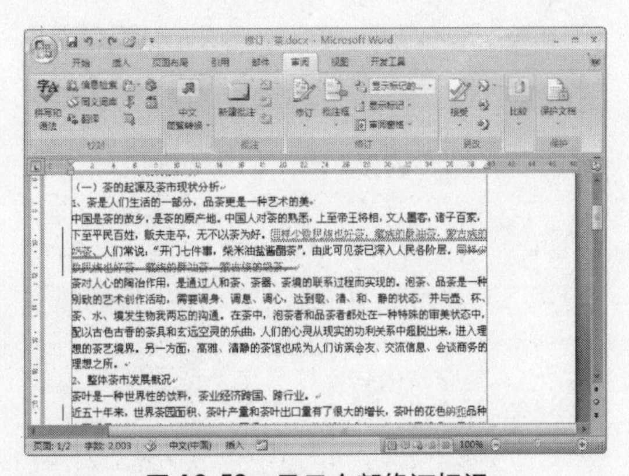

图 10-53　显示全部修订标记

10.4　文档的安全性设置

为了使文档免除未被授权人的访问，甚至对其修改，用户可以为自己的文档进行授权，只有授权人可以访问该文档，也可以为文档设置密码来保护文档。

选择“接受”下拉按钮下的“接受对文档的所有修订”选项，将接受所有修订。　技巧

10.4.1 文档格式的保护

如果不想自己的文档被别人修改，可以对文档进行格式设置，下面将通过实例讲解文档格式保护设置的方法，操作方法如下：

素材文件 光盘:\素材\第 10 章\语文期末考卷，安全性.docx

① 打开“语文期末考卷，安全性.docx”文档，单击“审阅”选项卡下“保护”组中的“保护文档”下拉按钮，在弹出的下拉菜单中选择“限制审阅选项”选项区域中的“限制格式和编辑”选项，如图 10-54 所示，在文档右侧打开“限制格式和编辑”任务窗格。

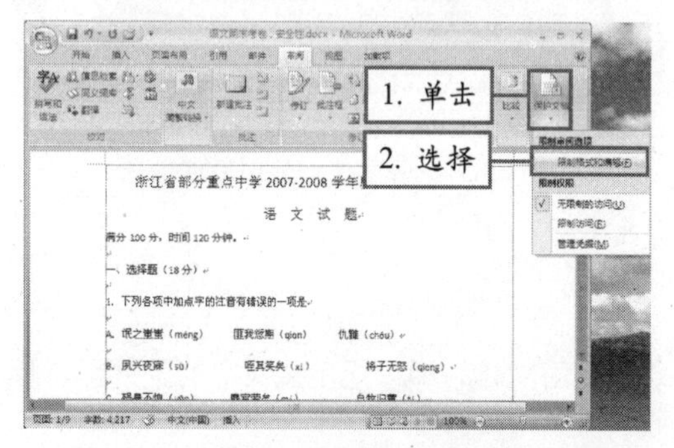

图 10-54 选择“限制格式和编辑”选项

② 在“限制格式和编辑”任务窗格中，选中“1. 格式设置限制“选项区域下“限制对选定的样式设置格式”复选框，再单击“设置”超链接，如图 10-55 所示，即可打开“格式设置限制”对话框。

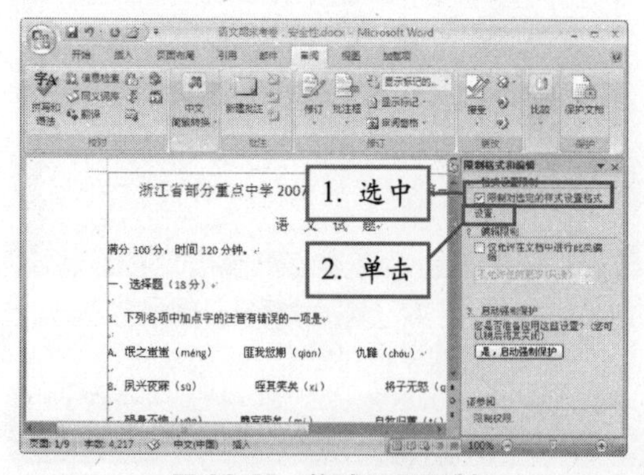

图 10-55 格式设置限制

③ 选中“格式设置限制”对话框中“样式”选项区域中的“限制对选定的样式设置格式”复选框，单击“全部”按钮，如图 10-56 所示。

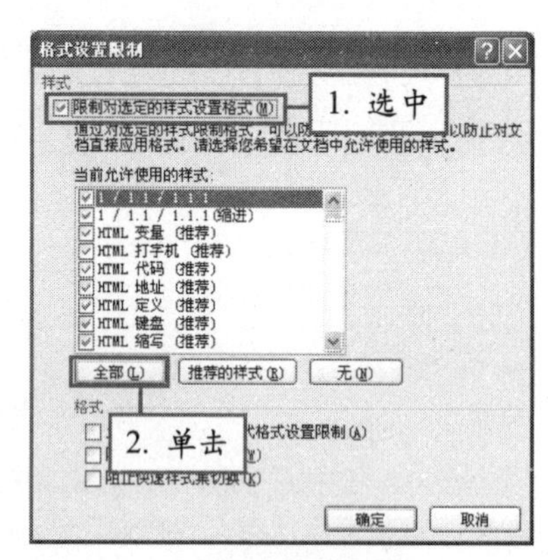

图 10-56 “格式设置限制”对话框

④ 单击“确定”按钮，在弹出提示信息框中单击“否”按钮，如图 10-57 所示。

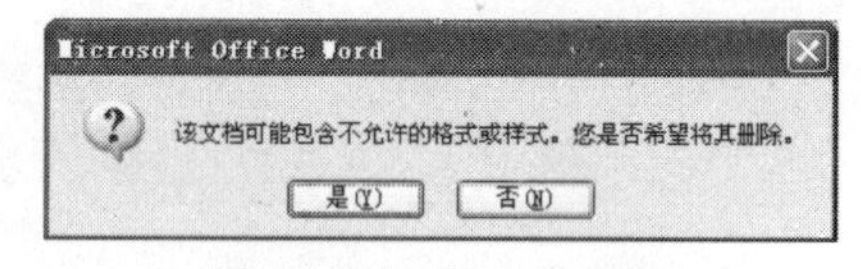

图 10-57 提示信息框

⑤ 返回任务窗格，选中“2. 编辑限制”选项区域中的“仅允许在文档中进行此类编辑”复选框，如图 10-58 所示。

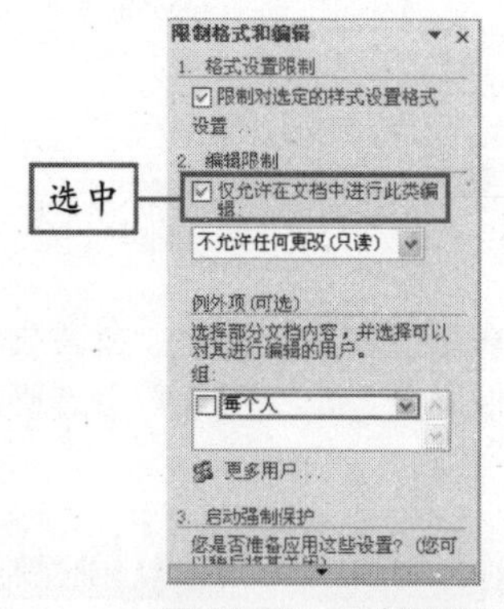

图 10-58 编辑限制

⑥ 单击“3. 启动强制保护”选项区中的“是，启动强制保护”按钮，如图 10-59 所示，弹出“启动强制保护”对话框。

说明 设置保护窗体后，输入点光标消失，不允许直接用鼠标选择文字，也无法更改文件。

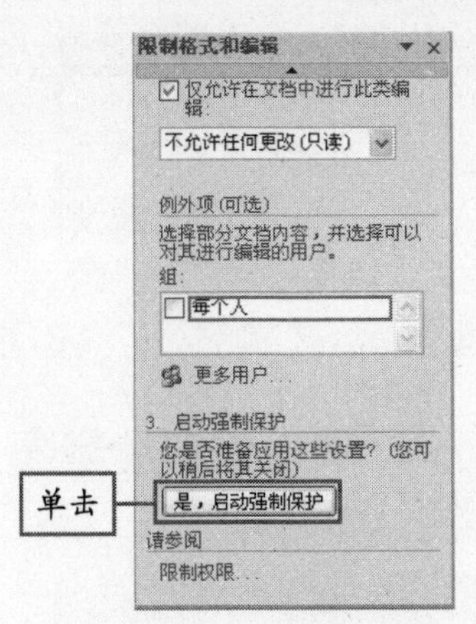

图 10-59　启动强制保护

⑦ 选中“启动强制保护”对话框“保护方法”选项区中的“密码”单选按钮，在“新密码(可选)”文本框中输入密码，在“确认新密码”文本框中再次输入密码，单击“确定”按钮，如图 10-60 所示。

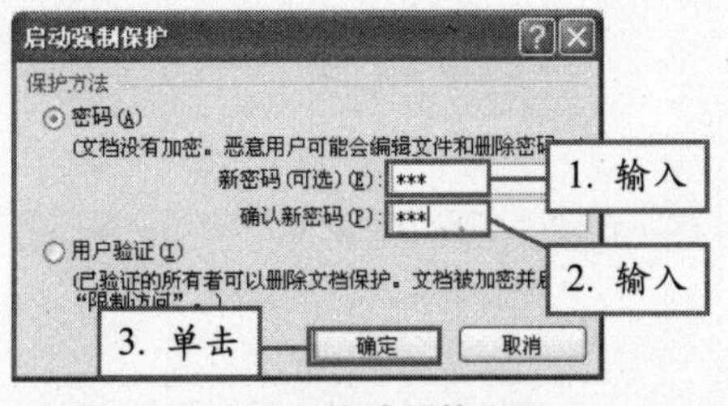

图 10-60　设置格式保护密码

⑧ 返回文档，即可看到文档格式处于被保护状态，无法对其编辑，如图 10-61 所示。

⑨ 若想取消保护设置，则可单击右侧任务窗格中的“停止保护”按钮，将弹出“取消保护文档”对话框，如图 10-62 所示。

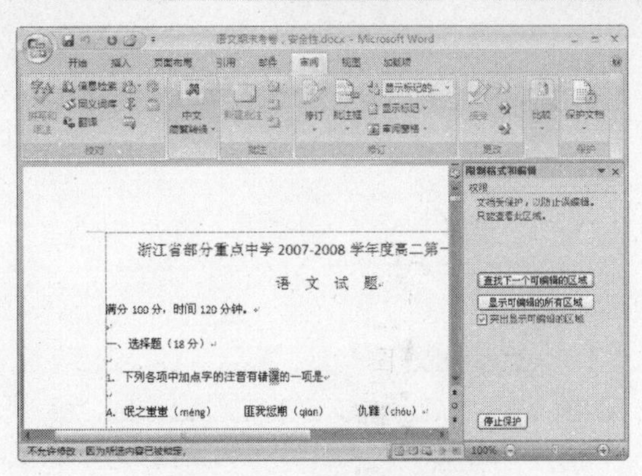

图 10-61　被保护的文档

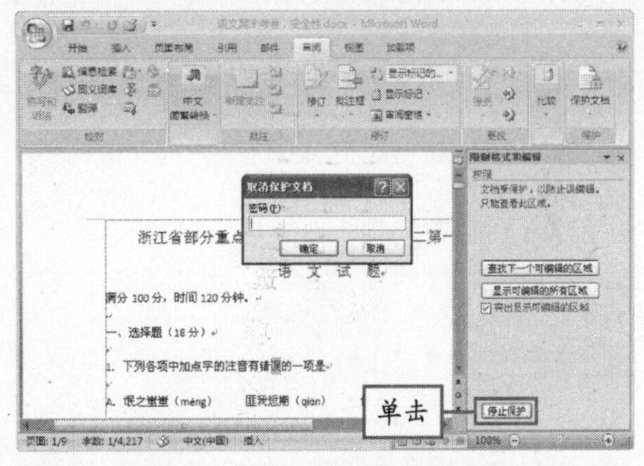

图 10-62　“取消保护文档”对话框

⑩ 在“取消保护文档”对话框中的“密码”文本框中输入保护密码，单击“确定”按钮，如图 10-63 所示，即可退出强制保护。

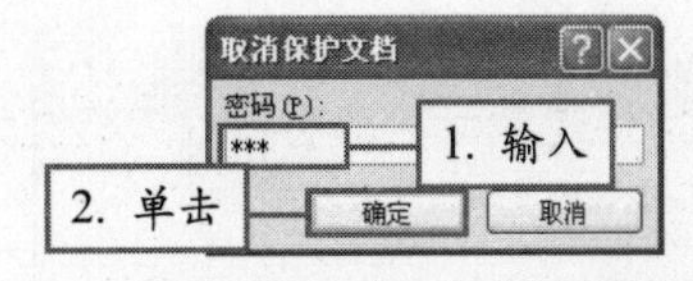

图 10-63　输入取消保护密码

10.4.2　文档密码的设置

当文档属于保密性文件时，就需要对其设置密码，以阻止别人随意打开查看。下面以“浙江省部分重点中学 2007-2008 学年度高二第一学期联考语文试题.docx”为例，讲解如何为文档设置密码，操作方法如下：

① 单击 Office 按钮，在弹出的菜单中选择“另存为”命令，弹出“另存为”对话框，如图 10-64 所示。

② 单击“工具”下拉按钮，在弹出的菜单中选择“常规选项”选项，如图 10-65 所示。

选中“用户验证”单选按钮，对已验证的所有者可以删除文档保护。　技巧

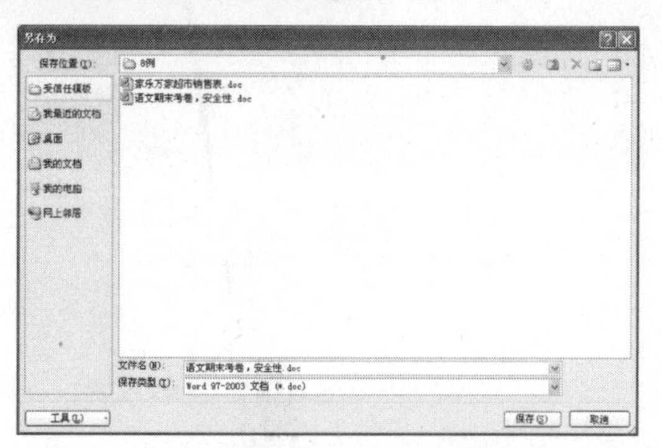

图 10-64 “另存为”对话框

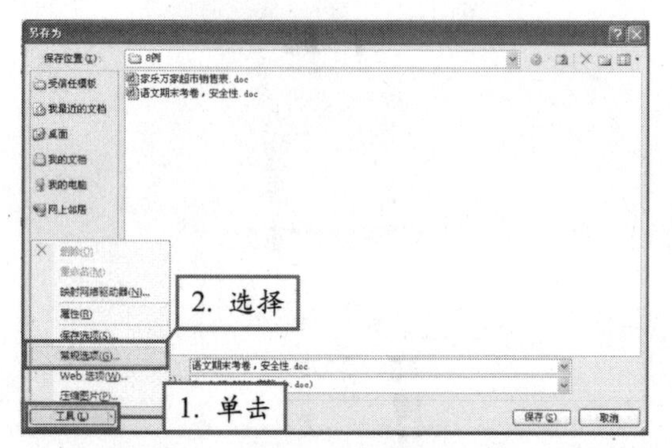

图 10-65 选择“常规选项”选项

③ 弹出“常规选项”对话框，在“常规选项”选项卡下的“打开文件时的密码”文本框中输入密码。如果需要设置修改文件的密码，则在“修改文件时的密码”文本框中输入密码，如图 10-66 所示。

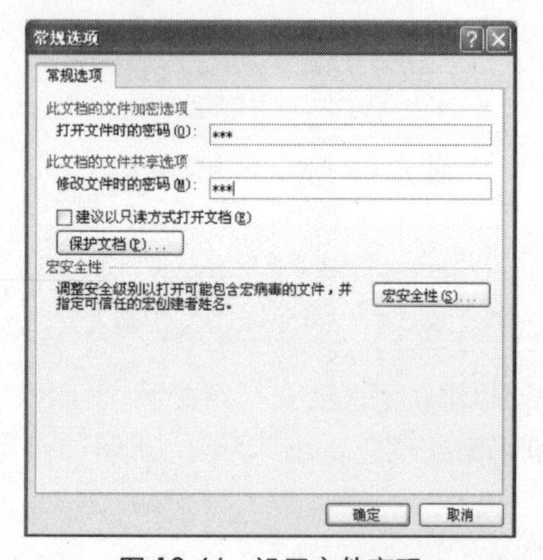

图 10-66 设置文件密码

④ 单击“确定”按钮，弹出“确认密码”对话框，在“请再次键入打开文件时的密码”文本框中输入与“打开文件时的密码”文本框中相同的密码，如图 10-67 所示。

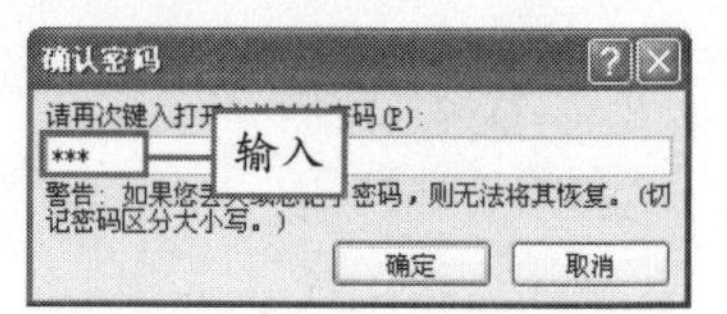

图 10-67 “确认密码”对话框

⑤ 单击“确定”按钮，再次弹出“确认密码”对话框，在“请再次键入修改文件时的密码”文本框中输入与“修改文件时的密码”文本框中相同的密码，如图 10-68 所示。

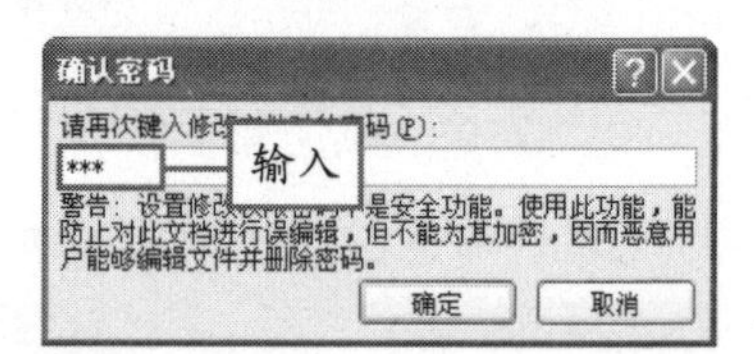

图 10-68 再次弹出“确认密码”对话框

⑥ 返回“另存为”对话框，单击“保存”按钮，如图 10-69 所示。

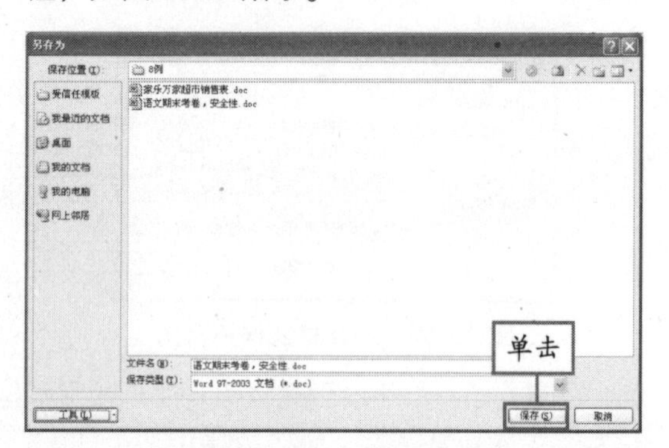

图 10-69 保存文件

⑦ 再次打开该文档时，将弹出“密码”对话框。在“请键入打开文件所需的密码”文本框中输入打开文件的密码，单击“确定”按钮，如图 10-70 所示。

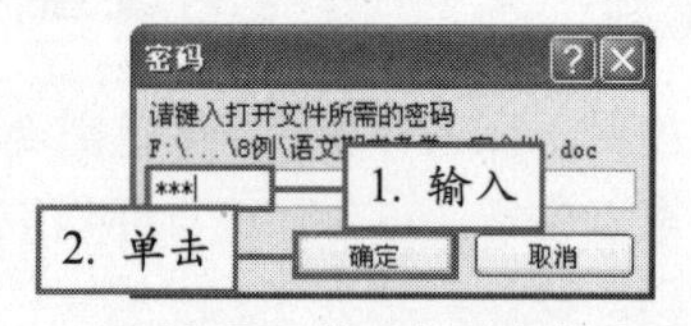

图 10-70 输入打开文件密码

⑧ 再次弹出“密码”对话框，在“密码”文本框中输入修改文件密码，单击“确定”按钮，如图 10-71 所示。

技巧 单击“宏安全性”按钮，可以弹出“信任中心”对话框，对宏进行设置。

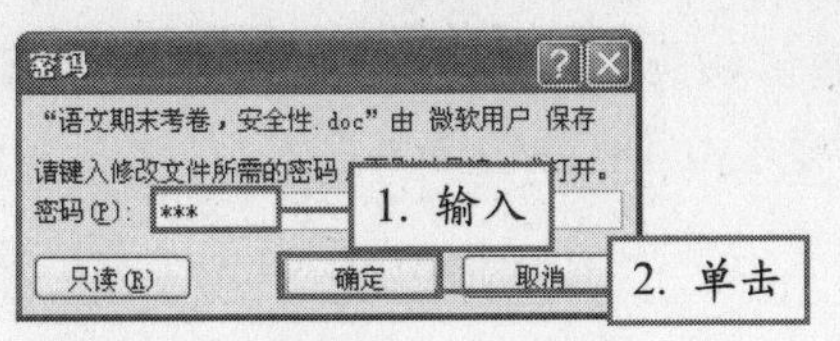

图 10-71 输入修改文件密码

⑨ 输入完密码后即可打开文档，如图 10-72 所示。

如果单击“密码”对话框中的“只读”按钮，则文档以只读方式打开，不能对其修改。

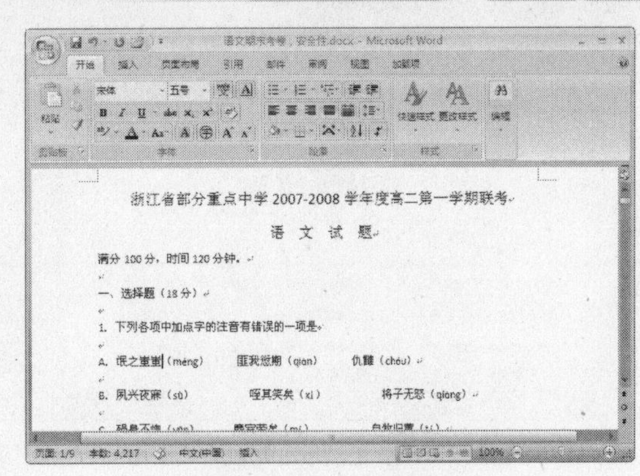

图 10-72 打开的文档

10.5 现学现用——制作财产转移审计报告

下面将利用本章所学的知识为一份《财产转移审计报告》添加批注，并进行安全性设置等，最终效果如图 10-73 所示。

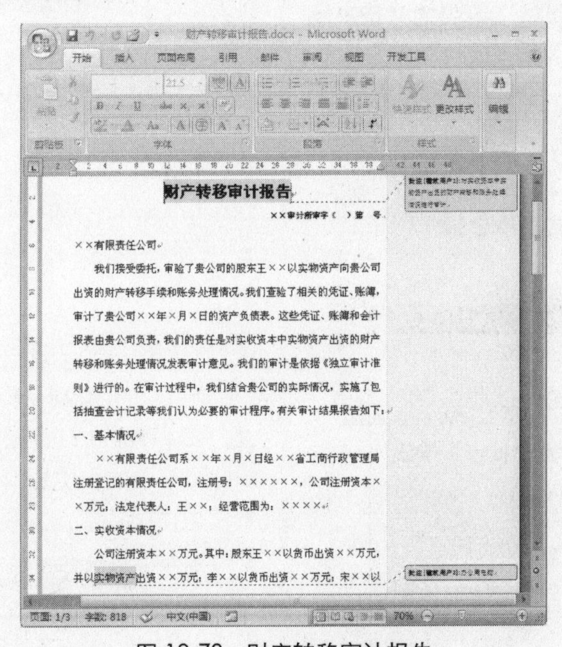

图 10-73 财产转移审计报告

操作步骤：

素材文件 光盘:\素材\第 10 章\财产转移审计报告.docx

① 打开“财产转移审计报告.docx”文档，单击“审阅”选项卡下“校对”组中的“字数统计”按钮，如图 10-74 所示。

② 弹出“字数统计”对话框，显示统计信息，单击“关闭”按钮，如图 10-75 所示。

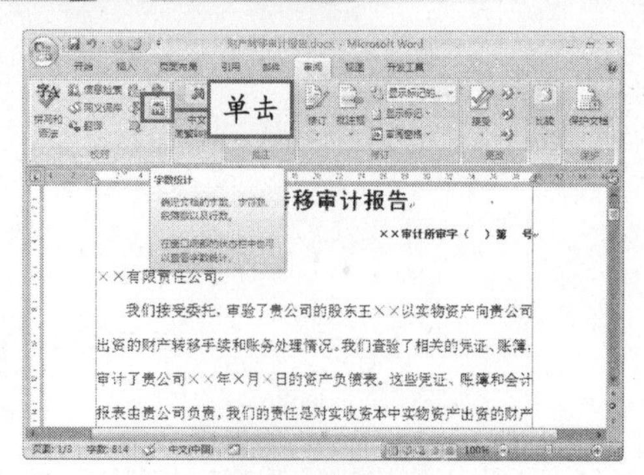

图 10-74 单击“字数统计”按钮

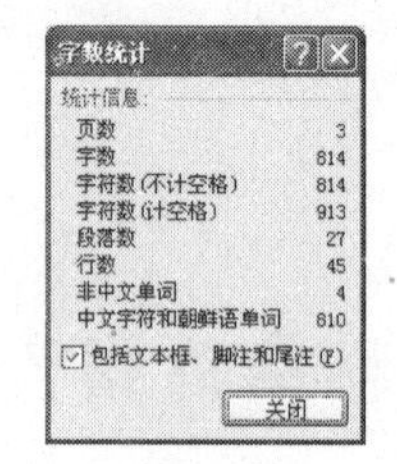

图 10-75 “字数统计”对话框

③ 返回文档，选中所要添加批注的文本，单击“审阅”选项卡下“批注”组中的“新建批注”按钮，如图 10-76 所示。

图 10-76 单击“新建批注”按钮

④ 系统自动添加一个批注框，在批注框中输入所要插入批注的内容，如图 10-77 所示。

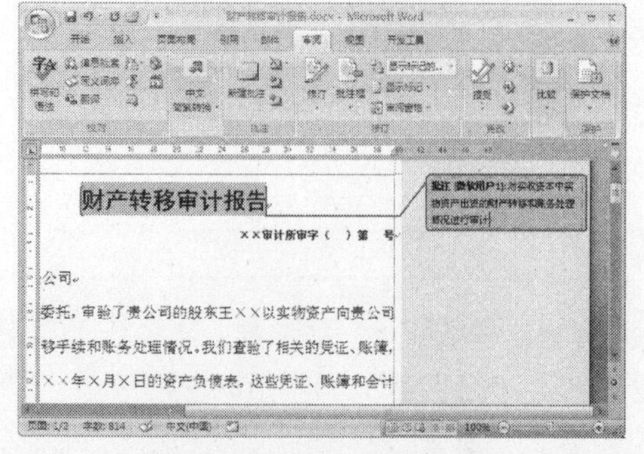

图 10-77 输入批注内容

⑤ 按照上述方法继续在所需插入批注的地方插入批注，最终效果如图 10-78 所示。

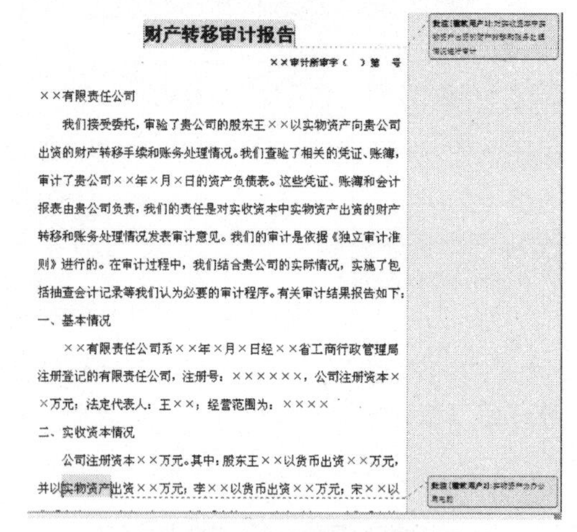

图 10-78 显示所插入的批注

⑥ 单击所要编辑的批注框，将光标定位到该批注框中对批注进行修改，如图 10-79 所示。

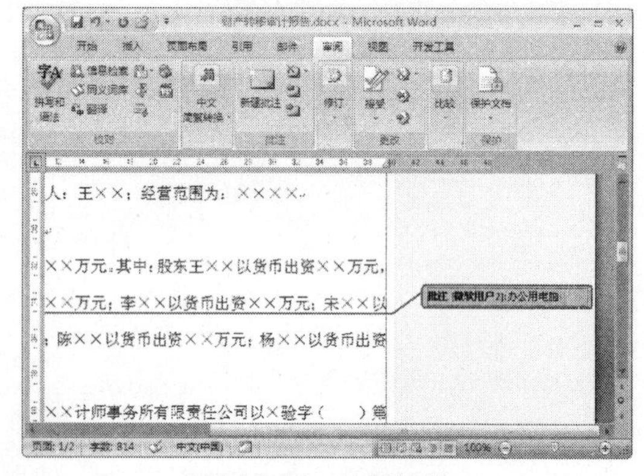

图 10-79 编辑批注

⑦ 单击“审阅”选项卡下“批注”组中的“下一条”按钮，如图 10-80 所示。

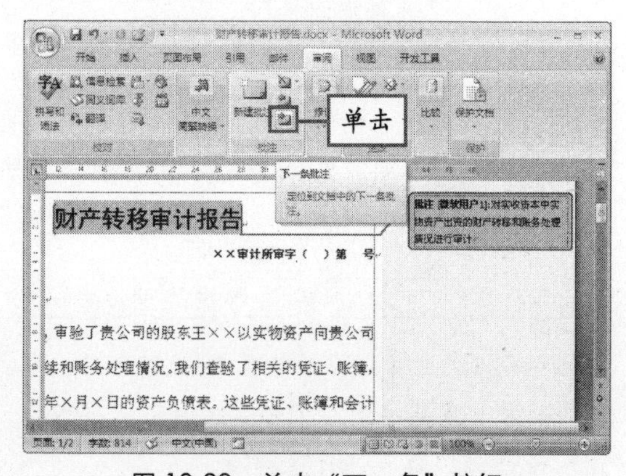

图 10-80 单击“下一条”按钮

技巧 将光标定位到任意位置，单击“新建批注”按钮，则添加批注的文本为光标两侧的词组。

⑧ 此时，即可看到光标定位到下一条批注所在的位置，如图 10-81 所示。

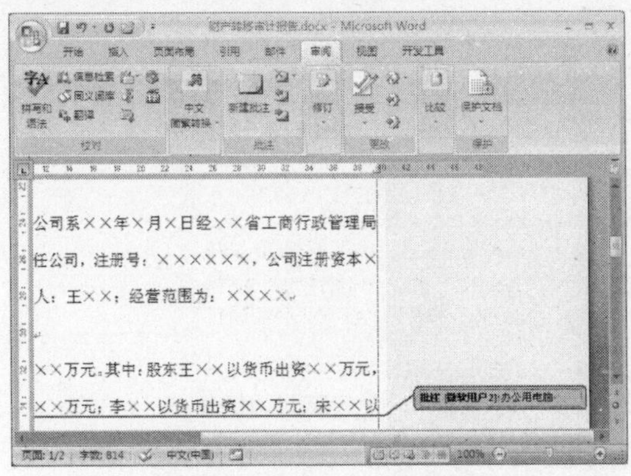

图 10-81　显示下一条批注

⑨ 单击“审阅”选项卡下“修订“组中的“显示标记”下拉按钮，如图 10-82 所示。

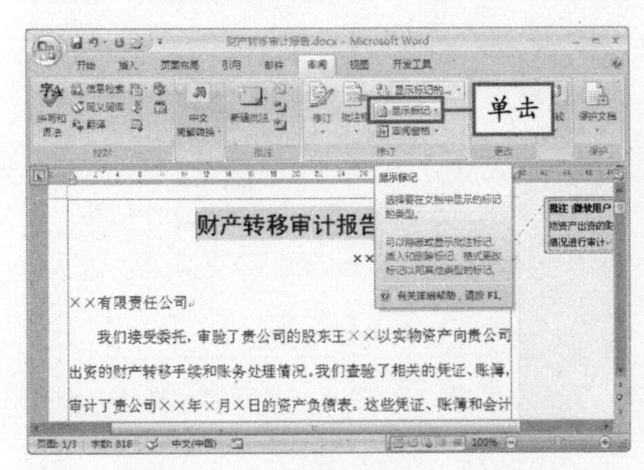

图 10-82　单击“显示标记”下拉按钮

⑩ 在弹出的下拉菜单中取消选中“批注”复选框，如图 10-83 所示。

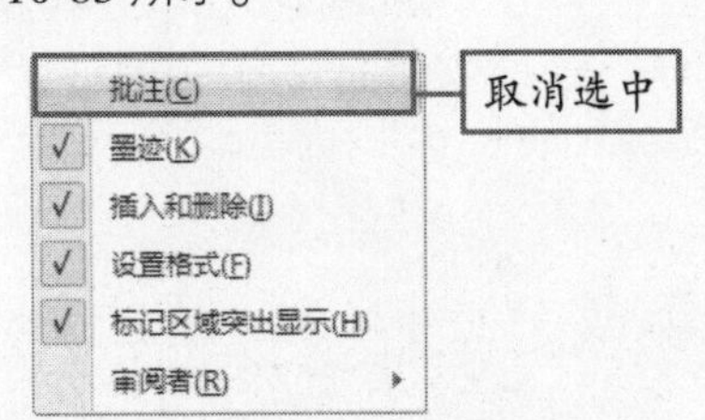

图 10-83　取消选中“批注”复选框

⑪ 取消选择后，即可看到文档中的批注被隐藏了，如图 10-84 所示。

⑫ 单击“审阅”选项卡下“保护”组中的“保护文档”下拉按钮，如图 10-85 所示。

⑬ 在弹出的下拉菜单中选择“限制格式和编辑”选项，如图 10-86 所示。

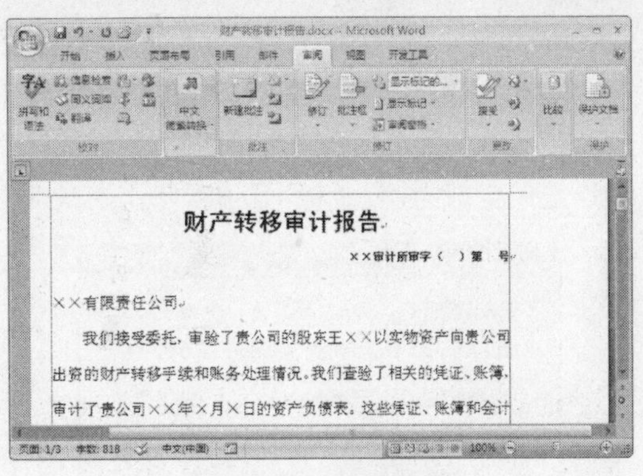

图 10-84　隐藏批注

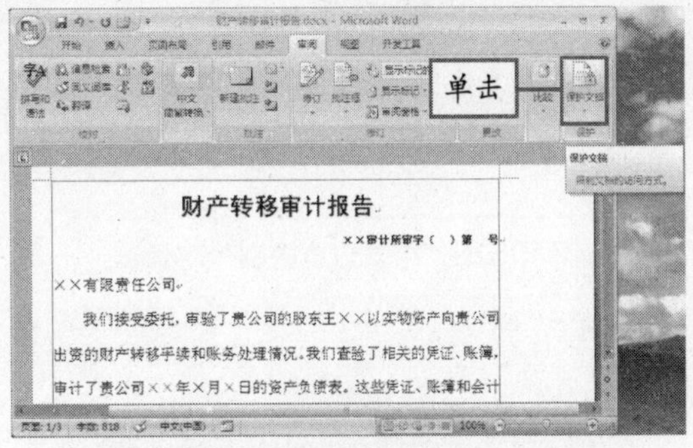

图 10-85　单击“保护文档”下拉按钮

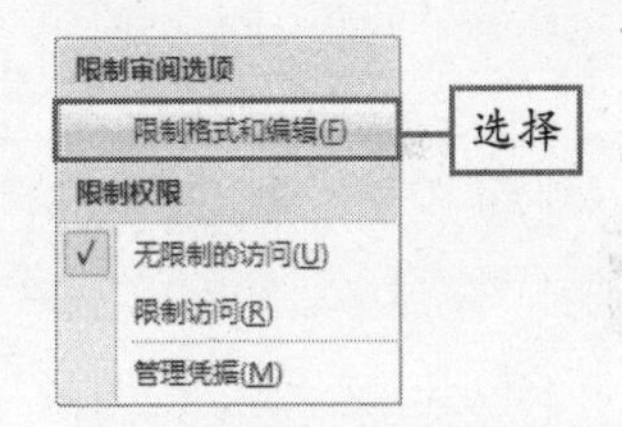

图 10-86　选择“限制格式和编辑”选项

⑭ 打开“限制格式和编辑”任务窗格，选中“1. 格式设置限制”选项区域中的“限制对选定的样式设置格式”复选框，再单击“设置”超链接，如图 10-87 所示。

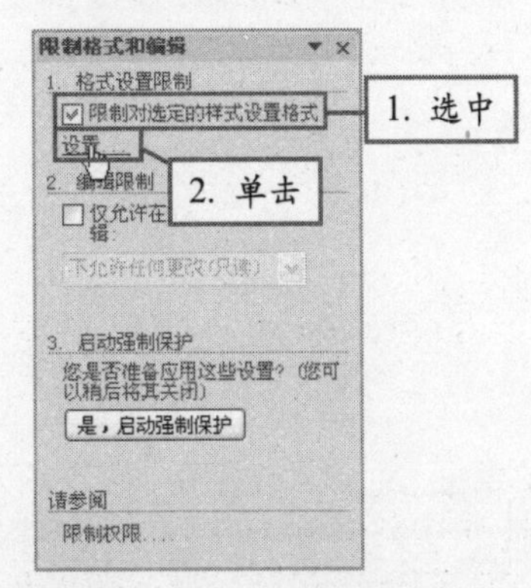

图 10-87　格式设置限制

⑮ 弹出“格式设置限制”对话框，选中“限制对选定的样式设置格式”复选框，在“当前允许使用的样式”列表中选择所需的选项，在此以选中全部为例，如图 10-88 所示。

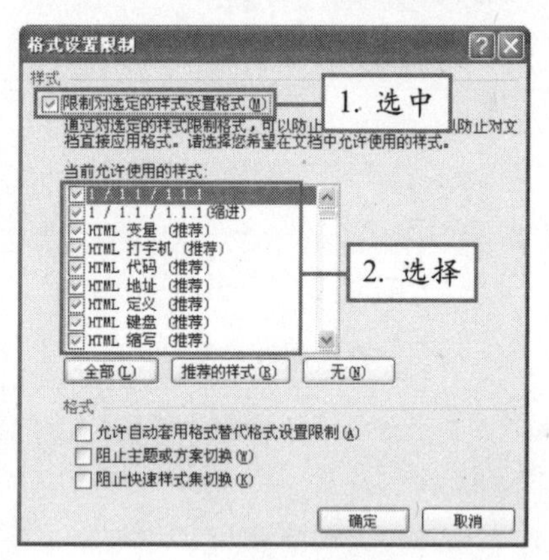

图 10-88 “格式设置限制”对话框

⑯ 单击“确定”按钮，在弹出的提示信息框中单击“否”按钮，如图 10-89 所示。

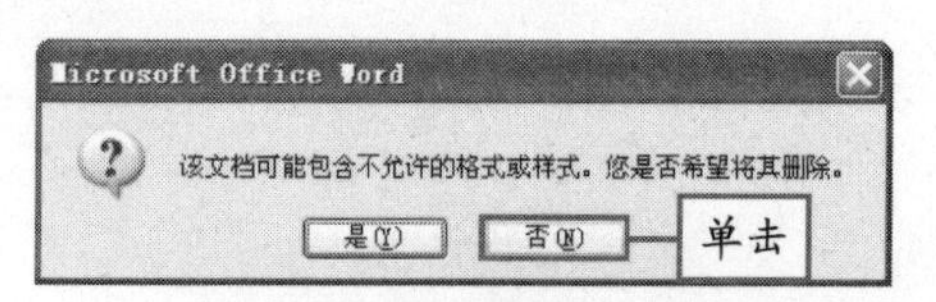

图 10-89 弹出的提示信息框

⑰ 返回“限制格式和编辑”任务窗格，选中“2. 编辑限制”选项区域中的“仅允许在文档中进行此类编辑”复选框，如图 10-90 所示。

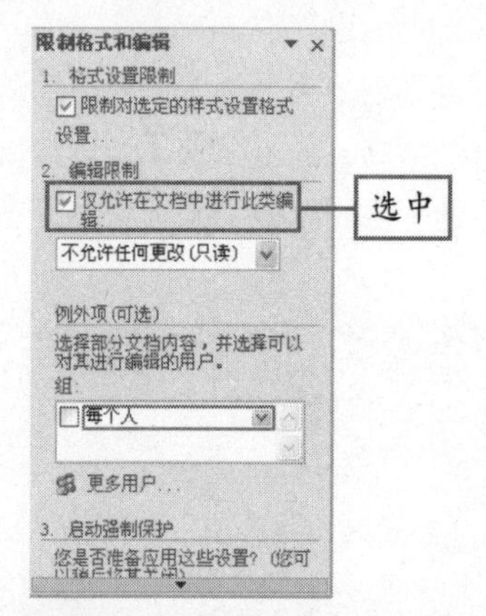

图 10-90 编辑限制

⑱ 单击“3. 启动强制保护”选项区中的“是，启动强制保护”按钮 是，启动强制保护 ，如图 10-91 所示。

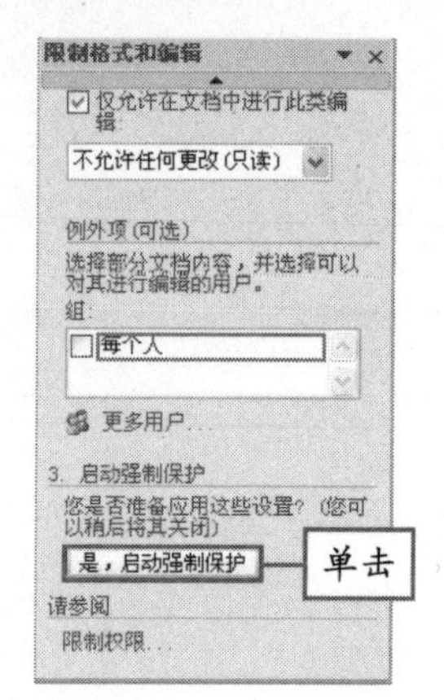

图 10-91 启动强制保护

⑲ 弹出“启动强制保护”对话框，在“保护方法”选项区域内选中“密码”单选按钮，在“新密码”文本框中输入密码，在“确认新密码”文本框中再次输入，单击“确定”按钮，如图 10-92 所示。

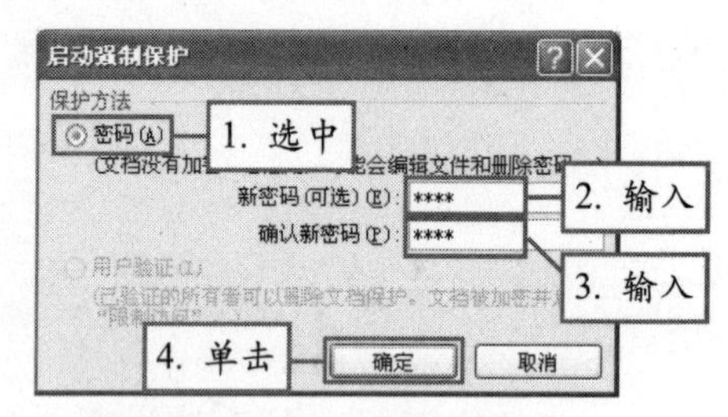

图 10-92 输入强制保护密码

⑳ 返回“限制格式和编辑”任务窗格，单击“关闭”按钮×，返回文档编辑区，如图 10-93 所示。

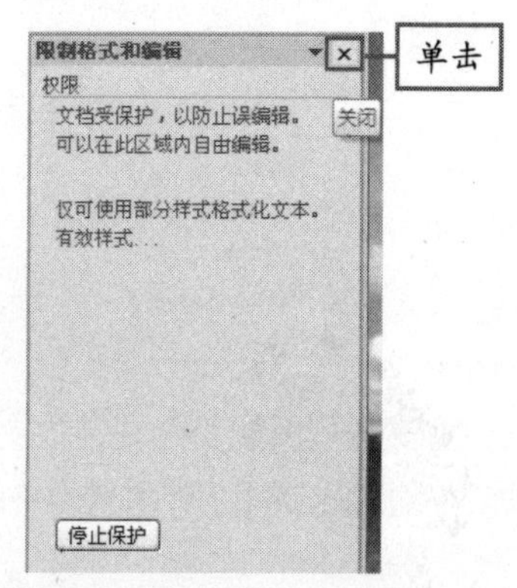

图 10-93 单击“关闭”按钮

㉑ 单击 Office 按钮，在弹出的菜单中选择“另存为”命令，如图 10-94 所示。

技 巧 在限制格式和编辑“例外项”中，可以设置“每个人”的编辑权限。

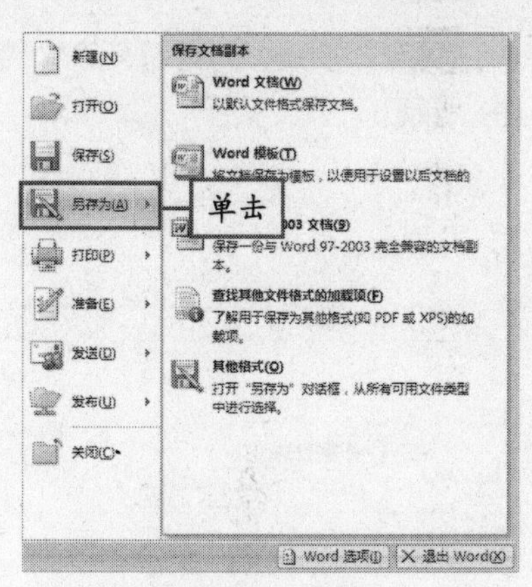

图 10-94　单击“另存为”命令

㉒ 在弹出的“另存为”对话框中单击“工具”按钮，如图 10-95 所示。

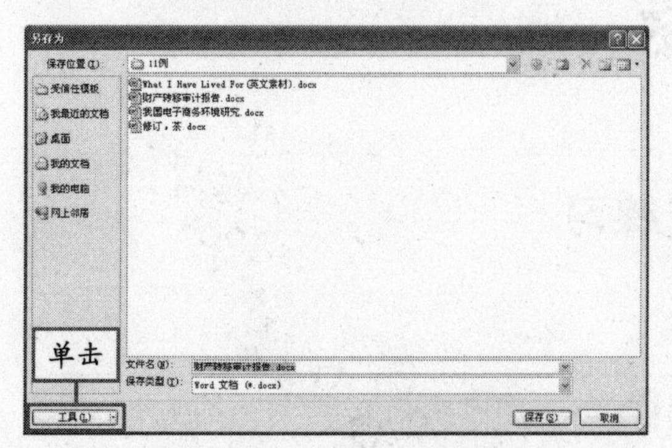

图 10-95　“另存为”对话框

㉓ 在弹出的菜单中选择“常规选项”选项，如图 10-96 所示。

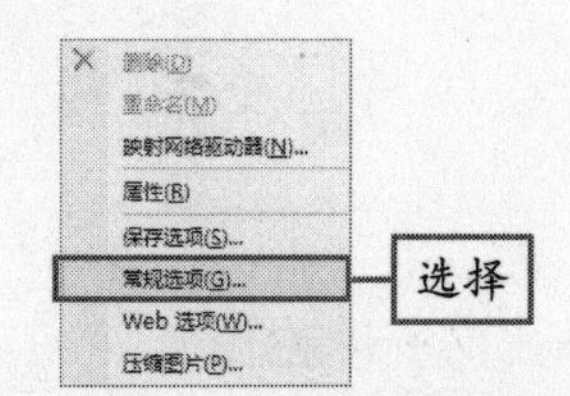

图 10-96　选择“常规选项”选项

㉔ 弹出“常规选项”对话框，在“常规选项”选项卡中的“打开文件时的密码”文本框中输入密码，如果需要设置修改文件的密码，则在“修改文件时的密码”文本框中输入密码，如图 10-97 所示。

㉕ 单击“确定”按钮，弹出“确认密码”对话框，在“请再次键入打开文件时的密码”文本框中输入与“打开文件时的密码”文本框中相同的密码，如图 10-98 所示。

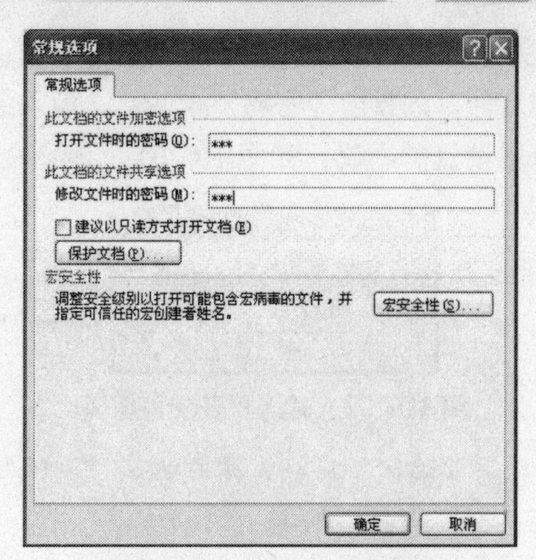

图 10-97　设置文件密码

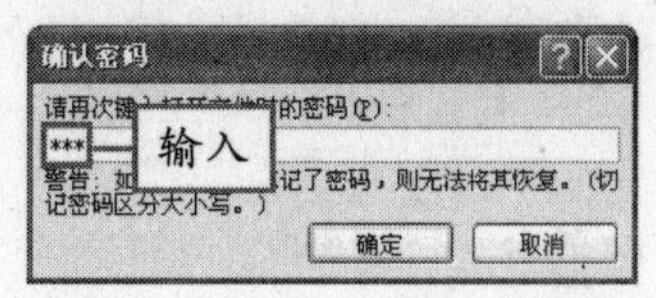

图 10-98　“确认密码”对话框

㉖ 单击“确定”按钮，再次弹出“确认密码”对话框，在“请再次键入修改文件时的密码”文本框中输入与“修改文件时的密码”文本框中相同的密码，如图 10-99 所示。

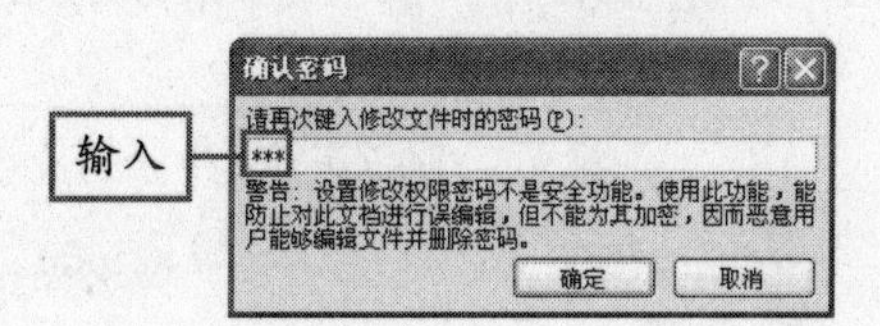

图 10-99　再次弹出“确认密码”对话框

㉗ 单击“确定”按钮，返回“另存为”对话框，在“保存位置”下拉列表框中选择文档所要保存的位置，在“文件名”下拉列表框中输入文件名，单击“保存”按钮，如图 10-100 所示。

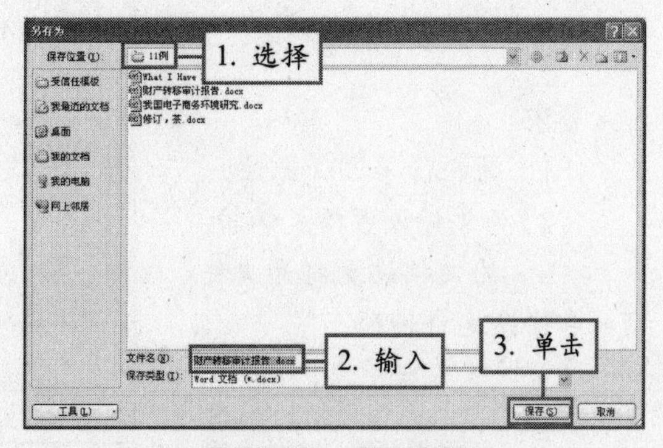

图 10-100　保存文档

㉘ 关闭该文档，找到文档所存放的位置，打开该文件，则弹出“密码”对话框，输入上述步骤所设置的密码，如图 10-101 所示。

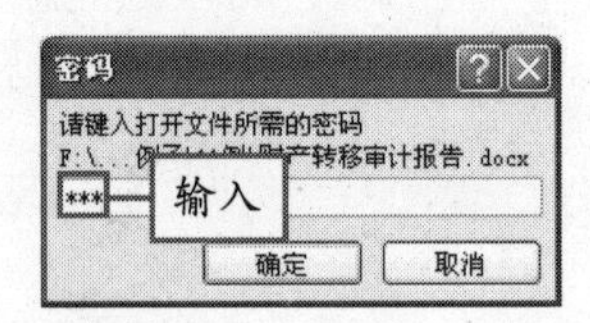

图 10-101 输入打开文件密码

㉙ 单击“确定”按钮，再次弹出“密码”对话框，输入密码，如图 10-102 所示。

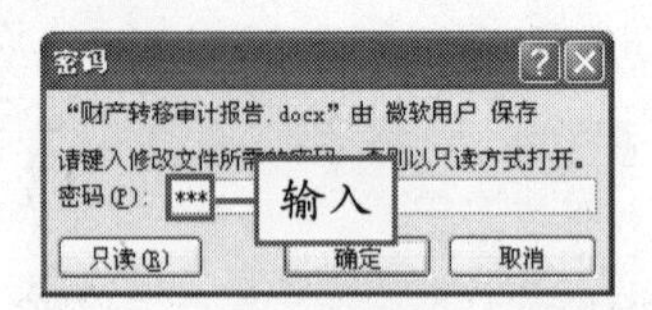

图 10-102 输入修改文件密码

㉚ 单击“确定”按钮，即可打开该文档，如图 10-103 所示。

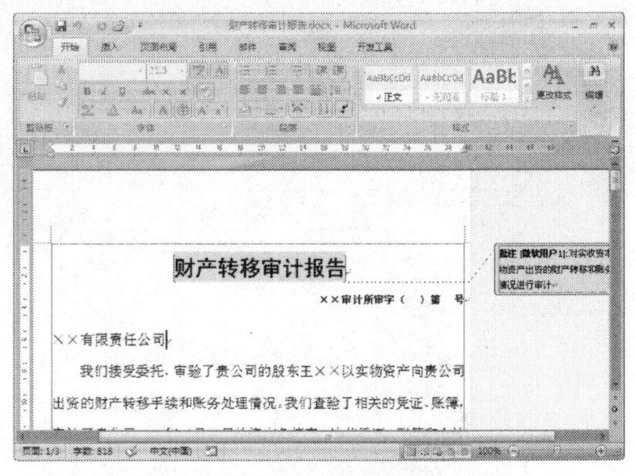

图 10-103 打开的文件效果

巩固与练习

一、填空题

1．在 Word 2007 中，翻译文档的方法有＿＿＿＿＿＿、＿＿＿＿＿＿和＿＿＿＿＿＿。

2．文档中插入修订后如果＿＿＿＿＿＿修订，则文档内容更改为修订后的效果；如果选择＿＿＿＿＿＿修订，则文档内容保持不变。

3．文档格式的保护可以对其进行＿＿＿＿＿＿限制、＿＿＿＿＿＿限制和＿＿＿＿＿＿。

二、简答题

1．简述如何隐藏与查看批注。

2．简述为文档设置密码的过程。

三、上机题

运用本章所学知识，为报价单添加标注，并设置格式保护和密码。

要求：

（1）为报价单添加批注。

（2）为文档设置格式保护。

（3）为文档设置打开文件密码和修改文件密码。

XX 公司报价单

报价日期：2008 年 12 月 8 日

客户名称：××　　单位：元

品牌	型号	数量	单价	小计
飞翔	u668	20	300	6000
幻想	i908	10	500	5000
Tj	S90	15	550	8250
金额总计：	￥19250	大写：壹万玖仟贰佰伍拾元整		

备注：

有效期至 2009 年 12 月 8 日。

承办人签章：李××

 技巧 在输入修改文件所需密码时，单击“只读”按钮，则可不必再输入密码，直接打开文档。

第11章 Word 2007长文档编辑

- 使用书签
- 视图操作
- 创建目录与索引
- 添加题注
- 插入脚注与尾注

编辑一个很长的 Word 文档时，要返回某个特定的位置进行编辑，但又不好找，怎么办？

这个问题有点儿难，我也不太清楚，还是请教一下大龙哥吧！

在 Word 2007 中提供了一种书签功能，可以让我们对文档中特定的部分加上书签，这样一来，我们就可以非常轻松快速地定位到特定的位置。本章将详细讲解长文档的一些特定的编辑操作，会使我们的工作更加轻松！

11.1 使用书签

在编辑长文档时，常常需要快速定位到特定的位置，Word 2007 中提供的书签功能可以快速地实现文档的定位。书签是一种用来帮助记录位置而插入的一种符号，使用它可以迅速找到目标位置。

11.1.1 添加书签

素材文件 光盘:\素材\第 11 章\互联网.docx

① 打开“互联网.docx”文档，将光标定位在需要添加书签的位置，如图 11-1 所示。

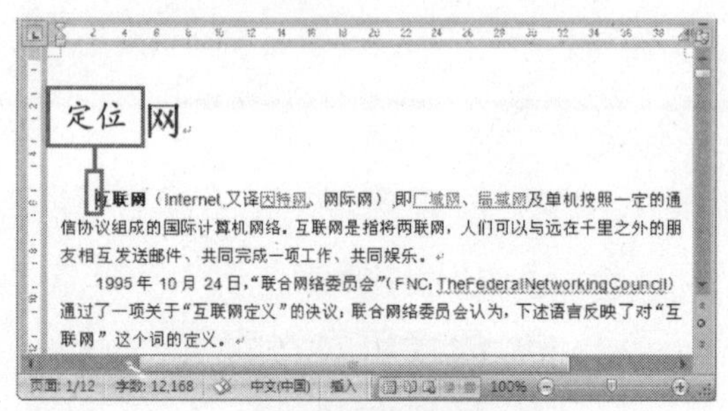

图 11-1 定位光标

② 单击“插入”选项卡下“链接”组中的“书签”按钮，如图 11-2 所示。

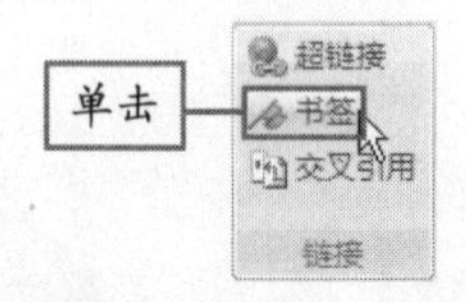

图 11-2 单击“书签”按钮

③ 在“书签”对话框的“书签名”文本框中输入“第一段”，如图 11-3 所示。

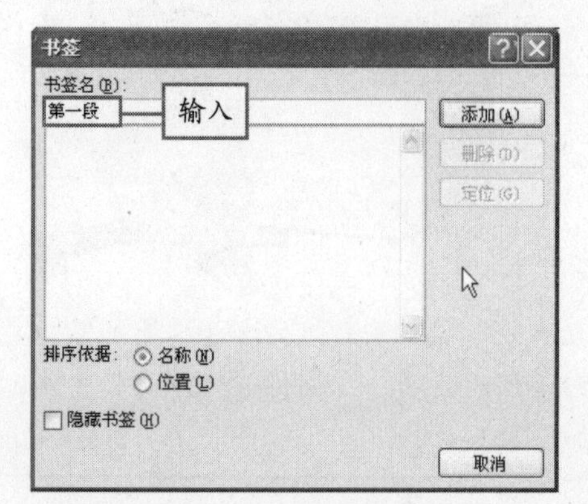

图 11-3 输入文本

④ 单击“添加”按钮，书签即可被添加到文档中，如图 11-4 所示。

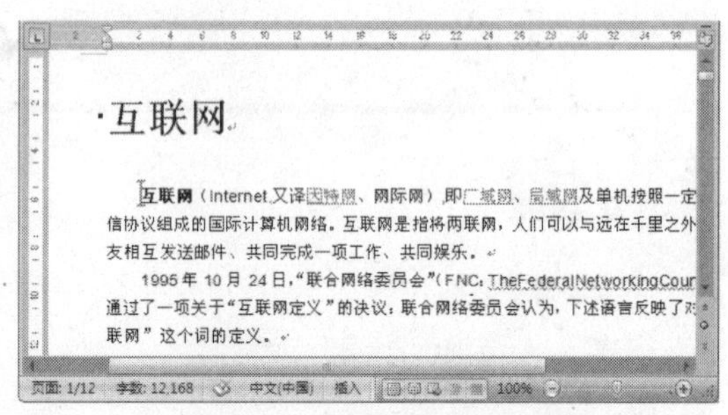

图 11-4 添加书签后的效果

⑤ 前面的操作是在文档中的某一位置添加书签，用户也可以给一段文档添加书签，首先选中要添加书签的文档，如图 11-5 所示。

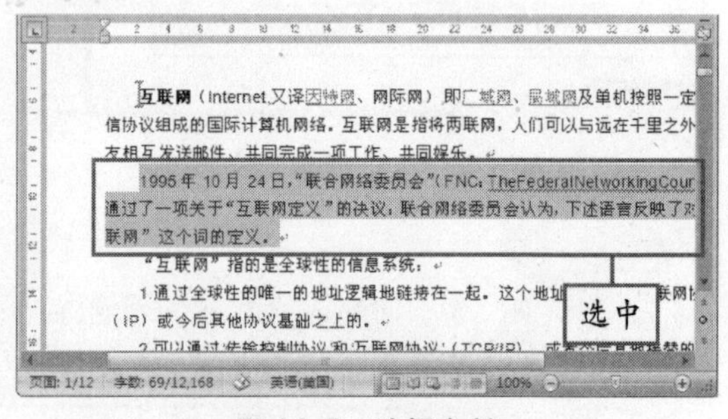

图 11-5 选择文档

⑥ 单击功能区中的“书签”按钮，在弹出的“书签”对话框的“书签名”文本框中输入“第二段”，如图 11-6 所示。

⑦ 单击“添加”按钮，在文档中即可看到添加的书签效果，如图 11-7 所示。

技巧 在需要对文档进行修改的地方添加书签，以便在以后修改时可以方便地找到该处。

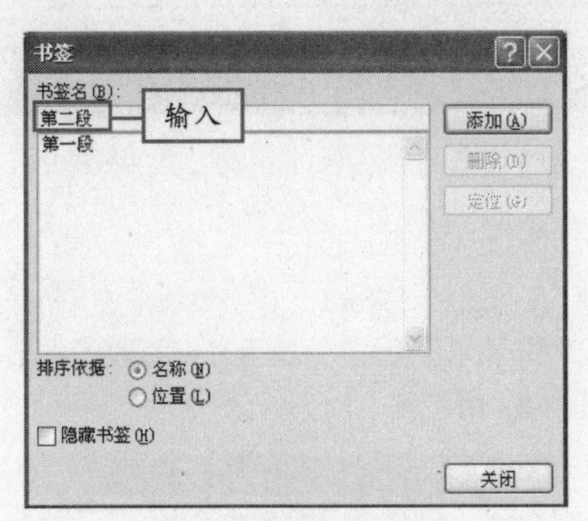

图 11-6 输入书签名

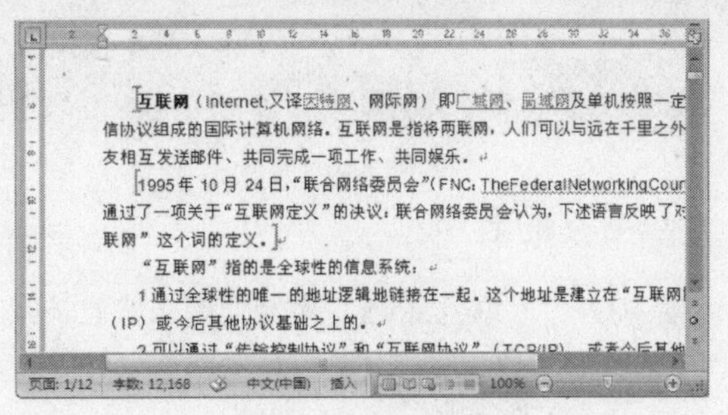

图 11-7 书签效果

11.1.2 定位书签

① 在"互联网.docx"文档中，将光标定位到任意位置，如图 11-8 所示。

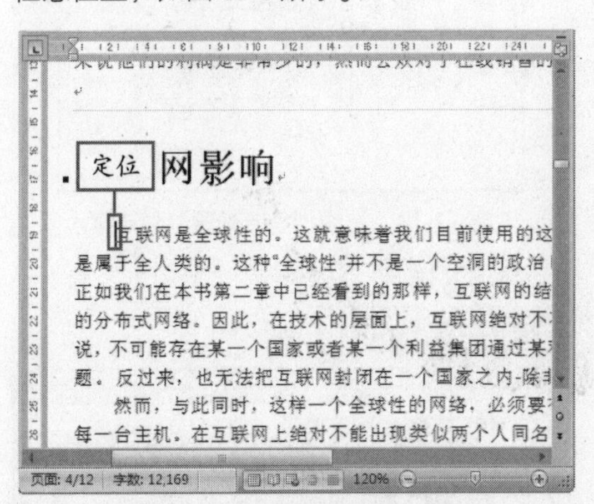

图 11-8 定位光标到任意位置

② 单击"插入"选项卡下"链接"组中的"书签"按钮，在弹出的"书签"对话框中选择要查找的书签名，如图 11-9 所示。

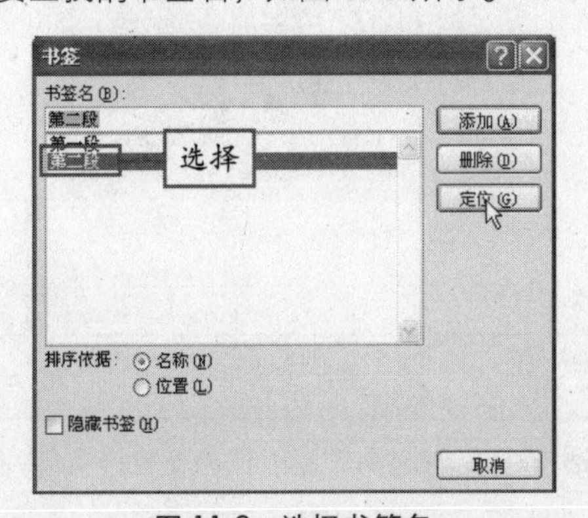

图 11-9 选择书签名

③ 单击"定位"按钮，然后在单击"关闭"按钮，如图 11-10 所示。

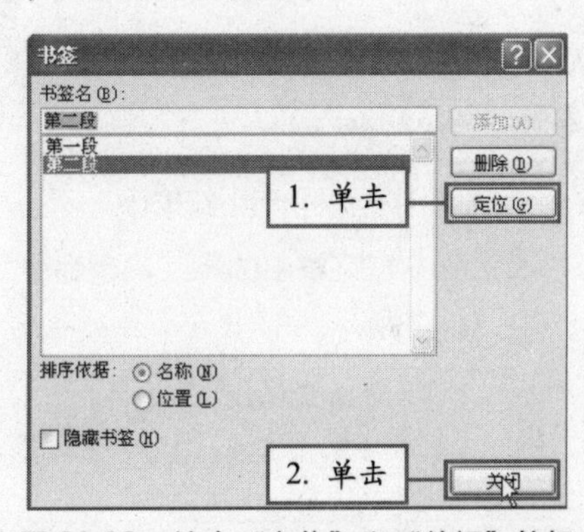

图 11-10 单击"定位"和"关闭"按钮

④ 在文档中，将快速定位到书签所在的位置，如图 11-11 所示。

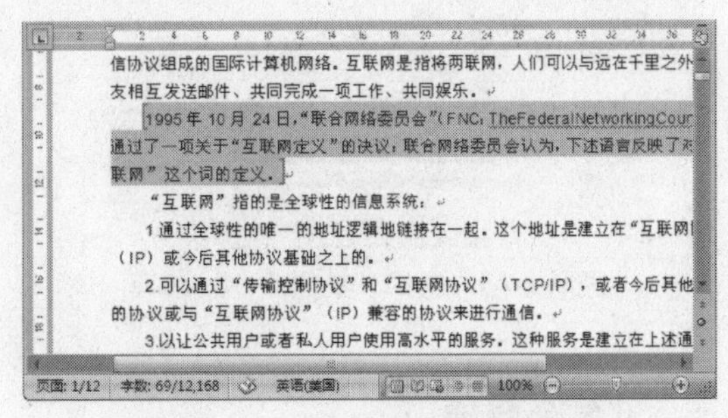

图 11-11 定位到书签所在的位置

说明 在文档中可以插入多个书签，但同名书签只能表示一处。

11.1.3 编辑书签

1. 书签的显示

① 打开“互联网.docx”文档，单击快速访问工具栏的下拉按钮，如图 11-12 所示。

图 11-12　单击下拉按钮

② 在弹出的下拉菜单中选择“其他命令”选项，如图 11-13 所示。

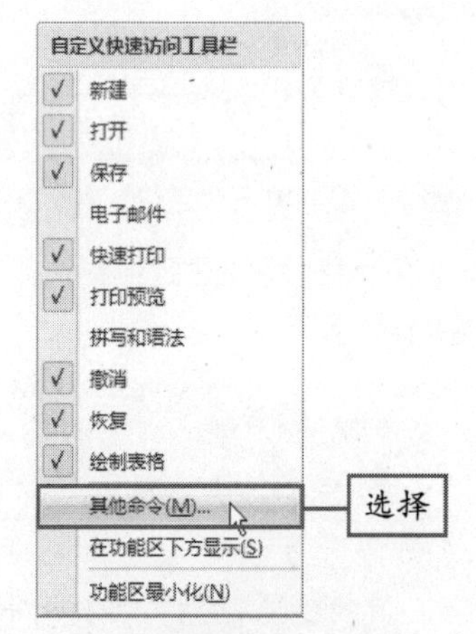

图 11-13　选择“其他命令”选项

③ 在弹出的“Word 选项”对话框中单击“高级”选项卡，选中“显示书签”复选框，如图 11-14 所示。

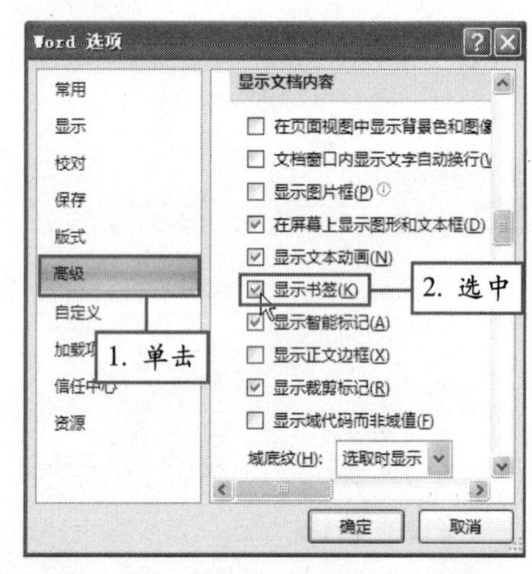

图 11-14　选中“显示标签”复选框

④ 单击“确定”按钮，在文档中可以看到设置的书签，如图 11-15 所示。

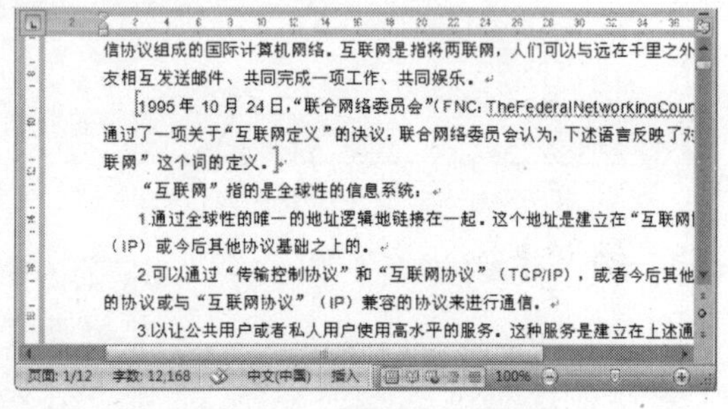

图 11-15　书签的显示效果

2. 书签的隐藏

方法 1：在“Word 选项”对话框中设置
如果需要隐藏书签时，只需在“Word 选项”对话框中取消选中“显示标签”复选框即可，如图 11-16 所示。

说明　如果是为一个位置指定的书签，则该书签会显示为 I 形标。

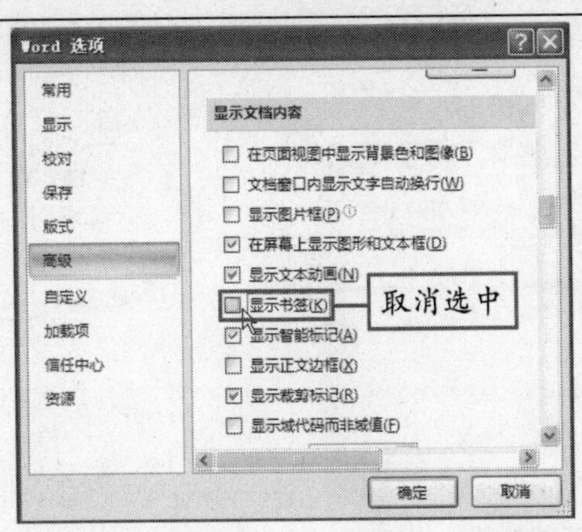

图 11-16　取消选中“显示标签”复选框

方法 2：在“书签”对话框中设置

① 单击“插入”选项卡下“链接”组中的“书签”按钮，在弹出的“书签”对话框中选择要隐藏的书签名，选中“隐藏书签”复选框，如图 11-17 所示。

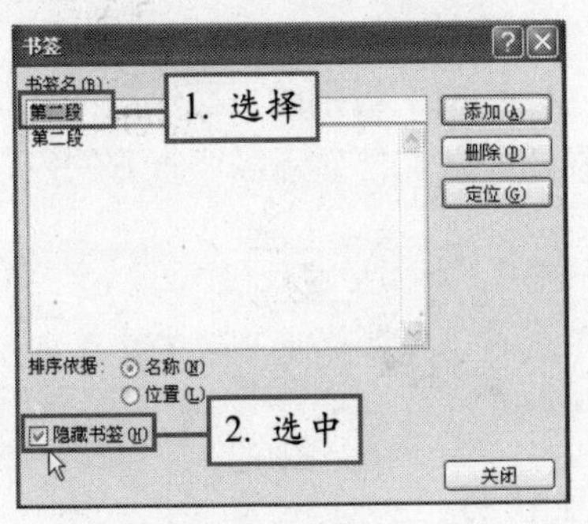

图 11-17　“书签”对话框

② 单击“添加”按钮，即可将选择的书签隐藏，如图 11-18 所示。

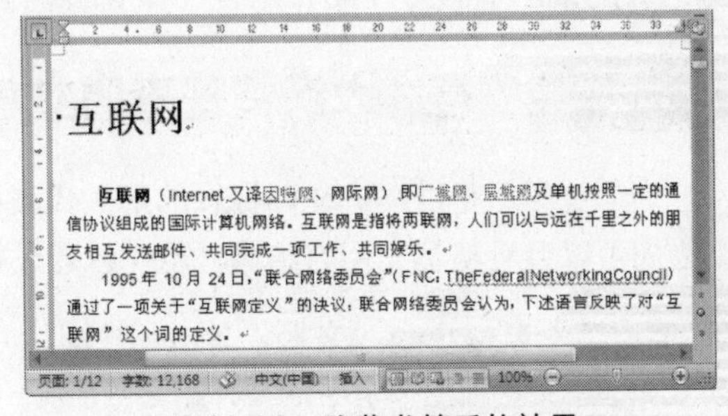

图 11-18　隐藏书签后的效果

3. 删除书签

① 打开文档，删除书签前的效果如图 11-19 所示。

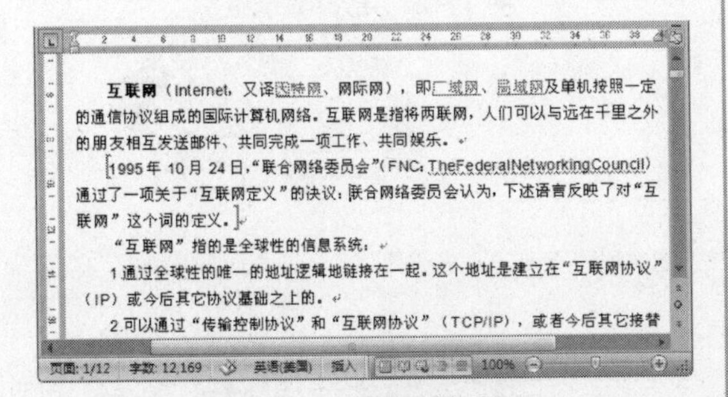

图 11-19　删除前的效果

② 单击“插入”选项卡下“链接”组中的“书签”按钮，在弹出的“书签”对话框中选择要删除的书签，如图 11-20 所示。

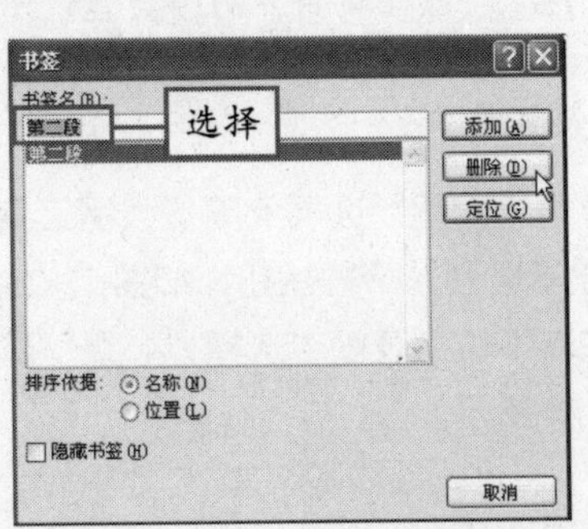

图 11-20　“书签”对话框

说明　书签名的排列顺序可以按照名称也可以按照位置来排列。

③ 单击“删除”按钮，即可删除选择的书签，删除后的效果如图 11-21 所示。

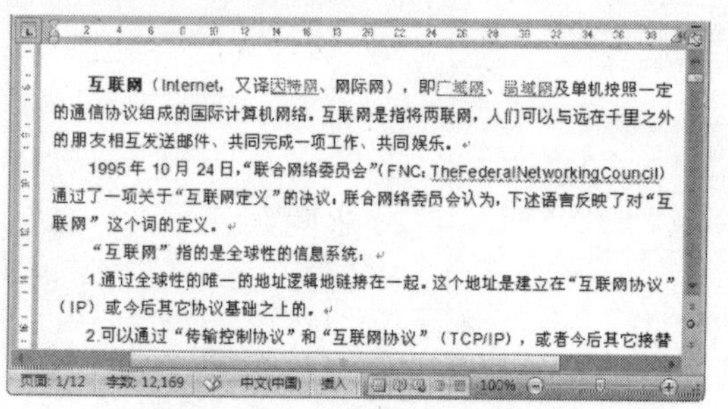

图 11-21 书签删除后的效果

11.2 视图操作

用户可以通过切换文档的视图来方便地查看文档的结构，并且可以快速地定位所要查找文档的位置，下面将详细介绍视图操作方面的知识。

11.2.1 通过大纲视图查看文档结构

大纲视图就是以缩进文档标题的形式代表标题在文档结构中级别的页面浏览方式，使用大纲视图可以查看整篇文档的结构，也可以通过折叠或展开大纲文档显示需要查看的内容。

① 打开“互联网.docx”文档，单击“视图”选项卡下“文档视图”组中的“大纲视图”按钮，如图 11-22 所示。

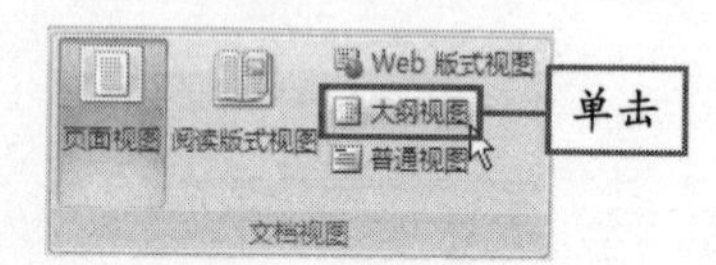

图 11-22 单击“大纲视图”按钮

知识点拨

在大纲视图中，Word 兼顾了文本格式的设置，以便将用户的精力集中于文档结构。

② 单击“大纲”选项卡下“大纲工具”组中的“显示级别”下拉按钮，如图 11-23 所示。

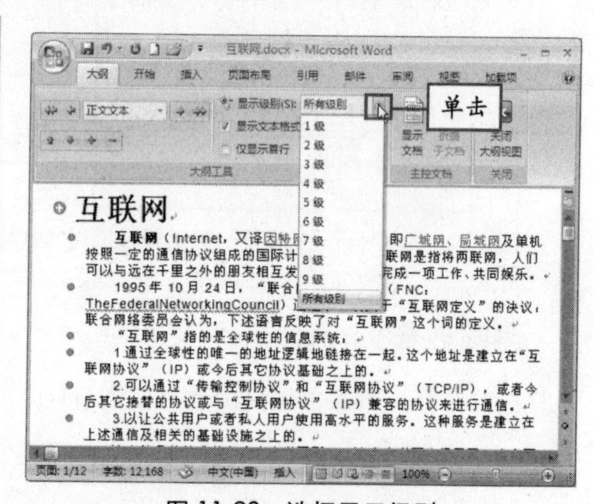

图 11-23 选择显示级别

③ 在其下拉列表框中选择“4 级”选项，如图 11-24 所示。

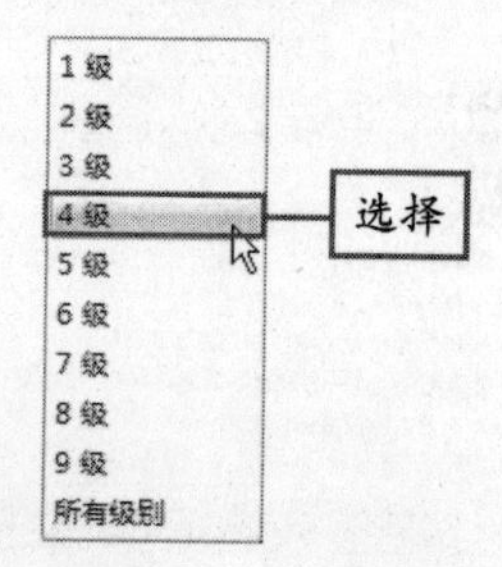

图 11-24 选择“4 级”选项

 技巧 可以使用“大纲”工具栏中的升降级按钮，将标题指定到其他级别并设置相应的标题样式。

④ 设置后的显示效果如图 11-25 所示。

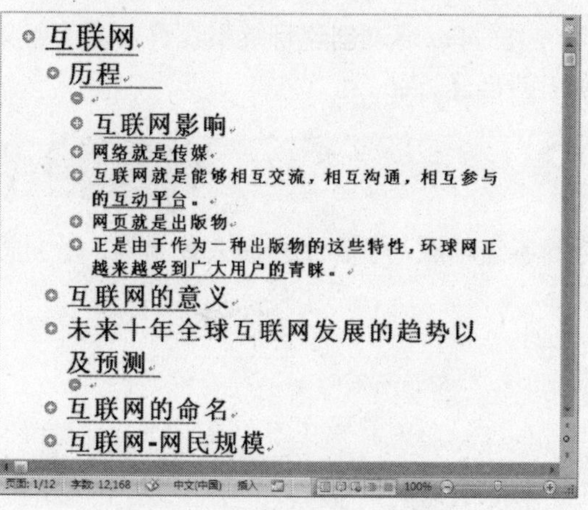

图 11-25　设置后的显示效果

⑤ 将光标移动到标题前的⊕符号处，双击即可查看下一级内容，如图 11-26 所示。

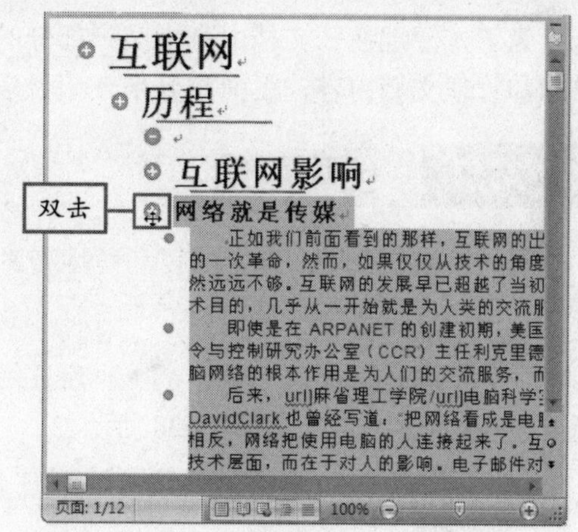

图 11-26　查看下一级内容

11.2.2　使用文档结构图浏览并定位文档

用户也可以通过文档结构图浏览并迅速定位文档，下面将介绍文档结构图的操作方法。

① 打开"互联网.docx"文档，选中"视图"选项卡下"显示/隐藏"组中的"文档结构图"复选框，如图 11-27 所示。

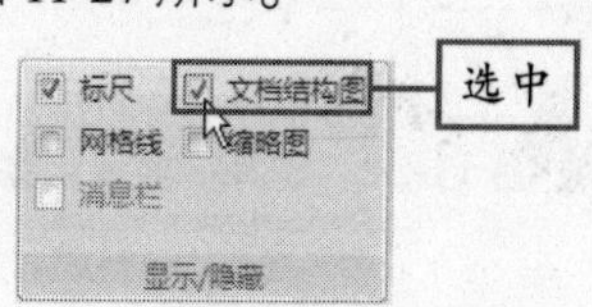

图 11-27　选中"文档结构图"复选框

② 在工作界面的左端会弹出一个"文档结构图"窗格，在此窗格中会显示文档的结构，如图 11-28 所示。

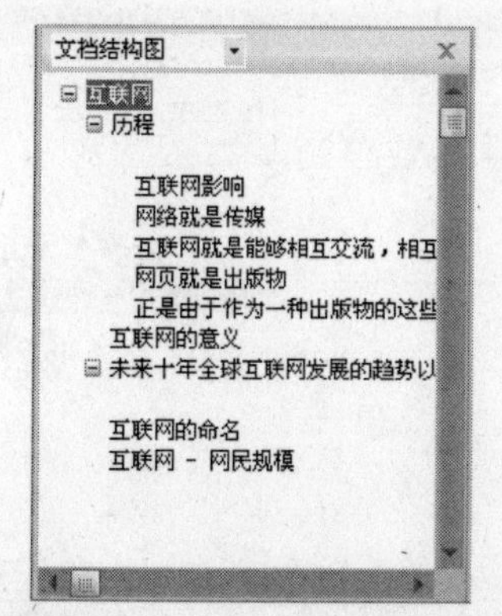

图 11-28　"文档结构图"窗格

③ 通过"文档结构图"窗格可以浏览文档的结构，单击此窗格中的各级标题，即可快速跳转到对应的文档内容中，如图 11-29 所示。

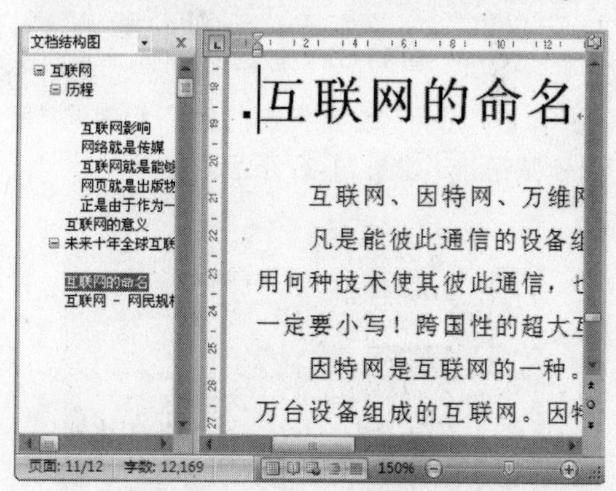

图 11-29　快速定位到相应文档

11.3 创建目录和索引

为了方便地在长文档中查询某一部分的内容，用户可以通过创建目录和索引来纵览全文结构和管理文档内容，下面将分别介绍目录和索引的创建方法。

11.3.1 创建目录

通过给文档创建目录，可以清楚地看到文档的各级标题，了解文档的大致结构，下面将详细介绍创建目录的方法。

① 打开“互联网.docx”文档，将光标定位到需要插入目录的位置，如图 11-30 所示。

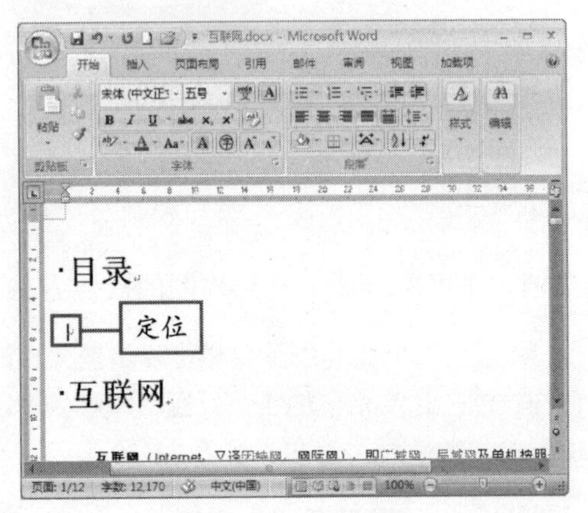

图 11-30 定位光标

② 单击“引用”选项卡下“目录”组中的“目录”按钮，如图 11-31 所示。

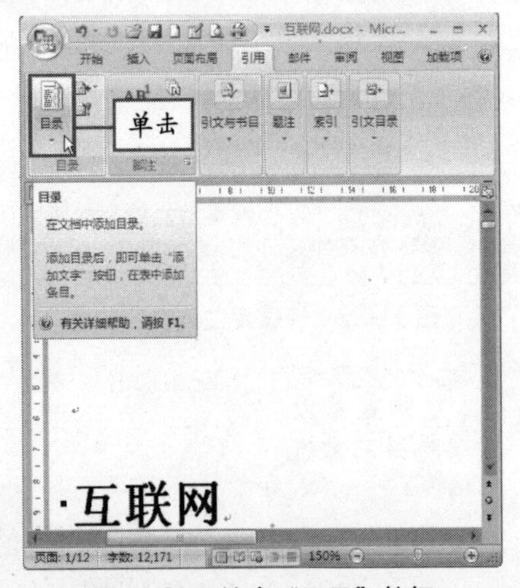

图 11-31 单击“目录”按钮

③ 在其下拉面板中选择“插入目录”选项，如图 11-32 所示。

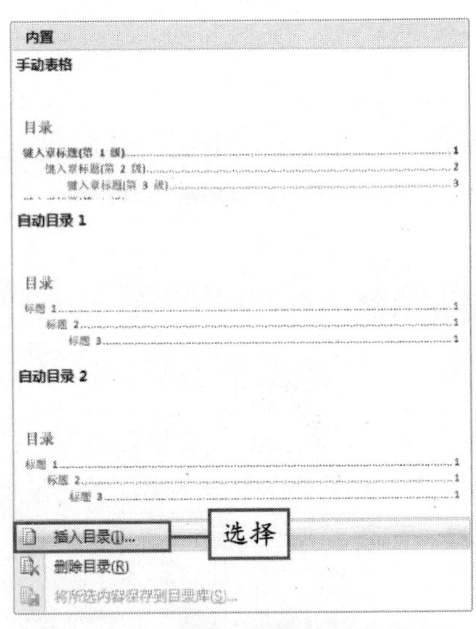

图 11-32 选择“插入目录”选项

④ 在弹出的“目录”对话框中的“目录”选项卡中设置目录的格式，包括“显示页码”设置、“页码右对齐”设置、超链接设置和目录的显示级别设置等，在此将“显示级别”设置为“2”，如图 11-33 所示。

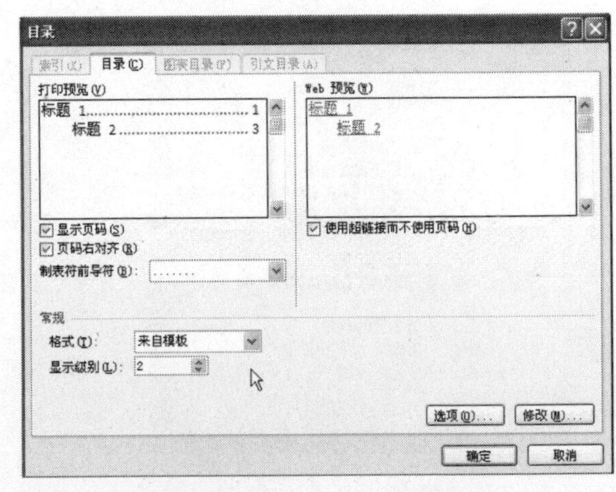

图 11-33 设置目录格式

 技巧 设置目录，调整大纲的级别时注意使用格式刷工具。

⑤ 单击“确定”按钮，目录即可添加完成，如图 11-34 所示。

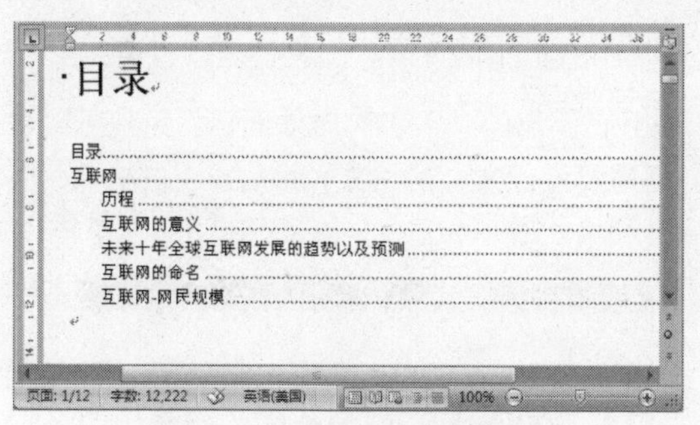

图 11-34　添加目录后的效果

⑥ 如果要查看某一章节的内容，只需在按住【Ctrl】键的同时单击所要查看的章节目录即可，如图 11-35 所示。

⑦ 在 Word 文档中，此时将自动跳转到该目录对应的文档中，如图 11-36 所示。

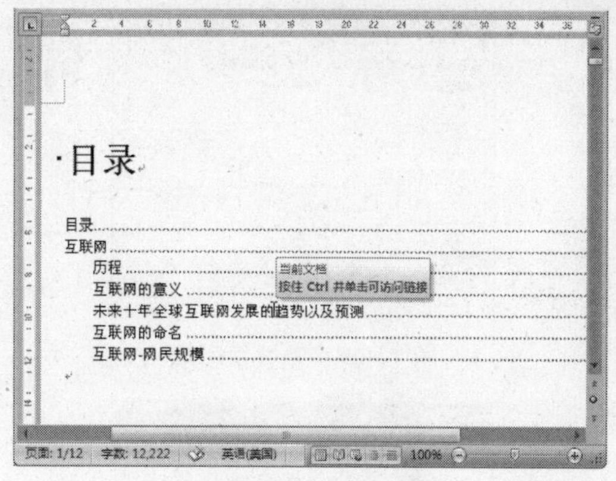

图 11-35　选择目录

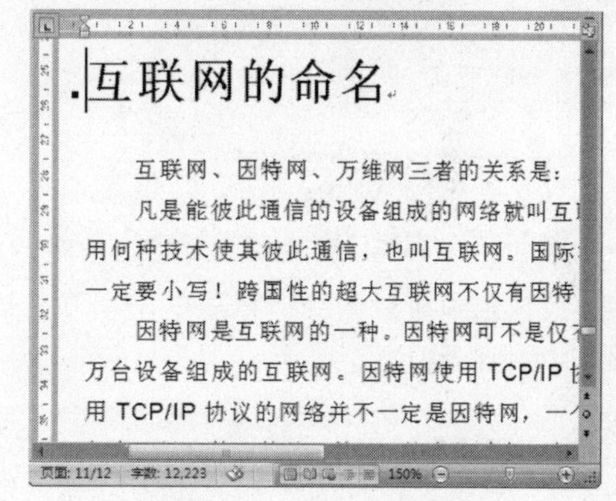

图 11-36　跳转到对应文档

11.3.2　创建索引

索引可以显示一篇文档中的词条和主要内容以及它们出现的页码。要编制索引，先要在文档中标记索引项并生成索引，下面将介绍手动创建索引的方法。

① 选择需要编制为索引的文档，如图 11-37 所示。

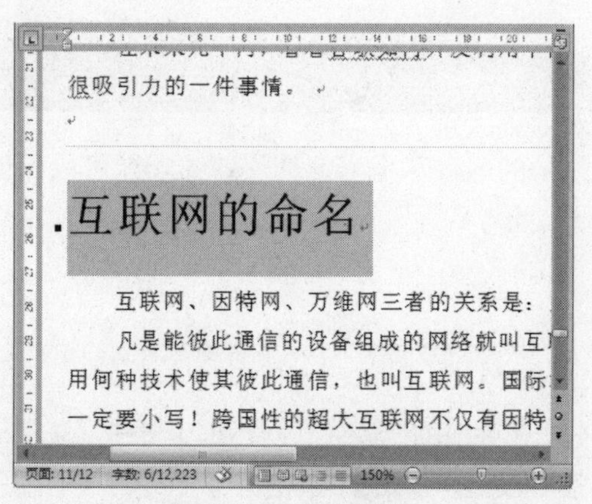

图 11-37　选择文档

② 单击“引用”选项卡下“索引”组中的“标记索引项”按钮，如图 11-38 所示。

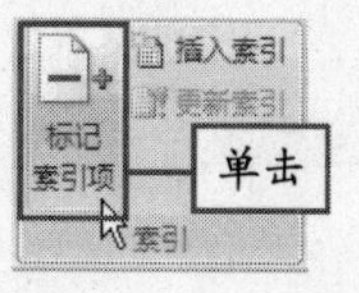

图 11-38　单击“标记索引项”按钮

③ 在弹出的“标记索引项”对话框中可以看到“主索引项”文本框中显示出所选中的文本，在此将文本设置成主索引，选中“页码格式”选项区中的“加粗”复选框，如图 11-39 所示。

④ 单击“标记”按钮和“关闭”按钮，完成索引项的标记，如图 11-40 所示。

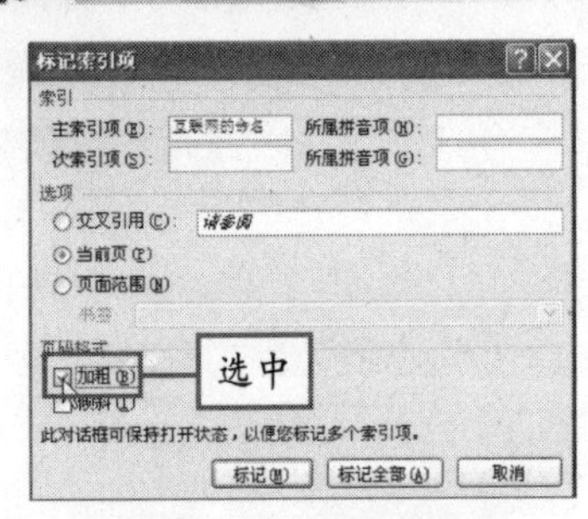

图 11-39　设置索引项

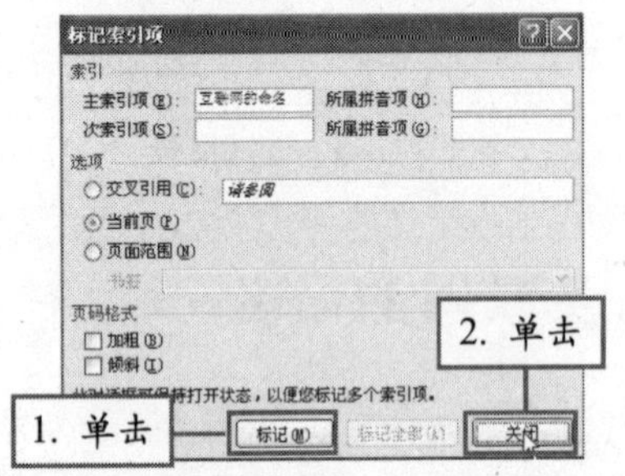

图 11-40　单击“标记”和“关闭”按钮

⑤ 在文档中可以看到标记后的索引项，如图 11-41 所示。

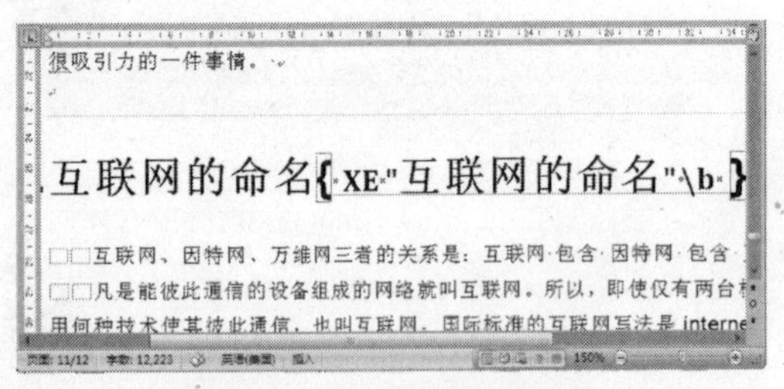

图 11-41　标记索引项效果

⑥ 将光标定位到文档的末尾，单击“引用”选项卡下“索引”组中的“插入索引”按钮 插入索引，如图 11-42 所示。

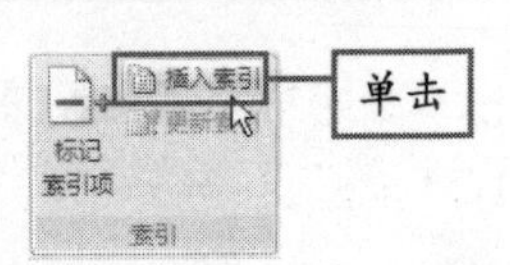

图 11-42　单击“插入索引”按钮

⑦ 在弹出的“索引”对话框中，用户可以根据需要设置索引的格式，包括索引的栏数、类型和格式等，如图 11-43 所示。

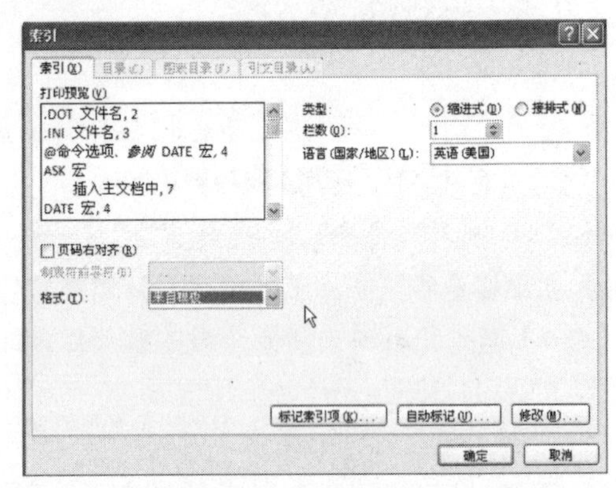

图 11-43　设置索引格式

⑧ 单击“确定”按钮，索引即可创建完成，效果如图 11-44 所示。

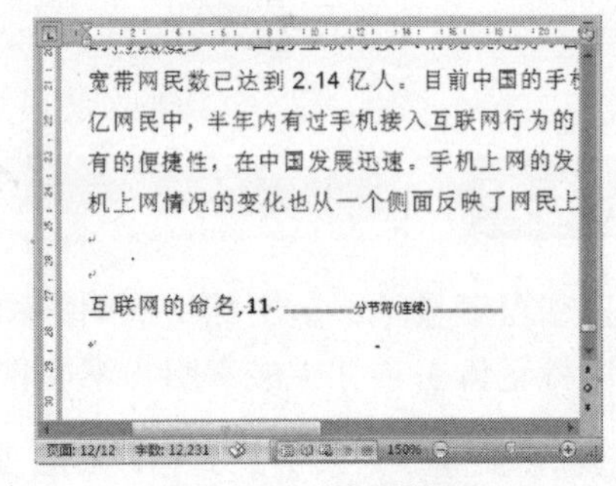

图 11-44　索引效果

11.4　添加题注

题注就是给图片、表格、图表和公式等项目添加的名称和编号，使用题注功能可以保证长文档中图片、表格或图表等项目能够按顺序编号。

1. 在图片中添加题注

素材文件　光盘:\素材\第 11 章\会议室.jpg

① 打开“会议室.jpg”文件，单击“引用”选项卡下“题注”组中的“插入题注”按钮，如图 11-45 所示。

② 在弹出的“题注”对话框中单击“新建标签”按钮，如图 11-46 所示。

技巧　如果图片很多，可以在“题注”对话框中单击“自动插入题注”按钮进行设置。

图 11-45　单击"插入题注"按钮

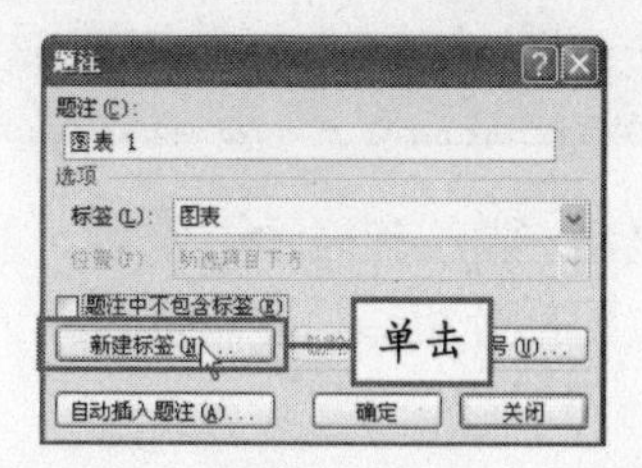

图 11-46　单击"新建标签"按钮

③ 在"新建标签"对话框的文本框中输入标签内容"会议室"，单击"确定"按钮，如图 11-47 所示。

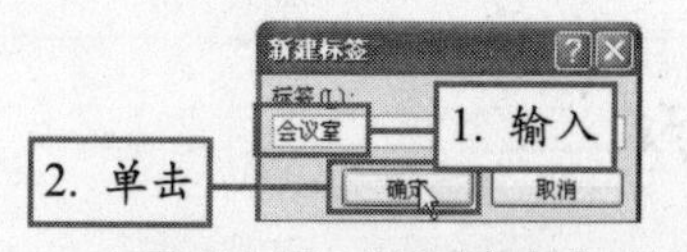

图 11-47　"新建标签"对话框

④ 返回"题注"对话框，可以看到在"题注"文本框中自动生成"会议室 1"，在"选项"选项区中的标签文本框中可以看到新建的"会议室"标签，如图 11-48 所示。

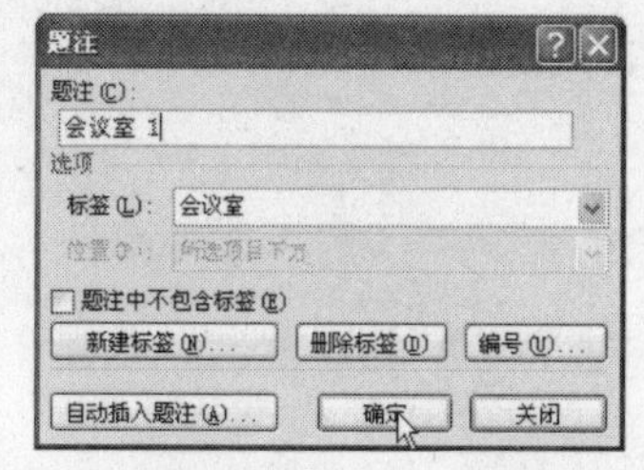

图 11-48　新建标签后的"题注"对话框

⑤ 单击"确定"按钮，题注即可添加完成，效果如图 11-49 所示。

图 11-49　添加题注后的效果

2. 在图表中添加题注

素材文件　光盘:\素材\第 11 章\公司财务（更改前）.docx

① 打开"公司财务（更改前）.docx"文档，单击"引用"选项卡下"题注"组中的"插入题注"按钮，如图 11-50 所示。

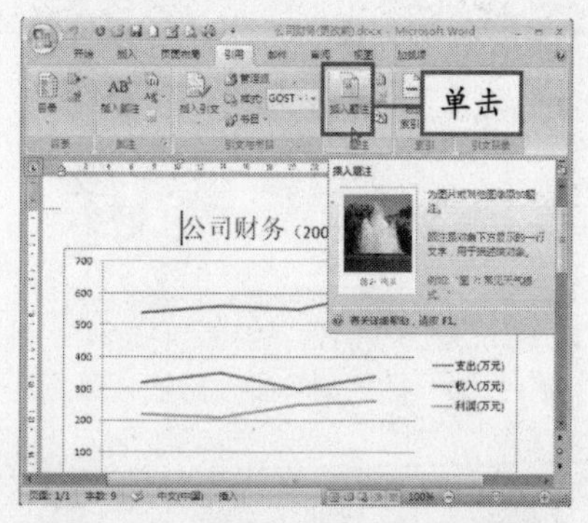

图 11-50　单击"插入题注"按钮

② 弹出"题注"对话框，在"选项"选项区域的"标签"下拉列表框中选择"图表"选项，如图 11-51 所示。

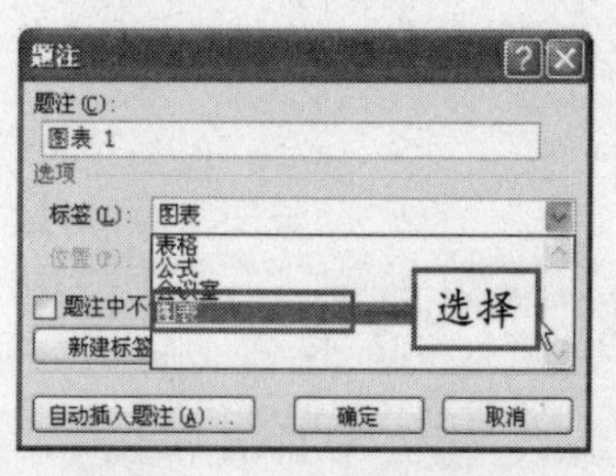

图 11-51　"题注"对话框

③ 单击"确定"按钮，即可添加完成，如图 11-52 所示。

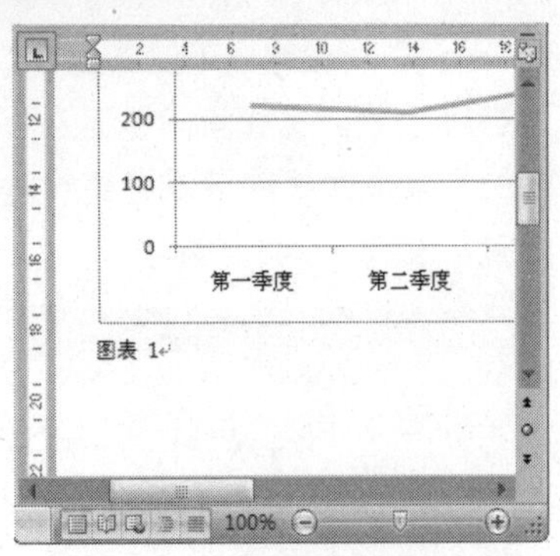

图 11-52　添加题注后的效果

11.5　插入脚注与尾注

在编辑文档的过程中，有时需要为文档插入脚注和尾注。脚注和尾注主要用于为文档提供解释以及相关的参考资料等信息，它们由两个相互链接的部分组成，注释引用标记和与其对应的内容。下面将详细地介绍如何在文档中插入脚注与尾注。

11.5.1　插入脚注

脚注一般位于页面的底部，以便为文档起到标记与提示的作用。插入脚注的方法有两种，下面将分别进行详细介绍。

素材文件　光盘:\素材\第 11 章\查找局域网故障技法.docx

方法 1：通过功能区按钮

① 打开“查找局域网故障技法.docx”文档，将光标定位于需要插入脚注的文档处，单击“引用”选项卡下“脚注”组中的“插入脚注”按钮，如图 11-53 所示。

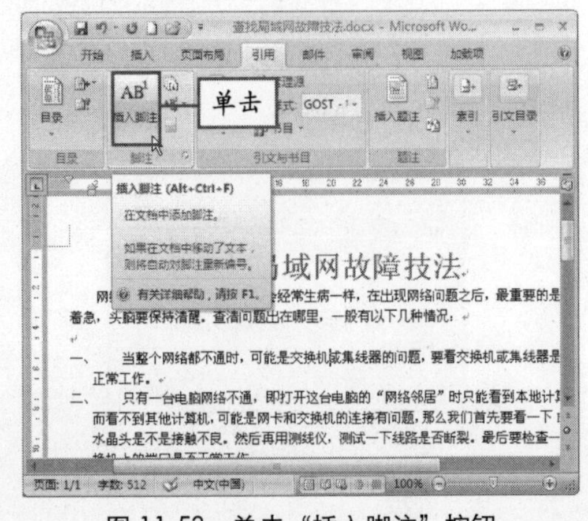

图 11-53　单击“插入脚注”按钮

② 单击“插入脚注”按钮之后，即可看到在文档页面底端被插入了编号“1”，如图 11-54 所示。

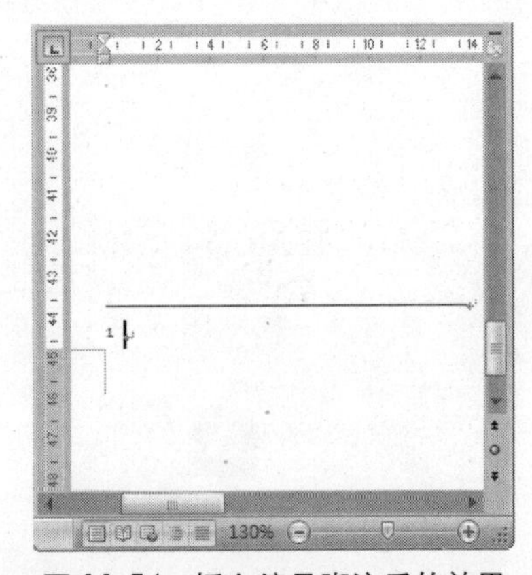

图 11-54　插入编号脚注后的效果

技巧　将光标定位在需要插入脚注的位置，然后按【Alt+Ctrl+F】组合键即可添加脚注。

③ 在脚注编号的光标处输入文档，如图 11-55 所示。

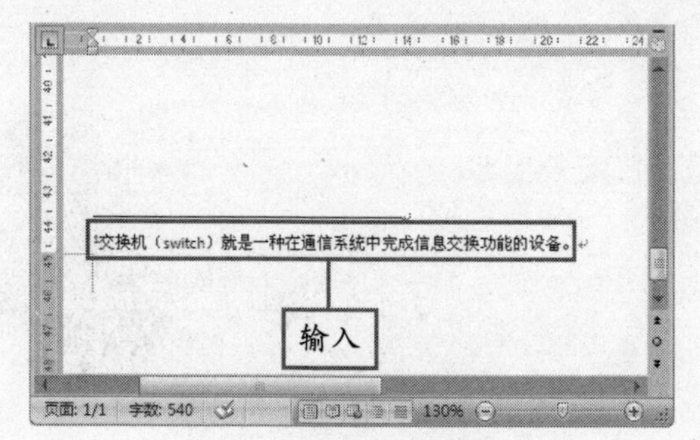

图 11-55 输入文档

④ 将鼠标指针移动到插入脚注的位置时，可以看到添加的脚注内容，如图 11-56 所示。

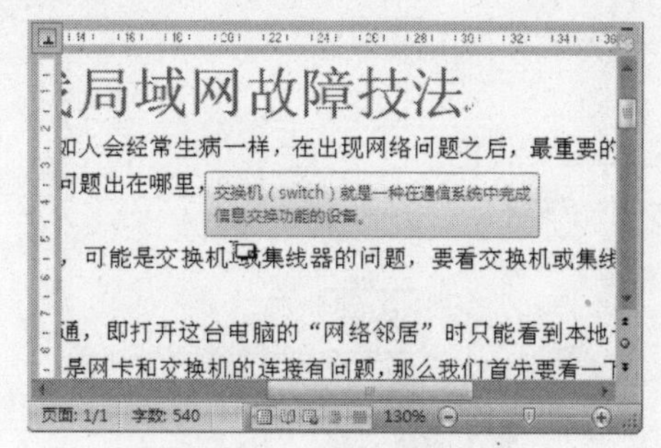

图 11-56 添加的脚注内容

方法 2：通过“脚注与尾注”对话框

① 将光标定位于需要插入脚注的文档处，单击“引用”选项卡下“脚注”组中右下角的扩展按钮，如图 11-57 所示。

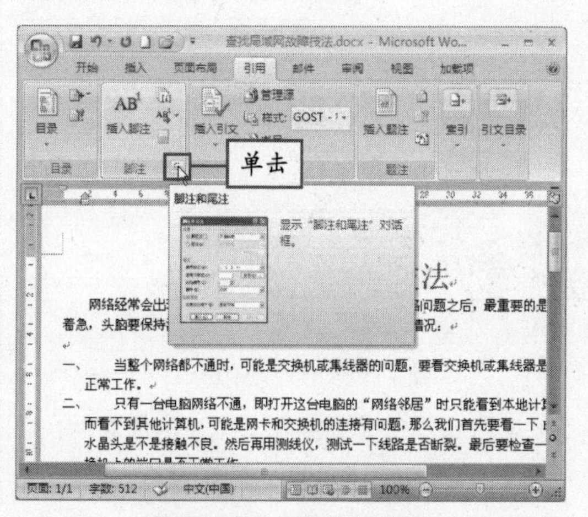

图 11-57 单击扩展按钮

② 在“脚注和尾注”对话框中可以设置脚注的位置和编号格式等内容，如图 11-58 所示。

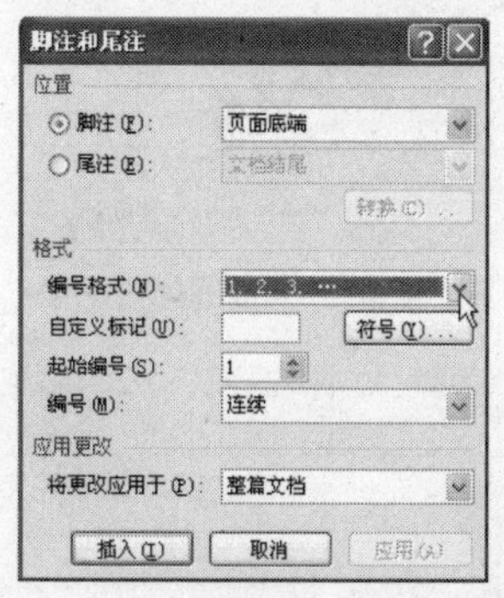

图 11-58 “脚注和尾注”对话框

③ 如果用户要自定义设置尾注的标记，可以单击“脚注和尾注”对话框中的“符号”按钮，在弹出的“符号”对话框中进行设置，如图 11-59 所示。

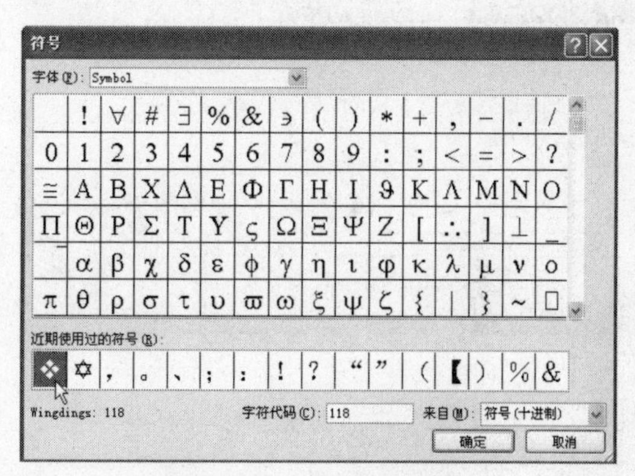

图 11-59 自定义尾注标记

④ 显示自定义的标记符号，如图 11-60 所示。

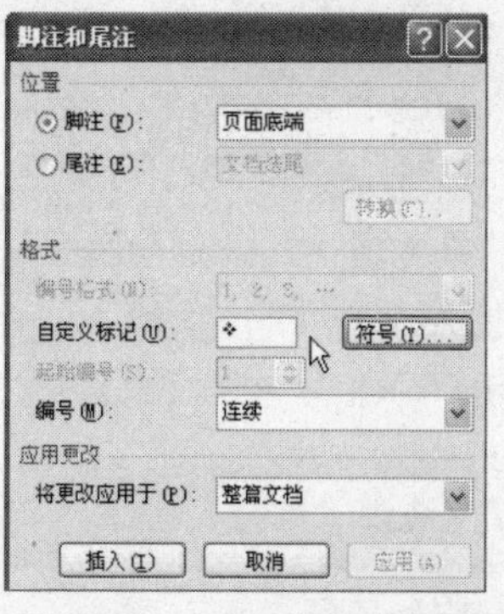

图 11-60 显示自定义标记

⑤ 显示自定义标记的脚注，输入脚注内容，如图 11-61 所示。

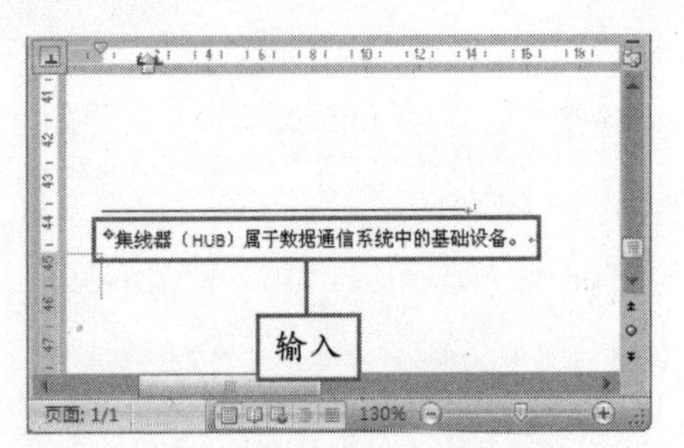

图 11-61 输入脚注内容

⑥ 将鼠标指针移动到插入脚注的位置时，可以看到添加的脚注内容，如图 11-62 所示。

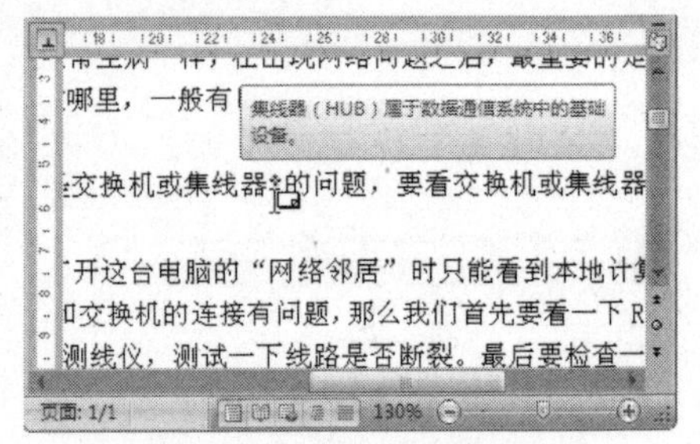

图 11-62 添加的脚注内容

11.5.2 插入尾注

尾注同样有对文档内容进行注释、说明的功能，下面将介绍在文档中插入尾注的方法。

方法 1：通过功能区按钮

① 将光标定位到需要插入尾注的文档处，单击“引用”选项卡下“脚注”组中的“插入尾注”按钮，如图 11-63 所示。

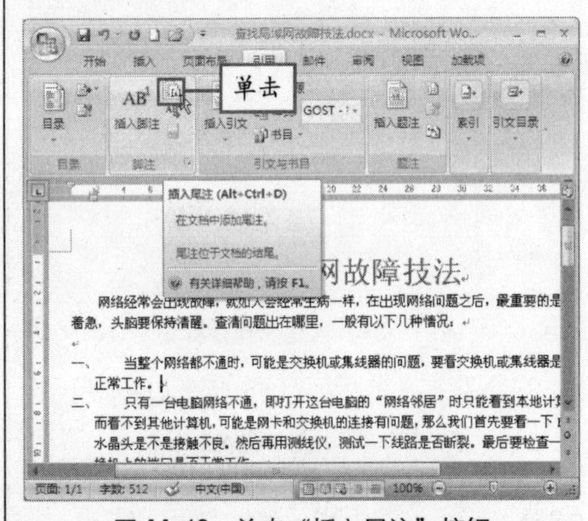

图 11-63 单击“插入尾注”按钮

② 单击“插入尾注”按钮之后即可看到文档末尾处被添加了一个尾注，输入尾注内容，如图 11-64 所示。

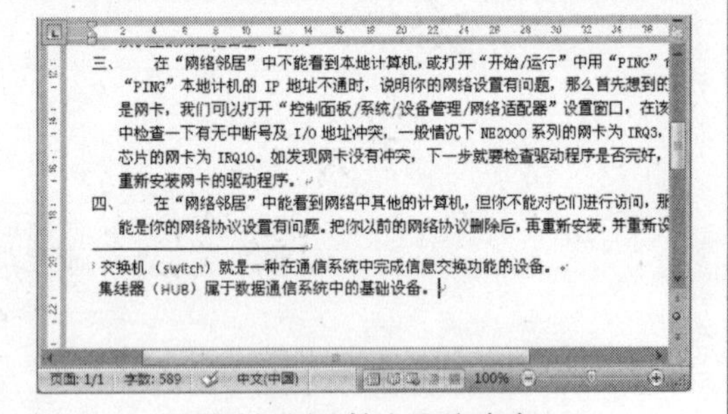

图 11-64 输入尾注内容

③ 当鼠标指针移动到插入尾注的位置时，可以看到添加的尾注内容，如图 11-65 所示。

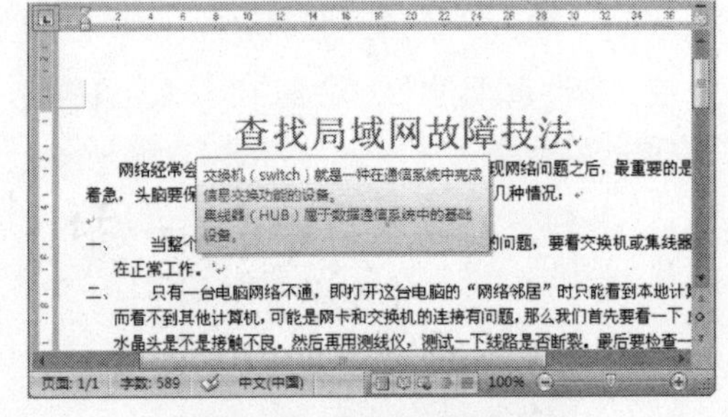

图 11-65 添加的尾注内容

方法 2：通过“脚注与尾注”对话框

① 将光标定位于需要插入尾注的文档处，单击“引用”选项卡下“脚注”组中右下角的功能扩展按钮，如图 11-66 所示。

② 在“脚注和尾注”对话框中可以进行尾注的相关设置，如图 11-67 所示。

技巧 将光标定位在需要添加尾注的位置，按【Alt+Ctrl+D】组合键即可添加尾注。

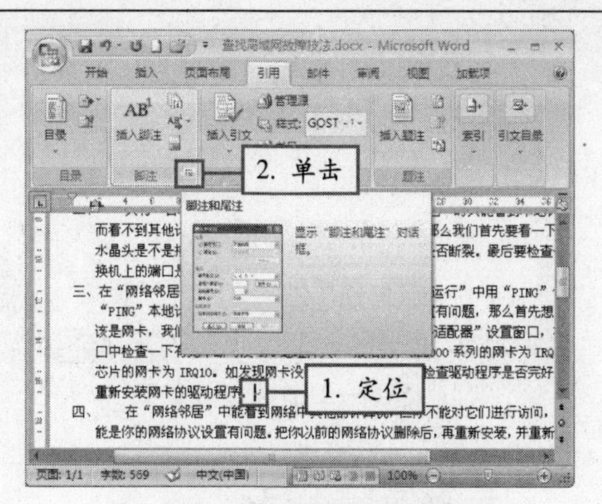

图 11-66 定位光标单击扩展按钮

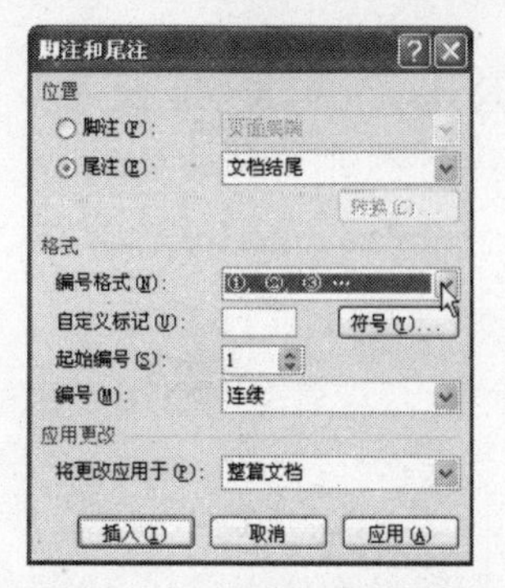

图 11-67 设置尾注格式

③ 单击“插入”按钮，在文档的末尾会显示添加的尾注，输入尾注内容，如图 11-68 所示。

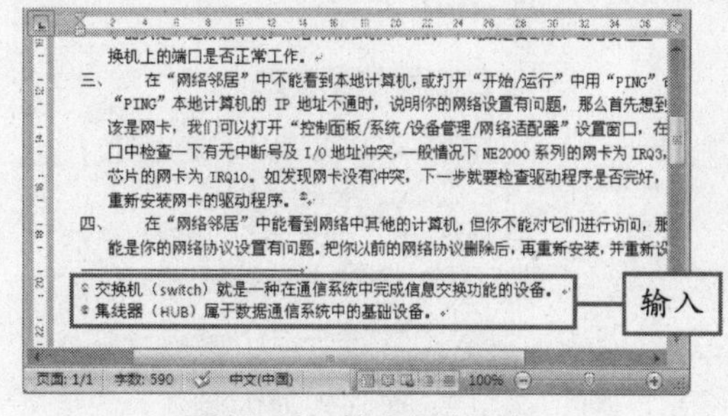

图 11-68 输入尾注内容

④ 当鼠标指针移动到插入尾注的位置时，可以看到添加的尾注内容，如图 11-69 所示。

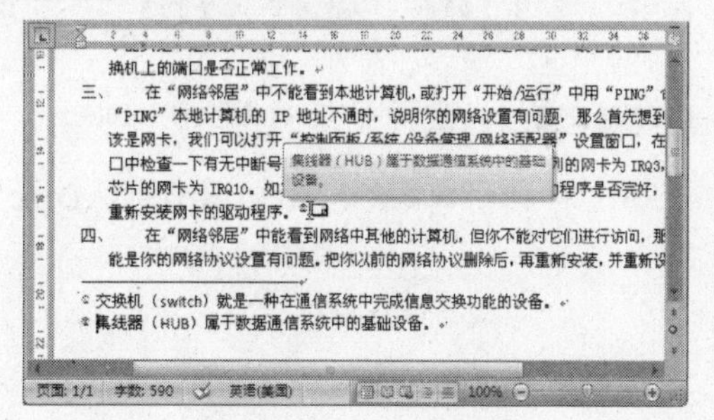

图 11-69 尾注的效果

11.5.3 脚注与尾注之间的转换

在编辑文档的过程中，有时需要将文档的脚注与尾注进行转换，下面将介绍在脚注与尾注之间进行转换的方法。

① 单击“引用”选项卡下“脚注”组中右下角的功能扩展按钮，如图 11-70 所示。

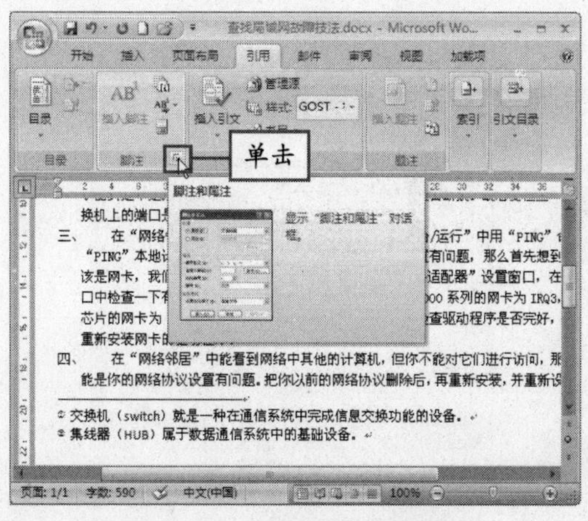

图 11-70 单击功能扩展按钮

② 在“脚注和尾注”对话框中单击“转换”按钮，如图 11-71 所示。

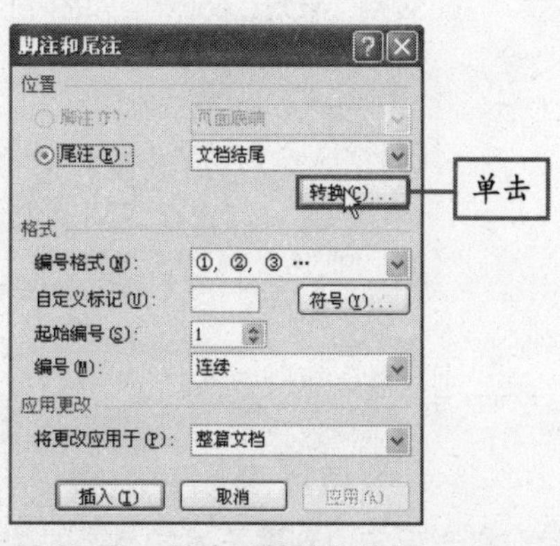

图 11-71 单击“转换”按钮

技巧：单击“脚注”组中的“显示备注”按钮可以查看脚注区和尾注区。

③ 在“转换注释”对话框中，选中需要的单选按钮，在此只有一项，直接单击“确定”按钮即可，如图 11-72 所示。

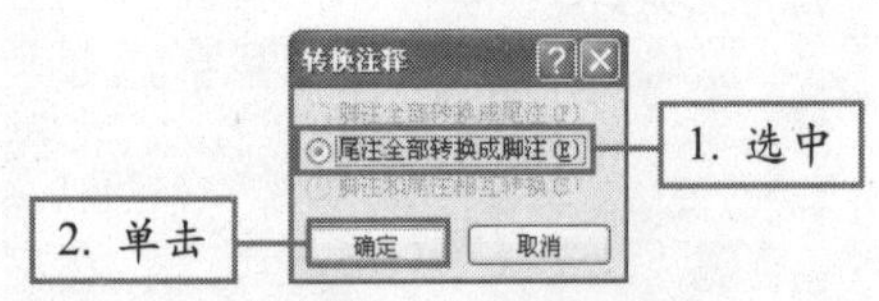

图 11-72 选中单选按钮

④ 在“脚注与尾注”对话框中单击“插入”按钮，返回文档中，尾注转换为脚注，效果如图 11-73 所示。

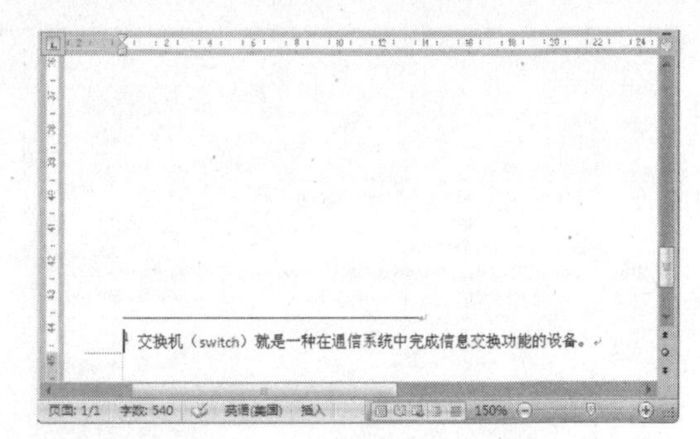

图 11-73 转换后的效果

11.6 现学现用——编辑 ADSL.docx 长文档

素材文件 光盘:\素材\第 11 章\ADSL.docx

下面将利用本章所学的知识编辑 ADSL 长文档，最终效果如图 11-74 所示。

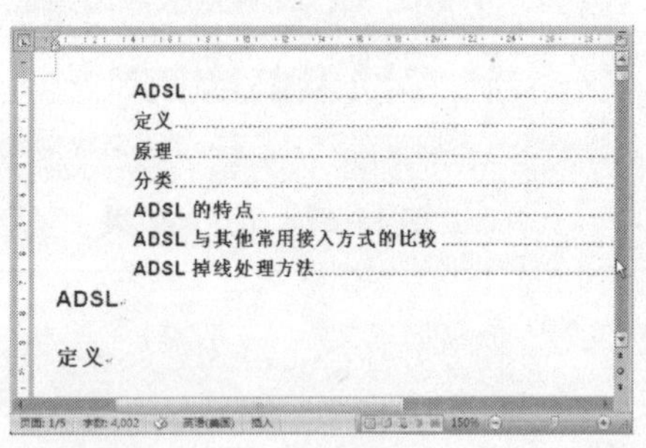

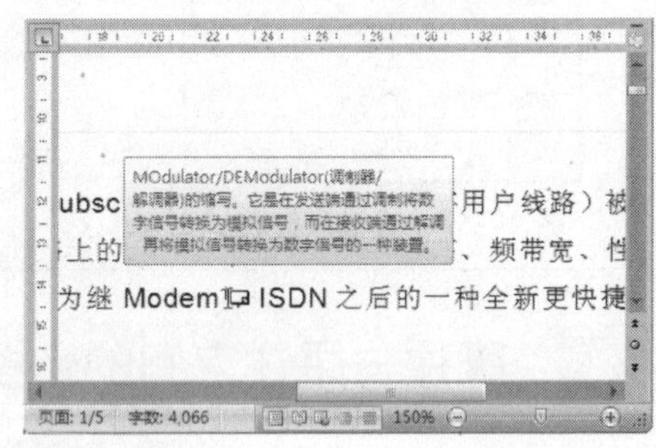

图 11-74 ADSL 长文档

操作步骤：

素材文件 光盘:\素材\第 11 章\ADSL.docx

① 打开文档“ADSL.docx”，如图 11-75 所示。

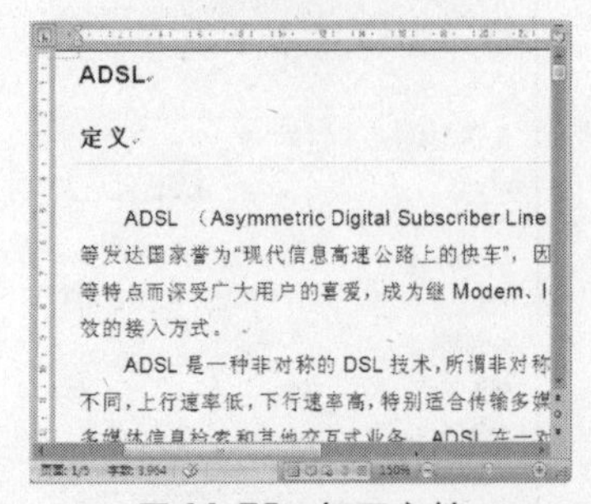

图 11-75 打开文档

② 将光标定位到需要添加目录的位置，单击“引用”选项卡下“目录”组中的“目录”按钮，如图 11-76 所示。

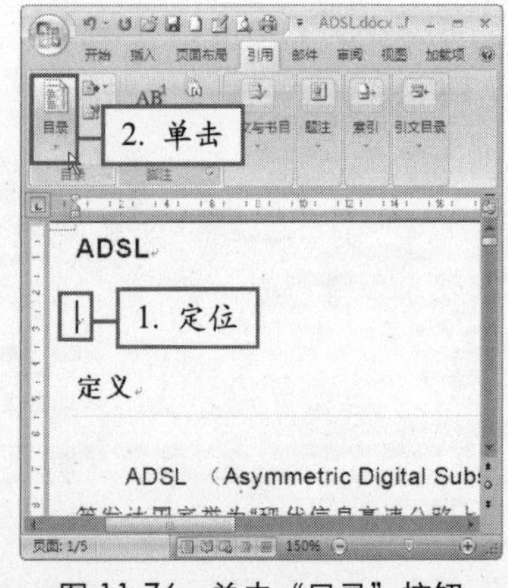

图 11-76 单击“目录”按钮

说明 插入目录前要注意各级标题的级别。

③ 在弹出的下拉面板中选择“插入目录”选项，如图 11-77 所示。

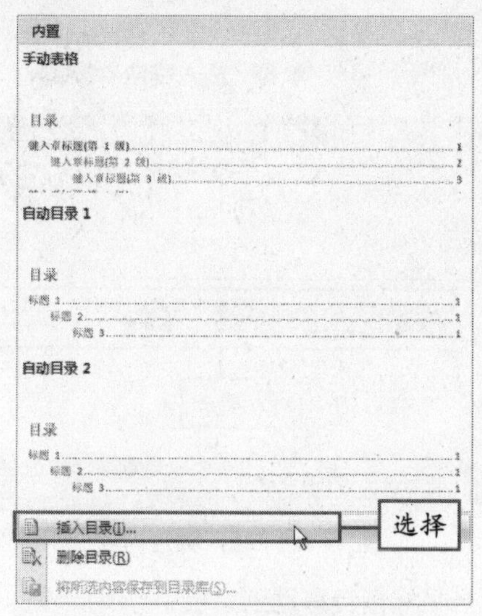

图 11-77 选择“插入目录”选项

④ 在弹出的“目录”对话框中直接单击“确定”按钮即可，如图 11-78 所示。

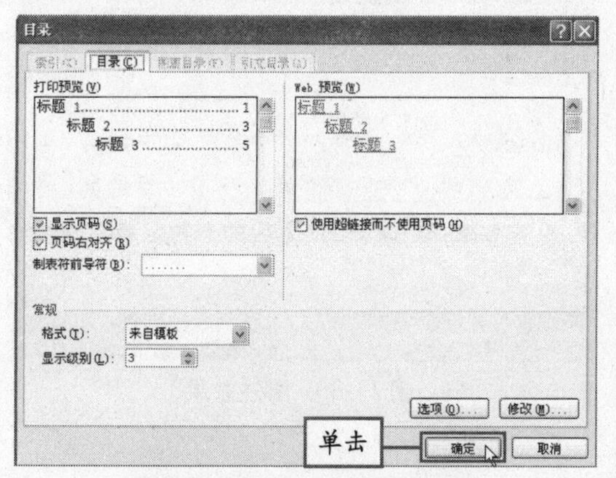

图 11-78 单击“确定”按钮

⑤ 添加目录后的效果如图 11-79 所示。

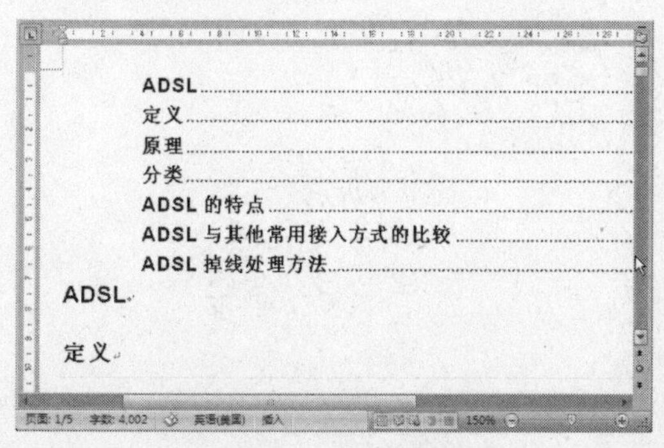

图 11-79 添加后的效果

⑥ 单击“视图”选项卡下“窗口”组中的“拆分”按钮 拆分 ，如图 11-80 所示。

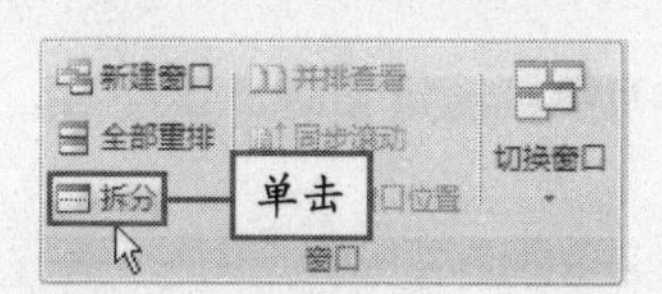

图 11-80 单击“拆分”按钮

⑦ 窗口拆分后的效果如图 11-81 所示。

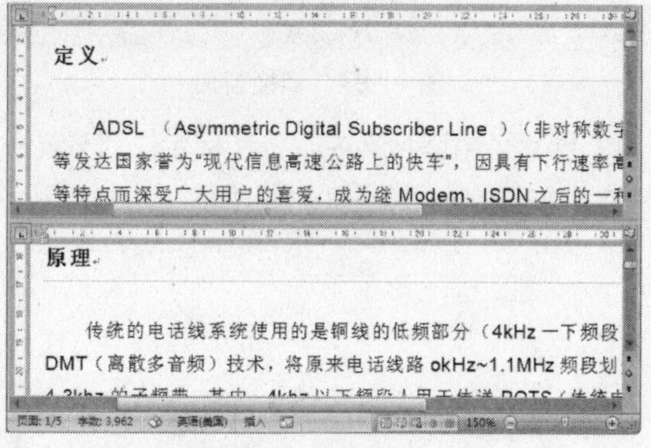

图 11-81 拆分后的效果

⑧ 单击“视图”选项卡下“窗口”组中的“取消拆分”按钮 取消拆分 ，如图 11-82 所示，即可将窗口还原。

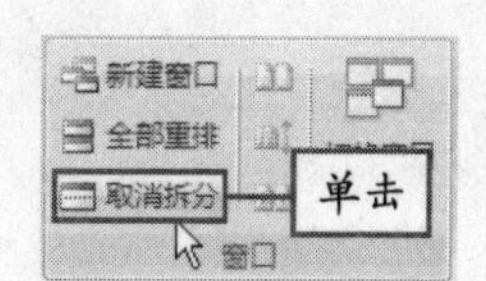

图 11-82 单击“取消拆分”按钮

⑨ 将鼠标指针移动到目录中的小标题，按住【Ctrl】键然后单击，即可切换窗口，定位到对应的文档内容处，如图 11-83 所示。

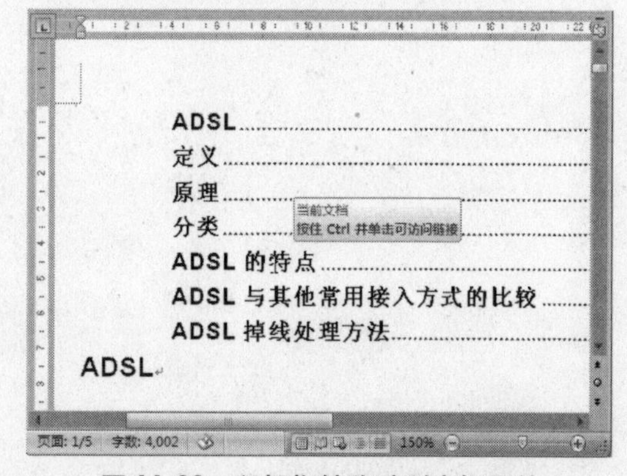

图 11-83 鼠标指针移动到小标题处

用户也可以通过文档结构图将光标迅速定位到需要的文档位置。 技巧

⑩ 切换窗口后的效果如图 11-84 所示。

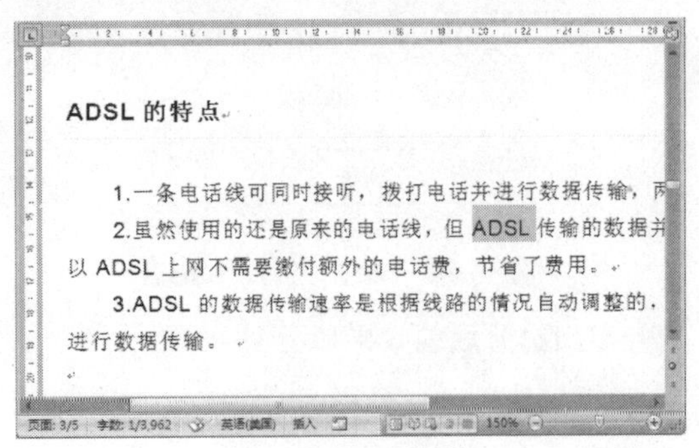

图 11-84　切换窗口

⑪ 给文档中添加脚注，将光标定位到需要添加脚注的位置，如图 11-85 所示。

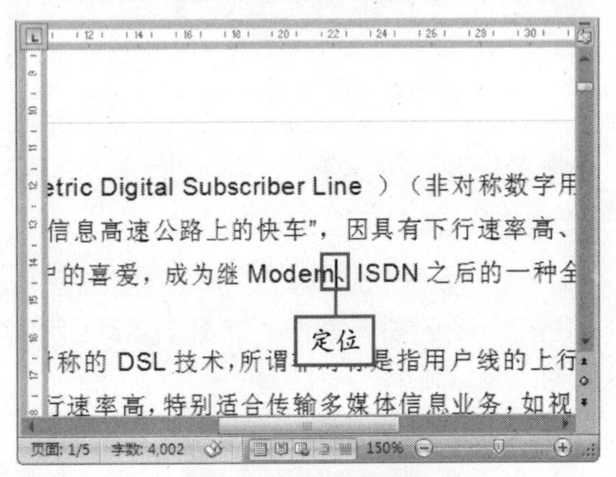

图 11-85　定位光标

⑫ 单击"引用"选项卡下"脚注"组中的"插入脚注"按钮，如图 11-86 所示。

⑬ 输入脚注内容，如图 11-87 所示。

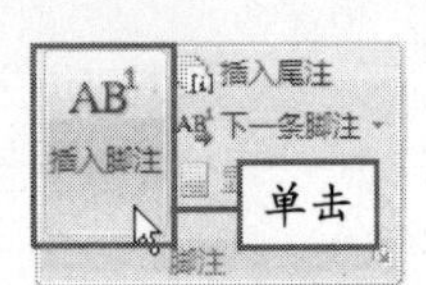

图 11-86　单击"插入脚注"按钮

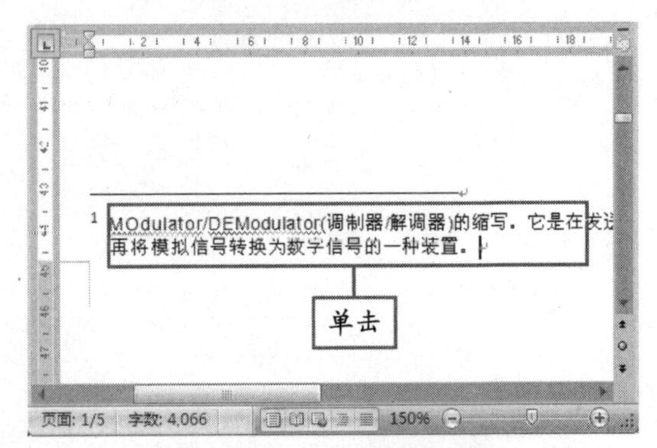

图 11-87　输入脚注内容

⑭ 当鼠标指针移动到文档中标有脚注的位置时会弹出一个文本框，里面显示脚注的内容，如图 11-88 所示。

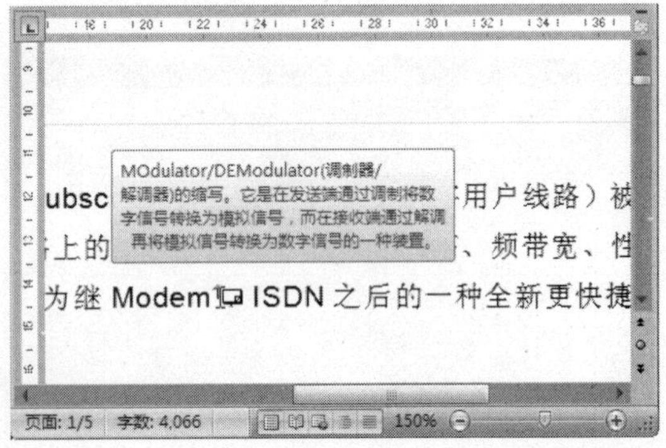

图 11-88　脚注效果

技巧　用户如果在查看文档时不愿看到脚注和尾注，那么可以切换到普通视图方式下查看。

巩固与练习

一、填空题

1．用户可以通过____________视图查看文档结构。

2．在 Word 2007 中，用户可以通过插入____________快速实现文档地定位。

3．____________和____________主要用于为文档提供解释以及相关的参考资料等信息。

二、简答题

1．简述如何在文档中插入书签。

2．简述如何为图片添加题注。

3．简述如何在文档中添加目录。

三、上机题

素材文件　光盘:\素材\第 11 章\调制解调器.docx

结合本章所学知识，打开本书光盘中的“调制解调器.docx”文档，为其添加目录，最终效果如图 11-89 所示。

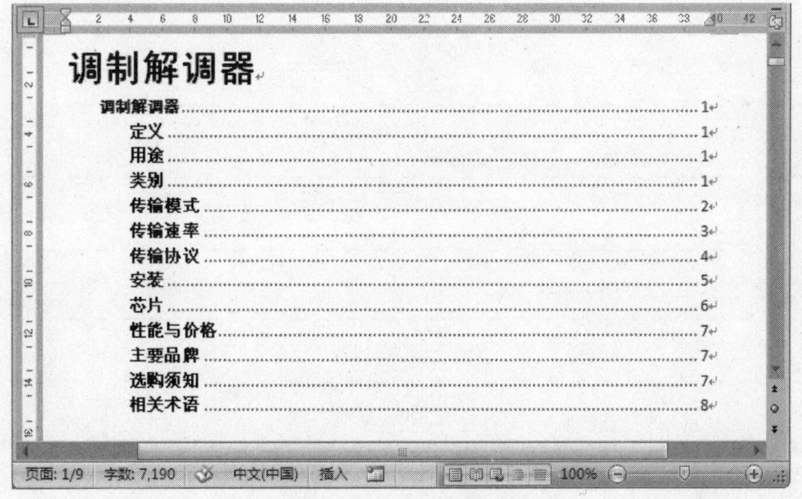

图 11-89　最终效果图

读书笔记

第12章 页面设置与打印输出

- 文档页面设置
- 设置页面背景
- 添加页眉和页脚
- 设置页码
- 文档的打印输出

终于将文档制作好了，下面就该打印了！

欢欢，你打印之前还可以对文档设置页面背景、添加页眉等操作呢，那样你的文档会更漂亮！

Yoyo说得很对，本章我们就一起来学习如何对文档进行页面设置，如何设置页面背景，如何添加页眉和页脚，如何设置页码以及如何将制作好的文档进行打印输出等知识。

12.1 文档页面设置

文档的用途有所不同，所以需要的纸张大小也会不同，Word 中默认的文档版式并不能满足广大用户的需求，在编辑文档时经常需要对文档进行页面设置。

12.1.1 设置页边距

页边距指的是页面中文字与页面上下左右边线的距离，下面将介绍在文档中设置页边距的方法。

素材文件 光盘:\素材\第 12 章\公司内部细则.docx

1. 套用页边距类型

① 打开"公司内部细则.docx"文档，如图 12-1 所示。

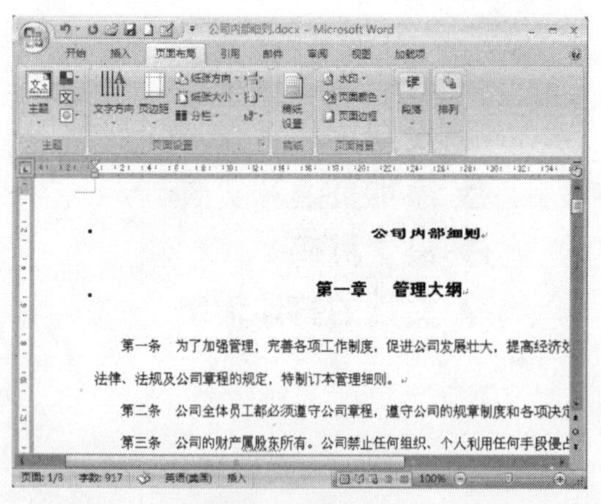

图 12-1 打开文档

② 单击"页面布局"选项卡下"页面设置"组中的"页边距"按钮，如图 12-2 所示。

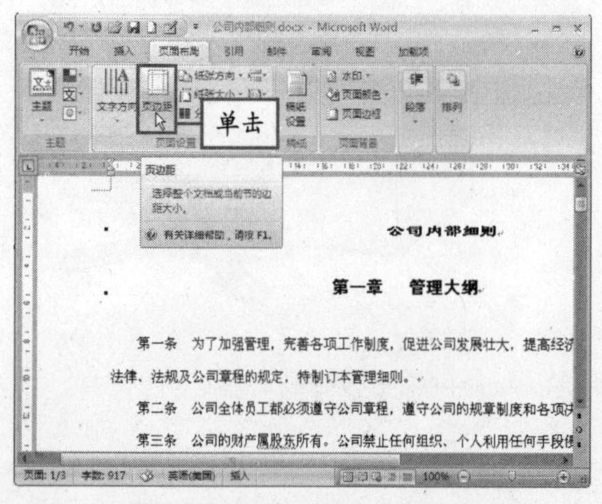

图 12-2 单击"页边距"按钮

③ 用户可以在弹出的下拉菜单中选择页边距的各种类型，在此选择"适中"类型，如图 12-3 所示。

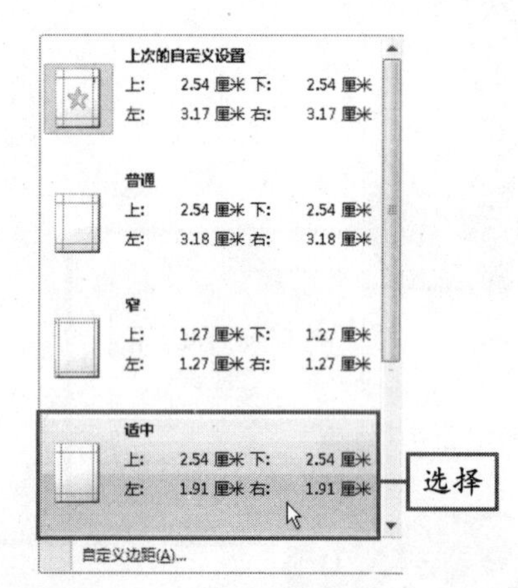

图 12-3 选择页边距类型

④ 设置后的效果如图 12-4 所示。

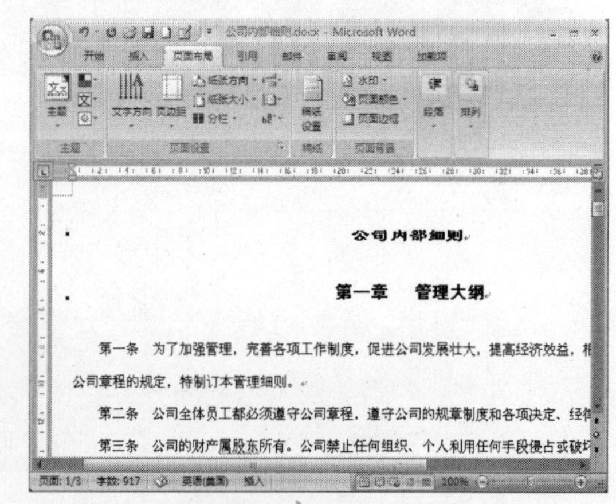

图 12-4 设置后的效果

技巧 单击"页边距"按钮，按【A】键可以快速打开"页面设置"对话框。

2. 自定义页边距

① 打开“公司内部细则.docx”文档，单击“页面布局”选项卡下“页面设置”组中的“页边距”按钮，在弹出的下拉菜单中选择“自定义边距”选项，如图 12-5 所示。

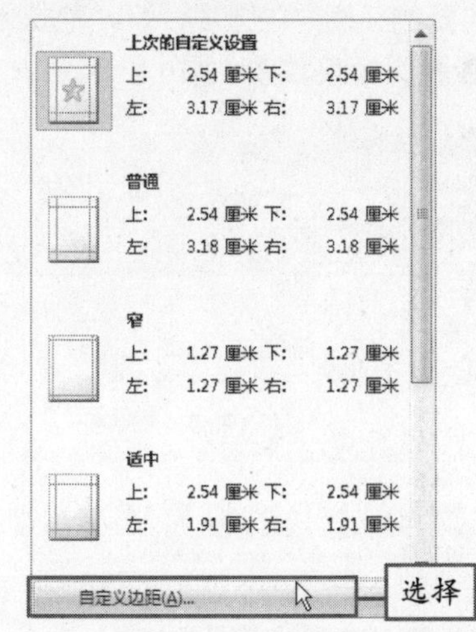

图 12-5　选择“自定义边距”选项

② 在“页面设置”对话框中的“页边距”选项卡下的“页边距”选项区域设置页边距的相关数值，在此将上下边距设置为“2 厘米”，左右边距设置为“1.5 厘米”，如图 12-6 所示。

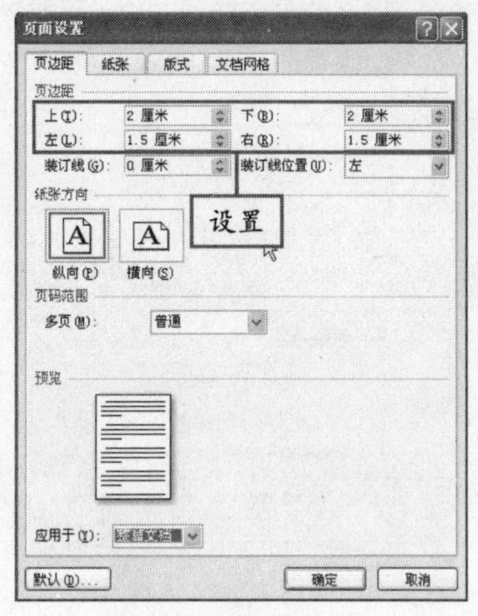

图 12-6　设置页边距

③ 单击“确定”按钮，文档的页边距即可设置完成，效果如图 12-7 所示。

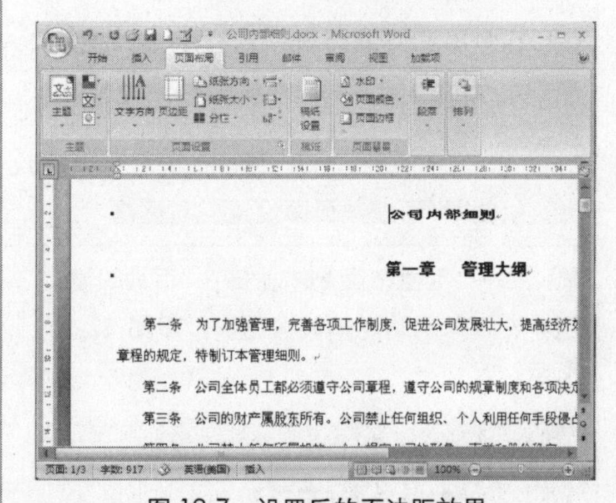

图 12-7　设置后的页边距效果

在“页边距”按钮的快捷菜单中选择“添加到快速访问工具栏”选项，可将其快速添加到快速访问工具栏。

12.1.2 设置纸张方向和大小

在编辑文档时，有时为了查看或打印等方面的需求，用户需要设置文档纸张的方向和大小，下面将介绍如何设置纸张的方向和大小。

1. 设置纸张的方向

设置纸张的方向有以下两种方法：

单击“默认”按钮，可将页面布局恢复到最初状态。 技巧

方法 1：通过功能区按钮

① 单击“页面布局”选项卡下“页面设置”组中的“纸张方向”按钮，如图 12-8 所示。

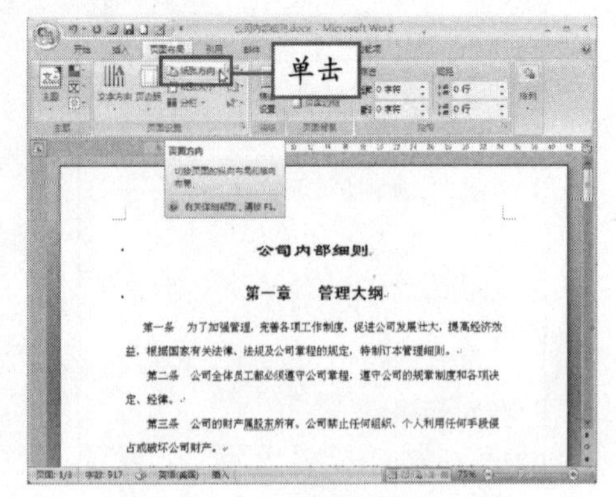

图 12-8　单击“纸张方向”按钮

② 在弹出的下拉菜单中选择纸张方向的类型，在此选择“横向”选项，如图 12-9 所示。

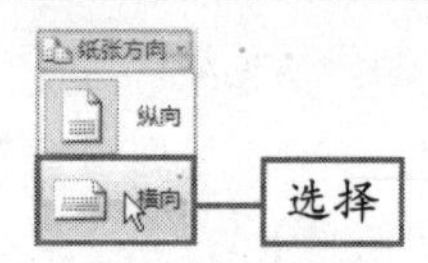

图 12-9　选择纸张方向

③ 单击选择的“横向”选项，即可完成文档纸张方向的设置，效果如图 12-10 所示。

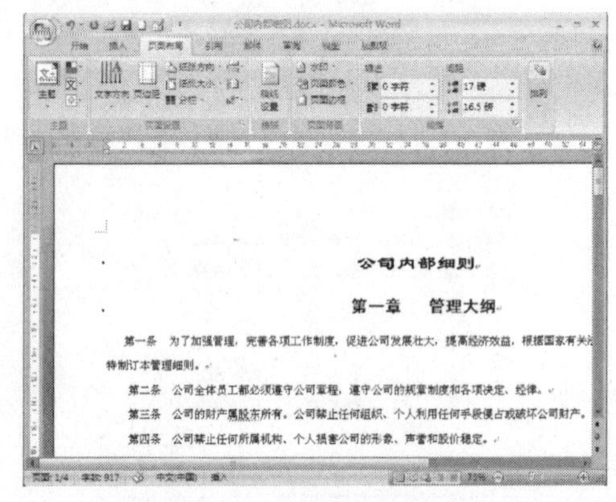

图 12-10　设置后的效果

方法 2：通过“页面设置”对话框

① 单击“页面布局”选项卡下“页面设置”组中右下角的功能扩展按钮，如图 12-11 所示。

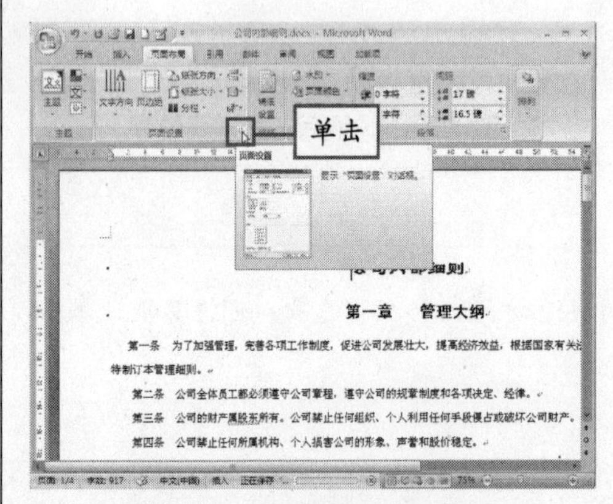

图 12-11　单击功能扩展按钮

② 在“页面设置”对话框中“页边距”选项卡下的“纸张方向”选项区域选择“纵向”选项，如图 12-12 所示。

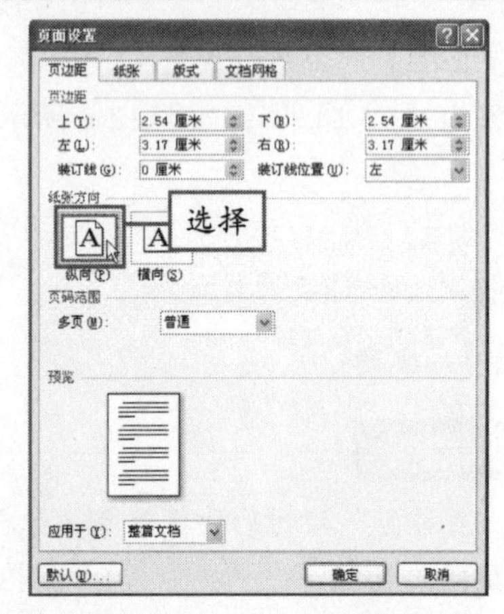

图 12-12　选择纸张方向

③ 单击“确定”按钮，设置后的效果如图 12-13 所示。

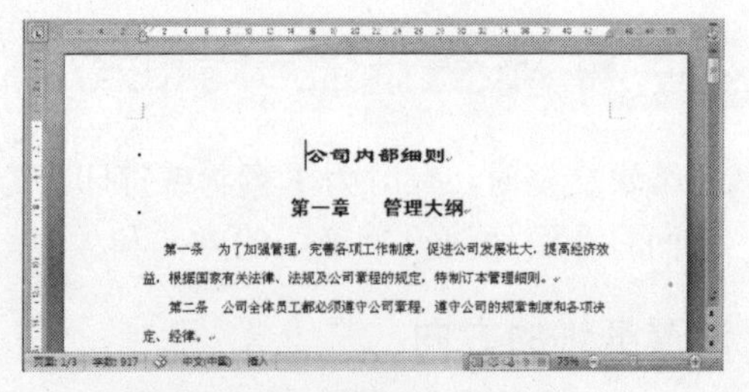

图 12-13　设置纸张方向后的效果

技巧　为了满足特殊的图片、图表、表格或其他对象要求，有时需要将页面设置为横向。

2. 设置纸张大小

设置纸张大小的方法也有两种：

方法 1：通过功能区按钮

① 单击“页面布局”选项卡下“页面设置”组中的“纸张大小”按钮 纸张大小，如图 12-14 所示。

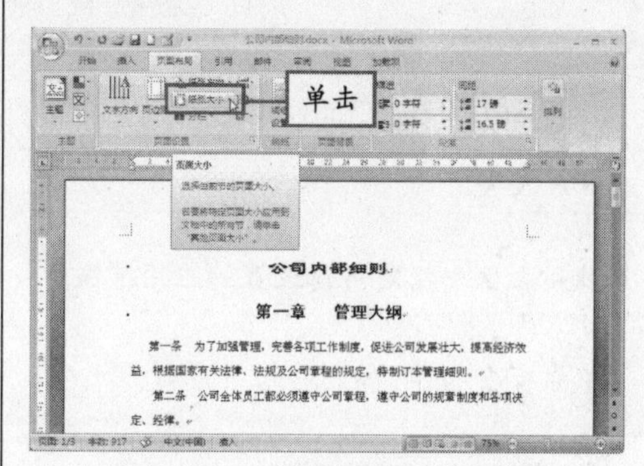

图 12-14　单击“纸张大小”按钮

② 在弹出的下拉菜单中选择纸张大小的类型，在此选择“32 开”类型，如图 12-15 所示。

③ 单击选择的“32 开”选项，纸张的大小即可设置完成，效果如图 12-16 所示。

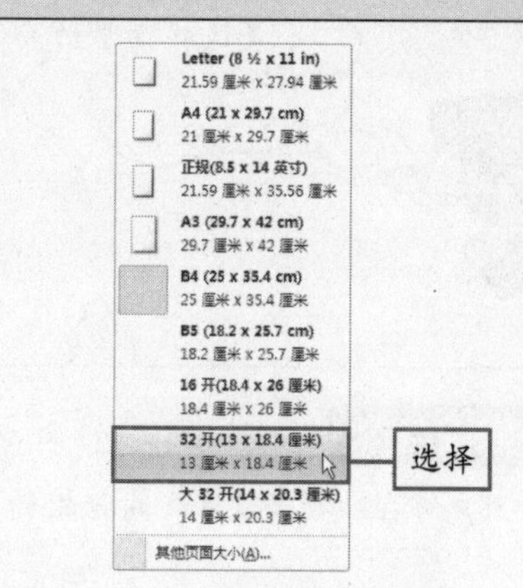

图 12-15　选择纸张大小类型

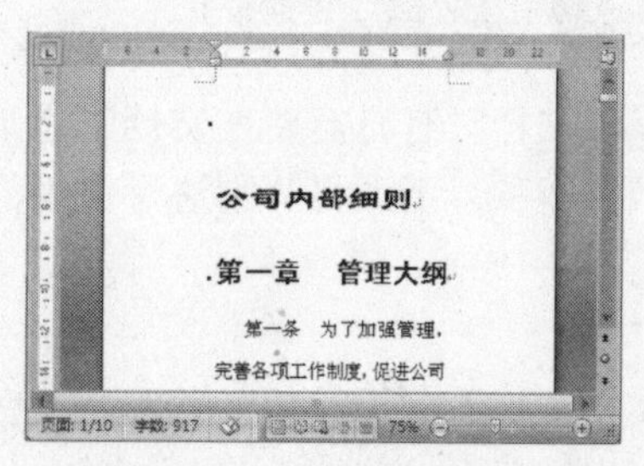

图 12-16　设置后的效果

方法 2：通过“页面设置”对话框

① 单击“页面布局”选项卡下“页面设置”组中的“纸张大小”按钮 纸张大小，在弹出的下拉菜单中选择“其他页面大小”选项，如图 12-17 所示。

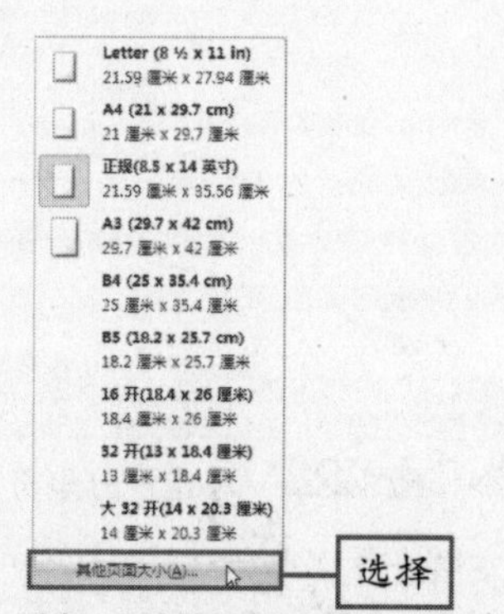

图 12-17　选择“其他页面大小”选项

② 在弹出的“页面设置”对话框中“纸张”选项卡下的“纸张大小”选项区域中设置纸张的大小，在此选择 B4 选项，如图 12-18 所示。

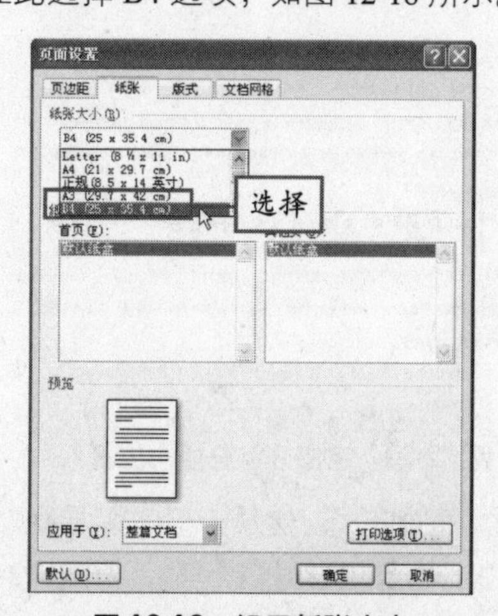

图 12-18　设置纸张大小

③ 单击“确定”按钮，纸张大小即可设置完成，效果如图12-19所示。

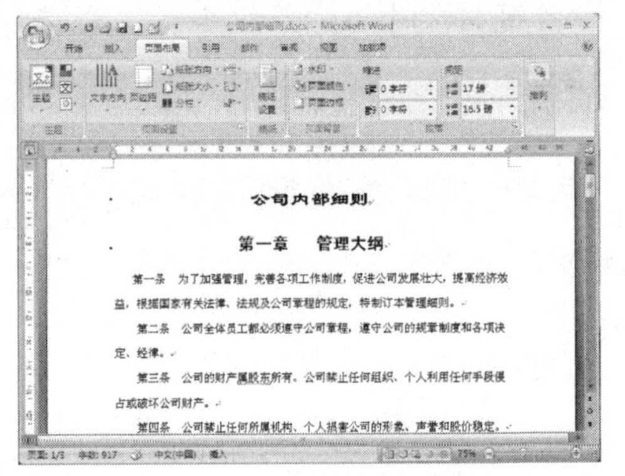

图12-19　文档的B4效果

知识点拨

用户可在“页面设置”对话框的“应用于”下拉列表框中指定当前设置的应用范围。

12.1.3 设置分隔符

在编辑文档时有时需要在文档中添加分隔符，以使文档更加便于阅读。分隔符分为分页符和分节符两种，下面将分别进行详细介绍。

1. 分页符

在文档中插入分页符后，插入点之后的文档内容将自动跳到下一页中，下面将介绍分页符的插入方法。

素材文件　光盘:\素材\第12章\企业管理规章制度.docx

① 打开“企业管理规章制度.docx”文档，将光标定位到需要插入分页符的位置，如图12-20所示。

移交文接包括移交人经管的会计凭证、报表、账目、款项、公章、实物及未了事项等。

移交文接必须监交。下属公司、企业一般财会人员的交接，由本单位领导会同财务部部长进行监交；财务部部长的交接，由计划账务部部长会同本单位领导进行监交；计划财务部部长的交接，由总经理会同总会计师进行监交。

定位　第三节　会计核算原则及科目报表

第四十一条　公司执行《中华人民共和国会计法》、《会计人员职权条例》、《企业会计准则》和《企业财务通则》等法律法规关于会计核算一般原则、会计凭证和账簿、内部审计和财产清查、成本清查等事项的规定。

第四十二条　公司采用国家规定的会计制度的会计科目和会计报表，并按有关的规定办理会计事务。

图12-20　定位分页符插入位置

② 单击“页面布局”选项卡下“页面设置”组中的“分隔符”按钮 分隔符，如图12-21所示。

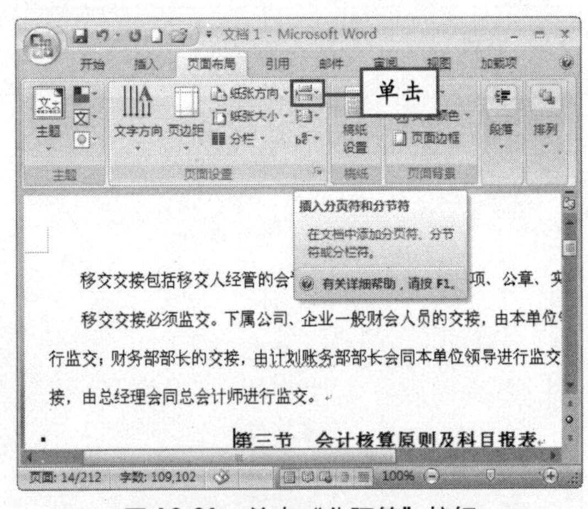

图12-21　单击“分隔符”按钮

③ 在弹出的下拉菜单中选择分页符的类型，在此选择“分页符”选项，如图12-22所示。

技巧　单击“分隔符”按钮，然后按【P】键即可添加分页符。

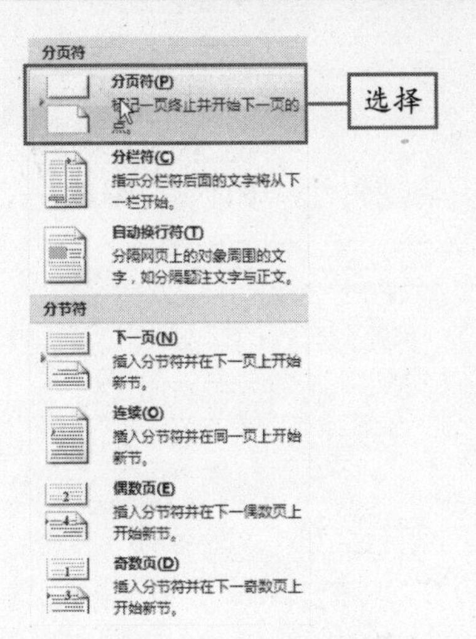

图 12-22 选择“分页符”选项

④ 选择所需选项，即可在文档中添加相应类型的分页符，添加后的效果如图 12-23 所示。

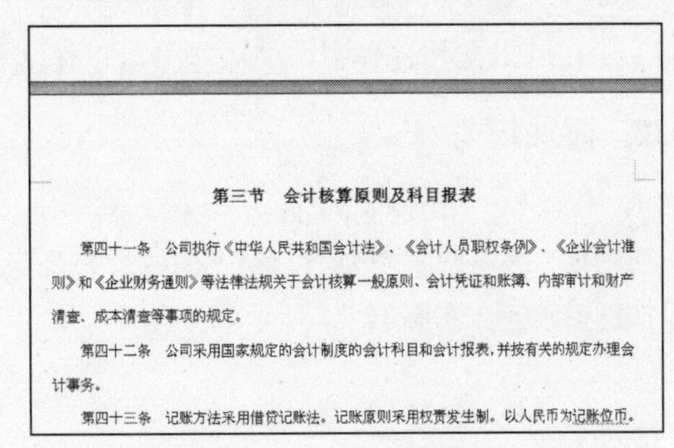

第三节 会计核算原则及科目报表

第四十一条 公司执行《中华人民共和国会计法》、《会计人员职权条例》、《企业会计准则》和《企业财务通则》等法律法规关于会计核算一般原则、会计凭证和账簿、内部审计和财产清查、成本清查等事项的规定。

第四十二条 公司采用国家规定的会计制度的会计科目和会计报表，并按有关的规定办理会计事务。

第四十三条 记账方法采用借贷记账法。记账原则采用权责发生制。以人民币为记账位币。

图 12-23 添加分页符后的效果

2. 分节符

添加分节符的方法与添加分页符的方法类似，操作方法如下：

① 将光标定位到需要插入分节符的位置，如图 12-24 所示。

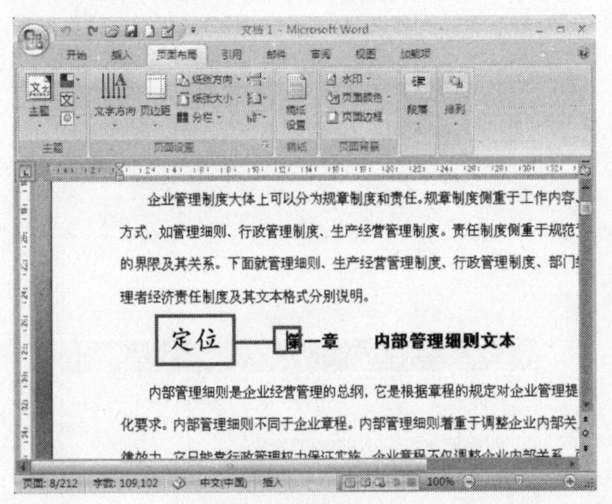

图 12-24 定位光标

② 单击“页面布局”选项卡下“页面设置”组中的“分隔符”按钮 分隔符 ，在弹出的下拉菜单中选择“下一页”选项，如图 12-25 所示。

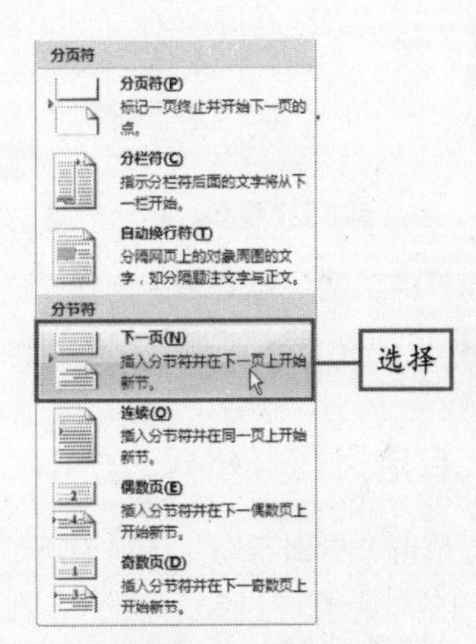

图 12-25 选择“下一页”选项

③ 选择所需选项，即可添加相应的分节符，添加后的效果如图 12-26 所示。

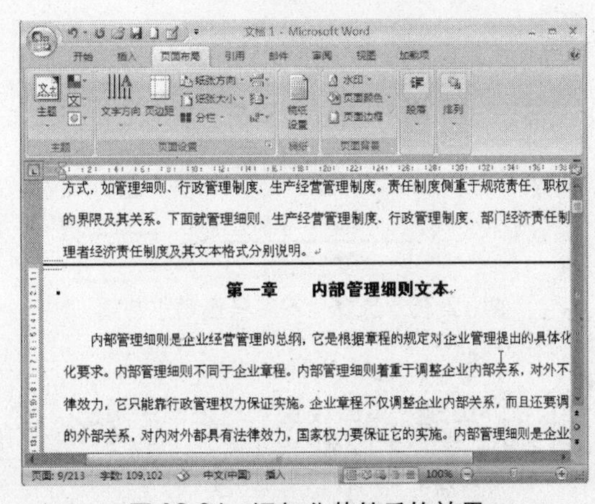

图 12-26 添加分节符后的效果

单击“分隔符”按钮，然后按【N】键，即可添加分节符（从下一页开始新节）。 技巧

12.1.4 设置行号

在编辑文档过程中，使用行号可以使文档更具有逻辑性，下面将介绍设置行号的方法。

1. 添加行号

① 打开“公司内部细则.docx”文档，单击“页面布局”选项卡下“页面设置”组中的“行号”按钮，如图 12-27 所示。

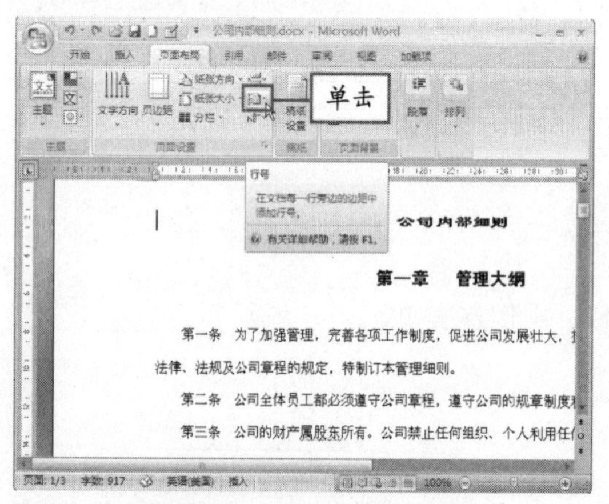

图 12-27 单击“行号”按钮

② 在弹出的下拉菜单中选择“连续”选项，如图 12-28 所示。

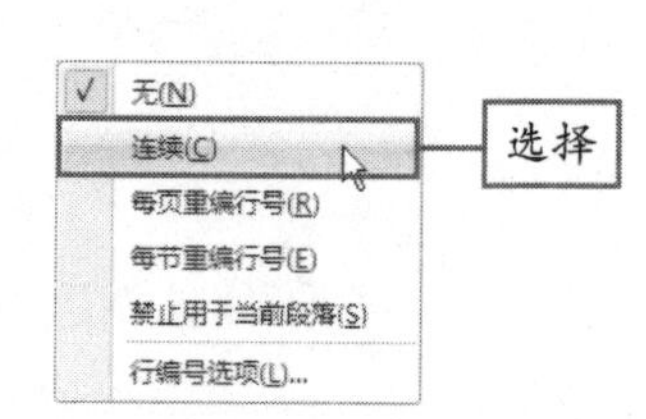

图 12-28 选择“连续”选项

③ 选择所需选项，即可完成文档行号的添加，添加后的效果如图 12-29 所示。

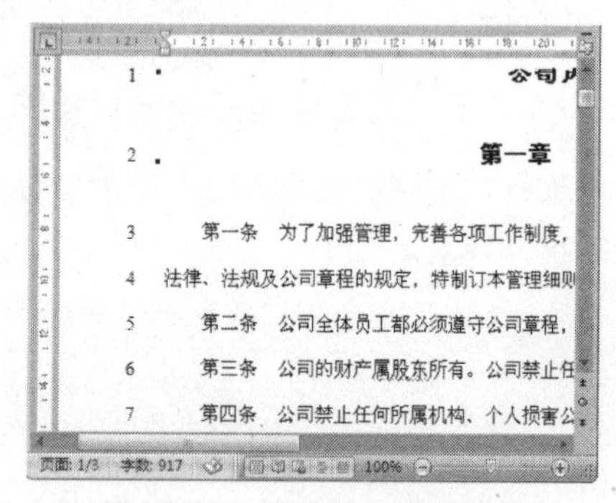

图 12-29 添加行号后的效果

2. 自定义行号格式

① 单击“页面布局”选项卡下“页面设置”组中的“行号”按钮，在弹出的下拉菜单中选择“行编号选项”选项，如图 12-30 所示。

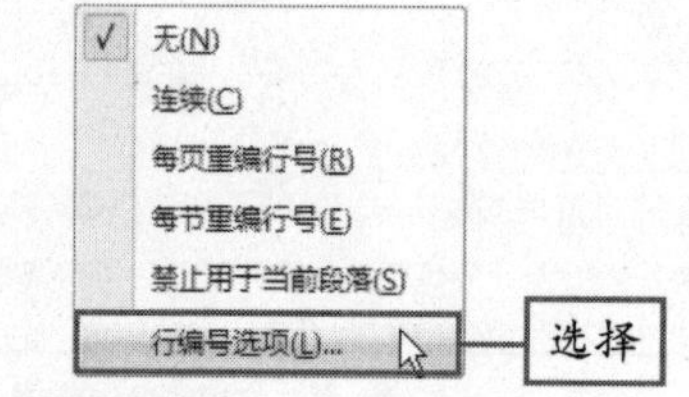

图 12-30 选择“行编号选项”选项

② 在弹出的“页面设置”对话框中单击“行号”按钮，如图 12-31 所示。

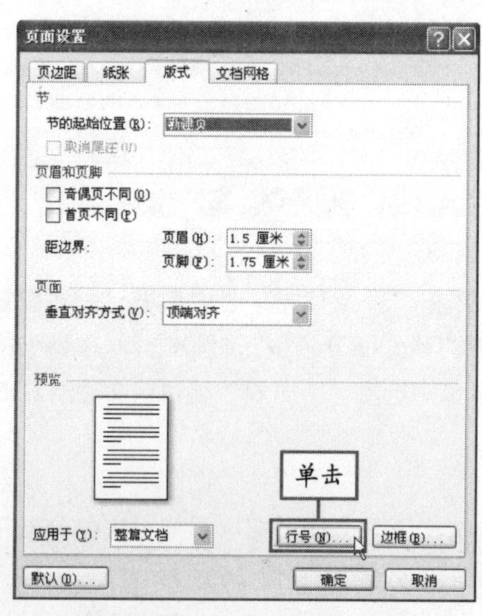

图 12-31 单击“行号”按钮

说明 在“行号”对话框中，可以设置编号的具体格式。

③ 在弹出的“行号”对话框中选中“添加行号”复选框，设置其他行号格式，如图 12-32 所示。

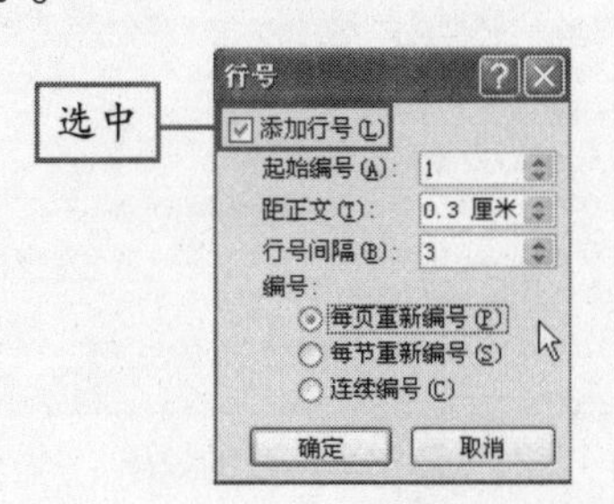

图 12-32　设置行号格式

④ 单击“行号”对话框中的“确定”按钮，并单击“页面设置”对话框中的“确定”按钮，即可完成行号的添加，添加后的效果如图 12-33 所示。

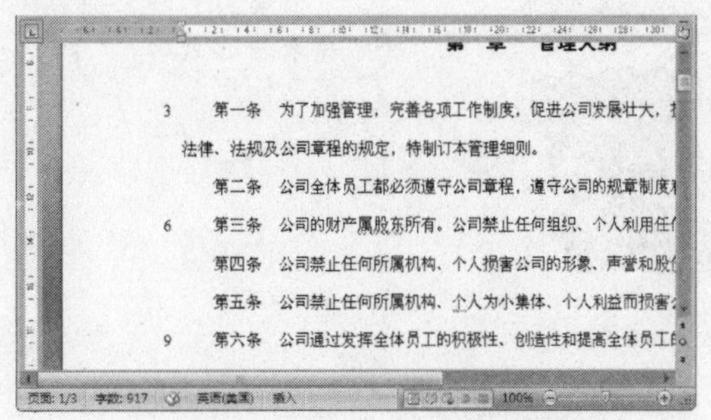

图 12-33　添加行号后的效果

12.2　设置页面背景

为了使文档更加美观，用户可以根据自己的喜好进行文档页面背景的相关设置，下面将介绍设置页面背景的知识。

12.2.1　水印效果

在文档中可以通过添加水印来使文档更具观赏性，下面将介绍在文档中添加水印效果的操作方法。

1. 添加水印

① 打开“公司内部细则.docx”文档，单击“页面布局”选项卡下“页面背景”组中的“水印”按钮，如图 12-34 所示。

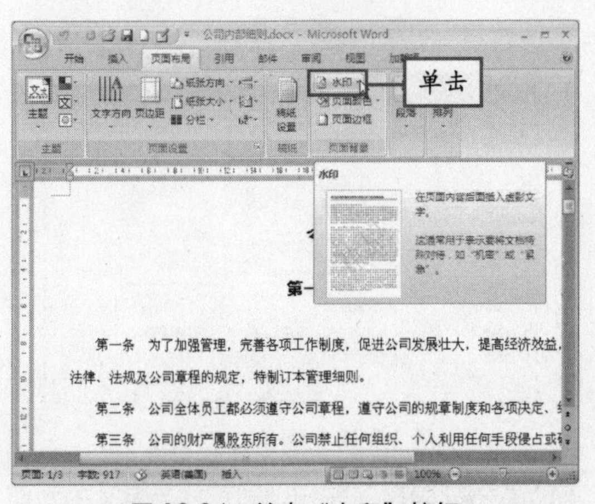

图 12-34　单击“水印”按钮

② 在弹出的下拉面板中选择“免责声明”选项区域中的“样本 1”选项，如图 12-35 所示。

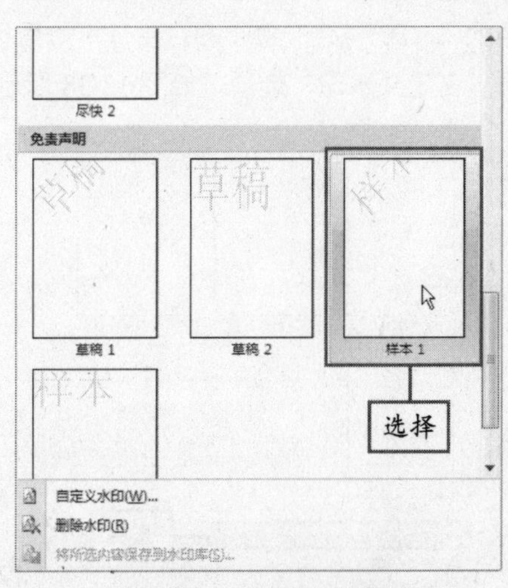

图 12-35　选择水印模板

③ 返回文档，即可在文档中添加相应的水印，如图 12-36 所示。

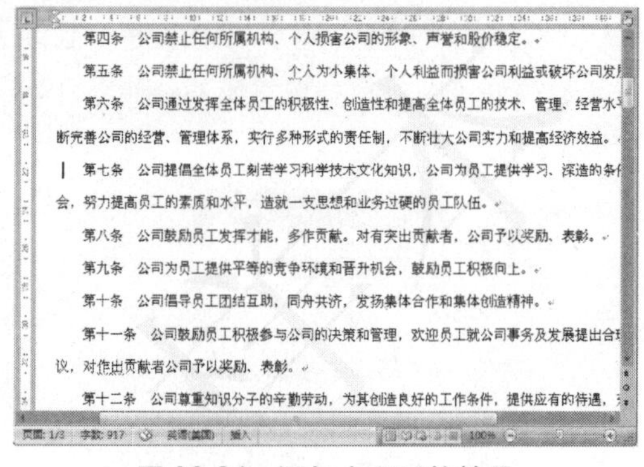
第四条　公司禁止任何所属机构、个人损害公司的形象、声誉和股价稳定。
第五条　公司禁止任何所属机构、个人为小集体、个人利益而损害公司利益或破坏公司发
第六条　公司通过发挥全体员工的积极性、创造性和提高全体员工的技术、管理、经营水
断完善公司的经营、管理体系，实行多种形式的责任制，不断壮大公司实力和提高经济效益。
第七条　公司提倡全体员工刻苦学习科学技术文化知识，公司为员工提供学习、深造的条
会，努力提高员工的素质和水平，造就一支思想和业务过硬的员工队伍。
第八条　公司鼓励员工发挥才能，多作贡献。对有突出贡献者，公司予以奖励、表彰。
第九条　公司为员工提供平等的竞争环境和晋升机会，鼓励员工积极向上。
第十条　公司倡导员工团结互助，同舟共济，发扬集体合作和集体创造精神。
第十一条　公司鼓励员工积极参与公司的决策和管理，欢迎员工就公司事务及发展提出合
议，对作出贡献者公司予以奖励、表彰。
第十二条　公司尊重知识分子的辛勤劳动，为其创造良好的工作条件，提供应有的待遇，

图 12-36　添加水印后的效果

2. 删除水印

如果要删除水印，单击“页面布局”选项卡下“页面背景”组中的“水印”按钮 水印，在其下拉面板中选择“删除水印”选项即可，如图 12-37 所示。

单击“水印”按钮，按【R】键即可删除添加的水印效果。

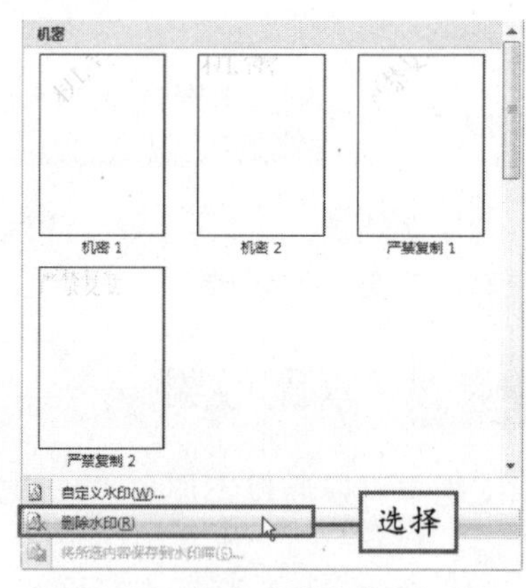

图 12-37　单击“删除水印”按钮

3. 自定义水印

① 单击“页面布局”选项卡下“页面背景”组中的“水印”按钮 水印，在其下拉面板中选择“自定义水印”选项，如图 12-38 所示。

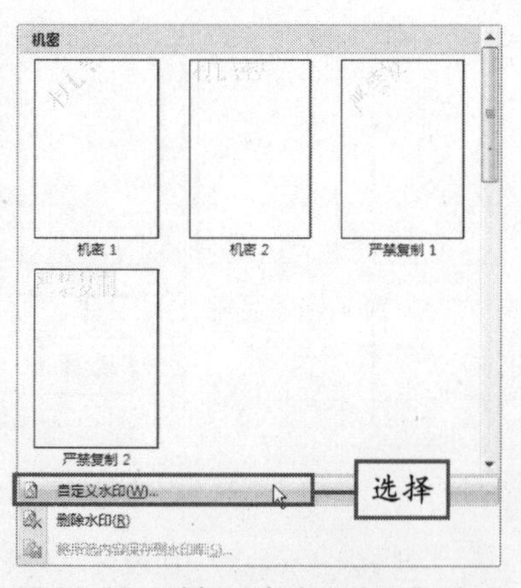

图 12-38　选择“自定义水印”选项

② 在“水印”对话框中选中“文字水印”单选按钮，在“文字”文本框输入水印文字“内部文件”，如图 12-39 所示。

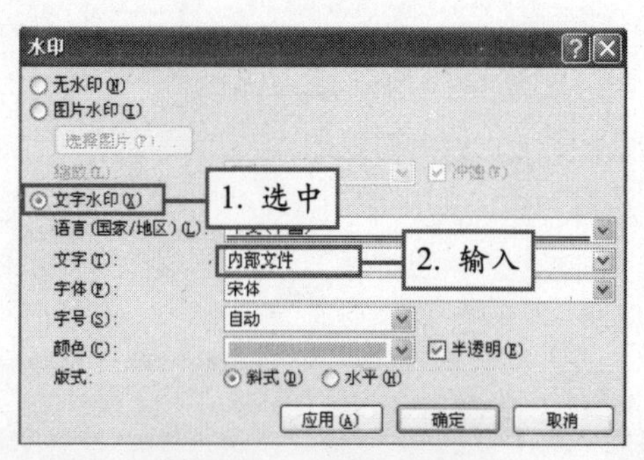

图 12-39　“水印”对话框

③ 单击“确定”按钮，即可将自定义的水印添加到文档中，如图 12-40 所示。

技巧　单击“水印”按钮，按【W】键即可打开“水印”对话框。

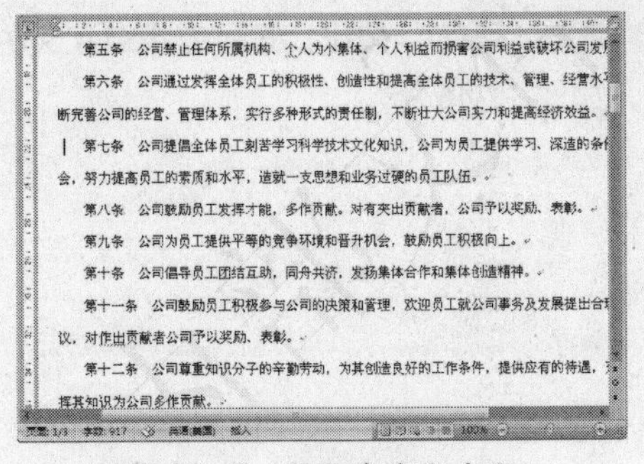

图 12-40　添加自定义水印

12.2.2　添加背景颜色

用户在编辑文档时可以给文档添加背景颜色，使文档显的更加美观，下面介绍添加背景颜色的方法。

1．添加背景颜色

① 打开文档，单击“页面布局”选项卡下“页面背景”组中的“页面颜色”按钮 页面颜色，如图 12-41 所示。

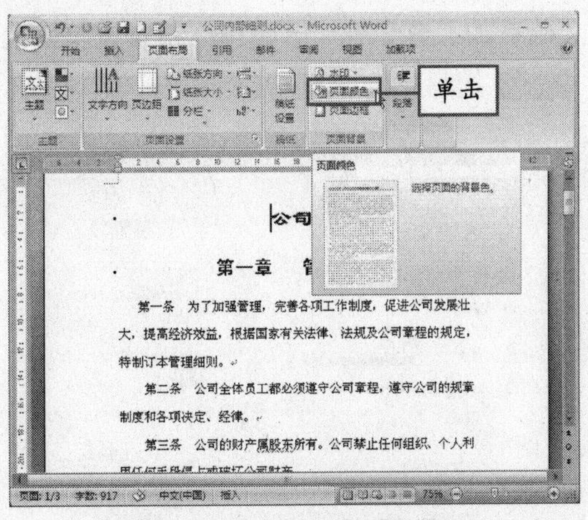

图 12-41　单击“页面颜色”按钮

② 在弹出的颜色面板中选择需要的颜色，如图 12-42 所示。

③ 返回文档，即可看到添加背景颜色后的效果，如图 12-43 所示。

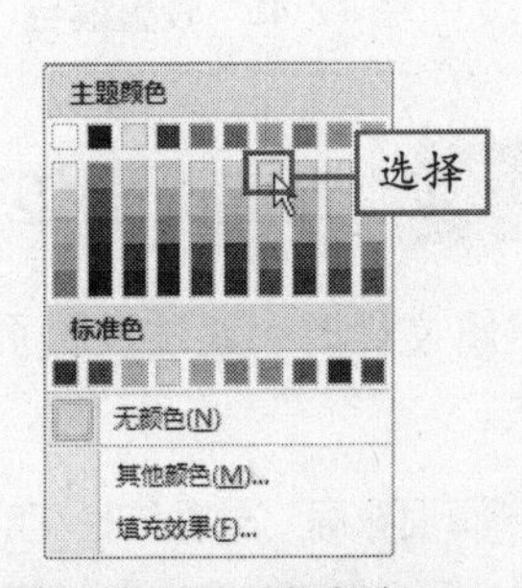

图 12-42　选择颜色

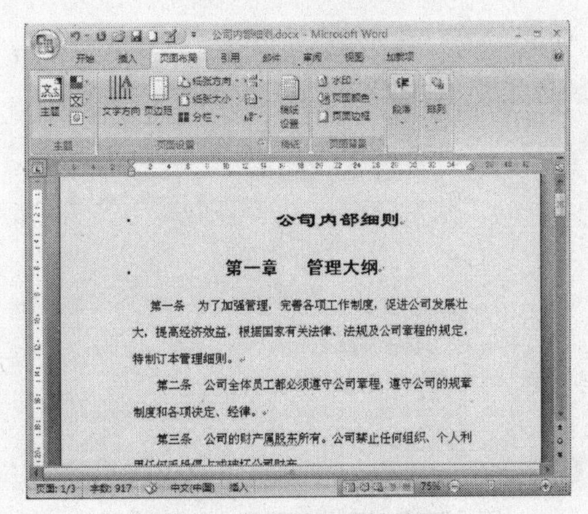

图 12-43　设置后的效果

2．自定义背景颜色

① 单击“页面布局”选项卡下“页面背景”组中的“页面颜色”按钮 页面颜色，在弹出的颜色面板中选择“其他颜色”选项，如图 12-44 所示。

② 在弹出的“颜色”对话框中设置需要的颜色，如图 12-45 所示。

单击“页面颜色”按钮，按【M】键即可打开“颜色”对话框。

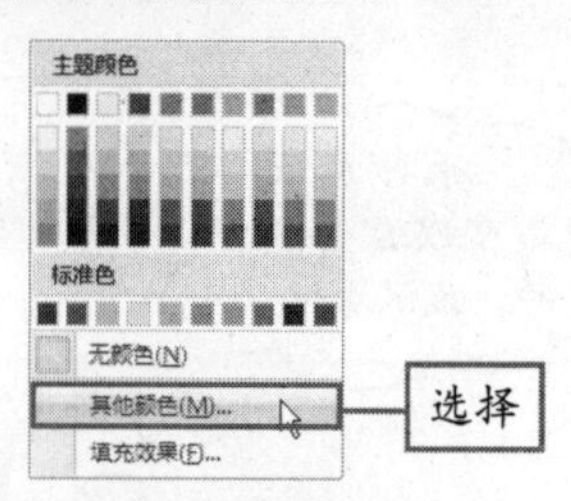

图 12-44 选择“其他颜色”选项

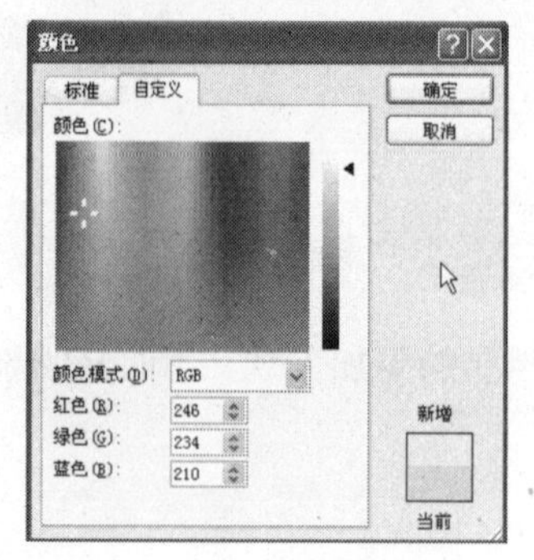

图 12-45 设置颜色

③ 单击“确定”按钮，即可应用自定义的颜色，如图 12-46 所示。

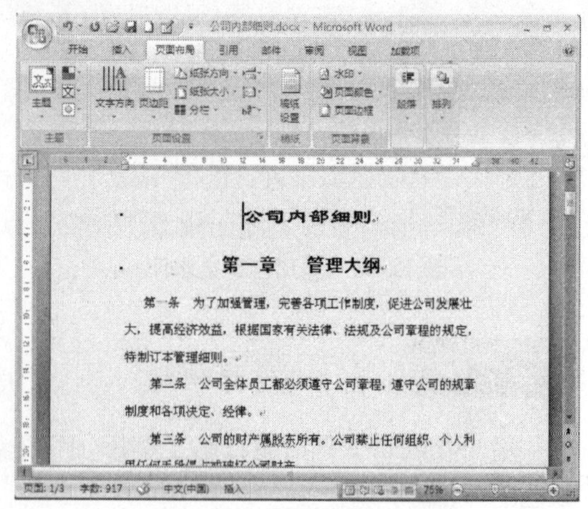

图 12-46 自定义颜色效果

12.2.3 设置页面边框

在编辑文档时，通过设置页面边框，可以使文档更加具有个性，下面将介绍设置页面边框的方法。

① 单击“页面布局”选项卡下“页面背景”组中的“页面边框”按钮 页面边框，如图 12-47 所示。

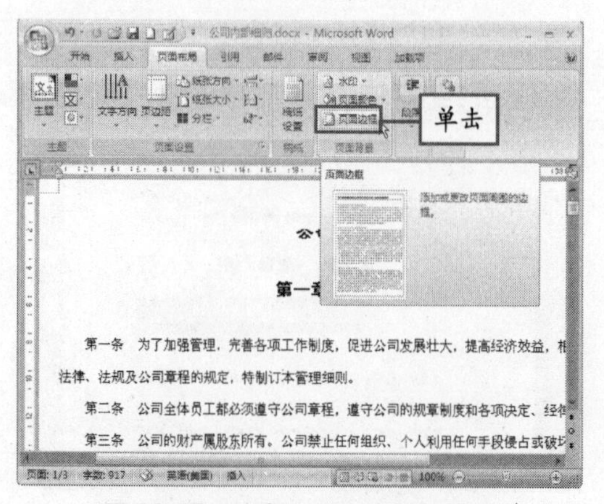

图 12-47 单击“页面边框”按钮

② 在“边框和底纹”对话框中的“页面边框”选项卡下设置页面边框的格式，包括页面边框的样式、颜色、宽度等，如图 12-48 所示。

③ 单击“确定”按钮，页面边框即可添加完成，效果如图 12-49 所示。

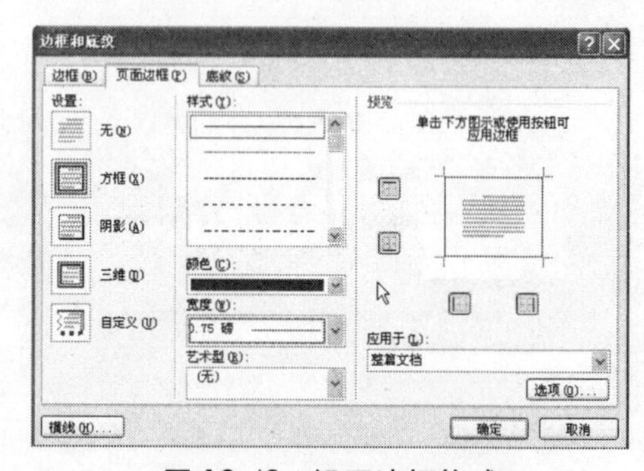

图 12-48 设置边框格式

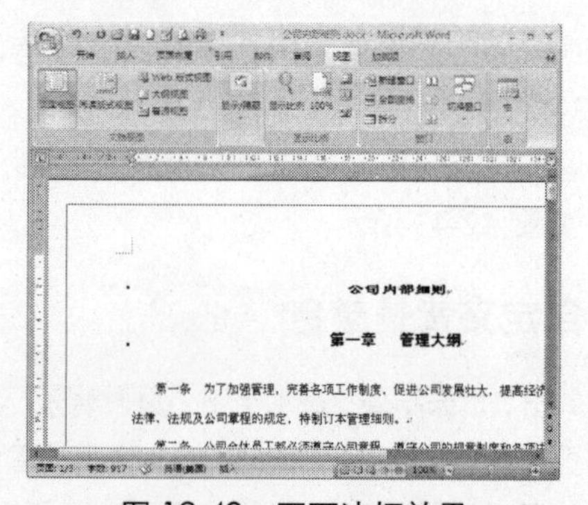

图 12-49 页面边框效果

技巧 单击“页面颜色”对话框，按【F】键即可打开“填充效果”对话框。

12.3　添加页眉和页脚

页眉和页脚位于文档中页面的顶部和底部。用户可以在页眉和页脚中插入文字或图形，例如页码、公司名称和日期等。下面将分别介绍在文档中设置页眉和页脚的方法。

12.3.1　添加页眉

页眉的设置包括页眉的添加、页眉的编辑和页眉的删除，下面将分别对其进行介绍。

素材文件　光盘:\素材\第 12 章\互联网.docx

1. 页眉的添加

① 打开“互联网.docx”文档，单击“插入”选项卡下“页眉与页脚”组中的“页眉”按钮，如图 12-50 所示。

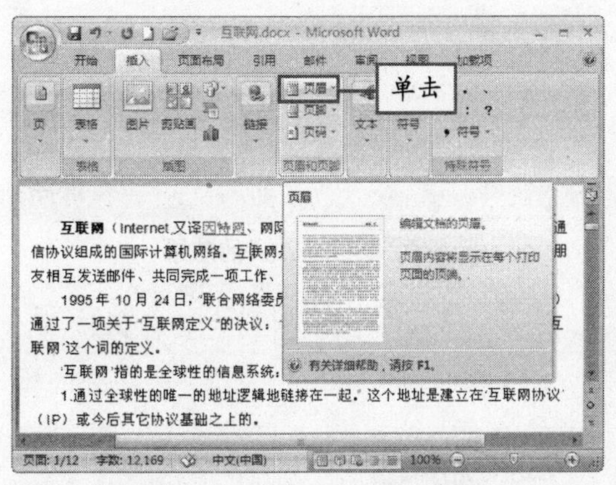

图 12-50　单击“页眉”按钮

② 在弹出的下拉面板中选择“边线型”选项，如图 12-51 所示。

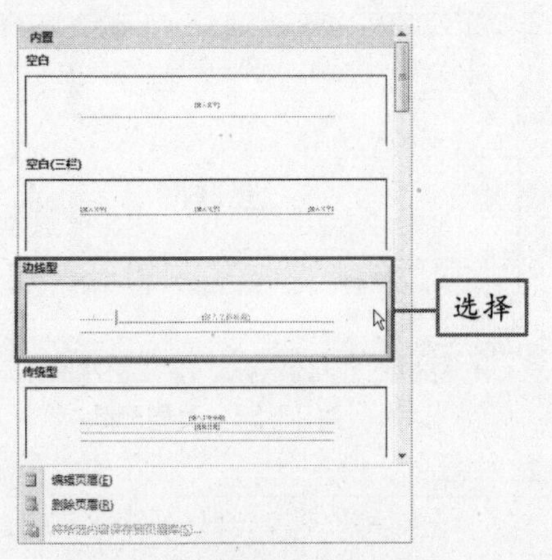

图 12-51　选择页眉类型

③ 添加页眉内容，如图 12-52 所示。

图 12-52　添加页眉内容

④ 单击“关闭页眉和页脚”按钮，如图 12-53 所示。

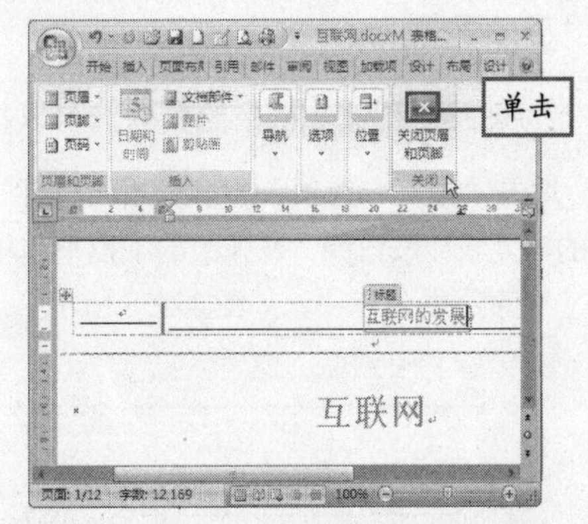

图 12-53　单击“关闭页眉和页脚”按钮

⑤ 添加页眉后的效果如图 12-54 所示。

图 12-54　添加后的效果

单击“页眉”按钮，按【E】键即可编辑页眉。

2. 页眉的编辑

在编辑文档时有时也需要对页眉进行编辑，下面将介绍编辑页眉的方法。

① 单击“插入”选项卡下“页眉和页脚”组中的“页眉”按钮，在其下拉面板中选择“编辑页眉”选项，如图 12-55 所示。

图 12-55 选择“编辑页眉”选项

② 文档的页眉部分进入编辑状态，这时用户可以对文档页眉进行编辑，如图 12-56 所示。

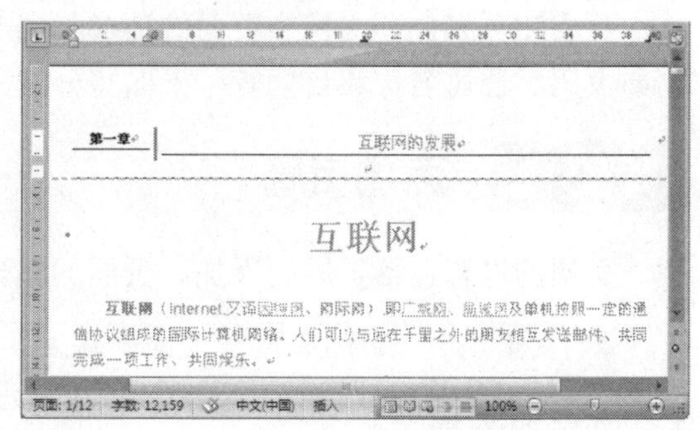

图 12-56 修改页眉

③ 单击“关闭页眉和页脚”按钮，修改后的效果如图 12-57 所示。

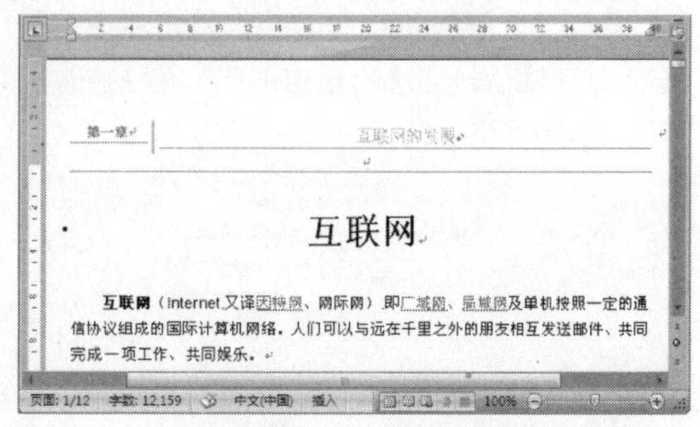

图 12-57 修改后的效果

3. 页眉的删除

如果需要删除文档中的页眉，可以按照以下方法进行删除：

① 单击“插入”选项卡下“页眉和页脚”组中的“页眉”按钮，在弹出的下拉菜单中选择“删除页眉”选项，如图 12-58 所示。

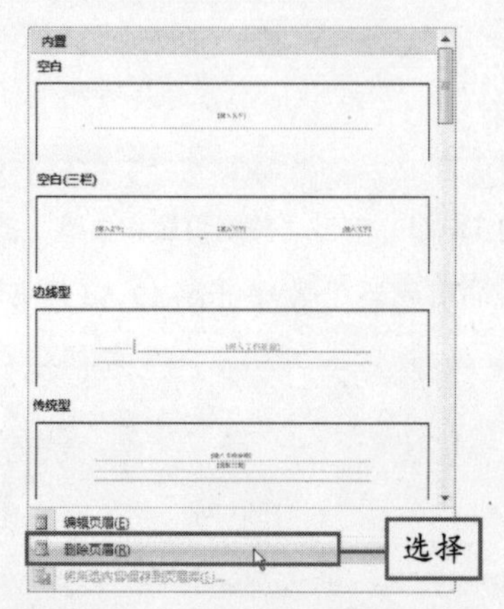

图 12-58 选择“删除页眉”选项

② 此时，文档中的页眉即被删除，如图 12-59 所示。

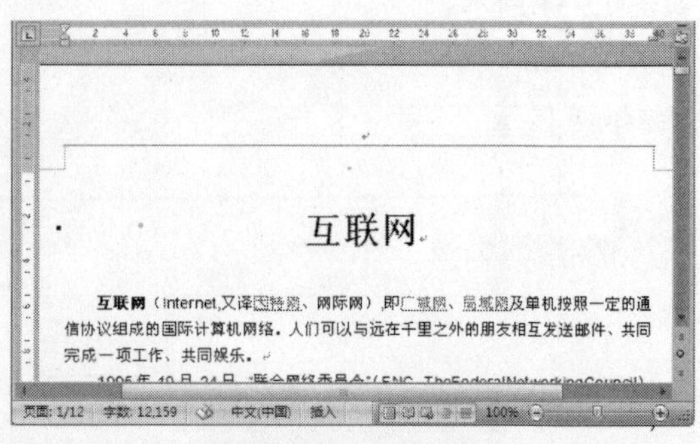

图 12-59 页眉删除

技巧 单击“页眉”按钮，按【R】键即可删除页眉。

12.3.2　添加页脚

页脚的设置包括页脚的添加、页脚的编辑和页脚的删除，下面将分别对其进行介绍。

1. 页脚的添加

① 单击“插入”选项卡下“页眉和页脚”组中的“页脚”按钮，如图 12-60 所示。

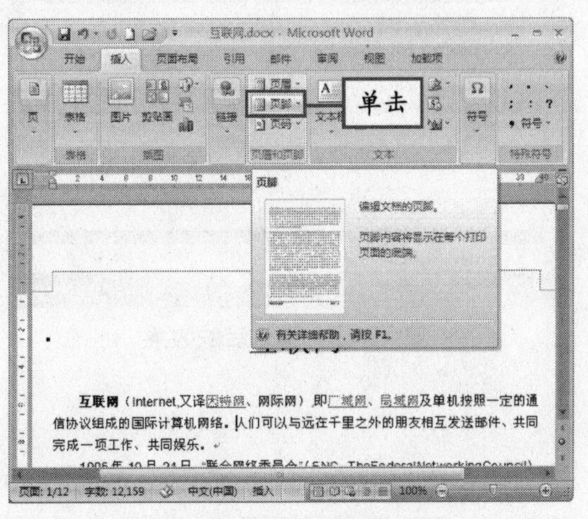

图 12-60　单击“页脚”按钮

② 在弹出的下拉面板中选择“传统型”选项，如图 12-61 所示。

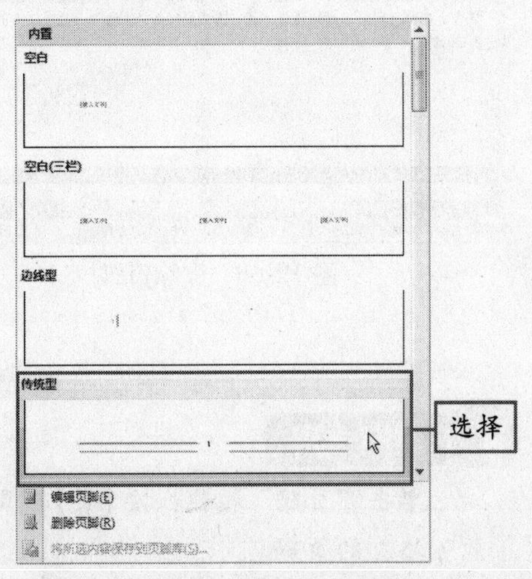

图 12-61　选择“传统型”选项

③ 添加页脚后的效果如图 12-62 所示。

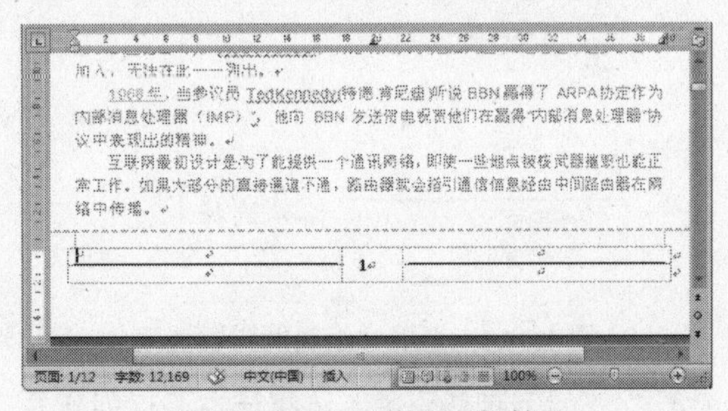

图 12-62　添加页脚后的效果

④ 单击“关闭页眉和页脚”按钮，最终效果如图 12-63 所示。

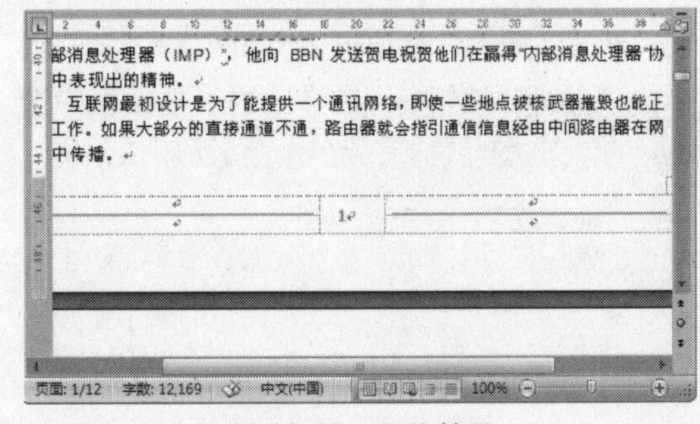

图 12-63　最终效果

知识点拨

在页脚中可以输入书籍名称、出版社、页码等和文档相关的信息。

2．页脚的编辑

① 单击“插入”选项卡下“页眉和页脚”组中的“页脚”按钮，在弹出的下拉面板中选择“编辑页脚”选项，如图 12-64 所示。

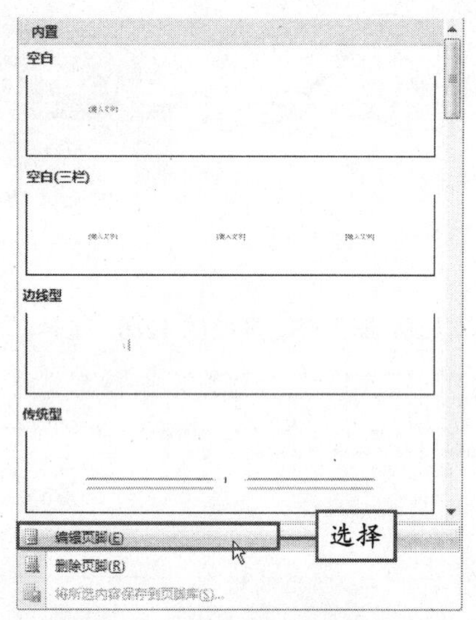

图 12-64 选择“编辑页脚”选项

② 文档的页脚部分进入编辑状态，这时用户可以对文档页脚进行编辑，如图 12-65 所示。

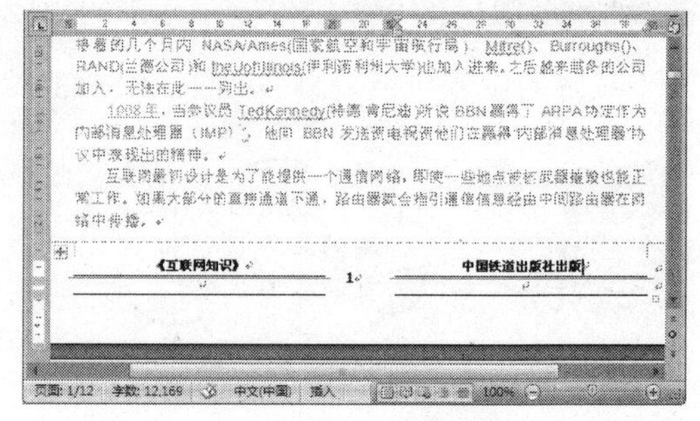

图 12-65 编辑页脚

③ 单击“关闭页眉和页脚”按钮，编辑后的效果如图 12-66 所示。

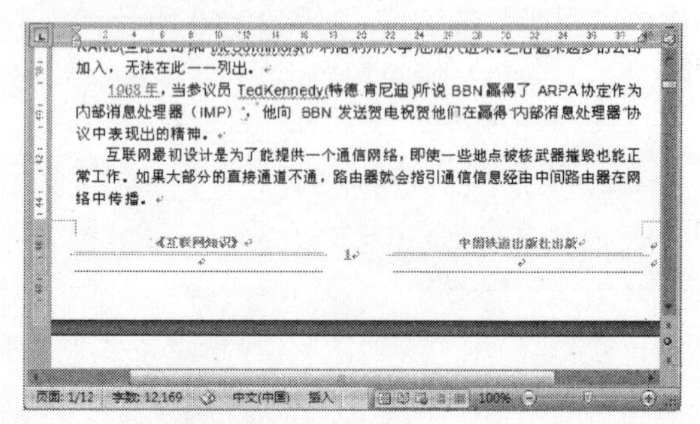

图 12-66 编辑后的效果

3．页脚的删除

① 单击“插入”选项卡下“页眉和页脚”组中的“页脚”按钮，在弹出的下拉面板中选择“删除页脚”选项，如图 12-67 所示。

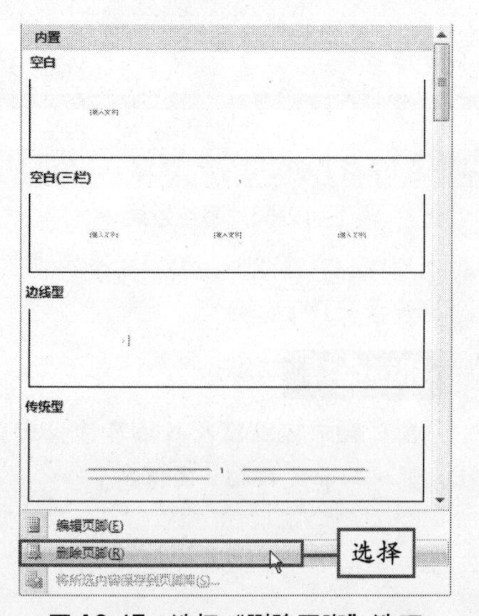

图 12-67 选择“删除页脚”选项

② 此时，文档中的页脚即被删除，如图 12-68 所示。

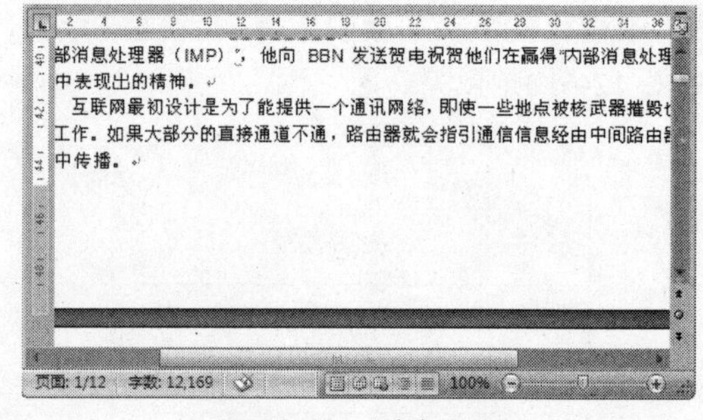

图 12-68 删除页脚

教你一招

单击“页码”按钮，按【R】键即可删除添加的页码。

12.4　设置页码

通过在文档中设置页码，用户可以方便轻松地找到需要的内容，页码可以添加到文档的顶部、底部或页面的左右两侧，下面将对页码的添加和页码格式的设置进行详细介绍。

12.4.1　页码的添加与删除

① 打开“互联网.docx”文档，单击“插入”选项卡下“页眉和页脚”组中的“页码”按钮，如图 12-69 所示。

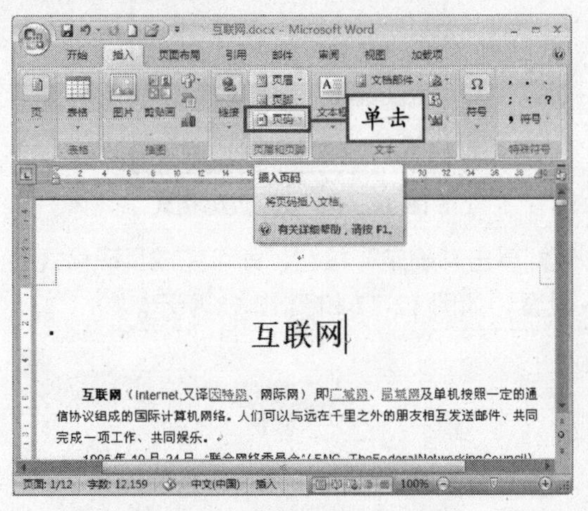

图 12-69　单击“页码”按钮

② 在弹出的下拉菜单中可以选择添加页码的位置，在此选择“页边距”选项，如图 12-70 所示。

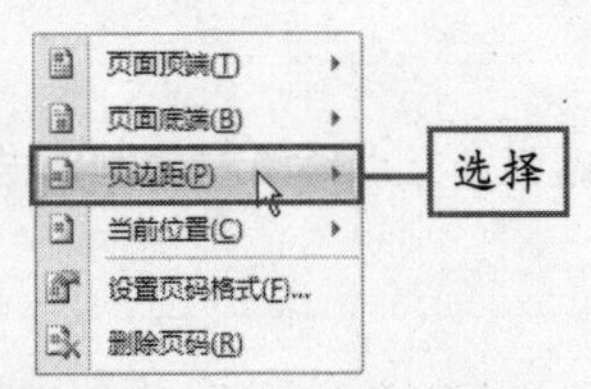

图 12-70　选择“页边距”选项

③ 当鼠标指针移动到“页边距”选项时，将会弹出其扩展面板，在其中可以选择添加页码的具体位置和样式，在此选择“圆（左侧）”选项，如图 12-71 所示。

④ 单击选择的页码样式，即可在文档中添加，然后单击“关闭页眉和页脚”按钮，最终效果如图 12-72 所示。

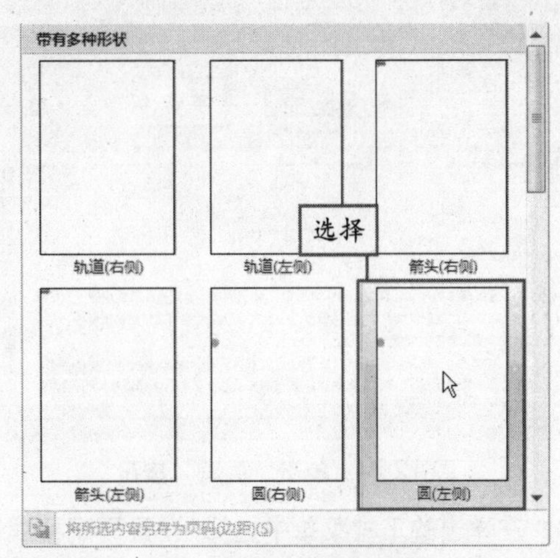

图 12-71　选择页码样式

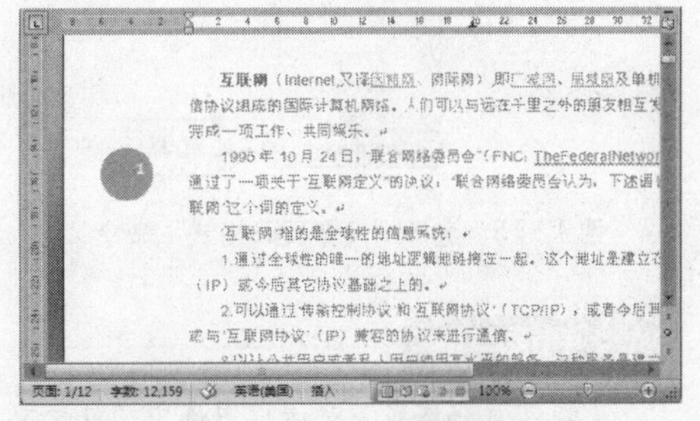

图 12-72　添加后的效果

⑤ 如果需要删除添加的页码，则可以单击“页眉和页脚”组中的“页码”按钮，在其下拉菜单中选择“删除页码”命令，即可删除添加的页码，如图 12-73 所示。

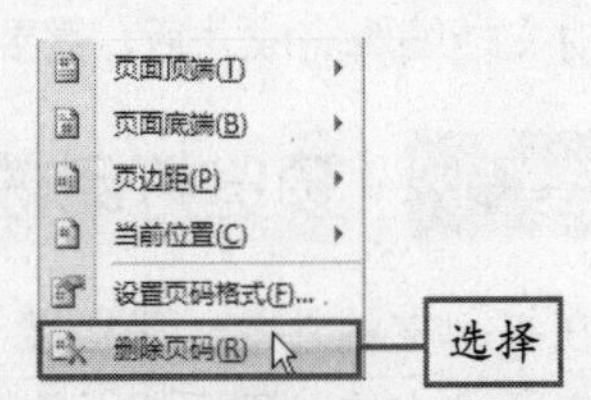

图 12-73　删除页码

12.4.2 页码格式的设置

在编辑文档的页码时，可以通过“页码格式”对话框进行设置，下面将讲解设置页码格式的具体方法。

① 单击“插入”选项卡下“页眉和页脚”组中的“页码”按钮，如图 12-74 所示。

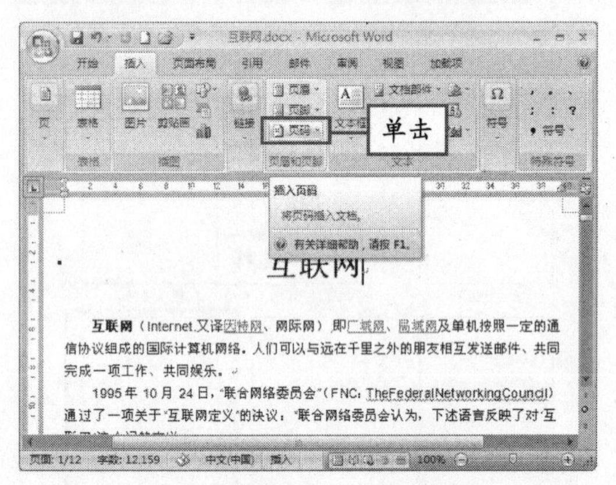

图 12-74 单击“页码”按钮

② 在弹出的下拉菜单中选择“设置页码格式”命令，如图 12-75 所示。

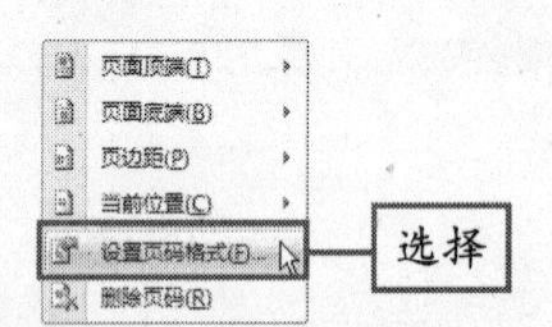

图 12-75 选择“设置页码格式”命令

③ 在“页码格式”对话框中设置页码的相关格式，如图 12-76 所示。

图 12-76 设置页码格式

④ 单击“确定”按钮，即可完成页码格式的设置，如图 12-77 和图 12-78 所示。

图 12-77 设置前的格式

图 12-78 设置后的格式

知识点拨

在“页码格式”对话框中选中“包含章节号”复选框，可以给页码添加章节号，并且可以设置章节号的相关格式。

12.5 文档的打印输出

对文档编辑完成之后，需要将文档打印出来，以便日后使用，下面将介绍打印文档的方法。

12.5.1 预览打印效果

在打印文档之前一般需要对文档进行打印效果的查看，以免出现错误。预览文档的打印效果有两种方法，下面将分别进行介绍。

素材文件 光盘:\素材\第 12 章\公司内部细则.docx

技巧　在“页码格式”对话框中，可以设置页码编号的起始页码。

方法 1：通过 Office 按钮

① 单击 Office 按钮，在弹出的菜单中选择“打印”命令，在其级联菜单中选择“打印预览”命令，如图 12-79 所示。

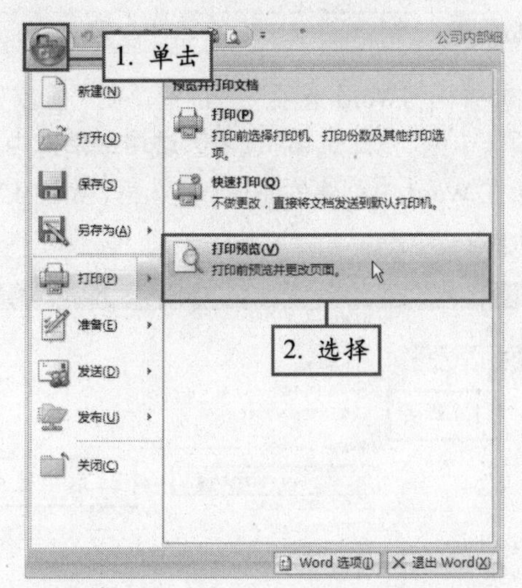

图 12-79　选择“打印预览”命令

② 单击选择的命令，打印效果如图 12-80 所示。

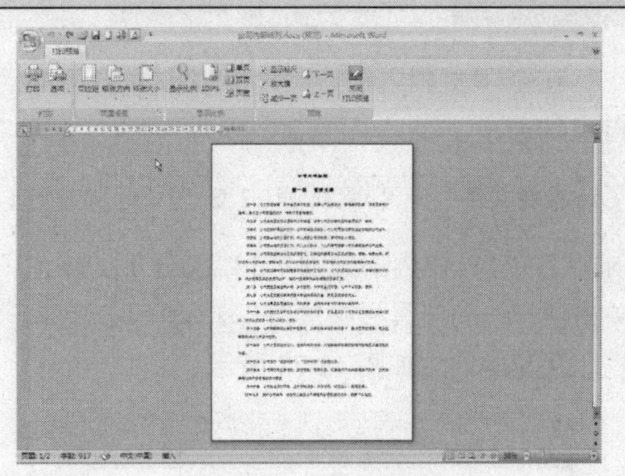

图 12-80　打印效果

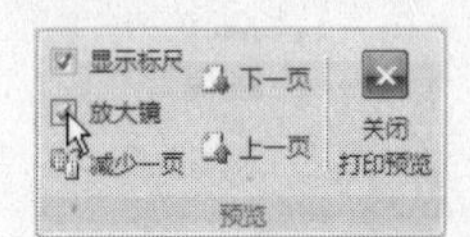

图 12-81　选中“放大镜”复选框

③ 用户可以在“预览”组中选中“放大镜”复选框，即可使用放大镜工具放大文档内容，以便清楚地预览文档，如图 12-81 和图 12-82 所示。

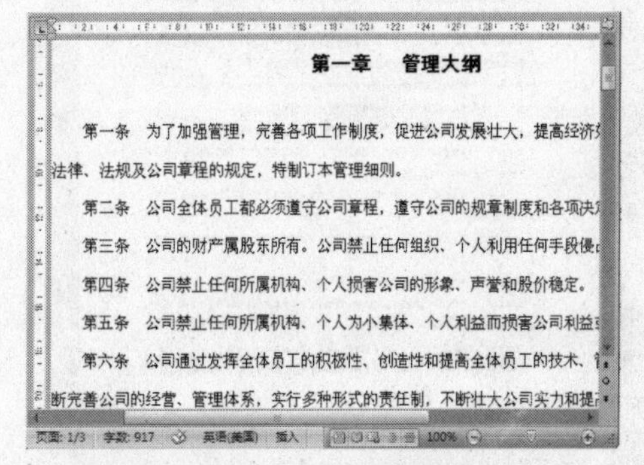

图 12-82　放大后的预览效果

方法 2：通过快速访问工具栏

① 单击快速访问工具栏中的“打印预览”按钮，如图 12-83 所示。

图 12-83　单击“打印预览”按钮

② 如果在快速访问工具栏中没有“打印预览”按钮，则可以单击其右端的下拉按钮，在弹出的下拉菜单中选择“打印预览”命令进行添加，如图 12-84 所示。

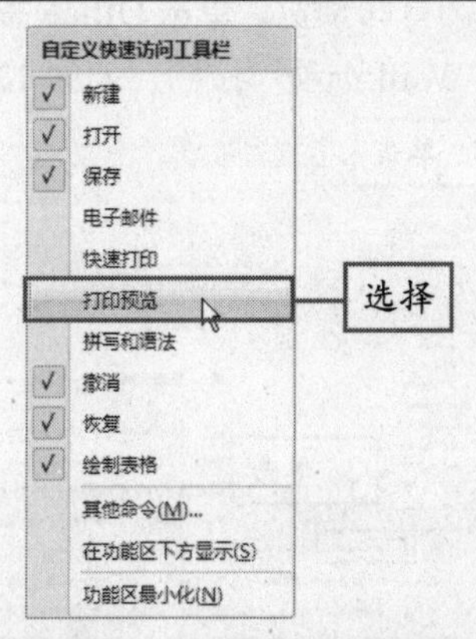

图 12-84　添加“打印预览”按钮

③ 文档的打印预览效果与“方法 1”中相同。

单击“显示比例”按钮，在“显示比例”对话框中可以调整打印预览的效果。　技巧

12.5.2 设置打印选项

在打印文档之前，用户可以根据自己的需要设置相应的打印选项，以使打印的结果符合自己的要求。

素材文件 光盘:\素材\第 12 章\公司内部细则（2）.docx

① 打开“公司内部细则（2）.docx”文档，单击快速访问工具栏中的“打印预览”按钮，打印预览的效果如图 12-85 所示。

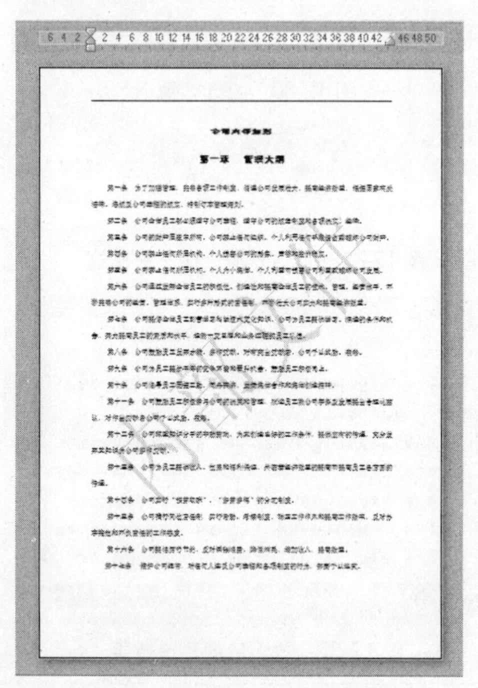

图 12-85 打印预览效果

② 关闭打印预览，单击 Office 按钮，然后单击“Word 选项”按钮，如图 12-86 所示。

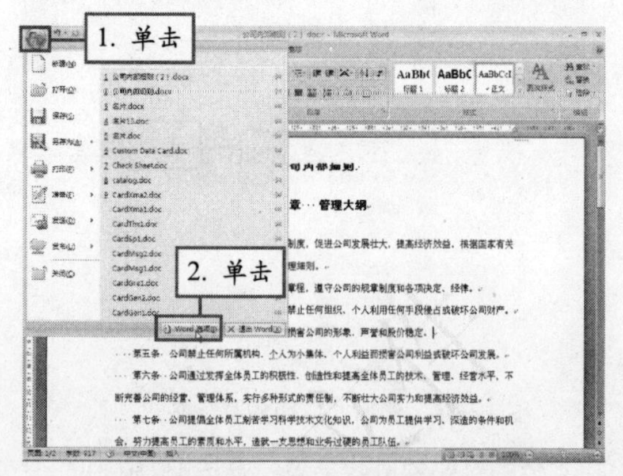

图 12-86 单击“Word 选项”按钮

③ 弹出“Word 选项”对话框，在“显示”选项卡中的“打印选项”选项区域中取消选中“打印在 Word 中创建的图形”复选框，如图 12-87 所示。

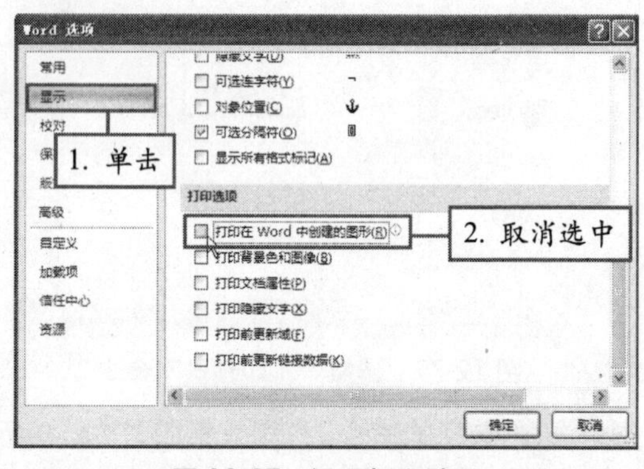

图 12-87 设置打印选项

④ 单击“确定”按钮，完成打印选项的设置。再次单击快速访问工具栏中的“打印预览”按钮，打印效果如图 12-88 所示。

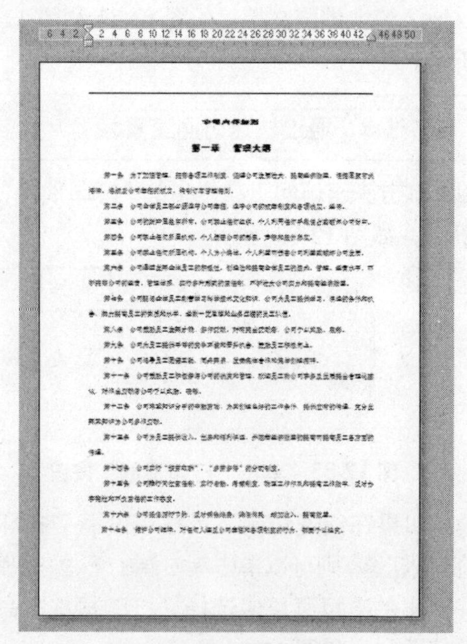

图 12-88 打印效果

 技巧 单击 Office 按钮，然后按【I】键可直接打开“Word 选项”对话框。

12.5.3　打印文档

方法 1：通过 Office 按钮

单击 Office 按钮，在弹出的菜单中选择“打印”命令，在其级联菜单中选择“快速打印”命令，如图 12-89 所示。如果需要进行选择打印机或设定打印份数等操作，则选择“打印”选项。

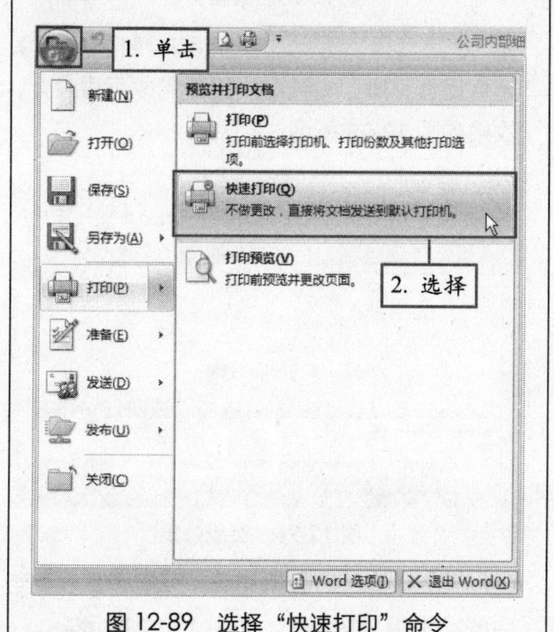

图 12-89　选择“快速打印”命令

方法 2：通过快速访问工具栏

① 单击快速访问工具栏中的“快速打印”按钮，如图 12-90 所示，即可打印文档。

图 12-90　单击“快速打印”按钮

② 如果在快速访问工具栏中没有“快速打印”按钮，则可以单击其右端的下拉按钮，在弹出的下拉菜单中选择“快速打印”命令进行添加，如图 12-91 所示，然后单击添加的“快速打印”按钮即可打印。

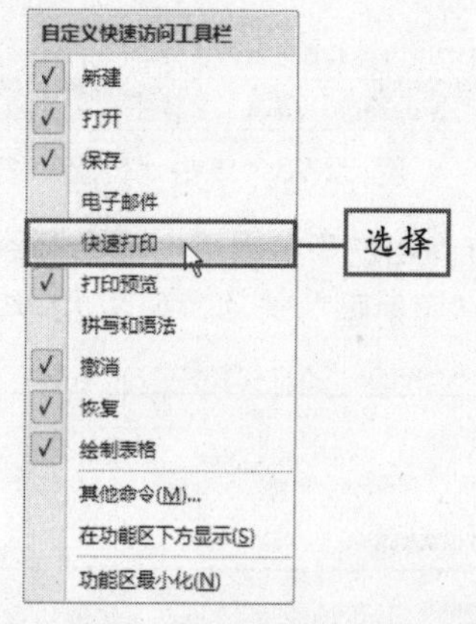

图 12-91　添加“快速打印”按钮

12.6　现学现用——添加页眉/页脚、页码和脚注

素材文件　光盘：素材\第 12 章\深度分销的物流.docx

下面为一份“深度分销的物流”文档资料添加页眉/页脚、页码和脚注。

操作步骤：

① 打开“深度分销的物流.docx”文档，如图 12-92 所示。

② 单击“插入”选项卡下“页眉和页脚”组中的“页眉”按钮，如图 12-93 所示。

说明　当文档处于页眉编辑状态下，文档内容是不可以编辑的。

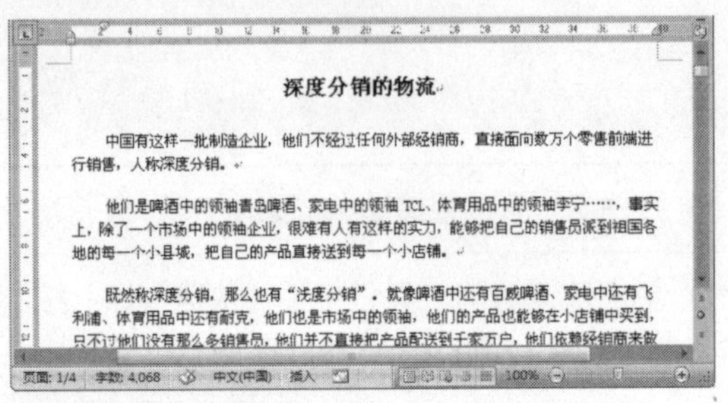

图 12-92 打开文档

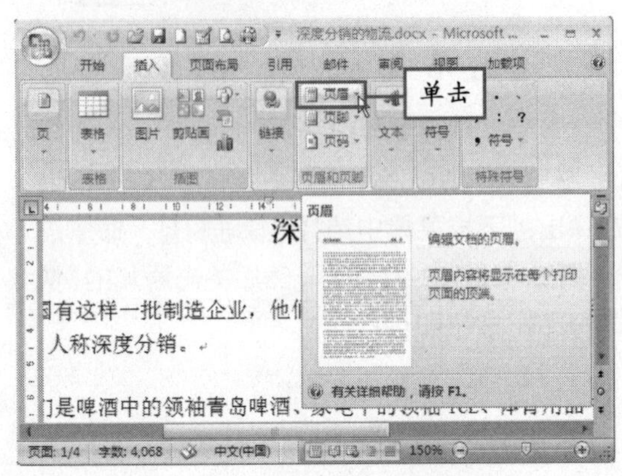

图 12-93 单击“页眉”按钮

③ 在弹出的下拉面板中选择页眉类型，在此选择“照射型”选项，如图 12-94 所示。

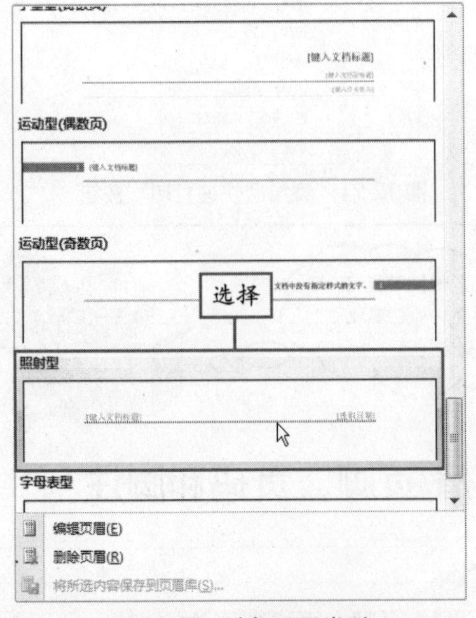

图 12-94 选择页眉类型

④ 返回文档，即可看到页眉已添加到文档中，如图 12-95 所示。

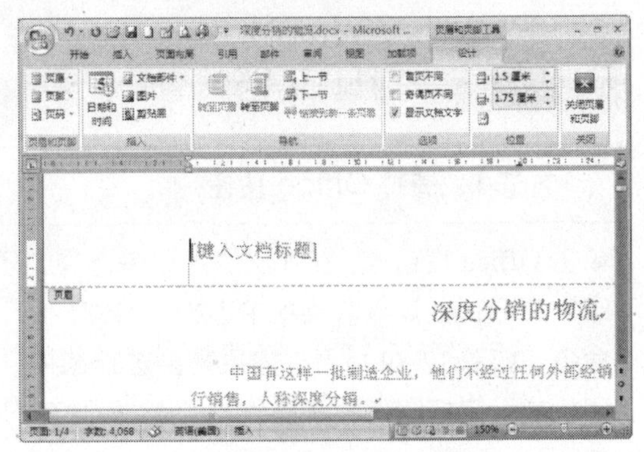

图 12-95 添加页眉

⑤ 编辑页眉，输入文档名称和日期，单击“关闭页眉和页脚”按钮，即可完成页眉设置，效果如图 12-96 所示。

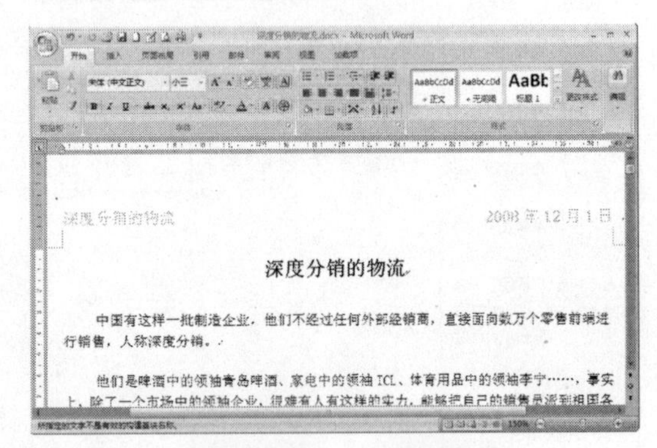

图 12-96 页眉效果

⑥ 单击“插入”选项卡下“页眉和页脚”组中的“页脚”按钮，如图 12-97 所示。

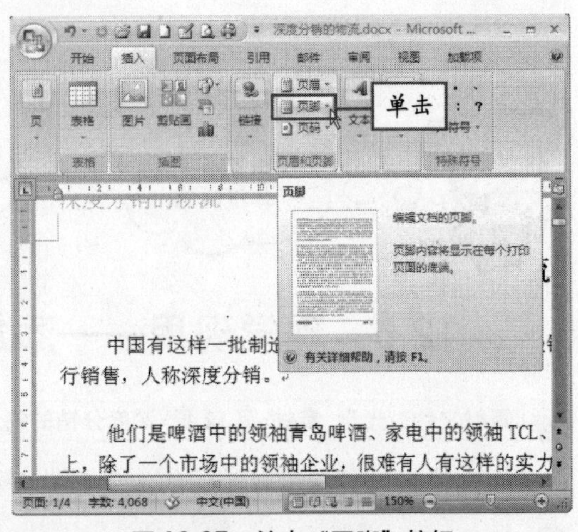

图 12-97 单击“页脚”按钮

说明 多页文档的页眉，可以设置成为不同的样式。

⑦ 在弹出的下拉面板中选择页脚的类型，在此选择"拼版型(偶数页)"选项，如图 12-98 所示。

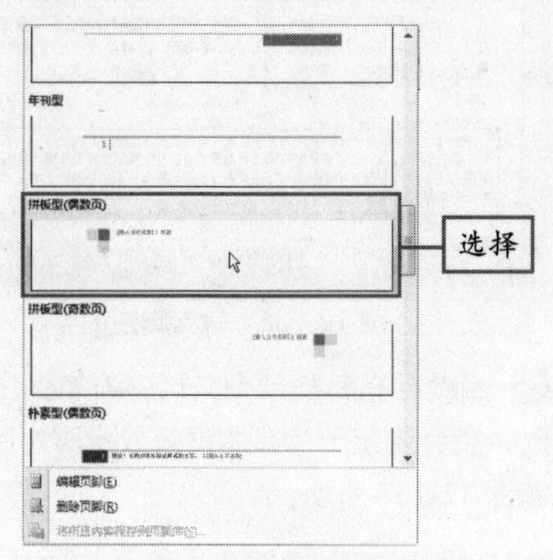

图 12-98　选择页脚类型

⑧ 单击选择的类型，添加页脚，如图 12-99 所示。

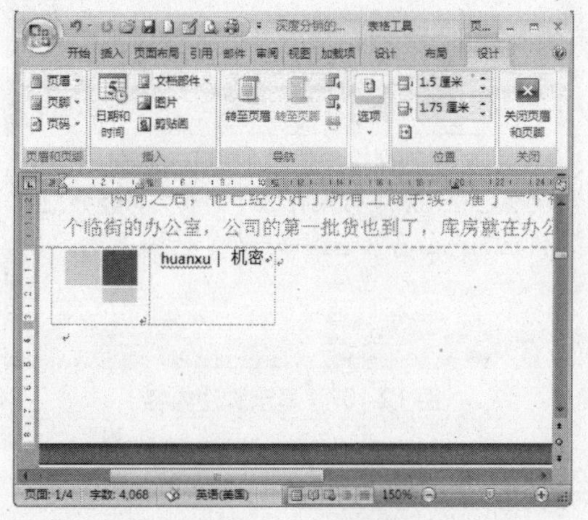

图 12-99　添加页脚

⑨ 编辑页脚，输入公司名称，单击"关闭页眉和页脚"按钮，即可完成页脚设置，效果如图 12-100 所示。

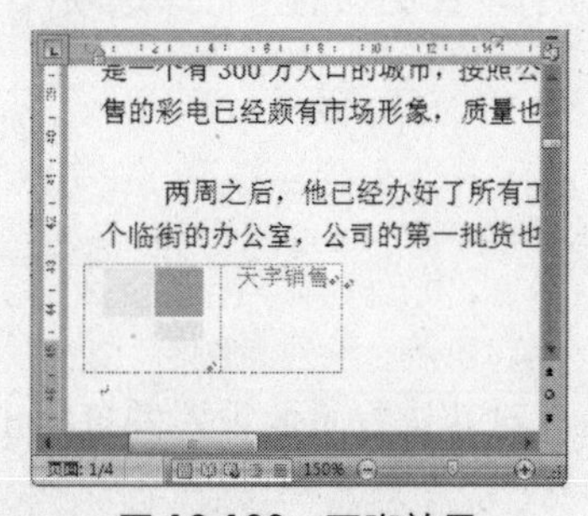

图 12-100　页脚效果

⑩ 单击"插入"选项卡下"页眉和页脚"组中的"页码"按钮，如图 12-101 所示。

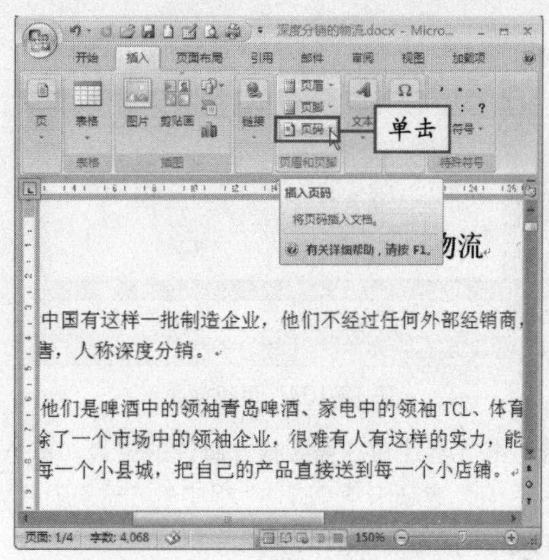

图 12-101　单击"页码"按钮

⑪ 在弹出的下拉菜单中选择"页面底端"命令，如图 12-102 所示。

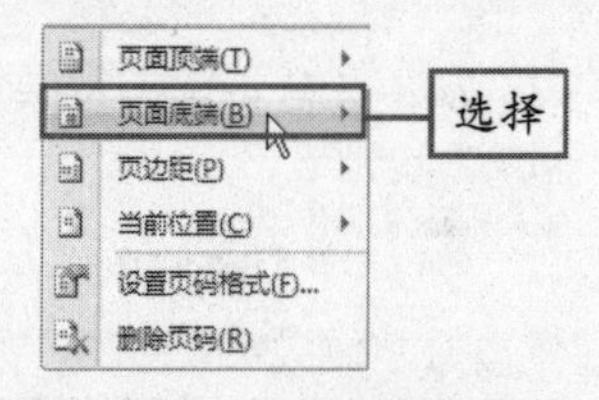

图 12-102　选择"页面底端"命令

⑫ 当鼠标指针移动到"页面底端"选项时，就会弹出其扩展面板，在扩展面板中选择"卷形"选项，如图 12-103 所示。

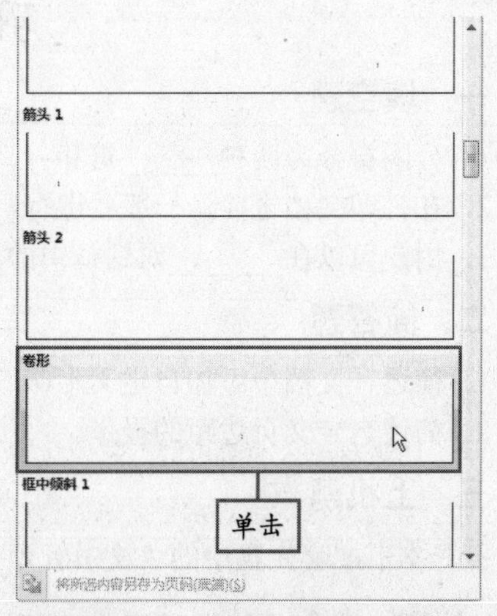

图 12-103　选择"卷形"选项

在页眉页脚的编辑状态下，可以在"位置"组的数值框中设置它们距离上下边的距离。　技巧

⑬ 单击选择的选项和“关闭页眉和页脚”按钮，完成页码的添加，效果如图 12-104 所示。

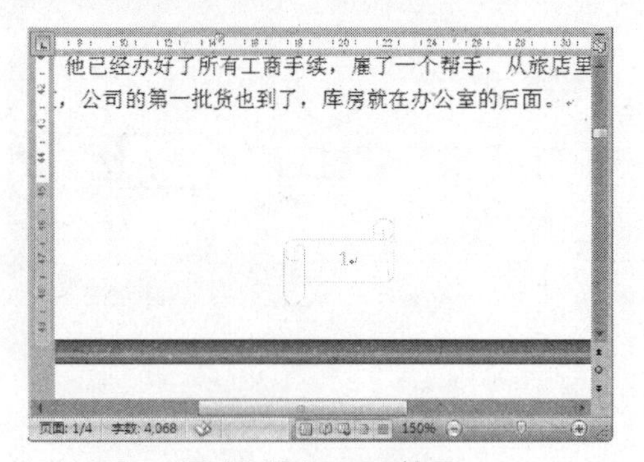

图 12-104 页码效果

⑭ 将光标定位在需要插入脚注的位置，单击“引用”选项卡下“脚注”组中的“插入脚注”按钮，如图 12-105 所示。

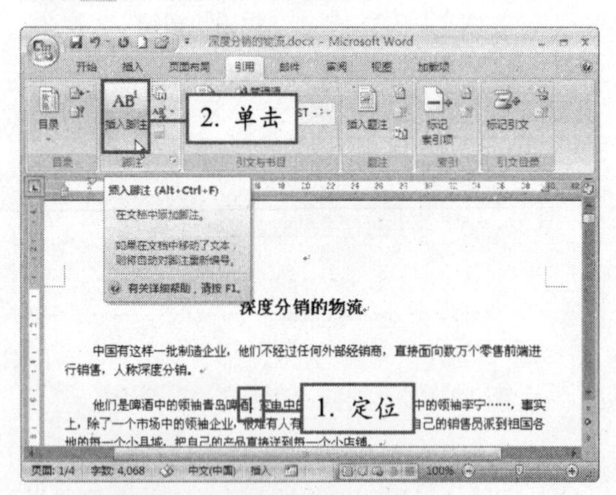

图 12-105 单击“插入脚注”按钮

⑮ 输入脚注内容，效果如图 12-106 所示。

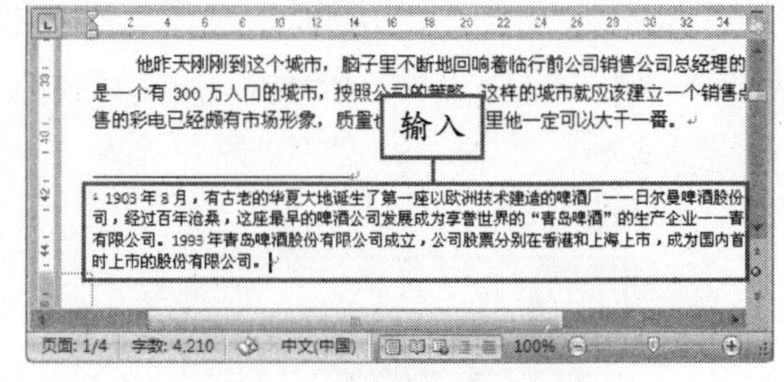

图 12-106 输入脚注内容

⑯ 当鼠标指针移动到文档中添加脚注的位置时，就会弹出一个文本框来显示脚注的内容，如图 12-107 所示。

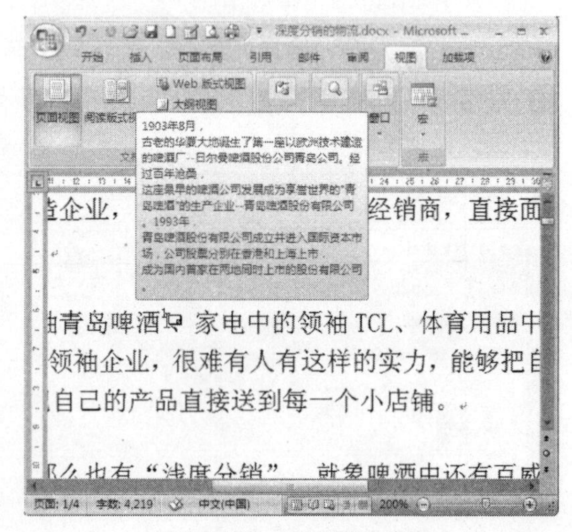

图 12-107 显示脚注内容

巩固与练习

一、填空题

1. 分隔符分为两种______符和______符。
2. 在打印文档之前，一般要进行__________和____________的操作。
3. 用户可以在_______对话框中的________选项卡下设置文档的“打印选项”。

二、简答题

1. 简述在文档中添加自定义水印效果的方法。
2. 简述自定义页边距的操作。

三、上机题

打开本书配套光盘中的“文书管理办法.docx”文档，对其进行页面设置并打印出来。

素材文件 光盘:\素材\第 12 章\文书管理办法.docx

 说明 在插入分隔符时，要根据不同的情况应用不同种类的分隔符。

在下列五笔编码速查中，请注意以下几点：

1．“86版”列下是该汉字的86版五笔编码，紧跟其后的“字根”列是在86版编码下该汉字的拆分方法。

2．“98版”列下是该汉字的98版五笔编码，紧跟其后的“字根”列是在98版编码下该汉字的拆分方法。

3．可以用简码输入的汉字的右上方标有标记，其中：①表示一级简码、②表示二级简码、③表示三级简码。只能用全码输入的汉字，不做任何标记。

A字母部

汉字	86版	字根	98版	字根
A→a				
吖③	kuhh	口丷丨[丨]	kuhh	口丷丨[丨]
阿②	bskg	阝丁口[一]	bskg	阝丁口[一]
啊②	kbsk	口阝丁口	kbsk	口阝丁口
锕③	qbsk	钅阝丁口	qbsk	钅阝丁口
腌	edjn	月大日乙	edjn	月大日乙
嗄	kdht	口丆目夂	kdht	口丆目夂
A→ai				
哎③	kaqy	口艹乂[丶]	kary	口艹乂[丶]
哀③	yeu	亠𧘇[冫]	yeu	亠𧘇[冫]
锿	qyey	钅亠𧘇[丶]	qyey	钅亠𧘇[丶]
挨③	rctd	扌厶𠂉大	rctd	扌厶𠂉大
捱	rdff	扌厂土土	rdff	扌厂土土
埃③	fctd	土厶𠂉大	fctd	土厶𠂉大
唉③	kctd	口厶𠂉大	kctd	口厶𠂉大
皑	rmnn	白山己[乙]	rmnn	白山己[乙]
癌③	ukkm	疒口口山	ukkm	疒口口山
矮	tdtv	𠂉大禾女	tdtv	𠂉大禾女
蔼③	ayjn	艹讠日乙	ayjn	艹讠日乙
霭	fyjn	雨讠日乙	fyjn	雨讠日乙
艾③	aqu	艹乂[冫]	aru	艹乂[冫]
爱②	epdc	爫冖𠂇又	epdc	爫冖𠂇又
嗳③	kepc	口爫冖又	kepc	口爫冖又
砹	daqy	石艹乂[丶]	dary	石艹乂[丶]
隘③	buwl	阝丷八皿	buwl	阝丷八皿
嗌③	kuwl	口丷八皿	kuwl	口丷八皿
嫒	vepc	女爫冖又	vepc	女爫冖又
碍③	djgf	石日一寸	djgf	石日一寸
暧③	jepc	日爫冖又	jepc	日爫冖又
瑷	gepc	王爫冖又	gepc	王爫冖又
A→an				
安②	pvf	宀女[二]	pvf	宀女[二]
桉③	spvg	木宀女[一]	spvg	木宀女[一]
氨③	rnpv	𠂉乙宀女	rpvd	气宀女[三]
庵	ydjn	广大日乙	odjn	广大日乙
谙③	yujg	讠立日[一]	yujg	讠立日[一]
鹌	djng	大日乙一	djng	大日乙一
鞍③	afpv	廿串宀女	afpv	廿串宀女
俺	wdjn	亻大日乙	wdjn	亻大日乙

汉字	86版	字根	98版	字根
埯③	fdjn	土大日乙	fdjn	土大日乙
铵③	qpvg	钅宀女[一]	qpvg	钅宀女[一]
揞	rujg	扌立日[一]	rujg	扌立日[一]
犴	qtfh	犭丿干[丨]	qtfh	犭[丿]干[丨]
岸	mdfj	山厂干[‖]	mdfj	山厂干[‖]
按③	rpvg	扌宀女[一]	rpvg	扌宀女[一]
案③	pvsu	宀女木[冫]	pvsu	宀女木[冫]
胺③	epvg	月宀女[一]	epvg	月宀女[一]
暗②	jujg	日立日[一]	jujg	日立日[一]
黯	lfoj	罒土灬日	lfoj	罒土灬日
A→ang				
肮③	eymn	月亠几[乙]	eywn	月亠几[乙]
昂③	jqbj	曰𠂆卩[‖]	jqbj	曰𠂆卩[‖]
盎③	mdlf	冂大皿[二]	mdlf	冂大皿[二]
A→ao				
凹	mmgd	冂冂一[三]	hnhg③	丨乙丨一
坳③	fxln	土幺力[乙]	fxet	土幺力[丿]
拗③	rxln	扌幺力[乙]	rxet	扌幺力[丿]
敖	gqty	龶勹攵[丶]	gqty	龶勹攵[丶]
嗷	kgqt	口龶勹攵	kgqt	口龶勹攵
廒③	ygqt	广龶勹攵	ogqt	广龶勹攵
獒	gqtd	龶勹攵犬	gqtd	龶勹攵犬
遨	gqtp	龶勹攵辶	gqtp	龶勹攵辶
熬	gqto	龶勹攵灬	gqto	龶勹攵灬
翱	rdfn	白大十羽	rdfn	白大十羽
聱	gqtb	龶勹攵耳	gqtb	龶勹攵耳
螯	gqtj	龶勹攵虫	gqtj	龶勹攵虫
鳌	gqtg	龶勹攵一	gqtg	龶勹攵一
鏖	ynjq	广コ‖金	oxxq	声𠂉匕金
袄③	putd	礻冫𠂉大	putd	礻[冫]𠂉大
媪③	vjlg	女日皿[一]	vjlg	女日皿[一]
岙③	tdmj	𠂉大山[‖]	tdmj	𠂉大山[‖]
傲	wgqt	亻龶勹攵	wgqt	亻龶勹攵
奥③	tmod	丿冂米大	tmod	丿冂米大
骜	gqtc	龶勹攵马	gqtg	龶勹攵一
澳③	itmd	氵丿冂大	itmd	氵丿冂大
懊③	ntmd	忄丿冂大	ntmd	忄丿冂大
鏊	gqtq	龶勹攵金	gqtq	龶勹攵金

B字母部

汉字	86版	字根	98版	字根
B→ba				
八③	wty	八丿丶	wty②	八丿丶
巴③	cnhn	巴コ丨乙	cnhn	巴コ丨乙
叭③	kwy	口八[丶]	kwy	口八[丶]

续上表

汉字	86版	字根	98版	字根
扒③	rwy	扌八[丶]	rwy	扌八[丶]
吧②	kcn	口巴[乙]	kcn	口巴[乙]
岜③	mcb	山巴[巛]	mcb	山巴[巛]
芭②	acb	艹巴[巛]	acb	艹巴[巛]
疤③	ucv	疒巴[巛]	ucv	疒巴[巛]
捌	rklj	扌口力刂	rkej	扌口力刂
笆③	tcb	⺮巴[巛]	tcb	⺮巴[巛]
粑③	ocn	米巴[乙]	ocn	米巴[乙]
拔③	rdcy	扌ナ又[丶]	rdcy	扌ナ又、
茇③	adcu	艹ナ又[冫]	adcy	艹ナ又、
菝③	ardc	艹扌ナ又	ardy	艹扌ナ、
跋	khdc	口止ナ又	khdy	口止ナ、
魃	rqcc	白儿厶又	rqcy	白儿厶、
钯③	qcn	钅巴[乙]	qcn	钅巴[乙]
靶③	afcn	廿串巴[乙]	afcn	廿串巴[乙]
把③	rcn	扌巴[乙]	rcn	扌巴[乙]
坝③	fmy	土贝[丶]	fmy	土贝[丶]
爸③	wqcb	八乂巴[巛]	wrcb	八乂巴[巛]
罢③	lfcu	罒土厶[冫]	lfcu	罒土厶[冫]
鲅	qgdc	鱼一ナ又	qgdy	鱼一ナ、
霸③	fafe	雨廿串月	fafe	雨廿串月
灞③	ifae	氵雨廿月	ifae	氵雨廿月
耙③	dicn	三小巴[乙]	fscn	二木巴[乙]
B→bai				
掰	rwvr	手八刀手	rwvr	手八刀手
白③	rrrr	白白白白	rrrr	白白白白
百②	djf	丆日[二]	djf	丆日[二]
佰③	wdjg	亻丆日[一]	wdjg	亻丆日[一]
柏③	srg	木白[一]	srg	木白[一]
稗	trtf	禾白丿十	trtf	禾白丿十
捭③	rrtf	扌白丿十	rrtf	扌白丿十
摆③	rlfc	扌罒土厶	rlfc	扌罒土厶
败③	mty	贝攵[丶]	mty②	贝攵[丶]
拜	rdfh	手三十[丨]	rdfh	手三十[丨]
B→ban				
扳③	rrcy	扌厂又[丶]	rrcy	扌厂又[丶]
班③	gytg	王、丿王	gytg	王、丿王
般③	temc	丿舟几又	tuwc④	丿舟几又
颁③	wvdm	八刀丆贝	wvdm	八刀丆贝
斑③	gygg	王文王[一]	gygg	王文王[一]
搬③	rtec	扌丿舟又	rtuc	扌丿舟又
瘢	utec	疒丿舟又	utuc	疒丿舟又
癍③	ugyg	疒王文王	ugyg	疒王文王
阪	brcy	阝厂又[丶]	brcy	阝厂又[丶]
板③	srcy	木厂又[丶]	srcy	木厂又[丶]
坂③	frcy	土厂又[丶]	frcy	土厂又[丶]
版	thgc	丿丨一又	thgc	丿丨一又
钣③	qrcy	钅厂又[丶]	qrcy	钅厂又[丶]
舨	terc	丿舟厂又	turc	丿舟厂又
扮③	rwvn	扌八刀[乙]	rwvt	扌八刀[丿]
拌	rufh	扌丷十[丨]	rugh	扌丷丰[丨]
绊③	xufh	纟丷十[丨]	xugh	纟丷丰[丨]
瓣②	urcu	辛厂厶辛	urcu	辛厂厶辛
办②	lwi	力八[氵]	ewi	力八[氵]
伴③	wufh	亻丷十[丨]	wugh	亻丷丰[丨]

汉字	86版	字根	98版	字根
半②	ufk	丷十[川]	ugk	丷丰[川]
B→bang				
邦③	dtbh	三丿阝[丨]	dtbh	三丿阝[丨]
帮②	dtbh	三丿阝丨	dtbh④	三丿阝丨
梆③	sdtb	木三丿阝	sdtb	木三丿阝
浜	irgw	氵斤一八	irwy③	氵丘八[丶]
绑③	xdtb	纟三丿阝	xdtb	纟三丿阝
榜③	supy	木立冖方	syuy	木亠丷方
膀③	eupy	月立冖方	eyuy	月亠丷方
傍③	wupy	亻立冖方	wyuy	亻亠丷方
谤③	yupy	讠立冖方	yyuy	讠亠丷方
棒③	sdwh	木三人丨	sdwg	木三人丰
蒡	aupy	艹立冖方	ayuy	艹亠丷方
磅③	dupy	石立冖方	dyuy	石亠丷方
镑③	qupy	钅立冖方	qyuy	钅亠丷方
B→bao				
包②	qnv	勹巳[巛]	qnv	勹巳[巛]
孢③	bqnn	子勹巳[乙]	bqnn	子勹巳[乙]
苞③	aqnb	艹勹巳[巛]	aqnb	艹勹巳[巛]
胞③	eqnn	月勹巳[乙]	eqnn	月勹巳[乙]
煲	wkso	亻口木火	wkso	亻口木火
龅	hwbn	止人凵巳	hwbn	止人凵巳
褒	ywke	亠亻口𧘇	ywke	亠亻口𧘇
雹③	fqnb	雨勹巳[巛]	fqnb	雨勹巳[巛]
薄③	aigf	艹氵一寸	aisf④	艹氵甫寸
宝③	pgyu	宀王、[冫]	pgyu	宀王、[冫]
保②	wksy	亻口木[丶]	wksy	亻口木[丶]
鸨③	xfqg	匕十勹一	xfqg	匕十鸟一
堡	wksf	亻口木土	wksf	亻口木土
葆③	awks	艹亻口木	awks	艹亻口木
饱	qnqn	勹乙勹巳	qnqn	勹乙勹巳
褓	puws	礻冫亻木	puws	礻[冫]亻木
报②	rbcy	扌卩又[丶]	rbcy	扌卩又[丶]
豹	eeqy	爫犭勹、	eqyy③	豸勹、[丶]
趵	khqy	口止勹、	khqy	口止勹、
鲍③	qgqn	鱼一勹巳	qgqn	鱼一勹巳
刨	qnjh	勹巳刂[丨]	qnjh	勹巳刂[丨]
抱③	rqnn	扌勹巳[乙]	rqnn	扌勹巳[乙]
暴③	jawi	日共八氺	jawi	日共八氺
爆③	ojai	火日共氺	ojai	火日共氺
曝③	jjai	日日共氺	jjai	日日共氺
B→bei				
呗③	kmy	口贝[丶]	kmy	口贝[丶]
陂③	bhcy	阝广又[丶]	bby	阝皮[丶]
卑	rtfj	白丿十[刂]	rtfj③	白丿十[刂]
杯③	sgiy	木一小[丶]	sdhy	木丆卜[丶]
悲	djdn	三刂三心	hdhn③	丨三丨心
碑③	drtf	石白丿十	drtf	石白丿十
鹎	rtfg	白丿十一	rtfg	白丿十一
北②	uxn	丬匕[乙]	uxn	丬匕[乙]
贝	mhny	贝丨乙、	mhny	贝丨乙、
狈	qtmy	犭丿贝[丶]	qtmy③	犭[丿]贝[丶]
邶③	uxbh	丬匕阝[丨]	uxbh	丬匕阝[丨]
臂	nkue	尸口辛月	nkue③	尸口辛月
备③	tlf	夂田[二]	tlf②	夂田[二]

汉字	86 版	字根	98 版	字根
背③	uxef	丬匕月㊁	uxef	丬匕月㊁
钡③	qmy	钅贝⊙	qmy	钅贝⊙
倍③	wukg	亻立口㊀	wukg	亻立口㊀
悖	nfpb	忄十冖子	nfpb	忄十冖子
惫③	tlnu	夂田心⑦	tlnu	夂田心⑦
焙③	oukg	火立口㊀	oukg④	火立口㊀
辈	djdl	三刂三车	hdhl	丨三丨车
碚③	dukg	石立口㊀	dukg	石立口㊀
蓓	awuk	艹亻立口	awuk	艹亻立口
褙	puue	礻冫丬月	puue	礻⑦丬月
鞴	afae	廿串艹用	afae	廿串艹用
鐾	nkuq	尸口辛金	nkuq	尸口辛金
孛	fpbf	十冖子㊁	fpbf	十冖子㊁
被	puhc	礻冫广又	puby③	礻⑦皮⊙
B→ben				
奔③	dfaj	大十廾⑪	dfaj	大十廾⑪
贲③	famu	十艹贝⑦	famu	十艹贝⑦
锛③	qdfa	钅大十廾	qdfa	钅大十廾
本②	sgd	木一㊂	sgd	木一㊂
苯③	asgf	艹木一㊁	asgf	艹木一㊁
畚③	cdlf	厶大田㊁	cdlf	厶大田㊁
夯③	dlf	大力⑧	der	大力⑦
坌	wvff	八刀土㊁	wvff③	八刀土㊁
笨③	tsgf	竹木一㊁	tsgf	竹木一㊁
B→beng				
绷③	xeeg	纟月月㊀	xeeg	纟月月㊀
嘣③	kmeg	口山月月	kmeg	口山月月
甭③	giej	一小用⑪	dhej	丆卜用⑪
崩③	meef	山月月㊁	meef	山月月㊁
蚌③	jdhh	虫三丨①	jdhh	虫三丨①
泵③	diu	石水⑦	diu	石水⑦
迸③	uapk	丷廾辶⑾	uapk	丷廾辶⑾
蹦	khme	口止山月	khmg③	口止山月
甏	fkun	士口丷乙	fkuy	士口丷、
B→bi				
逼	gklp	一口田辶	gklp	一口田辶
荸	afpb	艹十冖子	afpb	艹十冖子
鼻③	thlj	丿目田川	thlj	丿目田川
匕③	xtn	匕丿乙	xtn	匕丿乙
比②	xxn	匕匕Ⓩ	xxn	匕匕Ⓩ
吡③	kxxn	口匕匕Ⓩ	kxxn	口匕匕Ⓩ
妣③	vxxn	女匕匕Ⓩ	vxxn	女匕匕Ⓩ
彼③	thcy	彳广又⊙	tby	彳皮⊙
秕③	txxn	禾匕匕Ⓩ	txxn	禾匕匕Ⓩ
俾③	wrtf	亻白丿十	wrtf	亻白丿十
笔②	ttfn	竹丿二乙	teb③	竹毛⑧
舭③	texx	丿舟匕匕	tuxx④	丿舟匕匕
鄙③	kflb	口十口阝	kflb	口十口阝
币③	tmhk	丿冂丨⑾	tmhk	丿冂丨⑾
必②	nte	心丿③	nte	心丿③
毕③	xxfj	匕匕十⑪	xxfj	匕匕十⑪
闭③	ufte	门十丿③	ufte	门十丿③
庇③	yxxv	广匕匕⑧	oxxv	广匕匕⑧
畀③	lgjj	田一川⑪	lgjj	田一川⑪
哔	kxxf	口匕匕十	kxxf③	口匕匕十
贲③	famu	十艹贝⑦	famu	十艹贝⑦
毖	xxnt	匕匕心丿	xxnt	匕匕心丿
芘③	axxb	艹匕匕⑧	axxb	艹匕匕⑧
荜	axxf	艹匕匕十	axxf	艹匕匕十
毙	xxgx	匕匕一匕	xxgx	匕匕一匕
狴	qtxf	犭丿匕土	qtxf	犭⊘匕土
铋	qntt	钅心丿⊘	qntt	钅心丿⊘
秘②	tntt	禾心丿⊘	tntt③	禾心丿⊘
婢③	vrtf	女白丿十	vrtf②	女白丿十
庳③	yrtf	广白丿十	ortf	广白丿十
萆③	artf	艹白丿十	artf	艹白丿十
弼③	xdjx	弓丆日弓	xdjx	弓丆日弓
愎	ntjt	忄𠂉日夂	ntjt	忄𠂉日夂
陛②	bxxf	阝匕匕土	bxxf	阝匕匕土
筚	txxf	竹匕匕十	txxf	竹匕匕十
滗③	ittn	氵竹丿乙	iten④	氵竹毛Ⓩ
弊	umia	丷冂小廾	itaj③	㡀夂廾⑪
裨③	purf	礻冫白十	purf	礻⑦白十
跸	khxf	口止匕十	khxf	口止匕十
辟③	nkuh	尸口辛①	nkuh④	尸口辛①
痹	ulgj	疒田一川	ulgj	疒田一川
蓖③	atlx	艹丿口匕	atlx	艹丿口匕
碧③	grdf	王白石㊁	grdf	王白石㊁
箅③	tlgj	竹田一川	tlgj	竹田一川
蔽③	aumt	艹丷冂夂	aitu	艹㡀夂⑦
壁	nkuf	尸口辛土	nkuf	尸口辛土
嬖	nkuy	尸口辛、	nkuy	尸口辛、
薜③	anku	艹尸口辛	anku	艹尸口辛
敝	umit	丷冂小夂	ity	㡀夂⊙
嬖	nkuv	尸口辛女	nkuv	尸口辛女
髀	merf	骨月白十	merf	骨月白十
篦	ttlx	竹丿口匕	ttlx③	竹丿口匕
濞	ithj	氵丿目川	ithj	氵丿目川
襞	nkue	尸口辛𧘇	nkue	尸口辛𧘇
避②	nkup	尸口辛辶	nkup	尸口辛辶
B→bian				
边②	lpv	力辶⑧	epe	力辶③
笾③	tlpb	竹力辶⑦	tepu	竹力辶⑦
砭③	dtpy	石丿之⊙	dtpy	石丿之⊙
编	xyna	纟、尸艹	xyna③	纟、尸艹
煸	oyna	火、尸艹	oyna	火、尸艹
鞭③	afwq	廿串亻乂	afwr	廿串亻乂
扁	ynma	、尸冂艹	ynma	、尸冂艹
匾	ayna	匚、尸廾	ayna③	匚、尸廾
蝙	jyna	虫、尸艹	jyna③	虫、尸艹
窆	pwtp	宀八丿之	pwtp	宀八丿之
鳊	qgya	鱼一、艹	qgya	鱼一、艹
贬③	mtpy	贝丿之⊙	mtpy	贝丿之⊙
碥	dyna	石、尸艹	dyna	石、尸艹
弁③	caj	厶廾⑪	caj	厶廾⑪
苄③	ayhu	艹亠卜⑦	ayhu	艹亠卜⑦
褊	puya	礻冫、艹	puya	礻⑦、艹
忭	nyhy	忄亠卜⊙	nyhy	忄亠卜⊙
卞③	yhu	亠卜⑦	yhu	亠卜⑦
汴③	iyhy	氵亠卜⊙	iyhy	氵亠卜⊙

续上表

汉字	86 版	字根	98 版	字根
便③	wgjq	亻一日乂	wgjr	亻一日乂
变②	yocu	亠小又⑦	yocu③	亠小又⑦
缏	xwgq	纟亻一乂	xwgr	纟亻一乂
辫③	uxuh	辛纟辛①	uxuh	辛纟辛①
辨③	uyth	辛丶丿辛	uyth④	辛丶丿辛
遍③	ynmp	丶尸冂辶	ynmp	丶尸冂辶
辩③	uyuh	辛讠辛①	uyuh	辛讠辛①
B→biao				
标③	sfiy	木二小⊙	sfiy	木二小⊙
膘③	esfi	月西二小	esfi④	月西二小
彪	hame	广七几彡	hwee③	虍几彡⑦
飑	mqqn	几乂勹巳	mrqn	几乂勹巳
骠②	csfi	马西二小	cgsi③	马一西小
瘭③	usfi	疒西二小	usfi	疒西二小
飙	dddq	犬犬犬乂	dddr	犬犬犬乂
镳	qyno	钅广コ灬	qoxo③	钅声匕灬
镖②	qsfi	钅西二小	qsfi③	钅西二小
飚③	mqoo	几乂火火	wroo	几乂火火
婊	vgey	女龶𧘇⊙	vgey	女龶𧘇⊙
裱	puge	礻冫龶𧘇	puge	礻⑦龶𧘇
鳔③	qgsi	鱼一西小	qgsi④	鱼一西小
表②	geu	龶𧘇⑦	geu	龶𧘇⑦
B→bie				
憋	umin	丷冂小心	itnu③	尚攵心⑦
鳖	umig	丷冂小一	itqg③	尚攵鱼一
蹩	umih	丷冂小⻊	itkh	尚攵口⻊
瘪	uthx	疒丿目匕	uthx	疒丿目匕
别③	kljh	口力刂①	kejh	口力刂①
B→bin				
宾②	prgw	宀斤一八	brwu	宀丘八⑦
傧③	wprw	亻宀斤八	wprw	亻宀丘八
斌③	ygah	文一弋止	ygay	文一弋丶
滨③	iprw	氵宀斤八	iprw	氵宀丘八
缤③	xprw	纟宀斤八	xprw	纟宀丘八
槟③	sprw	木宀斤八	sprw	木宀丘八
镔③	qprw	钅宀斤八	qprw	钅宀丘八
濒	ihim	氵止小贝	ihhm	氵止少贝
豳③	eemk	豕豕山⑪	mgee	山一豕豕
摈③	rprw	扌宀斤八	rprw	扌宀丘八
殡③	gqpw	一夕宀八	gqpw④	一夕宀八
膑③	eprw	月宀斤八	eprw	月宀丘八
彬③	sset	木木彡⑦	sset	木木彡⑦
髌③	mepw	冎月宀八	mepw④	冎月宀八
鬓	depw	镸彡宀八	depw	镸彡宀八
B→bing				
冰②	uiy	冫水⊙	uiy	冫水⊙
兵③	rgwu	斤一八⑦	rwu②	丘八⑦
丙③	gmwi	一冂人⑦	gmwi	一冂人⑦
邴	gmwb	一冂人阝	gmwb	一冂人阝
秉③	tgvi	丿一彐小	tvd	禾彐⊜
柄③	sgmw	木一冂人	sgmw④	木一冂人
炳③	ogmw	火一冂人	ogmw	火一冂人
饼③	qnua	饣乙丷廾	qnua	饣乙丷廾
屏③	nuak	尸丷廾⑪	nuak	尸丷廾⑪
禀③	ylki	亠口口小	ylki	亠口口小
并②	uaj	丷廾⑪	uaj	丷廾⑪

汉字	86 版	字根	98 版	字根
病③	ugmw	疒一冂人	ugmw	疒一冂人
摒	rnua	扌尸丷廾	rnua②	扌尸丷廾
B→bo				
拨③	rnty	扌乙丿丶	rnty	扌乙丿丶
波③	ihcy	氵广又⊙	iby②	氵皮⊙
玻③	ghcy	王广又⊙	gby	王皮⊙
剥	vijh	彐水刂①	vijh③	彐水刂①
钵③	qsgg	钅木一⊖	qsgg	钅木一⊖
饽③	qnfb	饣乙十子	qnfb③	饣乙十子
啵③	kihc	口氵广又	kiby	口氵皮⊙
脖③	efpb	月十冖子	efpb	月十冖子
菠③	aihc	艹氵广又	aiby④	艹氵皮⊙
播	rtol	扌丿米田	rtol	扌丿米田
伯②	wrg	亻白⊖	wrg③	亻白⊖
驳③	cqqy	马乂乂⊙	cgrr	马一乂乂
帛③	rmhj	白冂丨⑪	rmhj	白冂丨⑪
泊②	irg	氵白⊖	irg③	氵白⊖
勃	fpbl	十冖子力	fpbe③	十冖子力
亳	ypta	亠冖丿七	ypta	亠冖丿七
钹	qdcy	钅𠂇又⊙	qdcy③	钅𠂇又丶
铂③	qrg	钅白⊖	qrg	钅白⊖
舶③	terg	丿舟白⊖	turg	丿舟白⊖
博③	fgef	十一月寸	fsfy	十甫寸⊙
薄③	aigf	艹氵一寸	aisf④	艹氵甫寸
渤③	ifpl	氵十冖力	ifpe	氵十冖力
魄	rrqc	白白儿厶	rrqc	白白儿厶
鹁	fpbg	十冖子一	fpbg	十冖子一
搏	rgef	扌一月寸	rsfy③	扌甫寸⊙
箔③	tirf	𥫗氵白⊜	tirf	𥫗氵白⊜
膊	egef	月一月寸	esfy③	月甫寸⊙
踣	khuk	口止立口	khuk	口止立口
礴③	daif	石艹氵寸	daif	石艹氵寸
跛	khhc	口止广又	khby③	口止皮⊙
簸	tadc	𥫗艹三又	tdwb	𥫗甘八皮
擘	nkur	尸口辛手	nkur	尸口辛手
檗	nkus	尸口辛木	nkus	尸口辛木
B→bu				
逋	gehp	一月丨辶	spi③	甫辶⑦
钸	qdmh	钅𠂇冂丨	qdmh	钅𠂇冂丨
晡③	jgey	日一月丶	jsy	日甫⊙
醭	sgoy	西一业丶	sgog	西一业夫
卜③	hhy	卜丨丶	hhy	卜丨丶
卟③	khy	口卜⊙	khy	口卜⊙
补③	puhy	礻冫卜⊙	puhy	礻⑦卜⊙
哺③	kgey	口一月丶	ksy	口甫⊙
捕③	rgey	扌一月丶	rsy	扌甫⊙
埔③	fgey	土一月丶	fsy③	土甫⊙
不②	gii	一小⑦	dhi③	ア卜⑦
布	dmhj	𠂇冂丨⑪	dmhj③	𠂇冂丨⑪
步②	hir	止少⑦	hhr	止少⑦
怖③	ndmh	忄𠂇冂丨	ndmh	忄𠂇冂丨
钚	qgiy	钅一小⊙	qdhy	钅ア卜⊙
部②	ukbh	立口阝①	ukbh③	立口阝①
埠③	fwnf	土亻コ十	ftnf	土丿阝十
瓿③	ukgn	立口一乙	ukgy	立口一丶
簿③	tigf	𥫗氵一寸	tisf	𥫗氵甫寸

C 字母部

汉字	86 版	字根	98 版	字根
C→ca				
擦	rpwi	扌宀癶小	rpwi	扌宀癶小
拆③	rryy	扌斤、⊙	rryy	扌斤、⊙
嚓③	kpwi	口宀癶小	kpwi	口宀癶小
礤③	dawi	石宀癶小	dawi	石宀癶小
C→cai				
猜	qtge	犭丿龶月	qtge	犭⊘龶月
才②	fte	十丿③	fte	十丿③
材③	sftt	木十丿⊘	sftt	木十丿⊘
财②	mftt	贝十丿⊘	mftt	贝十丿⊘
裁	faye	十戈亠𧘇	faye	十戈亠𧘇
采②	esu	爫木⊙	esu	爫木⊙
彩③	eset	爫木彡⊘	eset	爫木彡⊘
睬③	hesy	目爫木⊙	hesy	目爫木⊙
踩	khes	口止爫木	khes	口止爫木
菜②	aesu	艹爫木⊙	aesu③	艹爫木⊙
蔡③	awfi	艹癶二小	awfi	艹癶二小
C→can				
参②	cder	厶大彡③	cder	厶大彡③
骖③	ccde	马厶大彡	cgce④	马一厶彡
餐②	hqce	卜夕又𧘇	hqcv	卜夕又艮
残③	gqgt	一夕戋⊘	gqga	一夕一戈
蚕③	gdju	一大虫⊙	gdju	一大虫⊙
惭②	nlrh	忄车斤①	nlrh	忄车斤①
惨③	ncde	忄厶大彡	ncde	忄厶大彡
黪	lfoe	罒土灬彡	lfoe	罒土灬彡
灿②	omh	火山①	omh	火山①
粲	hqco	卜夕又米	hqco	卜夕又米
璨③	ghqo	王卜夕米	ghqo	王卜夕米
C→cang				
仓③	wbb	人㔾⑩	wbb	人㔾⑩
伧	wwbn	亻人㔾Ⓩ	wwbn	亻人㔾Ⓩ
沧③	iwbn	氵人㔾Ⓩ	iwbn	氵人㔾Ⓩ
苍③	awbb	艹人㔾⑩	awbb	艹人㔾⑩
舱③	tewb	丿舟人㔾	tuwb④	丿舟人㔾
藏	adnt	艹厂乙丿	aauh③	艹戈爿丨
C→cao				
操③	rkks	扌口口木	rkks④	扌口口木
糙③	otfp	米丿土辶	otfp	米丿土辶
曹③	gmaj	一冂艹日	gmaj④	一冂艹日
嘈	kgmj	口一冂日	kgmj	口一冂日
漕	igmj	氵一冂日	igmj	氵一冂日
槽	sgmj	木一冂日	sgmj③	木一冂日
艚	tegj	丿舟一日	tugj③	丿舟一日
螬	jgmj	虫一冂日	jgmj	虫一冂日
草③	ajj	艹早⑪	ajj	艹早⑪
C→ce				
册	mmgd	冂冂一㊂	mmgd②	冂冂一㊂
侧③	wmjh	亻贝刂①	wmjh	亻贝刂①
厕	dmjk	厂贝刂⑪	dmjk③	厂贝刂⑪
恻③	nmjh	忄贝刂①	nmjh	忄贝刂①
测③	imjh	氵贝刂①	imjh	氵贝刂①
策③	tgmi	⺮一冂小	tsmb	⺮木冂⑩
C→cen				
岑	mwyn	山人、乙	mwyn	山人、乙
参②	cder	厶大彡③	cder	厶大彡③
涔③	imwn	氵山人乙	imwn	氵山人乙
噌③	kulj	口丷罒日	kulj	口丷罒日
层③	nfci	尸二厶⊙	nfci	尸二厶⊙
蹭	khuj	口止丷日	khuj	口止丷日
曾②	uljf	丷罒日⊜	uljf③	丷罒日⊜
C→cha				
叉③	cyi	又、⊙	cyi②	又、⊙
杈	scyy	木又、⊙	scyy	木又、⊙
插③	rtfv	扌丿十臼	rtfe④	扌丿十臼
馇③	qnsg	饣乙木一	qnsg	饣乙木一
锸	qtfv	钅丿十臼	qtfe	钅丿十臼
查②	sjgf	木曰一⊜	sjgf	木曰一⊜
茬	adhf	艹𠂇丨土	adhf	艹𠂇丨土
茶③	awsu	艹人木⊙	awsu	艹人木⊙
搽	raws	扌艹人木	raws	扌艹人木
猹③	qtsg	犭丿木一	qtsg④	犭⊘木一
槎	suda	木丷𡗗工	suag③	木⺶工⊖
察	pwfi	宀癶二小	pwfi	宀癶二小
碴③	dsjg	石木曰一	dsjg	石木曰一
檫	spwi	木宀癶小	spwi	木宀癶小
嚓③	kpwi	口宀癶小	kpwi	口宀癶小
衩③	pucy	礻冫又、	pucy	礻⊙又、
镲	qpwi	钅宀癶小	qpwi③	钅宀癶小
汊	icyy	氵又、⊙	icyy	氵又、⊙
岔	wvmj	人刀山⑪	wvmj	人刀山⑪
诧	ypta	讠宀丿七	ypta③	讠宀丿七
刹③	qsjh	乂木刂①	rsjh	乂木刂①
姹③	vpta	女宀丿七	vpta	女宀丿七
差③	udaf	丷𡗗工⊜	uaf	⺶工⊜
C→chai				
拆③	rryy	扌斤、⊙	rryy	扌斤、⊙
钗③	qcyy	钅又、⊙	qcyy	钅又、⊙
侪③	wyjh	亻文川①	wyjh	亻文川①
柴③	hxsu	止匕木⊙	hxsu	止匕木⊙
豺③	eeft	爫豕十丿	eftt	豸十丿⊘
虿	dnju	丆力虫⊙	gqju	一力虫⊙
瘥	uuda	疒丷𡗗工	udad③	疒⺶工㊂
觇③	hkmq	卜口冂儿	hkmq③	卜口冂儿
掺③	rcde	扌厶大彡	rcde	扌厶大彡
搀	rqku	扌⺈口冫	rqku	扌⺈口冫
婵③	vujf	女丷日十	vujf	女丷日十
谗③	yqku	讠⺈口冫	yqku	讠⺈口冫
禅	pyuf	礻冫丷十	pyuf	礻⊙丷十
馋	qnqu	饣乙⺈冫	qnqu	饣乙⺈冫
缠③	xyjf	纟广曰土	xojf	纟广曰土
蝉	jujf	虫丷日十	jujf	虫丷日十
廛③	yjff	广日土土	ojff④	广日土土
孱③	nbbb	尸子子子	nbbb	尸子子子
潺	inbb	氵尸子子	inbb③	氵尸子子
蟾③	jqdy	虫⺈厂言	jqdy	虫⺈厂言
躔	khyf	口止广土	khof	口止广土
产①	ute	亠丿③	ute③	亠丿③
谄	yqvg	讠⺈臼⊖	yqeg③	讠⺈臼⊖
铲③	qutt	钅亠丿⊘	qutt	钅亠丿⊘

汉字	86版	字根	98版	字根
阐[3]	uujf	门丷日十	uujf	门丷日十
单	ujfj	丷日十①	ujfj	丷日十①
蒇	admt	艹厂贝丿	admu	艹戊贝⊘
蒇	ujfe	丷日十𧘇	ujfe	丷日十𧘇
忏	ntfh	忄丿十①	ntfh[3]	忄丿十①
颤	ylkm	亠口口贝	ylkm[3]	亠口口贝
羼	nudd	尸丷手手	nuuu[3]	尸羊羊羊
澶	iylg	氵亠口一	iylg[3]	氵亠口一
骣[3]	cnbb	马尸子子	cgnb	马一尸子
C→chang				
昌[2]	jjf	日日㊁	jjf	日日㊁
娼[3]	vjjg	女日日㊀	vjjg	女日日㊀
猖	qtjj	犭丿日日	qtjj	犭⊘日日
菖	ajjf	艹日日㊁	ajjf	艹日日㊁
阊	ujjd	门日日㊂	ujjd	门日日㊂
鲳	qgjj	鱼一日日	qgjj	鱼一日日
长[2]	tayi	丿七丶⊙	tayi	丿𠂉丶⊙
伥[3]	wtay	亻丿七丶	wtay	亻丿七丶
肠[3]	enrt	月乙彡⊘	enrt	月乙彡⊘
苌[3]	atay	艹丿七丶	atay	艹丿𠂉丶
尝[3]	ipfc	⺌冖二厶	ipfc	⺌冖二厶
偿[2]	wipc	亻⺌冖厶	wipc	亻⺌冖厶
常	ipkh	⺌冖口丨	ipkh[3]	⺌冖口丨
徜[3]	timk	彳⺌冂口	timk	彳⺌冂口
裳	ipke	⺌冖口𧘇	ipke	⺌冖口𧘇
嫦	viph	女⺌冖丨	viph	女⺌冖丨
厂[3]	dgt	厂一丿	dgt	厂一丿
场	fnrt	土乙彡⊘	fnrt	土乙彡⊘
昶	ynij	丶乙水日	ynij	丶乙水日
惝[3]	timk	忄⺌冂口	timk	忄⺌冂口
敞	imkt	⺌冂口攵	imkt	⺌冂口攵
氅	imkn	⺌冂口乙	imke	⺌冂口毛
怅[3]	ntay	忄丿七丶	ntay	忄丿𠂉丶
畅	jhnr	日丨乙彡	jhnr[3]	日丨乙彡
倡	wjjg	亻日日㊀	wjjg	亻日日㊀
鬯[3]	qobx	乂灬凵匕	obxb	※凵匕ⓦ
唱[3]	kjjg	口日日㊀	kjjg	口日日㊀
C→chao				
抄[3]	ritt	扌小丿⊘	ritt	扌小丿⊘
怊[3]	nvkg	忄刀口㊀	nvkg	忄刀口㊀
钞[3]	qitt	钅小丿⊘	qitt	钅小丿⊘
超[3]	fhvk	土龰刀口	fhvk	土龰刀口
晁	jiqb	日水儿ⓦ	jqiu[3]	日儿水⊘
巢[3]	vjsu	巛日木⊘	vjsu	巛日木⊘
朝[3]	fjeg	十早月㊀	fjeg	十早月㊀
嘲[3]	kfje	口十早月	kfje	口十早月
潮[3]	ifje	氵十早月	ifje	氵十早月
吵[2]	kitt	口小丿⊘	kitt	口小丿⊘
炒[2]	oitt	火小丿⊘	oitt[3]	火小丿⊘
耖	diit	三小小丿	fsit	二木小丿
C→che				
车[2]	lgnh	车一乙丨	lgnh	车一乙丨
砗[3]	dlh	石车①	dlh	石车①
扯[3]	rhg	扌止㊀	rhg	扌止㊀
彻	tavn	彳七刀Ⓩ	tavt	彳𠂉刀⊘
坼[3]	fryy	土斤丶⊙	fryy	土斤丶⊙
掣	rmhr	𠂉冂丨手	tgmr	丿牛冂手
撤[3]	ryct	扌亠厶攵	ryct	扌亠厶攵
澈	iyct	氵亠厶攵	iyct	氵亠厶攵
C→chen				
抻[3]	rjhh	扌日丨①	rjhh[4]	扌日丨①
郴[3]	ssbh	木木阝①	ssbh	木木阝①
琛[3]	gpws	王冖八木	gpws[2]	王冖八木
嗔	kfhw	口十且八	kfhw	口十且八
尘[3]	iff	小土㊁	iff	小土㊁
臣[3]	ahnh	匚丨コ丨	ahnh	匚丨コ丨
忱[2]	npqn	忄冖儿Ⓩ	npqn	忄冖儿Ⓩ
沉[3]	ipmn	氵冖几Ⓩ	ipwn	氵冖几Ⓩ
辰[3]	dfei	厂二𧘇⊙	dfei	厂二𧘇⊙
陈[2]	baiy	阝𠂉小⊙	baiy	阝𠂉小⊙
宸	pdfe	宀厂二𧘇	pdfe	宀厂二𧘇
晨[2]	jdfe	日厂二𧘇	jdfe	日厂二𧘇
谌	yadn	讠艹三乙	ydwn[3]	讠甘八乙
碜[3]	dcde	石厶大彡	dcde	石厶大彡
衬[3]	pufy	礻冫寸⊙	pufy[4]	礻⊘寸⊙
称[2]	tqiy	禾⺈小⊙	tqiy[3]	禾⺈小⊙
龀	hwbx	止人凵匕	hwbx	止人凵匕
趁	fhwe	土龰人彡	fhwe	土龰人彡
榇[3]	susy	木立木⊙	susy[4]	木立木⊙
谶	ywwg	讠人人一	ywwg	讠人人一
C→cheng				
柽	scfg	木又土㊀	scfg	木又土㊀
蛏	jcfg	虫又土㊀	jcfg	虫又土㊀
撑[3]	ripr	扌⺌冖手	ripr	扌⺌冖手
瞠[3]	hipf	目⺌冖土	hipf	目⺌冖土
丞[3]	bigf	了水一㊁	bigf	了水一㊁
成[2]	dnnt	厂乙乙丿	dnv	戊乙ⓦ
呈[2]	kgf	口王㊁	kgf[3]	口王㊁
承[2]	bdii	了三水⊙	bdii	了三水⊙
枨[3]	stay	木丿七丶	stay	木丿𠂉丶
诚[3]	ydnt	讠厂乙丿	ydnn[2]	讠戊乙Ⓩ
城[2]	fdnt	土厂乙丿	fdnn	土戊乙Ⓩ
乘[3]	tuxv	禾丬匕ⓦ	tuxv	禾丬匕ⓦ
晟[3]	jdnt	日厂乙丿	jdnb	日戊乙巛
埕[3]	fkgg	土口王㊀	fkgg	土口王㊀
铖[3]	qdnt	钅厂乙丿	qdnn	钅戊乙Ⓩ
惩	tghn	彳一止心	tghn	彳一止心
程	tkgg	禾口王㊀	tkgg	禾口王㊀
裎[3]	pukg	礻冫口王	pukg	礻⊘口王
塍	eudf	月丷大土	eugf	月丷夫土
酲	sgkg	西一口王	sgkg	西一口王
澄	iwgu	氵癶一⺌	iwgu	氵癶一⺌
橙	swgu	木癶一⺌	swgu	木癶一⺌
逞[3]	kgpd	口王辶㊂	kgpd	口王辶㊂
骋[3]	cmgn	马由一乙	cgmn	马一由乙
秤[3]	tguh	禾一⺌丨	tguf	禾一丷十
C→chi				
吃[3]	ktnn	口𠂉乙Ⓩ	ktnn[2]	口𠂉乙Ⓩ
哧[3]	kfoy	口土小⊙	kfoy	口土小⊙
蚩	bhgj	凵丨一虫	bhgj	凵丨一虫

汉字	86 版	字根	98 版	字根
鸱	qayg	𠂆七丶一	qayg	𠂆⺊丶一
眵[3]	hqqy	目夕夕[丶]	hqqy	目夕夕[丶]
笞[3]	tckf	⺮厶口[二]	tckf	⺮厶口[二]
嗤	kbhj	口凵丨虫	kbhj	口凵丨虫
媸[3]	vbhj	女凵丨虫	vbhj[4]	女凵丨虫
痴	utdk	疒𠂉大口	utdk	疒𠂉大口
螭	jybc	虫文凵厶	jyrc	虫亠㐅厶
魑	rqcc	白儿厶厶	rqcc	白儿厶厶
弛[2]	xbn	弓也[乙]	xbn[3]	弓也[乙]
池[2]	ibn	氵也[乙]	ibn[3]	氵也[乙]
驰[3]	cbn	马也[乙]	cgbn[4]	马一也[乙]
迟[3]	nypi	尸丶辶[氵]	nypi	尸丶辶[氵]
茌	awff	艹亻士[二]	awff	艹亻士[二]
持[2]	rffy	扌土寸[丶]	rffy[3]	扌土寸[丶]
坻[3]	fqay	土𠂆七丶	fqay	土𠂆七丶
墀[3]	fnih	土尸水丨	fnig	土尸水キ
踟	khtk	口止𠂉口	khtk	口止𠂉口
篪	trhm	⺮厂广几	trhw[3]	⺮厂虍几
尺[3]	nyi	尸丶[氵]	nyi	尸丶[氵]
侈[3]	wqqy	亻夕夕[丶]	wqqy	亻夕夕[丶]
齿[3]	hwbj	止人凵刂	hwbj	止人凵刂
耻[2]	bhg	耳止[一]	bhg	耳止[一]
豉	gkuc	一口丷又	gkuc	一口丷又
褫	purm	衤冫厂几	purw	衤[冫]厂几
叱[3]	kxn	口匕[乙]	kxn	口匕[乙]
斥[3]	ryi	斤丶[氵]	ryi	斤丶[氵]
赤[2]	fou	土⺗[冫]	fou	土⺗[冫]
饬	qntl	⺈乙𠂉力	qnte	⺈乙𠂉力
炽[2]	okwy	火口八[丶]	okwy[3]	火口八[丶]
翅[3]	fcnd	十又羽[三]	fcnd	十又羽[三]
敕	gkit	一口小攵	skty	木口攵[丶]
啻	upmk	丷冖冂口	yupk	亠丷冖口
傺	wwfi	亻癶二小	wwfi	亻癶二小
瘛	udhn	疒三丨心	udhn	疒三丨心
C→chong				
充[2]	ycqb	亠厶儿[巜]	ycqb	亠厶儿[巜]
舂[3]	dwvf	三人臼[二]	dwef[4]	三人臼[二]
冲[3]	ukhh	冫口丨[丨]	ukhh	冫口丨[丨]
忡[3]	nkhh	忄口丨[丨]	nkhh	忄口丨[丨]
茺[3]	aycq	艹亠厶儿	aycq	艹亠厶儿
憧	nujf	忄立日土	nujf	忄立日土
艟	teuf	丿舟立土	tuuf	丿舟立土
虫	jhny	虫丨乙丶	jhny	虫丨乙丶
种[3]	tkhh	禾口丨[丨]	tkhh	禾口丨[丨]
崇[3]	mpfi	山宀二小	mpfi	山宀二小
宠[3]	pdxb	宀𠂇匕[巜]	pdxy	宀𠂇匕丶
铳[3]	qycq	钅亠厶儿	qycq	钅亠厶儿
重[3]	tgjf	丿一日土	tgjf[4]	丿一日土
C→chou				
抽[2]	rmg	扌由[一]	rmg	扌由[一]
瘳	unwe	疒羽人彡	unwe	疒羽人彡
仇[3]	wvn	亻九[乙]	wvn	亻九[乙]
俦	wdtf	亻三丿寸	wdtf	亻三丿寸
帱[3]	mhdf	冂丨三寸	mhdf	冂丨三寸
惆[3]	nmfk	忄冂土口	nmfk	忄冂土口

汉字	86 版	字根	98 版	字根
绸[3]	xmfk	纟冂土口	xmfk	纟冂土口
畴[3]	ldtf	田三丿寸	ldtf	田三丿寸
愁	tonu	禾火心[冫]	tonu	禾火心[冫]
稠	tmfk	禾冂土口	tmfk	禾冂土口
筹	tdtf	⺮三丿寸	tdtf	⺮三丿寸
酬	sgyh	西一丶丨	sgyh[3]	西一丶丨
踌	khdf	口止三寸	khdf	口止三寸
雠[3]	wyyy	亻主讠主	wyyy	亻主讠主
丑[3]	nfd	乙土[三]	nhgg	乙丨一一
瞅[3]	htoy	目禾火[丶]	htoy	目禾火[丶]
臭	thdu	丿目犬[冫]	thdu	丿目犬[冫]
C→chu				
出[2]	bmk	凵山[川]	bmk	凵山[川]
初[3]	puvn	衤冫刀[乙]	puvt	衤[冫]刀[丿]
樗	sffn	木雨二乙	sffn	木雨二乙
除[3]	bwty	阝人禾[丶]	bwgs	阝人一木
厨	dgkf	厂一口寸	dgkf	厂一口寸
滁[3]	ibwt	氵阝人禾	ibws	氵阝人木
锄	qegl	钅目一力	qege	钅目一力
蜍[3]	jwty	虫人禾[丶]	jwgs[4]	虫人一木
刍[3]	qvf	⺈彐[二]	qvf	⺈彐[二]
雏[3]	qvwy	⺈彐亻主	qvwy	⺈彐亻主
橱	sdgf	木厂一寸	sdgf	木厂一寸
躇	khaj	口止艹日	khaj	口止艹日
蹰	khdf	口止厂寸	khdf	口止厂寸
杵	stfh	木𠂉十[丨]	stfh	木𠂉十[丨]
础[3]	dbmh	石凵山[丨]	dbmh	石凵山[丨]
储[3]	wyfj	亻讠土日	wyfj	亻讠土日
楮	sftj	木土丿日	sftj	木土丿日
楚[3]	ssnh	木木乙龰	ssnh	木木乙龰
褚	pufj	衤冫土日	pufj[3]	衤[冫]土日
亍[3]	fhk	二丨[川]	gsj	一丁[刂]
处[2]	thi	夂卜[氵]	thi	夂卜[氵]
怵[2]	nsyy	忄木丶[丶]	nsyy[3]	忄木丶[丶]
绌[3]	xbmh	纟凵山[丨]	xbmh	纟凵山[丨]
搐	ryxl	扌亠幺田	ryxl	扌亠幺田
畜[3]	yxlf	亠幺田[二]	yxlf	亠幺田[二]
触	qejy	⺈用虫[丶]	qejy	⺈用虫[丶]
憷[3]	nssh	忄木木龰	nssh	忄木木龰
黜	lfom	四土灬山	lfom	四土灬山
矗	fhfh	十且十且	fhfh	十且十且
C→chuai				
搋	rrhm	扌厂广几	rrhw	扌厂虍几
揣[3]	rmdj	扌山𠂆刂	rmdj	扌山𠂆刂
啜[3]	kccc	口又又又	kccc[4]	口又又又
嘬[3]	kjbc	口日耳又	kjbc	口日耳又
踹	khmj	口止山刂	khmj	口止山刂
膪	eupk	月亠冖口	eyuk	月亠丷口
C→chuan				
川	kthh	川丿丨丨	kthh	川丿丨丨
氚	rnkj	𠂉乙川[刂]	rkk[3]	气川[川]
穿	pwat	宀八匚丿	pwat[3]	宀八匚丿
传	wfny	亻二乙丶	wfny	亻二乙丶
舡[3]	teag	丿舟工[一]	tuag[4]	丿舟工[一]
船	temk	丿舟几口	tuwk[3]	丿舟几口

汉字	86版	字根	98版	字根
遄③	mdmp	山丆冂辶	mdmp④	山丆冂辶
橼③	sxey	木彑豕⊙	sxey	木彑豕⊙
舛③	qahh	夕匚丨①	qgh	夕㐄①
喘③	kmdj	口山丆刂	kmdj	口山丆刂
串③	kkhk	口口丨⑪	kkhk	口口丨⑪
钏③	qkh	钅川①	qkh	钅川①
C→chuang				
闯③	ucd	门马㊂	ucgd④	门马一㊂
疮③	uwbv	疒人㔾⑧	uwbv	疒人㔾⑧
窗③	pwtq	宀八丿夕	pwtq	宀八丿夕
床③	ysi	广木⑦	osi②	广木⑦
创③	wbjh	人㔾刂①	wbjh	人㔾刂①
怆③	nwbn	忄人㔾⊘	nwbn	忄人㔾⊘
C→chui				
吹③	kqwy	口⺈人⊙	kqwy	口⺈人⊙
炊③	oqwy	火⺈人⊙	oqwy	火⺈人⊙
垂③	tgaf	丿一艹士	tgaf④	丿一艹士
陲	btgf	阝丿一士	btfg	阝丿十一
捶	rtgf	扌丿一士	rtfg	扌丿十一
棰③	stgf	木丿一士	stfg	木丿十一
槌③	swnp	木丿コ辶	stnp	木丿阝辶
锤	qtgf	钅丿一士	qtfg	钅丿十一
C→chun				
春②	dwjf	三人日㊁	dwjf③	三人日㊁
椿	sdwj	木三人日	sdwj	木三人日
蝽	jdwj	虫三人日	jdwj	虫三人日
纯③	xgbn	纟一凵乙	xgbn	纟一凵乙
唇	dfek	厂二乀口	dfek	厂二乀口
莼③	axgn	艹纟一乙	axgn	艹纟一乙
淳③	iybg	氵古子㊀	iybg	氵古子㊀
鹑③	ybqg	古子勹一	ybqg	古子鸟一
醇	sgyb	西一古子	sgyb	西一古子
蠢	dwjj	三人日虫	dwjj	三人日虫
C→chuo				
踔	khhj	口止⺊早	khhj	口止⺊早
戳	nwya	羽亻主戈	nwya	羽亻主戈
绰③	xhjh	纟⺊早①	xhjh	纟⺊早①
辍	lccc	车又又又	lccc	车又又又
啜③	kccc	口又又又	kccc④	口又又又
龊	hwbh	止人凵龰	hwbh	止人凵龰
C→ci				
呲	khxn	口止匕⊘	khxn	口止匕⊘
疵③	uhxv	疒止匕⑧	uhxv	疒止匕⑧
词	yngk	讠乙一口	yngk	讠乙一口
祠	pynk	礻丶乙口	pynk	礻⊙乙口
茈③	ahxb	艹止匕⑧	ahxb	艹止匕⑧
茨	auqw	艹冫⺈人	auqw③	艹冫⺈人
瓷	uqwn	冫⺈人乙	uqwy	冫⺈人丶
慈	uxxn	丷幺幺心	uxxn	丷幺幺心
辞	tduh	丿古辛①	tduh	丿古辛①
兹③	uxxu	丷幺幺⑦	uxxu	丷幺幺⑦
磁②	duxx	石丷幺幺	duxx③	石丷幺幺
雌③	hxwy	止匕亻主	hxwy	止匕亻主
鹚③	uxxg	丷幺幺一	uxxg	丷幺幺一
糍③	ouxx	米丷幺幺	ouxx	米丷幺幺

汉字	86版	字根	98版	字根
此②	hxn	止匕⊘	hxn	止匕⊘
次③	uqwy	冫⺈人⊙	uqwy②	冫⺈人⊙
刺③	gmij	一冂小刂	smjh	木冂刂①
赐③	mjqr	贝日勹彡	mjqr	贝日勹彡
伺③	wngk	亻乙一口	wngk	亻乙一口
C→cong				
囱	tlqi	丿口乂⑦	tlri③	丿口乂⑦
从②	wwy	人人⊙	wwy	人人⊙
匆③	qryi	勹彡丶⑦	qryi	勹彡丶⑦
苁	awwu	艹人人⑦	awwu	艹人人⑦
葱	aqrn	艹勹彡心	aqrn	艹勹彡心
骢③	ctln	马丿口心	cgtn	马一丿心
璁③	gtln	王丿口心	gtln	王丿口心
聪	bukn	耳丷口心	bukn	耳丷口心
丛③	wwgf	人人一㊁	wwgf	人人一㊁
淙	ipfi	氵宀二小	ipfi	氵宀二小
琮③	gpfi	王宀二小	gpfi	王宀二小
C→cou				
凑③	udwd	冫三人大	udwd	冫三人大
楱	sdwd	木三人大	sdwd	木三人大
腠③	edwd	月三人大	edwd	月三人大
辏③	ldwd	车三人大	ldwd	车三人大
C→cu				
粗②	oegg	米月一㊀	oegg	米月一㊀
徂	tegg	彳月一㊀	tegg	彳月一㊀
殂③	gqeg	一夕月一	gqeg	一夕月一
促③	wkhy	亻口龰⊙	wkhy	亻口龰⊙
卒	ywwf	亠人人十	ywwf	亠人人十
猝	qtyf	犭丿亠十	qtyf	犭⊘亠十
蔟③	aytd	艹方𠂉大	aytd	艹方𠂉大
醋③	sgaj	西一艹日	sgaj	西一艹日
酢	sgtf	西一𠂉二	sgtf	西一𠂉二
簇③	tytd	𥫗方𠂉大	tytd	𥫗方𠂉大
蹙	dhih	厂上小龰	dhih	戊上小龰
蹴	khyn	口止古乙	khyy	口止古丶
C→cuan				
汆	tyiu	丿丶水⑦	tyiu	丿丶水⑦
撺	rpwh	扌宀八丨	rpwh	扌宀八丨
镩③	qpwh	钅宀八丨	qpwh④	钅宀八丨
蹿	khph	口止宀丨	khph	口止宀丨
攒	rtfm	扌丿土贝	rtfm	扌丿土贝
窜③	pwkh	宀八口丨	pwkh④	宀八口丨
篡	thdc	𥫗目大厶	thdc	𥫗目大厶
爨	wfmo	亻二冂火	emgo	臼冂一火
C→cui				
崔③	mwyf	山亻主㊁	mwyf	山亻主㊁
萃③	aywf	艹亠人十	aywf	艹亠人十
催③	wmwy	亻山亻主	wmwy	亻山亻主
摧③	rmwy	扌山亻主	rmwy	扌山亻主
衰	ykge	亠口一𧘇	ykge	亠口一𧘇
榱③	syke	木亠口𧘇	syke	木亠口𧘇
璀	gmwy	王山亻主	gmwy	王山亻主
脆③	eqdb	月⺈厂㔾	eqdb	月⺈厂㔾
啐③	kywf	口亠人十	kywf④	口亠人十
悴	nywf	忄亠人十	nywf	忄亠人十

汉字	86 版	字根	98 版	字根
淬	iywf	氵亠人十	iywf	氵亠人十
毳	tfnn	丿二乙乙	eeeb	毛毛毛(乙)
瘁[3]	uywf	疒亠人十	uywf	疒亠人十
粹[3]	oywf	米亠人十	oywf[4]	米亠人十
翠	nywf	羽亠人十	nywf[3]	羽亠人十
C→cun				
村[2]	sfy	木寸(丶)	sfy[3]	木寸(丶)
皴	cwtc	厶八夂又	cwtb[3]	厶八夂皮
存[3]	dhbd	ナ丨子(三)	dhbd	ナ丨子(三)
忖[3]	nfy	忄寸(丶)	nfy	忄寸(丶)
寸	fghy	寸一丨丶	fghy	寸一丨丶
蹲	khuf	口止丷寸	khuf	口止丷寸
C→cuo				
错[3]	qajg	钅艹日(一)	qajg	钅艹日(一)
搓[3]	ruda	扌丷𡗗工	ruag[4]	扌𦍌工(一)
磋[3]	duda	石丷三工	duag	石𦍌工(一)
撮[3]	rjbc	扌曰耳又	rjbc	扌曰耳又
蹉	khua	口止丷工	khua	口止𦍌工
嵯[3]	muda	山丷三工	muag	山𦍌工(一)
痤[3]	uwwf	疒人人土	uwwf	疒人人土
矬[3]	tdwf	𠂉大人土	tdwf[4]	𠂉大人土
鹾	hlqa	卜口乂工	hlra	卜口乂工
脞[3]	ewwf	月人人土	ewwf	月人人土
厝[3]	dajd	厂艹日(三)	dajd	厂艹日(三)
挫[3]	rwwf	扌人人土	rwwf	扌人人土
措[3]	rajg	扌艹日(一)	rajg	扌艹日(一)
锉[3]	qwwf	钅人人土	qwwf	钅人人土

D 字母部

汉字	86 版	字根	98 版	字根
D→da				
哒[3]	kdpy	口大辶(丶)	kdpy	口大辶(丶)
耷[3]	dbf	大耳(二)	dbf	大耳(二)
搭	rawk	扌艹人口	rawk	扌艹人口
嗒	kawk	口艹人口	kawk	口艹人口
褡[3]	puak	礻冫艹口	puak	礻(冫)艹口
达[2]	dpi	大辶(氵)	dpi	大辶(氵)
妲[3]	vjgg	女日一(一)	vjgg	女日一(一)
怛[3]	njgg	忄日一(一)	njgg	忄日一(一)
沓[3]	ijf	水曰(二)	ijf	水曰(二)
笪[3]	tjgf	竹日一(二)	tjgf[4]	竹日一(二)
答[2]	twgk	竹人一口	twgk	竹人一口
瘩[3]	uawk	疒艹人口	uawk	疒艹人口
靼	afjg	廿丰日一	afjg	廿丰日一
鞑	afdp	廿丰大辶	afdp[3]	廿丰大辶
打[2]	rsh	扌丁(丨)	rsh	扌丁(丨)
大[2]	dddd	大大大大	dddd	大大大大
D→dai				
呆[2]	ksu	口木(冫)	ksu	口木(冫)
呔	kdyy	口大丶(丶)	kdyy	口大丶(丶)
歹[3]	gqi	一夕(氵)	gqi	一夕(氵)
傣[3]	wdwi	亻三人氺	wdwi	亻三人氺
代[2]	way	亻弋(丶)	wayy	亻七丶(丶)
岱	wamj	亻弋山(刂)	waym	亻七丶山
甙	aafd	弋艹二(三)	afyi[3]	弋廿丶(氵)
绐[3]	xckg	纟厶口(一)	xckg	纟厶口(一)
迨[3]	ckpd	厶口辶(三)	ckpd	厶口辶(三)
带[3]	gkph	一川冖丨	gkph	一川冖丨
待	tffy	彳土寸(丶)	tffy	彳土寸(丶)
怠[3]	cknu	厶口心(冫)	cknu	厶口心(冫)
殆[3]	gqck	一夕厶口	gqck	一夕厶口
玳[3]	gway	王亻弋(丶)	gway	王亻七丶
贷[3]	wamu	亻弋贝(冫)	wamu[4]	亻七丶贝
埭[3]	fviy	土彐氺(丶)	fviy	土彐氺(丶)
袋	waye	亻弋亠𧘇	waye[4]	亻七丶𧘇
逮[3]	vipi	彐氺辶(氵)	vipi	彐氺辶(氵)
戴	falw	十戈田八	falw	十戈田八
黛[3]	walo	亻弋罒灬	wayo[4]	亻七丶灬
骀[3]	cckg	马厶口(一)	cgck[4]	马一厶口
D→dan				
丹[3]	myd	冂亠(三)	myd[2]	冂亠(三)
单	ujfj	丷日十(刂)	ujfj	丷日十(刂)
担	rjgg	扌日一(一)	rjgg[3]	扌日一(一)
眈[3]	hpqn	目冖儿(乙)	hpqn	目冖儿(乙)
耽[3]	bpqn	耳冖儿(乙)	bpqn	耳冖儿(乙)
郸	ujfb	丷日十阝	ujfb	丷日十阝
聃	bmfg	耳冂土(一)	bmfg	耳冂土(一)
殚[3]	gquf	一夕丷十	gquf	一夕丷十
瘅	uujf	疒丷日十	uujf	疒丷日十
箪	tujf	竹丷日十	tujf	竹丷日十
儋[3]	wqdy	亻⺈厂言	wqdy	亻⺈厂言
胆[2]	ejgg	月日一(一)	ejgg	月日一(一)
疸[3]	ujgd	疒日一(三)	ujgd	疒日一(三)
掸	rujf	扌丷日十	rujf	扌丷日十
旦[3]	jgf	日一(二)	jgf	日一(二)
但[3]	wjgg	亻日一(一)	wjgg	亻日一(一)
诞	ythp	讠丿止廴	ythp[3]	讠丿止廴
啖[3]	kooy	口火火(丶)	kooy	口火火(丶)
弹[3]	xujf	弓丷日十	xujf	弓丷日十
惮[3]	nujf	忄丷日十	nujf	忄丷日十
淡[2]	iooy	氵火火(丶)	iooy[3]	氵火火(丶)
萏	aqvf	艹⺈臼(二)	aqef[3]	艹⺈臼(二)
蛋[3]	nhju	乙龰虫(冫)	nhju	乙龰虫(冫)
氮[3]	rnoo	𠂉乙火火	rooi	气火火(氵)
澹	iqdy	氵⺈厂言	iqdy[3]	氵⺈厂言
赕[3]	mooy	贝火火(丶)	mooy	贝火火(丶)
D→dang				
铛[3]	qivg	钅⺌彐(一)	qivg	钅⺌彐(一)
当[2]	ivf	⺌彐(二)	ivf	⺌彐(二)
裆[3]	puiv	礻冫⺌彐	puiv[3]	礻(冫)⺌彐
挡[3]	rivg	扌⺌彐(一)	rivg	扌⺌彐(一)
党[3]	ipkq	⺌冖口儿	ipkq[2]	⺌冖口儿
谠[3]	yipq	讠⺌冖儿	yipq	讠⺌冖儿
凼[3]	ibk	水凵(川)	ibk	水凵(川)
宕[3]	pdf	宀石(二)	pdf	宀石(二)
砀[3]	dnrt	石乙彡(丿)	dnrt	石乙彡(丿)

汉字	86版	字根	98版	字根
荡③	ainr	艹氵乙彡	ainr	艹氵乙彡
档②	sivg	木⺌彐㊀	sivg	木⺌彐㊀
菪③	apdf	艹宀石㊁	apdf	艹宀石㊁
D→dao				
刀②	vnt	刀乙丿	vnt③	刀乙丿
叨③	kvn	口刀(乙)	kvt	口刀(丿)
忉③	nvn	忄刀(乙)	nvt	忄刀(丿)
氘③	rnjj	𠂉乙川(川)	rjk	气川(川)
导②	nfu	巳寸(冫)	nfu	巳寸(冫)
岛	qynm	勹丶乙山	qmk③	鸟山(川)
倒③	wgcj	亻一厶刂	wgcj	亻一厶刂
捣	rqym	扌勹丶山	rqmh③	扌鸟山(丨)
祷③	pydf	礻丶三寸	pydf	礻(丶)三寸
蹈	khev	口止爫臼	khee	口止爫臼
到②	gcfj	一厶土刂	gcfj	一厶土刂
悼	nhjh	忄⺊早(丨)	nhjh	忄⺊早(丨)
焘③	dtfo	三丿寸灬	dtfo④	三丿寸灬
盗	uqwl	冫⺈人皿	uqwl	冫⺈人皿
道	uthp	丷丿目辶	uthp②	丷丿目辶
稻③	tevg	禾爫臼㊀	teeg	禾爫臼㊀
纛③	gxfi	龶母十小	gxhi	龶毌且小
D→de				
得②	tjgf	彳日一寸	tjgf	彳日一寸
的①	rqyy	白勹丶(丶)	rqyy③	白勹丶(丶)
锝	qjgf	钅日一寸	qjgf	钅日一寸
德③	tfln	彳十罒心	tfln	彳十罒心
D→deng				
灯②	osh②	火丁(丨)	osh③	火丁(丨)
登	wgku	癶一口丷	wgku	癶一口丷
噔	kwgu	口癶一丷	kwgu	口癶一丷
簦	twgu	⺮癶一丷	twgu	⺮癶一丷
蹬	khwu	口止癶丷	khwu	口止癶丷
等	tffu	⺮二寸(冫)	tffu③	⺮二寸(冫)
戥	jtga	日丿龶戈	jtga	日丿龶戈
邓②	cbh	又阝(丨)	cbh	又阝(丨)
凳	wgkm	癶一口几	wgkw	癶一口几
嶝	mwgu	山癶一丷	mwgu③	山癶一丷
瞪③	hwgu	目癶一丷	hwgu	目癶一丷
磴	dwgu	石癶一丷	dwgu	石癶一丷
镫	qwgu	钅癶一丷	qwgu	钅癶一丷
D→di				
低③	wqay	亻𠂆七丶	wqay	亻𠂆七丶
羝③	udqy	丷手𠂆丶	uqay	羊𠂆七丶
堤	fjgh	土日一龰	fjgh	土日一龰
嘀③	kumd	口立冂古	kyud④	口亠丷古
滴③	iumd	氵立冂古	iyud	氵亠丷古
镝③	qumd	钅立冂古	qyud④	钅亠丷古
狄	qtoy	犭丿火(丶)	qtoy③	犭(丿)火(丶)
籴③	tyou	丿乀米(冫)	tyou	丿乀米(冫)
迪②	mpd	由辶㊂	mpd	由辶㊂
敌③	tdty	丿古攵(丶)	tdty	丿古攵(丶)
涤③	itsy	氵夂木(丶)	itsy	氵夂木(丶)
荻	aqto	艹犭丿火	aqto	艹犭(丿)火
笛③	tmf	⺮由㊁	tmf	⺮由㊁
觌	fnuq	十乙冫儿	fnuq	十乙冫儿

汉字	86版	字根	98版	字根
嫡③	vumd	女立冂古	vyud	女亠丷古
翟	nwyf	羽亻主㊁	nwyf	羽亻主㊁
氐②	qayi	𠂆七丶(冫)	qayi④	𠂆七丶(冫)
诋	yqay	讠𠂆七丶	yqay	讠𠂆七丶
邸	qayb	𠂆七丶阝	qayb	𠂆七丶阝
坻	fqay	土𠂆七丶	fqay③	土𠂆七丶
底③	yqay	广𠂆七丶	oqay②	广𠂆七丶
抵③	rqay	扌𠂆七丶	rqay	扌𠂆七丶
柢③	sqay	木𠂆七丶	sqay	木𠂆七丶
砥③	dqay	石𠂆七丶	dqay	石𠂆七丶
骶	meqy	冎月𠂆丶	meqy③	冎月𠂆丶
地①	fbn	土也(乙)	fbn③	土也(乙)
弟③	uxht	丷弓丨丿	uxht	丷弓丨丿
帝①	upmh	立冖冂丨	yuph④	亠丷冖丨
娣③	vuxt	女丷弓丿	vuxt	女丷弓丿
递	uxhp	丷弓丨辶	uxhp	丷弓丨辶
第③	txht	⺮弓丨丿	txht②	⺮弓丨丿
谛	yuph	讠立冖丨	yyuh	讠亠丷丨
棣③	sviy	木彐氺(丶)	sviy	木彐氺(丶)
睇③	huxt	目丷弓丿	huxt	目丷弓丿
缔③	xuph	纟立冖丨	xyuh	纟亠丷丨
蒂③	auph	艹立冖丨	ayuh	艹亠丷丨
碲	duph	石立冖丨	dyuh	石亠丷丨
D→dia				
嗲③	kwqq	口八乂夕	kwrq	口八乂夕
D→dian				
掂③	ryhk	扌广⺊口	rohk	扌广⺊口
滇	ifhw	氵十且八	ifhw	氵十且八
颠	fhwm	十且八贝	fhwm	十且八贝
巅③	mfhm	山十且贝	mfhm	山十且贝
癫	ufhm	疒十且贝	ufhm③	疒十且贝
典③	mawu	冂龷八(冫)	mawu	冂龷八(冫)
点③	hkou	⺊口灬(冫)	hkou	⺊口灬(冫)
碘③	dmaw	石冂龷八	dmaw	石冂龷八
踮	khyk	口止广口	khok	口止广口
电②	jnv	日乙(巛)	jnv	日乙(巛)
佃②	wlg	亻田㊀	wlg	亻田㊀
甸②	qld	勹田㊂	qld	勹田㊂
阽	bhkg	阝⺊口㊀	bhkg	阝⺊口㊀
坫	fhkg	土⺊口㊀	fhkg③	土⺊口㊀
店③	yhkd	广⺊口㊂	ohkd	广⺊口㊂
垫	rvyf	扌九丶土	rvyf	扌九丶土
玷③	ghkg	王⺊口㊀	ghkg	王⺊口㊀
钿③	qlg	钅田㊀	qlg	钅田㊀
惦③	nyhk	忄广⺊口	nohk	忄广⺊口
淀	ipgh	氵宀一龰	ipgh	氵宀一龰
奠	usgd	丷西一大	usgd	丷西一大
殿③	nawc	尸龷八又	nawc③	尸龷八又
靛③	geph	龶月宀龰	geph④	龶月宀龰
癜③	unac	疒尸龷又	unac	疒尸龷又
簟③	tsjj	⺮西早(丨)	tsjj	⺮西早(丨)
D→diao				
刁③	ngd	乙一㊂	ngd	乙一㊂
叼③	kngg	口乙一㊀	kngg	口乙一㊀
凋③	umfk	冫冂土口	umfk	冫冂土口

汉字	86 版	字根	98 版	字根
貂③	eevk	爫豸刀口	evkg	豸刀口一⃝
碉③	dmfk	石冂土口	dmfk	石冂土口
雕	mfky	冂土口隹	mfky	冂土口隹
鲷③	qgmk	鱼一冂口	qgmk	鱼一冂口
吊③	kmhj	口冂丨〢⃝	kmhj	口冂丨〢⃝
钓	qqyy	钅勹丶丶⃝	qqyy	钅勹丶丶⃝
调③	ymfk	讠冂土口	ymfk	讠冂土口
掉③	rhjh	扌⺊早丨⃝	rhjh	扌⺊早丨⃝
锦	qkmh	钅口冂丨	qkmh	钅口冂丨
铫③	qiqn	钅⺌儿乙⃝	qqiy	钅⺌儿丶⃝
D→die				
爹	wqqq	八乂夕夕	wrqq③	八乂夕夕
跌③	khrw	口止𠂉人	khtg④	口止丿夫
迭③	rwpi	𠂉人辶氵⃝	tgpi	丿夫辶氵⃝
垤③	fgcf	土一厶土	fgcf	土一厶土
瓞	rcyw	𠂆厶丶人	rcyg	𠂆厶丶夫
谍③	yans	讠廿乙木	yans	讠廿乙木
喋	kans	口廿乙木	kans③	口廿乙木
揲	rans	扌廿乙木	rans	扌廿乙木
堞③	fans	土廿乙木	fans	土廿乙木
耋	ftxf	土丿匕土	ftxf	土丿匕土
叠	cccg	又又又一	cccg	又又又一
牒	thgs	丿丨一木	thgs	丿丨一木
碟③	dans	石廿乙木	dans	石廿乙木
蝶③	jans	虫廿乙木	jans	虫廿乙木
蹀	khas	口止廿木	khas	口止廿木
鲽③	qgas	鱼一廿木	qgas	鱼一廿木
D→ding				
丁③	sgh	丁一丨	sgh	丁一丨
仃③	wsh	亻丁丨⃝	wsh	亻丁丨⃝
叮③	ksh	口丁丨⃝	ksh	口丁丨⃝
玎③	gsh	王丁丨⃝	gsh	王丁丨⃝
疔③	usk	疒丁〣⃝	usk	疒丁〣⃝
盯②	hsh	目丁丨⃝	hsh	目丁丨⃝
钉②	qsh	钅丁丨⃝	qsh	钅丁丨⃝
耵③	bsh	耳丁丨⃝	bsh	耳丁丨⃝
酊③	sgsh	西一丁丨⃝	sgsh	西一丁丨⃝
顶③	sdmy	丁𠂆贝丶⃝	sdmy②	丁𠂆贝丶⃝
鼎③	hndn	目乙𠂆乙	hndn	目乙𠂆乙
订②	ysh	讠丁丨⃝	ysh	讠丁丨⃝
定②	pghu	宀一𤴓冫⃝	pghu③	宀一𤴓冫⃝
啶	kpgh	口宀一𤴓	kpgh	口宀一𤴓
腚③	epgh	月宀一𤴓	epgh	月宀一𤴓
碇	dpgh	石宀一𤴓	dpgh	石宀一𤴓
锭②	qpgh	钅宀一𤴓	qpgh	钅宀一𤴓
D→diu				
丢③	tfcu	丿土厶冫⃝	tfcu	丿土厶冫⃝
铥	qtfc	钅丿土厶	qtfc	钅丿土厶
D→dong				
东②	aii	七小氵⃝	aii	七小氵⃝
冬③	tuu	夂冫冫⃝	tuu②	夂冫冫⃝
咚	ktuy	口夂冫丶⃝	ktuy	口夂冫丶⃝
岽③	maiu	山七小冫⃝	maiu	山七小冫⃝
氡	rntu	𠂉乙夂冫	rtui	气夂冫氵⃝
鸫③	aiqg	七小勹一	aiqg	七小鸟一
董③	atgf	艹丿一土	atgf	艹丿一土
懂③	natf	忄艹丿土	natf	忄艹丿土
动③	fcln	二厶力乙⃝	fcet	二厶力丿⃝
冻③	uaiy	冫七小丶⃝	uaiy	冫七小丶⃝
侗	wmgk	亻冂一口	wmgk	亻冂一口
垌③	fmgk	土冂一口	fmgk	土冂一口
峒	mmgk	山冂一口	mmgk	山冂一口
恫③	nmgk	忄冂一口	nmgk	忄冂一口
栋③	saiy	木七小丶⃝	saiy	木七小丶⃝
洞	imgk	氵冂一口	imgk	氵冂一口
胨③	eaiy	月七小丶⃝	eaiy	月七小丶⃝
胴③	emgk	月冂一口	emgk	月冂一口
硐③	dmgk	石冂一口	dmgk	石冂一口
D→dou				
都	ftjb	土丿日阝	ftjb	土丿日阝
兜	qrnq	𠂆白乙儿	rqnq	白𠂆コ儿
蔸	aqrq	艹𠂆白儿	arqq	艹白𠂆儿
篼	tqrq	⺮𠂆白儿	trqq	⺮白𠂆儿
斗③	ufk	冫十〣⃝	ufk②	冫十〣⃝
抖	rufh	扌冫十丨⃝	rufh③	扌冫十丨⃝
钭③	qufh	钅冫十丨⃝	qufh	钅冫十丨⃝
陡③	bfhy	阝土𤴓丶⃝	bfhy	阝土𤴓丶⃝
蚪	jufh	虫冫十丨⃝	jufh	虫冫十丨⃝
豆③	gkuf	一口丷二⃝	gkuf	一口丷二⃝
逗	gkup	一口丷辶	gkup	一口丷辶
读③	yfnd	讠十乙大	yfnd	讠十乙大
痘	ugku	疒一口丷	ugku	疒一口丷
窦	pwfd	宀八十大	pwfd	宀八十大
D→du				
嘟	kftb	口土丿阝	kftb	口土丿阝
督	hich	卜小又目	hich	卜小又目
毒	gxgu	龶母一冫	gxu	龶母冫⃝
读③	yfnd	讠十乙大	yfnd	讠十乙大
渎	ifnd	氵十乙大	ifnd	氵十乙大
椟③	sfnd	木十乙大	sfnd	木十乙大
牍	thgd	丿丨一大	thgd	丿丨一大
犊	trfd	丿扌十大	cfnd③	牛十乙大
黩	lfod	罒土灬大	lfod	罒土灬大
髑③	melj	冎月罒虫	melj	冎月罒虫
独③	qtjy	犭丿虫丶⃝	qtjy	犭丿⃝虫丶⃝
笃③	tcf	竹马二⃝	tcgf	竹马一二⃝
堵③	fftj	土土丿日	fftj	土土丿日
赌	mftj	贝土丿日	mftj	贝土丿日
睹③	hftj	目土丿日	hftj	目土丿日
芏③	aff	艹土二⃝	aff	艹土二⃝
妒	vynt	女丶尸丿⃝	vynt	女丶尸丿⃝
杜③	sfg	木土一⃝	sfg	木土一⃝
肚③	efg	月土一⃝	efg②	月土一⃝
度②	yaci	广廿又氵⃝	oaci③	广廿又氵⃝
渡③	iyac	氵广廿又	ioac②	氵广廿又
镀③	qyac	钅广廿又	qoac	钅广廿又
蠹	gkhj	一口丨虫	gkhj	一口丨虫
D→duan				
端③	umdj	立山𠂆刂	umdj	立山𠂆刂
短③	tdgu	𠂉大一丷	tdgu	𠂉大一丷

续上表

汉字	86 版	字根	98 版	字根
段③	wdmc	亻三几又	thdc	丿丨三又
断②	onrh	米乙斤[丨]	onrh	米乙斤[丨]
缎③	xwdc	纟亻三又	xthc	纟丿丨又
椴③	swdc	木亻三又	sthc	木丿丨又
煅③	owdc	火亻三又	othc	火丿丨又
锻③	qwdc	钅亻三又	qthc	钅丿丨又
簖	tonr	⺮米乙斤	tonr	⺮米乙斤
D→dui				
堆③	fwyg	土亻主[一]	fwyg	土亻主[一]
队②	bwy	阝人[丶]	bwy	阝人[丶]
对②	cfy	又寸[丶]	cfy	又寸[丶]
兑	ukqb	丷口儿[巛]	ukqb	丷口儿[巛]
怼③	cfnu	又寸心[冫]	cfnu④	又寸心[冫]
敦③	ybty	亠子攵[丶]	ybty	亠子攵[丶]
碓	dwyg	石亻主[一]	dwyg	石亻主[一]
憝	ybtn	亠子攵心	ybtn	亠子攵心
镦③	qybt	钅亠子攵	qybt	钅亠子攵
D→dun				
吨③	kgbn	口一凵乙	kgbn	口一凵乙
敦③	ybty	亠子攵[丶]	ybty	亠子攵[丶]
墩③	fybt	土亠子攵	fybt	土亠子攵
礅③	dybt	石亠子攵	dybt	石亠子攵
镦③	qybt	钅亠子攵	qybt	钅亠子攵
蹲	khuf	口止丷寸	khuf	口止丷寸
盹③	hgbn	目一凵乙	hgbn	目一凵乙
趸③	dnkh	丆乙口龰	gqkh	一力口龰
沌③	igbn	氵一凵乙	igbn	氵一凵乙

汉字	86 版	字根	98 版	字根
炖	ogbn	火一凵乙	ogbn③	火一凵乙
盾③	rfhd	厂十目[三]	rfhd	厂十目[三]
砘③	dgbn	石一凵乙	dgbn	石一凵乙
钝	qgbn	钅一凵乙	qgbn	钅一凵乙
顿	gbnm	一凵乙贝	gbnm	一凵乙贝
遁	rfhp	厂十目辶	rfhp	厂十目辶
D→duo				
多②	qqu	夕夕[冫]	qqu	夕夕[冫]
咄③	kbmh	口凵山[丨]	kbmh	口凵山[丨]
哆③	kqqy	口夕夕[丶]	kqqy	口夕夕[丶]
裰	pucc	衤冫又又	pucc	衤[冫]又又
夺②	dfu	大寸[冫]	dfu	大寸[冫]
铎③	qcfh	钅又二丨	qcgh	钅又キ[丨]
掇③	rccc	扌又又又	rccc	扌又又又
踱	khyc	口止广又	khoc	口止广又
朵②	msu	几木[冫]	wsu③	几木[冫]
哚③	kmsy	口几木[丶]	kwsy④	口几木[丶]
垛③	fmsy	土几木[丶]	fwsy	土几木[丶]
缍③	xtgf	纟丿一士	xtgf④	纟丿一士
躲	tmds	丿冂三木	tmds	丿冂三木
剁③	msjh	几木刂[丨]	wsjh	几木刂[丨]
沲③	itbn	氵𠂉也[乙]	itbn	氵𠂉也[乙]
堕	bdef	阝𠂇月土	bdef	阝𠂇月土
舵	tepx	丿舟宀匕	tupx③	丿舟宀匕
惰③	ndae	忄𠂇工月	ndae	忄𠂇工月
跺③	khms	口止几木	khws④	口止几木

E 字母部

汉字	86 版	字根	98 版	字根
E→e				
阿②	bskg	阝丁口[一]	bskg	阝丁口[一]
屙③	nbsk	尸阝丁口	nbsk	尸阝丁口
讹	ywxn	讠亻匕[乙]	ywxn	讠亻匕[乙]
俄③	wtrt	亻丿扌丿	wtry	亻丿扌丶
娥③	vtrt	女丿扌丿	vtry	女丿扌丶
峨③	mtrt	山丿扌丿	mtry	山丿扌丶
莪③	atrt	艹丿扌丿	atry	艹丿扌丶
锇	qtrt	钅丿扌丿	qtry	钅丿扌丶
鹅	trng	丿扌乙一	trng	丿扌乙一
蛾③	jtrt	虫丿扌丿	jtry	虫丿扌丶
额	ptkm	宀夂口贝	ptkm	宀夂口贝
婀③	vbsk	女阝丁口	vbsk	女阝丁口
厄③	dbv	厂㔾[巛]	dbv	厂㔾[巛]
呃③	kdbn	口厂㔾[乙]	kdbn	口厂㔾[乙]
扼③	rdbn	扌厂㔾[乙]	rdbn	扌厂㔾[乙]
轭③	ldbn	车厂㔾[乙]	ldbn	车厂㔾[乙]
苊③	adbb	艹厂㔾[巛]	adbb	艹厂㔾[巛]
垩	gogf	一业一土	goff③	一业土[二]
恶	gogn	一业一心	gonu	一业心[冫]
饿③	qntt	𠂊乙丿丿	qnty④	𠂊乙丿丶
谔	ykkn	讠口口乙	ykkn	讠口口乙
鄂	kkfb	口口二阝	kkfb	口口二阝
愕③	nkkn	忄口口乙	nkkn	忄口口乙
萼	akkn	艹口口乙	akkn	艹口口乙
遏	jqwp	日勹人辶	jqwp③	日勹人辶
腭③	ekkn	月口口乙	ekkn	月口口乙

汉字	86 版	字根	98 版	字根
锷	qkkn	钅口口乙	qkkn	钅口口乙
鹗	kkfg	口口二一	kkfg	口口二一
颚	kkfm	口口二贝	kkfm	口口二贝
噩	gkkk	王口口口	gkkk	王口口口
鳄	qgkn	鱼一口乙	qgkn③	鱼一口乙
E→ei				
诶③	yctd	讠厶𠂉大	yctd	讠厶𠂉大
E→en				
恩③	ldnu	口大心丷	ldnu	口大心丷
蒽	aldn	艹口大心	aldn	艹口大心
摁③	rldn	扌口大心	rldn④	扌口大心
E→er				
儿②	qtn	儿丿乙	qtn	儿丿乙
而③	dmjj	丆冂‖[‖]	dmjj②	丆冂‖[‖]
鸸	dmjg	丆冂‖一	dmjg	丆冂‖一
鲕	qgdj	鱼一丆‖	qgdj	鱼一丆‖
尔③	qiu	𠂊小[冫]	qiu②	𠂊小[冫]
耳③	bghg	耳一丨一	bghg	耳一丨一
迩③	qipi	勹小辶[氵]	qipi④	勹小辶[氵]
洱③	ibg	氵耳[一]	ibg	氵耳[一]
饵	qnbg	𠂊乙耳[一]	qnbg	𠂊乙耳[一]
珥③	gbg	王耳[一]	gbg	王耳[一]
铒③	qbg	钅耳[一]	qbg	钅耳[一]
二②	fgg	二一一	fgg③	二一一
贰③	afmi	弋二贝[氵]	afmy	七二贝丶
佴	wbg	亻耳[一]	wbg	亻耳[一]

F 字母部

汉字	86 版	字根	98 版	字根
F→fa				
发①	ntcy	乙丿又、	ntcy	乙丿又、
乏③	tpi	丿之[氵]	tpu②	丿之[冫]
伐③	wat	亻戈[丿]	way	亻戈[丶]
垡	waff	亻戈土[二]	waff	亻戈土[二]
罚②	lyjj	罒讠刂[刂]	lyjj	罒讠刂[刂]
阀③	uwae	门亻戈[彡]	uwai	门亻戈[氵]
筏③	twar	竹亻戈[丿丿]	twau	竹亻戈[冫]
法②	ifcy	氵土厶[丶]	ifcy③	氵土厶[丶]
砝	dfcy	石土厶[丶]	dfcy	石土厶[丶]
珐③	gfcy	王土厶[丶]	gfcy	王土厶[丶]
F→fan				
帆③	mhmy	冂丨几、	mhwy	冂丨几、
番③	tolf	丿米田[二]	tolf	丿米田[二]
幡	mhtl	冂丨丿田	mhtl	冂丨丿田
翻	toln	丿米田羽	toln	丿米田羽
藩	aitl	艹氵丿田	aitl	艹氵丿田
凡②	myi	几、[氵]	wyi③	几、[氵]
矾③	dmyy	石几、[丶]	dwyy	石几、[丶]
钒	qmyy	钅几、[丶]	qwyy	钅几、[丶]
烦③	odmy	火丆贝[丶]	odmy	火丆贝[丶]
樊	sqqd	木乂乂大	srrd	木乂乂大
蕃③	atol	艹丿米田	atol	艹丿米田
燔③	otol	火丿米田	otol	火丿米田
繁	txgi	𠂉母一小	txti	𠂉母攵小
蹯	khtl	口止丿田	khtl	口止丿田
蘩	atxi	艹𠂉母小	atxi	艹𠂉母小
反②	rci	厂又[氵]	rci	厂又[氵]
返③	rcpi	厂又辶[氵]	rcpi	厂又辶[氵]
犯③	qtbn	犭丿巳[乙]	qtbn	犭[丿]巳[乙]
泛③	itpy	氵丿之[丶]	itpy	氵丿之[丶]
饭③	qnrc	勹乙厂又	qnrc	勹乙厂又
范③	aibb	艹氵巳[巜]	aibb	艹氵巳[巜]
贩②	mrcy	贝厂又[丶]	mrcy③	贝厂又[丶]
畈③	lrcy	田厂又[丶]	lrcy	田厂又[丶]
梵③	ssmy	木木几、	sswy	木木几、
F→fang				
方②	yygn	方、一乙	yygt	方、一丿
邡③	ybh	方阝[丨]	ybh	方阝[丨]
坊③	fyn	土方[乙]	fyt②	土方[丿]
芳②	ayb	艹方[巜]	ayr	艹方[丿丿]
枋③	syn	木方[乙]	syt	木方[丿]
钫③	qyn	钅方[乙]	qyt	钅方[丿]
防②	byn	阝方[乙]	byt③	阝方[丿]
妨②	vyn	女方[乙]	vyt	女方[丿]
房③	ynyv	丶尸方[巛]	ynye	丶尸方[彡]
肪③	eyn	月方[乙]	yet②	月方[丿]
鲂	qgyn	鱼一方[乙]	qgyn	鱼一方[丿]
仿③	wyn	亻方[乙]	wyt	亻方[丿]
彷③	tyn	彳方[乙]	tyt	彳方[丿]
访③	yyn	讠方[乙]	yyt	讠方[丿]
纺②	xyn	纟方[乙]	xyt	纟方[丿]
舫	teyn	丿舟方[乙]	tuyt	丿舟方[丿]
放②	yty	方攵[丶]	yty	方攵[丶]
F→fei				
飞③	nui	乙冫[氵]	nui	乙冫[氵]

汉字	86 版	字根	98 版	字根
妃③	vnn	女己[乙]	vnn	女己[乙]
非③	djdd	三刂三[三]	hdhd②	丨三丨三
啡③	kdjd	口三刂三	khdd④	口丨三三
绯	xdjd	纟三刂三	xhdd③	纟丨三三
菲③	adjd	艹三刂三	ahdd	艹丨三三
扉	yndd	丶尸三三	ynhd	丶尸丨三
蜚	djdj	三刂三虫	hdhj	丨三丨虫
霏	fdjd	雨三刂三	fhdd③	雨丨三三
鲱	qgdd	鱼一三三	qghd	鱼一丨三
肥②	ecn	月巴[乙]	ecn	月巴[乙]
淝③	iecn	氵月巴[乙]	iecn	氵月巴[乙]
腓	edjd	月三刂三	ehdd③	月丨三三
匪	adjd	匚三刂三	ahdd	匚丨三三
诽③	ydjd	讠三刂三	yhdd	讠丨三三
悱	ndjd	忄三刂三	nhdd	忄丨三三
斐	djdy	三刂三文	hdhy	丨三丨文
榧	sadd	木匚三三	sahd③	木匚丨三
翡	djdn	三刂三羽	hdhn	丨三丨羽
篚	tadd	⺮匚三三	tahd	⺮匚丨三
吠③	kdy	口犬[丶]	kdy	口犬[丶]
废	ynty	广乙丿、	onty③	广乙丿、
沸③	ixjh	氵弓川[丨]	ixjh	氵弓川[丨]
狒③	qtxj	犭丿弓川	qtxj④	犭[丿]弓川
肺③	egmh	月一冂丨	egmh	月一冂丨
费③	xjmu	弓川贝[冫]	xjmu	弓川贝[冫]
痱	udjd	疒三刂三	uhdd③	疒丨三三
镄	qxjm	钅弓川贝	qxjm③	钅弓川贝
芾③	agmh	艹一冂丨	agmh	艹一冂丨
F→fen				
分②	wvb	八刀[巜]	wvr	八刀[丿丿]
吩③	kwvn	口八刀[乙]	kwvt	口八刀[丿]
纷	xwvn	纟八刀[乙]	xwvt③	纟八刀[丿]
芬③	awvb	艹八刀[乙]	awvr	艹八刀[丿丿]
氛③	rnwv	⺈乙八刀	rwve	气八刀[彡]
酚③	sgwv	西一八刀	sgwv	西一八刀
坟②	fyy	土文[丶]	fyy③	土文[丶]
汾③	iwvn	氵八刀[乙]	iwvn	氵八刀[乙]
棼③	sswv	木木八刀	sswv④	木木八刀
焚③	ssou	木木火[冫]	ssou	木木火[冫]
鼢	vnuv	臼乙冫刀	enuv	臼乙冫刀
粉②	owvn	米八刀[乙]	owvt③	米八刀[丿]
份③	wwvn	八八刀[乙]	wwvt	八八刀[丿]
奋③	dlf	大田[二]	dlf	大田[二]
忿	wvnu	八刀心[冫]	wvnu	八刀心[冫]
偾③	wfam	亻十艹贝	wfam	亻十艹贝
愤③	nfam	忄十艹贝	nfam	忄十艹贝
粪	oawu	米廾八[冫]	oawu③	米廾八[冫]
鲼	qgfm	鱼一十八	qgfm	鱼一十八
瀵③	iolw	氵米田八	iolw	氵米田八
玢③	gwv	王八刀	gwv	王八刀
F→feng				
丰②	dhk	三丨[川]	dhk③	三丨[川]
风②	mqi	几乂[氵]	wri	几乂[氵]
沣③	idhh	氵三丨[丨]	idhh	氵三丨[丨]
枫③	smqy	木几乂[丶]	swqy	木几乂[丶]
封	fffy	土土寸[丶]	fffy	土土寸[丶]

汉字	86 版	字根	98 版	字根	汉字	86 版	字根	98 版	字根
疯③	umqi	疒几乂氵⃝	uwri	疒几乂氵⃝	匐③	qgkl	勹一口田	qgkl④	勹一口田
砜	dmqy	石几乂丶⃝	dwry	石几乂丶⃝	桴③	sebg	木爫子一⃝	sebg	木爫子一⃝
峰③	mtdh	山夂三丨	mtdh	山夂三丨	涪③	iukg	氵立口一⃝	iukg	氵立口一⃝
烽②	otdh	火夂三丨	otdh	火夂三丨	符③	twfu	竹亻寸冫⃝	twfu	竹亻寸冫⃝
葑	afff	艹土土寸	afff	艹土土寸	艴③	xjqc	弓川⺈巴	xjqc	弓川⺈巴
锋③	qtdh	钅夂三丨	qtdh	钅夂三丨	菔	aebc	艹月卩又	aebc	艹月卩又
蜂③	jtdh	虫夂三丨	jtdh	虫夂三丨	袱	puwd	衤冫亻犬	puwd	衤冫⃝亻犬
酆	dhdb	三丨三阝	mdhb	山三丨阝	幅③	mhgl	冂丨一田	mhgl	冂丨一田
冯②	ucg	冫马一⃝	ucgg③	冫马一一⃝	福③	pygl	礻丶一田	pygl	礻丶⃝一田
逢③	tdhp	夂三丨辶	tdhp	夂三丨辶	蜉③	jebg	虫爫子一⃝	jebg	虫爫子一⃝
缝	xtdp	纟夂三辶	xtdp	纟夂三辶	辐③	lgkl	车一口田	lgkl	车一口田
讽③	ymqy	讠几乂丶⃝	ywry	讠几乂丶⃝	幞③	mhoy	冂丨业丶	mhog	冂丨业夫
唪③	kdwh	口三人丨	kdwh④	口三人丨	蝠	jgkl	虫一口田	jgkl	虫一口田
凤②	mci	几又氵⃝	wci③	几又氵⃝	黻	oguc	业一丷又	oid	业肖𠂇
奉③	dwfh	三人二丨	dwgj	三人丰刂⃝	抚③	rfqn	扌二儿乙⃝	rfqn	扌二儿乙⃝
俸	wdwh	亻三人丨	wdwg	亻三人丰	甫③	gehy	一月丨丶	sghy④	甫一丨丶
F→fo					府③	ywfi	广亻寸氵⃝	owfi②	广亻寸氵⃝
佛③	wxjh	亻弓川丨⃝	wxjh	亻弓川丨⃝	拊③	rwfy	扌亻寸丶⃝	rwfy	扌亻寸丶⃝
F→fou					斧③	wqrj	八乂斤刂⃝	wrrj	八乂斤刂⃝
缶③	rmk	𠂉山川⃝	tfbk④	𠂉十凵川⃝	俯③	wywf	亻广亻寸	wowf	亻广亻寸
否③	gikf	一小口二⃝	dhkf④	丆卜口二⃝	釜③	wqfu	八乂金冫⃝	wrfu	八乂金冫⃝
F→fu					辅	lgey	车一月丶	lsy③	车甫丶⃝
夫②	fwi	二人氵⃝	gggy	夫一一㇏	腑③	eywf	月广亻寸	eowf	月广亻寸
呋③	kfwy	口二人丶⃝	kgy	口夫丶⃝	滏③	iwqu	氵八乂丷	iwru	氵八乂丷
肤③	efwy	月二人丶⃝	egy	月夫丶⃝	腐	ywfw	广亻寸人	owfw	广亻寸人
趺③	khfw	口止二人	khgy④	口止夫丶⃝	黼	oguy	业一丷丶	oisy③	业肖甫丶⃝
麸	gqfw	龶夕二人	gqgy	龶夕夫丶⃝	父③	wqu	八乂冫⃝	wru	八乂冫⃝
稃	tebg	禾爫子一⃝	tebg	禾爫子一⃝	讣③	yhy	讠卜丶⃝	yhy	讠卜丶⃝
跗	khwf	口止亻寸	khwf	口止亻寸	付③	wfy	亻寸丶⃝	wfy	亻寸丶⃝
孵	qytb	𠂆丶丿子	qytb	𠂆丶丿子	妇②	vvg	女彐一⃝	vvg	女彐一⃝
敷	geht	一月丨攵	syty	甫方攵	负②	qmu	𠂊贝冫⃝	qmu	𠂊贝冫⃝
弗③	xjk	弓川川⃝	xjk	弓川川⃝	附③	bwfy	阝亻寸丶⃝	bwfy	阝亻寸丶⃝
伏③	wdy	亻犬丶⃝	wdy	亻犬丶⃝	咐③	kwfy	口亻寸丶⃝	kwfy	口亻寸丶⃝
凫	qynm	勹丶乙几	qwb	鸟几巛⃝	阜	wnnf	亻ココ十	tnfj③	丿𠂤十刂⃝
孚③	ebf	爫子二⃝	ebf	爫子二⃝	驸③	cwfy	马亻寸丶⃝	cgwf④	马一亻寸
郛③	ebbh	爫子阝丨⃝	ebbh	爫子阝丨⃝	复③	tjtu	𠂉日攵冫⃝	tjtu	𠂉日攵冫⃝
扶③	rfwy	扌二人丶⃝	rgy	扌夫丶⃝	赴③	fhhi	土龰卜氵⃝	fhhi	土龰卜氵⃝
芙	afwu	艹二人冫⃝	agu	艹夫冫⃝	阜	wnnf	亻ココ十	tnfj③	丿𠂤十刂⃝
芾③	agmh	艹一冂丨	agmh	艹一冂丨	驸③	cwfy	马亻寸丶⃝	cgwf④	马一亻寸
怫③	nxjh	忄弓川丨⃝	nxjh	忄弓川丨⃝	复③	tjtu	𠂉日攵冫⃝	tjtu	𠂉日攵冫⃝
拂	rxjh	扌弓川丨⃝	rxjh	扌弓川丨⃝	赴③	fhhi	土龰卜氵⃝	fhhi	土龰卜氵⃝
服②	ebcy	月卩又丶⃝	ebcy	月卩又丶⃝	副③	gklj	一口田刂	gklj	一口田刂
绂③	xdcy	纟𠂇又丶⃝	xdcy	纟𠂇又丶⃝	傅③	wgef	亻一月寸	wsfy	亻甫寸丶⃝
绋③	xxjh	纟弓川丨⃝	xxjh	纟弓川丨⃝	富③	pgil	宀一口田	pgil	宀一口田
苻	awfu	艹亻寸冫⃝	awfu	艹亻寸冫⃝	赋③	mgah	贝一弋止	mgay②	贝一弋丶
俘③	webg	亻爫子一⃝	webg	亻爫子一⃝	缚③	xgef	纟一月寸	xsfy②	纟甫寸丶⃝
氟③	rnxj	𠂉乙弓川	rxjk④	气弓川川⃝	腹③	etjt	月𠂉日攵	etjt	月𠂉日攵
袚	pydc	礻丶𠂇又	pydy	礻丶⃝𠂇丶	鲋③	qgwf	鱼一亻寸	qgwf	鱼一亻寸
罘③	lgiu	罒一小冫⃝	ldhu	罒丆卜冫⃝	赙③	mgef	贝一月寸	msfy	贝甫寸丶⃝
茯③	awdu	艹亻犬冫⃝	awdu	艹亻犬冫⃝	蝮	jtjt	虫𠂉日攵	jtjt③	虫𠂉日攵
浮③	iebg	氵爫子一⃝	iebg	氵爫子一⃝	鳆	qgtt	鱼一𠂉攵	qgtt	鱼一𠂉攵
砩③	dxjh	石弓川丨⃝	dxjh	石弓川丨⃝	覆③	sttt	覀彳𠂉攵	sttt	覀彳𠂉攵
莩	aebf	艹爫子二⃝	aebf③	艹爫子二⃝	馥	tjtt	禾日𠂉攵	tjtt	禾日𠂉攵
蚨③	jfwy	虫二人丶⃝	jgy	虫夫丶⃝					

G 字母部

汉字	86 版	字根	98 版	字根
G→ga				
旮③	vjf	九日㊁	vjf	九日㊁
钆	qnn	钅乙(乙)	qnn	钅乙(乙)
尜③	idiu	小大小(冫)	idiu	小大小(冫)
胳③	etkg	月夂口㊀	etkg	月夂口㊀
嘎③	kdha	口丆目戈	kdha	口丆目戈
噶③	kajn	口艹日乙	kajn	口艹日乙
尕③	eiu	乃小(冫)	biu	乃小(冫)
尬③	dnwj	ナ乙人川	dnwj	ナ乙人川
G→gai				
该	yynw	讠亠乙人	yynw	讠亠乙人
陔	bynw	阝亠乙人	bynw	阝亠乙人
垓	fynw	土亠乙人	fynw③	土亠乙人
赅③	mynw	贝亠乙人	mynw	贝亠乙人
改③	nty	己攵(丶)	nty②	己攵(丶)
胲	eynw	月亠乙人	eynw	月亠乙人
丐③	ghnv	一卜乙(巛)	ghnv	一卜乙(巛)
钙③	qghn	钅一卜乙	qghn④	钅一卜乙
盖③	uglf	丷王皿㊁	uglf	丷王皿㊁
溉③	ivcq	氵彐厶儿	ivaq	氵艮匚儿
戤	ecla	乃又皿戈	bcla	乃又皿戈
概③	svcq	木彐厶儿	svaq	木艮匚儿
G→gan				
干	fggh	干一一丨	fggh	干一一丨
肝②	efh	月干(丨)	efh	月干(丨)
甘③	afd	廿二㊂	fghg④	甘一丨一
杆③	sfh	木干(丨)	sfh	木干(丨)
坩③	fafg	土廿二㊀	ffg	土甘㊀
泔③	iafg	氵廿二㊀	ifg	氵甘㊀
苷③	aaff	艹廿二㊁	aff	艹甘㊁
柑③	safg	木廿二㊀	sfg	木甘㊀
竿③	tfj	⺮干(刂)	tfj	⺮干(刂)
疳③	uafd	疒廿二㊂	ufd	疒甘㊂
酐	sgfh	西一干(丨)	sgfh	西一干(丨)
尴	dnjl	ナ乙刂皿	dnjl	ナ乙刂皿
秆③	tfh	禾干(丨)	tfh	禾干(丨)
赶	fhfk	土龰干(川)	fhfk	土龰干(川)
敢③	nbty	⺈耳攵(丶)	nbty②	⺈耳攵(丶)
感	dgkn	厂一口心	dgkn	戊一口心
澉③	inbt	氵乙耳攵	inbt④	氵⺈耳攵
橄③	snbt	木乙耳攵	snbt	木⺈耳攵
擀③	rfjf	扌十早干	rfjf	扌十早干
旰③	jfh	日干(丨)	jfh	日干(丨)
矸③	dfh	石干(丨)	dfh	石干(丨)
绀③	xafg	纟廿二㊀	xfg	纟甘㊀
淦③	iqg	氵金㊀	iqg	氵金㊀
赣③	ujtm	立早夂贝	ujtm	立早夂贝
G→gang				
冈③	mqi	冂乂(氵)	mri②	冂乂(氵)
刚③	mqjh	冂乂刂(丨)	mrjh	冂乂刂(丨)
纲②	xmqy	纟冂乂(丶)	xmry③	纟冂乂(丶)
扛③	rag	扌工㊀	rag	扌工㊀
肛②	eag	月工㊀	eag	月工㊀
缸③	rmag	𠂉山工㊀	tfba④	𠂉十山工
钢③	qmqy	钅冂乂(丶)	qmry	钅冂乂(丶)
岗③	mmqu	山冂乂(冫)	mmru	山冂乂(冫)
罡③	lghf	罒一止㊁	lghf	罒一止㊁
港	iawn	氵龷人巳	iawn	氵龷人巳
杠③	sag	木工㊀	sag	木工㊀
筻	tgjq	⺮一日乂	tgjr	⺮一日乂
戆	ujtn	立早夂心	ujtn	立早夂心
G→gao				
皋	rdfj	白大十(刂)	rdfj	白大十(刂)
羔③	ugou	丷王灬(冫)	ugou④	丷王灬(冫)
高②	ymkf	亠冂口㊁	ymkf③	亠冂口㊁
槔③	srdf	木白大十	srdf	木白大十
睾	tlff	丿罒土土	tlff	丿罒土土
膏③	ypke	亠冖口月	ypke	亠冖口月
篙	tymk	⺮亠冂口	tymk	⺮亠冂口
糕	ougo	米丷王灬	ougo	米丷王灬
杲③	jsu	日木(冫)	jsu	日木(冫)
搞③	rymk	扌亠冂口	rymk②	扌亠冂口
缟③	xymk	纟亠冂口	xymk	纟亠冂口
槁	symk	木亠冂口	symk	木亠冂口
稿③	tymk	禾亠冂口	tymk	禾亠冂口
镐③	qymk	钅亠冂口	qymk	钅亠冂口
藁	ayms	艹亠冂木	ayms	艹亠冂木
告	tfkf	丿土口㊁	tfkf	丿土口㊁
诰	ytfk	讠丿土口	ytfk	讠丿土口
郜	tfkb	丿土口阝	tfkb	丿土口阝
锆	qtfk	钅丿土口	qtfk	钅丿土口
G→ge				
戈	agnt	戈一乙丿	agny	戈一乙丶
圪③	ftnn	土𠂉乙(乙)	ftnn④	土𠂉乙(乙)
仡③	wtnn	亻𠂉乙(乙)	wtnn④	亻𠂉乙(乙)
纥	xtnn	纟𠂉乙(乙)	xtnn	纟𠂉乙(乙)
疙③	utnv	疒𠂉乙(巛)	utnv	疒𠂉乙(巛)
哥③	sksk	丁口丁口	sksk④	丁口丁口
胳③	etkg	月夂口㊀	etkg	月夂口㊀
袼	putk	衤冫夂口	putk	衤(冫)夂口
鸽	wgkg	人一口一	wgkg	人一口一
割	pdhj	宀三丨刂	pdhj	宀三丨刂
搁③	rutk	扌门夂口	rutk	扌门夂口
歌	sksw	丁口丁人	sksw③	丁口丁人
阁③	utkd	门夂口㊂	utkd	门夂口㊂
革②	afj	廿中(刂)	afj	廿中(刂)
格②	stkg	木夂口㊀	stkg③	木夂口㊀
鬲	gkmh	一口冂丨	gkmh	一口冂丨
葛③	ajqn	艹日勹乙	ajqn	艹日勹乙
蛤②	jwgk	虫人一口	jwgk	虫人一口
隔③	bgkh	阝一口丨	bgkh	阝一口丨
嗝	kgkh	口一口丨	kgkh	口一口丨
塥③	fgkh	土一口丨	fgkh	土一口丨
搿	rwgr	手人一手	rwgr	手人一手
膈③	egkh	月一口丨	egkh	月一口丨
镉	qgkh	钅一口丨	qgkh	钅一口丨
骼③	metk	冎月夂口	metk	冎月夂口
哿	lksk	力口丁口	eksk	力口丁口
舸③	tesk	丿舟丁口	tusk	丿舟丁口
个②	whj	人丨(刂)	whj	人丨(刂)

汉字	86 版	字根	98 版	字根
各[2]	tkf	夂口㊁	tkf	夂口㊁
虼[3]	jtnn	虫𠂉乙(乙)	jtnn	虫𠂉乙(乙)
硌[3]	dtkg	石夂口㊀	dtkg	石夂口㊀
铬[3]	qtkg	钅夂口㊀	qtkg	钅夂口㊀
咯[3]	ktkg	口夂口㊀	ktkg	口夂口㊀
G→gei				
给[2]	xwgk	纟人一口	xwgk	纟人一口
根[3]	svey	木彐𠄌	svy[2]	木艮(丶)
跟[3]	khve	口止彐𠄌	khvy	口止艮(丶)
哏[3]	kvey	口彐𠄌(丶)	kvy	口艮(丶)
亘[3]	gjgf	一日一㊁	gjgf	一日一㊁
艮[3]	vei	彐𠄌(氵)	vngy[4]	艮乙一乀
茛[3]	aveu	艹彐𠄌(冫)	avu	艹艮(冫)
G→geng				
更[3]	gjqi	一日乂(氵)	gjri	一日乂(氵)
庚[3]	yvwi	广⺕人(氵)	ovwi	广⺕人(氵)
耕[3]	difj	三小二川	fsfj	二木二川
赓	yvwm	广⺕人贝	ovwm	广⺕人贝
羹	ugod	丷王灬大	ugod	丷王灬大
哽[3]	kgjq	口一日乂	kgjr	口一日乂
埂[3]	fgjq	土一日乂	fgjr[4]	土一日乂
绠[3]	xgjq	纟一日乂	xgjr	纟一日乂
耿[2]	boy	耳火(丶)	boy	耳火(丶)
梗	sgjq	木一日乂	sgjr	木一日乂
颈[3]	cadm	ス工丆贝	cadm	ス工丆贝
鲠	qggq	鱼一一乂	qggr	鱼一一乂
G→gong				
工[1]	aaaa	工工工工	aaaa[3]	工工工工
弓[3]	xngn	弓乙一乙	xngn	弓乙一乙
公[2]	wcu	人厶(冫)	wcu	人厶(冫)
功[2]	aln	工力(乙)	aet	工力(丿)
攻[2]	aty	工攵(丶)	aty	工攵(丶)
供[3]	wawy	亻龷八(丶)	wawy	亻龷八(丶)
肱[3]	edcy	月𠂇厶(丶)	edcy	月𠂇厶(丶)
宫[2]	pkkf	宀口口㊁	pkkf	宀口口㊁
恭	awnu	龷八⺗(冫)	awnu	龷八⺗(冫)
蚣[3]	jwcy	虫八厶(丶)	jwcy	虫八厶(丶)
躬	tmdx	丿冂三弓	tmdx	丿冂三弓
龚[3]	dxaw	𠂇匕龷八	dxyw[4]	𠂇匕丶八
觥[3]	qeiq	𠂊用⺌儿	qeiq	𠂊用⺌儿
巩[3]	amyy	工几丶(丶)	awyy[4]	工几丶(丶)
汞[3]	aiu	工水(冫)	aiu	工水(冫)
拱[3]	rawy	扌龷八(丶)	rawy	扌龷八(丶)
珙[3]	gawy	王龷八(丶)	gawy	王龷八(丶)
共[2]	awu	龷八(冫)	awu	龷八(冫)
贡[2]	amu	工贝(冫)	amu	工贝(冫)
红[2]	xag	纟工㊀	xag	纟工㊀
G→gou				
勾[3]	qci	勹厶(氵)	qci	勹厶(氵)
佝[3]	wqkg	亻勹口㊀	wqkg	亻勹口㊀
沟[3]	iqcy[3]	氵勹厶(丶)	iqcy[2]	氵勹厶(丶)
钩[3]	qqcy	钅勹厶(丶)	qqcy	钅勹厶(丶)
缑[3]	xwnd	纟亻コ大	xwnd	纟亻コ大
篝	tfjf	⺮二‖土	tamf	⺮龷冂土
鞲	afff	廿串二土	afaf	廿串龷土

汉字	86 版	字根	98 版	字根
岣[3]	mqkg	山勹口㊀	mqkg	山勹口㊀
狗[3]	qtqk	犭丿勹口	qtqk	犭(丿)勹口
苟	aqkf	艹勹口㊁	aqkf	艹勹口㊁
枸[3]	sqkg	木勹口㊀	sqkg[4]	木勹口㊀
笱[3]	tqkf	⺮勹口㊁	tqkf	⺮勹口㊁
构[2]	sqcy	木勹厶(丶)	sqcy	木勹厶(丶)
购[3]	mqcy	贝勹厶(丶)	mqcy	贝勹厶(丶)
垢[2]	frgk	土厂一口	frgk	土厂一口
诟[3]	yrgk	讠厂一口	yrgk	讠厂一口
够	qkqq	勹口夕夕	qkqq	勹口夕夕
媾[3]	vfjf	女二‖土	vamf	女龷冂土
彀	fpgc	士冖一又	fpgc	士冖一又
遘	fjgp	二‖一辶	amfp	龷冂土辶
觏	fjgq	二‖一儿	amfq	龷冂土儿
G→gu				
估[2]	wdg	亻古㊀	wdg	亻古㊀
咕[3]	kdg	口古㊀	kdg	口古㊀
姑[2]	vdg	女古㊀	vdg	女古㊀
孤[2]	brcy	子厂厶丶	brcy	子厂厶丶
沽[3]	idg	氵古㊀	idg	氵古㊀
轱[3]	ldg	车古㊀	ldg	车古㊀
鸪	dqyg	古勹丶一	dqgg[3]	古鸟一㊀
菇[3]	avdf	艹女古㊁	avdf	艹女古㊁
菰[3]	abry	艹子厂乀	abry[4]	艹子厂乀
蛄[3]	jdg	虫古㊀	jdg	虫古㊀
觚[3]	qery	𠂊用厂乀	qery	𠂊用厂乀
辜[3]	duj	古辛(刂)	duj[2]	古辛(刂)
酤	sgdg	西一古㊀	sgdg	西一古㊀
毂[3]	fplc	士冖车又	fplc	士冖车又
箍[3]	trah	⺮扌匚丨	trah	⺮扌匚丨
鹘[3]	meqg	冎月勹一	meqg[4]	冎月鸟一
古[3]	dghg	古一丨一	dghg	古一丨一
汩[3]	ijg	氵日㊀	ijg	氵日㊀
诂[3]	ydg	讠古㊀	ydg	讠古㊀
谷[3]	wwkf	八人口㊁	wwkf	八人口㊁
股[3]	emcy	月几又(丶)	ewcy	月几又(丶)
牯	trdg	丿扌古㊀	cdg[3]	牜古㊀
贾[3]	smu	西贝(冫)	smu[2]	覀贝(冫)
骨[2]	mef	冎月㊁	mef	冎月㊁
罟[3]	ldf	罒古㊁	ldf	罒古㊁
钴[3]	qdg	钅古㊀	qdg	钅古㊀
蛊[3]	jlf	虫皿㊁	jlf	虫皿㊁
鹄	tfkg	丿土口一	tfkg	丿土口一
鼓	fkuc	士口丷又	fkuc	士口丷又
瞽	fkuh	士口丷目	fkuh	士口丷目
嘏[3]	dnhc	古コ丨又	dnhc	古コ丨又
臌	efkc	月士口又	efkc	月士口又
固[3]	ldd	口古㊂	ldd	口古㊂
故[3]	dty	古攵(丶)	dty[2]	古攵(丶)
顾[2]	dbdm	厂㔾丆贝	dbdm[3]	厂㔾丆贝
崮[3]	mldf	山口古㊁	mldf	山口古㊁
梏	stfk	木丿土口	stfk	木丿土口
牿	trtk	丿扌丿口	ctfk[3]	牜丿土口
雇	ynwy	丶尸亻主	ynwy[3]	丶尸亻主
痼[3]	uldd	疒口古㊂	uldd	疒口古㊂

汉字	86版	字根	98版	字根
锢	qldg	钅口古㊀	qldg	钅口古㊀
鲴	qgld	鱼一口古	qgld	鱼一口古
G→gua				
瓜	rcyi	厂厶乀(氵)	rcyi③	厂厶乀(氵)
刮	tdjh	丿古刂(丨)	tdjh	丿古刂(丨)
胍③	ercy	月厂厶丶	ercy	月厂厶丶
鸹③	tdqg	丿古勹一	tdqg④	丿古鸟一
呱③	krcy	口厂厶丶	krcy	口厂厶丶
剐	kmwj	口冂人刂	kmwj	口冂人刂
寡③	pdev	宀丆月刀	pdev	宀丆月刀
卦	ffhy	土土卜(丶)	ffhy	土土卜(丶)
挂	rffg	扌土土㊀	rffg	扌土土㊀
诖	yffg	讠土土㊀	yffg	讠土土㊀
褂	pufh	衤冫土卜	pufh	衤(冫)土卜
栝	stdg	木丿古㊀	stdg	木丿古㊀
G→guai				
乖③	tfux	丿十丬匕	tfux	丿十丬匕
掴	rlgy	扌口王丶	rlgy	扌口王丶
拐③	rkln	扌口力(乙)	rket④	扌口力(丿)
怪②	ncfg	忄又土㊀	ncfg	忄又土㊀
G→guan				
关②	udu	丷大(冫)	udu③	丷大(冫)
观②	cmqn	又冂儿(乙)	cmqn	又冂儿(乙)
纶③	xwxn	纟人匕(乙)	xwxn	纟人匕(乙)
官③	pnhn	宀コ丨コ	pnf②	宀𠂤㊁
冠	pfqf	冖二儿寸	pfqf	冖二儿寸
倌③	qpnn	亻宀ココ	qpng	亻宀𠂤㊀
棺③	spnn	木宀ココ	spng	木宀𠂤㊀
莞	apfq	艹宀二儿	apfq	艹宀二儿
鳏	qgli	鱼一罒氺	qgli	鱼一罒氺
馆③	qnpn	饣乙宀コ	qnpn	饣乙宀𠂤
管②	tpnn	竹宀ココ	tpnf③	竹宀𠂤㊁
贯③	xfmu	毌十贝(冫)	xmu②	毌贝(冫)
惯③	nxfm	忄毌十贝	nxmy	忄毌贝(丶)
掼③	rxfm	扌毌十贝	rxmy	扌毌贝(丶)
涫③	ipnn	氵宀ココ	ipng	氵宀𠂤㊀
盥③	qgil	𠂇一水皿	eilf	白水皿㊁
灌③	iaky	氵艹口圭	iaky	氵艹口圭
鹳	akkg	艹口口一	akkg	艹口口一
罐	rmay	𠂉山艹圭	tfby	𠂉二山圭
G→guang				
光②	iqb	⺌儿(巜)	igqb	⺌一儿(巜)
咣③	kiqn	口⺌儿(乙)	kigq	口⺌一儿
桄	siqn	木⺌儿(乙)	sigq	木⺌一儿
胱③	eiqn	月⺌儿(乙)	eigq	月⺌一儿
广	yygt	广丶一丿	oygt②	广丶一丿
犷	qtyt	犭丿广(丿)	qtot	犭(丿)广(丿)
逛	qtgp	犭丿王辶	qtgp	犭(丿)王辶
G→gui				
归②	jvg	刂彐㊀	jvg	刂彐㊀
圭③	fff	土土㊁	fff	土土㊁
妫③	vyly	女丶力丶	vyey	女丶力丶
龟③	qjnb	𠂊日乙(巜)	qjnb	𠂊日乙(巜)

汉字	86版	字根	98版	字根
规③	fwmq	二人冂儿	gmqn	夫冂儿(乙)
皈	rrcy	白厂又(丶)	rrcy	白厂又(丶)
闺	uffd	门土土㊂	uffd③	门土土㊂
硅③	dffg	石土土㊀	dffg④	石土土㊀
瑰③	grqc	王白儿厶	grqc	王白儿厶
鲑	qgff	鱼一土土	qgff	鱼一土土
宄③	pvb	宀九(巜)	pvb	宀九(巜)
轨②	lvn	车九(乙)	lvn	车九(乙)
庋③	yfci	广十又(氵)	ofci	广十又(氵)
匦③	alvv	匚车九(巛)	alvv	匚车九(巛)
诡③	yqdb	讠⺈厂㔾	yqdb	讠⺈厂㔾
癸③	wgdu	癶一大(冫)	wgdu	癶一大(冫)
鬼③	rqci	白儿厶(氵)	rqci	白儿厶(氵)
晷	jthk	日夂卜口	jthk	日夂卜口
簋	tvel	竹彐𠃊皿	tvlf	竹艮皿㊁③
刽	wfcj	人二厶刂	wfcj	人二厶刂
炔③	onwy	火コ人(丶)	onwy	火コ人(丶)
刿	mqjh	山夕刂(丨)	mqjh	山夕刂(丨)
柜③	sann	木匚コ(乙)	sann	木匚コ(乙)
炅③	jou	日火(冫)	jou	日火(冫)
贵	khgm	口丨一贝	khgm	口丨一贝
桂③	sffg	木土土㊀	sffg	木土土㊀
跪	khqb	口止⺈㔾	khqb	口止⺈㔾
鳜	qgdw	鱼一厂人	qgdw	鱼一厂人
桧③	swfc	木人二厶	swfc	木人二厶
G→gun				
衮	uceu	六厶𧘇(冫)	uceu	六厶𧘇(冫)
绲③	xjxx	纟日ヒ匕	xjxx	纟日ヒ匕
辊②	ljxx	车日ヒ匕	ljxx②	车日ヒ匕
滚③	iuce	氵六厶𧘇	iuce	氵六厶𧘇
磙③	duce	石六厶𧘇	duce	石六厶𧘇
鲧	qgti	鱼一丿小	qgti	鱼一丿小
棍③	sjxx	木日ヒ匕	sjxx	木日ヒ匕
G→guo				
呙	kmwu	口冂人(冫)	kmwu	口冂人(冫)
埚③	fkmw	土口冂人	fkmw④	土口冂人
郭③	ybbh	亠子阝(丨)	ybbh	亠子阝(丨)
崞③	mybg	山亠子㊀	mybg	山亠子㊀
聒③	btdg	耳丿古㊀	btdg	耳丿古㊀
锅③	qkmw	钅口冂人	qkmw	钅口冂人
蝈③	jlgy	虫口王丶	jlgy	虫口王丶
国①	lgyi	口王丶(氵)	lgyi③	口王丶(氵)
帼③	mhly	冂丨口丶	mhly	冂丨口丶
掴	rlgy	扌口王丶	rlgy	扌口王丶
虢	efhm	爫寸广几	efhw	爫寸广几
馘	uthg	丷丿目一	uthg	丷丿目一
果②	jsi	日木(氵)	jsi	日木(氵)
猓	qtjs	犭丿日木	qtjs	犭(丿)日木
椁③	sybg	木亠子㊀	sybg	木亠子㊀
蜾③	jjsy	虫日木(丶)	jjsy	虫日木(丶)
裹	yjse	亠日木𧘇	yjse	亠日木𧘇
过②	fpi	寸辶(氵)	fpi	寸辶(氵)
涡③	ikmw	氵口冂人	ikmw	氵口冂人

H字母部

汉字	86版	字根	98版	字根
H→ha				
蛤②	jwgk	虫人一口	jwgk	虫人一口
铪	qwgk	钅人一口	qwgk	钅人一口
哈③	kwgk	口人一口	kwgk	口人一口
H→hai				
嗨	kitu	口氵𠂉氵	kitx	口氵𠂉母
咳	kynw	口亠乙人	kynw	口亠乙人
孩	bynw	子亠乙人	bynw③	子亠乙人
骸③	meyw	冎月亠人	meyw	冎月亠人
海③	itxu	氵𠂉母氵	itxg	氵𠂉母㊀
胲	eynw	月亠乙人	eynw	月亠乙人
醢	sgdl	西一𠂇皿	sgdl	西一𠂇皿
亥	yntw	亠乙丿人	yntw	亠乙丿人
骇	cynw	马亠乙人	cgyw	马一亠人
害②	pdhk	宀三丨口	pdhk	宀三丨口
氦	rnyw	𠂉乙亠人	rynw	气亠乙人
还③	gipi	一小辶⊙	dhpi②	𠂆卜辶⊙
H→han				
顸	fdmy	干𠂆贝⊙	fdmy	干𠂆贝⊙
蚶③	jafg	虫艹二㊀	jfg	虫甘㊀
酣	sgaf	西一艹二	sgfg③	西一甘㊀
憨	nbtn	乙耳攵心	nbtn	乙耳攵心
鼾	thlf	丿目田干	thlf	丿目田干
邗③	fbh	干阝①	fbh	干阝①
含	wynk	人丶乙口	wynk	人丶乙口
邯③	afbh	艹二阝①	fbh	甘阝①
函③	bibk	了㐅凵⑪	bibk	了㐅凵⑪
晗	jwyk	日人丶口	jwyk	日人丶口
涵③	ibib	氵了㐅凵	ibib	氵了㐅凵
焓③	owyk	火人丶口	owyk	火人丶口
寒③	pfju	宀二刂氵	pawu	宀𠀎八氵
韩	fjfh	十早二丨	fjfh	十早二丨
罕③	pwfj	冖八干⑪	pwfj	冖八干⑪
喊	kdgt	口厂一丿	kdgk	口戊一口
汉②	icy	氵又⊙	icy	氵又⊙
汗③	ifh	氵干①	ifh②	氵干①
旱③	jfj	日干⑪	jfj	日干⑪
悍③	njfh	忄日干①	njfh	忄日干①
捍③	rjfh	扌日干①	rjfh④	扌日干①
焊③	ojfh	火日干①	ojfh	火日干①
菡	abib	艹了㐅凵	abib	艹了㐅凵
颔	wynm	人丶乙贝	wynm	人丶乙贝
撖	rnbt	扌乙耳攵	rnbt	扌乙耳攵
憾	ndgn	忄厂一心	ndgn	忄厂一心
撼	rdgn	扌厂一心	rdgn	扌戊一心
翰③	fjwn	十早人羽	fjwn	十早人羽
瀚	ifjn	氵十早羽	ifjn	氵十早羽
阚③	unbt	门乙耳攵	unbt	门乙耳攵
H→hang				
夯③	dlb	大力⑥	der	大力⑦
杭③	symn	木亠几ⓩ	sywn	木亠几ⓩ
绗	xtfh	纟彳二丨	xtgs	纟彳一丁
航③	teym	丿舟亠几	tuyw	丿舟亠几
颃	ymdm	亠几𠂆贝	ymdm③	亠几𠂆贝
沆③	iumn	氵亠几ⓩ	iuwn④	氵亠几ⓩ
H→hao				
蒿③	aymk	艹亠冂口	aymk	艹亠冂口
嚆③	kayk	口艹亠口	kayk	口艹亠口
薅	avdf	艹女厂寸	avdf	艹女厂寸
蚝③	jtfn	虫丿二乙	jen	虫毛乙
毫③	yptn	亠冖丿乙	ype	亠冖毛
嗥③	krdf	口白大十	krdf④	口白大十
豪	ypeu	亠冖豕⑦	ypge③	亠冖一豕
嚎③	kype	口亠冖豕	kype	口亠冖豕
壕③	fype	土亠冖豕	fype	土亠冖豕
濠③	iype	氵亠冖豕	iype	氵亠冖豕
貉	eetk	爫豸夂口	etkg	豸夂口㊀
好②	vbg	女子㊀	vbg	女子㊀
郝③	fobh	土小阝①	fobh	土小阝①
号③	kgnb	口一乙⑥	kgnb②	口一乙⑥
昊③	jgdu	日一大⑦	jgdu	日一大⑦
浩	itfk	氵丿土口	itfk	氵丿土口
耗	ditn	三小丿乙	fsen③	二木毛ⓩ
皓	rtfk	白丿土口	rtfk	白丿土口
颢	jyim	日亠小贝	jyim	日亠小贝
镐③	qymk	钅亠冂口	qymk	钅亠冂口
灏	ijym	氵日亠贝	ijym	氵日亠贝
H→he				
诃③	yskg	讠丁口㊀	yskg	讠丁口㊀
呵③	kskg	口丁口㊀	kskg	口丁口㊀
喝③	kjqn	口日勹乙	kjqn	口日勹乙
嗬	kawk	口艹亻口	kawk	口艹亻口
禾③	tttt	禾禾禾禾	tttt	禾禾禾禾
合③	wgkf	人一口⊜	wgkf	人一口⊜
纥	xtnn	纟𠂉乙ⓩ	xtnn	纟𠂉乙ⓩ
何③	wskg	亻丁口㊀	wskg	亻丁口㊀
劾	yntl	亠乙丿力	ynte	亠乙丿力
和①	tkg	禾口㊀	tkg	禾口㊀
河③	iskg	氵丁口㊀	iskg	氵丁口㊀
曷	jqwn	日勹人乙	jqwn	日勹人乙
阂③	uynw	门亠乙人	uynw	门亠乙人
核	synw	木亠乙人	synw③	木亠乙人
盍	fclf	土厶皿⊜	fclf③	土厶皿⊜
荷	awsk	艹亻丁口	awsk	艹亻丁口
涸③	ildg	氵口古㊀	ildg	氵口古㊀
盒	wgkl	人一口皿	wgkl	人一口皿
菏③	aisk	艹氵丁口	aisk④	艹氵丁口
颌	wgkm	人一口贝	wgkm	人一口贝
貉	eetk	爫豸夂口	etkg	豸夂口㊀
阖③	ufcl	门土厶皿	ufcl	门土厶皿
翮	gkmn	一口冂羽	gkmn	一口冂羽
吓③	kghy	口一卜⊙	kghy	口一卜⊙
贺③	lkmu	力口贝⑦	ekmu	力口贝⑦
褐	pujn	衤冫日乙	pujn	衤⑦日乙
赫③	fofo	土小土小	fofo	土小土小
鹤③	pwyg	冖亻主一	pwyg	冖亻主一
壑③	hpgf	卜冖一土	hpgf	卜冖一土
H→hei				
黑③	lfou	罒土灬⑦	lfou	罒土灬⑦
嘿③	klfo	口罒土灬	klfo	口罒土灬

汉字	86 版	字根	98 版	字根
H→hen				
痕③	uvei	疒ヨ⻀[氵]	uvi	疒艮[氵]
很③	tvey	彳ヨ⻀[丶]	tvy	彳艮[丶]
狠③	qtve	犭丿ヨ⻀	qtvy	犭[丿]艮[丶]
恨③	nvey	忄ヨ⻀[丶]	nvy	忄艮[丶]
H→heng				
亨③	ybj	亠口了[刂]	ybj	亠口了[刂]
哼③	kybh	口亠口了[丨]	kybh	口亠口了[丨]
恒③	ngjg	忄一日一	ngjg	忄一日一
桁	stfh	木彳二丨	stgs③	木彳一丁
珩③	gtfh	王彳二丨	gtgs	王彳一丁
横③	samw	木廾由八	samw	木廾由八
衡	tqdh	彳鱼大丨	tqds③	彳鱼大丁
蘅	atqh	艹彳鱼丨	atqs	艹彳鱼丁
H→hong				
轰③	lccu	车又又[冫]	lccu	车又又[冫]
哄③	kawy	口廾八[丶]	kawy	口廾八[丶]
訇③	qyd	勹言[三]	qyd	勹言[三]
烘③	oawy	火廾八[丶]	oawy	火廾八[丶]
薨	alpx	艹罒冖匕	alpx	艹罒冖匕
弘③	xcy	弓厶[丶]	xcy②	弓厶[丶]
红②	xag	纟工[一]	xag	纟工[一]
宏③	pdcu	宀ナ厶[冫]	pdcu	宀ナ厶[冫]
闳③	udci	门ナ厶[氵]	udci	门ナ厶[氵]
泓③	ixcy	氵弓厶[丶]	ixcy	氵弓厶[丶]
洪③	iawy	氵廾八[丶]	iawy	氵廾八[丶]
荭③	axaf	艹纟工[二]	axaf	艹纟工[二]
虹②	jag	虫工[一]	jag③	虫工[一]
鸿	iaqg	氵工勹一	iaqg③	氵工鸟一
蕻	adaw	艹镸廾八	adaw	艹镸廾八
黉③	ipaw	⺍冖廾八	ipaw	⺍冖廾八
讧③	yag	讠工[一]	yag	讠工[一]
H→hou				
侯③	wntd	亻コ𠂉大	wntd	亻ユ𠂉大
喉③	kwnd	口亻コ大	kwnd④	口亻ユ大
猴③	qtwd	犭丿亻大	qtwd	犭[丿]亻大
瘊③	uwnd	疒亻乙大	uwnd	疒亻乙大
篌③	twnd	⺮亻コ大	twnd	⺮亻ユ大
糇③	ownd	米亻コ大	ownd	米亻ユ大
骺③	merk	冎月厂口	merk	冎月厂口
吼③	kbnn	口子乙[乙]	kbnn	口子乙[乙]
后②	rgkd	厂一口[三]	rgkd	厂一口[三]
厚③	djbd	厂日子[三]	djbd	厂日子[三]
後③	txty	彳幺夂[丶]	txty④	彳幺夂[丶]
逅	rgkp	厂一口辶	rgkp	厂一口辶
候③	whnd	亻丨コ大	whnd	亻丨ユ大
堠	fwnd	土亻コ大	fwnd③	土亻ユ大
鲎	ipqg	⺍冖鱼一	ipqg	⺍冖鱼一
H→hu				
乎③	tuhk	丿⺌丨[川]	tufk④	丿丷十[川]
呼②	ktuh	口丿⺌丨	ktuf③	口丿丷十
忽③	qrnu	勹彡心[冫]	qrnu	勹彡心[冫]
烀③	otuh	火丿⺌丨	otuf	火丿丷十
轷③	ltuh	车丿⺌丨	ltuf	车丿丷十
唿③	kqrn	口勹彡心	kqrn	口勹彡心
惚③	nqrn	忄勹彡心	nqrn	忄勹彡心
滹	ihah	氵广七丨	ihtf	氵虍丿十
囫③	lqre	口勹彡[彡]	lqre	口勹彡[彡]
弧③	xrcy	弓厂厶丶	xrcy	弓厂厶丶
狐③	qtry	犭丿厂丶	qtry	犭[丿]厂丶
胡②	deg	古月[一]	deg③	古月[一]
壶③	fpog	士冖业一	fpof	士冖业[二]
斛③	qeuf	夕用冫十	qeuf	夕用冫十
湖③	ideg	氵古月[一]	ideg	氵古月[一]
猢	qtde	犭丿古月	qtde	犭[丿]古月
葫	adef	艹古月[二]	adef	艹古月[二]
煳	odeg	火古月[一]	odeg	火古月[一]
瑚③	gdeg	王古月[一]	gdeg	王古月[一]
鹕③	deqg	古月勹一	deqg	古月鸟一
槲	sqef	木夕用十	sqef	木夕用十
糊③	odeg	米古月[一]	odeg	米古月[一]
蝴③	jdeg	虫古月[一]	jdeg	虫古月[一]
醐	sgde	西一古月	sgde	西一古月
觳	fpgc	士冖一又	fpgc	士冖一又
虎②	hamv	广七几[巛]	hwv③	虍几[巛]
浒	iytf	氵讠𠂉十	iytf	氵讠𠂉十
唬	kham	口广七几	khwn	口虍几[乙]
琥③	gham	王广七几	ghwn	王虍几[乙]
互②	gxgd	一彑一[三]	gxd	一彑[三]
户③	yne	丶尸[彡]	yne	丶尸[彡]
冱③	ugxg	冫一彑一	ugxg	冫一彑[一]
护③	rynt	扌丶尸[丿]	rynt	扌丶尸[丿]
沪③	iynt	氵丶尸[丿]	iynt	氵丶尸[丿]
岵③	mdg	山古[一]	mdg	山古[一]
怙③	ndg	忄古[一]	ndg	忄古[一]
戽③	ynuf	丶尸冫十	ynuf	丶尸冫十
祜	pydg	礻丶古[一]	pydg	礻[丶]古[一]
笏③	tqrr	⺮勹彡[彡]	tqrr	⺮勹彡[彡]
扈	ynkc	丶尸口巴	ynkc	丶尸口巴
瓠	dfny	大二乙丶	dfny	大二乙丶
鹱	qync	勹丶乙又	qgac	鸟一艹又
H→hua				
花③	awxb	艹亻匕[《]	awxb	艹亻匕[《]
华③	wxfj	亻匕十[刂]	wxfj	亻匕十[刂]
哗③	kwxf	口亻匕十	kwxf	口亻匕十
骅③	cwxf	马亻匕十	cgwf	马一亻十
铧③	qwxf	钅亻匕十	qwxf	钅亻匕十
滑③	imeg	氵冎月[一]	imeg	氵冎月[一]
猾③	qtme	犭丿冎月	qtme	犭[丿]冎月
化②	wxn	亻匕[乙]	wxn	亻匕[乙]
划②	ajh	戈刂[丨]	ajh	戈刂[丨]
画②	glbj	一田凵[刂]	glbj	一田凵[刂]
话③	ytdg	讠丿古[一]	ytdg	讠丿古[一]
桦③	swxf	木亻匕十	swxf	木亻匕十
砉	dhdf	三丨石[二]	dhdf	三丨石[二]
H→huai				
怀②	ngiy	忄一小[丶]	ndhy③	忄厂卜[丶]
徊③	tlkg	彳口口[一]	tlkg	彳口口[一]
淮③	iwyg	氵亻主[一]	iwyg	氵亻主[一]
槐③	srqc	木白儿厶	srqc	木白儿厶

汉字	86 版	字根	98 版	字根
踝	khjs	口止日木	khjs	口止日木
坏③	fgiy	土一小ⓨ	fdhy	土ア卜ⓨ
H→huan				
欢③	cqwy	又⺈人ⓨ	cqwy	又⺈人ⓨ
獾	qtay	犭丿廾主	qtay	犭ⓣ廾主
环③	ggiy	王一小ⓨ	gdhy	王ア卜ⓨ
洹③	igjg	氵一日一	igjg	氵一日一
桓	sgjg	木一日一	sgjg	木一日一
萑	awyf	廾亻主ⓕ	awyf	廾亻主ⓕ
锾	qefc	钅爫二又	qegc	钅爫一又
寰③	plge	宀罒一𧘇	plge	宀罒一𧘇
缳	xlge	纟罒一𧘇	xlge	纟罒一𧘇
鬟	dele	镸彡罒𧘇	dele	镸彡罒𧘇
缓③	xefc	纟爫二又	xegc	纟爫一又
幻③	xnn	幺乙ⓝ	xnn	幺乙ⓝ
奂③	qmdu	⺈冂大ⓤ	qmdu	⺈冂大ⓤ
宦③	pahh	宀匚丨丨	pahh	宀匚丨丨
唤③	kqmd	口⺈冂大	kqmd	口⺈冂大
换②	rqmd	扌⺈冂大	rqmd	扌⺈冂大
浣	ipfq	氵宀二儿	ipfq	氵宀二儿
涣③	iqmd	氵⺈冂大	iqmd	氵⺈冂大
患	kkhn	口口丨心	kkhn	口口丨心
焕③	oqmd	火⺈冂大	oqmd	火⺈冂大
逭	pnhp	宀コ丨辶	pnpd③	宀㠯辶ⓓ
痪③	uqmd	疒⺈冂大	uqmd	疒⺈冂大
豢③	udeu	丷大豕ⓤ	ugge	丷夫一豕
漶	ikkn	氵口口心	ikkn	氵口口心
鲩③	qgpq	鱼一宀儿	qgpq④	鱼一宀儿
擐	rlge	扌罒一𧘇	rlge③	扌罒一𧘇
圜③	llge	口罒一𧘇	llge	口罒一𧘇
H→huang				
肓	ynef	亠乙月ⓕ	ynef	亠乙月ⓕ
荒	aynq	廾亠乙儿	aynk	廾亠乙儿
慌③	nayq	忄廾亠儿	nayk	忄廾亠儿
皇③	rgf	白王ⓕ	rgf	白王ⓕ
惶	nrgg	忄白王ⓖ	nrgg	忄白王ⓖ
凰③	mrgd	几白王ⓓ	wrgd④	几白王ⓓ
隍③	brgg	阝白王ⓖ	brgg	阝白王ⓖ
黄③	amwu	龷由八ⓤ	amwu	龷由八ⓤ
徨③	trgg	彳白王ⓖ	trgg	彳白王ⓖ
湟	irgg	氵白王ⓖ	irgg	氵白王ⓖ
遑③	rgpd	白王辶ⓓ	rgpd	白王辶ⓓ
煌②	orgg	火白王ⓖ	orgg	火白王ⓖ
潢③	iamw	氵龷由八	iamw	氵龷由八
璜	gamw	王龷由八	gamw	王龷由八
篁	trgf	⺮白王ⓕ	trgf	⺮白王ⓕ
蝗②	jrgg	虫白王ⓖ	jrgg	虫白王ⓖ
癀③	uamw	疒龷由八	uamw	疒龷由八
磺③	damw	石龷由八	damw④	石龷由八
簧	tamw	⺮龷由八	tamw	⺮龷由八
蟥③	jamw	虫龷由八	jamw	虫龷由八
鳇③	qgrg	鱼一白王	qgrg	鱼一白王
恍③	niqn	忄⺌儿ⓝ	nigq	忄⺌一儿
晃②	jiqb	日⺌儿ⓑ	jigq	日⺌一儿
谎③	yayq	讠廾亠儿	yayk	讠廾亠儿

汉字	86 版	字根	98 版	字根
幌	mhjq	冂丨日儿	mhjq	冂丨日儿
H→hui				
灰②	dou	ナ火ⓤ	dou③	ナ火ⓤ
诙③	ydoy	讠ナ火ⓨ	ydoy	讠ナ火ⓨ
咴③	kdoy	口ナ火ⓨ	kdoy	口ナ火ⓨ
恢③	ndoy	忄ナ火ⓨ	ndoy	忄ナ火ⓨ
挥③	rplh	扌冖车ⓗ	rplh	扌冖车ⓗ
虺	gqji	一儿虫ⓘ	gqji	一儿虫ⓘ
晖	jplh	日冖车ⓗ	jplh	日冖车ⓗ
辉	iqpl	⺌儿冖车	igql	⺌一儿车
麾	yssn	广木木乙	osse	广木木毛
徽	tmgt	彳山一攵	tmgt	彳山一攵
隳	bdan	阝ナ工小	bdan	阝ナ工小
回③	lkd	口口ⓓ	lkd②	口口ⓓ
洄③	ilkg	氵口口ⓖ	ilkg	氵口口ⓖ
茴	alkf	廾口口ⓕ	alkf	廾口口ⓕ
蛔③	jlkg	虫口口ⓖ	jlkg	虫口口ⓖ
悔③	ntxu	忄𠂉⺟	ntxy	忄𠂉母ⓨ
卉③	faj	十廾ⓙ	faj	十廾ⓙ
汇③	ian	氵匚ⓝ	ian	氵匚ⓝ
会②	wfcu	人二厶ⓤ	wfcu③	人二厶ⓤ
讳	yfnh	讠二乙丨	yfnh	讠二乙丨
哕③	kmqy	口山夕ⓨ	kmqy	口山夕ⓨ
浍	iwfc	氵人二厶	iwfc	氵人二厶
绘③	xwfc	纟人二厶	xwfc	纟人二厶
荟③	awfc	廾人二厶	awfc	廾人二厶
诲③	ytxu	讠𠂉⺟	ytxy	讠𠂉母ⓨ
恚	ffnu	土土心ⓤ	ffnu	土土心ⓤ
烩③	owfc	火人二厶	owfc④	火人二厶
贿③	mdeg	贝ナ月ⓖ	mdeg	贝ナ月ⓖ
彗	dhdv	三丨三彐	dhdv	三丨三彐
晦③	jtxu	日𠂉⺟	jtxy	日𠂉母ⓨ
秽③	tmqy	禾山夕ⓨ	tmqy	禾山夕ⓨ
喙③	kxey	口彑豕ⓨ	kxey	口彑豕ⓨ
惠③	gjhn	一日丨心	gjhn	一日丨心
缋③	xkhm	纟口丨贝	xkhm④	纟口丨贝
毁②	vamc	臼工几又	eawc③	臼工几又
慧	dhdn	三丨三心	dhdn	三丨三心
蕙③	agjn	廾一日心	agjn	廾一日心
蟪	jgjn	虫一日心	jgjn	虫一日心
H→hun				
珲②	gplh	王冖车ⓗ	gplh③	王冖车ⓗ
昏	qajf	𠂆七日ⓕ	qajf	𠂆七日ⓕ
荤	aplj	廾冖车ⓙ	aplj③	廾冖车ⓙ
婚②	vqaj	女𠂆七日	vqaj	女𠂆七日
阍③	uqaj	门𠂆七日	uqaj	门𠂆七日
浑③	iplh	氵冖车ⓗ	iplh	氵冖车ⓗ
馄	qnjx	⺈乙日匕	qnjx	⺈乙日匕
魂③	fcrc	二厶白厶	fcrc	二厶白厶
诨③	yplh	讠冖车ⓗ	yplh	讠冖车ⓗ
混③	ijxx	氵日匕匕	ijxx	氵日匕匕
溷	iley	氵口豕ⓨ	ilge	氵口一豕
H→huo				
耠③	diwk	三小人口	fswk	二木人口
锪③	qqrn	钅勹彡心	qqrn	钅勹彡心

汉字	86 版	字根	98 版	字根	汉字	86 版	字根	98 版	字根
劐	awyj	艹亻主刂	awyj	艹亻主刂	货③	wxmu	亻匕贝(冫)	wxmu	亻匕贝(冫)
豁	pdhk	宀三丨口	pdhk	宀三丨口	获③	aqtd	艹犭丿犬	aqtd④	艹犭(丿)犬
攉	rfwy	扌雨亻主	rfwy③	扌雨亻主	祸	pykw	礻丶口人	pykw	礻(丶)口人
活③	itdg	氵丿古(一)	itdg	氵丿古(一)	惑	akgn	戈口一心	akgn	戈口一心
火③	oooo	火火火火	oooo	火火火火	霍	fwyf	雨亻主(二)	fwyf	雨亻主(二)
伙②	woy	亻火(丶)	woy	亻火(丶)	镬③	qawc	钅艹亻又	qawc	钅艹亻又
钬③	qoy	钅火(丶)	qoy	钅火(丶)	藿	afwy	艹雨亻主	afwy	艹雨亻主
夥③	jsqq	日木夕夕	jsqq	日木夕夕	嚯	kfwy	口雨亻主	kfwy③	口雨亻主
或②	akgd	戈口一(三)	akgi	戈口一(氵)	蠖	jawc	虫艹亻又	jawc	虫艹亻又

J 字母部

汉字	86 版	字根	98 版	字根	汉字	86 版	字根	98 版	字根
J→ji					即③	vcbh	彐厶卩(丨)	vbh	皀卩(丨)
丌③	gjk	一川(川)	gjk	一川(川)	极②	seyy	木乃丶(丶)	sbyy③	木乃丶(丶)
几②	mtn	几丿乙	wtn③	几丿乙	亟③	bkcg	了口又一	bkcg	了口又一
讥③	ymn	讠几(乙)	ywn	讠几(乙)	佶	wfkg	亻士口(一)	wfkg	亻士口(一)
击③	fmk	二山(川)	gbk②	丰凵(川)	急③	qvnu	勹彐心(冫)	qvnu	勹彐心(冫)
叽③	kmn	口几(乙)	kwn	口几(乙)	笈	teyu	⺮乃丶(冫)	tbyu	⺮乃丶(冫)
饥③	qnmn	勹乙几(乙)	qnwn	勹乙几(乙)	疾③	utdi	疒𠂉大(氵)	utdi	疒𠂉大(氵)
乩③	hknn	卜口乙(乙)	hknn	卜口乙(乙)	戢	kbnt	口耳乙丿	kbny	口耳乙丶
圾②	feyy	土乃丶(丶)	fbyy④	土乃丶(丶)	棘	gmii	一冂小小	smsm③	木冂木冂
机②	smn	木几(乙)	swn	木几(乙)	殛③	gqbg	一夕了一	gqbg	一夕了一
玑③	gmn	土几(乙)	gwn	土几(乙)	集③	wysu	亻主木(冫)	wysu	亻主木(冫)
肌②	emn	月几(乙)	ewn③	月几(乙)	嫉③	vutd	女疒𠂉大	vutd	女疒𠂉大
芨③	aeyu	艹乃丶(冫)	abyu	艹乃丶(冫)	楫③	skbg	木口耳(一)	skbg	木口耳(一)
矶③	dmn	石几(乙)	dwn	石几(乙)	蒺③	autd	艹疒𠂉大	autd	艹疒𠂉大
鸡③	cqyg	又勹丶一	cqgg	又鸟一(一)	辑③	lkbg	车口耳(一)	lkbg	车口耳(一)
咭	kfkg	口士口(一)	kfkg	口士口(一)	瘠③	uiwe	疒⺀人月	uiwe	疒⺀人月
迹③	yopi	亠小辶(氵)	yopi	亠小辶(氵)	藉③	adij	艹三小日	afsj	艹二木日
剞	dskj	大丁口刂	dskj	大丁口刂	籍	tdij	⺮三小日	tfsj③	⺮二木日
唧	kvcb	口彐厶卩	kvbh③	口皀卩(丨)	蕺	akbt	艹口耳丿	akby	艹口耳丶
姬③	vahh	女匚丨丨	vahh	女匚丨丨	级②	xeyy	纟乃丶(丶)	xbyy	纟乃丶(丶)
屐	ntfc	尸彳十又	ntfc	尸彳十又	挤③	ryjh	扌文川(丨)	ryjh	扌文川(丨)
积③	tkwy	禾口八(丶)	tkwy	禾口八(丶)	脊③	iwef	⺀人月(二)	iwef	⺀人月(二)
笄	tgaj	⺮一廾(刂)	tgaj	⺮一廾(刂)	掎③	rdsk	扌大丁口	rdsk	扌大丁口
基②	adwf	艹三八土	dwff③	甘八土(二)	戟③	fjat	十早戈(丿)	fjay	十早戈(丶)
绩③	xgmy	纟龶贝(丶)	xgmy	纟龶贝(丶)	嵴③	miwe	山⺀人月	miwe	山⺀人月
嵇	tdnm	禾尤乙山	tdnm	禾𠂇乙山	麂	ynjm	广コ‖几	oxxw	声⺊匕几
犄③	trdk	丿扌大口	cdsk	牜大丁口	计②	yfh	讠十(丨)	yfh	讠十(丨)
缉③	xkbg	纟口耳(一)	xkbg	纟口耳(一)	己	nngn	己乙一乙	nngn	己乙一乙
赍③	fwwm	十人人贝	fwwm	十人人贝	虮③	jmn	虫几(乙)	jwn	虫几(乙)
畸③	ldsk	田大丁口	ldsk	田大丁口	记②	ynn	讠己(乙)	ynn	讠己(乙)
跻	khyj	口止文川	khyj	口止文川	伎	wfcy	亻十又(丶)	wfcy	亻十又(丶)
箕③	tadw	⺮艹三八	tdwu	⺮甘八(冫)	纪②	xnn	纟己(乙)	xnn	纟己(乙)
畿③	xxal	幺幺戈田	xxal	幺幺戈田	妓③	vfcy	女十又(丶)	vfcy	女十又(丶)
稽	tdnj	禾尤乙日	tdnj	禾𠂇乙日	忌③	nnu	己心(冫)	nnu	己心(冫)
齑	ydjj	文三刂川	yhdj	文丨三川	技③	rfcy	扌十又(丶)	rfcy	扌十又(丶)
墼	gjff	一日土土	lbwf③	车凵几土	芰	afcu	艹十又(冫)	afcu	艹十又(冫)
激③	iryt	氵白方攵	iryt	氵白方攵	际②	bfiy	阝二小(丶)	bfiy	阝二小(丶)
羁③	lafc	罒廿串马	lafg	罒廿串一	系③	txiu	丿幺小(冫)	txiu	丿幺小(冫)
及②	eyi	乃丶(氵)	byi	乃丶(氵)	剂	yjjh	文川刂(丨)	yjjh	文川刂(丨)
吉②	fkf	士口(二)	fkf	士口(二)	季②	tbf	禾子(二)	tbf③	禾子(二)
岌	meyu	山乃丶(冫)	mbyu③	山乃丶(冫)	哜③	kyjh	口文川(丨)	kyjh	口文川(丨)
汲③	ieyy	氵乃丶(丶)	ibyy④	氵乃丶(丶)	荠	ayjj	艹文川(刂)	ayjj	艹文川(刂)
级②	xeyy	纟乃丶(丶)	xbyy	纟乃丶(丶)	既③	vcaq	彐厶匚儿	vaqn	皀匚儿(乙)

续上表

汉字	86 版	字根	98 版	字根	汉字	86 版	字根	98 版	字根
洎	ithg	氵丿目[一]	ithg	氵丿目[一]	稼[3]	tpey	禾宀豕[丶]	tpge	禾宀一豕
济[3]	iyjh	氵文川[丨]	iyjh	氵文川[丨]	J→jian				
继[2]	xonn	纟米乙[乙]	xonn	纟米乙[乙]	戋	gggt	戋一一丿	gai[3]	一戈[氵]
觊	mnmq	山己冂儿	mnmq	山己冂儿	奸[3]	vfh	女干[丨]	vfh	女干[丨]
寂[2]	phic	宀上小又	phic	宀上小又	尖[2]	idu	小大[冫]	idu	小大[冫]
寄[3]	pdsk	宀大丁口	pdsk	宀大丁口	坚[3]	jcff	刂又土[二]	jcff[2]	刂又土[二]
悸[3]	ntbg	忄禾子[一]	ntbg	忄禾子[一]	歼[3]	gqtf	一夕丿十	gqtf[4]	一夕丿十
祭[3]	wfiu	癶二小[冫]	wfiu	癶二小[冫]	浅[3]	igt	氵戋丿	igay	氵一戈[丶]
蓟	aqgj	艹鱼一刂	aqgj	艹鱼一刂	间[2]	ujd	门日[三]	ujd	门日[三]
暨	vcag	彐厶匚一	vaqg	艮匚儿一	肩	yned	丶尸月[三]	yned	丶尸月[三]
霁[3]	fyjj	雨文刂[刂]	fyjj	雨文刂[刂]	艰[2]	cvey	又彐𧘇[丶]	cvy	又艮[丶]
鲚	qgyj	鱼一文刂	qgyj	鱼一文刂	兼[3]	uvou	丷彐⺗[冫]	uvjw	丷彐刂八
稷[3]	tlwt	禾田八夂	tlwt	禾田八夂	蒹[3]	auvo	艹丷彐⺗	auvw	艹丷彐八
鲫	qgvb	鱼一彐卩	qgvb	鱼一艮卩	监	jtyl	刂𠂉丶皿	jtyl	刂𠂉丶皿
髻	defk	镸彡士口	defk	镸彡士口	笺[3]	tgr	⺮戋[彡]	tgau	⺮一戈[冫]
跽	khnn	口止己心	khnn	口止己心	菅	apnn	艹宀ココ	apnf[3]	艹宀阝[二]
冀[3]	uxlw	丬匕田八	uxlw	丬匕田八	湔[3]	iuej	氵丷月刂	iuej	氵丷月刂
骥[3]	cuxw	马丬匕八	cguw	马一丬八	犍[3]	trvp	丿扌彐廴	cvgp	牜彐キ廴
J→jia					缄[3]	xdgt	纟厂一丿	xdgk	纟戊一口
伽[3]	wlkg	亻力口[一]	wekg	亻力口[一]	搛	ruvo	扌丷彐⺗	ruvw	扌丷彐八
加[2]	lkg	力口[一]	ekg	力口[一]	煎	uejo	丷月刂灬	uejo	丷月刂灬
茄	alkf	艹力口[二]	aekf	艹力口[二]	缣[3]	xuvo	纟丷彐⺗	xuvw[3]	纟丷彐八
夹[3]	guwi	一丷人[氵]	gudi	一丷大[氵]	鲣	qgjf	鱼一刂土	qgjf	鱼一刂土
佳	wffg	亻土土[一]	wffg[3]	亻土土[一]	鹣	uvog	丷彐⺗一	uvjg	丷彐刂一
迦[3]	lkpd	力口辶[三]	ekpd	力口辶[三]	鞯[3]	afab	廿串艹子	afab	廿串艹子
枷[3]	slkg	木力口[一]	sekg	木力口[一]	囝[2]	lbd	口子[三]	lbd	口子[三]
浃[3]	iguw	氵一丷人	igud[4]	氵一丷大	拣	ranw	扌七乙八	ranw	扌七乙八
珈[3]	glkg	王力口[一]	gekg	王力口[一]	枧	smqn	木冂儿[乙]	smqn	木冂儿[乙]
家[2]	peu	宀豕[冫]	pgeu	宀一豕[冫]	俭	wwgi	亻人一业	wwgg	亻人一一
痂	ulkd	疒力口[三]	uekd	疒力口[三]	柬[3]	glii	一罒小[氵]	sld[2]	木罒[三]
笳	tlkf	⺮力口[二]	tekf	⺮力口[二]	茧[2]	aju	艹虫[冫]	aju	艹虫[冫]
袈[3]	lkye	力口亠𧘇	ekye	力口亠𧘇	捡	rwgi	扌人一业	rwgg[3]	扌人一一
葭	anhc	艹コ丨又	anhc	艹コ丨又	笕	tmqb	⺮冂儿[巛]	tmqb	⺮冂儿[巛]
跏	khlk	口止力口	khek	口止力口	减[3]	udgt	冫厂一丿	udgk	冫戊一口
镓[3]	qpey	钅宀豕[丶]	qpge[4]	钅宀一豕	剪	uejv	丷月刂刀	uejv	丷月刂刀
嘉	fkuk	士口丷口	fkuk	士口丷口	检[2]	swgi	木人一业	swgg[3]	木人一一
岬[3]	mlh	山甲[丨]	mlh	山甲[丨]	趼	khga	口止一廾	khga	口止一廾
郏	guwb	一丷人阝	gudb	一丷大阝	睑	hwgi	目人一业	hwgg	目人一一
荚	aguw	艹一丷人	agud	艹一丷大	硷	dwgi	石人一业	dwgg	石人一一
恝	dhvn	三丨刀心	dhvn	三丨刀心	裥	puuj	礻冫门日	puuj	礻[冫]门日
戛[3]	dhar	丆目戈[彡]	dhau	丆目戈[冫]	锏	qujg	钅门日[一]	qujg	钅门日[一]
铗	qguw	钅一丷人	qgud	钅一丷大	简[3]	tujf	⺮门日[二]	tujf	⺮门日[二]
蛱[3]	jguw	虫一丷人	jgud	虫一丷大	谫[3]	yuev	讠丷月刀	yuev	讠丷月刀
颊	guwm	一丷人贝	gudm	一丷大贝	戬	goga	一业一戈	goja	一业日戈
甲	lhnh	甲丨乙丨	lhnh	甲丨乙丨	碱[3]	ddgt	石厂一丿	ddgk	石戊一口
胛[3]	elh	月甲[丨]	elh	月甲[丨]	翦	uejn	丷月刂羽	uejn	丷月刂羽
贾[3]	smu	覀贝[冫]	smu[2]	覀贝[冫]	謇	pfjy	宀二刂言	pawy	宀龷八言
钾[3]	qlh	钅甲[丨]	qlh	钅甲[丨]	蹇	pfjh	宀二刂龰	pawh	宀龷八龰
瘕[3]	unhc	疒コ丨又	unhc[4]	疒コ丨又	见[3]	mqb	冂儿[巛]	mqb[2]	冂儿[巛]
价[3]	wwjh	亻人川[丨]	wwjh	亻人川[丨]	件[3]	wrhh	亻𠂉丨[丨]	wtgh	亻丿キ[丨]
驾[3]	lkcf	力口马[二]	ekcg	力口马一	建	vfhp	⺕二丨廴	vgpk[2]	⺕キ廴[川]
架[3]	lksu	力口木[冫]	eksu	力口木[冫]	饯	qngt	𠂊乙戋[丿]	qnga[3]	𠂊乙一戈
假[3]	wnhc	亻コ丨又	wnhc	亻コ丨又	剑[3]	wgij	人一业刂	wgij	人一丷刂
嘏[3]	dnhc	古コ丨又	dnhc	古コ丨又	牮[3]	warh	亻弋𠂉丨	wayg[4]	亻七丶キ
嫁[3]	vpey	女宀豕[丶]	vpge	女宀一豕	荐[3]	adhb	艹𠂇丨子	adhb	艹𠂇丨子

汉字	86 版	字根	98 版	字根
贱[3]	mgt	贝戋[丿]	mgay	贝一戈[丶]
健[3]	wvfp	亻彐二廴	wvfp	亻彐二廴
涧	iujg	氵门日[一]	iujg	氵门日[一]
舰	temq	丿舟冂儿	tumq[3]	丿舟冂儿
渐[2]	ilrh	氵车斤[丨]	ilrh[3]	氵车斤[丨]
谏[3]	ygli	讠一罒小	yslg	讠木罒[一]
楗	svfp	木彐二廴	svgp[3]	木彐丰廴
毽	tfnp	丿二乙廴	evgp	毛彐丰廴
溅	imgt	氵贝戋[丿]	imga	氵贝一戈
腱	evfp	月彐二廴	evgp[3]	月彐丰廴
践[3]	khgt	口止戋[丿]	khga	口止一戈
鉴	jtyq	刂𠂉丶金	jtyq[2]	刂𠂉丶金
键	qvfp	钅二乙廴	qvgp	钅彐丰廴
僭	waqj	亻匚儿日	waqj	亻匚儿日
槛[3]	sjtl	木刂𠂉皿	sjtl	木刂𠂉皿
箭[3]	tuej	竹丷月刂	tuej	竹丷月刂
踺	khvp	口止彐廴	khvp	口止彐廴
J→jiang				
江[2]	iag	氵工[一]	iag	氵工[一]
姜[3]	ugvf	丷王女[二]	ugvf[4]	丷王女[二]
将[3]	uqfy	丬夕寸[丶]	uqfy	丬夕寸[丶]
茳[3]	aiaf	艹氵工[二]	aiaf	艹氵工[二]
浆[3]	uqiu	丬夕水[丿]	uqiu	丬夕水[丿]
豇	gkua	一口⺍工	gkua	一口⺍工
僵[3]	wglg	亻一田一	wglg	亻一田一
缰	xglg	纟一田一	xglg	纟一田一
礓[3]	dglg	石一田一	dglg	石一田一
疆[3]	xfgg	弓土一一	xfgg[4]	弓土一一
讲[3]	yfjh	讠二川[丨]	yfjh	讠二川[丨]
奖[3]	uqdu	丬夕大[丿]	uqdu	丬夕大[丿]
桨[3]	uqsu	丬夕木[丿]	uqsu	丬夕木[丿]
蒋[3]	auqf	艹丬夕寸	auqf[2]	艹丬夕寸
耩	diff	三小二土	fsaf	二木艹土
匠[2]	ark	匚斤[‖]	ark[3]	匚斤[‖]
降[2]	btah	阝夂匚丨	btgh	阝夂㐄[丨]
洚[3]	itah	氵夂匚丨	itgh	氵夂㐄[丨]
绛	xtah	纟夂匚丨	xtgh[3]	纟夂㐄[丨]
酱	uqsg	丬夕西一	uqsg	丬夕西一
犟	xkjh	弓口虫丨	xkjg	弓口虫㐄
糨[2]	oxkj	米弓口虫	oxkj[3]	米弓口虫
J→jiao				
艽[3]	avb	艹九[巛]	avb	艹九[巛]
交[2]	uqu	六乂[丿]	uru	六乂[丿]
郊[3]	uqbh	六乂阝[丨]	urbh	六乂阝[丨]
姣[3]	vuqy	女六乂[丶]	vury	女六乂[丶]
娇	vtdj	女丿大川	vtdj	女丿大川
浇[3]	iatq	氵七丿儿	iatq	氵七丿儿
茭	auqu	艹六乂[丿]	auru[3]	艹六乂[丿]
骄	ctdj	马丿大川	cgtj[3]	马一丿川
胶[2]	euqy	月六乂[丶]	eury	月六乂[丶]
椒[3]	shic	木上小又	shic	木上小又
焦[3]	wyou	亻主灬[丿]	wyou	亻主灬[丿]
蛟[2]	juqy	虫六乂[丶]	jury[3]	虫六乂[丶]
跤	khuq	口止六乂	khur	口止六乂
僬	wwyo	亻亻主灬	wwyo	亻亻主灬

汉字	86 版	字根	98 版	字根
鲛	qguq	鱼一六乂	qgur	鱼一六乂
蕉[3]	awyo	艹亻主灬	awyo[4]	艹亻主灬
礁[3]	dwyo	石亻主灬	dwyo[4]	石亻主灬
鹪	wyog	亻主灬一	wyog	亻主灬一
角[2]	qej	𠂊用[‖]	qej	𠂊用[‖]
佼[3]	wuqy	亻六乂[丶]	wury	亻六乂[丶]
侥	watq	亻七丿儿	watq[3]	亻七丿儿
挢	trdj	扌丿大川	trdj	扌丿大川
狡[3]	qtuq	犭丿六乂	qtur	犭[丿]六乂
绞[3]	xuqy	纟六乂[丶]	xuqr	纟六乂[丶]
饺	qnuq	𠂊乙六乂	qnur	𠂊乙六乂
皎[3]	ruqy	白六乂[丶]	rury	白六乂[丶]
矫	tdtj	𠂉大丿川	tdtj	𠂉大丿川
脚	efcb	月土厶卩	efcb	月土厶卩
铰[3]	quqy	钅六乂[丶]	qury	钅六乂[丶]
搅	ripq	扌⺍冖儿	ripq	扌⺍冖儿
剿	vjsj	巛日木刂	vjsj	巛日木刂
敫	ryty	白方攵[丶]	ryty	白方攵[丶]
徼[3]	tryt	彳白方攵	tryt	彳白方攵
缴[3]	xryt	纟白方攵	xryt	纟白方攵
叫[2]	knhh	口乙丨[丨]	knhh	口乙丨[丨]
峤	mtdj	山丿大川	mtdj	山丿大川
轿[3]	ltdj	车丿大川	ltdj	车丿大川
较[2]	luqy	车六乂[丶]	lury	车六乂[丶]
教	ftbt	土丿子攵	ftbt	土丿子攵
觉	ipmq	⺍冖冂儿	ipmq[3]	⺍冖冂儿
窖	pwtk	宀八丿口	pwtk	宀八丿口
酵	sgfb	西一土子	sgfb	西一土子
噍	kwyo	口亻主灬	kwyo	口亻主灬
醮	sgwo	西一亻灬	sgwo	西一亻灬
嚼[3]	kelf	口爫罒寸	kelf	口爫罒寸
爝[3]	oelf	火爫罒寸	oelf	火爫罒寸
J→jie				
偈[3]	wjqn	亻日勹乙	wjqn	亻日勹乙
阶[3]	bwjh	阝人川[丨]	bwjh	阝人川[丨]
疖[3]	ubk	疒卩[‖]	ubk	疒卩[‖]
皆[3]	xxrf	匕匕白[二]	xxrf	匕匕白[二]
接[3]	ruvg	扌立女[一]	ruvg	扌立女[一]
秸	tfkg	禾士口[一]	tfkg	禾士口[一]
喈	kxxr	口匕匕白	kxxr	口匕匕白
嗟	kuda	口丷𦍌工	kuag[3]	口𦍌工[一]
揭[3]	rjqn	扌日勹乙	rjqn	扌日勹乙
街	tffh	彳土土丨	tffs	彳土土丁
楷[3]	sxxr	木匕匕白	sxxr	木匕匕白
孑	bnhg	子乙丨一	bnhg	子乙丨一
节[2]	abj	艹卩[‖]	abj	艹卩[‖]
讦[3]	yfh	讠干[丨]	yfh	讠干[丨]
劫	fcln	土厶力[乙]	fcet	土厶力[丿]
杰[2]	sou	木灬[丿]	sou	木灬[丿]
诘[3]	yfkg	讠士口[一]	yfkg	讠士口[一]
拮[3]	rfkg	扌士口[一]	rfkg	扌士口[一]
洁[3]	ifkg	氵士口[一]	ifkg	氵士口[一]
结[2]	xfkg	纟士口[一]	xfkg	纟士口[一]
桀	qahs	夕匚丨木	qgsu[3]	夕㐄木[丿]
婕[3]	vgvh	女一彐止	vgvh	女一彐止

续上表

汉字	86 版	字根	98 版	字根
捷③	rgvh	扌一彐龰	rgvh	扌一彐龰
颉③	fkdm	士口丆贝	fkdm	士口丆贝
睫③	hgvh	目一彐龰	hgvh	目一彐龰
截③	fawy	十戈亻主	fawy④	十戈亻主
碣③	djqn	石日勹乙	djqn	石日勹乙
竭	ujqn	立日勹乙	ujqn	立日勹乙
鲒	qgfk	鱼一士口	qgfk	鱼一士口
羯	udjn	丷手日乙	ujqn	𦍌日勹乙
姐③	vegg	女月一㊀	vegg②	女月一㊀
解③	qevh	⺈用刀丨	qevg	⺈用刀牛
介②	wjj	人川⑪	wjj	人川⑪
价③	wwjh	亻人川①	wwjh	亻人川①
戒③	aak	戈廾⑪	aak	戈廾⑪
芥③	awjj	艹人川⑪	awjj	艹人川⑪
届②	nmd	尸由㊂	nmd	尸由㊂
界③	lwjj	田人川⑪	lwjj②	田人川⑪
疥③	uwjk	疒人川⑪	uwjk	疒人川⑪
诫	yaah	讠戈廾①	yaah③	讠戈廾①
借③	wajg	亻龷日㊀	wajg	亻龷日㊀
蚧③	jwjh	虫人川①	jwjh	虫人川①
骱③	mewj	冎月人川	mewj④	冎月人川
藉③	adij	艹三小日	adij	艹三小日
J→jin				
巾③	mhk	冂丨⑪	mhk	冂丨⑪
今	wynb	人丶乙ⓚ	wynb③	人丶乙ⓚ
斤③	rtth	斤丿丿丨	rtth	斤丿丿丨
金③	qqqq	金金金金	qqqq	金金金金
钅	qtgn	钅丿一乙	qtgn	钅丿一乙
津	ivfh	氵彐二丨	ivgh	氵彐十①
矜	cbtn	マ卩丿乙	cnhn	マ乙亅乙
衿	puwn	礻冫人乙	puwn	礻冫人乙
筋	telb	竹月力ⓚ	teer	竹月力⑦
襟③	pusi	礻冫木小	pusi	礻⑦木小
仅③	wcy	亻又⊙	wcy	亻又⊙
卺	bigb	了水一巳	bigb	了水一巳
紧②	jcxi	‖又幺小	jcxi③	‖又幺小
堇	akgf	廿口龶㊁	akgf	廿口龶㊁
谨③	yakg	讠廿口龶	yakg	讠廿口龶
锦③	qrmh	钅白冂丨	qrmh	钅白冂丨
廑	yakg	广廿口龶	oakg③	广廿口龶
馑	qnag	⺈乙廿龶	qnag	⺈乙廿龶
槿③	sakg	木廿口龶	sakg	木廿口龶
瑾	gakg	王廿口龶	gakg	王廿口龶
尽③	nyuu	尸丶冫⑦	nyuu	尸丶冫⑦
劲③	caln	スエ力⊘	caet	スエ力⊘
妗③	vwyn	女人丶乙	vwyn	女人丶乙
近②	rpk	斤辶⑪	rpk	斤辶⑪
进②	fjpk	二川辶⑪	fjpk③	二川辶⑪
荩	anyu	艹尸丶冫	anyu③	艹尸丶冫
晋	gogj	一〢一日	gojf③	一业日㊁
浸③	ivpc	氵彐冖又	ivpc	氵彐冖又
烬③	onyu	火尸丶冫	onyu	火尸丶冫
赆③	mnyu	贝尸丶冫	mnyu	贝尸丶冫
缙	xgoj	纟一〢日	xgoj③	纟一业日
禁③	ssfi	木木二小	ssfi	木木二小
靳③	afrh	廿串斤①	afrh	廿串斤①
觐	akgq	廿口龶儿	akgq	廿口龶儿
噤	kssi	口木木小	kssi	口木木小
J→jing				
京③	yiu	亠口小⑦	yiu	亠口小⑦
泾③	icag	氵スエ㊀	icag	氵スエ㊀
经①	xcag	纟スエ㊀	xcag③	纟スエ㊀
茎③	acaf	艹スエ㊁	acaf	艹スエ㊁
荆③	agaj	艹一廾刂	agaj	艹一廾刂
惊	nyiy	忄亠口小⊙	nyiy	忄亠口小⊙
旌	yttg	方𠂉丿龶	yttg	方𠂉丿龶
菁	agef	艹龶月㊁	agef③	艹龶月㊁
晶③	jjjf	日日日㊁	jjjf	日日日㊁
腈	egeg	月龶月㊀	egeg	月龶月㊀
睛②	hgeg	目龶月㊀	hgeg	目龶月㊀
粳③	ogjq	米一日乂	ogjr	米一日乂
兢③	dqdq	古儿古儿	dqdq	古儿古儿
精③	ogeg	米龶月㊀	ogeg②	米龶月㊀
鲸③	qgyi	鱼一亠口小	qgyi	鱼一亠口小
井③	fjk	二川⑪	fjk	二川⑪
阱③	bfjh	阝二川①	bfjh	阝二川①
刭	cajh	スエ刂①	cajh	スエ刂①
肼③	efjh	月二川①	efjh	月二川①
颈③	cadm	スエ丆贝	cadm	スエ丆贝
景②	jyiu	日亠口小⑦	jyiu③	日亠口小⑦
儆	waqt	亻艹勹攵	waqt③	亻艹勹攵
憬③	njyi	忄日亠口小	njyi	忄日亠口小
警	aqky	艹勹口言	aqky③	艹勹口言
净③	uqvh	冫⺈彐丨	uqvh	冫⺈彐丨
弪	xcag	弓スエ㊀	xcag	弓スエ㊀
径③	tcag	彳スエ㊀	tcag	彳スエ㊀
迳③	capd	スエ辶㊂	capd	スエ辶㊂
胫③	ecag	月スエ㊀	ecag	月スエ㊀
痉③	ucad	疒スエ㊂	ucad	疒スエ㊂
竞	ukqb	立口儿ⓚ	ukqb③	立口儿ⓚ
婧③	vgeg	女龶月㊀	vgeg	女龶月㊀
竟③	ujqb	立日儿ⓚ	ujqb	立日儿ⓚ
敬③	aqkt	艹勹口攵	aqkt④	艹勹口攵
靓③	gemq	龶月冂儿	gemq	龶月冂儿
靖③	ugeg	立龶月㊀	ugeg	立龶月㊀
境③	fujq	土立日儿	fujq	土立日儿
獍	qtuq	犭丿立儿	qtuq	犭⊘立儿
静③	geqh	龶月⺈丨	geqh	龶月⺈丨
镜③	qujq	钅立日儿	qujq	钅立日儿
J→jiong				
迥②	mkpd	冂口辶㊂	mkpd	冂口辶㊂
扃	ynmk	丶尸冂口	ynmk	丶尸冂口
炅③	jou	日火⑦	jou	日火⑦
炯③	omkg	火冂口㊀	omkg	火冂口㊀
窘	pwvk	宀八彐口	pwvk	宀八彐口
J→jiu				
纠③	xnhh	纟乙丨①	xnhh	纟乙丨①
赳	fhnh	士龰乙丨	fhnh	士龰乙丨
究③	pwvb	宀八九ⓚ	pwvb	宀八九ⓚ
鸠	vqyg	九勹丶一	vqgg③	九鸟一㊀

续上表

汉字	86版	字根	98版	字根
阄[3]	uqjn	门ク日乙	uqjn	门ク日乙
啾[3]	ktoy	口禾火丶⃝	ktoy	口禾火丶⃝
揪[3]	rtoy	扌禾火丶⃝	rtoy	扌禾火丶⃝
鬏	deto	镸彡禾火	deto	镸彡禾火
九[2]	vtn	九丿乙	vtn	九丿乙
久[2]	qyi	ク丶氵⃝	qyi	ク丶氵⃝
灸[3]	qyou	ク丶火冫⃝	qyou	ク丶火冫⃝
玖[3]	gqyy	王ク丶丶⃝	gqyy	王ク丶丶⃝
韭	djdg	三刂三一	hdhg	丨三丨一
酒	isgg	氵西一㊀	isgg	氵西一㊀
旧[2]	hjg	丨日㊀	hjg	丨日㊀
臼[3]	vthg	臼丿丨一	ethg	臼丿丨一
咎[3]	thkf	夂卜口㊁	thkf	夂卜口㊁
疚[3]	uqyi	疒ク丶氵⃝	uqyi	疒ク丶氵⃝
柩	saqy	木匚ク丶	saqy[3]	木匚ク丶
桕[3]	svg	木臼㊀	seg	木臼㊀
厩[3]	dvcq	厂ヨ厶儿	dvaq	厂艮匚儿
救	fiyt	十氺丶攵	giyt	十水丶攵
就	yidn	亠小尢乙	yidy[2]	亠小尢丶
舅[2]	vllb	臼田力巜⃝	eler[3]	臼田力巜⃝
僦[3]	wyin	亻亠小乙	wyiy[4]	亻亠小丶
鹫	yidg	亠小尢一	yidg	亠小尢一

J→ju

汉字	86版	字根	98版	字根
居[2]	ndd	尸古㊂	ndd	尸古㊂
拘[3]	rqkg	扌勹口㊀	rqkg	扌勹口㊀
狙	qteg	犭丿月一	qteg[3]	犭丿⃝月一
苴[3]	aegf	艹月一㊁	aegf	艹月一㊁
驹[3]	cqkg	马勹口㊀	cgqk	马一勹口
疽[3]	uegd	疒月一㊂	uegd	疒月一㊂
掬[3]	rqoy	扌勹米丶⃝	rqoy	扌勹米丶⃝
椐[3]	sndg	木尸古㊀	sndg	木尸古㊀
琚[3]	gndg	王尸古㊀	gndg	王尸古㊀
锔	qnnk	钅尸乙口	qnnk	钅尸乙口
裾	pund	衤冫尸古	pund	衤冫⃝尸古
雎[3]	egwy	目亻主丶⃝	egwy	目亻主丶⃝
鞠[3]	afqo	廿甲勹米	afqo[4]	廿甲勹米
鞫	afqy	廿甲勹言	afqy	廿甲勹言
局[3]	nnkd	尸乙口㊂	nnkd	尸乙口㊂
桔[3]	sfkg	木士口㊀	sfkg	木士口㊀
菊[3]	aqou	艹勹米冫⃝	aqou	艹勹米冫⃝
橘	scbk	木マ卩口	scnk	木マ乙口
咀[3]	kegg	口月一㊀	kegg	口月一㊀
沮[3]	iegg	氵月一㊀	iegg	氵月一㊀
举[3]	iwfh	⺍八二丨	igwg[4]	⺌一八丰
矩[3]	tdan	𠂉大匚コ	tdan	𠂉大七コ
莒	akkf	艹口口㊁	akkf	艹口口㊁
榉[3]	siwh	木⺍八丨	sigg	木⺌一丰
榘	tdas	𠂉大匚木	tdas	𠂉大匚木
龃	hwbg	止人凵一	hwbg	止人凵一
踽	khty	口止丿丶	khty	口止丿丶
句[3]	qkd	勹口㊂	qkd	勹口㊂
巨[3]	and	匚コ㊂	and	匚コ㊂
讵	yang	讠匚コ㊀	yang	讠匚コ㊀
拒[3]	rang	扌匚コ㊀	rang	扌匚コ㊀
苣[3]	aanf	艹匚コ㊁	aanf	艹匚コ㊁

汉字	86版	字根	98版	字根
具[2]	hwu	且八冫⃝	hwu	且八冫⃝
炬[3]	oang	火匚コ㊀	oang	火匚コ㊀
钜[3]	qang	钅匚コ㊀	qang[4]	钅匚コ㊀
俱[3]	whwy	亻且八丶⃝	whwy	亻且八丶⃝
倨[3]	wndg	亻尸古㊀	wndg	亻尸古㊀
剧[3]	ndjh	尸古刂①	ndjh	尸古刂①
惧[3]	nhwy	忄且八丶⃝	nhwy	忄且八丶⃝
据[3]	rndg	扌尸古㊀	rndg	扌尸古㊀
距[3]	khan	口止匚コ	khan	口止匚コ
犋	trhw	丿扌且八	chwy[2]	牛且八丶⃝
飓[3]	mqhw	几乂且八	wrhw	几乂且八
锯[3]	qndg	钅尸古㊀	qndg	钅尸古㊀
窭[3]	pwov	宀八米女	pwov	宀八米女
聚[3]	bcti	耳又丿氺	bciu	耳又氺冫⃝
屦	ntov	尸彳米女	ntov	尸彳米女
踞	khnd	口止尸古	khnd	口止尸古
遽[3]	haep	广七豕辶	hgep[4]	虍一豕辶
瞿	hhwy	目目亻主	hhwy[3]	目目亻主
醵	sghe	西一广豕	sghe	西一虍豕

J→juan

汉字	86版	字根	98版	字根
娟[3]	vkeg	女口月㊀	vkeg	女口月㊀
捐[3]	rkeg	扌口月㊀	rkeg	扌口月㊀
涓[3]	ikeg	氵口月㊀	ikeg	氵口月㊀
鹃[3]	keqg	口月勹一	keqg	口月勹一
镌	qwye	钅亻主乃	qwyb	钅亻主乃
蠲	uwlj	丷八皿虫	uwlj	丷八皿虫
卷	udbb	⺍大巳巜⃝	ugbb[3]	丷夫巳巜⃝
锩	qudb	钅⺍大巳	qugb	钅丷夫巳
倦[3]	wudb	亻⺍大巳	wugb[4]	亻丷夫巳
桊[3]	udsu	⺍大木冫⃝	ugsu	丷夫木冫⃝
狷	qtke	犭丿口月	qtke	犭丿⃝口月
绢[3]	xkeg	纟口月㊀	xkeg	纟口月㊀
隽	wyeb	亻主乃巜⃝	wybr[3]	亻主乃⫽⃝
眷	udhf	⺍大目㊁	udhf	⺍大目㊁
鄄[3]	sfbh	覀土阝①	sfbh	覀土阝①

J→jue

汉字	86版	字根	98版	字根
噘[3]	kduw	口厂⺍人	kduw[4]	口厂⺍人
撅	rduw	扌厂⺍人	rduw	扌厂⺍人
孓[3]	byi	了丶氵⃝	byi	了丶氵⃝
决[2]	unwy	冫コ人丶⃝	unwy[3]	冫コ人丶⃝
诀	ynwy	讠コ人丶⃝	ynwy	讠コ人丶⃝
抉	rnwy	扌コ人丶⃝	rnwy[3]	扌コ人丶⃝
珏[3]	ggyy	王王丶丶⃝	ggyy	王王丶丶⃝
绝[3]	wxcn	纟ク巴乙⃝	wxcn	纟ク巴乙⃝
觉	ipmq	⺌冖冂儿	ipmq[3]	⺌冖冂儿
倔[3]	wnbm	亻尸凵山	wnbm	亻尸凵山
崛	mnbm	山尸凵山	mnbm	山尸凵山
掘	rnbm	扌尸凵山	rnbm[3]	扌尸凵山
桷[3]	sqeh	木ク用①	sqeh	木ク用①
觖[3]	qenw	ク用コ人	qenw	ク用コ人
厥	dubw	厂⺍凵人	dubw	厂⺍凵人
劂[3]	dubj	厂⺍凵刂	dubj	厂⺍凵刂
谲	ycbk	讠マ卩口	ycnk	讠マ乙口
獗	qtdw	犭丿厂人	qtdw	犭丿⃝厂人
蕨[3]	aduw	艹厂⺍人	aduw[4]	艹厂⺍人

汉字	86版	字根	98版	字根
噱	khae	口广七豕	khge	口虍一豕
橛[3]	sduw	木厂丷人	sduw	木厂丷人
爵[3]	elvf	爫罒ヨ寸	elvf	爫罒⺕寸
镢	qduw	钅厂丷人	qduw	钅厂丷人
蹶	khdw	口止厂人	khdw	口止厂人
矍[3]	hhwc	目目亻又	hhwc[4]	目目亻又
嚼[3]	kelf	口爫罒寸	kelf	口爫罒寸
爝	oelf	火爫罒寸	oelf	火爫罒寸
攫[3]	rhhc	扌目目又	rhhc	扌目目又
J→jun				
军[2]	plj	冖车(刂)	plj	冖车(刂)
君	vtkd	ヨ丿口(三)	vtkf[3]	ヨ丿口(二)
均[3]	fqug	土勹冫(一)	fqug	土勹冫(一)
钧	qqug	钅勹冫(一)	qqug	钅勹冫(一)
皲[3]	plhc	冖车广又	plby[4]	冖车皮(丶)
菌[3]	altu	艹口禾(冫)	altu	艹口禾(冫)
筠	tfqu	竹土勹冫	tfqu	竹土勹冫
麇	ynjt	广コ刂禾	oxxt	户匕匕禾
俊[3]	wcwt	亻厶八夂	wcwt	亻厶八夂
郡	vtkb	ヨ丿口阝	vtkb	ヨ丿口阝
峻[3]	mcwt	山厶八夂	mcwt[2]	山厶八夂
捃[3]	rvtk	扌ヨ丿口	rvtk	扌ヨ丿口
浚	icwt	氵厶八夂	icwt	氵厶八夂
骏[3]	ccwt	马厶八夂	cgct[4]	马一厶夂
竣[3]	ucwt	立厶八夂	ucwt	立厶八夂

K字母部

汉字	86版	字根	98版	字根
K→ka				
咖[3]	klkg	口力口(一)	kekg	口力口(一)
咔	khhy	口上卜(丶)	khhy	口上卜(丶)
喀[3]	kptk	口宀夂口	kptk	口宀夂口
卡[3]	hhu	上卜(冫)	hhu	上卜(冫)
佧[3]	whhy	亻上卜(丶)	whhy	亻上卜(丶)
胩[2]	ehhy	月上卜(丶)	ehhy	月上卜(丶)
K→kai				
开[2]	gak	一廾(川)	gak	一廾(川)
揩	rxxr	扌匕匕白	rxxr	扌匕匕白
锎	quga	钅门一廾	quga	钅门一廾
凯[3]	mnmn	山己几(乙)	mnwn	山己几(乙)
剀[3]	mnjh	山己刂(丨)	mnjh	山己刂(丨)
垲[3]	fmnn	土山己(乙)	fmnn	土山己(乙)
恺[3]	nmnn	忄山己(乙)	nmnn	忄山己(乙)
铠[3]	qmnn	钅山己(乙)	qmnn	钅山己(乙)
慨[3]	nvcq	忄ヨ厶儿	nvaq	忄⺕匚儿
蒈	axxr	艹匕匕白	axxr	艹匕匕白
楷[2]	sxxr	木匕匕白	sxxr	木匕匕白
锴[3]	qxxr	钅匕匕白	qxxr	钅匕匕白
忾[3]	nrnn	忄𠂉乙(乙)	nrn	忄气(乙)
K→kan				
槛[3]	sjtl	木刂𠂉皿	sjtl	木刂𠂉皿
刊[3]	fjh	干刂(丨)	fjh[2]	干刂(丨)
勘	adwl	艹三人力	dwne	甘八乙力
龛	wgkx	人一口匕	wgky	人一口丶
堪[3]	fadn	土艹三乙	fawn	土甘八乙
戡	adwa	艹三人戈	dwna	甘八乙戈
坎[3]	fqwy	土⺈人(丶)	fqwy	土⺈人(丶)
侃[3]	wkqn	亻口儿(乙)	wkkn[4]	亻口儿(乙)
砍[3]	dqwy	石⺈人(丶)	dqwy	石⺈人(丶)
莰	afqw	艹土⺈人	afqw	艹土⺈人
看[3]	rhf	手目(二)	rhf[2]	手目(二)
阚[3]	unbt	门乙耳攵	unbt	门乙耳攵
瞰[3]	hnbt	目乙耳攵	hnbt	目乙耳攵
K→kang				
康[3]	yvii	广ヨ氺(冫)	ovii	广ヨ氺(冫)
慷[3]	nyvi	忄广ヨ氺	novi[4]	忄广ヨ氺
糠	oyvi	米广ヨ氺	oovi	米广ヨ氺
亢[3]	ymb	亠几(巛)	ywb	亠几(巛)
伉[3]	wymn	亻亠几(乙)	wywn	亻亠几(乙)
扛[3]	rag	扌工(一)	rag	扌工(一)
抗	rymn	扌亠几(乙)	rywn[3]	扌亠几(乙)
闶	uymv	门亠几(巛)	uywv	门亠几(巛)
炕[3]	oymn	火亠几(乙)	oywn	火亠几(乙)
钪	qymn	钅亠几(乙)	qywn[3]	钅亠几(乙)
K→kao				
尻[3]	nvv	尸九(巛)	nvv	尸九(巛)
考[3]	ftgn	土丿一乙	ftgn[3]	土丿一乙
拷[3]	rftn	扌土丿乙	rftn	扌土丿乙
栲	sftn	木土丿乙	sftn	木土丿乙
烤[3]	oftn	火土丿乙	oftn	火土丿乙
铐	qftn	钅土丿乙	qftn	钅土丿乙
犒	tryk	丿扌亠口	cymk[3]	牜亠冂口
靠	tfkd	丿土口三	tfkd	丿土口三
K→ke				
坷[3]	fskg	土丁口(一)	fskg	土丁口(一)
苛[2]	askf	艹丁口(二)	askf[3]	艹丁口(二)
柯[3]	sskg	木丁口(一)	sskg	木丁口(一)
珂[3]	gskg	王丁口(一)	gskg	王丁口(一)
科[2]	tufh	禾冫十(丨)	tufh	禾冫十(丨)
轲[3]	lskg	车丁口(一)	lskg	车丁口(一)
疴[3]	uskd	疒丁口(三)	uskd	疒丁口(三)
钶[3]	qskg	钅丁口(一)	qskg	钅丁口(一)
棵[3]	sjsy	木日木(丶)	sjsy	木日木(丶)
颏	yntm	亠乙丿贝	yntm	亠乙丿贝
稞	tjsy	禾日木(丶)	tjsy	禾日木(丶)
窠[3]	pwjs	宀八日木	pwjs	宀八日木
颗[3]	jsdm	日木丆贝	jsdm	日木丆贝
瞌	hfcl	目土厶皿	hfcl	目土厶皿
磕	dfcl	石土厶皿	dfcl	石土厶皿
蝌[3]	jtuf	虫禾冫十	jtuf	虫禾冫十
髁[3]	mejs	冎月日木	mejs	冎月日木
壳[2]	fpmb	士冖几(巛)	fpwb	士冖几(巛)
咳	kynw	口亠乙人	kynw	口亠乙人
可[2]	skd	丁口(三)	skd	丁口(三)
岢[2]	mskf	山丁口(二)	mskf[3]	山丁口(二)
渴[3]	ijqn	氵日勹乙	ijqn	氵日勹乙

汉字	86 版	字根	98 版	字根
克②	dqb	古儿(巜)	dqb	古儿(巜)
刻③	yntj	亠乙丿刂	yntj	亠乙丿刂
客②	ptkf	宀夂口(二)	ptkf	宀夂口(二)
恪	ntkg	忄夂口(一)	ntkg	忄夂口(一)
课③	yjsy	讠日木(丶)	yjsy	讠日木(丶)
氪	rndq	𠂉乙古儿	rdqv③	气古儿(巛)
骒②	cjsy	马日木(丶)	cgjs③	马一日木
缂	xafh	纟廿串(丨)	xafh③	纟廿串(丨)
嗑	kfcl	口土厶皿	kfcl	口土厶皿
溘	ifcl	氵土厶皿	ifcl	氵土厶皿
锞③	qjsy	钅日木(丶)	qjsy	钅日木(丶)
K→ken				
肯②	hef	止月(二)	hef	止月(二)
垦③	veff	彐𠄌土(二)	vff	艮土(二)
恳③	venu	彐𠄌心(冫)	vnu②	艮心(冫)
啃③	kheg	口止月(一)	kheg	口止月(一)
裉	puve	衤冫彐𠄌	puvy	衤(冫)艮(丶)
K→keng				
吭③	kymn	口亠几(乙)	kywn	口亠几(乙)
坑③	fymn	土亠几(乙)	fywn	土亠几(乙)
铿③	qjcf	钅刂又土	qjcf	钅刂又土
K→kong				
空②	pwaf	宀八工(二)	pwaf	宀八工(二)
倥③	wpwa	亻宀八工	wpwa	亻宀八工
崆③	mpwa	山宀八工	mpwa	山宀八工
箜③	tpwa	竹宀八工	tpwa	竹宀八工
孔③	bnn	子乙(乙)	bnn	子乙(乙)
恐	amyn	工几丶心	awyn③	工几丶心
控③	rpwa	扌宀八工	rpwa	扌宀八工
K→kou				
抠③	raqy	扌匚乂(丶)	rary	扌匚乂(丶)
芤③	abnb	艹子乙(巜)	abnb	艹子乙(巜)
眍③	haqy	目匚乂(丶)	hary	目匚乂(丶)
口	kkkk	口口口口	kkkk	口口口口
叩③	kbh	口卩(丨)	kbh	口卩(丨)
扣②	rkg	扌口(一)	rkg	扌口(一)
寇	pfqc	宀二儿又	pfqc	宀二儿又
筘③	trkf	竹扌口(二)	trkf	竹扌口(二)
蔻	apfc	艹宀二又	apfc	艹宀二又
K→ku				
刳	dfnj	大二乙刂	dfnj	大二乙刂
枯②	sdg	木古(一)	sdg③	木古(一)
哭	kkdu	口口犬(冫)	kkdu	口口犬(冫)
堀	fnbm	土尸凵山	fnbm	土尸凵山
窟③	pwnm	宀八尸山	pwnm	宀八尸山
骷	medg	冎月古(一)	medg	冎月古(一)
苦③	adf	艹古(二)	adf②	艹古(二)
库③	ylk	广车(川)	olk②	广车(川)
绔③	xdfn	纟大二乙	xdfn④	纟大二乙
喾③	iptk	⺍冖丿口	iptk	⺍冖丿口
裤③	puyl	衤冫广车	puol	衤(冫)广车
酷	sgtk	西一丿口	sgtk③	西一丿口
K→kua				
夸③	dfnb	大二乙(巜)	dfnb④	大二乙(巜)
侉③	wdfn	亻大二乙	wdfn	亻大二乙
垮	fdfn	土大二乙	fdfn	土大二乙
挎	rdfn	扌大二乙	rdfn③	扌大二乙
胯③	edfn	月大二乙	edfn	月大二乙
跨③	khdn	口止大乙	khdn	口止大乙
K→kuai				
蒯	aeej	艹月月刂	aeej	艹月月刂
块③	fnwy	土コ人(丶)	fnwy	土コ人(丶)
快③	nnwy	忄コ人(丶)	nnwy	忄コ人(丶)
侩	wwfc	亻人二厶	wwfc	亻人二厶
郐	wfcb	人二厶阝	wfcb	人二厶阝
哙	kwfc	口人二厶	kwfc	口人二厶
狯	qtwc	犭丿人厶	qtwc	犭(丿)人厶
脍③	ewfc	月人二厶	ewfc	月人二厶
筷③	tnnw	竹忄コ人	tnnw④	竹忄コ人
浍③	iwfc	氵人二厶	iwfc④	氵人二厶
K→kuan				
宽②	pamq	宀艹冂儿	pamq③	宀艹冂儿
髋	mepq	冎月宀儿	mepq③	冎月宀儿
款③	ffiw	士二小人	ffiw	士二小人
K→kuang				
匡③	agd	匚王(三)	agd	匚王(三)
诓	yagg	讠匚王(一)	yagg	讠匚王(一)
哐③	kagg	口匚王(一)	kagg	口匚王(一)
筐③	tagf	竹匚王(二)	tagf	竹匚王(二)
狂③	qtgg	犭丿王(一)	qtgg④	犭(丿)王(一)
诳③	yqtg	讠犭丿王	yqtg	讠犭(丿)王
夼③	dkj	大川(刂)	dkj	大川(刂)
邝③	ybh	广阝(丨)	obh	广阝(丨)
圹③	fyt	土广(丿)	fot	土广(丿)
纩③	xyt	纟广(丿)	xot	纟广(丿)
况③	ukqn	冫口儿(乙)	ukqn④	冫口儿(乙)
旷③	jyt	日广(丿)	jot	日广(丿)
矿③	dyt	石广(丿)	dot②	石广(丿)
贶③	mkqn	贝口儿(乙)	mkqn	贝口儿(乙)
框	sagg	木匚王(一)	sagg	木匚王(一)
眶③	hagg	目匚王(一)	hagg④	目匚王(一)
K→kui				
亏③	fnv	二乙(巛)	fnb	二乙(巜)
岿③	mjvf	山刂彐(二)	mjvf	山刂彐(二)
悝	njfg	忄日土(一)	njfg	忄日土(一)
盔③	dolf	𠂇火皿(二)	dolf	𠂇火皿(二)
窥	pwfq	宀八二儿	pwgq③	宀八夫儿
奎	dfff	大土土(二)	dfff③	大土土(二)
逵	fwfp	土八土辶	fwfp③	土八土辶
馗	vuth	九丷丿目	vuth	九丷丿目
喹③	kdff	口大土土	kdff	口大土土
揆	rwgd	扌癶一大	rwgd	扌癶一大
葵③	awgd	艹癶一大	awgd	艹癶一大
暌	jwgd	日癶一大	jwgd	日癶一大
魁	rqcf	白儿厶十	rqcf	白儿厶十
睽	hwgd	目癶一大	hwgd	目癶一大
蝰	jdff	虫大土土	jdff	虫大土土
夔③	uhtt	丷止丿夊	utht④	丷丿目夊
傀③	wrqc	亻白儿厶	wrqc④	亻白儿厶
跬	khff	口止土土	khff③	口止土土

汉字	86 版	字根	98 版	字根	汉字	86 版	字根	98 版	字根
匮[3]	akhm	匚口丨贝	akhm	匚口丨贝	锟[3]	qjxx	钅日匕匕	qjxx	钅日匕匕
喟[3]	kleg	口田月[一]	kleg	口田月[一]	髡	degq	镸彡一儿	degq	镸彡一儿
愦	nkhm	忄口丨贝	nkhm	忄口丨贝	醌	sgjx	西一日匕	sgjx	西一日匕
愧[3]	nrqc	忄白儿厶	nrqc	忄白儿厶	悃[3]	nlsy	忄口木[丶]	nlsy	忄口木[丶]
溃[3]	ikhm	氵口丨贝	ikhm[2]	氵口丨贝	捆[3]	rlsy	扌口木[丶]	rlsy	扌口木[丶]
蒉	akhm	艹口丨贝	akhm	艹口丨贝	阃[3]	ulsi	门口木[氵]	ulsi	门口木[氵]
馈[3]	qnkm	勹乙口贝	qnkm	勹乙口贝	困[2]	lsi	口木[氵]	lsi	口木[氵]
篑	tkhm	竹口丨贝	tkhm	竹口丨贝	K→kuo				
聩[3]	bkhm	耳口丨贝	bkhm	耳口丨贝	扩[2]	ryt	扌广[丿]	rot	扌广[丿]
K→kun					栝	stdg	木丿古[一]	stdg	木丿古[一]
坤	fjhh	土日丨[丨]	fjhh	土日丨[丨]	括[3]	rtdg	扌丿古[一]	rtdg	扌丿古[一]
昆[2]	jxxb	日匕匕[巜]	jxxb	日匕匕[巜]	蛞	jtdg	虫丿古[一]	jtdg	虫丿古[一]
鲲	qgjx	鱼一日匕	qgjx	鱼一日匕	阔[3]	uitd	门氵丿古	uitd	门氵丿古
琨[3]	gjxx	王日匕匕	gjxx	王日匕匕	廓[3]	yybb	广亠子阝	oybb	广亠子阝

L 字母部

汉字	86 版	字根	98 版	字根	汉字	86 版	字根	98 版	字根
L→la					篮	tjtl	竹‖𠂉皿	tjtl	竹‖𠂉皿
垃[3]	fug	土立[一]	fug	土立[一]	镧	qugi	钅门一小	qusi[3]	钅门木小
拉[2]	rug	扌立[一]	rug	扌立[一]	览	jtyq	‖𠂉丶儿	jtyq[3]	‖𠂉丶儿
啦[3]	krug	口扌立[一]	krug	口扌立[一]	揽[3]	rjtq	扌‖𠂉儿	rjtq	扌‖𠂉儿
邋[3]	vlqp	巛口乂辶	vlrp	巛口乂辶	缆[3]	xjtq	纟‖𠂉儿	xjtq	纟‖𠂉儿
旯[3]	jvb	日九[巜]	jvb	日九[巜]	榄	sjtq	木‖𠂉儿	sjtq	木‖𠂉儿
砬[3]	dug	石立[一]	dug	石立[一]	漤	issv	氵木木女	issv	氵木木女
喇[3]	kgkj	口一口刂	kskj[4]	口木口刂	罱[3]	lfmf	罒十冂十	lfmf	罒十冂十
剌	gkij	一口小刂	skij[3]	木口小刂	懒	ngkm	忄一口贝	nskm[3]	忄木口贝
腊[3]	eajg	月廾日[一]	eajg[4]	月廾日[一]	烂	oufg	火丷二[一]	oudg[3]	火丷三[一]
瘌	ugkj	疒一口刂	uskj	疒木口刂	滥[3]	ijtl	氵‖𠂉皿	ijtl	氵‖𠂉皿
蜡[3]	jajg	虫廾日[一]	jajg	虫廾日[一]	L→lang				
辣[3]	ugki	辛一口小	uski[4]	辛木口小	啷[3]	kyvb	口丶彐阝	kyvb	口丶艮阝
L→lai					郎	yvcb	丶彐厶阝	yvbh[3]	丶艮阝[丨]
来[2]	goi	一米[氵]	gusi	一丷木[氵]	狼[3]	qtye	犭丿丶𧘇	qtyv[4]	犭[丿]丶艮
崃[3]	mgoy	山一米[丶]	mgus[4]	山一丷木	茛[3]	ayve	艹丶彐𧘇	ayvu	艹丶艮[冫]
徕[3]	tgoy	彳一米[丶]	tgus[4]	彳一丷木	廊[3]	yyvb	广丶彐阝	oyvb	广丶艮阝
涞[3]	igoy	氵一米[丶]	igus	氵一丷木	琅[3]	gyve	王丶彐𧘇	gyvy	王丶艮[丶]
莱[3]	agou	艹一米[冫]	agus[4]	艹一丷木	榔[3]	syvb	木丶彐阝	syvb	木丶艮阝
铼[3]	qgoy	钅一米[丶]	qgus	钅一丷木	稂[3]	tyve	禾丶彐𧘇	tyvy	禾丶艮[丶]
赉[3]	gomu	一米贝[冫]	gusm[4]	一丷木贝	锒	qyve	钅丶彐𧘇	qyvy	钅丶艮[丶]
睐[3]	hgoy	目一米[丶]	hgus	目一丷木	螂[3]	jyvb	虫丶彐阝	jyvb	虫丶艮阝
赖	gkim	一口小贝	skqm[3]	木口⺈贝	朗	yvce	丶彐厶月	yveg[3]	丶艮月[一]
濑	igkm	氵一口贝	iskm	氵木口贝	阆[3]	uyve	门丶彐𧘇	uyvi	门丶艮[氵]
癞	ugkm	疒一口贝	uskm	疒木口贝	浪[3]	iyve	氵丶彐𧘇	iyvy	氵丶艮[丶]
籁	tgkm	竹一口贝	tskm[3]	竹木口贝	蒗	aiye	艹氵丶𧘇	aiyv	艹氵丶艮
L→lan					L→lao				
兰[3]	uff	丷二[二]	udf	丷三[二]	捞[3]	rapl	扌艹冖力	rape	扌艹冖力
岚	mmqu	山几乂[冫]	mwru[3]	山几乂[冫]	劳[3]	aplb	艹冖力[巜]	aper	艹冖力[冫]
拦[3]	rufg	扌丷二[一]	rudg	扌丷三[一]	牢[3]	prhj	宀𠂉丨[刂]	ptgj	宀丿丰[刂]
栏[3]	sufg	木丷二[一]	sufg	木丷三[一]	唠[3]	Kapl	口艹冖力	kape	口艹冖力
婪[3]	ssvf	木木女[二]	ssvf	木木女[二]	崂[3]	mapl	山艹冖力[4]	mape	山艹冖力
阑	ugli	门一罒小	usld[3]	门木罒[三]	痨	uapl	疒艹冖力	uape	疒艹冖力
蓝[3]	ajtl	艹‖𠂉皿	ajtl	艹‖𠂉皿	铹[3]	qapl	钅艹冖力	qape	钅艹冖力
谰[3]	yugi	讠门一小	yusi	讠门木小	醪	sgne	西一羽彡	sgne	西一羽彡
澜	iugi	氵门一小	iusi[3]	氵门木小	老[3]	ftxb	土丿匕[巜]	ftxb	土丿匕[巜]
褴	pujl	衤冫‖皿	pujl	衤冫‖皿	佬[3]	wftx	亻土丿匕	wftx	亻土丿匕
斓	yugi	文门一小	yusi	文门木小	姥[3]	vftx	女土丿匕	vftx	女土丿匕

汉字	86 版	字根	98 版	字根
栳	sftx	木土丿匕	sftx	木土丿匕
铑	qftx	钅土丿匕	qftx	钅土丿匕
潦	idui	氵大丷小	idui	氵大丷小
涝	iapl	氵艹冖力	iape③	氵艹冖力
烙	otkg	火夂口㊀	otkg	火夂口㊀
耢	dial	三小艹力	fsae③	二木艹力
酪	sgtk	西一夂口	sgtk	西一夂口
L→le				
仂③	wln	亻力(乙)	wet	亻力(丿)
乐②	qii	𠂆小(氵)	tnii	丿乙小(氵)
叻③	kln	口力(乙)	ket	口力(丿)
泐③	ibln	氵阝力(乙)	ibet	氵阝力(丿)
勒③	afln	廿串力(乙)	afet	廿串力(丿)
嘞	kafl	口廿串力	kafe③	口廿串力
鳓	qgal	鱼一廿力	qgae	鱼一廿力
肋②	eln	月力(乙)	eet③	月力(丿)
L→lei				
雷③	flf	雨田㊁	flf②	雨田㊁
嫘③	vlxi	女田幺小	vlxi	女田幺小
缧	xlxi	纟田幺小	xlxi③	纟田幺小
檑③	sflg	木雨田㊀	sflg	木雨田㊀
镭③	qflg	钅田幺小	qflg	钅田幺小
羸	ynky	亠乙口丶	yeuy	亡月羊丶
耒③	dii	三小(氵)	fsi	二木(氵)
诔	ydiy	讠三小(丶)	yfsy	讠二木(丶)
垒	cccf	厶厶厶土	cccf	厶厶厶土
磊③	dddf	石石石㊁	dddf	石石石㊁
蕾	aflf	艹雨田㊁	aflf③	艹雨田㊁
儡③	wlll	亻田田田	wlll	亻田田田
泪③	ihg	氵目㊀	ihg	氵目㊀
类②	odu	米大(丷)	odu	米大(丷)
累②	lxiu	田幺小(丷)	lxiu	田幺小(丷)
酹③	sgef	西一爫寸	sgef	西一爫寸
擂③	rflg	扌雨田㊀	rflg	扌雨田㊀
嘞③	kafl	口廿串力	kafe	口廿串力
L→leng				
塄③	flyn	土罒方(乙)	flyt	土罒方(丿)
楞②	slyn	木罒方(乙)	slyn	木罒方(乙)
棱③	sfwt	木土八夂	sfwt	木土八夂
冷	uwyc	冫人丶マ	uwyc③	冫人丶マ
愣③	nlyn	忄罒方(乙)	nlyt	忄罒方(丿)
L→li				
厘	djfd	厂日土㊂	djfd	厂日土㊂
梨③	tjsu	禾刂木(丷)	tjsu	禾刂木(丷)
犁③	tjrh	禾刂𠂉丨	tjtg	禾刂丿⺧
狸	qtjf	犭丿日土	qtjf	犭(丿)日土
离②	ybmc	文凵冂厶	yrbc③	亠乂凵厶
莉③	atjj	艹禾刂(川)	atjj	艹禾刂(川)
喱	kdjf	口厂日土	kdjf③	口厂日土
漓	iybc	氵文凵厶	iyrc③	氵亠乂厶
缡③	xybc	纟文凵厶	xyrc	纟亠乂厶
蓠	aybc	艹文凵厶	ayrc	艹亠乂厶
蜊③	jtjh	虫禾刂(丨)	jtjh④	虫禾刂(丨)
嫠③	fitv	二小夂女	fitv	二小夂女
璃③	gybc	王文凵厶	gyrc	王亠乂厶

汉字	86 版	字根	98 版	字根
骊②	cgmy	马一冂丶	cggy③	马一一丶
鲡	qggy	鱼一一丶	qggy③	鱼一一丶
鹂	gmyg	一冂丶一	gmyg	一冂丶一
黎③	tqti	禾勹丿氺	tqti	禾勹丿氺
篱③	tybc	竹文凵厶	tyrc	竹亠乂厶
罹③	lnwy	罒忄亻主	lnwy	罒忄亻主
藜③	atqi	艹禾勹氺	atqi	艹禾勹氺
黧	tqto	禾勹丿灬	tqto	禾勹丿灬
蠡③	xejj	彑豕虫虫	xejj	彑豕虫虫
礼	pynn	礻丶乙(乙)	pynn	礻(丶)乙(乙)
李②	sbf	木子㊁	sbf	木子㊁
里③	jfd	日土㊂	jfd	日土㊂
俚③	wjfg	亻日土㊀	wjfg	亻日土㊀
哩	kjfg	口日土㊀	kjfg	口日土㊀
娌	vjfg	女日土㊀	vjfg	女日土㊀
逦	gmyp	一冂丶辶	gmyp	一冂丶辶
理②	gjfg	王日土㊀	gjfg	王日土㊀
锂③	qjfg	钅日土㊀	qjfg	钅日土㊀
鲤	qgjf	鱼一日土	qgjf	鱼一日土
澧③	imau	氵冂艹丷	imau	氵冂艹丷
醴	sgmu	西一冂丷	sgmu	西一冂丷
鳢	qgmu	鱼一冂丷	qgmu	鱼一冂丷
力②	ltn	力丿乙	ent	力乙丿
历②	dlv	厂力(巛)	dee	厂力(彡)
厉③	ddnv	厂厂乙(巛)	dgqe	厂一勹(彡)
立②	uuuu	立立立立	uuuu	立立立立
吏③	gkqi	一口乂(氵)	gkri	一口乂(氵)
丽③	gmyy	一冂丶丶	gmyy	一冂丶丶
利③	tjh	禾刂(丨)	tjh	禾刂(丨)
励	ddnl	厂厂乙力	dgqe	厂一勹(彡)
呖③	kdln	口厂力(乙)	kdet	口厂力(丿)
坜③	fdln	土厂力(乙)	fdet④	土厂力(丿)
沥③	idln	氵厂力(乙)	idet④	氵厂力(丿)
苈③	adlb	艹厂力(巛)	ader④	艹厂力(彡)
例③	wgqj	亻一夕刂	wgqj	亻一夕刂
戾③	yndi	丶尸犬(氵)	yndi	丶尸犬(氵)
枥③	sdln	木厂力(乙)	sdet	木厂力(丿)
疠	udnv	疒厂乙(巛)	ugqe	疒一勹(彡)
隶③	vii	彐水(巛)	vii	彐水(巛)
俐③	wtjh	亻禾刂(丨)	wtjh	亻禾刂(丨)
俪	wgmy	亻一冂丶	wgmy	亻一冂丶
栎③	sqiy	木𠂆小(丶)	stni④	木丿乙小
疬③	udlv	疒厂力(巛)	udee	疒厂力(彡)
荔③	alll	艹力力力	aeee	艹力力力
轹③	lqiy	车𠂆小(丶)	ltni	车丿乙小
郦	gmyb	一冂丶阝	gmyb	一冂丶阝
栗③	suu	西木(丷)	suu	西木(丷)
猁③	qttj	犭丿禾刂	qttj④	犭(丿)禾刂
砺	dddn	石厂厂乙	ddgq	石厂一勹
砾③	dqiy	石𠂆小(丶)	dtni	石丿乙小
莅	awuf	艹亻立㊁	awuf	艹亻立㊁
唳	kynd	口丶尸犬	kynd	口丶尸犬
笠③	tuf	⺮立㊁	tuf	⺮立㊁
粒③	oug	米立㊀	oug②	米立㊀
粝③	oddn	米厂厂乙	odgq④	米厂一勹

汉字	86版	字根	98版	字根
蛎③	jddn	虫厂厂乙	jdgq④	虫厂一力
傈③	wssy	亻西木丶⃝	wssy	亻西木丶⃝
痢③	utjk	疒禾刂川⃝	utjk	疒禾刂川⃝
詈③	lyf	罒言二⃝	lyf	罒言二⃝
跞	khqi	口止⺁小	khti	口止丿小
雳	fdlb	雨厂力《⃝	fder③	雨厂力彡⃝
溧	issy	氵西木丶⃝	issy	氵西木丶⃝
篥③	tssu	⺮西木冫⃝	tssu	⺮西木冫⃝
L→lian				
奁③	daqu	大匚乂冫⃝	daru	大匚乂冫⃝
连③	lpk	车辶川⃝	lpk②	车辶川⃝
帘③	pwmh	宀八冂丨	pwmh	宀八冂丨
怜	nwyc	忄人丶マ	nwyc	忄人丶マ
涟③	lipy	氵车辶丶⃝	lipy	氵车辶丶⃝
莲③	alpu	艹车辶冫⃝	alpu	艹车辶冫⃝
联②	budy	耳丷大丶⃝	budy	耳丷大丶⃝
裢③	pulp	礻冫车辶	pulp	礻冫⃝车辶
廉	yuvo	广丷彐灬	ouvw	广丷彐八
鲢	qglp	鱼一车辶	qglp	鱼一车辶
濂③	iyuo	氵广丷灬	iouw	氵广丷八
臁③	eyuo	月广丷灬	eouw	月广丷八
镰	qyuo	钅广丷灬	qouw④	钅广丷八
蠊③	jyuo	虫广丷灬	jouw④	虫广丷八
敛	wgit	人一业攵	wgit	人一丷攵
琏③	glpy	王车辶丶⃝	glpy	王车辶丶⃝
脸②	ewgi	月人一业	ewgg	月人一一
裣	puwi	礻冫人业	puwg	礻冫⃝人一
蔹	awgt	艹人一攵	awgt	艹人一攵
练③	xanw	纟七乙八	xanw	纟七乙八
炼	oanw	火七乙八	oanw	火七乙八
恋③	yonu	亠小心冫⃝	yonu	亠小心冫⃝
殓③	gqwi	一夕人业	gqwg	一夕人一
链③	qlpy	钅车辶丶⃝	qlpy	钅车辶丶⃝
楝③	sgli	木一罒小	sslg	木木罒一⃝
潋	iwgt	氵人一攵	iwgt	氵人一攵
L→liang				
良②	yvei	丶彐⻊冫⃝	yvi	丶艮冫⃝
梁③	ivws	氵刀八木	ivws	氵刀八木
莨③	ayve	艹丶彐⻊	ayvu	艹丶艮冫⃝
凉	uyiy	冫亠口小丶⃝	uyiy	冫亠口小丶⃝
椋③	syiy	木亠口小丶⃝	syiy	木亠口小丶⃝
墚③	fivs	土氵刀木	fivs	土氵刀木
粱	ivwo	氵刀八米	ivwo	氵刀八米
踉	khye	口止丶⻊	khyv	口止丶艮
粮③	oyve	米丶彐⻊	oyvy	米丶艮丶⃝
两	gmww	一冂人人	gmww	一冂人人
俩③	wgmw	亻一冂人	wgmw④	亻一冂人
魉	rqcw	白儿厶人	rqcw	白儿厶人
亮③	ypmb	亠口冖几《⃝	ypwb②	亠口冖几《⃝
谅③	yyiy	讠亠口小丶⃝	yyiy	讠亠口小丶⃝
辆③	lgmw	车一冂人	lgmw	车一冂人
晾	jyiy	日亠口小丶⃝	jyiy	日亠口小丶⃝
量②	jgjf	曰一日土	jgjf	曰一日土
靓③	gemq	龶月冂儿	gemq	龶月冂儿
L→liao				
潦	idui	氵大丷小	idui	氵大丷小

汉字	86版	字根	98版	字根
辽②	bpk	了辶川⃝	bpk	了辶川⃝
疗③	ubk	疒了川⃝	ubk②	疒了川⃝
聊③	bqtb	耳⺁丿卩	bqtb	耳⺁丿卩
僚③	wdui	亻大丷小	wdui	亻大丷小
寥③	pnwe	宀羽人彡	pnwe	宀羽人彡
廖③	ynwe	广羽人彡	onwe④	广羽人彡
嘹	kdui	口大丷小	kdui③	口大丷小
寮③	pdui	宀大丷小	pdui	宀大丷小
撩③	rdui	扌大丷小	rdui	扌大丷小
獠	qtdi	犭丿大小	qtdi	犭丿⃝大小
缭③	xdui	纟大丷小	xdui	纟大丷小
燎	odui	火大丷小	odui	火大丷小
镣③	qdui	钅大丷小	qdui	钅大丷小
鹩	dujg	大丷日一	dujg	大丷日一
钌③	qbh	钅了丨⃝	qbh	钅了丨⃝
蓼③	anwe	艹羽人彡	anwe	艹羽人彡
了①	bnh	了乙丨	bnh③	了乙丨
尥③	dnqy	尢乙勹丶	dnqy	尢乙勹丶
料②	oufh	米冫十丨⃝	oufh③	米冫十丨⃝
撂③	rltk	扌田夂口	rltk	扌田夂口
L→lie				
咧	kgqj	口一夕刂	kgqj	口一夕刂
列②	gqjh	一夕刂丨⃝	gqjh③	一夕刂丨⃝
劣③	itlb	小丿力《⃝	iter④	小丿力彡⃝
冽③	ugqj	冫一夕刂	ugqj③	冫一夕刂
洌③	igqj	氵一夕刂	igqj④	氵一夕刂
埒③	fefy	土爫寸丶⃝	fefy	土爫寸丶⃝
烈	gqjo	一夕刂灬	gqjo	一夕刂灬
捩	rynd	扌丶尸犬	rynd	扌丶尸犬
猎③	qtaj	犭丿廾日	qtaj④	犭丿⃝廾日
裂	gqje	一夕刂𧘇	gqje	一夕刂𧘇
趔	fhgj	土龰一刂	fhgj	土龰一刂
躐	khvn	口止巛乙	khvn	口止巛乙
鬣	devn	镸彡白乙	deen③	镸彡白乙
L→lin				
邻	wycb	人丶マ阝	wycb	人丶マ阝
拎	rwyc	扌人丶マ	rwyc	扌人丶マ
林②	ssy	木木丶⃝	ssy	木木丶⃝
临③	jtyj	刂𠂉丶罒	jtyj④	刂𠂉丶罒
啉③	kssy	口木木丶⃝	kssy	口木木丶⃝
淋③	issy	氵木木丶⃝	issy	氵木木丶⃝
琳③	gssy	王木木丶⃝	gssy	王木木丶⃝
粼	oqab	米夕匚《	oqgb	米夕㐄《
嶙③	moqh	山米夕丨	moqg	山米夕㐄
遴③	oqap	米夕匚辶	oqgp	米夕㐄辶
辚②	loqh	车米夕丨	loqg③	车米夕㐄
霖③	fssu	雨木木冫⃝	fssu	雨木木冫⃝
瞵③	hoqh	目米夕丨	hoqg	目米夕㐄
磷③	doqh	石米夕丨	doqg	石米夕㐄
鳞③	qgoh	鱼一米丨	qgog	鱼一米㐄
麟	ynjh	广コ丨丨	oxxg	户匕匕㐄
凛③	uyli	冫亠口小	uyli	冫亠口小
廪③	yyli	广亠口小	oyli③	广亠口小
懔③	nyli	忄亠口小	nyli	忄亠口小
檩	syli	木亠口小	syli	木亠口小
吝③	ykf	文口二⃝	ykf	文口二⃝

续上表

汉字	86 版	字根	98 版	字根
赁	wtfm	亻丿士贝	wtfm	亻丿士贝
蔺③	auwy	艹门亻主	auwy	艹门亻主
膦②	eoqh	月米夕丨	eoqg	月米夕㐄
躏	khay	口止艹主	khay	口止艹主
L→ling				
伶	wwyc	亻人丶マ	wwyc	亻人丶マ
灵②	vou	ヨ火(冫)	vou	ヨ火(冫)
囹③	lwyc	囗人丶マ	lwyc	囗人丶マ
岭	mwyc	山人丶マ	mwyc	山人丶マ
泠	iwyc	氵人丶マ	iwyc	氵人丶マ
苓	awyc	艹人丶マ	awyc	艹人丶マ
柃	swyc	木人丶マ	swyc	木人丶マ
玲③	gwyc	王人丶マ	gwyc	王人丶マ
瓴	wycn	人丶マ乙	wycy	人丶マ丶
凌③	ufwt	冫土八夂	ufwt	冫土八夂
铃	qwyc	钅人丶マ	qwyc	钅人丶マ
陵③	bfwt	阝土八夂	bfwt	阝土八夂
棂③	svoy	木ヨ火⊙	svoy	木ヨ火⊙
绫③	xfwt	纟土八夂	xfwt	纟土八夂
羚	udwc	丷手人マ	uwyc	羊人丶マ
翎	wycn	人丶マ羽	wycn	人丶マ羽
聆	bwyc	耳人丶マ	bwyc	耳人丶マ
菱	afwt	艹土八夂	afwt	艹土八夂
蛉	jwyc	虫人丶マ	jwyc	虫人丶マ
零	fwyc	雨人丶マ	fwyc②	雨人丶マ
龄	hwbc	止人凵マ	hwbc	止人凵マ
鲮	qgft	鱼一土夂	qgft	鱼一土夂
酃③	fkkb	雨口口阝	fkkb	雨口口阝
领	wycm	人丶マ贝	wycm	人丶マ贝
令③	wycu	人丶マ(冫)	wycu	人丶マ(冫)
另②	klb	口力(巛)	ker	口力(彡)
呤	kwyc	口人丶マ	kwyc	口人丶マ
L→liu				
溜	iqyl	氵𠂆丶田	iqyl	氵𠂆丶田
熘	oqyl	火𠂆丶田	oqyl	火𠂆丶田
刘②	yjh	文刂①	yjh	文刂①
浏	iyjh	氵文刂①	iyjh	氵文刂①
流③	iycq	氵亠厶儿	iyck	氵亠厶儿
留	qyvl	𠂆丶刀田	qyvl	𠂆丶刀田
琉③	gycq	王亠厶儿	gyck	王亠厶儿
硫③	dycq	石亠厶儿	dyck	石亠厶儿
旒	ytyq	方𠂉亠儿	ytyk	方𠂉亠儿
遛	qyvp	𠂆丶刀辶	qyvp	𠂆丶刀辶
馏	qnql	𠂊乙𠂆田	qnql	𠂊乙𠂆田
骝③	cqyl	马𠂆丶田	cgql	马一𠂆田
榴③	sqyl	木𠂆丶田	sqyl	木𠂆丶田
瘤	uqyl	疒𠂆丶田	uqyl	疒𠂆丶田
镏	qqyl	钅𠂆丿卩	qqyl	钅𠂆丿卩
鎏	iycq	氵亠厶金	iycq	氵亠厶金
柳③	sqtb	木𠂆丿卩	sqtb	木𠂆丿卩
绺③	xthk	纟夂卜口	xthk④	纟夂卜口
锍	qycq	钅亠厶儿	qyck	钅亠厶儿
六②	uygy	六丶一丶	uygy	六丶一丶
碌③	dviy	石ヨ氺⊙	dviy	石ヨ氺⊙
鹨	nweg	羽人彡一	nweg	羽人彡一

汉字	86 版	字根	98 版	字根
L→lo				
咯③	ktkg	口夂口㊀	ktkg	口夂口㊀
L→long				
龙②	dxv	𠂇匕(巛)	dxyi	𠂇匕丶(氵)
咙③	kdxn	口𠂇匕(乙)	kdxy	口𠂇匕丶
泷③	idxn	氵𠂇匕(乙)	idxy	氵𠂇匕丶
茏③	adxb	艹𠂇匕(巛)	adxy	艹𠂇匕丶
栊③	sdxn	木𠂇匕(乙)	sdxy	木𠂇匕丶
珑③	gdxn	王𠂇匕(乙)	gdxy	王𠂇匕丶
胧③	edxn	月𠂇匕(乙)	edxy	月𠂇匕丶
砻③	dxdf	𠂇匕石㊁	dxyd④	𠂇匕丶石
笼③	tdxb	𥫗𠂇匕(巛)	tdxy	𥫗𠂇匕丶
聋③	dxbf	𠂇匕耳㊁	dxyb④	𠂇匕丶耳
隆③	btgg	阝夂一㐄	btgg	阝夂一㐄
癃	ubtg	疒阝夂㐄	ubtg	疒阝夂㐄
窿③	pwbg	宀八阝㐄	pwbg④	宀八阝㐄
陇③	bdxn	阝𠂇匕(巛)	bdxy	阝𠂇匕丶
垄③	dxff	𠂇匕土㊁	dxyf④	𠂇匕丶土
垅③	fdxn	土𠂇匕(巛)	fdxy	土𠂇匕丶
拢③	rdxn	扌𠂇匕(巛)	rdxy	扌𠂇匕丶
弄③	gaj	王廾⑪	gaj	王廾⑪
L→lou				
娄②	ovf	米女㊁	ovf③	米女㊁
偻③	wovg	亻米女㊀	wovg	亻米女㊀
喽③	kovg	口米女㊀	kovg	口米女㊀
蒌②	aovf	艹米女㊁	aovf③	艹米女㊁
楼③	sovg	木米女㊀	sovg	木米女㊀
耧③	diov	三小米女	fsov	二木米女
蝼③	jovg	虫米女㊀	jovg	虫米女㊀
髅③	meov	冎月米女	meov	冎月米女
嵝②	movg	山米女㊀	movg③	山米女㊀
搂②	rovg	扌米女㊀	rovg③	扌米女㊀
篓③	tovf	竹米女㊁	tovf	竹米女㊁
陋③	bgmn	阝一冂乙	bgmn	阝一冂乙
漏	infy	氵尸雨⊙	infy③	氵尸雨⊙
露	fkhk	雨口止口	fkhk	雨口止口
瘘③	uovd	疒米女㊂	uovd	疒米女㊂
镂③	qovg	钅米女㊀	qovg④	钅米女㊀
L→lu				
露	fkhk	雨口止口	fkhk	雨口止口
噜③	kqgj	口鱼一日	kqgj④	口鱼一日
撸③	rqgj	扌鱼一日	rqgj	扌鱼一日
卢②	hne	卜尸(彡)	hnr③	卜尸(彡)
庐	yyne	广丶尸(彡)	oyne	广丶尸(彡)
芦	aynr	艹丶尸(彡)	aynr③	艹丶尸(彡)
垆	fhnt	土卜尸⊘	fhnt	土卜尸⊘
泸③	ihnt	氵卜尸⊘	ihnt④	氵卜尸⊘
炉③	oynt	火丶尸⊘	oynt	火丶尸⊘
栌	shnt	木卜尸⊘	shnt	木卜尸⊘
胪	ehnt	月卜尸⊘	ehnt③	月卜尸⊘
轳	lhnt	车卜尸⊘	lhnt	车卜尸⊘
鸬③	hnqg	卜尸勹一	hnqg	卜尸鸟一
舻③	tehn	丿舟卜尸	tuhn④	丿舟卜尸
颅	hndm	卜尸厂贝	hndm	卜尸厂贝
鲈	qghn	鱼一卜尸	qghn	鱼一卜尸

续上表

汉字	86 版	字根	98 版	字根
卤[2]	hlqi	卜口乂[氵]	hlru	卜口乂[冫]
虏	halv	广七力[巛]	hee[3]	虍力[彡]
掳[3]	rhal	扌广七力	rhet	扌虍力[丿]
鲁[3]	qgjf	鱼一日[二]	qgjf	鱼一日[二]
橹[3]	sqgj	木鱼一日	sqgj	木鱼一日
镥[3]	qqgj	钅鱼一日	qqgj	钅鱼一日
陆[3]	bfmh	阝二山[丨]	bgbh	阝丰凵[丨]
录[2]	viu	⺕水[冫]	viu	⺕水[冫]
赂[3]	mtkg	贝夂口[一]	mtkg	贝夂口[一]
辂	ltkg	车夂口[一]	ltkg	车夂口[一]
渌[3]	iviy	氵彐氺[丶]	iviy	氵彐氺[丶]
逯	vipi	彐水辶[氵]	vipi	彐水辶[氵]
鹿[3]	ynjx	广コ刂匕	oxxv[2]	声匕匕[巛]
禄[3]	pyvi	礻丶彐氺	pyvi	礻[丶]彐氺
碌[3]	dviy	石彐氺[丶]	dviy	石彐氺[丶]
路[3]	khtk	口止夂口	khtk	口止夂口
漉	iynx	氵广コ匕	ioxx[3]	氵声匕匕
戮[3]	nwea	羽人彡戈	nwea	羽人彡戈
辘[3]	lynx	车广コ匕	loxx[2]	车声匕匕
潞	ikhk	氵口止口	ikhk	氵口止口
璐	gkhk	王口止口	gkhk	王口止口
簏	tynx	⺮广コ匕	toxx[3]	⺮声匕匕
鹭	khtg	口止夂一	khtg	口止夂一
麓	ssyx	木木广匕	ssox	木木声匕
氇	tfnj	丿二乙日	eqgj[3]	毛鱼一日
L→lü				
滤[3]	ihan	氵广七心	ihny	氵虍心[丶]
驴[3]	cynt	马丶尸[丿]	cgyn	马一丶尸
闾	ukkd	门口口[三]	ukkd	门口口[三]
榈[3]	sukk	木门口口	sukk	木门口口
吕[2]	kkf	口口[二]	kkf	口口[二]
侣[3]	wkkg	亻口口[一]	wkkg	亻口口[一]
旅	ytey	方𠂉𧘇[丶]	ytey[3]	方𠂉𧘇[丶]
稆[3]	tkkg	禾口口[一]	tkkg	禾口口[一]
铝[3]	qkkg	钅口口[一]	qkkg	钅口口[一]
屡[2]	novd	尸米女[三]	novd	尸米女[三]
缕[3]	xovg	纟米女[一]	xovg	纟米女[一]
膂	ytee	方𠂉𧘇月	ytee	方𠂉𧘇月
褛[3]	puov	礻冫米女	puov[4]	礻[冫]米女
履[3]	nttt	尸彳𠂉夂	nttt	尸彳𠂉夂
律	tvfh	彳彐二丨	tvfh[3]	彳彐二丨
虑[3]	hani	广七心[氵]	hni[2]	虍心[氵]
绿[2]	xviy	纟彐氺[丶]	xviy[3]	纟彐氺[丶]
氯[3]	rnvi	𠂉乙彐氺	rvii	气彐氺[氵]
捋	refy	扌爫寸[丶]	refy[3]	扌爫寸[丶]
L→luan				
娈[3]	yovf	亠小女[二]	yovf	亠小女[二]
孪[3]	yobf	亠小子[二]	yobf	亠小子[二]
峦[3]	yomj	亠小山[刂]	yomj	亠小山[刂]

汉字	86 版	字根	98 版	字根
挛[3]	yorj	亠小手[刂]	yorj	亠小手[刂]
栾[3]	yosu	亠小木[冫]	yosu	亠小木[冫]
鸾[3]	yoqg	亠小勹一	yoqg[4]	亠小鸟一
脔	yomw	亠小冂人	yomw	亠小冂人
滦	iyos	氵亠小木	iyos	氵亠小木
銮	yoqf	亠小金[二]	yoqf[3]	亠小金[二]
卵[3]	qyty	𠂆丶丿丶	qyty[4]	𠂆丶丿丶
乱[3]	tdnn	丿古乙[乙]	tdnn	丿古乙[乙]
L→lue				
掠	ryiy	扌亠口小[丶]	ryiy	扌亠口小[丶]
略[3]	ltkg	田夂口[一]	ltkg	田夂口[一]
锊[3]	qefy	钅爫寸[丶]	qefy	钅爫寸[丶]
L→lun				
抡[3]	rwxn	扌人匕[乙]	rwxn	扌人匕[乙]
仑[3]	wxb	人匕[《]	wxb	人匕[《]
伦[3]	wwxn	亻人匕[乙]	wwxn	亻人匕[乙]
囵	lwxv	囗人匕[巛]	lwxv	囗人匕[巛]
沦[3]	iwxn	氵人匕[乙]	iwxn	氵人匕[乙]
纶[3]	xwxn	纟人匕[乙]	xwxn	纟人匕[乙]
轮[3]	lwxn	车人匕[乙]	lwxn	车人匕[乙]
论[3]	ywxn	讠人匕[乙]	ywxn	讠人匕[乙]
L→luo				
捋	refy	扌爫寸[丶]	refy[3]	扌爫寸[丶]
罗[2]	lqu	罒夕[冫]	lqu	罒夕[冫]
猡	qtlq	犭丿罒夕	qtlq	犭[丿]罒夕
脶[3]	ekmw	月口冂人	ekmw[4]	月口冂人
萝[3]	alqu	艹罒夕[冫]	alqu	艹罒夕[冫]
逻[3]	lqpi	罒夕辶[氵]	lqpi	罒夕辶[氵]
椤	slqy	木罒夕[丶]	slqy	木罒夕[丶]
锣[3]	qlqy	钅罒夕[丶]	qlqy	钅罒夕[丶]
箩[3]	tlqu	竹罒夕[冫]	tlqu[4]	竹罒夕[冫]
骡[3]	clxi	马田幺小	cgli	马一田小
镙[3]	qlxi	钅田幺小	qlxi	钅田幺小
螺	jlxi	虫田幺小	jlxi	虫田幺小
裸	pujs	礻冫日木	pujs	礻[冫]日木
瘰[3]	ulxi	疒田幺小	ulxi	疒田幺小
赢	ynky	亠乙口丶	yejy[3]	亠口月虫丶
泺[3]	iqiy	氵𠂆小[丶]	itni[4]	氵丿乙小
洛[3]	itkg	氵夂口[一]	itkg	氵夂口[一]
络[3]	xtkg	纟夂口[一]	xtkg	纟夂口[一]
荦[3]	aprh	艹冖𠂉丨	aptg	艹冖丿扌
骆[3]	ctkg	马夂口[一]	cgtk[4]	马一夂口
珞[3]	gtkg	王夂口[一]	gtkg	王夂口[一]
落[3]	aitk	艹氵夂口	aitk[4]	艹氵夂口
摞[3]	rlxi	扌田幺小	rlxi	扌田幺小
漯[3]	ilxi	氵田幺小	ilxi	氵田幺小
雒	tkwy	夂口亻主	tkwy	夂口亻主
倮[3]	wjsy	亻日木[丶]	wjsy	亻日木[丶]

M 字母部

汉字	86 版	字根	98 版	字根
M→m				
呒[3]	kfqn	口二儿[乙]	kfqn	口二儿[乙]
M→ma				
妈[2]	vcg	女马[一]	vcgg	女马一[一]

汉字	86 版	字根	98 版	字根
嬷[3]	vysc	女广木厶	vysc	女广木厶
马[2]	cnng	马乙乙一	cgd	马一[三]
犸	qtcg	犭丿马[一]	qtcg[3]	犭[丿]马一
玛[3]	gcg	王马[一]	gcgg	王马一[一]

续上表

汉字	86 版	字根	98 版	字根
码③	dcg	石马㊀	dcgg	石马一㊀
蚂③	jcg	虫马㊀	jcgg	虫马一㊀
吗③	jcg	口马㊀	jcgg	口马一㊀
杩③	scg	木马㊀	scgg	木马一㊀
骂③	kkcf	口口马㊁	kkcg	口口马一
麻③	yssi	广木木(氵)	ossi	广木木(氵)
蟆	jajd	虫艹日大	jajd	虫艹日大
嘛②	kyss	口广木木	koss	口广木木
M→mai				
埋③	fjfg	土日土㊀	fjfg	土日土㊀
霾	feef	雨爫⺈土	fejf③	雨豸日土
买	nudu	乙冫大(冫)	nudu	乙冫大(冫)
荬	anud	艹乙冫大	anud	艹乙冫大
劢③	dnln	厂乙力(乙)	gqet④	一勹力(彡)
迈③	dnpv	厂乙辶(巛)	gqpe	一勹辶(彡)
麦③	gtu	龶夂(冫)	gtu	龶夂(冫)
唛③	kgty	口龶夂(丶)	kgty	口龶夂(丶)
卖	fnud	十乙冫大	fnud	十乙冫大
脉	eyni	月丶乙水	eyni③	月丶乙水
M→man				
颟	agmm	艹一冂贝	agmm	艹一冂贝
蛮③	yoju	亠小虫(冫)	yoju	亠小虫(冫)
馒	qnjc	⺈乙日又	qnjc	⺈乙日又
瞒	hagw	目艹一人	hagw②	目艹一人
鞔	afqq	廿串ク儿	afqq	廿串ク儿
鳗	qgjc	鱼一日又	qgjc	鱼一日又
满	iagw	氵艹一人	iagw	氵艹一人
螨	jagw	虫艹一人	jagw	虫艹一人
曼③	jlcu	日罒又(冫)	jlcu	日罒又(冫)
谩③	yjlc	讠日罒又	yjlc	讠日罒又
墁③	fjlc	土日罒又	fjlc	土日罒又
嫚	vjlc	女日罒又	vjlc	女日罒又
幔	mhjc	冂丨日又	mhjc	冂丨日又
慢②	njlc	忄日罒又	njlc	忄日罒又
漫	ijlc	氵日罒又	ijlc	氵日罒又
缦③	xjlc	纟日罒又	xjlc	纟日罒又
蔓③	ajlc	艹日罒又	ajlc	艹日罒又
熳③	ojlc	火日罒又	ojlc	火日罒又
镘③	qjlc	钅日罒又	qjlc	钅日罒又
M→mang				
邙③	ynbh	亠乙阝(丨)	ynbh④	亠乙阝(丨)
忙	nynn	忄亠乙(乙)	nynn③	忄亠乙(乙)
芒③	aynb	艹亠乙(巜)	aynb④	艹亠乙(巜)
盲③	ynhf	亠乙目㊁	ynhf	亠乙目㊁
茫③	aiyn	艹氵亠乙	aiyn	艹氵亠乙
硭③	dayn	石艹亠乙	dayn	石艹亠乙
莽③	adaj	艹犬廾(刂)	adaj	艹犬廾(刂)
漭	iada	氵艹犬廾	iada③	氵艹犬廾
蟒	jada	虫艹犬廾	jada③	虫艹犬廾
氓	ynna	亠乙𠃌七	ynna	亠乙𠃌七
M→mao				
猫	qtal	犭丿艹田	qtal③	犭(丿)艹田
毛③	tfnv	丿二乙(巛)	etgn②	毛丿一乙
矛③	cbtr	マ卩丿(⺈)	cnht④	マ乙丨丿
牦	trtn	丿扌丿乙	cen③	牛毛(乙)

汉字	86 版	字根	98 版	字根
茅	acbt	艹マ卩丿	acnt③	艹マ乙丿
旄	yttn	方𠂉丿乙	yten	方𠂉毛乙
蛑③	jcrh	虫厶二丨	jctg	虫厶丿丰
锚③	qalg	钅艹田㊀	qalg	钅艹田㊀
髦	detn	镸彡丿乙	deeb	镸彡毛(巜)
蝥	cbtj	マ卩丿虫	cnhj	マ乙丨虫
蟊	cbtj	マ卩丿虫	cnjh	マ乙丨虫
卯	qtbh	匚丿卩(丨)	qtbh	匚丿卩(丨)
峁③	mqtb	山匚丿卩	mqtb	山匚丿卩
泖③	iqtb	氵匚丿卩	iqtb④	氵匚丿卩
茆	aqtb	艹匚丿卩	aqtb	艹匚丿卩
昴③	jqtb	日匚丿卩	jqtb	日匚丿卩
铆③	qqtb	钅匚丿卩	qqtb	钅匚丿卩
茂③	adnt	艹厂乙丿	adu	艹戊(冫)
冒③	jhf	日目㊁	jhf	日目㊁
贸③	qyvm	匚丶刀贝	qyvm	匚丶刀贝
耄	ftxn	土丿匕乙	ftxe	土丿匕毛
袤	ycbe	亠マ卩𧘇	ycne③	亠マ乙𧘇
帽③	mhjh	冂丨日目	mhjh	冂丨日目
瑁	gjhg	王日目㊀	gjhg	王日目㊀
瞀	cbth	マ卩丿目	cnhh	マ乙丨目
貌	eerq	爫⺈白儿	erqn③	豸白儿(乙)
懋	scbn	木マ卩心	scnn	木マ乙心
M→me				
么②	tcu	丿厶(冫)	tcu	丿厶(冫)
M→mei				
没②	imcy	氵几又(丶)	iwcy	氵几又(丶)
枚③	sty	木夂(丶)	sty②	木夂(丶)
玫②	gty	王夂(丶)	gty③	王夂(丶)
眉③	nhd	尸目㊂	nhd	尸目㊂
莓③	atxu	艹𠂉母冫	atxu	艹𠂉母(冫)
梅③	stxu	木𠂉母冫	stxy	木𠂉母(丶)
媒③	vafs	女艹二木	vfsy	女甘木(丶)
嵋③	mnhg	山尸目㊀	mnhg	山尸目㊀
湄③	inhg	氵尸目㊀	inhg	氵尸目㊀
猸	qtnh	犭丿尸目	qtnh	犭(丿)尸目
楣③	snhg	木尸目㊀	snhg	木尸目㊀
煤②	oafs	火艹二木	ofsy③	火甘木(丶)
酶	sgtu	西一𠂉冫	sgtx	西一𠂉母
镅③	qnhg	钅尸目㊀	qnhg④	钅尸目㊀
鹛③	nhqg	尸目勹一	nhqg	尸目鸟一
霉	ftxu	雨𠂉母冫	ftxu	雨𠂉母(冫)
糜	ysso	广木木米	osso	广木木米
每③	txgu	𠂉母一冫	txu②	𠂉母(冫)
美	ugdu	丷王大(冫)	ugdu	丷王大(冫)
浼③	iqkq	氵ク口儿	iqkq	氵ク口儿
镁③	qugd	钅丷王大	qugd	钅丷王大
妹③	vfiy	女二小(丶)	vfy	女未(丶)
昧③	jfiy	日二小(丶)	jfy	日未(丶)
袂③	punw	礻冫𠃌人	punw	礻(冫)𠃌人
媚③	vnhg	女尸目㊀	vnhg	女尸目㊀
寐	pnhi	宀乙丨小	pufu	宀丬未(冫)
魅	rqci	白儿厶小	rqcf	白儿厶未
M→men				
门③	uyhn	门丶丨乙	uyhn	门丶丨乙

汉字	86版	字根	98版	字根
扪③	run	扌门(乙)	run	扌门(乙)
钔③	qun	钅门(乙)	qun	钅门(乙)
闷③	uni	门心(氵)	uni②	门心(氵)
焖③	ouny	火门心(丶)	ouny	火门心(丶)
懑	iagn	氵艹一心	iagn	氵艹一心
们②	wun	亻门(乙)	wun	亻门(乙)
M→meng				
虻③	jynn	虫亠乙(乙)	jynn④	虫亠乙(乙)
萌③	ajef	艹日月(二)	ajef	艹日月(二)
盟③	jelf	日月皿(二)	jelf	日月皿(二)
甍	alpn	艹罒冖乙	alpy	艹罒冖丶
瞢	alph	艹罒冖目	alph	艹罒冖目
朦③	eape	月艹冖豕	eape	月艹冖豕
檬③	sape	木艹冖豕	sape④	木艹冖豕
礞③	dape	石艹冖豕	dape	石艹冖豕
艨	teae	丿舟艹豕	tuae③	丿舟艹豕
勐③	blln	子皿力(乙)	blet	子皿力(丿)
蒙③	apge	艹冖一豕	apfe	艹冖二豕
猛	qtbl	犭丿子皿	qtbl	犭丿子皿
艋	tebl	丿舟子皿	tubl③	丿舟子皿
锰	qblg	钅子皿(一)	qblg	钅子皿(一)
蜢③	jblg	虫子皿(一)	jblg	虫子皿(一)
懵③	nalh	忄艹罒目	nalh	忄艹罒目
蠓③	jape	虫艹冖豕	jape④	虫艹冖豕
孟③	blf	子皿(二)	blf	子皿(二)
梦③	ssqu	木木夕(冫)	ssqu	木木夕(冫)
M→mi				
咪③	koy	口米(丶)	koy	口米(丶)
弥③	xqiy	弓勹小(丶)	xqiy	弓勹小(丶)
祢③	pyqi	礻丶勹小	pyqi④	礻(丶)勹小
迷②	opi	米辶(氵)	opi	米辶(氵)
猕	qtxi	犭丿弓小	qtxi③	犭(丿)弓小
谜	yopy	讠米辶(丶)	yopy	讠米辶(丶)
醚③	sgop	西一米辶	sgop	西一米辶
糜	ysso	广木木米	osso	广木木米
縻	yssi	广木木小	ossi	广木木小
麋	ynjo	广コ‖米	oxxo	声匕匕米
靡	yssd	广コ‖三	ossd	广木木三
蘼	aysd	艹广木三	aosd	艹广木三
米②	oyty	米丶丿丶	oyty③	米丶丿丶
芈	gjgh	一‖一丨	hghg	丨一卜キ
弭③	xbg	弓耳(一)	xbg	弓耳(一)
敉③	oty	米攵(丶)	oty	米攵(丶)
脒②	eoy	月米(丶)	eoy③	月米(丶)
眯②	hoy	目米(丶)	hoy③	目米(丶)
汨③	ijg	氵日(一)	ijg	氵日(一)
宓	pntr	宀心丿(⺁)	pntr	宀心丿(⺁)
泌③	intt	氵心丿(丿)	intt	氵心丿(丿)
觅③	emqb	爫冂儿(巜)	emqb②	爫冂儿(巜)
秘②	tntt	禾心丿(丿)	tntt③	禾心丿(丿)
密	pntm	宀心丿山	pntm③	宀心丿山
幂③	pjdh	冖日大丨	pjdh	冖日大丨
谧	yntl	讠心丿皿	yntl	讠心丿皿
嘧③	kpnm	口宀心山	kpnm	口宀心山
蜜③	pntj	宀心丿虫	pntj④	宀心丿虫

汉字	86版	字根	98版	字根
M→mian				
眠	hnan	目尸七(乙)	hnan③	目尸七(乙)
绵②	xrmh	纟白冂丨	xrmh	纟白冂丨
棉③	srmh	木白冂丨	srmh	木白冂丨
免③	qkqb	ク口儿(巜)	qkqb	ク口儿(巜)
沔③	ighn	氵一卜乙	ighn	氵一卜乙
勉	qkql	ク口儿力	qkqe	ク口儿力
眄③	hghn	目一卜乙	hghn④	目一卜乙
娩③	vqkq	女ク口儿	vqkq	女ク口儿
冕	jqkq	日ク口儿	jqkq	日ク口儿
湎③	idmd	氵丆冂三	idlf	氵丆口二
缅	xdmd	纟丆冂三	xdlf③	纟丆口二
腼	edmd	月丆冂三	edlf③	月丆口二
面②	dmjd	丆冂‖三	dljf	丆口‖二
渑③	ikjn	氵口日乙	ikjn	氵口日乙
M→miao				
喵③	kalg	口艹田(一)	kalg	口艹田(一)
苗③	alf	艹田(二)	alf②	艹田(二)
描③	ralg	扌艹田(一)	ralg	扌艹田(一)
瞄③	halg	目艹田(一)	halg	目艹田(一)
鹋	alqg	艹田勹一	alqg	艹田鸟一
杪③	sitt	木小丿(丿)	sitt	木小丿(丿)
眇③	hitt	目小丿(丿)	hitt	目小丿(丿)
秒②	titt	禾小丿(丿)	titt	禾小丿(丿)
淼	iiiu	水水水(冫)	iiiu	水水水(冫)
渺	ihit	氵目小丿	ihit	氵目小丿
缈	xhit	纟目小丿	xhit	纟目小丿
藐③	aeeq	艹爫ㄋ儿	aerq	艹豸白儿
邈	eerp	爫ㄋ白辶	erqp	豸白儿辶
妙③	vitt	女小丿(丿)	vitt	女小丿(丿)
庙③	ymd	广由(三)	omd	广由(三)
缪③	xnwe	纟羽人彡	xnwe	纟羽人彡
M→mie				
咩③	kudh	口丷手(丨)	kuh	口羊(丨)
灭	goi	一火(氵)	goi	一火(氵)
蔑	aldt	艹罒厂丿	alaw③	艹罒戊人
篾	tldt	竹罒厂丿	tlaw③	竹罒戊人
蠛③	jalt	虫艹罒丿	jalw	虫艹罒人
M→min				
黾	kjnb	口日乙(巜)	kjnb	口日乙(巜)
民①	nav	尸七(巛)	nav③	尸七(巛)
岷③	mnan	山尸七(乙)	mnan	山尸七(乙)
玟	gyy	王文(丶)	gyy	王文(丶)
苠③	anab	艹尸七(巜)	anab	艹尸七(巜)
珉③	gnan	王尸七(乙)	gnan	王尸七(乙)
缗③	xnaj	纟尸七日	xnaj	纟尸七日
皿③	lhng	皿丨乙一	lhng	皿丨乙一
闵③	uyi	门文(氵)	uyi	门文(氵)
抿③	rnan	扌尸七(乙)	rnan	扌尸七(乙)
泯③	inan	氵尸七(乙)	inan	氵尸七(乙)
闽③	uji	门虫(氵)	uji	门虫(氵)
悯③	nuyy	忄门文(丶)	nuyy	忄门文(丶)
敏	txgt	𠂉母一攵	txty③	𠂉母攵(丶)
愍	natn	尸七攵心	natn	尸七攵心
鳘	txgg	𠂉母一一	txtg	𠂉母攵一

汉字	86 版	字根	98 版	字根
M→ming				
名②	qkf	夕口㊁	qkf	夕口㊁
明②	jeg	日月㊀	jeg	日月㊀
鸣③	kqyg	口勹丶一	kqgg	口鸟一㊀
茗	aqkf	艹夕口㊁	aqkf	艹夕口㊁
冥③	pjuu	冖日六(冫)	pjuu	冖日六(冫)
铭③	qqkg	钅夕口㊀	qqkg	钅夕口㊀
溟	ipju	氵冖日六	ipju③	氵冖日六
暝	jpju	日冖日六	jpju	日冖日六
瞑③	hpju	目冖日六	hpju	目冖日六
螟③	jpju	虫冖日六	jpju	虫冖日六
酩	sgqk	西一夕口	sgqk	西一夕口
命	wgkb	人一口卩	wgkb	人一口卩
M→miu				
谬	ynwe	讠羽人彡	ynwe	讠羽人彡
缪③	xnwe	纟羽人彡	xnwe	纟羽人彡
M→mo				
摸	rajd	扌艹日大	rajd	扌艹日大
谟③	yajd	讠艹日大	yajd	讠艹日大
嫫	vajd	女艹日大	vajd③	女艹日大
馍	qnad	勹乙艹大	qnad	勹乙艹大
摹	ajdr	艹日大手	ajdr	艹日大手
模③	sajd	木艹日大	sajd②	木艹日大
膜	eajd	月艹日大	eajd	月艹日大
麽	yssc	广木木厶	ossc	广木木厶
摩	yssr	广木木手	ossr	广木木手
磨	yssd	广木木石	ossd	广木木石
蘑③	aysd	艹广木石	aosd	艹广木石
魔	yssc	广木木厶	ossc	广木木厶
瘼	uajd	疒艹日大	uajd	疒艹日大
镆	qajd	钅艹日大	qajd	钅艹日大
默	lfod	四土灬犬	lfod	四土灬犬
貘③	eead	爫豸艹大	eajd④	豸艹日大
耱③	diyd	三小广石	fsod④	二木广石
抹③	rgsy	扌一木⊙	rgsy	扌一木⊙
末②	gsi	一木(氵)	gsi	一木(氵)
茉③	agsu	艹一木(冫)	agsu	艹一木(冫)
殁	gqmc	一夕几又	gqwc	一夕几又
沫③	igsy	氵一木⊙	igsy	氵一木⊙
陌③	bdjg	阝厂日㊀	bdjg	阝丆日㊀
冒③	jhf	曰目㊁	jhf	曰目㊁
莫③	ajdu	艹日大(冫)	ajdu	艹日大(冫)
秣③	tgsy	禾一木⊙	tgsy④	禾一木⊙
哞③	kcrh	口厶𠂉丨	kctg	口厶丿キ
牟②	crhj	厶𠂉丨(刂)	ctgj④	厶丿キ(刂)
侔③	wcrh	亻厶𠂉丨	wctg④	亻厶丿キ
眸③	hcrh	目厶𠂉丨	hctg②	目厶丿キ
谋③	yafs	讠艹二木	yfsy	讠甘木⊙
漠③	iajd	氵艹日大	iajd	氵艹日大
寞③	pajd	宀艹日大	pajd	宀艹日大
墨	lfof	四土灬土	lfof	四土灬土
M→mou				
蛑③	jcrh	虫厶𠂉丨	jctg	虫厶丿キ
蓦	ajdc	艹日大马	ajdg	艹日大一
貊③	eedj	爫豸厂日	edjg	豸丆日㊀
鍪	cbtq	マ卩丿金	cnhq	マ乙丨金
缪	xnwe	纟羽人彡	xnwe	纟羽人彡
某③	afsu	艹二木(冫)	fsu②	甘木(冫)
M→mu				
模③	sajd	木艹日大	sajd②	木艹日大
母③	xgui	ㄐ一冫(氵)	xnny④	母乙乙丶
毪	tfnh	丿二乙丨	ectg③	毛厶丿キ
亩③	ylf	亠田㊁	ylf②	亠田㊁
牡	trfg	丿扌土㊀	cfg	牛土㊀
姆②	vxgu	女ㄐ一冫	vxy	女母⊙
拇③	rxgu	扌ㄐ一冫	rxy	扌母⊙
木	ssss	木木木木	ssss	木木木木
仫	wtcy	亻丿厶⊙	wtcy③	亻丿厶⊙
目	hhhh	目目目目	hhhh③	目目目目
沐③	isy	氵木⊙	isy	氵木⊙
坶③	fxgu	土ㄐ一冫	fxy	土母⊙
牧③	trty	丿扌攵⊙	cty	牛攵⊙
苜③	ahf	艹目㊁	ahf	艹目㊁
钼③	qhg	钅目㊀	qhg	钅目㊀
募	ajdl	艹日大力	ajde	艹日大力
墓	ajdf	艹日大土	ajdf	艹日大土
幕	ajdh	艹日大丨	ajdh	艹日大丨
睦③	hfwf	目土八土	hfwf	目土八土
慕	ajdn	艹日大小	ajdn	艹日大小
暮	ajdj	艹日大日	ajdj	艹日大日
穆③	trie	禾白小彡	trie	禾白小彡

N 字母部

汉字	86 版	字根	98 版	字根
N→n				
唔	kgkg	口五口㊀	kgkg	口五口㊀
嗯	kldn	口囗大心	kldn	口囗大心
N→na				
拿	wgkr	人一口手	wgkr	人一口手
镎	qwgr	钅人一手	qwgr	钅人一手
哪③	kvfb	口刀二阝	kngb④	口乙キ阝
那③	vfbh	刀二阝(丨)	ngbh②	乙キ阝(丨)
纳③	xmwy	纟冂人⊙	xmwy	纟冂人⊙
捺	rdfi	扌大二小	rdfi	扌大二小
呐③	kmwy	口冂人⊙	kmwy	口冂人⊙
肭③	emwy	月冂人⊙	emwy	月冂人⊙
衲	pumw	衤冫冂人	pumw	衤(冫)冂人
钠③	qmwy	钅冂人⊙	qmwy	钅冂人⊙
娜③	vvfb	女刀二阝	vngb	女乙キ阝
N→nai				
佴③	wbg	亻耳㊀	wbg	亻耳㊀
乃③	etn	乃丿乙	bnt	乃乙丿
艿③	aeb	艹乃(巜)	abr	艹乃(丿丿)
奶②	ven②	女乃(乙)	vbt③	女乃(丿)
氖③	rnev	𠂉乙乃(巛)	rbe	气乃(彡)
奈③	dfiu	大二小(冫)	dfiu	大二小(冫)

汉字	86 版	字根	98 版	字根
柰	sfiu	木二小[冫]	sfiu	木二小[冫]
耐	dmjf	丆冂刂寸	dmjf	丆冂刂寸
萘	adfi	艹大二小	adfi	艹大二小
鼐③	ehnn	乃目乙乙	bhnn	乃目乙乙
N→nan				
囡③	lvd	口女[三]	lvd	口女[三]
男②	llb	田力[巜]	ler	田力[彡]
南②	fmuf	十冂丷十	fmuf	十冂丷十
难②	cwyg	又亻主[一]	cwyg	又亻主[一]
喃③	kfmf	口十冂十	kfmf	口十冂十
楠③	sfmf	木十冂十	sfmf	木十冂十
赧③	fobc	土小卩又	fobc④	土小卩又
腩③	efmf	月十冂十	efmf	月十冂十
蝻③	jfmf	虫十冂十	jfmf	虫十冂十
N→nang				
囔	kgke	口一口𧘇	kgke	口一口𧘇
囊③	gkhe	一口丨𧘇	gkhe	一口丨𧘇
馕	qnge	⺈乙一𧘇	qnge	⺈乙一𧘇
曩③	jyke	日亠口𧘇	jyke	日亠口𧘇
攮	rgke	扌一口𧘇	rgke	扌一口𧘇
N→nao				
孬③	givb	一小女子	dhvb④	丆卜女子
呶③	kvcy	口女又[丶]	kvcy	口女又[丶]
挠	ratq	扌七丿儿	ratq③	扌七丿儿
硇③	dtlq	石丿口乂	dtlr	石丿口乂
铙③	qatq	钅七丿儿	qatq	钅七丿儿
猱	qtcs	犭丿マ木	qtcs	犭[丿]マ木
蛲	jatq	虫七丿儿	jatq	虫七丿儿
垴	fybh	土文凵[丨]	fyrb③	土亠乂凵
恼③	nybh	忄文凵[丨]	nyrb	忄亠乂凵
脑③	eybh	月文凵[丨]	eyrb	月亠乂凵
瑙③	gvtq	王巛丿乂	gvtr	王巛丿乂
闹③	uymh	门亠冂丨	uymh	门亠冂丨
淖③	ihjh	氵卜早[丨]	ihjh	氵卜早[丨]
N→ne				
呢③	knxn	口尸匕[乙]	knxn	口尸匕[乙]
那③	vfbh	刀二阝[一]	ngbh②	乙丰阝[一]
讷③	ymwy	讠冂人[丶]	ymwy	讠冂人[丶]
N→nei				
内②	mwi	冂人[氵]	mwi	冂人[氵]
馁③	qnev	⺈乙爫女	qnev	⺈乙爫女
N→nen				
嫩③	vgkt	女一口攵	vskt	女木口攵
恁	wtfn	亻丿士心	wtfn	亻丿士心
N→neng				
能②	cexx	厶月匕匕	cexx	厶月匕匕
N→ni				
妮③	vnxn	女尸匕[乙]	vnxn	女尸匕[乙]
尼②	nxv	尸匕[巛]	nxv	尸匕[巛]
坭③	fnxn	土尸匕[乙]	fnxn	土尸匕[乙]
怩③	nnxn	忄尸匕[乙]	nnxn	忄尸匕[乙]
伲③	wnxn	亻尸匕[乙]	wnxn	亻尸匕[乙]
泥③	inxn	氵尸匕[乙]	inxn	氵尸匕[乙]
倪③	wvqn	亻白儿[乙]	weqn	亻白儿[乙]
铌③	qnxn	钅尸匕[乙]	qnxn	钅尸匕[乙]

汉字	86 版	字根	98 版	字根
猊	qtvq	犭丿白儿	qteq	犭[丿]白儿
霓③	fvqb	雨白儿[巜]	feqb	雨白儿[巜]
鲵	qgvq	鱼一白儿	qgeq③	鱼一白儿
你②	wqiy	亻⺈小[丶]	wqiy	亻⺈小[丶]
拟③	rnyw	扌乙丶人	rnyw	扌乙丶人
旎	ytnx	方𠂉尸匕	ytnx	方𠂉尸匕
昵③	jnxn	日尸匕[乙]	jnxn	日尸匕[乙]
逆③	ubtp	丷凵丿辶	ubtp④	丷凵丿辶
匿	aadk	匚艹ナ口	aadk③	匚艹ナ口
溺③	ixuu	氵弓冫冫	ixuu	氵弓冫冫
睨③	hvqn	目白儿[乙]	heqn	目白儿[乙]
腻③	eafm	月弋二贝	eafy	月弋二丶
慝	aadn	匚艹ナ心	aadn	匚艹ナ心
N→nian				
拈	rhkg	扌卜口[一]	rhkg③	扌卜口[一]
蔫	agho	艹一止灬	agho③	艹一止灬
年②	rhfk	𠂉丨十[川]	tgj	𠂉丰[刂]
鲇	qghk	鱼一卜口	qghk	鱼一卜口
鲶	qgwn	鱼一人心	qgwn③	鱼一人心
黏	twik	禾人水口	twik	禾人水口
捻	rwyn	扌人丶心	rwyn	扌人丶心
辇	fwfl	二人二车	gglj	夫夫车[刂]
撵	rfwl	扌二人车	rggl③	扌夫夫车
碾③	dnae	石尸艹𧘇	dnae	石尸艹𧘇
廿③	aghg	廿一丨一	aghg④	廿一丨一
念	wynn	人丶乙心	wynn	人丶乙心
埝	fwyn	土人丶心	fwyn	土人丶心
蔫	agho	艹一卜灬	agho③	艹一卜灬
粘②	ohkg	米卜口[一]	ohkg③	米卜口[一]
N→niang				
娘③	vyve	女丶彐𧘇	vyvy	女丶艮[丶]
酿	sgye	西一丶𧘇	sgyv	西一丶艮
N→niao				
鸟	qyng	勹丶乙一	qgd	鸟一[三]
茑	aqyg	艹勹丶一	aqgf	艹鸟一[二]
袅	qyne	勹丶乙𧘇	qyeu	鸟亠𧘇[冫]
嬲③	llvl	田力女力	leve	田力女力
尿③	nii	尸水[氵]	nii②	尸水[氵]
脲③	eniy	月尸水[丶]	eniy	月尸水[丶]
溺③	ixuu	氵弓冫冫	ixuu	氵弓冫冫
N→nie				
捏	rjfg	扌曰土[一]	rjfg③	扌曰土[一]
陧③	bjfg	阝曰土[一]	bjfg	阝曰土[一]
乜③	nnv	乙乙[巛]	nnv	乙乙[巛]
涅	ijfg	氵曰土[一]	ijfg	氵曰土[一]
聂③	bccu	耳又又[冫]	bccu	耳又又[冫]
臬③	thsu	丿目木[冫]	thsu	丿目木[冫]
啮	khwb	口止人凵	khwb	口止人凵
嗫③	kbcc	口耳又又	kbcc	口耳又又
镊③	qbcc	钅耳又又	qbcc	钅耳又又
镍③	qths	钅丿目木	qths④	钅丿目木
颞	bccm	耳又又贝	bccm	耳又又贝
蹑③	khbc	口止耳又	khbc④	口止耳又
孽	awnb	艹亻コ子	atnb	艹亻𠂤子
蘖	awns	艹亻コ木	atns	艹亻𠂤木

汉字	86 版	字根	98 版	字根
N→nin				
您	wqin	亻勹小心	wqin	亻勹小心
N→ning				
宁[2]	psj	宀丁(川)	psj	宀丁(川)
咛[3]	kpsh	口宀丁(丨)	kpsh	口宀丁(丨)
拧[3]	rpsh	扌宀丁(丨)	rpsh	扌宀丁(丨)
狞[3]	qtps	犭丿宀丁	qtps	犭(丿)宀丁
柠[3]	spsh	木宀丁(丨)	spsh	木宀丁(丨)
聍[3]	bpsh	耳宀丁(丨)	bpsh	耳宀丁(丨)
凝[3]	uxth	冫匕𠂉龰	uxth	冫匕𠂉龰
佞[3]	wfvg	亻二女㊀	wfvg	亻二女㊀
泞[3]	ipsh	氵宀丁(丨)	ipsh	氵宀丁(丨)
甯[3]	pnej	宀心用(川)	pnej	宀心用(川)
N→niu				
拗[3]	rxln	扌幺力(乙)	rxet	扌幺力(丿)
妞[3]	vnfg	女乙土㊀	vnhg[4]	女乙丨一
牛[3]	rhk	𠂉丨(川)	tgk	丿扌(川)
忸[3]	nnfg	忄乙土㊀	nnhg[4]	忄乙丨一
扭[3]	rnfg	扌乙土㊀	rnhg	扌乙丨一
狃	qtnf	犭丿乙土	qtng	犭(丿)乙土
纽[3]	xnfg	纟乙土㊀	xnhg[4]	纟乙丨一
钮[3]	qnfg	钅乙土㊀	qnhg	钅乙丨一
N→nong				
农[3]	pei	冖𧘇(氵)	pei	冖𧘇(氵)
侬[3]	wpey	亻冖𧘇(、)	wpey	亻冖𧘇(、)
哝[3]	kpey	口冖𧘇(、)	kpey	口冖𧘇(、)
浓[3]	ipey	氵冖𧘇(、)	ipey	氵冖𧘇(、)
脓[3]	epey	月冖𧘇(、)	epey	月冖𧘇(、)
弄[3]	gaj	王廾(川)	gaj	王廾(川)
N→nou				

汉字	86 版	字根	98 版	字根
耨[3]	didf	三小厂寸	fsdf	二木厂寸
N→nu				
奴[3]	vcy	女又(、)	vcy	女又(、)
孥	vcbf	女又子㊁	vcbf[3]	女又子㊁
驽[3]	vccf	女又马㊁	vccg	女又马一
努[3]	vclb	女又力(巛)	vcer	女又力(丿)
弩[3]	vcxb	女又弓(巛)	vcxb	女又弓(巛)
胬	vcmw	女又冂人	vcmw	女又冂人
怒[3]	vcnu	女又心(冫)	vcnu	女又心(冫)
N→nü				
女	vvvv	女女女女	vvvv	女女女女
钕[3]	qvg	钅女㊀	qvg	钅女㊀
恧	dmjn	丆冂刂心	dmjn	丆冂刂心
衄	tlnf	丿皿乙土	tlng	丿皿乙一
N→nuan				
暖[3]	jefc	日爫二又	jegc[4]	日爫一又
N→nue				
疟	uagd	疒匚一㊂	uagd[3]	疒匚一㊂
虐[3]	haag	广七匚一	hagd	虍匚一㊂
谑[3]	yhag	讠广七㊀	yhag	讠虍匚一
N→nuo				
挪[3]	rvfb	扌刀二阝	rngb[4]	扌乙丰阝
傩	wcwy	亻又亻主	wcwy	亻又亻主
诺[3]	yadk	讠艹𠂇口	yadk	讠艹𠂇口
喏	kadk	口艹𠂇口	kadk[3]	口艹𠂇口
搦[3]	rxuu	扌弓冫冫	rxuu	扌弓冫冫
锘[3]	qadk	钅艹𠂇口	qadk	钅艹𠂇口
懦	nfdj	忄雨丆刂	nfdj[3]	忄雨丆刂
糯[3]	ofdj	米雨丆刂	ofdj[4]	米雨丆刂

O 字母部

汉字	86 版	字根	98 版	字根
O→o				
哦[3]	ktrt	口丿扌丿	ktry	口丿扌、
喔	kngf	口尸一土	kngf	口尸一土
噢	ktmd	口丿冂大	ktmd	口丿冂大
O→ou				
讴[3]	yaqy	讠匚乂(、)	yary	讠匚乂(、)
欧[3]	aqqw	匚乂勹人	arqw	匚乂勹人
殴[3]	aqmc	匚乂几又	arwc	匚乂几又

汉字	86 版	字根	98 版	字根
瓯	aqgn	匚乂一乙	argy[3]	匚乂一、
鸥	aqqg	匚乂勹一	arqg	匚乂鸟一
呕	kaqy	口匚乂(、)	kary	口匚乂(、)
偶[3]	wjmy	亻日冂、	wjmy	亻日冂、
耦[3]	dijy	三小日、	fsjy	二木日、
藕	adiy	艹三小、	afsy	艹二木、
怄[3]	naqy	忄匚乂(、)	nary	忄匚乂(、)
沤[3]	iaqy	氵匚乂(、)	iary	氵匚乂(、)

P 字母部

汉字	86 版	字根	98 版	字根
P→pa				
扒[3]	rwy	扌八(、)	rwy	扌八(、)
趴[3]	khwy	口止八(、)	khwy	口止八(、)
啪[3]	krrg	口扌白㊀	krrg	口扌白㊀
葩[3]	arcb	艹白巴(巛)	arcb	艹白巴(巛)
杷[3]	scn	木巴(乙)	scn	木巴(乙)
爬	rhyc	厂丨、巴	rhyc	厂丨、巴
耙[3]	dicn	三小巴(乙)	fscn	二木巴(乙)
琶[3]	ggcb	王王巴(巛)	ggcb	王王巴(巛)
筢[3]	trcb	竹扌巴(巛)	trcb[4]	竹扌巴(巛)
帕[3]	mhrg	冂丨白㊀	mhrg	冂丨白㊀
怕[2]	nrg	忄白㊀	nrg	忄白㊀

汉字	86 版	字根	98 版	字根
P→pai				
拍[2]	rrg	扌白㊀	rrg	扌白㊀
俳	wdjd	亻三刂三	whdd[3]	亻丨三三
徘	tdjd	彳三刂三	thdd	彳丨三三
排[3]	rdjd	扌三刂三	rhdd	扌丨三三
牌	thgf	丿丨一十	thgf	丿丨一十
哌[3]	krey	口厂𠂆(、)	krey	口厂𠂆(、)
派[3]	irey	氵厂𠂆(、)	irey	氵厂𠂆(、)
湃[3]	irdf	氵手三十	irdf[4]	氵手三十
蒎[3]	aire	艹氵厂𠂆	aire	艹氵厂𠂆
P→pan				
潘	itol	氵丿米田	itol[3]	氵丿米田

汉字	86 版	字根	98 版	字根
攀③	sqqr	木乂乂手	srrr	木乂乂手
爿	nhde	乙丨丆(彡)	unht	爿乙丨丿
胖③	eufh	月䒑十(丨)	eugh	月丷丰(丨)
盘③	telf	丿舟皿(二)	tulf	丿舟皿(二)
磐	temd	丿舟几石	tuwd	丿舟几石
蹒	khaw	口止艹人	khaw	口止艹人
蟠	jtol	虫丿米田	jtol③	虫丿米田
判	udjh	䒑ナ刂(丨)	ugjh	丷丰刂(丨)
拚③	rcah③	扌厶廾(丨)	rcah④	扌厶廾(丨)
泮③	iufh③	氵䒑十(丨)	iugh④	氵丷丰(丨)
叛	udrc	䒑ナ厂又	ugrc	丷丰厂又
盼③	hwvn③	目八刀(乙)	hwvt④	目八刀(丿)
畔③	lufh	田䒑十(丨)	lugh	田丷丰(丨)
袢③	puuf	礻冫䒑十	puug	礻(冫)丷丰
襻	pusr	礻冫木手	pusr	礻(冫)木手
番③	tolf	丿米田(二)	tolf	丿米田(二)
P→pang				
彷③	tyn	彳方(乙)	tyn	彳方(丿)
乓③	rgyu	斤一丶(冫)	ryu	丘丶(冫)
滂③	iupy	氵立冖方	iyuy④	氵亠丷方
庞③	ydxv	广ナ匕(巛)	odxy	广ナ匕丶
逄③	tahp	夂匚丨辶	tgpk④	夂丰辶(川)
旁③	upyb	立冖方(巛)	yupy	亠丷冖方
螃③	jupy	虫立冖方	jyuy	虫亠丷方
耪	diuy	三小立方	fsyy	二木亠方
胖③	eufh	月䒑十(丨)	eugh	月丷丰(丨)
P→pao				
抛③	rvln	扌九力(乙)	rvet	扌九力(丿)
脬③	eebg	月爫子(一)	eebg	月爫子(一)
狍	qtqn	犭丿勹巳	qtqn	犭丿勹巳
刨	qnjh	勹巳刂(丨)	qnjh	勹巳刂(丨)
咆③	kqnn	口勹巳(乙)	kqnn	口勹巳(乙)
庖③	yqnv	广勹巳(巛)	oqnv④	广勹巳(巛)
炮②	oqnn	火勹巳(乙)	oqnn	火勹巳(乙)
袍③	puqn	礻冫勹巳	puqn	礻(冫)勹巳
匏	dfnn	大二乙巳	dfnn	大二乙巳
跑③	khqn	口止勹巳	khqn	口止勹巳
泡③	iqnn	氵勹巳(乙)	iqnn	氵勹巳(乙)
疱③	uqnv	疒勹巳(巛)	uqnv	疒勹巳(巛)
P→pei				
呸③	kgig	口一小一	kdhg④	口丆卜一
胚③	egig	月一小一	edhg	月丆卜一
醅	sguk	西一立口	sguk	西一立口
帔	mhhc	冂上广又	mhby③	冂上皮(丶)
陪③	bukg	阝立口(一)	bukg	阝立口(一)
培③	fukg	土立口(一)	fukg	土立口(一)
赔③	mukg	贝立口(一)	mukg	贝立口(一)
锫	qukg	钅立口(一)	qukg	钅立口(一)
裴	djde	三刂三𧘇	hdhe	丨三丨𧘇
沛	igmh	氵一冂丨	igmh	氵一冂丨
旆③	ytgh	方𠂉一丨	ytgh	方𠂉一丨
配③	sgnn	西一己(乙)	sgnn	西一己(乙)
佩③	wmgh	亻几一丨	wwgh④	亻几一丨
辔③	xlxk	纟车纟口	lxxk④	车纟纟口
霈③	figh	雨氵一丨	figh	雨氵一丨

汉字	86 版	字根	98 版	字根
P→pen				
喷③	kfam	口十艹贝	kfam	口十艹贝
盆③	wvlf	八刀皿(二)	wvlf	八刀皿(二)
湓	iwvl	氵八刀皿	iwvl	氵八刀皿
P→peng				
怦③	nguh	忄一䒑丨	nguf	忄一丷十
抨	rguh	扌一䒑丨	rguf	扌一丷十
砰③	dguh	石一䒑丨	dguf	石一丷十
烹③	ybou	亠了灬(冫)	ybou	亠了灬(冫)
嘭	kfke	口士口彡	kfke	口士口彡
朋②	eeg	月月(一)	eeg	月月(一)
堋③	feeg	土月月(一)	feeg	土月月(一)
彭	fkue	士口䒑彡	fkue	士口䒑彡
棚③	seeg	木月月(一)	seeg	木月月(一)
硼③	deeg	石月月(一)	deeg④	石月月(一)
蓬	atdp	艹夂三辶	atdp	艹夂三辶
鹏③	eeqg	月月勹一	eeqg	月月鸟一
澎③	ifke	氵士口彡	ifke	氵士口彡
篷	ttdp	竹夂三辶	ttdp	竹夂三辶
膨③	efke	月士口彡	efke	月士口彡
蟛③	jfke	虫士口彡	jfke	虫士口彡
捧③	rdwh	扌三人丨	rdwg	扌三人丰
碰③	duog	石䒑业一	duog	石䒑业(一)
P→pi				
丕	gigf	一小一(二)	dhgd	丆卜一(三)
批②	rxxn	扌匕匕(乙)	rxxn③	扌匕匕(乙)
纰	xxxn	纟匕匕(乙)	xxxn③	纟匕匕(乙)
邳	gigb	一小一阝	dhgb	丆卜一阝
坯	fgig	土一小一	fdhg	土丆卜一
披③	rhcy	扌广又(丶)	rby	扌皮(丶)
砒③	dxxn	石匕匕(乙)	dxxn	石匕匕(乙)
铍③	qhcy	钅广又(丶)	qby	钅皮(丶)
劈	nkuv	尸口辛刀	nkuv	尸口辛刀
噼③	knku	口尸口辛	knku	口尸口辛
霹③	fnku	雨尸口辛	fnku	雨尸口辛
皮②	hci	广又(冫)	bnty④	皮乙丿丶
枇	sxxn	木匕匕(乙)	sxxn	木匕匕(乙)
毗③	lxxn	田匕匕(乙)	lxxn	田匕匕(乙)
疲③	uhci	疒广又(冫)	ubi	疒皮(冫)
蚍	jxxn	虫匕匕(乙)	jxxn	虫匕匕(乙)
郫③	rtfb	白丿十阝	rtfb	白丿十阝
陴③	brtf	阝白丿十	brtf	阝白丿十
啤③	krtf	口白丿十	krtf	口白丿十
埤③	frtf	土白丿十	frtf	土白丿十
琵③	ggxx	王王匕匕	ggxx	王王匕匕
脾③	ertf	月白丿十	ertf	月白丿十
罴	lfco	罒土厶灬	lfco	罒土厶灬
蜱③	jrtf	虫白丿十	jrtf	虫白丿十
貔	eetx	𠂊豸丿匕	etlx③	豸丿口匕
鼙	fkuf	十口䒑十	fkuf	十口䒑十
匹③	aqv	匚儿(巛)	aqv②	匚儿(巛)
庀③	yxv	广匕(巛)	oxv	广匕(巛)
仳③	wxxn	亻匕匕(乙)	wxxn④	亻匕匕(乙)
圮③	fnn	土己(乙)	fnn	土己(乙)
痞③	ugik	疒一小口	udhk	疒丆卜口

汉字	86版	字根	98版	字根
擗③	rnku	扌尸口辛	rnku	扌尸口辛
癖③	unku	疒尸口辛	unku	疒尸口辛
屁③	nxxv	尸匕匕(巛)	nxxv	尸匕匕(巛)
淠	ilgj	氵田一川	ilgj	氵田一川
媲③	vtlx	女丿口匕	vtlx	女丿口匕
睥②	hrtf	目白丿十	hrtf	目白丿十
僻③	wnku	亻尸口辛	wnku	亻尸口辛
甓	nkun	尸口辛乙	nkuy	尸口辛丶
譬	nkuy	尸口辛言	nkuy	尸口辛言
P→pian				
片③	thgn	丿丨一乙	thgn	丿丨一乙
偏	wyna	亻丶尸艹	wyna	亻丶尸艹
犏	trya	丿扌丶艹	cyna③	牛丶尸艹
篇	tyna	竹丶尸艹	tyna③	竹丶尸艹
翩	ynmn	丶尸艹羽	ynmn	丶尸艹羽
便③	wgjq	亻一日乂	wgjr	亻一日乂
缏	xwgq	纟亻一乂	xwgr	纟亻一乂
骈②	cuah	马丷廾(丨)	cgua④	马一丷廾
胼③	euah	月丷廾(丨)	euah	月丷廾(丨)
蹁	khya	口止丶艹	khya	口止丶艹
谝	yyna	讠丶尸艹	yyna	讠丶尸艹
骗	cyna	马丶尸艹	cgya	马一丶艹
P→piao				
剽	sfij	覀二小刂	sfij	覀二小刂
漂③	isfi	氵覀二小	isfi	氵覀二小
缥③	xsfi	纟覀二小	xsfi④	纟覀二小
飘	sfiq	覀二小乂	sfir	覀二小乂
螵③	jsfi	虫覀二小	jsfi	虫覀二小
瓢	sfiy	覀二小丶	sfiy	覀二小丶
莩	aebf	艹爫子㊁	aebf③	艹爫子㊁
殍	gqeb	一夕爫子	gqeb	一夕爫子
瞟③	hsfi	目覀二小	hsfi	目覀二小
票	sfiu	覀二小(冫)	sfiu②	覀二小(冫)
嘌③	ksfi	口覀二小	ksfi	口覀二小
嫖③	vsfi	女覀二小	vsfi	女覀二小
骠②	csfi	马覀二小	cgsi③	马一覀小
P→pie				
氕	rntr	𠂉乙丿(丿丿)	rte	气丿(彡)
撇	rumt	扌丷冂攵	rity	扌㡀攵(丶)
瞥	umih	丷冂小目	ithf	㡀攵目㊁
苤③	agig	艹一小一	adhg④	艹丆卜一
P→pin				
拚③	rcah	扌厶廾(丨)	rcah④	扌厶廾(丨)
姘③	vuah	女丷廾(丨)	vuah	女丷廾(丨)
拼③	ruah	扌丷廾(丨)	ruah	扌丷廾(丨)
贫③	wvmu	八刀贝(冫)	wvmu	八刀贝(冫)
嫔③	vprw	女宀斤八	vprw	女宀丘八
频③	hidm	止小丆贝	hhdm	止少丆贝
颦	hidf	止小丆十	hhdf	止少丆十
品③	kkkf	口口口㊁	kkkf	口口口㊁
榀③	skkk	木口口口	skkk	木口口口
牝③	trxn	丿扌匕(乙)	cxn②	牛匕(乙)
聘③	bmgn	耳由一乙	bmgn	耳由一乙
P→ping				
娉	vmgn	女由一乙	vmgn	女由一乙

汉字	86版	字根	98版	字根
乒③	rgtr	斤一丿(丿丿)	rtr	丘丿(丿丿)
俜	wmgn	亻由一乙	wmgn	亻由一乙
平②	guhk	一丷丨(川)	gufk③	一丷十(川)
评③	yguh	讠一丷丨	yguf	讠一丷十
凭	wtfm	亻丿士几	wtfw	亻丿士几
坪③	fguh	土一丷丨	fguf	土一丷十
苹③	aguh	艹一丷丨	aguf④	艹一丷十
屏③	nuak	尸丷廾(川)	nuak	尸丷廾(川)
枰③	sguh	木一丷丨	sguf	木一丷十
瓶③	uagn	丷廾一乙	uagn	丷廾一乙
萍	aigh	艹氵一丨	aigf③	艹氵一十
鲆③	qggh	鱼一一丨	qggf④	鱼一一十
P→po				
泊②	irg	氵白㊀	irg③	氵白㊀
朴③	shy	木卜(丶)	shy	木卜(丶)
钋③	qhy	钅卜(丶)	qhy	钅卜(丶)
坡③	fhcy	土广又(丶)	fby②	土皮(丶)
泼	inty	氵乙丿丶	inty	氵乙丿丶
颇③	hcdm	广又丆贝	bdmy	皮丆贝(丶)
婆	ihcv	氵广又女	ibvf③	氵皮女㊁
鄱	tolb	丿米田阝	tolb	丿米田阝
皤	rtol	白丿米田	rtol	白丿米田
叵③	akd	匚口㊂	akd	匚口㊂
钷③	qakg	钅匚口㊀	qakg	钅匚口㊀
笸	takf	竹匚口㊁	takf	竹匚口㊁
迫③	rpd	白辶㊂	rpd	白辶㊂
珀③	grg	王白㊀	grg②	王白㊀
破③	dhcy	石广又(丶)	dby②	石皮(丶)
粕③	org	米白㊀	org②	米白㊀
魄	rrqc	白白儿厶	rrqc	白白儿厶
攴③	hcu	卜又(冫)	hcu	卜又(冫)
P→pou				
剖③	ukjh	立口刂(丨)	ukjh	立口刂(丨)
掊③	rukg	扌立口㊀	rukg④	扌立口㊀
裒	yveu	亠臼𧘇(冫)	yeeu③	亠臼𧘇(冫)
P→pu				
脯③	egey	月一月丶	esy	月甫(丶)
仆③	why	亻卜(丶)	why	亻卜(丶)
扑③	rhy	扌卜(丶)	rhy	扌卜(丶)
铺③	qgey	钅一月丶	qsy	钅甫(丶)
噗②	kogy	口业一丶	koug③	口业丷夫
匍	qgey	勹一月丶	qsi	勹甫(氵)
莆③	agey	艹一月丶	asu	艹甫(冫)
菩	aukf	艹立口㊁	aukf③	艹立口㊁
葡	aqgy	艹勹一丶	aqsu③	艹勹甫(冫)
蒲	aigy	艹氵一丶	aisu③	艹氵甫(冫)
璞	gogy	王业一丶	goug③	王业丷夫
濮③	iwoy	氵亻业丶	iwog	氵亻业夫
镤	qogy	钅业一丶	qoug	钅业丷夫
朴③	shy	木卜(丶)	shy	木卜(丶)
圃	lgey	囗一月丶	lsi③	囗甫(氵)
埔	fgey	土一月丶	fsy③	土甫(丶)
浦	igey	氵一月丶	isy②	氵甫(丶)
普②	uogj	丷业一日	uojf	丷业日㊁
溥	igef	氵一月寸	isfy	氵甫寸(丶)

汉字	86版	字根	98版	字根	汉字	86版	字根	98版	字根
谱③	yuoj	讠丷业日	yuoj	讠丷业日	氆	tfnj	丿二乙日	euoj③	毛丷业日
镨③	quoj	钅丷业日	quoj	钅丷业日	瀑③	ijai	氵日廾水	ijai	氵日廾水
蹼③	khoy	口止业丶	khog④	口止业夫	曝③	jjai	日日廾水	jjai	日日廾水

Q 字母部

汉字	86版	字根	98版	字根	汉字	86版	字根	98版	字根
Q→qi					屺③	mnn	山己乙⃝	mnn	山己乙⃝
七②	agn	七一乙	agn	七一乙	岂②	mnb	山己巜⃝	mnb	山己巜⃝
沏③	iavn	氵七刀乙⃝	iavt	氵七刀丿⃝	芑③	anb	廾己巜⃝	anb	廾己巜⃝
妻②	gvhv	一彐丨女	gvhv	一彐丨女	启	ynkd	丶尸口三⃝	ynkd③	丶尸口三⃝
柒③	iasu	氵七木冫⃝	iasu	氵七木冫⃝	杞③	snn	木己乙⃝	snn	木己乙⃝
凄	ugvv	冫一彐女	ugvv	冫一彐女	起③	fhnv	土龰己巛⃝	fhnv	土龰己巛⃝
栖③	ssg	木西一⃝	ssg	木西一⃝	绮③	xdsk	纟大丁口	xdsk	纟大丁口
桤	smnn	木山己乙⃝	smnn③	木山己乙⃝	綮	ynti	丶尸攵小	ynti	丶尸攵小
戚③	dhit	厂上小丿	dhii④	戊上小氵⃝	稽	tdnj	禾𠂇乙日	tdnj	禾𠂇乙日
萋③	agvv	廾一彐女	agvv	廾一彐女	气③	rnb	𠂉乙巜⃝	rtgn	气丿一乙
期	adwe	廾三八月	dweg③	甘八月一⃝	讫	ytnn	讠𠂉乙乙⃝	ytnn③	讠𠂉乙乙⃝
欺	adww	廾三八人	dwqw③	甘八勹人	汔③	itnn	氵𠂉乙乙⃝	itnn④	氵𠂉乙乙⃝
嘁	kdht	口厂上丿	kdhi	口戊上小	迄③	tnpv	𠂉乙辶巛⃝	tnpv④	𠂉乙辶巛⃝
槭	sdht	木厂上丿	sdhi	木戊上小	弃③	ycaj	亠厶廾刂⃝	ycaj	亠厶廾刂⃝
漆③	iswi	氵木人水	iswi	氵木人水	汽③	irnn	氵𠂉乙乙⃝	irn	氵气乙⃝
蹊	khed	口止爫大	khed	口止爫大	泣③	iug	氵立一⃝	iug	氵立一⃝
亓③	fjj	二川刂⃝	fjj	二川刂⃝	契③	dhvd	三丨刀大	dhvd	三丨刀大
祁③	pybh	礻丶阝丨⃝	pybh	礻丶⃝阝丨⃝	砌③	davn	石七刀乙⃝	davt	石七刀丿⃝
齐③	yjj	文川刂⃝	yjj	文川刂⃝	葺③	akbf	廾口耳二⃝	akbf	廾口耳二⃝
圻③	frh	土斤丨⃝	frh	土斤丨⃝	碛③	dgmy	石龶贝丶⃝	dgmy	石龶贝丶⃝
岐③	mfcy	山十又丶⃝	mfcy	山十又丶⃝	器③	kkdk	口口犬口	kkdk	口口犬口
歧③	hfcy	止十又丶⃝	hfcy	止十又丶⃝	憩	tdtn	丿古丿心	tdtn	丿古丿心
芪③	aqab	廾𠂆七巜⃝	aqab	廾𠂆七巜⃝	欹	dskw	大丁口人	dskw	大丁口人
其③	adwu	廾三八冫⃝	dwu②	甘八冫⃝	Q→qia				
奇	dskf	大丁口二⃝	dskf	大丁口二⃝	袷	puwk	礻冫人口	puwk	礻冫⃝人口
祈③	pyrh	礻丶斤丨⃝	pyrh	礻丶⃝斤丨⃝	掐③	rqvg	扌勹臼一⃝	rqeg	扌勹臼一⃝
俟③	wctd	亻厶𠂉大	wctd	亻厶𠂉大	葜	adhd	廾三丨大	adhd	廾三丨大
耆	ftxj	土丿匕日	ftxj	土丿匕日	恰	nwgk	忄人一口	nwgk②	忄人一口
脐③	eyjh	月文川丨⃝	eyjh	月文川丨⃝	洽	iwgk	氵人一口	iwgk	氵人一口
颀③	rdmy	斤𠂆贝丶⃝	rdmy④	斤𠂆贝丶⃝	髂③	mepk	冎月冖口	mepk④	冎月冖口
崎③	mdsk	山大丁口	mdsk	山大丁口	Q→qian				
淇	iadw	氵廾三八	idwy	氵甘八丶⃝	千③	tfk	丿十川⃝	tfk	丿十川⃝
畦③	lffg	田土土一⃝	lffg	田土土一⃝	仟	wtfh	亻丿十丨⃝	wtfh	亻丿十丨⃝
萁	aadw	廾廾三八	adwu	廾甘八冫⃝	阡③	btfh	阝丿十丨⃝	btfh	阝丿十丨⃝
骐	cadw	马廾三八	cgdw	马一甘八	扦	rtfh	扌丿十丨⃝	rtfh	扌丿十丨⃝
骑③	cdsk	马大丁口	cgdk④	马一大口	芊③	atfj	廾丿十刂⃝	atfj	廾丿十刂⃝
棋③	sadw	木廾三八	sdwy	木甘八丶⃝	迁③	tfpk	丿十辶川⃝	tfpk	丿十辶川⃝
琦③	gdsk	王大丁口	gdsk	王大丁口	佥	wgif	人一丷二⃝	wgig	人一丷一
琪③	gadw	王廾三八	gdwy	王甘八丶⃝	岍	mgah	山一廾丨⃝	mgah	山一廾丨⃝
祺③	pyaw	礻丶廾八	pydw④	礻丶⃝甘八	钎③	qtfh	钅丿十丨⃝	qtfh④	钅丿十丨⃝
蛴③	jyjh	虫文川丨⃝	jyjh	虫文川丨⃝	牵③	dprh	大冖𠂉丨	dptg	大冖丿キ
旗③	ytaw	方𠂉廾八	ytdw④	方𠂉甘八	悭③	njcf	忄刂又土	njcf	忄刂又土
綦	adwi	廾三八小	dwxi③	甘八幺小	铅③	qmkg	钅几口一⃝	qwkg	钅几口一⃝
蜞③	jadw	虫廾三八	jdwy	虫甘八丶⃝	谦	yuvo	讠丷彐灬	yuvw③	讠丷彐八
蕲	aujr	廾丷日斤	aujr	廾丷日斤	愆	tifn	彳氵二心	tign	彳氵一心
鳍	qgfj	鱼一土日	qgfj	鱼一土日	签	twg	竹人一业	twgg	竹人一一
麒	ynjw	广コ刂八	oxxw	𢊁匕匕八	骞	pfjc	宀二刂马	pawc	宀龶八一
乞③	tnb	𠂉乙巜⃝	tnb	𠂉乙巜⃝	搴	pfjr	宀二刂手	pawr	宀龶八手
企③	whf	人止二⃝	whf	人止二⃝	褰	pfje	宀二刂𧘇	pawe	宀龶八𧘇

汉字	86版	字根	98版	字根	汉字	86版	字根	98版	字根
前[2]	uejj	丷月刂⑪	uejj	丷月刂⑪	橇[3]	stfn	木丿二乙	seee[4]	木毛毛毛
钤	qwyn	钅人丶乙	qwyn	钅人丶乙	缲[3]	xkks	纟口口木	xkks	纟口口木
虔[3]	hayi	广七文⊘	hyi[2]	虍文⊘	乔[3]	tdjj	丿大川⑪	tdjj	丿大川⑪
钱[2]	qgt	钅戋⊘	qgay	钅一戈⊙	侨[3]	wtdj	亻丿大川	wtdj	亻丿大川
钳[3]	qafg	钅廿二㊀	qfg	钅甘㊀	荞	atdj	艹丿大川	atdj	艹丿大川
乾[3]	fjtn	十早𠂉乙	fjtn	十早𠂉乙	桥[3]	stdj	木丿大川	stdj	木丿大川
掮	ryne	扌丶尸月	ryne	扌丶尸月	谯	ywyo	讠亻主灬	ywyo	讠亻主灬
箝	traf	竹扌廿二	trft	竹扌甘㊀	憔	nwyo	忄亻主灬	nwyo	忄亻主灬
潜[3]	ifwj	氵二人日	iggj[4]	氵夫夫日	鞒	aftj	廿中丿川	aftj	廿中丿川
黔	lfon	罒土灬乙	lfon	罒土灬乙	樵	swyo	木亻主灬	swyo	木亻主灬
浅[3]	igt	氵戋⊘	igay	氵一戈⊙	瞧[3]	hwyo	目亻主灬	hwyo	目亻主灬
肷[3]	eqwy	月𠂊人⊙	eqwy	月𠂊人⊙	巧	agnn	工一乙(乙)	agnn	工一乙(乙)
慊[3]	nuvo	忄丷彐小	nuvo	忄丷彐小	愀[3]	ntoy	忄禾火⊙	ntoy	忄禾火⊙
遣	khgp	口丨一辶	khgp	口丨一辶	壳[3]	fpmb	士冖几(巛)	fpwb	士冖几(巛)
谴	ykhp	讠口丨辶	ykhp	讠口丨辶	俏[3]	wieg	亻⺌月㊀	wieg	亻⺌月㊀
缱	xkhp	纟口丨辶	xkhp	纟口丨辶	诮[3]	yieg	讠⺌月㊀	yieg	讠⺌月㊀
欠[2]	qwu	𠂊人⊘	qwu	𠂊人⊘	峭[2]	mieg	山⺌月㊀	mieg	山⺌月㊀
纤[3]	xtfh	纟丿十①	xtfh	纟丿十①	窍	pwan	宀八工乙	pwan	宀八工乙
芡[3]	aqwu	艹𠂊人⊘	aqwu	艹𠂊人⊘	翘	atgn	七丿一羽	atgn	七丿一羽
茜[3]	asf	艹西㊁	asf	艹西㊁	撬	rtfn	扌丿二乙	reee[3]	扌毛毛毛
倩	wgeg	亻龶月㊀	wgeg	亻龶月㊀	鞘	afie	廿中⺌月	afie	廿中⺌月
堑[3]	lrff	车斤土㊁	lrff	车斤土㊁	Q→qie				
嵌[3]	mafw	山廿二人	mfqw	山甘𠂊人	切[2]	avn	七刀(乙)	avt	七刀⊘
椠[3]	lrsu	车斤木⊘	lrsu	车斤木⊘	茄	alkf	艹力口㊁	aekf[3]	艹力口㊁
歉	uvow	丷彐小人	uvjw	丷彐⑪人	且[2]	egd	月一㊂	egd	月一㊂
Q→qiang					妾[3]	uvf	立女㊁	uvf	立女㊁
呛[3]	kwbn	口人㔾(乙)	kwbn	口人㔾(乙)	怯	nfcy	忄土厶⊙	nfcy	忄土厶⊙
羌	udnb	丷𡗗乙(巛)	unv[3]	𦍌乙(巛)	窃	pwav	宀八七刀	pwav	宀八⺊刀
戕	nhda	乙丨𠂆戈	uay[3]	丬戈⊙	挈	dhvr	三丨刀手	dhvr	三丨刀手
戗[3]	wbat	人㔾戈⊘	wbay	人㔾戈⊙	惬[3]	nagw	忄匚一人	nagd	忄匚一大
枪[3]	swbn	木人㔾(乙)	swbn	木人㔾(乙)	趄[3]	fheg	土龰月一	fheg	土龰月一
跄	khwb	口止人㔾	khwb	口止人㔾	慊[3]	nuvo	忄丷彐小	nuvw	忄丷彐八
腔[3]	epwa	月宀八工	epwa	月宀八工	箧	tagw	竹匚一人	tagd	竹匚一大
蜣	judn	虫丷𡗗乙	junn[3]	虫𦍌乙(乙)	锲[3]	qdhd	钅三丨大	qdhd	钅三丨大
锖	qgeg	钅龶月㊀	qgeg	钅龶月㊀	郄[3]	qdcb	乂𠂇厶阝	rdcb[4]	乂𠂇厶阝
锵	quqf	钅丬夕寸	quqf[3]	钅丬夕寸	Q→qin				
镪[3]	qxkj	钅弓口虫	qxkj	钅弓口虫	亲[2]	usu	立木⊘	usu	立木⊘
强[2]	xkjy	弓口虫⊙	xkjy	弓口虫⊙	侵[3]	wvpc	亻彐冖又	wvpc	亻彐冖又
墙	ffuk	土十丷口	ffuk	土十丷口	钦[3]	qqwy	钅𠂊人⊙	qqwy	钅𠂊人⊙
蔷[3]	afuk	艹十丷口	afuk	艹十丷口	衾	wyne	人丶乙𧘇	wyne	人丶乙𧘇
嫱	vfuk	女十丷口	vfuk	女十丷口	芩	awyn	艹人丶乙	awyn	艹人丶乙
樯[3]	sfuk	木十丷口	sfuk	木十丷口	芹[3]	arj	艹斤⑪	arj	艹斤⑪
抢[3]	rwbn	扌人㔾(乙)	rwbn	扌人㔾(乙)	廑	yakg	广廿口龶	oakg[3]	广廿口龶
羟	udca	丷𡗗又工	ucag	𦍌又工㊀	秦[3]	dwtu	三人禾⊘	dwtu	三人禾⊘
襁[3]	puxj	衤冫弓虫	puxj	衤⊘弓虫	琴[3]	ggwn	王王人乙	ggwn	王王人乙
炝[3]	owbn	火人㔾(乙)	owbn	火人㔾(乙)	禽[3]	wybc	人文凵厶	wyrc[4]	人亠乂厶
Q→qiao					勤	akgl	廿口龶力	akgl[3]	廿口龶力
峤	mtdj	山丿大川	mtdj	山丿大川	嗪	kdwt	口三人禾	kdwt	口三人禾
悄[2]	nieg	忄⺌月㊀	nieg[3]	忄⺌月㊀	溱[3]	idwt	氵三人禾	idwt[4]	氵三人禾
硗	datq	石七丿儿	datq	石七丿儿	噙	kwyc	口人文厶	kwyc	口人亠厶
雀	iwyf	小亻主㊁	iwyf	小亻主㊁	擒	rwyc	扌人文厶	rwyc	扌人亠厶
跷	khaq	口止七儿	khaq	口止七儿	檎	swyc	木人文厶	rwyc	木人亠厶
劁	wyoj	亻主刂灬	wyoj	亻主刂灬	螓	jdwt	虫三人禾	jdwt	虫三人禾
敲	ymkc	亠冂口又	ymkc	亠冂口又	锓[3]	qvpc	钅彐冖又	qvpc	钅彐冖又
锹[3]	qtoy	钅禾火⊙	qtoy[4]	钅禾火⊙	寝	puvc	宀丬彐又	puvc	宀丬彐又

汉字	86 版	字根	98 版	字根	汉字	86 版	字根	98 版	字根
吣[3]	kny	口心丶⃝	kny	口心丶⃝	酋	usgf	丷西一㊁	usgf	丷西一㊁
沁[3]	iny	氵心丶⃝	iny	氵心丶⃝	逑	fiyp	十㐅丶辶	giyp	一水丶辶
揿[3]	rqqw	扌钅⺈人	rqqw	扌钅⺈人	球[3]	gfiy	王十㐅丶⃝	ggiy	王一水丶
覃[3]	sjj	西早川⃝	sjj	西早川⃝	赇[3]	mfiy	贝十㐅丶⃝	mgiy	贝一水丶
矜	cbtn	マ卩丿乙	cnhn	マ乙亅乙	巯[3]	cayq	ス工亠儿	cayk[4]	ス工亠儿
Q→qing					遒	usgp	丷西一辶	usgp	丷西一辶
青[3]	gef	龶月㊁	gef	龶月㊁	裘	fiye	十㐅丶𧘇	fiye	十㐅丶𧘇
氢[3]	rnca	𠂉乙ス工	rnca	𠂉乙ス工	蝤[3]	jusg	虫丷西一	jusg	虫丷西一
轻[2]	lcag	车ス工㊀	lcag	车ス工㊀	鼽	thlv	丿目田九	thlv	丿目田九
倾[3]	wxdm	亻匕厂贝	wxdm	亻匕厂贝	糗	othd	米丿目犬	othd	米丿目犬
卿	qtvb	⺁丿ヨ卩	qtvb	⺁丿ヨ卩	Q→qu				
圊	lged	口龶月㊂	lged	口龶月㊂	瞿	hhwy	目目亻主	hhwy[3]	目目亻主
清[3]	igeg	氵龶月㊀	igeg	氵龶月㊀	区[2]	aqi	匚㐅冫⃝	ari	匚㐅冫⃝
蜻	jgeg	虫龶月㊀	jgeg	虫龶月㊀	曲[2]	mad	冂廿㊂	mad	冂廿㊂
鲭	qgge	鱼一龶月	qgge	鱼一龶月	岖[3]	maqy	山匚㐅丶⃝	mary	山匚㐅丶⃝
情[3]	ngeg	忄龶月㊀	ngeg	忄龶月㊀	诎	ybmh	讠凵山丨⃝	ybmh[3]	讠凵山丨⃝
晴[3]	jgeg	日龶月㊀	jgeg	日龶月㊀	驱[3]	caqy	马匚㐅丶⃝	cgar	马一匚㐅
氰	rnge	𠂉乙龶月	rged[3]	气龶月㊂	屈[3]	nbmk	尸凵山川⃝	nbmk	尸凵山川⃝
擎	aqkr	艹勹口手	aqkr	艹勹口手	祛	pyfc	礻丶土厶	pyfc	礻丶⃝土厶
檠	aqks	艹勹口木	aqks	艹勹口木	蛆	jegg	虫月一㊀	jegg	虫月一㊀
黥	lfoi	罒土灬小	lfoi	罒土灬小	躯	tmdq	丿冂三㐅	tmdr	丿冂三㐅
苘[3]	amkf	艹冂口㊁	amkf	艹冂口㊁	蛐[3]	jmag	虫冂廿㊀	jmag	虫冂廿㊀
顷[2]	xdmy	匕厂贝丶⃝	xdmy	匕厂贝丶⃝	趋	fhqv	土龰⺈ヨ	fhqv	土龰⺈ヨ
请[3]	ygeg	讠龶月㊀	ygeg	讠龶月㊀	麴	fwwo	十人人米	swwo	木人人米
謦	fnmy	士尸几言	fnwy	士尸几言	黢	lfot	罒土灬夂	lfot	罒土灬夂
綮	ynti	丶尸攵小	ynti	丶尸攵小	劬[3]	qkln	勹口力乙⃝	qket[4]	勹口力丿⃝
庆[2]	ydi	广大冫⃝	odi[3]	广大冫⃝	朐[3]	eqkg	月勹口㊀	eqkg	月勹口㊀
箐[3]	tgef	竹龶月㊁	tgef	竹龶月㊁	鸲	qkqg	勹口勹一	qkqg	勹口鸟一
磬	fnmd	士尸几石	fnmd	士尸几石	渠	ians	氵匚コ木	ians	氵匚コ木
罄	fnmm	士尸几山	fnwm	士尸几山	蕖	aias	艹氵匚木	aias	艹氵匚木
Q→qiong					磲[3]	dias	石氵匚木	dias	石氵匚木
跫	amyh	工几丶止	awyh	工几丶止	璩	ghae	王广七豕	ghge	王虍一豕
銎	amyq	工几丶金	amyq	工几丶金	蘧[3]	ahap	艹广七辶	ahgp	艹虍一辶
邛[3]	abh	工阝丨⃝	abh	工阝丨⃝	氍	hhwn	目目亻乙	hhwe	目目亻毛
穷[3]	pwlb	宀八力巛⃝	pwer	宀八力丿⃝	癯[3]	uhhy	疒目目主	uhhy	疒目目主
穹[3]	pwxb	宀八弓巛⃝	pwxb	宀八弓巛⃝	衢	thhh	彳目目丨	thhs[3]	彳目目丁
茕[3]	apnf	艹冖乙十	apnf[4]	艹冖乙十	蠼	jhhc	虫目目又	jhhc	虫目目又
筇[3]	tabj	竹工阝川⃝	tabj	竹工阝川⃝	苣[3]	aanf	艹匚コ㊁	aanf	艹匚コ㊁
琼	gyiy	王亠小丶⃝	gyiy	王亠小丶⃝	取[2]	bcy	耳又丶⃝	bcy	耳又丶⃝
蛩	amyj	工几丶虫	awyj	工几丶虫	娶[3]	bcvf	耳又女㊁	bcvf	耳又女㊁
Q→qiu					龋	hwby	止人凵丶	hwby	止人凵丶
湫	itoy	氵禾火丶⃝	itoy	氵禾火丶⃝	去[3]	fcu	土厶丷⃝	fcu	土厶丷⃝
丘[3]	rgd	斤一㊂	rthg	丘丿丨一	阒[3]	uhdi	门目犬冫⃝	uhdi[4]	门目犬冫⃝
邱[3]	rgbh	斤一阝丨⃝	rbh	丘阝丨⃝	觑	haoq	广七业儿	homq[3]	虍业冂儿
龟[3]	qjnb	⺈日乙巛⃝	qjnb	⺈日乙巛⃝	趣[3]	fhbc	土龰耳又	fhbc	土龰耳又
秋[2]	toy	禾火丶⃝	toy	禾火丶⃝	Q→quan				
蚯	jrgg	虫斤一㊀	jrg[2]	虫丘㊀	悛[3]	ncwt	忄厶八夂	ncwt	忄厶八夂
楸[3]	stoy	木禾火丶⃝	stoy	木禾火丶⃝	圈[3]	ludb	口丷大巳	lugb	口丷夫巳
鳅	qgto	鱼一禾火	qgto	鱼一禾火	全[2]	wgf	人王㊁	wgf	人王㊁
囚[3]	lwi	口人冫⃝	lwi	口人冫⃝	权[2]	scy	木又丶⃝	scy	木又丶⃝
犰	qtvn	犭丿九乙⃝	qtvn	犭丿⃝九乙⃝	诠[3]	ywgg	讠人王㊀	ywgg	讠人王㊀
求[3]	fiyi	十㐅冫⃝	giyi[2]	一水丶冫⃝	泉[3]	riu	白水丷⃝	riu[2]	白水丷⃝
虬[3]	jnn	虫乙乙⃝	jnn	虫乙乙⃝	荃	awgf	艹人王㊁	awgf	艹人王㊁
泅[3]	ilwy	氵口人丶⃝	ilwy	氵口人丶⃝	拳[3]	udrj	丷大手川⃝	ugrj	丷夫手川⃝
俅	wfiy	亻十㐅丶⃝	wgiy	亻一水丶	辁	lwgg	车人王㊀	lwgg	车人王㊀

汉字	86版	字根	98版	字根
痊[3]	uwgd	疒人王㊂	uwgd	疒人王㊂
铨[3]	qwgg	钅人王㊀	qwgg	钅人王㊀
筌	twgf	竹人王㊁	twgf	竹人王㊁
蜷	judb	虫丷大㔾	jugb	虫丷夫㔾
醛	sgag	西一艹王	sgag	西一艹王
鬈[3]	deub	镸彡丷㔾	deub	镸彡丷㔾
颧[3]	akkm	艹口口贝	akkm	艹口口贝
犬	dgty	犬一丿丶	dgty	犬一丿丶
畎[3]	ldy	田犬(丶)	ldy	田犬(丶)
绻	xudb	纟丷大㔾	xugb	纟丷夫㔾
劝[2]	cln	又力(乙)	cet[3]	又力(丿)
券[3]	udvb	丷大刀(巛)	ugvr	丷夫刀(丿)
Q→que				
炔[3]	onwy	火コ人(丶)	onwy	火コ人(丶)
缺[3]	rmnw	𠂉山コ人	tfbw	𠂉十凵人

汉字	86版	字根	98版	字根
阙[3]	uubw	门丷凵人	uubw	门丷凵人
瘸	ulkw	疒力口人	uekw	疒力口人
却[3]	fcbh	土厶卩(丨)	fcbh	土厶卩(丨)
悫	fpmn	士冖几心	fpwn	士冖几心
雀	iwyf	小亻主㊁	iwyf	小亻主㊁
确[3]	dqeh	石⺈用(丨)	dqeh	石⺈用(丨)
阕	uwgd	门癶一大	uwgd	门癶一大
阙[3]	uubw	门丷凵人	uubw	门丷凵人
鹊	ajqg	艹日勹一	ajqg	艹日鸟一
榷	spwy	木冖亻主	spwy	木冖亻主
Q→qun				
逡	cwtp	厶八夂辶	cwtp	厶八夂辶
裙	puvk	衤冫彐口	puvk	衤(冫)彐口
群[3]	vtkd	彐丿口手	vtku[4]	彐丿口羊
麇	ynjt	广コ刂禾	oxxt	户匕匕禾

R字母部

汉字	86版	字根	98版	字根
R→ran				
蚺[3]	jmfg	虫冂土㊀	jmfg[4]	虫冂土㊀
然[2]	qdou	夕犬灬(丷)	qdou	夕犬灬(丷)
髯	demf	镸彡冂土	demf	镸彡冂土
燃	oqdo	火夕犬灬	oqdo[3]	火夕犬灬
冉[3]	mfd	冂土㊂	mfd	冂土㊂
苒[3]	amff	艹冂土㊁	amff	艹冂土㊁
染[3]	ivsu	氵九木(丷)	ivsu	氵九木(丷)
R→rang				
禳	pyye	衤丶亠𧘇	pyye	衤(丶)亠𧘇
瓤	ykky	亠口口丶	ykky	亠口口丶
穰[3]	tyke	禾亠口𧘇	tyke	禾亠口𧘇
嚷[3]	kyke	口亠口𧘇	kyke	口亠口𧘇
壤[3]	fyke	土亠口𧘇	fyke	土亠口𧘇
攘[3]	ryke	扌亠口𧘇	ryke	扌亠口𧘇
让[2]	yhg	讠上㊀	yhg	讠上㊀
R→rao				
荛[3]	aatq	艹七丿儿	aatq	艹七丿儿
饶[3]	qnaq	勹乙七儿	qnaq	勹乙七儿
桡[3]	satq	木七丿儿	satq	木七丿儿
扰[3]	rdnn	扌𠂇乙(乙)	rdny	扌𠂇乙丶
娆[3]	vatq	女七丿儿	vatq	女七丿儿
绕[3]	xatq	纟七丿儿	xatq	纟七丿儿
R→re				
惹	adkn	艹𠂇口心	adkn	艹𠂇口心
若[3]	adkf	艹𠂇口㊁	adkf	艹𠂇口㊁
喏	kadk	口艹𠂇口	kadk	口艹𠂇口
热	rvyo	扌九丶灬	rvyo	扌九丶灬
R→ren				
人[1]	wwww	人人人人	wwww[4]	人人人人
仁[3]	wfg	亻二㊀	wfg	亻二㊀
壬[3]	tfd	丿士㊂	tfd	丿士㊂
忍	vynu	刀丶心(丷)	vynu[3]	刀丶心(丷)
荏	awtf	艹亻丿士	awtf[3]	艹亻丿士
稔	twyn	禾人丶心	twyn	禾人丶心
刃[3]	vyi	刀丶(氵)	vyi	刀丶(氵)
认[2]	ywy	讠人(丶)	ywy	讠人(丶)

汉字	86版	字根	98版	字根
仞[3]	wvyy	亻刀丶(丶)	wvyy	亻刀丶(丶)
任[3]	wtfg	亻丿士㊀	wtfg	亻丿士㊀
纫[3]	xvyy	纟刀丶(丶)	xvyy	纟刀丶(丶)
妊[3]	vtfg	女丿士㊀	vtfg	女丿士㊀
轫[3]	lvyy	车刀丶(丶)	lvyy	车刀丶(丶)
韧	fnhy	二乙丨丶	fnhy	二乙丨丶
饪	qntf	勹乙丿士	qntf	勹乙丿士
衽	putf	衤冫丿士	putf	衤(冫)丿士
葚	aadn	艹艹三乙	aawn	艹甚八乙
R→reng				
扔[2]	ren	扌乃(乙)	ret[3]	扌乃(丿)
仍[2]	wen	亻乃(乙)	wet[3]	亻乃(丿)
R→ri				
日	jjjj	日日日日	jjjj	日日日日
R→rong				
戎[3]	ade	戈𠂇(彡)	adi	戈𠂇(氵)
肜[3]	eet	月彡(丿)	eet	月彡(丿)
狨	qtad	犭丿戈𠂇	qtad	犭(丿)戈𠂇
绒[3]	xadt	纟戈𠂇(丿)	xady	纟戈𠂇(丶)
茸[3]	abf	艹耳㊁	abf	艹耳㊁
荣[3]	apsu	艹冖木(丷)	apsu	艹冖木(丷)
容[3]	pwwk	宀八人口	pwwk	宀八人口
嵘[3]	maps	山艹冖木	maps	山艹冖木
溶	ipwk	氵宀八口	ipwk	氵宀八口
蓉[3]	apwk	艹宀八口	apwk	艹宀八口
榕	spwk	木宀八口	spwk	木宀八口
熔	opwk	火宀八口	opwk	火宀八口
蝾	japs	虫艹冖木	japs[3]	虫艹冖木
融[3]	gkmj	一口冂虫	gkmj	一口冂虫
冗[3]	pmb	冖几(巛)	pwb	冖几(巛)
R→rou				
柔	cbts	マ卩丿木	cnhs	マ乙丨木
揉	rcbs	扌マ卩木	rcns	扌マ乙木
糅[3]	ocbs	米マ卩木	ocns[4]	米マ乙木
蹂	khcs	口止マ木	khcs	口止マ木
鞣	afcs	廿串マ木	afcs	廿串マ木
肉[3]	mwwi	冂人人(氵)	mwwi	冂人人(氵)

汉字	86版	字根	98版	字根
R→ru				
如②	vkg	女口㊀	vkg	女口㊀
茹③	avkf	艹女口㊁	avkf	艹女口㊁
铷③	qvkg	钅女口㊀	qvkg	钅女口㊀
儒③	wfdj	亻雨丆刂	wfdj	亻雨丆刂
嚅③	kfdj	口雨丆刂	kfdj	口雨丆刂
孺③	bfdj	子雨丆刂	bfdj	子雨丆刂
濡③	ifdj	氵雨丆刂	ifdj	氵雨丆刂
薷③	afdj	艹雨丆刂	afdj	艹雨丆刂
襦	pufj	衤冫雨刂	pufj	衤冫⃝雨刂
蠕	jfdj	虫雨丆刂	jfdj	虫雨丆刂
颥	fdmm	雨丆冂贝	fdmm	雨丆冂贝
汝③	ivg	氵女㊀	ivg	氵女㊀
乳③	ebnn	爫子乙乙⃝	ebnn	爫子乙乙⃝
辱	dfef	厂二𠄌寸	dfef	厂二𠄌寸
缛	xdff	纟厂二寸	xdff③	纟厂二寸
入②	tyi	丿丶氵⃝	tyi	丿丶氵⃝
洳	ivkg	氵女口㊀	ivkg	氵女口㊀
溽	idff	氵厂二寸	idff	氵厂二寸
蓐	adff	艹厂二寸	adff	艹厂二寸
褥	pudf	衤冫厂寸	pudf	衤冫⃝厂寸

汉字	86版	字根	98版	字根
R→ruan				
阮③	bfqn	阝二儿乙⃝	bfqn	阝二儿乙⃝
朊③	efqn	月二儿乙⃝	efqn	月二儿乙⃝
软③	lqwy	车⺈人丶⃝	lqwy	车⺈人丶⃝
R→rui				
蕤	aetg	艹豕丿圭	ageg	艹一豕圭
蕊③	annn	艹心心心	annn	艹心心心
芮	amwu	艹冂人冫⃝	amwu	艹冂人冫⃝
枘③	smwy	木冂人丶⃝	smwy	木冂人丶⃝
蚋③	jmwy	虫冂人丶⃝	jmwy	虫冂人丶⃝
锐③	qukq	钅丷口儿	qukq	钅丷口儿
瑞③	gmdj	王山丆刂	gmdj	王山丆刂
睿	hpgh	卜冖一目	hpgh	卜冖一目
R→run				
闰③	ugd	门王㊂	ugd④	门王㊂
润	iugg	氵门王㊀	iugg	氵门王㊀
R→ruo				
若③	adkf	艹𠂇口㊁	adkf	艹𠂇口㊁
偌③	wadk	亻艹𠂇口	wadk	亻艹𠂇口
弱②	xuxu	弓冫弓冫	xuxu	弓冫弓冫
箬	tadk	竹艹𠂇口	tadk③	竹艹𠂇口

S字母部

汉字	86版	字根	98版	字根
S→sa				
仨③	wdg	亻三㊀	wdg	亻三㊀
撒③	raet	扌艹月攵	raet	扌艹月攵
洒②	isg	氵西㊀	isg③	氵西㊀
卅③	gkk	一川川⃝	gkk	一川川⃝
飒	umqy	立几乂丶⃝	uwry	立几乂丶⃝
脎③	eqsy	月乂木丶⃝	ersy	月乂木丶⃝
萨③	abut	艹阝立丿	abut	艹阝立丿
S→sai				
塞	pfjf	宀二刂土	pawf	宀龷八土
腮	elny	月田心丶⃝	elny③	月田心丶⃝
噻	kpff	口宀二土	kpaf③	口宀龷土
鳃③	qgln	鱼一田心	qgln	鱼一田心
赛	pfjm	宀二刂贝	pawm②	宀龷八贝
S→san				
三②	dggg	三一一一	dggg	三一一一
叁③	cddf	厶大三㊁	cddf	厶大三㊁
毵	cden	厶大彡乙	cdee	厶大彡毛
伞③	wuhj	人丷丨川⃝	wufj	人丷十川⃝
散③	aety	龷月攵丶⃝	aety④	龷月攵丶⃝
糁③	ocde	米厶大彡	ocde	米厶大彡
馓	qnat	⺈乙龷攵	qnat	⺈乙龷攵
霰③	faet	雨龷月攵	faet	雨龷月攵
S→sang				
桑	cccs	又又又木	cccs	又又又木
嗓	kccs	口又又木	kccs③	口又又木
搡	rccs	扌又又木	rccs	扌又又木
磉③	dccs	石又又木	dccs	石又又木
颡	cccm	又又又贝	cccm	又又又贝
丧③	fueu	十丷𠄌冫⃝	fueu	十丷𠄌冫⃝

汉字	86版	字根	98版	字根
S→sao				
搔	rcyj	扌又丶虫	rcyj	扌又丶虫
骚	ccyj	马又丶虫	cgcj	马一又虫
缫③	xvjs	纟巛日木	xvjs	纟巛日木
臊	ekks	月口口木	ekks	月口口木
鳋	qgcj	鱼一又虫	qgcj	鱼一又虫
扫②	rvg	扌彐㊀	rvg	扌彐㊀
嫂③	vvhc	女臼丨又	vehc	女臼丨又
埽③	fvph	土彐冖丨	fvph	土彐冖丨
瘙③	ucyj	疒又丶虫	ucyj	疒又丶虫
S→se				
涩③	ivyh	氵刀丶止	ivyh	氵刀丶止
色②	qcb	⺈巴巛⃝	qcb	⺈巴巛⃝
啬	fulk	十丷口口	fulk	十丷口口
铯	qqcn	钅⺈巴乙⃝	qqcn	钅⺈巴乙⃝
瑟③	ggnt	王王心丿	ggnt	王王心丿
穑	tfuk	禾十丷口	tfuk	禾十丷口
S→sen				
森③	sssu	木木木冫⃝	sssu	木木木冫⃝
S→seng				
僧	wulj	亻丷罒日	wulj	亻丷罒日
S→sha				
杀③	qsu	乂木冫⃝	rsu	乂木冫⃝
沙③	iitt	氵小丿丿⃝	iitt	氵小丿丿⃝
纱②	xitt	纟小丿丿⃝	xitt	纟小丿丿⃝
刹③	qsjh	乂木刂丨⃝	rsjh	乂木刂丨⃝
砂②	ditt	石小丿丿⃝	ditt	石小丿丿⃝
莎	aiit	艹氵小丿	aiit	艹氵小丿
铩③	qqsy	钅乂木丶⃝	qrsy	钅乂木丶⃝
痧③	uiit	疒氵小丿	uiit	疒氵小丿

汉字	86版	字根	98版	字根
鲨	iitg	氵小丿一	iitg	氵小丿一
裟	iite	氵小丿𧘇	iite	氵小丿𧘇
挲	iitr	氵小丿手	iitr	氵小丿手
傻	wtlt	亻丿口夂	wtlt③	亻丿口夂
唼③	kuvg	口立女㊀	kuvg	口立女㊀
啥	kwfk	口人干口	kwfk	口人干口
厦③	ddht	厂厂目夂	ddht	厂厂目夂
嗄③	kdht	口厂目夂	kdht	口厂目夂
歃③	tfvw	丿十臼人	tfew	丿十臼人
煞③	qvto	勹彐夂灬	qvto	勹彐夂灬
霎③	fuvf	雨立女㊁	fuvf	雨立女㊁

S→shai

汉字	86版	字根	98版	字根
筛	tjgh	竹リ一丨	tjgh	竹リ一丨
晒③	jsg	日西㊀	jsg	日西㊀
酾	sggy	西一一丶	sggy	西一一丶

S→shan

汉字	86版	字根	98版	字根
山③	mmmm	山山山山	mmmm	山山山山
删	mmgj	冂冂一刂	mmgj	冂冂一刂
杉③	set	木彡⊘	set	木彡⊘
芟③	amcu	艹几又⊘	awcu④	艹几又⊘
姗③	vmmg	女冂冂一	vmmg	女冂冂一
衫③	puet	衤彡⊘	puet	衤⊘彡⊘
钐③	qet	钅彡⊘	qet	钅彡⊘
埏③	fthp	土丿止廴	fthp	土丿止廴
珊③	gmmg	王冂冂一	gmmg	王冂冂一
跚	khmg	口止冂一	khmg	口止冂一
舢	temh	丿舟山①	tumh	丿舟山①
煽	oynn	火丶尸羽	oynn	火丶尸羽
潸	isse	氵木木月	isse	氵木木月
膻③	eylg	月亠口一	eylg	月亠口一
闪②	uwi	门人⊙	uwi	门人⊙
陕③	bguw	阝一丷人	bgud	阝一丷大
讪③	ymh	讠山①	ymh	讠山①
汕③	imh	氵山①	imh	氵山①
疝③	umk	疒山(川)	umk	疒山(川)
苫③	ahkf	艹⺊口㊁	ahkf④	艹⺊口㊁
剡③	oojh	火火刂①	oojh	火火刂①
扇	ynnd	丶尸羽㊂	ynnd	丶尸羽㊂
善	uduk	丷手丷口	uukf	羊丷口㊁
骟	cynn	马丶尸羽	cgyn	马一丶羽
鄯	udub	丷手丷阝	uukb	羊丷口阝
缮③	xudk	纟丷手口	xuuk	纟羊丷口
嬗	vylg	女亠口一	vylg③	女亠口一
擅③	rylg	扌亠口一	rylg	扌亠口一
膳	eudk	月丷手口	euuk③	月羊丷口
赡③	mqdy	贝⺈厂言	mqdy	贝⺈厂言
蟮	judk	虫丷手口	juuk③	虫羊丷口
鳝	qguk	鱼一丷口	qguk	鱼一羊口

S→shang

汉字	86版	字根	98版	字根
伤③	wtln	亻𠂉力ⓩ	wtet	亻𠂉力⊘
殇	gqtr	一夕𠂉彡	gqtr	一夕𠂉彡
商②	umwk	亠冂八口	yumk③	亠丷冂口
墒	fumk	土亠冂口	fyuk③	土亠丷口
熵③	oumk	火亠冂口	oyuk	火亠丷口
觞	qetr	⺈用𠂉彡	qetr	⺈用𠂉彡
垧③	ftmk	土丿冂口	ftmk	土丿冂口
晌③	jtmk	日丿冂口	jtmk	日丿冂口
赏	ipkm	⺌冖口贝	ipkm	⺌冖口贝
上①	hhg	上丨一	hhg①	上丨一
尚	imkf	⺌冂口㊁	imkf③	⺌冂口㊁
绱③	ximk	纟⺌冂口	ximk	纟⺌冂口

S→shao

汉字	86版	字根	98版	字根
杓	sqyy	木勹丶⊙	sqyy	木勹丶⊙
捎③	rieg	扌⺌月㊀	rieg	扌⺌月㊀
梢③	sieg	木⺌月㊀	sie g	木⺌月㊀
烧③	oatq	火七丿儿	oatq	火七丿儿
稍③	tieg	禾⺌月㊀	tieg	禾⺌月㊀
筲	tief	竹⺌月㊁	tief	竹⺌月㊁
艄	teie	丿舟⺌月	tuie	丿舟⺌月
蛸③	jieg	虫⺌月㊀	jieg	虫⺌月㊀
勺③	qyi	勹丶⊙	qyi	勹丶⊙
芍③	aqyu	艹勹丶⊘	aqyu	艹勹丶⊘
苕	avkf	艹刀口㊁	avkf	艹刀口㊁
韶③	ujvk	立日刀口	ujvk	立日刀口
少②	itr	小丿㊂	ite	小丿㊂
劭③	vkln	刀口力ⓩ	vket④	刀口力⊘
邵③	vkbh	刀口阝①	vkbh	刀口阝①
绍③	xvkg③	纟刀口㊀	xvkg②	纟刀口㊀
哨③	kieg	口⺌月㊀	kieg	口⺌月㊀
潲③	itie	氵禾⺌月	itie	氵禾⺌月

S→she

汉字	86版	字根	98版	字根
奢③	dftj	大土丿日	dftj	大土丿日
猞	qtwk	犭丿人口	qtwk	犭⊘人口
赊③	mwfi	贝人二小	mwfi	贝人二小
畲	wfil	人二小田	wfil	人二小田
舌③	tdd	丿古㊂	tdd	丿古㊂
佘	wfiu	人二小⊘	wfiu	人二小⊘
折②	rrh	扌斤①	rrh	扌斤①
蛇③	jpxn	虫宀匕ⓩ	jpxn②	虫宀匕ⓩ
舍③	wfkf	人干口㊁	wfkf	人干口㊁
厍③	dlk	厂车(川)	dlk	厂车(川)
设③	ymcy	讠几又⊙	ywcy	讠几又⊙
社③	pyfg	礻丶土㊀	pyfg	礻⊙土㊀
射	tmdf	丿冂三寸	tmdf③	丿冂三寸
涉③	ihit	氵止小丿	ihht	氵止少⊘
赦	foty	土小夂⊙	foty④	土小夂⊙
慑③	nbcc	忄耳又又	nbcc	忄耳又又
摄	rbcc	扌耳又又	rbcc	扌耳又又
滠③	ibcc	氵耳又又	ibcc	氵耳又又
麝	ynjf	广コ刂寸	oxxf	声匕匕寸
歙	wgkw	人一口人	wgkw	人一口人

S→shen

汉字	86版	字根	98版	字根
申③	jhk	日丨(川)	jhk	日丨(川)
伸③	wjhh	亻日丨①	wjhh	亻日丨①
身③	tmdt	丿冂三丿	tmdt②	丿冂三丿
呻③	kjhh	口日丨①	kjhh	口日丨①

汉字	86版	字根	98版	字根
绅③	xjhh	纟日丨(丨)	xjhh	纟日丨(丨)
诜	ytfq	讠丿土儿	ytfq	讠丿土儿
娠③	vdfe	女厂二𧘇	vdfe	女厂二𧘇
砷③	djhh	石日丨(丨)	djhh	石日丨(丨)
深③	ipws	氵冖八木	ipws④	氵冖八木
神③	pyjh	礻丶日丨	pyjh	礻(丶)日丨
沈③	ipqn	氵冖儿(乙)	ipqn	氵冖儿(乙)
审②	pjhj	宀日丨(丨丨)	pjhj	宀日丨(丨丨)
哂③	ksg	口西(一)	ksg	口西(一)
矧	tdxh	𠂉大弓丨	tdxh	𠂉大弓丨
谂	ywyn	讠人丶心	ywyn	讠人丶心
婶③	vpjh	女宀日丨	vpjh	女宀日丨
渖③	ipjh	氵宀日丨	ipjh④	氵宀日丨
肾③	jcef	刂又月(二)	jcef	刂又月(二)
甚	adwn	廾三八乙	dwnb	其八乙(乙乙)
胂	ejhh	月日丨(丨)	ejhh	月日丨(丨)
渗③	icde	氵厶大彡	icde	氵厶大彡
慎③	nfhw	忄十且八	nfhw	忄十且八
椹	sadn	木廾三乙	sdwn	木其八乙
蜃	dfej	厂二𧘇虫	dfej	厂二𧘇虫
什③	wfh	亻十(丨)	wfh②	亻十(丨)
莘③	auj	艹辛(丨丨)	auj	艹辛(丨丨)
S→sheng				
升③	tak	丿廾(丨丨丨)	tak	丿廾(丨丨丨)
生②	tgd	丿龶(三)	tgd③	丿龶(三)
声③	fnr	士尸(丿丿)	fnr	士尸(丿丿)
牲	trtg	丿扌丿龶	ctgg③	牛丿龶(一)
胜③	etgg	月丿龶(一)	etgg	月丿龶(一)
笙	ttgf	⺮丿龶(二)	ttgf	⺮丿龶(二)
甥	tgll	丿龶田力	tgle	丿龶田力
渑③	ikjn	氵口日乙	ikjn	氵口日乙
绳	xkjn	纟口日乙	xkjn	纟口日乙
省③	ithf	小丿目(二)	ithf	小丿目(二)
眚	tghf	丿龶目(二)	tghf	丿龶目(二)
圣③	cff	又土(二)	cff	又土(二)
晟③	jdnt	日厂乙丿	jdnb	日戊乙(乙乙)
盛	dnnl	厂乙乙皿	dnlf③	戊乙皿(二)
剩③	tuxj	禾丬匕刂	tuxj③	禾丬匕刂
嵊③	mtux	山禾丬匕	mtux	山禾丬匕
S→shi				
匙	jghx	日一龰匕	jghx	日一龰匕
尸	nngt	尸乙一丿	nngt	尸乙一丿
失②	rwi	𠂉人(丶丶丶)	tgi③	丿夫(丶丶丶)
师③	jgmh	刂一冂丨	jgmh	刂一冂丨
虱③	ntji	乙丿虫(丶丶丶)	ntji	乙丿虫(丶丶丶)
诗③	yffy	讠土寸(丶)	yffy	讠土寸(丶)
施③	ytbn	方𠂉也(乙)	ytbn	方𠂉也(乙)
狮	qtjh	犭丿刂丨	qtjh	犭(丿)刂丨
湿③	ijog	氵日业一	ijog	氵日业(一)
蓍③	aftj	艹土丿日	aftj④	艹土丿日
鲺③	qgnj	鱼一乙虫	qgnj	鱼一乙虫
十③	fgh	十一丨	fgh②	十一丨
石	dgtg	石一丿一	dgtg	石一丿一
识③	ykwy	讠口八(丶)	ykwy	讠口八(丶)
拾	rwgk	扌人一口	rwgk	扌人一口

汉字	86版	字根	98版	字根
食③	wyve	人丶彐𧘇	wyvu	人丶艮(丶丶)
蚀③	qnjy	𠂊乙虫(丶)	qnjy	𠂊乙虫(丶)
实②	pudu	宀冫大(丶丶)	pudu	宀冫大(丶丶)
时②	jfy	日寸(丶)	jfy	日寸(丶)
炻③	odg	火石(一)	odg	火石(一)
莳	ajfu	艹日寸(丶丶)	ajfu	艹日寸(丶丶)
鲥	qgjf	鱼一日寸	qgjf	鱼一日寸
埘	fjfy	土日寸(丶)	fjfy	土日寸(丶)
史②	kqi	口乂(丶丶丶)	kri③	口乂(丶丶丶)
豕③	egty	豕一丿丶	gei	一豕(丶丶丶)
使	wgkq	亻一口乂	wgkr③	亻一口乂
始③	vckg	女厶口(一)	vckg	女厶口(一)
驶③	ckqy	马口乂(丶)	cgkr④	马一口乂
屎③	noi	尸米(丶丶丶)	noi	尸米(丶丶丶)
士	fghg	士一丨一	fghg	士一丨一
氏②	qav	𠂆七(乙乙乙)	qav	𠂆七(乙乙乙)
世②	anv	廿乙(乙乙乙)	anv③	廿乙(乙乙乙)
仕	wfg	亻士(一)	wfg	亻士(一)
市	ymhj	亠冂丨(丨丨)	ymhj②	亠冂丨(丨丨)
示②	fiu	二小(丶丶)	fiu	二小(丶丶)
式②	aad	弋工(三)	aayi	弋工丶(丶丶丶)
事②	gkvh	一口彐丨	gkvh	一口彐丨
侍③	wffy	亻土寸(丶)	wffy④	亻土寸(丶)
势	rvyl	扌九丶力	rvye	扌九丶力
矢③	tdu	𠂉大(丶丶)	tdu	𠂉大(丶丶)
适③	tdpd	丿古辶(三)	tdpd	丿古辶(三)
逝③	rrpk	扌斤辶(丨丨丨)	rrpk	扌斤辶(丨丨丨)
视③	pymq	礻丶冂儿	pymq	礻(丶)冂儿
试③	yaag	讠弋工(一)	yaay②	讠弋工丶
饰	qnth	𠂊乙𠂉丨	qnth③	𠂊乙𠂉丨
室③	pgcf	宀一厶土	pgcf	宀一厶土
恃③	nffy	忄土寸(丶)	nffy	忄土寸(丶)
拭③	raag	扌弋工(一)	raay	扌弋工丶
贳③	anmu	廿乚贝(丶丶)	anmu	廿乚贝(丶丶)
是①	jghu	日一龰(丶丶)	jghu④	日一龰(丶丶)
舐	tdqa	丿古𠂊七	tdqa③	丿古𠂊七
轼②	laag	车弋工(一)	laay	车弋工丶
誓	rryf	扌斤言(二)	rryf	扌斤言(二)
柿	symh	木亠冂丨	symh③	木亠冂丨
铈	qymh	钅亠冂丨	qymh	钅亠冂丨
弑③	qsaa	乂木弋工	rsay	乂木弋丶
谥③	yuwl	讠丷八皿	yuwl	讠丷八皿
释③	toch	丿米又丨	tocg	丿米又キ
嗜	kftj	口土丿日	kftj	口土丿日
筮③	taww	竹工人人	taww④	竹工人人
噬③	ktaw	口竹工人	ktaw	口竹工人
螫	fotj	土小攵虫	fotj	土小攵虫
峙③	mffy	山土寸(丶)	mffy	山土寸(丶)
S→shou				
收②	nhty	乙丨攵(丶)	nhty	乙丨攵(丶)
手②	rtgh	手丿一丨	rtgh	手丿一丨
守②	pfu	宀寸(丶丶)	pfu	宀寸(丶丶)
首③	uthf	丷丿目(二)	uthf	丷丿目(二)
艏③	teuh	丿舟丷目	tuuh④	丿舟丷目
寿③	dtfu	三丿寸(丶丶)	dtfu	三丿寸(丶丶)

汉字	86 版	字根	98 版	字根
受③	epcu	爫冖又(冫)	epcu	爫冖又(冫)
狩	qtpf	犭丿宀寸	qtpf	犭(丿)宀寸
兽③	ulgk	丷田一口	ulgk	丷田一口
售③	wykf	亻主口㊁	wykf	亻主口㊁
授③	repc	扌爫冖又	repc	扌爫冖又
绶③	xepc	纟爫冖又	xepc	纟爫冖又
瘦③	uvhc	疒臼丨又	uehc	疒臼丨又
S→shu				
殳③	mcu	几又(冫)	wcu	几又(冫)
书③	nnhy	乙乙丨丶	nnhy	乙乙丨丶
抒③	rcbh	扌マ卩(丨)	rcnh④	扌マ乙丨
纾③	xcbh	纟マ卩(丨)	xcnh	纟マ乙丨
叔③	hicy	上小又(丶)	hicy②	上小又(丶)
枢③	saqy	木匚乂(丶)	sary	木匚乂(丶)
姝③	vriy	女𠂉小(丶)	vtfy④	女丿未(丶)
输③	lwgj	车人一刂	lwgj	车人一刂
倏③	whtd	亻丨夂犬	whtd④	亻丨夂犬
殊③	gqri	一夕𠂉小	gqtf	一夕丿未
梳③	sycq	木亠厶川	syck	木亠厶川
淑	ihic	氵止小又	ihic	氵止小又
菽③	ahic	艹止小又	ahic	艹止小又
舒	wfkb	人干口卩	wfkh	人干口丨
摅	rhan	扌广七心	rhny③	扌虍心(丶)
毹	wgen	人一月乙	wgee	人一月毛
疏③	nhyq	乙止亠川	nhyk	乙止亠川
蔬③	anhq	艹乙止川	anhk	艹乙止川
秫③	tsyy	禾木丶(丶)	tsyy	禾木丶(丶)
熟③	ybvo	亠子九灬	ybvo	亠子九灬
孰	ybvy	亠子九丶	ybvy	亠子九丶
赎③	mfnd	贝十乙大	mfnd	贝十乙大
塾	ybvf	亠子九土	ybvf	亠子九土
暑③	jftj	日土丿日	jftj	日土丿日
黍③	twiu	禾人水(冫)	twiu	禾人水(冫)
署	lftj	罒土丿日	lftj	罒土丿日
鼠③	vnun	臼乙冫乙	enun	臼乙冫乙
蜀	lqju	罒勹虫(冫)	lqju③	罒勹虫(冫)
薯	alfj	艹罒土日	alfj	艹罒土日
曙	jlfj	日罒土日	jlfj②	日罒土日
述③	sypi	木丶辶(氵)	sypi	木丶辶(氵)
术②	syi	木丶(氵)	syi	木丶(氵)
戍	dynt	厂丶乙丿	awi③	戈人(氵)
束③	gkii	一口小(氵)	skd	木口㊂
沭	isyy	氵木丶(丶)	isyy	氵木丶(丶)
数③	ovty	米女攵(丶)	ovty②	米女攵(丶)
树③	scfy	木又寸(丶)	scfy	木又寸(丶)
竖③	jcuf	刂又立㊁	jcuf	刂又立㊁
恕③	vknu	女口心(冫)	vknu	女口心(冫)
庶③	yaoi	广廿灬(氵)	oaoi	广廿灬(氵)
腧	ewgj	月人一刂	ewgj	月人一刂
墅	jfcf	日土マ土	jfcf	日土マ土
漱	igkw	氵一口人	igkw	氵一口人
澍	ifkf	氵士口寸	ifkf	氵士口寸
属③	ntky	尸丿口丶	ntky	尸丿口丶
S→shua				
唰③	knmj	口尸冂刂	knmj	口尸冂刂
刷③	nmhj	尸冂丨刂	nmhj	尸冂丨刂
耍	dmjv	丆冂刂女	dmjv	丆冂刂女
S→shuai				
衰	ykge	亠口一𧘇	ykge	亠口一𧘇
摔③	ryxf	扌亠幺十	ryxf	扌亠幺十
甩②	env	月乙(巛)	env③	月乙(巛)
帅③	jmhh	刂冂丨(丨)	jmhh	刂冂丨(丨)
率②	yxif	亠幺冫十	yxif	亠幺冫十
蟀③	jyxf	虫亠幺十	jyxf	虫亠幺十
S→shuan				
闩	ugd	门一㊂	ugd	门一㊂
拴③	rwgg	扌人王㊀	rwgg④	扌人王㊀
栓③	swgg	木人王㊀	swgg	木人王㊀
涮③	inmj	氵尸冂刂	inmj	氵尸冂刂
S→shuang				
双②	ccy	又又(丶)	ccy	又又(丶)
霜②	fshf	雨木目㊁	fshf③	雨木目㊁
孀③	vfsh	女雨木目	vfsh④	女雨木目
爽③	dqqq	大乂乂乂	drrr	大乂乂乂
S→shui				
谁	ywyg	讠亻主㊀	ywyg	讠亻主㊀
水②	iiii	水水水水	iiii	水水水水
税③	tukq	禾丷口儿	tukq	禾丷口儿
说②	yukq	讠丷口儿	yukq③	讠丷口儿
睡②	htgf	目丿一士	htfg	目丿十一
S→shun				
吮③	kcqn	口厶儿(乙)	kcqn	口厶儿(乙)
顺②	kdmy	川丆贝(丶)	kdmy	川丆贝(丶)
舜	epqh	爫冖夕丨	epqg	爫冖夕㐄
瞬③	heph	目爫冖丨	hepg	目爫冖㐄
S→shuo				
说②	yukq	讠丷口儿	yukq	讠丷口儿
妁③	vqyy	女勹丶(丶)	vqyy	女勹丶(丶)
烁③	oqiy	火𠂆小(丶)	otni	火丿乙小
朔	ubte	丷凵丿月	ubte	丷凵丿月
铄③	qqiy	钅𠂆小(丶)	qtni④	钅丿乙小
硕③	ddmy	石丆贝(丶)	ddmy	石丆贝(丶)
搠③	rube	扌丷凵月	rube	扌丷凵月
蒴③	aube	艹丷凵月	aube	艹丷凵月
槊	ubts	丷凵丿木	ubts	丷凵丿木
S→si				
厶③	cny	厶乙丶	cny	厶乙丶
私③	tcy	丿厶(丶)	tcy	丿厶(丶)
司③	ngkd	乙一口㊂	ngkd	乙一口㊂
丝③	xxgf	纟纟一㊁	xxgf	纟纟一㊁
咝	kxxg	口纟纟一	kxxg	口纟纟一
思②	lnu	田心(冫)	lnu	田心(冫)
鸶	xxgg	纟纟一一	xxgg	纟纟一一
斯	adwr	艹三八斤	dwrh③	甘八斤(丨)
缌	xlny	纟田心(丶)	xlny③	纟田心(丶)
蛳③	jjgh	虫刂一丨	jjgh	虫刂一丨
食③	wyve	人丶彐𧘇	wyvu	人丶艮(冫)
厮	dadr	厂艹三斤	ddwr	厂甘八斤
锶③	qlny	钅田心(丶)	qlny	钅田心(丶)
嘶③	kadr	口艹三斤	kdwr	口甘八斤

汉字	86 版	字根	98 版	字根
撕③	radr	扌廾三斤	rdwr④	扌甘八斤
澌	iadr	氵廾三斤	idwr	氵甘八斤
死③	gqxb	一夕匕(巜)	gqxv	一夕匕(巛)
巳	nngn	巳乙一乙	nngn	巳乙一乙
四②	lhng	四丨乙一	lhng	四丨乙一
寺②	ffu	土寸(冫)	ffu	土寸(冫)
汜③	inn	氵巳(乙)	inn	氵巳(乙)
伺③	wngk	亻乙一口	wngk	亻乙一口
兕	mmgq	冂冂一儿	hnhq	丨乙丨儿
姒	vnyw	女乙丶人	vnyw③	女乙丶人
祀	pynn	礻丶巳(乙)	pynn	礻(丶)巳(乙)
泗③	ilg	氵四(一)	ilg②	氵四(一)
似③	wnyw	亻乙丶人	wnyw	亻乙丶人
饲	qnnk	𠂊乙乙口	qnnk	𠂊乙乙口
驷③	clg	马四(一)	cglg	马一四(一)
俟③	wctd	亻厶𠂉大	wctd	亻厶𠂉大
笥③	tngk	竹乙一口	tngk	竹乙一口
耜③	dinn	三小ココ	fsng	二木阝(一)
嗣③	kmak	口冂廾口	kmak	口冂廾口
肆②	dvfh	镸彐二丨	dvgh	镸彐丰(丨)

S→song

汉字	86 版	字根	98 版	字根
忪③	nwcy	忄八厶(丶)	nwcy	忄八厶(丶)
松③	swcy	木八厶(丶)	swcy	木八厶(丶)
耸③	wwbf	人人耳(二)	wwbf	人人耳(二)
崧③	mswc	山木八厶	mswc	山木八厶
凇③	uswc	冫木八厶	uswc	冫木八厶
淞	iswc	氵木八厶	iswc	氵木八厶
菘③	aswc	廾木八厶	aswc②	廾木八厶
嵩③	mymk	山亠冂口	mymk	山亠冂口
怂③	wwnu	人人心(冫)	wwnu④	人人心(冫)
悚	ngki	忄一口小	nskg	忄木口(一)
竦	ugki	立一口小	uskg	立一口(一)
讼③	ywcy	讠八厶(丶)	ywcy④	讠八厶(丶)
宋③	psu	宀木(冫)	psu	宀木(冫)
诵	yceh	讠マ用(丨)	yceh	讠マ用(丨)
送③	udpi	丷大辶(氵)	udpi	丷大辶(氵)
颂③	wcdm	八厶𠂆贝	wcdm	八厶𠂆贝

S→sou

汉字	86 版	字根	98 版	字根
嗖③	kvhc	口臼丨又	kehc	口臼丨又
搜③	rvhc	扌臼丨又	rehc④	扌臼丨又
溲③	ivhc	氵臼丨又	iehc	氵臼丨又
馊	qnvc	𠂊乙臼又	qnec	𠂊乙臼又
飕	mqvc	几乂臼又	wrec③	几乂臼又
艘	tevc	丿舟臼又	tuec	丿舟臼又
螋③	jvhc	虫臼丨又	jehc	虫臼丨又
叟②	vhcu	臼丨又(冫)	ehcu③	臼丨又(冫)
锼	qvhc	钅臼丨又	qehc	钅臼丨又
瞍③	hvhc	目臼丨又	hehc	木臼丨又
嗾③	kytd	口方𠂉大	kytd	口方𠂉大
擞	rovt	扌米女攵	rovt	扌米女攵
薮	aovt	廾米女攵	aovt③	廾米女攵

S→su

汉字	86 版	字根	98 版	字根
苏③	alwu	廾力八(冫)	aewu	廾力八(冫)
酥	sgty	西一禾(丶)	sgty	西一禾(丶)
稣	qgty	鱼一禾(丶)	qgty③	鱼一禾(丶)
俗	wwwk	亻八人口	wwwk	亻八人口
夙③	mgqi	几一夕(氵)	wgqi④	几一夕(氵)
诉②	yryy	讠斤丶(丶)	yryy③	讠斤丶(丶)
肃③	vijk	彐小川(川)	vhjw②	彐丨川八
涑	igki	氵一口小	iskg	氵木口(一)
素③	gxiu	龶幺小(冫)	gxiu	龶幺小(冫)
粟③	sou	覀米(冫)	sou	覀米(冫)
速	gkip	一口小辶	skpd③	木口辶(三)
宿	pwdj	宀亻𠂆日	pwdj	宀亻𠂆日
谡③	ylwt	讠田八攵	ylwt	讠田八攵
嗉	kgxi	口龶幺小	kgxi	口龶幺小
塑	ubtf	丷凵丿土	ubtf③	丷凵丿土
愫	ngxi	忄龶幺小	ngxi	忄龶幺小
溯③	iube	氵丷凵月	iube	氵丷凵月
僳③	wsoy	亻西米(丶)	wsoy	亻西米(丶)
蔌③	agkw	廾一口人	askw④	廾木口人
觫	qegi	𠂊用一小	qesk③	𠂊用木口
嗽	kgkw	口一口人	kskw	口木口人
簌	tgkw	竹一口人	tskw	竹木口人

S→suan

汉字	86 版	字根	98 版	字根
狻	qtct	犭丿厶攵	qtct	犭(丿)厶攵
酸③	sgct	西一厶攵	sgct	西一厶攵
蒜③	afii	廾二小小	afii	廾二小小
算③	thaj	竹目廾(刂)	thaj	竹目廾(刂)

S→sui

汉字	86 版	字根	98 版	字根
虽②	kju	口虫(冫)	kju	口虫(冫)
荽③	aevf	廾爫女(二)	aevf	廾爫女(二)
眭③	hffg	目土土(一)	hffg	目土土(一)
睢	hwyg	目亻主(一)	hwyg	目亻主(一)
濉③	ihwy	氵目亻主	ihwy	氵目亻主
绥③	xevg	纟爫女(一)	xevg	纟爫女(一)
隋③	bdae	阝𠂇工月	bdae	阝𠂇工月
随③	bdep	阝𠂇月辶	bdep	阝𠂇月辶
髓③	medp	冎月𠂇辶	medp	冎月𠂇辶
岁③	mqu	山夕(冫)	mqu	山夕(冫)
祟③	bmfi	凵山二小	bmfi	凵山二小
谇③	yywf	讠亠人十	yywf	讠亠人十
遂③	uepi	丷豕辶(氵)	uepi	丷豕辶(氵)
碎③	dywf	石亠人十	dywf	石亠人十
隧③	buep	阝丷豕辶	buep	阝丷豕辶
燧③	ouep	火丷豕辶	ouep	火丷豕辶
穗	tgjn	禾一日心	tgjn	禾一日心
邃	pwup	宀八丷辶	pwup	宀八丷辶

S→sun

汉字	86 版	字根	98 版	字根
孙②	biy	子小(丶)	biy	子小(丶)
狲	qtbi	犭丿子小	qtbi	犭(丿)子小
荪	abiu	廾子小(冫)	abiu	廾子小(冫)
飧	qwye	夕人丶𠃊	qwyv	夕人丶艮
损③	rkmy	扌口贝(丶)	rkmy	扌口贝(丶)
笋③	tvtr	竹彐丿(彡)	tvtr	竹彐丿(彡)
隼	wyfj	亻主十(刂)	wyfj	亻主十(刂)
榫	swyf	木亻主十	swyf	木亻主十

S→suo

汉字	86 版	字根	98 版	字根
嗍③	kube	口丷凵月	kube	口丷凵月
唆③	kcwt	口厶八攵	kcwt	口厶八攵

汉字	86版	字根	98版	字根
娑	iitv	氵小丿女	iitv	氵小丿女
莎	aiit	艹氵小丿	aiit	艹氵小丿
桫③	siit	木氵小丿	siit	木氵小丿
梭③	scwt	木厶八夂	scwt	木厶八夂
睃③	hcwt	目厶八夂	hcwt	目厶八夂
嗦	kfpi	口十冖小	kfpi	口十冖小
羧	udct	丷𢆉厶夂	ucwt	𦍌厶八夂
蓑③	ayke	艹亠口𧘇	ayke	艹亠口𧘇
缩	xpwj	纟宀亻日	xpwj③	纟宀亻日
所②	rnrh	厂コ斤丨⃝	rnrh	厂コ斤丨⃝
唢③	kimy	口⺌贝丶⃝	kimy	口⺌贝丶⃝
索③	fpxi	十冖幺小	fpxi	十冖幺小
琐③	gimy	王⺌贝丶⃝	gimy	王⺌贝丶⃝
锁③	qimy	钅⺌贝丶⃝	qimy	钅⺌贝丶⃝

T字母部

汉字	86版	字根	98版	字根
T→ta				
她③	vbn	女也乙⃝	vbn	女也乙⃝
他②	wbn	亻也乙⃝	wbn	亻也乙⃝
它②	pxb	宀匕巜⃝	pxb	宀匕巜⃝
趿	khey	口止乃丶	khby	口止乃丶
铊③	qpxn	钅宀匕乙⃝	qpxn	钅宀匕乙⃝
塌③	fjng	土日羽㊀	fjng	土日羽㊀
溻③	ijng	氵日羽㊀	ijng	氵日羽㊀
塔	fawk	土艹人口	fawk③	土艹人口
獭	qtgm	犭丿一贝	qtsm③	犭丿木贝
鳎	qgjn	鱼一日羽	qgjn	鱼一日羽
拓②	rdg	扌石㊀	rdg	扌石㊀
沓③	ijf	水日㊁	ijf	水日㊁
挞③	rdpy	扌大辶丶⃝	rdpy	扌大辶丶⃝
闼	udpi	门大辶氵⃝	udpi	门大辶氵⃝
遢③	jnpd	日羽辶㊂	jnpd	日羽辶㊂
榻③	sjng	木日羽㊀	sjng	木日羽㊀
踏	khij	口止水日	khij	口止水日
蹋③	khjn	口止日羽	khjn	口止日羽
T→tai				
胎③	eckg	月厶口㊀	eckg	月厶口㊀
台②	ckf	厶口㊁	ckf	厶口㊁
邰③	ckbh	厶口阝丨⃝	ckbh	厶口阝丨⃝
抬③	rckg	扌厶口㊀	rckg	扌厶口㊀
苔③	ackf	艹厶口㊁	ackf	艹厶口㊁
贷③	ckou	厶口火冫⃝	ckou	厶口火冫⃝
跆	khck	口止厶口	khck	口止厶口
鲐③	qgck	鱼一厶口	qgck	鱼一厶口
薹③	afkf	艹士口土	afkf	艹士口土
骀③	cckg	马厶口㊀	cgck④	马一厶口
太②	dyi	大丶氵⃝	dyi	大丶氵⃝
汰③	idyy	氵大丶丶⃝	idyy	氵大丶丶⃝
态③	dynu	大丶心冫⃝	dynu	大丶心冫⃝
肽③	edyy	月大丶丶⃝	edyy	月大丶丶⃝
钛③	qdyy	钅大丶丶⃝	qdyy	钅大丶丶⃝
泰	dwiu	三人水冫⃝	dwiu	三人水冫⃝
酞	sgdy	西一大丶	sgdy	西一大丶
T→tan				
弹③	xujf	弓丷日十	xujf	弓丷日十
澹	iqdy	氵⺈厂言	iqdy③	氵⺈厂言
坍	fmyg	土冂亠㊀	fmyg	土冂亠㊀
贪	wynm	人丶乙贝	wynm	人丶乙贝
摊③	rcwy	扌又亻主	rcwy	扌又亻主
滩③	icwy	氵又亻主	icwy	氵又亻主
瘫	ucwy	疒又亻主	ucwy	疒又亻主
坛③	ffcy	土二厶丶⃝	ffcy	土二厶丶⃝
昙	jfcu	日二厶冫⃝	jfcu	日二厶冫⃝
谈③	yooy	讠火火丶⃝	yooy	讠火火丶⃝
郯③	oobh	火火阝丨⃝	oobh	火火阝丨⃝
覃③	sjj	西早刂⃝	sjj	西早刂⃝
痰③	uooi	疒火火氵⃝	uooi	疒火火氵⃝
T→tang				
汤③	inrt	氵乙彡丿⃝	inrt	氵乙彡丿⃝
铴③	qinr	钅氵乙彡	qinr	钅氵乙彡
羰③	udmo	丷𢆉山火	umdo④	𦍌山𠂇火
镗③	qipf	钅⺌冖土	qipf	钅⺌冖土
唐③	yvhk	广彐丨口	ovhk	广彐丨口
堂	ipkf	⺌冖口土	ipkf	⺌冖口土
棠	ipks	⺌冖口木	ipks	⺌冖口木
塘③	fyvk	土广彐口	fovk	土广彐口
搪③	ryvk	扌广彐口	rovk④	扌广彐口
溏	iyvk	氵广彐口	iovk③	氵广彐口
瑭	gyvk	王广彐口	govk③	王广彐口
樘③	sipf	木⺌冖土	sipf	木⺌冖土
膛③	eipf	月⺌冖土	eipf②	月⺌冖土
糖	oyvk	米广彐口	oovk③	米广彐口
螗	jyvk	虫广彐口	jovk	虫广彐口
螳③	jipf	虫⺌冖土	jipf	虫⺌冖土
醣	sgyk	西一广口	sgok	西一广口
帑③	vcmh	女又冂丨	vcmh	女又冂丨
倘③	wimk	亻⺌冂口	wimk	亻⺌冂口
淌③	iimk	氵⺌冂口	iimk	氵⺌冂口
傥	wipq	亻⺌冖儿	wipq	亻⺌冖儿
耥	diik	三小⺌口	fsik	二木⺌口
躺	tmdk	丿冂三口	tmdk	丿冂三口
烫	inro	氵乙彡火	inro	氵乙彡火
趟③	fhik	土龰⺌口	fhik	土龰⺌口
T→tao				
焘③	dtfo	三丿寸灬	dtfo④	三丿寸灬
涛③	idtf	氵三丿寸	Idtf	氵三丿寸
绦③	xtsy	纟夂木丶⃝	xtsy	纟夂木丶⃝
掏③	rqrm	扌勹𠂉山	rqtb	扌勹𠂉凵
滔③	ievg	氵爫臼㊀	ieeg	氵爫臼㊀
韬	fnhv	二乙丨臼	fnhe	二乙丨臼
饕	kgne	口一乙𧘇	kgnv	口一乙艮
洮③	iiqn	氵氺儿乙⃝	iqiy	氵儿氺丶⃝
逃③	iqpv	氺儿辶巛⃝	qipi	儿氺辶氵⃝
桃③	siqn	木氺儿乙⃝	sqiy	木儿氺丶⃝
陶③	bqrm	阝勹𠂉山	bqtb②	阝勹𠂉凵
啕③	kqrm	口勹𠂉山	kqtb③	口勹𠂉凵

汉字	86 版	字根	98 版	字根
淘③	iqrm	氵勹𠂉山	iqtb	氵勹𠂉凵
萄③	aqrm	艹勹𠂉山	aqtb	艹勹𠂉凵
鼗③	iqfc	氺儿士又	qifc	儿氺士又
讨③	yfy	讠寸[丶]	yfy	讠寸[丶]
套③	ddu	大镸[冫]	ddu	大镸[冫]
T→te				
忑	ghnu	一卜心[冫]	ghnu	一卜心[冫]
忒③	ani	弋心[氵]	anyi	弋心丶[氵]
特③	trff	丿扌土寸	cffy④	牛土寸[丶]
慝	aadn	匚艹𠂇心	aadn	匚艹𠂇心
铽	qany	钅弋心[丶]	qany	钅弋心丶
T→teng				
疼③	utui	疒夂冫[氵]	utui	疒夂冫[氵]
腾③	eudc	月丷大马	eugg④	月丷夫一
誊	udyf	丷大言[二]	ugyf③	丷夫言[二]
滕	eudi	月丷大水	eugi	月丷夫水
藤③	aeui	艹月丷水	aeui	艹月丷水
T→ti				
剔	jqrj	日勹彡刂	jqrj	日勹彡刂
梯③	suxt	木丷弓丿	suxt	木丷弓丿
锑③	quxt	钅丷弓丿	quxt	钅丷弓丿
踢③	khjr	口止日彡	khjr	口止日彡
绨	xuxt	纟丷弓丿	xuxt③	纟丷弓丿
啼②	kuph	口立冖丨	kyuh	口亠丷丨
提②	rjgh	扌日一龰	rjgh	扌日一龰
缇③	xjgh	纟日一龰	xjgh	纟日一龰
鹈	uxhg	丷弓丨一	uxhg	丷弓丨一
题	jghm	日一龰贝	jghm③	日一龰贝
蹄	khuh	口止立丨	khyh	口止亠丨
醍	sgjh	西一日龰	sgjh	西一日龰
体③	wsgg	亻木一[一]	wsgg	亻木一[一]
屉③	nanv	尸廿乙[巛]	nanv	尸廿乙[巛]
剃	uxhj	丷弓丨刂	uxhj	丷弓丨刂
绨	xuxt	纟丷弓丿	xuxt	纟丷弓丿
倜③	wmfk	亻冂土口	wmfk	亻冂土口
悌③	nuxt	忄丷弓丿	nuxt	忄丷弓丿
涕	iuxt	氵丷弓丿	iuxt	氵丷弓丿
逖	qtop	犭丿火辶	qtop	犭丿火辶
惕③	njqr	忄日勹彡	njqr	忄日勹彡
替③	fwfj	二人二日	ggjf	夫夫日[二]
嚏	kfph	口十冖龰	kfph	口十冖龰
T→tian				
天②	gdi	一大[氵]	gdi	一大[氵]
添③	igdn	氵一大小	igdn	氵一大小
田③	llll	田田田田	llll②	田田田田
恬③	ntdg	忄丿古[一]	ntdg	忄丿古[一]
畋③	lty	田攵[丶]	lty	田攵[丶]
甜	tdaf	丿古廿二	tdfg③	丿古甘[一]
填③	ffhw	土十且八	ffhw	土十且八
阗③	ufhw	门十且八	ufhw④	门十且八
忝③	gdnu	一大小[冫]	gdnu	一大小[冫]
殄③	gqwe	一夕人彡	gqwe④	一夕人彡
腆③	emaw	月冂艹八	emaw	月冂艹八
舔	tdgn	丿古一小	tdgn	丿古一小
掭	rgdn	扌一大小	rgdn③	扌一大小

汉字	86 版	字根	98 版	字根
T→tiao				
佻③	wiqn	亻冫儿[乙]	wqiy④	亻儿冫[丶]
挑③	riqn	扌冫儿[乙]	rqiy	扌儿冫[丶]
祧	pyiq	礻丶冫儿	pyqi	礻[丶]儿冫
条②	tsu	夂木[冫]	tsu	夂木[冫]
迢③	vkpd	刀口辶[三]	vkpd	刀口辶[三]
笤③	tvkf	竹刀口[二]	tvkf	竹刀口[二]
龆	hwbk	止人凵口	hwbk	止人凵口
蜩	jmfk	虫冂土口	jmfk③	虫冂土口
髫③	devk	镸彡刀口	devk④	镸彡刀口
鲦	qgts	鱼一夂木	qgts	鱼一夂木
窕③	pwiq	宀八冫儿	pwqi	宀八儿冫
眺③	hiqn	目冫儿[乙]	hqiy	目儿冫[丶]
粜③	bmou	凵山米[冫]	bmou	凵山米[冫]
跳③	khiq	口止冫儿	khqi④	口止儿冫
T→tie				
贴	mhkg	贝卜口[一]	mhkg	贝卜口[一]
萜	amhk	艹冂丨口	amhk	艹冂丨口
铁②	qrwy	钅𠂉人[丶]	qtgy③	钅丿夫[丶]
帖③	mhhk	冂丨卜口	mhhk④	冂丨卜口
餮	gqwe	一夕人𧘇	gqwv	一夕人艮
T→ting				
厅②	dsk	厂丁[川]	dsk	厂丁[川]
汀③	ish	氵丁[丨]	ish	氵丁[丨]
听②	krh	口斤[丨]	krh	口斤[丨]
町③	lsh	田丁[丨]	lsh	田丁[丨]
烃②	ocag	火ス工[一]	ocag③	火ス工[一]
亭③	ypsj	亠口冖丁[刂]	ypsj	亠口冖丁[刂]
廷	tfpd	丿士廴[三]	tfpd	丿士廴[三]
庭	ytfp	广丿士廴	otfp②	广丿士廴
莛	atfp	艹丿士廴	atfp	艹丿士廴
停③	wyps	亻亠口冖丁	wyps	亻亠口冖丁
婷③	vyps	女亠口冖丁	vyps	女亠口冖丁
葶③	ayps	艹亠口冖丁	ayps	艹亠口冖丁
蜓	jtfp	虫丿士廴	jtfp	虫丿士廴
蜒	jthp	虫丿止廴	jthp	虫丿止廴
霆③	ftfp	雨丿士廴	ftfp	雨丿士廴
挺	rtfp	扌丿士廴	rtfp	扌丿士廴
梃	stfp	木丿士廴	stfp	木丿士廴
铤	qtfp	钅丿士廴	qtfp	钅丿士廴
艇③	tetp	丿舟丿廴	tutp	丿舟丿廴
T→tong				
通③	cepk	マ用辶[川]	cepk	マ用辶[川]
嗵③	kcep	口マ用辶	kcep	口マ用辶
仝③	waf	人工[二]	waf	人工[二]
同①	mgkd	冂一口[三]	mgkd③	冂一口[三]
佟	wtuy	亻夂冫[丶]	wtuy③	亻夂冫[丶]
彤③	myet	冂⺀彡[丿]	myet	冂⺀彡[丿]
茼③	amgk	艹冂一口	amgk	艹冂一口
桐	smgk	木冂一口	smgk	木冂一口
砼③	dwag	石人工[一]	dwag	石人工[一]
铜	qmgk	钅冂一口	qmgk	钅冂一口
童	ujff	立日土[二]	ujff	立日土[二]
酮	sgmk	西一冂口	sgmk	西一冂口
僮③	wujf	亻立日土	wujf	亻立日土

汉字	86版	字根	98版	字根
潼	iujf	氵立日土	iujf	氵立日土
瞳[3]	hujf	目立日土	hujf	目立日土
统[3]	xycq	纟亠厶儿	xycq	纟亠厶儿
捅[3]	rceh	扌マ用[丨]	rceh	扌マ用[丨]
桶[3]	sceh	木マ用[丨]	sceh	木マ用[丨]
筒	tmgk	竹冂一口	tmgk	竹冂一口
恸	nfcl	忄二厶力	nfce	忄二厶力
痛[3]	ucek	疒マ用[川]	ucek[2]	疒マ用[川]
T→tou				
偷	wwgj	亻人一刂	wwgj	亻人一刂
头[3]	udi	冫大[氵]	udi[2]	冫大[氵]
投[3]	rmcy	扌几又[丶]	rwcy	扌几又[丶]
骰[3]	memc	冎月几又	mewc	冎月几又
透[3]	tepv	禾乃辶[巛]	tbpe	禾乃辶[彡]
T→tu				
凸[3]	hgmg	丨一冂一	hgmg	丨一冂一
秃[3]	tmb	禾几[巜]	twb	禾几[巜]
突	pwdu	宀八犬[冫]	pwdu[3]	宀八犬[冫]
图[3]	ltui	口夂冫[氵]	ltui	口夂冫[氵]
徒	tfhy	彳土龰[丶]	tfhy	彳土龰[丶]
涂[3]	iwty	氵人禾[丶]	iwgs[4]	氵人一木
荼[3]	awtu	艹人禾[冫]	awgs[4]	艹人一木
途[3]	wtpi	人禾辶[氵]	wgsp[4]	人一木辶
屠[3]	nftj	尸土丿日	nftj	尸土丿日
酴	sgwt	西一人禾	sgws	西一人木
土	ffff	土土土土	ffff	土土土土
吐[3]	kfg	口土[一]	kfg	口土[一]
钍[3]	qfg	钅土[一]	qfg	钅土[一]
兔	qkqy	ク口儿丶	qkqy	ク口儿丶
堍[3]	fqky	土ク口丶	fqky[4]	土ク口丶
菟	aqky	艹ク口丶	aqky	艹ク口丶
T→tuan				
湍[3]	imdj	氵山ア刂	imdj	氵山ア刂
团[3]	lfte	口十丿[彡]	lfte[2]	口十丿[彡]
抟[3]	rfny	扌二乙丶	rfny	扌二乙丶
疃[3]	lujf	田立日土	lujf	田立日土
彖[3]	xeu	彑豕[冫]	xeu	彑豕[冫]
T→tui				
推	rwyg	扌亻主[一]	rwyg	扌亻主[一]
颓	tmdm	禾几ア贝	twdm[3]	禾几ア贝

汉字	86版	字根	98版	字根
腿[3]	evep	月彐𠄌辶	evpy	月艮辶[丶]
退[3]	vepi	彐𠄌辶[氵]	vpi[2]	艮辶[氵]
煺[3]	ovep	火彐𠄌辶	ovpy	火艮辶[丶]
蜕[3]	jukq	虫丷口儿	jukq	虫丷口儿
褪	puvp	衤冫彐辶	puvp	衤[冫]艮辶
T→tun				
囤[3]	lgbn	口一凵乙	lgbn	口一凵乙
吞[3]	gdkf	一大口[二]	gdkf	一大口[二]
暾[3]	jybt	日亠子攵	jybt	日亠子攵
屯[2]	gbnv	一凵乙[巛]	gbnv[3]	一凵乙[巛]
饨	qngn	𠂉乙一乙	qngn	𠂉乙一乙
豚[3]	eey	月豕[丶]	egey[4]	月一豕[丶]
臀	nawe	尸艹八月	nawe	尸艹八月
氽[3]	wiu	人水[冫]	wiu	人水[冫]
褪	puvp	衤冫彐辶	puvp	衤[冫]艮辶
T→tuo				
乇[3]	tav	丿七[巛]	tav	丿七[巛]
托[3]	rtan	扌丿七[乙]	rtan	扌丿七[乙]
拖[3]	rtbn	扌𠂉也[乙]	rtbn	扌𠂉也[乙]
脱[3]	eukq	月丷口儿	eukq	月丷口儿
驮[3]	cdy	马大[丶]	cgdy[4]	马一大[丶]
佗[3]	wpxn	亻宀匕[乙]	wpxn	亻宀匕[乙]
陀[3]	bpxn	阝宀匕[乙]	bpxn	阝宀匕[乙]
坨	fpxn	土宀匕[乙]	fpxn	土宀匕[乙]
沱[3]	ipxn	氵宀匕[乙]	ipxn	氵宀匕[乙]
驼[2]	cpxn	马宀匕[乙]	cgpx[3]	马一宀匕
柁[3]	spxn	木宀匕[乙]	spxn	木宀匕[乙]
砣[3]	dpxn	石宀匕[乙]	dpxn	石宀匕[乙]
鸵	qynx	勹丶乙匕	qgpx[3]	鸟一宀匕
跎	khpx	口止宀匕	khpx	口止宀匕
酡[3]	sgpx	西一宀匕	sgpx	西一宀匕
橐	gkhs	一口丨木	gkhs	一口丨木
鼍[3]	kkln	口口田乙	kkln	口口田乙
妥[2]	evf	爫女[二]	evf	爫女[二]
庹	yany	广廿尸丶	oany	广廿尸丶
椭[3]	sbde	木阝𠂇月	sbde	木阝𠂇月
拓[2]	rdg	扌石[一]	rdg	扌石[一]
柝	sryy	木斤丶[丶]	sryy	木斤丶[丶]
唾[3]	ktgf	口丿一士	ktfg	口丿十一
箨	trch	竹扌又丨	trcg[3]	竹扌又丰

W字母部

汉字	86版	字根	98版	字根
W→wa				
哇[3]	kffg	口土土[一]	kffg	口土土[一]
娃[3]	vffg	女土土[一]	vffg[4]	女土土[一]
挖	rpwn	扌宀八乙	rpwn	扌宀八乙
洼	iffg	氵土土[一]	iffg	氵土土[一]
娲[3]	vkmw	女口冂人	vkmw	女口冂人
蛙[3]	jffg	虫土土[一]	jffg	虫土土[一]
瓦[3]	gnyn	一乙丶乙	gnny	一乙乙丶
佤[3]	wgnn	亻一乙乙	wgny[4]	亻一乙丶
袜[3]	pugs	衤冫一木	pugs	衤[冫]一木
腽[3]	ejlg	月日皿[一]	ejlg	月日皿[一]
W→wai				
歪[3]	gigh	一小一止	dhgh	ア卜一止

汉字	86版	字根	98版	字根
崴	mdgt	山厂一丿	mdgv	山戊一女
外[2]	qhy	夕卜[丶]	qhy	夕卜[丶]
W→wan				
弯[3]	yoxb	亠小弓[巜]	yoxb	亠小弓[巜]
剜	pqbj	宀夕㔾刂	pqbj	宀夕㔾刂
湾[3]	iyox	氵亠小弓	iyox	氵亠小弓
蜿[3]	jpqb	虫宀夕㔾	jpqb	虫宀夕㔾
豌	gkub	一口丷㔾	gkub	一口丷㔾
丸[3]	vyi	九丶[氵]	vyi	九丶[氵]
纨	xvyy	纟九丶[丶]	xvyy	纟九丶[丶]
芄[3]	avyu	艹九丶[冫]	avyu	艹九丶[冫]
完	pfqb	宀二儿[巜]	pfqb[3]	宀二儿[巜]
玩[3]	gfqn	王二儿[乙]	gfqn	王二儿[乙]

汉字	86版	字根	98版	字根
顽③	fqdm	二儿丆贝	fqdm	二儿丆贝
烷③	opfq	火宀二儿	opfq	火宀二儿
宛②	pqbb	宀夕巳(巛)	pqbb	宀夕巳(巛)
挽	rqkq	扌⺈口儿	rqkq	扌⺈口儿
晚②	jqkq	日⺈口儿	jqkq	日⺈口儿
莞	apfq	艹宀二儿	apfq	艹宀二儿
婉③	vpqb	女宀夕巳	vpqb	女宀夕巳
惋	npqb	忄宀夕巳	npqb	忄宀夕巳
绾③	xpnn	纟宀ココ	xpng	纟宀𠂤㊀
脘③	epfq	月宀二儿	epfq	月宀二儿
菀	apqb	艹宀夕巳	apqb	艹宀夕巳
琬③	gpqb	王宀夕巳	gpqb	王宀夕巳
皖③	rpfq	白宀二儿	rpfq	白宀二儿
畹③	lpqb	田宀夕巳	lpqb	田宀夕巳
碗③	dpqb	石宀夕巳	dpqb	石宀夕巳
万③	dnv	𠂇乙(巛)	gqe②	一勹(彡)
腕③	epqb	月宀夕巳	epqb	月宀夕巳
W→wang				
汪②	igg	氵王㊀	igg	氵王㊀
亡③	ynv	亠乙(巛)	ynv	亠乙(巛)
王③	gggg	王王王王	gggg	王王王王
网③	mqqi	冂乂乂(氵)	mrri	冂乂乂(氵)
往③	tygg	彳丶王㊀	tygg	彳丶王㊀
枉③	sgg	木王㊀	sgg	木王㊀
罔③	muyn	冂䒑亠乙	muyn	冂䒑亠乙
惘③	nmun	忄冂䒑乙	nmun	忄冂䒑乙
辋③	lmun	车冂䒑乙	lmun	车冂䒑乙
魍	rqcn	白儿厶乙	rqcn	白儿厶乙
妄	ynvf	亠乙女㊂	ynvf	亠乙女㊂
忘	ynnu	亠乙心(冫)	ynnu	亠乙心(冫)
旺③	jgg	日王㊀	jgg	日王㊀
望	yneg	亠乙月王	yneg	亠乙月王
W→wei				
危③	qdbb	⺈厂巳(巛)	qdbb	⺈厂巳(巛)
威③	dgvt	厂一女丿	dgvd	戊一女㊂
偎	wlge	亻田一𧘇	wlge	亻田一𧘇
逶③	tvpd	禾女辶㊂	tvpd	禾女辶㊂
隈	blge	阝田一𧘇	blge③	阝田一𧘇
葳③	adgt	艹厂一丿	adgv	艹戊一女
微③	tmgt	彳山一攵	tmgt	彳山一攵
煨③	olge	火田一𧘇	olge	火田一𧘇
薇③	atmt	艹彳山攵	atmt	艹彳山攵
巍③	mtvc	山禾女厶	mtvc	山禾女厶
猬	qtle	犭丿田月	qtle	犭(丿)田月
喂③	klge	口田一𧘇	klge	口田一𧘇
为②	ylyi	丶力丶(氵)	yeyi③	丶力丶(氵)
韦③	fnhk	二乙丨(川)	fnhk	二乙丨(川)
围	lfnh	口二乙丨	lfnh	口二乙丨
帏③	mhfh	冂丨二丨	mhfh	冂丨二丨
沩③	iyly	氵丶力丶	iyey④	氵丶力丶
违	fnhp	二乙丨辶	fnhp	二乙丨辶
闱③	ufnh	门二乙丨	ufnh④	门二乙丨
桅③	sqdb	木⺈厂巳	sqdb	木⺈厂巳
涠③	ilfh	氵口二丨	ilfh	氵口二丨
唯	kwyg	口亻主㊀	kwyg	口亻主㊀
帷③	mhwy	冂丨亻主	mhwy④	冂丨亻主
惟③	nwyg	忄亻主㊀	nwyg	忄亻主㊀
维③	xwyg	纟亻主㊀	xwyg	纟亻主㊀
嵬③	mrqc	山白儿厶	mrqc	山白儿厶
潍③	ixwy	氵纟亻主	ixwy	氵纟亻主
伟③	wfnh	亻二乙丨	wfnh④	亻二乙丨
伪③	wyly	亻丶力丶	wyey④	亻丶力丶
尾③	ntfn	尸丿二乙	nev②	尸毛(巛)
纬	xfnh	纟二乙丨	xfnh	纟二乙丨
苇③	afnh	艹二乙丨	afnh	艹二乙丨
委②	tvf	禾女㊂	tvf	禾女㊂
炜③	ofnh	火二乙丨	ofnh	火二乙丨
玮③	gfnh	王二乙丨	gfnh	王二乙丨
洧	ideg	氵𠂇月㊀	ideg	氵𠂇月㊀
娓	vntn	女尸丿乙	vnen③	女尸毛(乙)
诿③	ytvg	讠禾女㊀	ytvg	讠禾女㊀
萎③	atvf	艹禾女㊂	atvf	艹禾女㊂
隗③	brqc	阝白儿厶	brqc	阝白儿厶
猥	qtle	犭丿田𧘇	qtle③	犭(丿)田𧘇
痿③	utvd	疒禾女㊂	utvd	疒禾女㊂
艉③	tenn	丿舟尸乙	tnne	丿舟尸毛
韪	jghh	日一龰丨	jghh	日一龰丨
鲔	qgde	鱼一𠂇月	qgde	鱼一𠂇月
卫②	bgd	卩一㊂	bgd	卩一㊂
未③	fii	二小(氵)	fggy④	未一一丶
位③	wug	亻立㊀	wug	亻立㊀
味③	kfiy	口二小(丶)	kfy	口未(丶)
畏③	lgeu	田一𧘇(冫)	lgeu	田一𧘇(冫)
胃②	lef	田月㊂	lef③	田月㊂
軎	gjfk	一日十口	lkf	车口㊂
尉③	nfif	尸二小寸	nfif④	尸二小寸
谓③	yleg	讠田月㊀	yleg	讠田月㊀
渭③	ileg	氵田月㊀	ileg	氵田月㊀
蔚③	anff	艹尸二寸	anff	艹尸二寸
慰	nfin	尸二小心	nfin③	尸二小心
魏③	tvrc	禾女白厶	tvrc	禾女白厶
W→wen				
温③	ijlg	氵日皿㊀	ijlg	氵日皿㊀
瘟③	ujld	疒日皿㊂	ujld	疒日皿㊂
文	yygy	文丶一㇏	yygy	文丶一㇏
纹③	xyy	纟文(丶)	xyy	纟文(丶)
闻②	ubd	门耳㊂	ubd③	门耳㊂
蚊③	jyy	虫文(丶)	jyy	虫文(丶)
阌	uepc	门罒一又	uepc	门罒一又
雯③	fyu	雨文(冫)	fyu	雨文(冫)
刎③	qrjh	勹彡刂(丨)	qrjh	勹彡刂(丨)
吻③	kqrt	口勹彡(丿)	kqrt	口勹彡(丿)
紊	yxiu	文幺小(冫)	yxiu③	文幺小(冫)
稳③	tqvn	禾⺈彐心	tqvn②	禾⺈彐心
问③	ukd	门口㊂	ukd②	门口㊂
汶③	iyy	氵文(丶)	iyy	氵文(丶)
璺③	wfmy	亻二冂丶	emgy④	白冂一丶
W→weng				
翁③	wcnf	八厶羽㊂	wcnf	八厶羽㊂
嗡③	kwcn	口八厶羽	kwcn	口八厶羽

汉字	86 版	字根	98 版	字根	汉字	86 版	字根	98 版	字根
蓊[3]	awcn	艹八厶羽	awcn	艹八厶羽	蜈[3]	jkgd	虫口一大	jkgd	虫口一大
瓮[3]	wcgn	八厶一乙	wcgy	八厶一丶	鼯	vnuk	臼乙冫口	enuk	臼乙冫口
薤	ayxy	艹亠纟主	ayxy	艹亠纟主	五[2]	gghg	五一丨一	gghg	五一丨一
W→wo					午[3]	tfj	𠂉十(刂)	tfj	𠂉十(刂)
挝[3]	rfpy	扌寸辶⊙	rfpy	扌寸辶⊙	仵	wtfh	亻𠂉十①	wtfh	亻𠂉十①
倭[3]	wtvg	亻禾女㊀	wtvg	亻禾女㊀	伍[3]	wgg	亻五㊀	wgg	亻五㊀
涡[3]	ikmw	氵口冂人	ikmw	氵口冂人	坞	fqng	土勹乙一	ftng	土丿乙一
莴[3]	akmw	艹口冂人	akmw	艹口冂人	妩[3]	vfqn	女二儿(乙)	vfqn	女二儿(乙)
窝	pwkw	宀口冂人	pwkw[3]	宀八口人	庑[3]	yfqv	广二儿(巛)	ofqv	广二儿(巛)
蜗[3]	jkmw	虫口冂人	jkmw	虫口冂人	忤	ntfh	忄𠂉十①	ntfh	忄𠂉十①
我[3]	trnt	丿扌乙丿	trny	丿扌乙丶	怃[3]	nfqn	忄二儿(乙)	nfqn	忄二儿(乙)
肟[3]	efnn	月二乙(乙)	efnn	月二乙(乙)	迕	tfpk	𠂉十辶(川)	tfpk	𠂉十辶(川)
沃	itdy	氵丿大⊙	itdy	氵丿大⊙	武[3]	gahd	一弋止㊂	gahy	一弋止丶
卧	ahnh	匚丨コ卜	ahnh	匚丨コ卜	侮[3]	wtxu	亻𠂉𠂊冫	wtxy	亻𠂉母⊙
幄[3]	mhnf	冂丨尸土	mhnf	冂丨尸土	捂	rgkg	扌五口㊀	rgkg	扌五口㊀
握[3]	rngf	扌尸一土	rngf	扌尸一土	牾	trgk	丿扌五口	cgkg	牜五口㊀
渥[3]	ingf	氵尸一土	ingf	氵尸一土	鹉	gahg	一弋止一	gahg	一弋止一
硪[3]	dtrt	石丿扌丿	dtry	石丿扌丶	舞[3]	rlgh	𠂉皿一丨	tglg	𠂉一皿㐄
斡[3]	fjwf	十早人十	fjwf[4]	十早人十	兀[3]	gqv	一儿(巛)	gqv	一儿(巛)
龌	hwbf	止人凵土	hwbf	止人凵土	勿[3]	qre	勹彡(彡)	qre[2]	勹彡(彡)
W→wu					务[2]	tlb	夂力(巛)	ter	夂力(彡)
乌[3]	qngd	勹乙一㊂	tnng	丿乙乙一	悟	ngkg	忄五口㊀	ngkg	忄五口㊀
圬[3]	ffnn	土二乙(乙)	ffnn[4]	土二乙(乙)	戊[3]	dnyt	厂乙丶丿	dgty[4]	戊一丿丶
污[3]	ifnn	氵二乙(乙)	ifnn	氵二乙(乙)	阢[3]	bgqn	阝一儿(乙)	bgqn	阝一儿(乙)
邬	qngb	勹乙一阝	tnnb	丿乙乙阝	杌	sgqn	木一儿(乙)	sgqn	木一儿(乙)
呜	kqng	口勹乙一	ktng	口丿乙一	芴	aqrr	艹勹彡(彡)	aqrr	艹勹彡(彡)
巫[3]	awwi	工人人(氵)	awwi	工人人(氵)	物[2]	trqr	丿扌勹彡	cqrt	牜勹彡(丿)
诬[3]	yaww	讠工人人	yaww	讠工人人	误[3]	ykgd	讠口一大	ykgd	讠口一大
恶	gogn	一业一心	gonu[3]	一业心(冫)	晤[3]	jgkg	日五口㊀	jgkg	日五口㊀
钨[3]	qqng	钅勹乙一	qtng[4]	钅丿乙一	焐[3]	ogkg	火五口㊀	ogkg	火五口㊀
屋[3]	ngcf	尸一厶土	ngcf	尸一厶土	婺	cbtv	マ卩丿女	cnhv	マ乛丨女
无[2]	fqv	二儿(巛)	fqv	二儿(巛)	痦	ugkd	疒五口㊂	ugkd	疒五口㊂
毋[3]	xde	𠂊ナ(彡)	nnde	乙乙ナ(彡)	骛	cbtc	マ卩丿马	cnhg	マ乛丨一
吴[3]	kgdu	口一大(冫)	kgdu	口一大(冫)	雾[3]	ftlb	雨夂力(巛)	fter[4]	雨夂力(彡)
吾[3]	gkf	五口㊁	gkf	五口㊁	寤	pnhk	宀乙丨口	pugk	宀爿五口
芜	afqb	艹二儿(巛)	afqb[3]	艹二儿(巛)	鹜	cbtg	マ卩丿一	cnhg	マ乛丨一
梧[3]	sgkg	木五口㊀	sgkg	木五口㊀	鋈	itdq	氵丿大金	itdq	氵丿大金
浯	igkg	氵五口㊀	igkg	氵五口㊀					

X 字母部

汉字	86 版	字根	98 版	字根	汉字	86 版	字根	98 版	字根
X→xi					唏[3]	kqdh	口㐅ナ丨	krdh	口㐅ナ丨
蹊	khed	口止爫大	khed	口止爫大	奚[3]	exdu	爫幺大(冫)	exdu	爫幺大(冫)
禊	pujr	礻冫日彡	pujr	礻(冫)日彡	息[3]	thnu	丿目心(冫)	thnu	丿目心(冫)
夕	qtny	夕丿乙丶	qtny	夕丿乙丶	浠	iqdh	氵㐅ナ丨	irdh	氵㐅ナ丨
兮	wgnb	八一乙	wgnb[3]	八一乙	牺[3]	trsg	丿扌西㊀	csg[2]	牜西㊀
汐[3]	iqy	氵夕⊙	iqy	氵夕⊙	悉[3]	tonu	丿米心(冫)	tonu	丿米心(冫)
西	sghg	西一丨一	sghg	西一丨一	惜	najg	忄龷日㊀	najg	忄龷日㊀
吸[2]	keyy	口乃㇏⊙	kbyy[3]	口乃㇏⊙	欷	qdmw	㐅ナ冂人	rdmw	㐅ナ冂人
希[3]	qdmh	㐅ナ冂丨	rdmh	㐅ナ冂丨	淅[3]	isrh	氵木斤①	isrh	氵木斤①
昔[3]	ajf	龷日㊁	ajf	龷日㊁	烯[3]	oqdh	火㐅ナ丨	ordh	火㐅ナ丨
析[2]	srh	木斤①	srh	木斤①	硒[3]	dsg	石西㊀	dsg	石西㊀
矽[3]	dqy	石夕⊙	dqy	石夕⊙	菥[3]	asrj	艹木斤(刂)	asrj	艹木斤(刂)
穸[3]	pwqu	宀八夕(冫)	pwqu[4]	宀八夕(冫)	晰[3]	jsrh	日木斤①	jsrh	日木斤①
郗	qdmb	㐅ナ冂阝	rdmb	㐅ナ冂阝	犀[3]	nirh	尸氺𠂉丨	nitg	尸氺丿㐄

续上表

汉字	86 版	字根	98 版	字根
稀③	tqdh	禾乂𠂇丨	trdh②	禾乂𠂇丨
粞③	osg	米西[一]	osg	米西[一]
翕	wgkn	人一口羽	wgkn	人一口羽
舾	tesg	丿舟西[一]	tusg	丿舟西[一]
溪③	iexd	氵爫幺小	iexd	氵爫幺小
皙③	srrf	木斤白[二]	srrf④	木斤白[二]
锡③	qjqr	钅日勹彡	qjqr	钅日勹彡
僖	wfkk	亻士口口	wfkk	亻士口口
熄	othn	火丿目心	othn	火丿目心
熙	ahko	匚丨口灬	ahko	匚丨口灬
蜥	jsrh	虫木斤[丨]	jsrh	虫木斤[丨]
嘻③	kfkk	口士口口	kfkk	口士口口
嬉③	vfkk	女士口口	vfkk	女士口口
膝③	eswi	月木人氺	eswi	月木人氺
樨	snih	木尸氺丨	snig③	木尸氺丰
熹	fkuo	士口丷灬	fkuo	士口丷灬
羲③	ugtt	丷王丿丿	ugty	丷王丿丶
螅	jthn	虫丿目心	jthn	虫丿目心
蟋③	jton	虫丿米心	jton④	虫丿米心
醯	sgyl	西一亠皿	sgyl	西一亠皿
曦③	jugt	日丷王丿	jugy	日丷王丶
鼷	vnud	臼乙冫大	enud	臼乙冫大
习②	nud	乙冫[三]	nud	乙冫[三]
席③	yamh	广廿冂丨	oamh②	广廿冂丨
袭③	dxye	𠂇匕亠𧘇	dxye④	𠂇匕丶𧘇
觋	awwq	工人人儿	awwq	工人人儿
媳	vthn	女丿目心	vthn③	女丿目心
溆	iwtc	氵人禾又	iwgc	氵人一又
隰③	bjxo	阝曰幺灬	bjxo	阝曰幺灬
檄③	sryt	木白方攵	sryt	木白方攵
玺③	qigy	𠂉小王丶	qigy	𠂉小王丶
徙③	thhy	彳止龰[丶]	thhy④	彳止龰[丶]
铣	qtfq	钅丿土儿	qtfq	钅丿土儿
洗③	itfq	氵丿土儿	itfq	氵丿土儿
葸	alnu	艹田心[冫]	alnu③	艹田心[冫]
屣	nthh	尸彳止龰	nthh③	尸彳止龰
蓰③	athh	艹彳止龰	athh	艹彳止龰
喜③	fkuk	士口丷口	fkuk	士口丷口
禧	pyfk	礻丶士口	pyfk	礻[丶]士口
戏②	cat	又戈[丿]	cay	又戈丶
系③	txiu	丿幺小[冫]	txiu	丿幺小[冫]
饩	qnrn	𠂊乙𠂉乙	qnrn	𠂊乙𠂉乙
细②	xlg	纟田[一]	xlg	纟田[一]
阋③	uvqv	门臼儿[巛]	ueqv	门臼儿[巛]
舄③	vqou	臼勹灬[冫]	eqou	臼勹灬[冫]
隙③	biji	阝小日小	biji	阝小日小
褉	pydd	礻丶三大	pydd	礻[丶]三大
X→xia				
呷③	klh	口甲[丨]	klh	口甲[丨]
虾	jghy	虫一卜[丶]	jghy	虫一卜[丶]
瞎②	hpdk	目宀三口	hpdk	目宀三口
匣③	alk	匚甲[川]	alk	匚甲[川]
侠③	wguw	亻一丷人	wgud	亻一丷大
狎③	qtlh	犭丿甲[丨]	qtlh④	犭丿甲[丨]
峡③	mguw	山一丷人	mgud	山一丷大

汉字	86 版	字根	98 版	字根
柙③	slh	木甲[丨]	slh	木甲[丨]
狭	qtgw	犭丿一人	qtgw	犭[丿]一大
硖	dguw	石一丷人	dgud	石一丷大
遐③	nhfp	彐丨二辶	nhfp	彐丨二辶
暇③	jnhc	日彐丨又	jnhc	日彐丨又
瑕③	gnhc	王彐丨又	gnhc	王彐丨又
辖	lpdk	车宀三口	lpdk	车宀三口
霞	fnhc	雨彐丨又	fnhc	雨彐丨又
黠	lfok	罒土灬口	lfok	罒土灬口
下②	ghi	一卜[氵]	ghi	一卜[氵]
吓③	kghy	口一卜[丶]	kghy	口一卜[丶]
夏③	dhtu	丆目夂[冫]	dhtu	丆目夂[冫]
厦③	ddht	厂丆目夂	ddht	厂丆目夂
罅	rmhh	𠂉山𠂆十	rfbf	丿十凵寸
X→xian				
仙②	wmh	亻山[丨]	wmh	亻山[丨]
先③	tfqb	丿土儿[巜]	tfqb	丿土儿[巜]
纤③	xtfh	纟丿十[丨]	xtfh	纟丿十[丨]
氙③	rnmj	𠂉乙山[川]	rmk④	气山[川]
祆③	pygd	礻丶一大	pygd	礻[丶]一大
籼	omh	米山[丨]	omh	米山[丨]
莶	awgi	艹人一业	awgg	艹人一一
掀③	rrqw	扌斤𠂉人	rrqw	扌斤𠂉人
跹	khtp	口止丿辶	khtp	口止丿辶
酰	sgtq	西一丿儿	sgtq	西一丿儿
锨③	qrqw	钅斤𠂉人	qrqw	钅斤𠂉人
鲜③	qgud	鱼一丷手	qguh	鱼一羊[丨]
暹③	jwyp	日亻主辶	jwyp	日亻主辶
闲③	usi	门木[氵]	usi	门木[氵]
弦③	xyxy	弓亠幺[丶]	xyxy	弓亠幺[丶]
贤③	jcmu	〢又贝[冫]	jcmu	〢又贝[冫]
咸③	dgkt	厂一口丿	dgki	戊一口[氵]
涎	ithp	氵丿止廴	ithp	氵丿止廴
娴③	vusy	女门木[丶]	vusy	女门木[丶]
舷	teyx	丿舟亠幺	tuyx	丿舟亠幺
衔③	tqfh	彳钅二丨	tqgs	彳钅一丁
痫③	uusi	疒门木[氵]	uusi	疒门木[氵]
鹇③	usqg	门木勹一	usqg	门木勹一
嫌②	vuvo	女丷彐小	vuvw	女丷彐八
冼③	utfq	冫丿土儿	utfq	冫丿土儿
显②	jogf	日业一[一]	jof	日业[一]
险③	bwgi	阝人一业	bwgg④	阝人一一
猃	qtwi	犭丿人业	qtwg	犭[丿]人一
蚬③	jmqn	虫冂儿[乙]	jmqn	虫冂儿[乙]
筅	ttfq	竹丿土儿	ttfq③	竹丿土儿
跣	khtq	口止丿儿	khtq	口止丿儿
藓	aqgd	艹鱼一手	aqgu	艹鱼一羊
燹③	eeou	豕豕火[冫]	gego	一豕一火
县③	egcu	月一厶[冫]	egcu	月一厶[冫]
岘	mmqn	山冂儿[乙]	mmqn③	山冂儿[乙]
苋③	amqb	艹冂儿[巜]	amqb	艹冂儿[巜]
现②	gmqn	王冂儿[乙]	gmqn	王冂儿[乙]
线②	xgt	纟戋[丿]	xgay	纟一戈[丶]
限②	bvey	阝彐𠂉[丶]	bvy	阝艮[丶]
宪③	ptfq	宀丿土儿	ptfq	宀丿土儿

汉字	86 版	字根	98 版	字根
陷②	bqvg	阝ク白㊀	bqeg③	阝ク白㊀
馅	qnqv	⺈乙ク白	qnqe	⺈乙ク白
羡③	uguw	丷王冫人	uguw	丷王冫人
献	fmud	十冂丷犬	fmud③	十冂丷犬
腺③	eriy	月白水⊙	eriy	月白水⊙
X→xiang				
乡③	xte	乡丿③	xte②	乡丿③
芗②	axtr	艹乡丿③	axtr	艹乡丿③
相②	shg	木目㊀	shg	木目㊀
香③	tjf	禾日㊁	tjf	禾日㊁
厢③	dshd	厂木目㊂	dshd	厂木目㊂
湘	ishg	氵木目㊀	ishg	氵木目㊀
缃②	xshg	纟木目㊀	xshg③	纟木目㊀
葙③	ashf	艹木目㊁	ashf	艹木目㊁
箱③	tshf	竹木目㊁	tshf	竹木目㊁
襄③	ykke	亠口口𧘇	ykke	亠口口𧘇
骧③	cyke	马亠口𧘇	cgye④	马一亠𧘇
镶③	qyke	钅亠口𧘇	qyke	钅亠口𧘇
详③	yudh	讠丷手①	yuh②	讠羊①
降②	btah	阝夂匚丨	btgh	阝夂牛①
庠	yudk	广丷手⑪	yuk③	广羊⑪
祥③	pyud	礻、丷手	pyuh	礻⊙羊①
翔	udng	丷手羽㊀	ung③	羊羽㊀
飨③	xtwe	乡丿人艮	xtwv	乡丿人良
想③	shnu	木目心⑦	shnu	木目心⑦
享③	ybf	亠子㊁	ybf②	亠子㊁
鲞	udqg	丷大鱼一	ugqg	丷夫鱼一
向②	tmkd	丿冂口㊂	tmkd③	丿冂口㊂
响③	ktmk	口丿冂口	ktmk	口丿冂口
饷	qntk	⺈乙丿口	qntk	⺈乙丿口
巷③	awnb	艹人巳⑥	awnb	艹人巳⑥
项③	admy	工丆贝⊙	admy	工丆贝⊙
象③	qjeu	ク罒豕⑦	qkeu	ク口豕⑦
像③	wqje	亻ク罒豕	wqke	亻ク口豕
橡③	sqje	木ク罒豕	sqke	木ク口豕
蟓③	jqje	虫ク罒豕	jqke④	虫ク口豕
X→xiao				
枭	qyns	勹、乙木	qsu③	鸟木⑦
哓③	katq	口七丿儿	katq	口七丿儿
枵③	skgn	木口一乙	skgn	木口一乙
骁	catq	马七丿儿	cgaq	马一七儿
宵②	pief	宀⺌月㊁	pief	宀⺌月㊁
消③	iieg	氵⺌月㊀	iieg	氵⺌月㊀
绡③	xieg	纟⺌月㊀	xieg	纟⺌月㊀
逍③	iepd	⺌月辶㊂	iepd	⺌月辶㊂
萧③	avij	艹彐小川	avhw	艹彐丨八
硝③	dieg	石⺌月㊀	dieg	石⺌月㊀
销③	qieg	钅⺌月㊀	qieg	钅⺌月㊀
潇	iavj	氵艹彐川	iavw	氵艹彐八
箫	tvij	竹彐小川	tvhw	竹彐丨八
霄③	fief	雨⺌月㊁	fief	雨⺌月㊁
魈	rqce	白儿厶月	rqce	白儿厶月
嚣	kkdk	口口丆口	kkdk	口口丆口
崤	mqde	山乂𠂇月	mrde③	山乂𠂇月
淆③	iqde	氵乂𠂇月	irde	氵乂𠂇月

汉字	86 版	字根	98 版	字根
小②	ihty	小丨丿、	ihty	小丨丿、
晓③	jatq	日七丿儿	jatq②	日七丿儿
筱③	twht	竹亻丨攵	twht	竹亻丨攵
孝③	ftbf	土丿子㊁	ftbf	土丿子㊁
肖②	ief	⺌月㊁	ief	⺌月㊁
哮③	kftb	口土丿子	kftb	口土丿子
效③	uqty	六乂攵⊙	urty	六乂攵⊙
校③	suqy	木六乂⊙	sury	木六乂⊙
笑③	ttdu	竹丿大⑦	ttdu	竹丿大⑦
啸③	kvij	口彐小川	kvhw②	口彐丨八
X→xie				
些③	hxff	止匕二㊁	hxff	止匕二㊁
楔③	sdhd	木三丨大	sdhd④	木三丨大
歇③	jqww	日勹人人	jqww④	日勹人人
蝎③	jjqn	虫日勹乙	jjqn	虫日勹乙
协②	flwy	十力八⊙	fewy	十力八⊙
邪	ahtb	匚丨丿阝	ahtb	匚丨丿阝
胁③	elwy	月力八⊙	eewy	月力八⊙
挟③	rguw	扌一丷人	rgud	扌一丷大
偕	wxxr	亻匕匕白	wxxr③	亻匕匕白
斜	wtuf	人禾冫十	wgsf	人一木十
谐	yxxr	讠匕匕白	yxxr③	讠匕匕白
携	rwye	扌亻主乃	rwyb	扌亻主乃
勰	llln	力力力心	eeen	力力力心
撷	rfkm	扌士口贝	rfkm	扌士口贝
缬	xfkm	纟士口贝	xfkm	纟士口贝
鞋	afff	廿串土土	afff	廿串土土
写③	pgng	冖一乙一	pgng	冖一乙一
血③	tld	丿皿㊂	tld	丿皿㊂
泄	iann	氵廿乙⊘	iann	氵廿乙⊘
泻③	ipgg	氵冖一一	ipgg	氵冖一一
绁	xann	纟廿乙⊘	xann	纟廿乙⊘
卸③	rhbh	𠂉止卩①	tghb④	𠂉一止卩
屑	nied	尸⺌月㊂	nied	尸⺌月㊂
械②	saah	木戈廾①	saah	木戈廾①
亵③	yrve	亠扌九𧘇	yrve	亠扌九𧘇
渫	ians	氵廿乙木	ians	氵廿乙木
谢③	ytmf	讠丿冂寸	ytmf	讠丿冂寸
榍③	snie	木尸⺌月	snie④	木尸⺌月
榭③	stmf	木丿冂寸	stmf	木丿冂寸
解③	qevh	ク用刀丨	qevg	ク用刀牛
廨③	yqeh	广ク用丨	oqeg④	广ク用牛
懈②	nqeh	忄ク用丨	nqeg	忄ク用牛
獬	qtqh	犭丿ク丨	qtqg	犭丿ク牛
邂	qevp	ク用刀辶	qevp	ク用刀辶
燮③	oyoc	火言火又	yooc④	言火火又
瀣③	ihqg	氵卜夕一	ihqg	氵卜夕一
薤	agqg	艹一夕一	agqg	艹一夕一
蟹	qevj	ク用刀虫	qevj	ク用刀虫
躞	khoc	口止火又	khyc	口止言又
X→xin				
心②	nyny	心、乙、	nyny	心、乙、
忻③	nrh	忄斤①	nrh	忄斤①
芯③	anu	艹心⑦	anu	艹心⑦
辛	uygh	辛、一丨	uygh	辛、一丨

汉字	86版	字根	98版	字根
昕③	jrh	日斤[丨]	jrh	日斤[丨]
欣③	rqwy	斤𠂊人[丶]	rqwy	斤𠂊人[丶]
锌③	quh	钅辛[丨]	quh	钅辛[丨]
新③	usrh	立木斤[丨]	usrh	立木斤[丨]
歆	ujqw	立日𠂊人	ujqw	立日𠂊人
薪③	ausr	艹立木斤	ausr	艹立木斤
馨③	fnmj	士尸几日	fnwj④	士尸几日
鑫③	qqqf	金金金[二]	qqqf	金金金[二]
囟	tlqi	丿口乂[氵]	tlri③	丿口乂[氵]
信②	wyg	亻言[一]	wyg	亻言[一]
镡	qsjh	钅西早[丨]	qsjh③	钅西早[丨]
衅③	tluf	丿皿丷十	tlug	丿皿丷キ
X→xing				
饧	qnnr	𠂊乙乙彡	qnnr	𠂊乙乙彡
兴②	iwu②	业八[冫]	igwu③	丷一八[冫]
星③	jtgf	日丿龶[二]	jtgf	日丿龶[二]
惺③	njtg	忄日丿龶	njtg	忄日丿龶
猩	qtjg	犭丿日龶	qtjg	犭[丿]日龶
腥③	ejtg	月日丿龶	ejtg	月日丿龶
刑	gajh	一廾刂[丨]	gajh	一廾刂[丨]
行②	tfhh	彳二丨[丨]	tgsh③	彳一丁[丨]
邢③	gabh	一廾阝[丨]	gabh	一廾阝[丨]
形③	gaet	一廾彡[丿]	gaet	一廾彡[丿]
陉③	bcag	阝ス工[一]	bcag	阝ス工[一]
型	gajf	一廾刂土	gajf	一廾刂土
硎	dgaj	石一廾刂	dgaj	石一廾刂
醒③	sgjg	西一日龶	sgjg	西一日龶
擤③	rthj	扌丿目川	rthj	扌丿目川
杏③	skf	木口[二]	skf	木口[二]
姓③	vtgg	女丿龶[一]	vtgg	女丿龶[一]
幸③	fufj	土丷十[川]	fufj	土丷十[川]
性③	ntgg	忄丿龶[一]	ntgg	忄丿龶[一]
荇	atfh	艹彳二丨	atgs	艹彳一丁
悻	nfuf	忄土丷十	nfuf	忄土丷十
X→xiong				
凶②	qbk	乂凵[川]	rbk	乂凵[川]
兄③	kqb	口儿[巛]	kqb②	口儿[巛]
匈③	qqbk	勹乂凵[巛]	qrbk	勹乂凵[巛]
芎③	axb	艹弓[巛]	axb	艹弓[巛]
汹	iqbh	氵乂凵[丨]	irbh③	氵乂凵[丨]
胸②	eqqb	月勹乂凵	eqrb	月勹乂凵
雄③	dcwy	ナ厶亻主	dcwy	ナ厶亻主
熊	cexo	厶月匕灬	cexo	厶月匕灬
X→xiu				
休②	wsy	亻木[丶]	wsy	亻木[丶]
修③	whte	亻丨夂彡	whte	亻丨夂彡
咻③	kwsy	口亻木[丶]	kwsy	口亻木[丶]
庥③	ywsi	广亻木[氵]	owsi	广亻木[氵]
羞③	udnf	丷𠂡乙土	unhg	𦍌乙丨一
鸺③	wsqg	亻木勹一	wsqg	亻木鸟一
貅③	eews	爫豸亻木	ewsy	豸亻木[丶]
馐	qnuf	𠂊乙丷土	qnug	𠂊乙𦍌一
髹③	dews	镸彡亻木	dews	镸彡亻木
朽	sgnn	木一乙[乙]	sgnn	木一乙[乙]
秀②	teb	禾乃[巛]	ter	禾乃[彡]

汉字	86版	字根	98版	字根
绣	xten	纟禾乃[乙]	xtbt③	纟禾乃[丿]
锈	qten	钅禾乃[乙]	qtbt	钅禾乃[丿]
袖③	pumg	衤冫由[一]	pumg	衤[冫]由[一]
嗅	kthd	口丿目犬	kthd	口丿目犬
溴	ithd	氵丿目犬	ithd	氵丿目犬
岫③	mmg	山由[一]	mmg	山由[一]
X→xu				
圩③	fgfh	土一十[丨]	fgfh	土一十[丨]
戌③	dgnt	厂一乙丿	dgd	戊一[三]
盱③	hgfh	目一十[丨]	hgfh	目一十[丨]
胥③	nhef	乙止月[二]	nhef	乙止月[二]
须③	edmy	彡丆贝[丶]	edmy②	彡丆贝[丶]
顼③	gdmy	王丆贝[丶]	gdmy	王丆贝[丶]
虚③	haog	广七业一	hod②	虍业[一]
嘘	khag	口广七一	khog③	口虍业[一]
需③	fdmj	雨丆冂刂	fdmj	雨丆冂刂
墟	fhag	土广七一	fhog③	土虍业[一]
砉	dhdf	三丨石[二]	dhdf	三丨石[二]
徐③	twty	彳人禾[丶]	twgs	彳人一木
许③	ytfh	讠𠂉十[丨]	ytfh	讠𠂉十[丨]
诩③	yng	讠羽[一]	yng	讠羽[一]
栩③	sng	木羽[一]	sng	木羽[一]
糈③	onhe	米乙止月	onhe	米乙止月
醑	sgne	西一乙月	sgne	西一乙月
旭②	vjd	九日[三]	vjd	九日[三]
序③	ycbk	广マ卩[川]	ocnh②	广マ乙丨
叙③	wtcy	人禾又[丶]	wgsc④	人一木又
恤③	ntlg	忄丿皿[一]	ntlg	忄丿皿[一]
洫	itlg	氵丿皿[一]	itlg③	氵丿皿[一]
畜③	yxlf	亠幺田[二]	yxlf	亠幺田[二]
勖③	jhln	曰目力[乙]	jhet	曰目力[丿]
绪	xftj	纟土丿日	xftj③	纟土丿日
续③	xfnd	纟十乙大	xfnd	纟十乙大
酗	sgqb	西一乂凵	sgrb③	西一乂凵
婿	vnhe	女乙止月	vnhe	女乙止月
絮③	vkxi	女口幺小	vkxi	女口幺小
煦	jqko	日勹口灬	jqko	日勹口灬
蓄③	ayxl	艹亠幺田	ayxl	艹亠幺田
蓿	apwj	艹宀亻日	apwj	艹宀亻日
吁	kgfh	口一十[丨]	kgfh	口一十[丨]
X→xuan				
轩②	lfh	车一十[丨]	lfh③	车一十[丨]
宣③	pgjg	宀一日一	pgjg	宀一日一
谖③	yefc	讠爫二又	yegc④	讠爫一又
喧②	kpgg	口宀一一	kpgg	口宀一一
揎③	rpgg	扌宀一一	rpgg	扌宀一一
萱	apgg	艹宀一一	apgg	艹宀一一
暄③	jpgg	日宀一一	jpgg	日宀一一
煊③	opgg	火宀一一	opgg	火宀一一
儇	wlge	亻罒一𧘇	wlge	亻罒一𧘇
玄③	yxu	亠幺[冫]	yxu	亠幺[冫]
痃③	uyxi	疒亠幺[氵]	uyxi	疒亠幺[氵]
悬	egcn	月一厶心	egcn	月一厶心
旋③	ytnh	方𠂉乙止	ytnh④	方𠂉乙止
漩	iyth	氵方𠂉止	iyth	氵方𠂉止

汉字	86 版	字根	98 版	字根	汉字	86 版	字根	98 版	字根
璇	gyth	王方𠂉龰	gyth	王方𠂉龰	埙	fkmy	土口贝[丶]	fkmy[3]	土口贝[丶]
选	tfqp	丿土儿辶	tfqp	丿土儿辶	熏[3]	tglo	丿一罒灬	tglo	丿一罒灬
癣[3]	uqgd	疒鱼一手	uqgu	疒鱼一羊	獯	qtto	犭丿丿灬	qtto	犭[丿]丿灬
泫[3]	iyxy	氵亠幺[丶]	iyxy	氵亠幺[丶]	薰	atgo	艹丿一灬	atgo	艹丿一灬
炫[3]	oyxy	火亠幺[丶]	oyxy	火亠幺[丶]	曛	jtgo	日丿一灬	jtgo	日丿一灬
绚[3]	xqjg	纟勹日[一]	xqjg	纟勹日[一]	醺	sgto	西一丿灬	sgto	西一丿灬
眩[2]	hyxy	目亠幺[丶]	hyxy[3]	目亠幺[丶]	寻[2]	vfu	彐寸[丿]	vfu	彐寸[丿]
铉[3]	qyxy	钅亠幺[丶]	qyxy	钅亠幺[丶]	荨[3]	avfu	艹彐寸[丿]	avfu	艹彐寸[丿]
渲	ipgg	氵宀一一	ipgg	氵宀一一	巡[2]	vpv	巛辶[巛]	vpv[3]	巛辶[巛]
楦[3]	spgg	木宀一一	spgg	木宀一一	旬[2]	qjd	勹日[三]	qjd	勹日[三]
碹	dpgg	石宀一一	dpgg	石宀一一	驯[3]	ckh	马川[丨]	cgkh	马一川[丨]
镟	qyth	钅方𠂉龰	qyth	钅方𠂉龰	询[3]	yqjg	讠勹日[一]	yqjg[2]	讠勹日[一]
X→xue					峋	mqjg	山勹日[一]	mqjg[3]	山勹日[一]
靴	afwx	廿丰亻匕	afwx	廿丰亻匕	恂[3]	nqjg	忄勹日[一]	nqjg	忄勹日[一]
削[3]	iejh	⺌月刂[丨]	iejh	⺌月刂[丨]	洵[3]	iqjg	氵勹日[一]	iqjg	氵勹日[一]
薛	awnu	艹亻㇆辛	atnu[3]	艹丿𠂤辛	浔	ivfy	氵彐寸[丶]	ivfy	氵彐寸[丶]
穴[3]	pwu	宀八[丿]	pwu	宀八[丿]	荀[3]	aqjf	艹勹日[二]	aqjf	艹勹日[二]
学[2]	ipbf	⺍冖子[二]	ipbf[3]	⺍冖子[二]	循	trfh	彳厂十目	trfh	彳厂十目
泶[3]	ipiu	⺍冖水[丿]	ipiu	⺍冖水[丿]	鲟[3]	qgvf	鱼一彐寸	qgvf[4]	鱼一彐寸
踅	rrkh	扌斤口龰	rrkh	扌斤口龰	训[2]	ykh	讠川[丨]	ykh	讠川[丨]
噱	khae	口广七豕	khge	口虍一豕	讯[3]	ynfh	讠乙十[丨]	ynfh	讠乙十[丨]
雪[2]	fvf	雨彐[二]	fvf	雨彐[二]	汛[3]	infh	氵乙十[丨]	infh[4]	氵乙十[丨]
鳕	qgfv	鱼一雨彐	qgfv	鱼一雨彐	迅[3]	nfpk	乙十辶[川]	nfpk	乙十辶[川]
血[3]	tld	丿皿[三]	tld	丿皿[三]	徇[3]	tqjg	彳勹日[一]	tqjg	彳勹日[一]
谑[3]	yhag	讠广七一	yhag	讠虍匚一	逊[3]	bipi	子小辶[氵]	bipi	子小辶[氵]
X→xun					殉[3]	gqqj	一夕勹日	gqqj	一夕勹日
郇[3]	qjbh	勹日阝[丨]	qjbh	勹日阝[丨]	巽[3]	nnaw	巳巳廾八	nnaw	巳巳廾八
浚	icwt	氵厶八夂	icwt	氵厶八夂	蕈[3]	asjj	艹西早[刂]	asjj	艹西早[刂]
勋[3]	kmln	口贝力[乙]	kmet	口贝力[丿]					

Y 字母部

汉字	86 版	字根	98 版	字根	汉字	86 版	字根	98 版	字根
Y→ya					讶[3]	yaht	讠匚丨丿	yaht	讠匚丨丿
丫[3]	uhk	丷丨[川]	uhk	丷丨[川]	迓	ahtp	匚丨丿辶	ahtp	匚丨丿辶
压[3]	dfyi	厂土丶[氵]	dfyi	厂土丶[氵]	垭[3]	fgog	土一业一	fgog	土一业[一]
呀[2]	Kaht	口匚丨丿	kaht	口匚丨丿	娅[3]	vgog	女一业一	vgog	女一业[一]
押[2]	rlh	扌甲[丨]	rlh	扌甲[丨]	砑[3]	daht	石匚丨丿	daht	石匚丨丿
鸦	ahtg	匚丨丿一	ahtg	匚丨丿一	氩	rngg	𠂉乙一一	rgod[3]	气一业[三]
桠	sgog	木一业一	sgog	木一业[一]	揠	rajv	扌匚日女	rajv	扌匚日女
鸭[3]	lqyg	甲勹丶一	lqgg	甲鸟一[一]	Y→yan				
牙[2]	ahte	匚丨丿[彡]	ahte	匚丨丿[彡]	阏	uywu	门方人冫	uywu	门方人冫
伢[3]	waht	亻匚丨丿	waht	亻匚丨丿	埏[3]	fthp	土丿止廴	fthp	土丿止廴
岈[3]	maht	山匚丨丿	maht	山匚丨丿	咽[3]	kldy	口囗大[丶]	kldy	口囗大[丶]
芽[3]	aaht	艹匚丨丿	aaht	艹匚丨丿	恹	nddy	忄厂犬[丶]	nddy	忄厂犬[丶]
琊	gahb	王匚丨阝	gahb	王匚丨阝	烟[2]	oldy	火囗大[丶]	oldy[3]	火囗大[丶]
蚜[3]	jaht	虫匚丨丿	jaht	虫匚丨丿	胭[3]	eldy	月囗大[丶]	eldy	月囗大[丶]
崖	mdff	山厂土土	mdff	山厂土土	崦[3]	mdjn	山大日乙	mdjn	山大日乙
涯[3]	idff	氵厂土土	idff	氵厂土土	淹[3]	idjn	氵大日乙	idjn	氵大日乙
睚[2]	hdff	目厂土土	hdff[3]	目厂土土	焉[3]	ghgo	一止一灬	ghgo	一止一灬
衙[3]	tgkh	彳五口丨	tgks[4]	彳五口丁	菸	aywu	艹方人冫	aywu	艹方人冫
疋[3]	nhi	乙龰[氵]	nhi	乙龰[氵]	阉	udjn	门大日乙	udjn[3]	门大日乙
哑[3]	kgog	口一业一	kgog	口一业[一]	湮	isfg	氵西土[一]	isfg	氵西土[一]
痖	ugog	疒一业一	ugod[3]	疒一业[三]	腌	edjn	月大日乙	edjn	月大日乙
雅	ahty	匚丨丿主	ahty	匚丨丿主	鄢	ghgb	一止一阝	ghgb	一止一阝
亚[3]	gogd	一业一[三]	god[2]	一业[三]	嫣[3]	vgho	女一止灬	vgho	女一止灬

汉字	86 版	字根	98 版	字根
延[3]	thpd	丿止廴㊂	thnp	丿止乙廴
闫[3]	udd	门三㊂	udd	门三㊂
严	godr	一业厂⺈⃝	gote	一业丿彡⃝
妍[3]	vgah	女一廾丨⃝	vgah	女一廾丨⃝
芫	afqb	艹二儿巜⃝	afqb	艹二儿巜⃝
言[3]	yyyy	言言言言	yyyy	言言言言
岩[3]	mdf	山石㊁	mdf	山石㊁
沿[3]	imkg	氵几口㊀	iwkg	氵几口㊀
炎[2]	oou	火火冫⃝	oou	火火冫⃝
研[3]	dgah	石一廾丨⃝	dgah	石一廾丨⃝
盐[3]	fhlf	土卜皿㊁	fhlf	土卜皿㊁
阎	uqvd	门⺈彐㊂	uqed[3]	门⺈彐㊂
筵	tthp	竹丿止廴	tthp[3]	竹丿卜廴
蜒	jthp	虫丿止廴	jthp	虫丿卜廴
颜	utem	立丿彡贝	utem	立丿彡贝
檐	sqdy	木⺈厂言	sqdy	木⺈厂言
兖[3]	ucqb	六厶儿巜⃝	ucqb	六厶儿巜⃝
奄[3]	djnb	大日乙巜⃝	djnb	大日乙巜⃝
俨[3]	wgod	亻一业厂	wgot	亻一业丿
衍[3]	tifh	彳氵二亅	tigs	彳氵一丁
偃	wajv	亻匚日女	wajv	亻匚日女
厣[3]	ddlk	厂犬甲川⃝	ddlk	厂犬甲川⃝
掩	rdjn	扌大日乙	rdjn[3]	扌大日乙
眼[2]	hvey	目彐𧘇、⃝	hvy	目艮、⃝
郾[3]	ajvb	匚日女阝	ajvb	匚日女阝
琰[3]	gooy	王火火、⃝	gooy	王火火、⃝
罨	ldjn	罒大日乙	ldjn[3]	罒大日乙
演[3]	ipgw	氵宀一八	ipgw[4]	氵宀一八
魇	ddrc	厂犬白厶	ddrc	厂犬白厶
鼹	vnuv	臼乙⺀女	enuv	臼乙⺀女
厌[3]	ddi	厂犬氵⃝	ddi	厂犬氵⃝
彦	uter	立丿彡⺈⃝	utee	立丿彡彡⃝
砚[3]	dmqn	石冂儿乙⃝	dmqn	石冂儿乙⃝
唁[3]	kyg	口言㊀	kyg[2]	口言㊀
宴[3]	pjvf	宀日女㊁	pjvf	宀日女㊁
晏[3]	jpvf	日宀女㊁	jpvf	日宀女㊁
艳[3]	dhqc	三丨⺈巴	dhqc	三丨⺈巴
验[3]	cwgi	马人一⺌	cgwg	马一人一
谚[3]	yute	讠立丿彡	yute	讠立丿彡
堰	fajv	土匚日女	fajv	土匚日女
焰[3]	oqvg	火⺈臼㊀	oqeg	火⺈臼㊀
焱	ooou	火火火冫⃝	ooou	火火火冫⃝
雁[3]	dwwy	厂亻亻主	dwwy	厂亻亻主
滟	idhc	氵三丨巴	idhc	氵三丨巴
酽	sggd	西一一厂	sggt	西一一丿
燕[2]	auko	廿⺾口灬	akuo[3]	廿口⺾灬
谳[3]	yfmd	讠十冂犬	yfmd	讠十冂犬
餍	ddwe	厂犬人𧘇	ddwv[3]	厂犬人良
赝	dwwm	厂亻亻贝	dwwm	厂亻亻贝
Y→yang				
央[2]	mdi	冂大氵⃝	mdi	冂大氵⃝
泱	imdy	氵冂大、⃝	imdy	氵冂大、⃝
殃[3]	gqmd	一夕冂大	gqmd	一夕冂大
秧	tmdy	禾冂大、⃝	tmdy	禾冂大、⃝
鸯[3]	mdqg	冂大勹一	mdqg	冂大鸟一
鞅	afmd	廿甲冂大	afmd	廿甲冂大
阳[2]	bjg	阝日㊀	bjg	阝日㊀
扬	rnrt	扌乙彡丿⃝	rnrt[3]	扌乙彡丿⃝
羊[3]	udj	丷手刂⃝	uyth	羊、丿丨
杨[2]	snrt	木乙彡丿⃝	snrt[3]	木乙彡丿⃝
炀	onrt	火乙彡丿⃝	onrt	火乙彡丿⃝
佯	wudh	亻丷手丨⃝	wuh[3]	亻羊丨⃝
疡[3]	unre	疒乙彡彡⃝	unre	疒乙彡彡⃝
徉[3]	tudh	彳丷手丨⃝	tuh	彳羊丨⃝
洋[2]	iudh	氵丷手丨⃝	iuh	氵羊丨⃝
烊[3]	oudh	火丷手丨⃝	ouh	火羊丨⃝
蛘[3]	judh	虫丷手丨⃝	juh	虫羊丨⃝
仰	wqbh	亻𠂎卩丨⃝	wqbh[3]	亻𠂎卩丨⃝
养	udyj	丷⺷、川	ugjj	丷夫川丨
氧[3]	rnud	𠂉乙丷手	ruk	气羊川⃝
痒[3]	uudk	疒丷手川⃝	uuk	疒羊川⃝
怏	nmdy	忄冂大、⃝	nmdy	忄冂大、⃝
恙[3]	ugnu	丷王心冫⃝	ugnu	丷王心冫⃝
样[2]	sudh	木丷手丨⃝	suh	木羊丨⃝
漾	iugi	氵丷王水	iugi	氵丷王水
Y→yao				
幺	xnny	幺乙乙、	xxxx	幺幺幺幺
夭[3]	tdi	丿大氵⃝	tdi	丿大氵⃝
吆[3]	kxy	口幺、⃝	kxy	口幺、⃝
妖[3]	vtdy	女丿大、⃝	vtdy	女丿大、⃝
腰[3]	essvg	月西女㊀	essvg	月覀女㊀
邀	rytp	白方攵辶	rytp[3]	白方攵辶
爻[3]	qqu	乂乂冫⃝	rru	乂乂冫⃝
尧	atgq	七丿一儿	atgq	七丿一儿
侥	watq	亻七丿儿	watq	亻七丿儿
肴[3]	qdef	乂𠂇月㊁	rdef	乂𠂇月㊁
姚[3]	viqn	女⺌儿乙⃝	vqiy	女儿⺌、⃝
轺[3]	lvkg	车刀口㊀	lvkg	车刀口㊀
珧[3]	gign	王⺌儿乙⃝	gqiy[4]	王儿⺌、⃝
窑[3]	pwrm	宀八𠂉山	pwtb[4]	宀八𠂉凵
谣[3]	yerm	讠爫𠂉山	yetb	讠爫𠂉凵
徭	term	彳爫𠂉山	tetb[3]	彳爫𠂉凵
摇[3]	rerm	扌爫𠂉山	retb	扌爫𠂉凵
遥[2]	ermp	爫𠂉山辶	etfp[3]	爫𠂉十辶
瑶[3]	germ	王爫𠂉山	getb	王爫𠂉凵
繇	ermi	爫𠂉山小	etbi	爫𠂉凵小
鳐	qgem	鱼一爫山	qgeb	鱼一爫凵
杳[3]	sjf	木日㊁	sjf	木日㊁
咬[3]	kuqy	口六乂、⃝	kury[2]	口六乂、⃝
窈	pwxl	宀八幺力	pwxe	宀八幺力
舀[3]	evf	爫臼㊁	eef	爫臼㊁
崾[3]	msvg	山西女㊀	msvg	山覀女㊀
药[2]	axqy	艹纟勹、	axqy	艹纟勹、
要[1]	svf	西女㊁	svf[3]	西女㊁
鹞	ermg	爫𠂉山一	etfg	爫𠂉十一
曜[3]	jnwy	日羽亻主	jnwy	日羽亻主
耀	iqny	⺌儿羽主	igqy	⺌一儿主
钥[3]	qeg	钅月㊀	qeg	钅月㊀
Y→ye				
椰[3]	sbbh	木耳阝丨⃝	sbbh	木耳阝丨⃝

续上表

汉字	86 版	字根	98 版	字根	汉字	86 版	字根	98 版	字根
噎③	kfpu	口士冖丷	kfpu	口士冖丷	颐	ahkm	匚丨口贝	ahkm③	匚丨口贝
爷③	wqbj	八乂卩[刂]	wqbj	八乂卩[刂]	疑	xtdh	匕𠂉大龰	xtdh③	匕𠂉大龰
耶③	bbh	耳阝[丨]	bbh	耳阝[丨]	嶷③	mxth	山匕𠂉龰	mxth	山匕𠂉龰
揶③	rbbh	扌耳阝[丨]	rbbh	扌耳阝[丨]	彝③	xgoa	彑一米廾	xoxa④	彑米幺廾
铘	qahb	钅匚丨阝	qahb③	钅匚丨阝	乙③	nnll	乙乙[L][L]	nnll	乙乙[L][L]
也②	bnhn	也乙丨乙	bnhn	也乙丨乙	已	nnnn	已已已已	nnnn②	已已已已
冶③	uckg	冫厶口[一]	uckg	冫厶口[一]	以③	nywy	乙丶人[丶]	nywy④	乙丶人[丶]
野③	jfcb	日土マ卩	jfch	日土マ丨	钇③	qnn	钅乙[乙]	qnn	钅乙[乙]
业②	ogd	业一[三]	ohhg	业丨丨一	仡③	wtnn	亻𠂉乙[乙]	wtnn④	亻𠂉乙[乙]
叶②	kfh	口十[丨]	kfh	口十[丨]	矣②	ctdu	厶𠂉大[冫]	ctdu	厶𠂉大[冫]
曳③	jxe	日匕[彡]	jnte	日乙丿[彡]	苡③	anyw	艹乙丶人	anyw④	艹乙丶人
页③	dmu	丆贝[冫]	dmu	丆贝[冫]	舣	teyq	丿舟丶乂	tuyr	丿舟丶乂
邺③	ogbh	业一阝[丨]	obh	业阝[丨]	蚁③	jyqy	虫丶乂[丶]	jyry	虫丶乂[丶]
夜③	ywty	亠亻夕丶	ywty	亠亻夕丶	倚③	wdsk	亻大丁口	wdsk	亻大丁口
晔③	jwxf	日亻匕十	jwxf	日亻匕十	椅③	sdsk	木大丁口	sdsk	木大丁口
烨③	owxf	火亻匕十	owxf	火亻匕十	旖	ytdk	方𠂉大口	ytdk	方𠂉大口
掖③	rywy	扌亠亻丶	rywy④	扌亠亻丶	义②	yqi	丶乂[氵]	yri	丶乂[氵]
液③	iywy	氵亠亻丶	iywy	氵亠亻丶	亿②	wnn	亻乙[乙]	wnn	亻乙[乙]
谒③	yjqn	讠日勹乙	yjqn	讠日勹乙	弋	agny	弋一乙丶	ayi③	弋丶[氵]
腋	eywy	月亠亻丶	eywy	月亠亻丶	刈③	qjh	乂刂[丨]	rjh	乂刂[丨]
靥	dddl	厂犬丆口	dddf	厂犬丆二	忆②	nnn	忄乙[乙]	nnn③	忄乙[乙]
Y→yi					艺③	anb	艹乙[巜]	anb②	艹乙[巜]
一①	ggll	一一[L][L]	ggll③	一一[L][L]	议③	yyqy	讠丶乂[丶]	yyry	讠丶乂[丶]
伊③	wvtt	亻彐丿[丿]	wvtt	亻彐丿[丿]	亦③	you	亠小[冫]	you②	亠小[冫]
衣②	yeu	亠𧘇[冫]	yeu	亠𧘇[冫]	屹	mtnn	山𠂉乙[乙]	mtnn③	山𠂉乙[乙]
医③	atdi	匚𠂉大[氵]	atdi	匚𠂉大[氵]	异③	naj	巳廾[刂]	naj②	巳廾[刂]
依③	wyey	亻亠𧘇[丶]	wyey	亻亠𧘇[丶]	佚③	wrwy	亻𠂉人[丶]	wtgy④	亻丿夫[丶]
咿	kwvt	口亻彐丿	kwvt	口亻彐丿	呓③	kann	口艹乙[乙]	kann④	口艹乙[乙]
猗	qtdk	犭丿大口	qtdk	犭[丿]大口	役③	tmcy	彳几又[丶]	twcy	彳几又[丶]
铱③	qyey	钅亠𧘇[丶]	qyey	钅亠𧘇[丶]	抑③	rqbh	扌𠂆卩[丨]	rqbh	扌𠂆卩[丨]
壹③	fpgu	士冖一丷	fpgu	士冖一丷	译③	ycfh	讠又二丨	ycgh	讠又キ[丨]
揖③	rkbg	扌口耳[一]	rkbg	扌口耳[一]	绎③	xcfh	纟又二丨	xcgh	纟又キ[丨]
欹	dskw	大丁口人	dskw	大丁口人	邑③	kcb	口巴[巜]	kcb	口巴[巜]
漪	iqtk	氵犭[丿]口	iqtk	氵犭[丿]口	佾③	wweg	亻八月[一]	wweg④	亻八月[一]
噫	kujn	口立日心	kujn	口立日心	峄③	mcfh	山又二丨	mcgh	山又キ[丨]
黟	lfoq	罒土灬夕	lfoq	罒土灬夕	怿	ncfh	忄又二丨	ncgh③	忄又キ[丨]
仪③	wyqy	亻丶乂[丶]	wyry	亻丶乂[丶]	易③	jqrr	日勹彡[彡]	jqrr	日勹彡[彡]
圯③	fnn	土巳[乙]	fnn	土巳[乙]	诣③	yxjg	讠匕日[一]	yxjg	讠匕日[一]
沂③	irh	氵斤[丨]	irh	氵斤[丨]	驿③	ccfh	马又二丨	cgcg④	马一又キ
诒③	yckg	讠厶口[一]	yckg	讠厶口[一]	奕③	yodu	亠小大[冫]	yodu	亠小大[冫]
宜③	pegf	宀月一[二]	pegf	宀月一[二]	弈③	yoaj	亠小廾[刂]	yoaj	亠小廾[刂]
怡③	nckg	忄厶口[一]	nckg	忄厶口[一]	疫③	umci	疒几又[氵]	uwci	疒几又[氵]
迤③	tbpv	𠂉也辶[巛]	tbpv④	𠂉也辶[巛]	羿	naj	羽廾[刂]	naj	羽廾[刂]
饴③	qnck	𠂊乙厶口	qnck	𠂊乙厶口	轶③	lrwy	车𠂉人[丶]	ltgy	车丿夫[丶]
夷③	gxwi	一弓人[氵]	gxwi	一弓人[氵]	悒③	nkcn	忄口巴[乙]	nkcn	忄口巴[乙]
咦③	kgxw	口一弓人	kgxw	口一弓人	挹③	rkcn	扌口巴[乙]	rkcn	扌口巴[乙]
姨②	vgxw	女一弓人	vgxw③	女一弓人	益③	uwlf	丷八皿[二]	uwlf	丷八皿[二]
荑③	agxw	艹一弓人	agxw	艹一弓人	谊③	ypeg	讠宀月一	ypeg④	讠宀月一
贻③	mckg	贝厶口[一]	mckg	贝厶口[一]	埸③	fjqr	土日勹彡	fjqr	土日勹彡
眙③	hckg	目厶口[一]	hckg	目厶口[一]	翊③	ung	立羽[一]	ung	立羽[一]
胰③	egxw	月一弓人	egxw	月一弓人	翌③	nuf	羽立[二]	nuf	羽立[二]
酏③	sgbn	西一也[乙]	sgbn	西一也[乙]	逸	qkqp	⺈口儿辶	qkqp	⺈口儿辶
痍	ugxw	疒一弓人	ugxw③	疒一弓人	意③	ujnu	立日心[冫]	ujnu	立日心[冫]
移③	tqqy	禾夕夕[丶]	tqqy	禾夕夕[丶]	溢③	iuwl	氵丷八皿	iuwl	氵丷八皿
遗	khgp	口丨一辶	khgp	口丨一辶	缢③	xuwl	纟丷八皿	xuwl	纟丷八皿

汉字	86版	字根	98版	字根
肄	xtdh	匕𠂉大丨	xtdg	匕𠂉大丰
裔③	yemk	亠𧘇冂口	yemk④	亠𧘇冂口
瘗	uguf	疒一⺌土	uguf	疒一⺌土
蜴	jjqr	虫日勹彡	jjqr	虫日勹彡
毅③	uemc	立豕几又	uewc	立豕几又
熠	onrg	火羽白㊀	onrg	火羽白㊀
镒③	quwl	钅⺌八皿	quwl	钅⺌八皿
劓	thlj	丿目田刂	thlj	丿目田刂
殪	gqfu	一夕士⺌	gqfu	一夕士⺌
薏	aujn	艹立日心	aujn	艹立日心
翳	atdn	匚𠂉大羽	atdn	匚𠂉大羽
翼③	nlaw	羽田龷八	nlaw	羽田龷八
臆③	eujn	月立日心	eujn	月立日心
癔	uujn	疒立日心	uujn	疒立日心
镱	qujn	钅立日心	qujn	钅立日心
懿	fpgn	士冖一心	fpgn	士冖一心
Y→yin				
因②	ldi	口大(氵)	ldi	口大(氵)
窨	pwuj	宀八立日	pwuj	宀八立日
阴②	beg	阝月㊀	beg	阝月㊀
姻③	vldy	女口大(丶)	vldy②	女口大(丶)
洇	ildy	氵口大(丶)	ildy	氵口大(丶)
茵③	aldu	艹口大(冫)	aldu	艹口大(冫)
荫③	abef	艹阝月㊁	abef	艹阝月㊁
音③	ujf	立日㊁	ujf	立日㊁
殷③	rvnc	厂彐乙又	rvnc	厂彐乙又
氤③	rnld	𠂉乙口大	rldi	气口大(氵)
铟	qldy	钅口大(丶)	qldy	钅口大(丶)
喑③	kujg	口立日㊀	kujg	口立日㊀
堙③	fsfg	土西土㊀	fsfg④	土覀土㊀
吟	kwyn	口人丶乙	kwyn	口人丶乙
垠③	fvey	土彐𧘇(丶)	fvy③	土艮(丶)
狺	qtyg	犭丿言㊀	qtyg	犭(丿)言㊀
寅③	pgmw	宀一冂八	pgmw	宀一冂八
淫③	ietf	氵爫丿士	ietf	氵爫丿士
银③	qvey	钅彐𧘇(丶)	qvy	钅艮(丶)
鄞	akgb	廿口龶阝	akgb	廿口龶阝
夤	qpgw	夕宀一八	qpgw	夕宀一八
龈	hwbe	止人凵𧘇	hwbv	止人凵艮
霪	fief	雨氵爫士	fief	雨氵爫士
尹③	vte	彐丿(彡)	vte	彐丿(彡)
引②	xhh	弓丨(丨)	xhh	弓丨(丨)
吲③	kxhh	口弓丨(丨)	kxhh	口弓丨(丨)
饮③	qnqw	𠂊乙𠂊人	qnqw	𠂊乙𠂊人
蚓③	jxhh	虫弓丨(丨)	jxhh	虫弓丨(丨)
隐②	bqvn	阝𠂊彐心	bqvn③	阝𠂊彐心
瘾③	ubqn	疒阝𠂊心	ubqn	疒阝𠂊心
印③	qgbh	𠂎一卩(丨)	qgbh	𠂎一卩(丨)
茚	qgbh	艹𠂎一卩	qgbh	艹𠂎一卩
胤	txen	丿幺月乙	txen	丿幺月乙
Y→ying				
应③	yid	广⺌㊂	oigd②	广⺍一㊂
英③	amdu	艹冂大(冫)	amdu	艹冂大(冫)
莺③	apqg	艹冖勹一	apqg	艹冖鸟一
婴③	mmvf	贝贝女㊁	mmvf	贝贝女㊁
瑛③	gamd	王艹冂大	gamd	王艹冂大
嘤③	kmmv	口贝贝女	kmmv	口贝贝女
撄③	rmmv	扌贝贝女	rmmv	扌贝贝女
缨③	xmmv	纟贝贝女	xmmv	纟贝贝女
罂③	mmrm	贝贝𠂉山	mmtb	贝贝𠂉凵
樱	smmv	木贝贝女	smmv③	木贝贝女
璎	gmmv	王贝贝女	gmmv	王贝贝女
鹦	mmvg	贝贝女一	mmvg	贝贝女一
膺	ywwe	广亻亻月	owwe	广亻亻月
鹰	ywwg	广亻亻一	owwg	广亻亻一
迎③	qbpk	𠂎卩辶(川)	qbpk②	𠂎卩辶(川)
茔③	apff	艹冖土㊁	apff④	艹冖土㊁
盈③	eclf	乃又皿㊁	bclf	乃又皿㊁
荥③	apiu	艹冖水(冫)	apiu	艹冖水(冫)
荧③	apou	艹冖火(冫)	apou	艹冖火(冫)
莹	apgy	艹冖王丶	apgy③	艹冖王丶
萤③	apju	艹冖虫(冫)	apju	艹冖虫(冫)
营③	apkk	艹冖口口	apkk	艹冖口口
萦③	apxi	艹冖幺小	apxi	艹冖幺小
楹③	secl	木乃又皿	sbcl	木乃又皿
滢	iapy	氵艹冖丶	iapy	氵艹冖丶
蓥	apqf	艹冖金㊁	apqf	艹冖金㊁
潆	iapi	氵艹冖小	iapi	氵艹冖小
蝇②	jkjn	虫口日乙	jkjn	虫口日乙
嬴	ynky	亠乙口丶	yevy③	亡月女丶
赢	ynky	亠乙贝丶	yemy③	亡月贝丶
瀛	iyny	氵亠口丶	iyey③	氵亡月丶
郢	kgbh	口王阝(丨)	kgbh	口王阝(丨)
颍③	xidm	匕水𠂇贝	xidm	匕水𠂇贝
颖③	xtdm	匕禾𠂇贝	xtdm④	匕禾𠂇贝
影	jyie	日亠小彡	jyie②	日亠小彡
瘿	ummv	疒贝贝女	ummv	疒贝贝女
映③	jmdy	日冂大(丶)	jmdy	日冂大(丶)
硬③	dgjq	石一日乂	dgjr	石一日乂
媵	eudv	月⺌大女	eugv	月⺍夫女
Y→yo				
育③	ycef	亠厶月㊁	ycef	亠厶月㊁
唷③	kyce	口亠厶月	kyce	口亠厶月
哟②	kxqy	口纟勹丶	kxqy	口纟勹丶
Y→yong				
佣③	weh	亻用(丨)	weh②	亻用(丨)
拥③	reh	扌用(丨)	reh②	扌用(丨)
痈③	uek	疒用(川)	uek	疒用(川)
邕③	vkcb	巛口巴(巜)	vkcb	巛口巴(巜)
庸	yveh	广彐月丨	oveh③	广彐月丨
雍③	yxty	亠纟丿主	yxty	亠纟丿主
墉	fyvh	土广彐丨	fovh	土广彐丨
慵	nyvh	忄广彐丨	novh	忄广彐丨
壅	yxtf	亠纟丿土	yxtf	亠纟丿土
镛	qyvh	钅广彐丨	qovh③	钅广彐丨
臃③	eyxy	月亠纟主	eyxy	月亠纟主
鳙	qgyh	鱼一广丨	qgoh	鱼一广丨
饔	yxte	亠纟丿𧘇	yxtv	亠纟丿艮
喁③	kjmy	口日冂丶	kjmy	口日冂丶
永③	ynii	丶乙水(氵)	ynii	丶乙水(氵)

续上表

汉字	86版	字根	98版	字根
甬[3]	cej	マ用[刂]	cej	マ用[刂]
咏[3]	kyni	口、乙水	kyni	口、乙水
泳	iyni	氵、乙水	iyni	氵、乙水
俑[3]	wceh	亻マ用[丨]	wceh	亻マ用[丨]
勇[3]	celb	マ用力[巜]	ceer	マ用力[丿丿]
涌[3]	iceh	氵マ用[丨]	iceh	氵マ用[丨]
恿[3]	cenu	マ用心[冫]	cenu[4]	マ用心[冫]
蛹	jceh	虫マ用[丨]	jceh	虫マ用[丨]
踊[3]	khce	口止マ用	khce	口止マ用
用[2]	etnh	用丿乙丨	etnh	用丿乙丨

Y→you

汉字	86版	字根	98版	字根
优[3]	wdnn	亻ナ乙[乙]	wdnn	亻ナ乙、
忧[3]	ndnn	忄ナ乙[乙]	ndnn	忄ナ乙、
攸	whty	亻丨攵[丶]	whty	亻丨攵[丶]
呦[3]	kxln	口幺力[乙]	kxen[4]	口幺力[丿]
幽[3]	xxmk	幺幺山[川]	mxxi[2]	山幺幺[氵]
悠	whtn	亻丨攵心	whtn	亻丨攵心
由[2]	mhng	由丨乙一	mhng	由丨乙一
犹	qtdn	犭丿犬[乙]	qtdy	犭[丿]ナ、
邮[2]	mbh	由阝[丨]	mbh	由阝[丨]
油[3]	img	氵由[一]	img[2]	氵由[一]
柚[3]	smg	木由[一]	smg	木由[一]
疣	udnv	疒ナ乙[巛]	udny[3]	疒ナ乙[丶]
尤	dnv	ナ乙[巛]	dnyi	ナ乙、[氵]
尢[3]	dnv	ナ乙[巛]	dnv[3]	ナ乙[巛]
莜[3]	awht	艹亻丨攵	awht	艹亻丨攵
莸	aqtn	艹犭丿乙	aqtn	艹犭[丿]乙
铀[3]	qmg	钅由[一]	qmg	钅由[一]
蚰[3]	jmg	虫由[一]	jmg	虫由[一]
游	iytb	氵方𠂉子	iytb	氵方𠂉子
鱿[3]	qgdn	鱼一ナ乙	qgdy[4]	鱼一ナ、
猷	usgd	丷西一犬	usgd	丷西一犬
蝣	jytb	虫方𠂉子	jytb[3]	虫方𠂉子
繇	ermi	爫𠂉山小	etfi	爫丿干小
友[2]	dcu	ナ又[冫]	dcu	ナ又[冫]
有[3]	def	ナ月[二]	def	ナ月[二]
卣[3]	hlnf	卜口コ[二]	hlnf	卜口コ[二]
酉	sgd	西一[三]	sgd	西一[三]
莠	ateb	艹禾乃[巜]	atbr[3]	艹禾乃[丿丿]
铕	qdeg	钅ナ月[一]	qdeg[3]	钅ナ月[一]
牖	thgy	丿丨一、	thgs	丿丨一甫
黝	lfol	罒土灬力	lfoe	罒土灬力
又[3]	cccc	又又又又	cccc	又又又又
右[2]	dkf	ナ口[二]	dkf	ナ口[二]
幼[3]	xln	幺力[乙]	xet	幺力[丿]
佑[3]	wdkg	亻ナ口[一]	wdkg	亻ナ口[一]
侑[3]	wdeg	亻ナ月[一]	wdeg	亻ナ月[一]
囿[3]	lded	囗ナ月[三]	lded	囗ナ月[三]
宥	pdef	宀ナ月[二]	pdef	宀ナ月[二]
诱[3]	yten	讠禾乃[乙]	ytbt[4]	讠禾乃[丿]
蚴[3]	jxln	虫幺力[乙]	jxet	虫幺力[丿]
釉[3]	tomg	丿米由[一]	tomg	丿米由[一]
鼬	vnum	臼乙冫由	evum	臼乙冫由

Y→yu

汉字	86版	字根	98版	字根
纡[3]	xgfh	纟一十[丨]	xgfh	纟一十[丨]
迂[3]	gfpk	一十辶[川]	gfpk	一十辶[川]
淤	iywu	氵方人冫	iywu	氵方人冫
渝	iwgj	氵人一刂	iwgj	氵人一刂
瘀	uywu	疒方人冫	uywu	疒方人冫
于[2]	gfk	一十[川]	gfk	一十[川]
予[3]	cbj	マ卩[刂]	cnhj	マ乙丨[刂]
余[3]	wtu	人禾[冫]	whsu	人一木[冫]
妤	vcbh	女マ卩[丨]	vcnh	女マ乙丨
欤	gngw	一乙一人	gngw	一乙一人
於[3]	ywuy	方人冫[丶]	ywuy	方人冫[丶]
盂[3]	gflf	一十皿[二]	gflf	一十皿[二]
臾[3]	vwi	臼人[氵]	ewi	臼人[氵]
鱼[3]	qgf	鱼一[二]	qgf	鱼一[二]
俞	wgej	人一月刂	wgej	人一月刂
禺	jmhy	日冂丨、	jmhy	日冂丨、
竽[3]	tgfj	竹一十[刂]	tgfj	竹一十[刂]
舁[3]	vaj	臼廾[刂]	eaj	臼廾[刂]
娱	vkgd	女口一大	vkgd	女口一大
狳	qtwt	犭丿人禾	qtgs	犭[丿]一木
谀	yvwy	讠臼人[丶]	yewy[3]	讠臼人[丶]
馀[3]	qnwt	𠂊乙人禾	qnws[4]	𠂊乙人木
渔	iqgg	氵鱼一[一]	iqgg	氵鱼一[一]
萸[3]	avwu	艹臼人[冫]	aewu[4]	艹臼人[冫]
隅[3]	bjmy	阝日冂[丶]	bjmy	阝日冂[丶]
雩	ffnb	雨二乙[巜]	ffnb[3]	雨二乙[巜]
榆	swgj	木人一刂	swgj	木人一刂
嵛[3]	mwgj	山人一刂	mwgj[4]	山人一刂
愉[3]	nwgj	忄人一刂	nwgj	忄人一刂
揄	rwgj	扌人一刂	rwgj	扌人一刂
腴[3]	evwy	月臼人[丶]	eewy[4]	月臼人[丶]
逾	wgep	人一月辶	wgep	人一月辶
愚	jmhn	日冂丨心	jmhn	日冂丨心
瑜[3]	gwgj	王人一刂	gwgj	王人一刂
虞[3]	hakd	广七口大	hkgd	虍口一大
觎	wgeq	人一月儿	wgeq	人一月儿
窬	pwwj	宀八人刂	pwwj	宀八人刂
舆[3]	wflw	亻二车八	elgw[2]	臼车一八
蝓	jwgj	虫人一刂	jwgj	虫人一刂
与[2]	gngd	一乙一[三]	gngd	一乙一[三]
伛	waqy	亻匚乂[丶]	wary	亻匚乂[丶]
宇[3]	pgfj	宀一十[刂]	pgfj	宀一十[刂]
屿[3]	mgng	山一乙一	mgng	山一乙一
羽[3]	nnyg	羽乙、一	nnyg	羽乙、一
雨	fghy	雨一丨、	fghy	雨一丨、
俣[3]	wkgd	亻口一大	wkgd	亻口一大
禹[3]	tkmy	丿口冂、	tkmy	丿口冂、
语[3]	ygkg	讠五口[一]	ygkg	讠五口[一]
圄	lgkd	囗五口[三]	lgkd	囗五口[三]
圉[3]	lfuf	囗土八十	lfuf	囗土八十
庾[3]	yvwi	广臼人[氵]	oewi	广臼人[氵]
瘐[3]	uvwi	疒臼人[氵]	uewi[4]	疒臼人[氵]
窳	pwry	宀八厂、	pwry[3]	宀八厂、
龉	hwbk	止人凵口	hwbk	止人凵口
玉[2]	gyi	王、[氵]	gyi	王、[氵]
驭[3]	ccy	马又[丶]	cgcy	马一又[丶]

汉字	86版	字根	98版	字根
吁	kgfh	口一寸[丨]	kgfh	口一寸[丨]
聿	vfhk	彐二丨[川]	vgk	彐⺧[川]
芋[3]	agfj	艹一寸[刂]	agfj	艹一寸[刂]
妪[3]	vaqy	女匚乂[丶]	vary	女匚乂[丶]
饫	qntd	⺈乙丿大	qntd	⺈乙丿大
育[3]	ycef	亠厶月[二]	ycef	亠厶月[二]
郁[3]	debh	ナ月阝[丨]	debh	ナ月阝[丨]
昱[3]	juf	日立[二]	juf	日立[二]
狱	qtyd	犭丿讠犬	qtyd[3]	犭[丿]讠犬
峪	mwwk	山八人口	mwwk	山八人口
浴[3]	iwwk	氵八人口	iwwk	氵八人口
钰	qgyy	钅王丶[丶]	qgyy	钅王丶[丶]
预[3]	cbdm	マ卩ア贝	cnhm[4]	マ乙丨贝
域	fakg	土戈口一	fakg[2]	土戈口一
欲	wwkw	八人口人	wwkw	八人口人
谕	ywgj	讠人一刂	ywgj	讠人一刂
阈[3]	uakg	门戈口一	uakg	门戈口一
鹆	wwkg	八人口一	wwkg	八人口一
喻	kwgj	口人一刂	kwgj	口人一刂
寓[3]	pjmy	宀日冂丶	pjmy	宀日冂丶
御	trhb	彳𠂉止卩	ttgb	彳𠂉一卩
裕[3]	puwk	礻冫八口	puwk	礻[冫]八口
遇[2]	jmhp	日冂丨辶	jmhp	日冂丨辶
愈	wgen	人一月心	wgen[3]	人一月心
煜[3]	ojug	火日立[一]	ojug	火日立[一]
蓣	acbm	艹マ卩贝	acnm	艹マ乙贝
誉	iwyf	⺍八言[二]	igwy	⺌一八言
蔚[3]	anff	艹尸二寸	anff	艹尸二寸
毓	txgq	𠂉母一儿	txyk[3]	𠂉母亠儿
蜮[3]	jakg	虫戈口一	jakg	虫戈口一
豫[3]	cbqe	マ卩⺈豕	cnhe[4]	マ乙丨豕
燠[3]	otmd	火丿冂大	otmd	火丿冂大
鹬	cbtg	マ卩丿一	cnhg	マ乙丨一
鬻	xoxh	弓米弓丨	xoxh	弓米弓丨
Y→yuan				
鸢	aqyg	弋勹丶一	ayqg[3]	弋丶鸟一
冤[3]	pqky	冖⺈口丶	pqky	冖⺈口丶
鸳[3]	qbqg	夕㔾勹一	qbqg	夕㔾鸟一
渊[3]	itoh	氵丿米丨	itoh	氵丿米丨
箢[3]	tpqb	竹宀夕㔾	tpqb	竹宀夕㔾
元[3]	fqb	二儿[巜]	fqb	二儿[巜]
员[2]	kmu	口贝[冫]	kmu	口贝[冫]
园[3]	lfqv	囗二儿[巛]	lfqv	囗二儿[巛]
沅[3]	ifqn	氵二儿[乙]	ifqn	氵二儿[乙]
垣	fgjg	土一日一	fgjg[3]	土一日一
爰[3]	eftc	爫二丿又	eftc[4]	爫一ナ又
原[2]	drii	厂白小[氵]	drii	厂白小[氵]
圆	lkmi	囗口贝[氵]	lkmi[3]	囗口贝[氵]
袁[3]	fkeu	土口𧘇[冫]	fkeu	土口𧘇[冫]
援[3]	refc	扌爫二又	regc	扌爫一又
缘[3]	xxey	纟彑厂[丶]	xxey	纟彑豕[丶]
鼋	fqkn	二儿口乙	fqkn[3]	二儿口乙
塬[3]	fdri	土厂白小	fdri	土厂白小
源[3]	idri	氵厂白小	idri	氵厂白小
猿	qtfe	犭丿土𧘇	qtfe[3]	犭[丿]土𧘇
辕[3]	lfke	车土口𧘇	lfke	车土口𧘇
圜[3]	llge	囗罒口𧘇	llge	囗罒口𧘇
橼	sxxe	木纟彑豕	sxxe	木纟彑豕
螈[3]	jdri	虫厂白小	jdri	虫厂白小
远[3]	fqpv	二儿辶[巛]	fqpv	二儿辶[巛]
苑[3]	aqbb	艹夕㔾[巜]	aqbb	艹夕㔾[巜]
怨[3]	qbnu	夕㔾心[冫]	qbnu	夕㔾心[冫]
院[3]	bpfq	阝宀二儿	bpfq	阝宀二儿
垸[3]	fpfq	土宀二儿	fpfq	土宀二儿
媛	vefc	女爫二又	vegc	女爫一又
掾[3]	rxey	扌彑豕[丶]	rxey[4]	扌彑豕[丶]
瑗	gefc	王爫二又	gegc	王爫一又
愿	drin	厂白小心	drin	厂白小心
眢	qbhf	夕㔾目[二]	qbhf	夕㔾目[二]
Y→yue				
曰	jhng	曰丨乙一	jhng	曰丨乙一
约[2]	xqyy	纟勹丶[丶]	xqyy	纟勹丶[丶]
月[3]	eeee	月月月月	eeee	月月月月
刖[3]	ejh	月刂[丨]	ejh	月刂[丨]
岳[3]	rgmj	斤一山[刂]	rmj	丘山[刂]
悦[3]	nukq	忄丷口儿	nukq	忄丷口儿
说[2]	yukq	讠丷口儿	yukq	讠丷口儿
钺	qant	钅匚乙丿	qann[3]	钅戈乚[乙]
阅[3]	uukq	门丷口儿	uukq[4]	门丷口儿
跃	khtd	口止丿大	khtd	口止丿大
粤[3]	tlon	丿冂米乙	tlon	丿冂米乙
越[3]	fhat	土龰匚丿	fhan	土龰戈乙
樾	sfht	木土龰丿	sfhn	木土龰乙
龠	wgka	人一口艹	wgka	人一口艹
瀹	iwga	氵人一艹	iwga	氵人一艹
Y→yun				
云[3]	fcu	二厶[冫]	fcu	二厶[冫]
匀[2]	qud	勹冫[三]	qud	勹冫[三]
纭[3]	xfcy	纟二厶[丶]	xfcy	纟二厶[丶]
芸	afcu	艹二厶[冫]	afcu	艹二厶[冫]
昀[3]	jqug	日勹冫[一]	jqug	日勹冫[一]
郧[3]	kmbh	口贝阝[丨]	kmbh	口贝阝[丨]
耘	difc	三小二厶	fsfc	二木二厶
氲	rnjl	𠂉乙日皿	rjld[3]	气日皿[三]
允[2]	cqb	厶儿[巜]	cqb[3]	厶儿[巜]
狁[3]	qtcq	犭丿厶儿	qtcq[4]	犭[丿]厶儿
陨[3]	bkmy	阝口贝[丶]	bkmy	阝口贝[丶]
殒[3]	gqkm	一夕口贝	gqkm[4]	一夕口贝
孕[3]	ebf	乃子[二]	bbf	乃子[二]
运[3]	fcpi	二厶辶[氵]	fcpi	二厶辶[氵]
郓[3]	plbh	冖车阝[丨]	plbh	冖车阝[丨]
恽[3]	nplh	忄冖车[丨]	nplh	忄冖车[丨]
晕[2]	jplj	日冖车[刂]	jplj[3]	日冖车[刂]
酝[3]	sgfc	西一二厶	sgfc[4]	西一二厶
愠	njlg	忄日皿[一]	njlg	忄日皿[一]
韫	fnhl	二乙丨皿	fnhl	二乙丨皿
韵	ujqu	立日勹冫	ujqu	立日勹冫
熨	nfio	尸二小火	nfio	尸二小火
蕴[3]	axjl	艹纟日皿	axjl	艹纟日皿

Z 字母部

汉字	86 版	字根	98 版	字根
Z→za				
匝③	amhk	匚冂丨(川)	amhk	匚冂丨(川)
扎③	rnn	扌乙(乙)	rnn	扌乙(乙)
咂③	kamh	口匚冂丨	kamh	口匚冂丨
拶③	rvqy	扌巛夕(丶)	rvqy	扌巛夕(丶)
杂②	vsu	九木(冫)	vsu	九木(冫)
砸	damh	石匚冂丨	damh③	石匚冂丨
咋	kthf	口𠂉丨二	kthf	口𠂉丨二
Z→zai				
灾②	pou	宀火(冫)	pou	宀火(冫)
甾③	vlf	巛田(二)	vlf	巛田(二)
哉③	fakd	十戈口(三)	faki	十戈口(氵)
栽③	fasi	十戈木(氵)	fasd	十戈木(氵)
宰③	puj	宀辛(刂)	puj	宀辛(刂)
载②	falk	十戈车(川)	fald③	十戈车(三)
崽③	mlnu	山田心(冫)	mlnu	山田心(冫)
再③	gmfd	一冂土(三)	gmfd	一冂土(三)
在①	dhfd	𠂇丨土(三)	dhfd③	𠂇丨土(三)
Z→zan				
糌	othj	米夂卜日	othj	米夂卜日
簪③	taqj	竹匚儿日	taqj	竹匚儿日
咱③	kthg	口丿目(一)	kthg	口丿目(一)
昝③	thjf	夂卜日(二)	thjf	夂卜日(二)
攒	rtfm	扌丿土贝	rtfm	扌丿土贝
趱③	fhtm	土龰丿贝	fhtm	土龰丿贝
暂③	lrjf	车斤日(二)	lrjf	车斤日(二)
赞	tfqm	丿土儿贝	tfqm	丿土儿贝
錾③	lrqf	车斤金(二)	lrqf	车斤金(二)
瓒	gtfm	王丿土贝	gtfm	王丿土贝
Z→zang				
赃③	myfg	贝广土(一)	mofg②	贝广土(一)
臧③	dndt	厂乙厂丿	auah	戈爿匚丨
驵③	cegg	马月一(一)	cgeg	马一月一
奘	nhdd	乙丨厂大	ufdu	爿士大(冫)
脏③	eyfg	月广土(一)	eofg②	月广土(一)
葬③	agqa	艹一夕廾	agqa	艹一夕廾
Z→zao				
遭	gmap	一冂艹辶	gmap	一冂艹辶
糟	ogmj	米一冂日	ogmj	米一冂日
凿③	ogub	业一丷凵	oufb④	业丷十凵
早②	jhnh	早丨乙丨	jhnh	早丨乙丨
枣	gmiu	一冂小冫	smuu	木冂冫(冫)
蚤③	cyju	又丶虫(冫)	cyju	又丶虫(冫)
澡②	ikks	氵口口木	ikks③	氵口口木
藻③	aiks	艹氵口木	aiks	艹氵口木
灶②	ofg	火土(一)	ofg③	火土(一)
皂③	rab	白七(巜)	rab	白七(巜)
唣③	kran	口白七(乙)	kran	口白七(乙)
造	tfkp	丿土口辶	tfkp	丿土口辶
噪	kkks	口口口木	kkks	口口口木
燥③	okks	火口口木	okks②	火口口木
躁	khks	口止口木	khks	口止口木
Z→ze				
则②	mjh	贝刂(丨)	mjh	贝刂(丨)
择③	rcfh	扌又二丨	rcgh	扌又キ(丨)

汉字	86 版	字根	98 版	字根
泽③	icfh	氵又二丨	icgh	氵又キ(丨)
责③	gmu	龶贝(冫)	gmu	龶贝(冫)
啧③	kgmy	口龶贝(丶)	kgmy	口龶贝(丶)
帻③	mhgm	冂丨龶贝	mhgm	冂丨龶贝
迮	thfp	𠂉丨二辶	thfp	𠂉丨二辶
笮③	tthf	竹𠂉丨二	tthf④	竹𠂉丨二
舴	tetf	丿舟𠂉二	tutf	丿舟𠂉二
箦	tgmu	竹龶贝(冫)	tgmu	竹龶贝(冫)
赜	ahkm	匚丨口贝	ahkm	匚丨口贝
仄③	dwi	厂人(氵)	dwi	厂人(氵)
昃③	jdwu	日厂人(冫)	jdwu④	日厂人(冫)
Z→zei				
贼	madt	贝戈𠂇(丿)	madt	贝戈𠂇(丿)
Z→zen				
怎	thfn	𠂉丨二心	thfn	𠂉丨二心
谮	yaqj	讠匚儿日	yaqj③	讠匚儿日
Z→zeng				
曾②	uljf	丷罒日(二)	uljf③	丷罒日(二)
增②	fulj	土丷罒日	fulj	土丷罒日
憎③	nulj	忄丷罒日	nulj	忄丷罒日
缯③	xulj	纟丷罒日	xulj	纟丷罒日
罾③	lulj	罒丷罒日	lulj	罒丷罒日
锃③	qkgg	钅口王(一)	qkgg	钅口王(一)
甑	uljn	丷罒日乙	uljy	丷罒日丶
赠②	mulj	贝丷罒日	mulj	贝丷罒日
Z→zha				
猹③	qtsg	犭丿木一	qtsg④	犭丿木一
查②	sjgf	木日一(二)	sjgf	木日一(二)
吒	ktan	口丿七(乙)	ktan	口丿七(乙)
哳	krrh	口扌斤(丨)	krrh	口扌斤(丨)
喳③	ksjg	口木日一	ksjg	口木日一
揸③	rsjg	扌木日一	rsjg④	扌木日一
渣	isjg	氵木日一	isjg	氵木日一
楂③	ssjg	木木日一	ssjg	木木日一
齄	thlg	丿目田一	thlg	丿目田一
扎③	rnn	扌乙(乙)	rnn	扌乙(乙)
札③	snn	木乙(乙)	snn②	木乙(乙)
轧③	lnn	车乙(乙)	lnn	车乙(乙)
闸③	ulk	门甲(川)	ulk②	门甲(川)
铡③	qmjh	钅贝刂(丨)	qmjh	钅贝刂(丨)
眨③	htpy	目丿之(丶)	htpy	目丿之(丶)
砟③	dthf	石𠂉丨二	dthf	石𠂉丨二
乍③	thfd	𠂉丨二(三)	thff	𠂉丨二(二)
诈③	Ythf	讠𠂉丨二	ythf④	讠𠂉丨二
咤	kpta	口宀丿七	kpta	口宀丿七
栅③	smmg	木冂冂一	smmg④	木冂冂一
炸③	oth	火𠂉丨二	oth	火𠂉丨二
痄	uthf	疒𠂉丨二	uthf	疒𠂉丨二
蚱	jthf	虫𠂉丨二	jthf	虫𠂉丨二
榨③	spwf	木宀八二	spwf	木宀八二
蜡③	jajg	虫廾日(一)	jajg	虫廾日(一)
柞③	sthf	木𠂉丨二	sthf	木𠂉丨二
Z→zhai				
斋③	ydmj	文丆冂(刂)	ydmj	文丆冂(刂)
摘③	rumd	扌丷冂古	ryud④	扌亠丷古

汉字	86 版	字根	98 版	字根
宅③	ptab	宀丿七(巛)	ptab	宀丿七(巛)
翟	nwyf	羽亻主(二)	nwyf	羽亻主(二)
窄	pwtf	宀八𠂉二	pwtf	宀八𠂉二
债	wgmy	亻龶贝(丶)	wgmy③	亻龶贝(丶)
砦③	hxdf	止匕石(二)	hxdf	止匕石(二)
寨	pfjs	宀二刂木	paws	宀龷八木
瘵③	uwfi	疒癶二小	uwfi	疒癶二小
Z→zhan				
沾③	ihkg	氵卜口(一)	ihkg	氵卜口(一)
毡	tfnk	丿二乙口	ehkd②	毛卜口(三)
旃	ytmy	方𠂉冂一	ytmy	方𠂉冂一
詹③	qdwy	勹厂八言	qdwy	勹厂八言
谵	yqdy	讠勹厂言	yqdy	讠勹厂言
瞻③	hqdy	目勹厂言	hqdy	目勹厂言
斩②	lrh	车斤(丨)	lrh	车斤(丨)
展③	naei	尸龷𧘇(氵)	naei	尸龷𧘇(氵)
盏③	glf	戋皿(二)	galf	一戋皿(二)
崭②	mlrj	山车斤(刂)	mlrj	山车斤(刂)
搌	rnae	扌尸龷𧘇	rnae	扌尸龷𧘇
辗③	lnae	车尸龷𧘇	lnae	车尸龷𧘇
占②	hkf	卜口(二)	hkf	卜口(二)
战③	hkat	卜口戈(丿)	hkay	卜口戈(丶)
栈③	sgt	木戋(丿)	sgay	木一戋(丶)
站②	uhkg	立卜口(一)	uhkg④	立卜口(一)
绽③	xpgh	纟宀一龰	xpgh	纟宀一龰
湛③	iadn	氵艹三乙	idwn	氵甘八乙
颤	ylkm	亠口口贝	ylkm③	亠口口贝
蘸	asgo	艹西一灬	asgo	艹西一灬
Z→zhang				
张②	xtay	弓丿七丶	xtay④	弓丿七丶
章③	ujj	立早(刂)	ujj	立早(刂)
樟③	sujh	木立早(丨)	sujh	木立早(丨)
漳③	iujh	氵立早(丨)	iujh	氵立早(丨)
獐	qtuj	犭丿立早	qtuj	犭(丿)立早
璋③	gujh	王立早(丨)	gujh	王立早(丨)
蟑	jujh	虫立早(丨)	jujh	虫立早(丨)
鄣③	ujbh	立早阝(丨)	ujbh	立早阝(丨)
嫜	vujh	女立早(丨)	vujh	女立早(丨)
彰③	ujet	立早彡(丿)	ujet	立早彡(丿)
仉③	wmn	亻几(乙)	wwn	亻几(乙)
涨②	ixty	氵弓丿丶	ixty	氵弓丿丶
掌	ipkr	⺌冖口手	ipkr	⺌冖口手
丈③	dyi	𠂇丶(氵)	dyi	𠂇丶(氵)
仗	wdyy	亻𠂇丶(丶)	wdyy	亻𠂇丶(丶)
帐③	mhty	冂丨丿丶	mhty	冂丨丿丶
杖③	sdyy	木𠂇丶(丶)	sdyy	木𠂇丶(丶)
胀③	etay	月丿七丶	etay	月丿七丶
账③	mtay	贝丿七丶	mtay	贝丿七丶
障③	bujh	阝立早(丨)	bujh	阝立早(丨)
嶂③	mujh	山立早(丨)	mujh	山立早(丨)
幛	mhuj	冂丨立早	mhuj	冂丨立早
瘴	uujk	疒立早(川)	uujk	疒立早(川)
Z→zhao				
钊③	qjh	钅刂(丨)	qjh	钅刂(丨)
招③	rvkg	扌刀口(一)	rvkg	扌刀口(一)

汉字	86 版	字根	98 版	字根
昭③	jvkg	日刀口(一)	jvkg	日刀口(一)
啁③	kmfk	口冂土口	kmfk	口冂土口
找②	rat	扌戈(丿)	ray	扌戈(丶)
沼③	ivkg	氵刀口(一)	ivkg	氵刀口(一)
召③	vkf	刀口(二)	vkf	刀口(二)
朝③	fjeg	十早月(一)	fjeg	十早月(一)
嘲③	kfje	口十早月	kfje	口十早月
着③	udhf	丷𦍌目(二)	uhf②	𦍌目(二)
爪	rhyi	𠂆丨丶(氵)	rhyi	𠂆丨丶(氵)
兆③	iqv	乂儿(巛)	qii	儿乂(氵)
诏③	yvkg	讠刀口(一)	yvkg	讠刀口(一)
赵③	fhqi	土龰㐅(氵)	fhri	土龰㐅(氵)
笊	trhy	竹𠂆丨丶	trhy	竹𠂆丨丶
棹③	shjh	木卜早(丨)	shjh	木卜早(丨)
照	jvko	日刀口灬	jvko	日刀口灬
罩③	lhjj	罒卜早(刂)	lhjj	罒卜早(刂)
肇	ynth	丶尸攵丨	yntg	丶尸攵丰
Z→zhe				
蜇③	rrju	扌斤虫(丷)	rrju	扌斤虫(丷)
遮	yaop	广廿灬辶	oaop	广廿灬辶
折②	rrh	扌斤(丨)	rrh	扌斤(丨)
哲③	rrkf	扌斤口(二)	rrkf	扌斤口(二)
辄③	lbnn	车耳乙(乙)	lbnn	车耳乙(乙)
蛰	rvyj	扌九丶虫	rvyj	扌九丶虫
谪③	yumd	讠亠冂古	yyud④	讠亠丷古
摺	rnrg	扌羽白(一)	rnrg	扌羽白(一)
磔③	dqas	石夕匚木	dqgs	石夕丰木
辙③	lyct	车亠厶攵	lyct	车亠厶攵
者③	ftjf	土丿日(二)	ftjf	土丿日(二)
锗③	qftj	钅土丿日	qftj	钅土丿日
赭	fofj	土小土日	fofj	土小土日
褶	punr	衤冫羽白	punr	衤(冫)羽白
这②	ypi	文辶(氵)	ypi③	文辶(氵)
柘	sdg	木石(一)	sdg	木石(一)
浙③	irrh	氵扌斤(丨)	irrh	氵扌斤(丨)
蔗③	ayao	艹广廿灬	aoao	艹广廿灬
鹧	yaog	广廿灬一	oaog	广廿灬一
Z→zhen				
贞②	hmu	卜贝(丷)	hmu	卜贝(丷)
桢③	shmy	木卜贝(丶)	shmy	木卜贝(丶)
针③	qfh	钅十(丨)	qfh②	钅十(丨)
侦③	whmy	亻卜贝(丶)	whmy	亻卜贝(丶)
浈③	ihmy	氵卜贝(丶)	ihmy	氵卜贝(丶)
珍②	gwet	王人彡(丿)	gwet	王人彡(丿)
真③	fhwu	十且八(丷)	fhwu	十且八(丷)
砧	dhkg	石卜口(一)	dhkg	石卜口(一)
祯	pyhm	礻(丶)卜贝	pyhm③	礻(丶)卜贝
斟	adwf	艹三八十	dwnf	甘八乙十
甄	sfgn	西土一乙	sfgy	覀土一丶
榛	sdwt	木三人禾	sdwt	木三人禾
蓁	adwt	艹三人禾	adwt③	艹三人禾
箴	tdgt	⺮厂一丿	tdgk	⺮戊一口
臻	gcft	一厶土禾	gcft	一厶土禾
诊③	ywet	讠人彡(丿)	ywet	讠人彡(丿)
枕③	spqn	木冖儿(乙)	spqn②	木冖儿(乙)

汉字	86版	字根	98版	字根
胗③	ewet	月人彡⊘	ewet	月人彡⊘
轸③	lwet	车人彡⊘	lwet	车人彡⊘
畛	lwet	田人彡⊘	lwet	田人彡⊘
疹③	uwee	疒人彡③	uwee	疒人彡③
缜③	xfhw	纟十且八	xfhw	纟十且八
稹	tfhw	禾十且八	tfhw	禾十且八
圳③	fkh	土川①	fkh	土川①
阵②	blh	阝车①	blh	阝车①
鸩③	pqqg	冖九勹一	pqqg	冖九鸟一
振③	rdfe	扌厂二⻀	rdfe④	扌厂二⻀
朕	eudy	月丷大⊙	eudy③	月丷大⊙
赈	mdfe	贝厂二⻀	mdfe	贝厂二⻀
镇	qfhw	钅十且八	qfhw	钅十且八
震③	fdfe	雨厂二⻀	fdfe	雨厂二⻀
Z→zheng				
争②	qvhj	⺈彐丨⑪	qvhj	⺈彐丨⑪
征③	tghg	彳一止㊀	tghg	彳一止㊀
怔③	nghg	忄一止㊀	nghg	忄一止㊀
峥③	mqvh	山⺈彐丨	mqvh	山⺈彐丨
挣	rqvh	扌⺈彐丨	rqvh③	扌⺈彐丨
狰	qtqh	犭丿⺈丨	qtqh	犭⊘⺈丨
钲	qghg	钅一止㊀	qghg	钅一止㊀
睁③	hqvh	目⺈彐丨	hqvh	目⺈彐丨
铮③	qqvh	钅⺈彐丨	qqvh	钅⺈彐丨
筝	tqvh	竹⺈彐丨	tqvh	竹⺈彐丨
蒸③	abi	艹了水灬	abi	艹了水灬
拯③	rbig	扌了水一	rbig	扌了水一
整	gkih	一口小止	skth③	木口攵止
正③	ghd	一止㊂	ghd	一止㊂
证③	yghg	讠一止㊀	yghg②	讠一止㊀
诤	yqvh	讠⺈彐丨	yqvh	讠⺈彐丨
郑③	udbh	丷大阝①	udbh	丷大阝①
帧	mhhm	冂丨⺊贝	mhhm③	冂丨⺊贝
政③	ghty	一止攵⊙	ghty	一止攵⊙
症③	ughd	疒一止㊂	ughd	疒一止㊂
Z→zhi				
之②	pppp	之之之之	pppp	之之之之
支②	fcu	十又⑦	fcu	十又⑦
汁③	ifh	氵十①	ifh	氵十①
芝②	apu	艹之⑦	apu	艹之⑦
吱③	kfcy	口十又⊙	kfcy	口十又⊙
枝③	sfcy	木十又⊙	sfcy	木十又⊙
卮	rgbv	厂一㔾(巛)	rgbv③	厂一㔾(巛)
知②	tdkg	𠂉大口㊀	tdkg	𠂉大口㊀
织③	xkwy	纟口八⊙	xkwy	纟口八⊙
肢③	efcy	月十又⊙	efcy	月十又⊙
栀	srgb	木厂一㔾	srgb	木厂一㔾
祗	pyqy	礻丶⺁丶	pyqy	礻⊙⺁丶
胝③	eqay	月⺁七丶	eqay	月⺁七丶
脂②	exjg	月匕日㊀	exjg	月匕日㊀
蜘	jtdk	虫𠂉大口	jtdk	虫𠂉大口
执③	rvyy	扌九丶⊙	rvyy	扌九丶⊙
侄	wgcf	亻一厶土	wgcf	亻一厶土
直②	fhf	十且㊁	fhf	十且㊁
值	wfhg	亻十且㊀	wfhg	亻十且㊀

汉字	86版	字根	98版	字根
埴	ffhg	土十且㊀	ffhg	土十且㊀
职②	bkwy	耳口八⊙	bkwy	耳口八⊙
植	sfhg	木十且㊀	sfhg	木十且㊀
殖③	gqfh	一夕十且	gqfh	一夕十且
絷	rvyi	扌九丶小	rvyi	扌九丶小
跖	khdg	口止石㊀	khdg	口止石㊀
摭③	ryao	扌广廿灬	roao	扌广廿灬
踯	khub	口止丷阝	khub	口止丷阝
止②	hhhg	止丨丨一	hhgg③	止丨一一
只②	kwu	口八⑦	kwu	口八⑦
旨②	xjf	匕日㊁	xjf	匕日㊁
址③	fhg	土止㊀	fhg	土止㊀
纸③	xqan	纟⺁七⑦	xqan	纟⺁七⑦
徵	tmgt	彳山一攵	tmgt	彳山一攵
芷③	ahf	艹止㊁	ahf	艹止㊁
祉③	pyhg	礻丶止㊀	pyhg④	礻⊙止㊀
咫③	nykw	尸丶口八	nykw	尸丶口八
指③	rxjg	扌匕日㊀	rxjg②	扌匕日㊀
枳③	skwy	木口八⊙	skwy	木口八⊙
轵③	lkwy	车口八⊙	lkwy	车口八⊙
趾③	khhg	口止止㊀	khhg	口止止㊀
黹	ogui	业一丷小	oiu③	业㡀小⑦
酯③	sgxj	西一匕日	sgxj	西一匕日
至	gcff	一厶土㊁	gcff③	一厶土㊁
志②	fnu	士心⑦	fnu	士心⑦
忮	nfcy	忄十又⊙	nfcy	忄十又⊙
豸③	eer	爫⺕③	etyt	豸丿丶丿
制	rmhj	𠂉冂丨刂	tgmj③	丿牛冂刂
帙	mhrw	冂丨𠂉人	mhtg	冂丨丿夫
帜	mhkw	冂丨口八	mhkw	冂丨口八
治③	ickg	氵厶口㊀	ickg	氵厶口㊀
炙②	qou	夕火⑦	qou	夕火⑦
质③	rfmi	𠂆十贝⑦	rfmi②	𠂆十贝⑦
郅	gcfb	一厶土阝	gcfb	一厶土阝
峙③	mffy	山土寸⊙	mffy	山土寸⊙
栉③	sabh	木艹卩①	sabh	木艹卩①
陟③	bhit	阝止小丿	bhht	阝止少丿
挚	rvyr	扌九丶手	rvyr	扌九丶手
桎	sgcf	木一厶土	sgcf	木一厶土
秩③	trwy	禾𠂉人⊙	ttgy②	禾丿夫⊙
致	gcft	一厶土攵	gcft	一厶土攵
贽	rvym	扌九丶贝	rvym	扌九丶贝
轾③	lgcf	车一厶土	lgcf	车一厶土
掷	rudb	扌丷大阝	rudb	扌丷大阝
痔	uffi	疒土寸⑦	uffi	疒土寸⑦
窒③	pwgf	宀八一土	pwgf④	宀八一土
鸷	rvyg	扌九丶一	rvyg	扌九丶一
彘③	xgxx	⺕一匕匕	xxtx	彑匕𠂉匕
智	tdkj	𠂉大口日	tdkj	𠂉大口日
滞③	igkh	氵一川丨	igkh	氵一川丨
痣	ufni	疒士心⑦	ufni③	疒士心⑦
蛭③	jgcf	虫一厶土	jgcf	虫一厶土
骘	bhic	阝止小马	bhhg	阝止少一
稚③	twyg	禾亻主㊀	twyg	禾亻主㊀
置	lfhf	罒十且㊁	lfhf	罒十且㊁

续上表

汉字	86版	字根	98版	字根
雉	tdwy	𠂉大亻主	tdwy	𠂉大亻主
膧	epwf	月宀八土	epwf	月宀八土
觯	qeuf	𠂊用丷十	qeuf	𠂊用丷十
踬	khrm	口止厂贝	khrm③	口止厂贝
Z→zhong				
中①	khk	口丨⑪	khk③	口丨⑪
盅③	khlf	口丨皿㊁	khlf	口丨皿㊁
忠③	khnu	口丨心⑦	khnu	口丨心⑦
终③	xtuy	纟夂冫⊙	xtuy	纟夂冫⊙
钟	qkhh	钅口丨①	qkhh	钅口丨①
舯③	tekh	丿舟口丨	tukh④	丿舟口丨
衷	ykhe	亠口丨𧘇	ykhe	亠口丨𧘇
锺	qtgf	钅丿一土	qtgf	钅丿一土
螽	tujj	夂冫虫虫	tujj	夂冫虫虫
肿②	ekhh	月口丨①	ekhh③	月口丨①
种③	tkhh	禾口丨①	tkhh	禾口丨①
冢③	peyu	冖豕丶⑦	pgey④	冖一𧰨丶
踵	khtf	口止丿土	khtf	口止丿土
仲	wkhh	亻口丨①	wkhh	亻口丨①
众③	wwwu	人人人⑦	wwwu	人人人⑦
重③	tgjf	丿一日土	tgjf④	丿一日土
Z→zhou				
州	ytyh	丶丿丶丨	ytyh	丶丿丶丨
舟③	tei	丿舟⑦	tui	丿舟⑦
诌	yqvg	讠⺈彐㊀	yqeg③	讠⺈彐㊀
周③	mfkd	冂土口㊂	mfkd	冂土口㊂
洲③	iyth	氵丶丿丨	iyth	氵丶丿丨
粥③	xoxn	弓米弓Ⓩ	xoxn	弓米弓Ⓩ
妯②	vmg	女由㊀	vmg	女由㊀
轴③	lmg	车由㊀	lmg②	车由㊀
碡③	dgxu	石龶母冫	dgxy	石龶母⊙
肘③	efy	月寸⊙	efy	月寸⊙
帚③	vpmh	彐冖冂丨	vpmh	彐冖冂丨
纣③	xfy	纟寸⊙	xfy	纟寸⊙
咒③	kkmb	口口几⑧	kkwb	口口几⑧
宙②	pmf	宀由㊁	pmf	宀由㊁
绉③	xqvg	纟⺈彐㊀	xqvg	纟⺈彐㊀
昼	nyjg	尸丶日一	nyjg③	尸丶日一
胄	mef	由月㊁	mef	由月㊁
荮③	axfu	艹纟寸⑦	axfu	艹纟寸⑦
皱	qvhc	⺈彐广又	qvby	⺈彐皮⊙
酎	sgfy	西一寸⊙	sgfy	西一寸⊙
骤③	cbci	马耳又豕	cgbi	马一耳水
籀	trql	竹扌𠂆田	trql③	竹扌𠂆田
Z→zhu				
朱②	rii	𠂉小⑦	tfi③	丿未⑦
侏③	wriy	亻𠂉小⊙	wtfy④	亻丿未⊙
诛③	yriy	讠𠂉小⊙	ytfy④	讠丿未⊙
邾③	ribh	𠂉小阝①	tfbh④	丿未阝①
洙③	iriy	氵𠂉小⊙	itfy	氵丿未⊙
茱③	ariu	艹𠂉小⑦	atfu④	艹丿未⑦
株③	sriy	木𠂉小⊙	stfy	木丿未⊙
珠②	griy	王𠂉小⊙	gtfy③	王丿未⊙
诸③	yftj	讠土丿日	yftj	讠土丿日
猪	qtfj	犭丿土日	qtfj	犭⊘土日
铢③	qriy	钅𠂉小⊙	qtfy④	钅丿未⊙

汉字	86版	字根	98版	字根
蛛③	jriy	虫𠂉小⊙	jtfy	虫丿未⊙
槠	syfj	木讠土日	syfj③	木讠土日
潴	iqtj	氵犭丿日	iqtj	氵犭⊘日
橥	qtfs	犭丿土木	qtfs	犭⊘土木
竹③	ttgh	竹丿一丨	thth	𠂉丨𠂉丨
竺③	tff	竹二⊙	tff	竹二⊙
烛②	ojy	火虫⊙	ojy	火虫⊙
逐③	epi	豕辶⑦	gepi	一𧰨辶⑦
舳	temg	丿舟由㊀	tumg	丿舟由㊀
瘃③	ueyi	疒豕丶⑦	ugey④	疒一𧰨丶
躅	khlj	口止罒虫	khlj	口止罒虫
主①	ygd	丶王㊂	ygd③	丶王㊂
拄③	rygg	扌丶王㊀	rygg	扌丶王㊀
渚③	iftj	氵土丿日	iftj	氵土丿日
煮	ftjo	土丿日灬	ftjo	土丿日灬
属③	ntky	尸丿口丶	ntky	尸丿口丶
嘱③	knty	口尸丿丶	knty	口尸丿丶
麈	ynjg	广コ刂王	oxxg	声匕匕王
瞩③	hnty	目尸丿丶	hnty	目尸丿丶
伫③	wpgg	亻宀一㊀	wpgg	亻宀一㊀
住	wygg	亻丶王㊀	wygg	亻丶王㊀
助③	egln	月一力Ⓩ	eget	月一力⊘
杼③	scbh	木マ卩①	scnh④	木マ乛亅
注②	iygg	氵丶王㊀	iygg	氵丶王㊀
贮③	mpgg	贝宀一㊀	mpgg	贝宀一㊀
驻②	cygg	马丶王㊀	cgyg④	马一丶王
柱③	sygg	木丶王㊀	sygg	木丶王㊀
苎	apgf	艹宀一㊁	apgf	艹宀一㊁
炷③	oygg	火丶王㊀	oygg④	火丶王㊀
祝③	pykq	礻丶口儿	pykq	礻⊙口儿
疰	uygd	疒丶王㊂	uygd	疒丶王㊂
著③	aftj	艹土丿日	aftj	艹土丿日
蛀③	jygg	虫丶王㊀	jygg	虫丶王㊀
筑③	tamy	竹工几丶	tawy	竹工几丶
铸③	qdtf	钅三丿寸	qdtf	钅三丿寸
箸③	tftj	竹土丿日	tftj	竹土丿日
翥	ftjn	土丿日羽	ftjn	土丿日羽
Z→zhua				
爪	rhyi	𠂆丨丶⑦	rhyi	𠂆丨丶⑦
抓	rrhy	扌𠂆丨丶	rrhy	扌𠂆丨丶
Z→zhuai				
拽③	rjxt	扌日匕丿	rjnt	扌日乙丿
Z→zhuan				
专③	fnyi	二乙丶⑦	fnyi	二乙丶⑦
砖	dfny	石二乙丶	dfny③	石二乙丶
颛	mdmm	山丆冂贝	mdmm③	山丆冂贝
转③	lfny	车二乙丶	lfny	车二乙丶
啭	klfy	口车二丶	klfy	口车二丶
赚③	muvo	贝丷彐灬	muvw	贝丷彐八
撰	rnnw	扌巳巳八	rnnw	扌巳巳八
篆③	txeu	竹彑豕⑦	txeu	竹母豕⑦
馔	qnnw	⺈乙巳八	qnnw	⺈乙巳八
传	wfny	亻二乙丶	wfny③	亻二乙丶
Z→zhuang				
妆②	uvg	丬女㊀	uvg	丬女㊀
庄③	yfd	广土㊂	ofd②	广土㊂

汉字	86 版	字根	98 版	字根
桩③	syfg	木广土㊀	sofg	木广土㊀
装③	ufye	丬士一𧘇	ufye	丬士一𧘇
壮③	ufg	丬士㊀	ufg	丬士㊀
状③	udy	丬犬⊙	udy	丬犬⊙
撞③	rujf	扌立日土	rujf	扌立日土
幢③	mhuf	冂丨立土	mhuf	冂丨立土
Z→zhui				
隹	wyg	亻主㊀	wyg	亻主㊀
追	wnnp	亻ココ辶	tnpd③	丿阝辶㊂
骓	cwyg	马亻主㊀	cgwy	马一亻主
椎③	swyg	木亻主㊀	swyg	木亻主㊀
锥③	qwyg	钅亻主㊀	qwyg	钅亻主㊀
坠	bwff	阝人土㊁	bwff	阝人土㊁
缀③	xccc	纟又又又	xccc	纟又又又
惴	nmdj	忄山丆刂	nmdj	忄山丆刂
缒	xwnp	纟亻コ辶	xtnp	纟丿阝辶
赘	gqtm	龶力攵贝	gqtm	龶力攵贝
Z→zhun				
肫③	egbn	月一凵乙	egbn	月一凵乙
窀	pwgn	宀八一乙	pwgn	宀八一乙
谆	yybg	讠古子㊀	yybg③	讠古子㊀
准③	uwyg	冫亻主㊀	uwyg④	冫亻主㊀
Z→zhuo				
焯③	ohjh	火⺊早①	ohjh	火⺊早①
卓③	hjj	⺊早⑪	hjj	⺊早⑪
拙③	rbmh	扌凵山①	rbmh	扌凵山①
倬	whjh	亻⺊早①	whjh	亻⺊早①
着③	udhf	丷⺶目㊁	uhf②	⺶目㊁
捉③	rkhy	扌口龰⊙	rkhy	扌口龰⊙
桌③	hjsu	⺊日木⊘	hjsu	⺊日木⊘
涿	ieyy	氵豕丶⊙	giey	氵一豕丶
灼③	oqyy	火勹丶⊙	oqyy	火勹丶⊙
茁③	abmj	艹凵山⑪	abmj	艹凵山⑪
斫③	drh	石斤①	drh	石斤①
浊②	ijy	氵虫⊙	ijy	氵虫⊙
浞	ikhy	氵口龰⊙	ikhy	氵口龰⊙
诼③	yeyy	讠豕丶⊙	ygey④	讠一豕丶
酌③	sgqy	西一勹丶	sgqy	西一勹丶
啄	keyy	口豕丶⊙	kgey③	口一豕丶
琢③	geyy	王豕丶⊙	ggey	王一豕丶
禚	pyuo	礻丶丷灬	pyuo	礻⊙丷灬
擢	rnwy	扌羽亻主	rnwy	扌羽亻主
濯③	inwy	氵羽亻主	inwy	氵羽亻主
镯	qlqj	钅罒勹虫	qlqj	钅罒勹虫
Z→zi				
仔③	wbg	亻子㊀	wbg	亻子㊀
吱③	kfcy	口十又⊙	kfcy	口十又⊙
孜③	bty	子攵⊙	bty	子攵⊙
兹③	uxxu	丷幺幺⊘	uxxu	丷幺幺⊘
咨	uqwk	冫⺈人口	uqwk	冫⺈人口
姿	uqwv	冫⺈人女	uqwv	冫⺈人女
赀③	hxmu	此匕贝⊘	hxmu	此匕贝⊘
资	uqwm	冫⺈人贝	uqwm	冫⺈人贝
淄③	ivlg	氵巛田㊀	ivlg	氵巛田㊀
缁③	xvlg	纟巛田㊀	xvlg	纟巛田㊀
谘③	yuqk	讠冫⺈口	yuqk	讠冫⺈口

汉字	86 版	字根	98 版	字根
孳	uxxb	丷幺幺子	uxxb	丷幺幺子
嵫③	muxx	山丷幺幺	muxx	山丷幺幺
滋③	muxx	氵丷幺幺	muxx	氵丷幺幺
粢	uqwo	冫⺈人米	uqwo	冫⺈人米
辎③	lvlg	车巛田㊀	lvlg	车巛田㊀
觜③	hxqe	止匕⺈用	hxqe	止匕⺈用
趑	fhuw	土龰冫人	fhuw	土龰冫人
锱③	qvlg	钅巛田㊀	qvlg	钅巛田㊀
龇	hwbx	止人凵匕	hwbx	止人凵匕
髭③	dehx	镸彡止匕	dehx	镸彡止匕
鲻	qgvl	鱼一巛田	qgvl	鱼一巛田
籽②	obg	米子㊀	obg	米子㊀
子②	bbbb	子子子子	bbbb	子子子子
姊	vtnt	女丿乙丿	vtnt	女丿乙丿
秭	ttnt	禾丿乙丿	ttnt③	禾丿乙丿
耔③	dibg	三小子㊀	fsbg	二木子㊀
第	Ttnt	竹丿乙丿	ttnt	竹丿乙丿
梓③	suh	木辛①	suh	木辛①
紫③	hxxi	止匕幺小	hxxi	止匕幺小
滓③	ipuh	氵宀辛①	ipuh	氵宀辛①
訾③	hxyf	止匕言㊁	hxyf	止匕言㊁
字②	pbf	宀子㊁	pbf	宀子㊁
自③	thd	丿目㊂	thd	丿目㊂
恣	uqwn	冫⺈人心	uqwn	冫⺈人心
渍③	igmy	氵龶贝⊙	igmy	氵龶贝⊙
眦③	hhxn	目止匕Ⓩ	hhxn	目止匕Ⓩ
Z→zong				
宗③	pfiu	宀二小⊘	pfiu	宀二小⊘
综②	xpfi	纟宀二小	xpfi	纟宀二小
棕②	spfi	木宀二小	spfi③	木宀二小
腙	epfi	月宀二小	epfi	月宀二小
踪③	khpi	口止宀小	khpi	口止宀小
鬃③	depi	镸彡宀小	depi	镸彡宀小
总③	uknu	丷口心⊘	uknu	丷口心⊘
偬	wqrn	亻勹彡心	wqrn③	亻勹彡心
纵③	xwwy	纟人人⊙	xwwy	纟人人⊙
枞③	swwy	木人人⊙	swwy	木人人⊙
粽	opfi	米宀二小	opfi	米宀二小
Z→zou				
邹③	qvbh	⺈彐阝①	qvbh	⺈彐阝①
驺③	cqvg	马⺈彐㊀	cgqv④	马一⺈彐
诹③	ybcy	讠耳又⊙	ybcy	讠耳又⊙
陬③	bbcy	阝耳又⊙	bbcy	阝耳又⊙
鄹	bctb	耳又丿阝	bcib	耳又氺阝
鲰	qgbc	鱼一耳又	qgbc	鱼一耳又
走③	fhu	土龰⊘	fhu	土龰⊘
奏③	dwgd	三人一大	dwgd④	三人一大
揍	rdwd	扌三人大	rdwd	扌三人大
Z→zu				
租③	tegg	禾月一㊀	tegg	禾月一㊀
菹③	aieg	艹氵月一	aieg	艹氵月一
足③	khu	口龰⊘	khu②	口龰⊘
卒	ywwf	亠人人十	ywwf③	亠人人十
族③	yttd	方𠂉𠂉大	yttd	方𠂉𠂉大
镞	qytd	钅方𠂉大	qytd	钅方𠂉大
诅③	yegg	讠月一㊀	yegg	讠月一㊀

续上表

汉字	86 版	字根	98 版	字根	汉字	86 版	字根	98 版	字根
阻	begg	阝月一㊀	begg	阝月一㊀	鳟	qguf	鱼一丷寸	qguf	鱼一丷寸
组	xegg	纟月一㊀	xegg②	纟月一㊀	撙③	rusf	扌丷西寸	rusf	扌丷西寸
殂	wweg	人人月一	wweg③	人人月一	Z→zuo				
祖	pycg	礻丶月一	pyeg③	礻(丶)月一	嘬③	kjbc	口日耳又	kjbc	口日耳又
Z→zuan					昨②	jthf	日𠂉丨二	jthf③	日𠂉丨二
躜	khtm	口止丿贝	khtm	口止丿贝	笮③	tthf	𥫗𠂉丨二	tthf④	𥫗𠂉丨二
缵	xtfm	纟丿土贝	xtfm	纟丿土贝	左②	daf	𠂇工㊁	daf	𠂇工㊁
纂	thdi	竹目大小	thdi	竹目大小	佐③	wdag	亻𠂇工㊀	wdag	亻𠂇工㊀
钻③	qhkg	钅卜口㊀	qhkg	钅卜口㊀	撮③	rjbc	扌日耳又	rjbc③	扌日耳又
攥	rthi	扌竹目小	rthi	扌竹目小	作②	wthf	亻𠂉丨二	wthf④	亻𠂉丨二
Z→zui					坐③	wwff	人人土㊁	wwfd	人人土㊂
嘴③	khxe	口止匕用	khxe	口止匕用	阼③	bthf	阝𠂉丨二	bthf	阝𠂉丨二
最②	jbcu	日耳又(冫)	jbcu	日耳又(冫)	怍③	nthf	忄𠂉丨二	nthf④	忄𠂉丨二
罪③	ldjd	罒三刂三	lhdd	罒丨三三	柞③	sthf	木𠂉丨二	sthf	木𠂉丨二
蕞③	ajbc	艹日耳又	ajbc	艹日耳又	祚③	pytf	礻丶𠂉二	pytf	礻(丶)𠂉二
醉③	sgyf	西一亠十	sgyf④	西一亠十	胙③	ethf	月𠂉丨二	ethf④	月𠂉丨二
Z→zun					唑③	kwwf	口人人土	kwwf	口人人土
尊③	usgf	丷西一寸	usgf	丷西一寸	座③	ywwf	广人人土	owwf	广人人土
遵	usgp	丷西一辶	usgp	丷西一辶	做③	wdty	亻古攵(丶)	wdty	亻古攵(丶)
樽	susf	木丷西寸	susf③	木丷西寸	酢	sgtf	西一𠂉二	sgtf	西一𠂉二

附录B 习题答案

第1章

一、填空题

1.第一区、第五区 2.E、51 3．金勺缺点无尾鱼，犬旁留乂儿一点夕，氏无七

二、简答题（略）

三、上机题（略）

第2章

一、填空题

1.左右型、上下型、杂合型 2.书写顺序、取大优先、兼顾直观、能散不连、能连不交 3.键名字、成字字根

二、简答题（略）

三、上机题（略）

第3章

一、填空题

1.万能五笔、极品五笔、王码五笔、极点五笔、海峰五笔、搜狗五笔、念青五笔（或龙文输入法平台）

2.同步 3.输入、复制

二、简答题（略）

三、上机题（略）

第4章

一、填空题

1.通过“开始”菜单启动、通过快捷方式启动、通过双击文档启动

2.页面视图、阅读版式视图、Web版式视图、大纲视图、普通视图

3.单击功能区视图方式按钮、单击视图栏中的视图方式按钮

二、简答题（略）

三、上机题（略）

第5章

一、填空题

1.“插入”、“符号”、“符号”、“其他符号”、“符号” 2.“插入新公式” 3.【Ctrl】、【Shitf】、【Ctrl+A】

二、简答题（略）

三、上机题（略）

第6章

一、填空题

1.格式刷 2.左对齐、右对齐、居中对齐 3.首行、悬挂

二、简答题（略）

三、上机题（略）

第7章

一、填空题

1."格式"、"艺术字样" 2.横排、竖排

3.列表、流程、循环、层次结构、关系、矩阵、棱锥图

二、简答题（略）

三、上机题（略）

第8章

一、填空题

1."公式" 2.升、降 3."绘制斜线表头"

二、简答题（略，详见章节内容）

三、上机题（略）

第9章

一、填空题

1.字体、字号、字体颜色 2.已安装的、自己创建的 3.设置好的模板

二、简答题（略，详见章节内容）

三、上机题（略）

第10章

一、填空题

1.使用"翻译"按钮、使用"英语助手"按钮、使用"翻译屏幕提示"按钮

2.接受、拒绝 3.格式设置、编辑、启动强制保护

二、简答题（略，详见章节内容）

三、上机题（略）

第11章

一、填空题

1.大纲 2.书签 3.脚注、尾注

二、简答题（略，详见章节内容）

三、上机题（略）

第12章

一、填空题

1.分页、分节 2.打印预览、设置打印选项 3."Wrod选项"、"显示"

二、简答题（略、详见章节内容）

三、上机题（略）